此刻朋友圈

秦朔 周水水 编著

中国出版集团 东方出版中心

图书在版编目（CIP）数据

此刻朋友圈 / 秦朔，周水水编著. 一 上海：东方出版中心，2020.8

ISBN 978-7-5473-1657-3

Ⅰ. ①此… Ⅱ. ①秦… ②周… Ⅲ. ①散文集—中国—当代 Ⅳ. ①I267

中国版本图书馆CIP数据核字（2020）第099429号

此刻朋友圈

编　　著　秦　朔　周水水
责任编辑　徐建梅
装帧设计　陈绿竞

出版发行　东方出版中心
地　　址　上海市仙霞路345号
邮政编码　200336
电　　话　021-62417400
印 刷 者　上海盛通时代印刷有限公司

开　　本　710mm×1000mm　1/16
印　　张　30.75
字　　数　465千字
版　　次　2020年8月第1版
印　　次　2020年8月第1次印刷
定　　价　69.80元

序一　山河无尽，万里初心

秦朔

在 2020 年这个注定会因为新冠病毒的全球肆虐而载入史册的年头，每个人对生命和社会的思考也会比平时深刻得多。

作为一个思考型的新媒体园地，2020 年是秦朔朋友圈创立的第五年。有很多作者为了这个园地的成长付出了心血，展现在您面前的这本书，就是继《夜空中最亮的星》之后，作者们的作品的第二本精选合集。

2015 年我们创立了秦朔朋友圈。2016 年，国际政治领域发生了两件大事——英国公投和美国总统大选。在此期间，有一个词语被极为频繁地引用，比前一年的使用频率增长了大约 20 倍，这就是“Post-Truth”（后真相）。《牛津词典》也把它评为最能代表 2016 年的“精神、情绪和所关切之事”的年度词语。

按照《牛津词典》的定义，“后真相”的意思是：相比于客观事实，情绪和个人信仰更能影响舆论。

《牛津词典》的出版负责人凯瑟琳·马丁说：“毫无疑问，我们选择词汇就是为了反映当下发生的剧变的政治和社会状况。当今社交媒体已经成为主要的新闻来源，人们对事实的信任度也越来越低，正因如此，‘后真相’这个词才找到了它存在的立足点。”

回顾过去的几年，尤其是想到社交媒体上发生的太多争执、撕裂以及共识空间的收缩，我们对“后真相”似乎有了更透彻的理解。

感谢我们的作者，在“后真相”的背景下，都在认认真真地观察、研究和思考，本本分分地写字，从心里流出来克制、悲悯、温暖和力量。这些文字所涉及的领域很广，但都有一种诚恳的精神，贯通在文字中。

我们并不试图去改变什么。但我们的初心，也不会被外部的纷纷扰扰所改变。

“惟天下至诚，为能尽其性；能尽其性，则能尽人之性；能尽人之性，则能尽物之性；能尽物之性，则可以赞天地之化育；可以赞天地之化育，则可以与天地参矣。”我们只是用诚心诚意，从文明的视角，参与到时代精神的阐释和建构之中。这就是我们想做的事，也是我们的能动性之所在。

2016 年《牛津词典》的备选词中，有一个是“Woke”（觉醒的），表示对美国社会中的不公正现象的警示，尤其是对种族主义的警示。

“心生而言立，言立而文明”。希望这本书中的文句，能起到些许的觉醒之效。愿与读者诸君继续前行，走很长的路。

山河无尽，缘起不灭，任风云变幻，万里不改初心。

序二　我用什么才能留住你？

水姐 / 文（作者为秦朔朋友圈主编）

1.

我个人特别喜欢博尔赫斯的一首诗《我用什么才能留住你》。

我用什么才能留住你？

我给你瘦弱的街道、绝望的落日、荒郊的月亮。

我给你一个久久望着孤月的人的悲哀。

我给你我书中所蕴含的一切悟力，以及我生活中所能有的男子气概和幽默。

我给你一个从未有过信仰的人的忠诚。

我给你我设法保全的我自己的核心——不营字造句，不和梦交易，不被时间、欢乐和逆境触动的核心。

我给你早在你出生前多年的一个傍晚看到的一朵黄玫瑰的记忆。

我给你关于你生命的诠释，关于你自己的理论，你的真实而惊人的存在。……

其实，“我用什么才能留住你？”我们也经常这样发问，对象是时间，还有读者。

问时间：

秦朔朋友圈（Chin@Moments），这个名字里就包含着时光、时刻的含义。留住时间，唯有记录。

2015 年 10 月 16 日秦朔朋友圈上线时，秦朔老师在发刊词《用希望连接生命与生命》中写道，为什么要辞职创业？本质上，源于内心深处的悸动和不安。

——“无论传奇辉煌还是困难挑战，无论向上提升的力量还是向下沉沦的景象，这波澜壮阔的时代都让我有一颗永不磨灭的好奇心。我想把我所感知到的时代温度和脉动好好记录，哪怕只是个人视角。”

问读者：

秦朔朋友圈团队很小，成员都不是野心勃勃的人，偏向个人修行，不太社会化。专注是专注，佛系也佛系，写文章的就好好写文章，设计配图的就好好设计配图，编辑校对的就好好编辑校对，没有特别好的服务或者迎合读者的需求。

但这么多年，还算保持着平静、执着、温和如初。所以第一个合集叫《夜空中最亮的星》，里面强调温度、情怀、价值观，其实都是一以贯之的。

2.

如何留住一个人，如何留住读者，只能靠这份不变的真心了。时代在变，但是有些精神追求和价值主张应该坚守不变。做财经、泛财经相关的主题久了，对于里面生活着的组织、个人在大环境和小环境下的命运变迁看得太过频繁，总想护着自己的心，甚至是别人的心，秦朔老师写过《不要慌》等，总是想写给在这个充满变数的时代中不变的我们。

确实，2018 年、2019 年、2020 年，我们经历的变数真是多如牛毛。但还是不要拒绝走那些漫长的道路，看长期、看文明、看企业家精神，这都是通往新世界、美好世界的重要线索。

在最亮的星星和月亮照亮的所有地方，有些东西即便在黑暗中也自带光芒。

这本合集，第一次将专栏作者们的作品集中展示出来。

每周一，秦朔朋友圈都会更新秦老师写的“大视野”。每周日凌晨，我的邮箱里就会躺着秦老师发来的文章，00:57、03:23、02:05、01:51、02:29……

无论他在世界何方，他从来不拖稿子。印象最深的是有一次他发了一个朋友圈状态（非常偶尔才发自己的照片），上面是他在餐桌上用电脑修改文章，不远处是埃菲尔铁塔。图片的注解是：新浪财经郭明煜摄于埃菲尔铁塔亮灯时。再有趣的旅行中都有无趣的旅客，就像这个自媒体人。

其他的专栏作者包括：忆湄、过蝈、刘子、Hayekist、冀田、悟00000空、梁云风、睿愚、黄凡、肃霜、林凛、陈言，还有我自己等等。

我们始终强调长文，甚至专栏更新，把问题说清楚、追踪到位，把自己想到的方方面面尽可能多地呈现给读者，让读者现在能跟着一起剖析热点，以后也能获得历史性的启示。认真记录时代的文字永不过时。对于商业文明的研究，是一场安静的持久战。有时候怕激情燃烧太短暂了，有时候怕心如死灰太过沉寂了，不如就这样当成日常地坚持着。

我用什么才能留住你？一颗严谨的温和的平常心，同道同行。

目 录

Contents

「忆　　湄」

「睿　　愚」

「悟 00000 空」

「冀　田」

「肃　霜」

「黄　凡」

「其他」

「秦朔」

关键词：

商业文明；企业家精神；中国明天更好

再致上海：一座城市的全球领导力猜想

1.

2017 年 12 月我写过《致上海——你将沦为环杭州城市，还是勇当众城之神》，引起了一些关注和争鸣。

当时我写道："对我而言，如果爱上海，一定不是爱她物质化的面貌，而是爱她的精神、文化和态度。""我希望上海以更大的胸怀和气魄，在方方面面对标全球和中国的最佳标杆和案例，努力向着'21 世纪全球最佳大都市'的方向进发。"

今年是我在上海生活的第 20 个年头。大学 4 年，工作 16 年，这里已是我居住最久的地方。在这个时间刻度上，忽然很想写点什么，对自己是一种纪念，对这座城市是一种感念。

过去两年多时间，上海举办了两次"进博会"，科创板开板，自贸区临港新片区设立，长三角一体化发展升级为国家战略。今年对上海更有重要意义，今年是浦东开发开放 30 周年，也是上海基本建成国际金融、贸易、航运中心之年。

当中国坚持经济全球化，对全球增长的引擎作用越来越显著，上海，正从中国的经济中心向着国际的经济中心迈进。这是自然演进，也是主动担当。上海，要进一步成为"世界的上海"。

与此同时，当中国更加依靠内需，追求高质量发展和治理的现代化，无论是打造科创中心，还是提升"像绣花一样精细"的城市管理水平，以及在上海大都市圈和长三角一体化中推动公共服务的普惠便利，上海都必须具有更加浓郁和自觉的中国意识，把自身发展和周边乃至整个中国统筹起来考虑。上海，要进一步成为"中国的上海"。

沿着上述逻辑可以写很多文章，但此刻触发我下笔的动力，并不是这些宏大叙事，而是在新冠病毒感染疫情这段特殊日子里，我所感受到的，上海的"精神、文化和态度"。

2.

在全国很多地方，谈到上海人特别是上海的公务员，人们都会说，素质比较高，讲话有水平，内容很正确，滴水不漏。言外之意，缺那么一点性格。

这一次，因为上海医疗救治专家组组长张文宏的出现，一种更本真、更少修饰的上海性格突然出现了，并在全国吸粉无数。

“一线岗位全部换上党员，没有讨价还价。”“最有效的药是病人的免疫力，我们做的事，是帮病人熬过去。”“你在家不是在隔离，你是在战斗，当你觉得很闷，病毒也被你闷死了。”“上海的防控体系很好，属于少林派，非常干净有力，社区防护强大无比。”“上海的发热门诊是 110 家，北京是 76 家，新加坡是 800 家！你说人家是佛系，你搞笑呢，看上去佛系，人家是武当派。”……

张文宏通晓中西，科研临床相结合，专业水平一流。而他说的话，客观独立，朴素耿直，幽默风趣，不云山雾绕，不照本宣科，不条条框框，已经有点“随心所欲不逾矩”的境界了。他让我们看到了上海性格的多元化的一面。

而上海像张文宏这样的“专业化网红”不是少数，甚至可以说，只要站出来就是一道风景。

上海市精神卫生中心主任医师谢斌是另一种风格，通俗易懂，但多了几分人文情怀——“控制灵魂对自由的渴望，切不可输在麻痹大意。”“请大家再摒一摒，再忍一忍，病毒消散之际，骑马踏花，看尽山河之绚烂，所有美好不急于一时。”“用知识武装自己，好过消毒水。”“与其整天焦虑，不如让身体先忙起来。”“不论是居家办公还是到公司办公，都可以化个妆。”……

专业是一种力量，专业主义是一种底蕴和素养。成千上万各行各业的专业主义者聚集在上海，用专业说话，凭本事吃饭，在风平浪静时不显山不露水，一旦这座城市遭遇危急和困难，他们就会出现，用知识和正直领航。在上海，潜伏着多少“中国机长”和“蜘蛛侠”式的魅力人物！

3.

武汉是抗疫第一线，上海共派出 89 家医院的 1 649 名医护人员，分 9 批次驰援，进驻武汉 17 家医院的 28 个区，包括 3 个 ICU 病区、16 个重症病区、3 个普通病区、6 个方舱医院。他们代表上海，做好了挑重担的准备，也打了太多可歌可泣的硬仗。但是，当您穿过残酷的战况，还可以看到另一种格调。

魏礼群是华山医院麻醉科的一名 90 后医师，他在抢救一名危重患者时，救了一个半小时没能救回来，出了病房忍不住失声痛哭。他后来在日记中写道：“这里并没有从天而降的英雄，只有挺身而出的凡人。”他们不可能拯救一切，但他们做到了不顾一切。

张继明是华山医院感染科副主任，他2020年2月4日到武汉，每天十几个小时连轴转。2月26日这天上午，他安排好手头工作，借用方舱医院的一间简易办公室，用云端在线方式向复旦大学上海医学院16级临床八年制专业本科生讲了一堂“传染病学”课程。课程是早已录好的，在线是互动答疑。他说：“我们都是从学生过来的，尽力为学生答疑解惑是老师的责任。上课无小事，上海医学院的学生都很优秀，我不能亏欠他们啊。在武汉前线抗疫不是放松教学的理由。”治病救人，但并未忘记教书育人。

刘凯是中山医院的医生，27岁，在武汉大学人民医院东院支援。3月5日下午4点多，他护送病人去做CT检查随访，路上看到阳光很好，就停下来，让住院近一个月的87岁的重症患者欣赏日落。老人说，夕阳真好。

李发红是华山医院感染科的医生，她多才多艺，把美国女歌手克里斯丁（昵称：叮叮）的《一百万个可能》改编成《唯一的可能》，医护人员们一起拍成MV，献给前线的战士。歌词说，“在那瞬间，只有唯一的可能，坚持到底，为最后胜利……待雀鸟欢鸣，樱花盛开，你平安归来。”她还把编好的MV发给了叮叮和她的助理，叮叮正忙于博士论文的定稿，但接受了邀请，在美国录了一段视频，祝福中国抗疫一线的医务人员。

压力让每个人感到沉重。但我从这些活生生的上海形象中，还看到了一种专业的镇定，心态的平衡，就像阳光和音乐，能帮助我们稀释苦难。那是暖的力量，是基于专业素养的定力，给更多人缓压，而不是不可承受之重。

这座城市有一种特别的调调，在日复一日的日子里，她不愿意太简单，太素颜，而希望在出门前化一点妆容，有一点调剂，有一点正式感，有一点美。

4.

作为中国人口最多、对外流动性超强的枢纽城市，上海本身的防控压力也很大。国外专家曾预测，上海是除湖北省以外最危险的国内城市之一。

在派出很多医疗精英挺进前方后，上海的一些医院向70岁以下的已退休主任级医生打招呼，做好准备，应援本地。

但上海经受住了考验。截至3月8日上午，上海累计确诊342例，累计治愈313例，正在治疗26例，死亡3例。

财新网的报道指出，上海较早即以“极可能人传人”为前提做出研判，布局了高标准防疫措施，在市属各级医院展开相关的研究、学习和培训。

1月3日，上海市公共卫生临床中心（简称“公卫中心”）张永振团队拿到一份武汉市疾控中心寄来的不明原因发热患者标本，40 多个小时就得出病毒基因序列全长，经分析发现该病毒与 SARS 冠状病毒同源性高达 89.11%。

1 月 5 日，公卫中心立即向上海市卫健委和国家卫健委等主管部门报告。1 月上旬，上海各家医院开始广泛培训医生，以防有相关患者来到上海而不会处置，当时设定的一个前提就是“人传人”。

1 月 15 日，上海市同仁医院接诊首例武汉抵沪的新冠病人，当天就被隔离。公卫中心收治第一名新冠肺炎患者后就进入了全面应急状态，运转负压病房。

张文宏说，上海阻止了新冠疫情本来可能出现的指数增长，“这是在政府多项措施及民众高度自觉下实现的”。

复旦大学上海医学院副院长吴凡说，上海在第一阶段的防控成效得益于交通检疫、重点地区抵沪人员隔离观察管理、对患者的及时识别诊治（“一人一案”），以及对其密切接触者的流行病学调查等各个环节衔接顺利，且高质量完成。

疫情还未解除，防控还在路上，上海还在严防死守，特别是对于空港。从 3 月 6 日起，上海 16 个区驻点人员进驻两大机场，24 小时不间断值守。机场设立专门的人员集散点，对于原计划搭乘公共交通、需要居家隔离健康观察的入境人员，一律由各区安排专车、专人集中接送，严格落实 14 天的隔离。

对于行之有效的防控经验，上海并没有高调宣传，而是一直强调，切不可掉以轻心。这背后所遵循的还是科学与规律。

5.

我家住浦东花木，所在小区有 300 多户居民，居委会预约发放口罩，一开始是让大家到药店领取，后来改为由居委会派人送到每户的信箱，以减少居民外出和接触。从这个小小细节可以看出，基层社区不是简单地领任务、派任务，而是把事情尽可能做细，做到位。这也是专业主义的精神。在家里闷久了，我会走到三八河边散心，或者开车到江边，停在一个地方，到江边步道上走走。三八河边不知何时新修了一条柏油路，代替了原来的土路，原来泛滥的芦苇清走了，绿植青青，生机盎然。江边的步道有好几个层次，散步的、跑步的、骑车的各行其道，中间还穿插着亲子园、花园、假山，等等。如果不是在家禁足，我是很少到这些地方的。作为一个上海市民，突然感到，在不知不觉中，身边的基础环境正越变越好。从 2015—2019 年，上海的 PM2.5 年均浓度从 53 微克 / 立方米降到 35 微克 / 立方米，2019 年有 309 天环境空气质量指数达到优良。

我很触动的还有一点，就是无论河边还是江边，如此空旷的地方，见到的人们几乎全都严严实实戴着口罩，自己不想戴都不好意思。外地人常常说上海人“最服从管理”。服从是一个方面，对自己负责，不给彼此添麻烦，可能是更深层的原因。

上周微信公众号“上海圈子”有一篇刷屏的文章《今天的上海让人热血沸腾》，说的是上海八家大商场共同参与“无人值守爱心站”的活动，在商场里设置专门的位置，为外卖小哥和保安、保洁等免费提供“爱心餐食”，如咖啡、饮料、方便面、汉堡包、盒饭、点心、糖果，此外还有美妆产品、鞋服、消毒液、鲜花，等等。这些东西都是商场的商家、写字楼里的白领，以及一些外国友人捐献的。在文章的留言部分，我看到了这样的一些回应：

“感谢这些热心的组织者让上海变得更加温暖，是否可以在这些小车上放一些干净、无破损的二手物品。一手的货品主要靠组织爱心商户参与，而二手物品，我们广大上海市民都能参与进来。”

“上海，骨子里透着善良的上海。”

“今天在太古汇看到爱心车了，看到快递小哥拿起喜茶把盖子扔掉插着吸管直接喝，有点心酸，这一定是他第一次喝……”

“我们小区也发起类似的活动，大家捐款给疫情期间坚守岗位的保洁、保安，给快递小哥买吃的，传递爱心！”

现代化国际化的时尚魔都，是上海的一面。而这些场景和回应，也是同样无比真实的上海。我对后者更为看重，因为我们身边那些最普通也最常见的服务人员，在这里得到了应有的尊重。没有他们，也不会有城市的太平。

从17年前抗击SARS到今天抗击新冠疫情，人口高密度的上海总是被视为病毒肆虐的“假想敌”，但上海始终让人放心。我想，从治理角度看，上海大概已经形成了一种“三高效应”，即高效率的政府和高素质的社会，共创高质量的治理。上海有着坚强和深厚的社会资本，帮助这座城市在危机面前紧张而不慌乱，通过恰当的方式把巨大的压力一层层分解、化解。而贯穿于“三高”之间的，还是专业主义的能力和品格。

在过去很长时间，上海人都被视为“自我感觉良好”的象征。其实，今天上海人的含义已经非常辽阔，以致很多有上海户籍的人也不知道谁才是“正宗上海人”。或者说，上海的“正宗”恰恰就是多元混合的不正宗。谁要说自己是正宗，反而会背离“海纳百川”的上海精神。但是，从对这座城市的向心力、自豪感来说，上海意识的确又是存在的。“爱城主义”（civicism），这是一种自自然然的融入，热爱与责任。上海尊重人民，敬畏人民，人民热爱上海，相信上海。

美国景顺集团（Invesco Ltd.）是一家世界领先的投资管理公司，1935 年成立，全球管理的资产规模为 1.2 万亿美元。2 月 25 日，景顺全资下属公司——景顺瑞和（上海）股权投资管理有限公司在上海虹口区注册成立。

我和景顺瑞和的董事公衍涛做了电话交流。他说，景顺 2015 年、2016 年就想到上海做 QFLP（Qualified Foreign Limited Partner，外商投资股权投资企业），但听说对景顺投资非自营性的商业综合体、物流园区等有限制，只能投资建总部，所以景顺去了深圳注册，这几年已在国内投资了 40 亿元的城市更新项目。

“最近我们明显感到上海的开放在加快。上海地方金融监管局和我们有很多沟通，效率非常高、非常务实，允许在一定的投资额度内（如 2 亿美元），不再对一个个具体项目进行审查。金融局还主动和外管局、市工商局、市商务委律师事务所等相关机构协调，帮我们落地。疫情期间，他们通过电子邮件、电话会议、微信等和我们沟通，所有资料申报都在网上完成。我们有 3 个董事，两个在香港，我在上海，香港的资料要邮过去再寄回来，一回来就报到市工商局，工商局的几位同志从家里赶到局里办理。第二天执照就出来了。”

我问公衍涛如何评价上海和深圳的投资环境，他说都很好，请客送礼吃饭那是从来都不用的，都是电话、微信联系，顶多是见面沟通一下。上海的特点是门槛比较高，重视声誉、合规，但符合门槛后就很宽松，不再一事一议，从这点看上海的效率更高。

在疫情这段日子里，管理资产规模 1.9 万亿美元的美国纽约梅隆银行（BNY Mellon），有 200 多年历史的英国施罗德集团（Schroder），全球最大的人力资源管理咨询和金融咨询机构美国美世咨询公司（Mercer），欧洲著名的独立私人合伙制投资机构英国柏基投资管理（Baillie Gifford），纷纷落户上海。这是上海国际金融中心建设的一个侧面，也是上海不断改善营商环境的一个侧面。以外资资产管理试点为例，上海的制度创新包括：拓宽试点企业范围；支持试点企业扩大投资领域；支持一个主体开展多项业务（不用再开展一项业务注册一个主体）；从原来的定期分批评议，简化为申请人通过网上提交申报材料，“即申报、即受理、即评议”，等等。

像景顺瑞和这样的案例，在我看来，与其说是上海在抢抓复工复产、引进投资的机遇（金融局领导大年初二就上班了），不如说，这是上海自 2017 年年底以来，对标世界银行的营商环境标准，通过持续改革，从 1.0 版到 2.0 版再到 3.0 版步步升级，在整个经济环境的软实力上实现了跃升的结果。

上海不可能靠优惠政策比拼，不可能靠低要素成本竞争，只有靠优化营商环境。

2017 年 12 月，上海优化营商环境改革 1.0 版出台，提出了 56 项改革措施。

2019 年 2 月，营商环境改革 2.0 版在春节后首个工作日出台，提出了 88 项改革举措和建议。在 2019 年 10 月 23 日世界银行发布的《2020 年营商环境报告》中，中国总体排名比上一年上升 15 位，名列第 31 位。中国的代表是上海（权重为 55%）和北京（权重为 45%）。上海在开办企业、获得电力、施工许可、跨境贸易、登记财产等以地方事权为主的评价指标中，办事环节平均压缩了 30.5%，办事时间平均压缩了 52.8%。

2020 年 2 月 19 日，营商环境改革 3.0 版方案出台，从全面打响"一网通办"政务服务品牌、打造更具国际竞争力的营商环境、加强保护和激发市场主体活力的制度供给三大方面，提出了 32 项改革任务。这些任务，基本上都有数字细节的要求。

全面推进开办企业"一表申请、一窗发放"，开办企业实现 2 个环节 2～3 天完成。

针对 1 万平方米以下的社会投资产业类项目，实施线上线下"一站式中心"改革，涵盖工程规划、施工许可、监督检查、竣工验收、不动产登记、供排水接入等全过程事项，实现 5 个环节 24 天完成全过程审批服务。

全面优化电力公司内部流程，压缩低压项目办电时间，做到 2 个环节 10 天完成。

实施获得用气"310"服务，依托"一网通办"平台，进一步减少用户提交材料及办事环节，"最多 3 个环节、1 件材料、0 跑腿"，等等。

对标世界最高标准，"没有最好、只有更好，没有完成时、只有进行时"，正是这两年多来在营商环境方面的死磕，让上海在中国城市的激烈竞赛中交出了出色的答卷。上海靠的是更低的交易成本，更高的效率，以及对于企业家精神的更充分认可与发扬。

我不想重复上海经济提质增效的诸多数据，让我感到欣喜的是这样的案例：

通过贸易便利化的试点，对鲜奶进口"快检快放 + 外检内放"，新西兰自有牧场的鲜奶直达中国消费者餐桌，从以前的 8 天缩短为 3 天。

为了应对特斯拉一期工厂的复杂施工和动态调整，上海采取了"容缺后补"的方法，即在重要的主体材料完整的情况下，允许一部分非主要材料后期补上。通过"容缺"，特斯拉工厂得以边施工、边审批，工程进度没有落下一天。

一家科技公司在宝山注册，高管中的 5 名董事及 1 名监事大部分为日籍，不在中国境内，无法在提出设立申请时提供身份证原件。宝山的市场监管局采用微信视频与拍照相结合的方式予以变通审核。网上预审、现场收件、现场审批，40 分钟将营业执照制作完毕，下午 4 点前送到科技公司，一天也不耽误。

一位投资人要办理股权转让变更，在申请材料提交审核通过后，收到"办件已出证，待领取”的短信。他家住浦东，上班途经徐汇区行政服务中心，上午 7 时 3 分，在 24 小时自助服务大厅的自助证照柜刷了一下身份证，仅用 30 秒便领取到了新的企业营业执照。徐汇区的 24 小时政务服务模式，打破了时间束缚，让办事人想什么时候办就什么时候办。

我的欣喜在于效率驱动、创新驱动、服务驱动方面，上海在发力。这种精益化、内涵提升的努力，使上海商业运行的底层代码得到了优化和简明化，从而让整个经济和社会受益。这代表了未来的方向。

“一网通办”明显提升了上海服务的效率。但上海的领导并不满足，他们说，要优化再造部门内部和跨部门、跨层级、跨区域的业务流程、办事流程，逐步使企业、市民到政府办事“像网购一样方便”。的确，跟网购比，服务效率提升的潜力还很大。

我所看到的上海变化，让我意识到：

我生活在一座奉行专业主义的城市，一座有很高治理水平的城市，一座令人安心的城市，一座有纪律、也有爱和温度的城市。上海的高大上，不仅有天时地利的政策和资本助力，更有内生性的原因，那就是通过在社会资本、制度环境、居民素质等方面的日积月累，实现了城市和人民之间，基于信任的良性互动。这才是这座城市最可贵的资本。

我们今天生活于此的上海，是在全球化时代和中国复兴背景下，一个新的城市文明的样本。我们正在共同参与一座具有世界意义的城市的塑造。在中西荟萃、博采众长的文明交汇点上，上海向着太平洋东岸的综合性世界城市的迈进，不是可能性的问题，是时间的问题。上海只争朝夕！

仁者爱人，城市爱民，人民也会从内心里，把自己的命运和城市的命运紧紧连接在一起。

这篇文章的题目是《再致上海：一座城市的全球领导力猜想》。我并没有给出全球领导力的定义，也没有具体展望未来上海的地位，只是从社会资本和制度优化的角度，记下这段日子的一些感受和思考。而我最想和所有上海的朋友们分享的是：

如果我们要创造具有全球领导力的城市——这也是时代赋予我们这座城市的使命与责任——我们就要努力成为最好的城市公民，用专业的态度做好本分的事情，发挥创造力，释放“助人才能助己”的同理心，让城市成为我们每个人的命运共同体。

未来上海的任何猜想，都取决于我们每个人今天的努力。

（首发于秦朔朋友圈 2020 年 3 月 9 日）

不忘年

托尔斯泰说："幸福的家庭都是相似的，不幸的家庭各有各的不幸。"这话反过来说也成立，幸福是千姿百态的，不幸则有同样的因果。

没有谁愿意去读"不幸"这所"最好的大学"（别林斯基），但古希腊悲剧作家埃斯库罗斯说的也不错，"通过苦难而变得明智并非坏事"。

我在广州完整经历过 2003 年的 SARS 危机，今年春节则和亿万国人一起经历新冠肺炎危机。我不在武汉、不在湖北，体验当不及武汉人、湖北人之万一。好在社交媒体提供给我们一个同频共振的沟通平台，让我们看勇气和爱，看无助的苦，看最后一道防线的医护者拼尽全力的抵抗。我们悲伤，落泪，但并不屈服，也不能放弃思考。

众生畏果，菩萨畏因。我们盯的都是结果，但根本在于原因。

整个社会福利的净损失难以估量。

2020 年的开端，开得让人百感交集。

这一年，大概是上苍用来让我们记住的不忘年。

1. 不忘公共健康

健康是人生的 1，没了它，后面再多 0 都缺乏意义。这道理人人都懂。

从人均可预期寿命角度，中国的健康水平已有巨大提高，中华人民共和国成立之初平均寿命为 35 岁，2018 年平均寿命为 77 岁。

而新冠肺炎给我们的启示是——

公共健康不是个体问题，是整体问题，是别人会传染你、你会传染别人的问题；

单从总人口的确诊率和死亡率看，并不高；但从阻断和防范要求看，一切都要让路，人人都要参与，波及面超级广；

2019 年中国的死亡人口为 998 万人，对这个数字 14 亿人并不恐慌。因为那是一个个单独个体的不幸。车照跑，市照开，社会和经济一如往常。

新冠肺炎的突发性、未知性、紧迫性和不确定性，导致它的可怕在于，你不知道它有多可怕。

这让我们如此之深地意识到：有着强大互动性的公共健康，是一切经济和社会发展的前提，公共健康就是经济，就是社会，就是民生，攸关一切。

世界卫生组织列出的 2019 年全球健康十大威胁是：空气污染（全世界 10 个人有 9 个每天在呼吸受污染的空气，全球每年大约有 700 万人因和空气污染相关的疾病而死亡），疫苗犹豫（在可获得疫苗接种的情况下对接种犹豫或拒绝），非传染性疾病，流感大流行，脆弱和易受损的生存环境，抗生素耐药性，埃博拉等高威胁病原体，落后的基础医疗条件，登革热以及艾滋病病毒。

里面没有某种绝症或罕见病，都是带有公共性的问题。

所以对人类健康的真正威胁，乃是在人与环境、人与人的互动中，突然爆发了对社会公众健康有重大威胁和严重损害的疾病。

从全球来看，这样的威胁还不少。

居安思危。是不是可以说，公共健康领域要警钟长鸣，永远没有可以安枕无忧的盛世？！

2. 不忘公共卫生

谈到公共健康，每个人会觉得和自己是有关系的；而谈到公共卫生，很多人会觉得，那是某些专业部门的工作。

在英文中，公共健康和公共卫生往往都用 Public Health 表示。

1920 年，耶鲁大学公共卫生系创始人温斯洛在《公共卫生的处女地》一文中，给“公共卫生”下了这样的定义——

公共卫生，是全社会的公私机构、大小社群以及所有个人——通过有组织的努力与知情下的选择（informed choice）——来预防疾病、延长寿命并促进健康的科学与技术。

这些有组织的努力包括：改善环境卫生状况，控制传染病，教育公众保持个人卫生，组织医疗和护理服务提供早期诊断和治疗，发展有效的社会机制以保证每个人拥有足以维持其健康的生活水准，享有健康和长寿的权利。

细读 100 年前的定义，依然毫不过时。

（1）公共卫生，人人有责，要全社会参与，个人卫生习惯也关乎公共安全。

（2）预防很重要，“上工治未病”。早期很重要，越早越好。预防重于治疗，防微杜渐，早发现早隔离。危机管理其实是控制管理，就是当危机刚冒头就尽可能控制，不让其扩散，不让小危机变成大危机，同时通过科研，探索长效防治之道。

（3）知情权非常重要。informed choice 也可译为“有依据的选择”“明智的选择”，前提都是要有充分的、基于事实的知情权。

有备才能无患。中国是世界工厂，此次疫情爆发之初，医护物资如此缺乏的原因之一，还是防疫、防灾意识薄弱。日本最近支援了中国不少口罩等医护用品，多是取自他们的防灾储备物资。日经新闻中文网最近有篇文章，讲东京著名的六本木新城，救灾物资储备仓库就有 5 处，都靠近车道附近。紧急用食品、饮用水等物资都按员工人数乘以 3 天（72 小时原则）所需数量储备，还要多备 10%。仓库里，救灾物资上分别标明哪些供员工使用，哪些供路人使用，准备得十分细致。救灾物资储备包括：急救药品、救助用器材、紧急用品、紧急用食品和紧急外携文件。

日本防灾更多是防地震和台风，但对我们防疫也有借鉴性，就是要增强全民意识，宁可备而无患，并把防范意识行动化、机制化、日常化。

3. 不忘发展综合国力是硬道理

这次抗疫，举国之力，众志成城，但在一些地方，仍存在医疗基础条件的不足，医护物资的缺乏，有的地方甚至是匮乏，导致不能及时诊断，及时收治。

这不单是中国的问题。现在全球个人防护装备市场都面临严重不足，尤其是口罩和呼吸器。但中国作为世界工厂和纺织业龙头，陷入口罩荒，让我们对制造业，需要多些透彻的了解和关心。

最近媒体很关注新冠肺炎核酸检测中的“假阴性”现象，权威专家指出，“并不是所有的病患都能检测出核酸阳性，对于真是新型冠状病毒感染的病人，也不过只有 30%～50% 的阳性率”。第一财经的调研显示，这是由于取样不规范和试剂检测能力等多方面因素导致的。

相比取样难而言，试剂的灵敏度是对检测能力更大的制约因素。“质量高的试剂一定是灵敏度高，且特异性强的，能很好地对‘灰区’做出处理，这是试剂的核心，是最基本的保证，可以削弱其他外部噪声，比如标本纯度不够的影响。如果试剂本身的质量就不过关，那么就会反过来放大外部噪声。”可见医护物资、医疗用品，无论是数量还是质量，在这次压力测试下都暴露出了短板。

2019 年中国的 GDP 总量接近 100 万亿元人民币，相当于日本、德国、英国、法国的经济总量之和，综合国力不只是 GDP 总量，是包括了经济、政治、军事、文化、科技、教育、人力资源等的综合指标，不仅有硬实力，还有软实力，灵活弹性的应急能力，结构均衡的能力，人均享有的能力。

发展是硬道理，对我们这样的人口大国来说，哪一方面的发展都不能少。

4. 不忘危机就在身边

1962 年美苏之间爆发过一场重大危机，当时苏联秘密在古巴建立导弹基地，被美国 U-2 侦察机发现，双方在加勒比海地区尖锐对峙。这是人类历史上首次出现可能爆发热核大战的危机，后来在双方的理智下得以避免。

当时的美国国防部长麦克纳马拉说："今后战略可能不复存在，取而代之的将是危机管理。"

有很多指标可以证明，人类走在繁荣进步之路上。与此同时，各种危机与人类也形影不离。危机会影响既定的战略，因此，必须把危机管理纳入战略管理的范畴。

安不忘危。忘危必危。

社会遭遇的危机，很多都是全局性的，即每个公民都可能成为受害者，被挑战者。因此，应对危机需要社会参与，需要全民配合，需要人人行动。这是战胜危机的根本保证。

我们必须学会接受危机这一现实，但绝不动摇战胜危机的信心。

5. 不忘同舟共济

在新冠肺炎疫情中，我们已经看到了广泛的社会参与，个人与家庭自助，民间互助，企业捐助，政府公助。在一些小区，基层居委会、网格员日日核实情况，按预定订单、逐户送口罩上门，物业公司也调动资源，组织新鲜蔬菜，因为封闭和隔离需要，他们就把蔬菜静静地放在业主门前，再用信息一个个地通知！

我们也看到企业，无论是国企、民企还是外企，都积极行动起来。互联网公司、房地产公司这次解囊最多。这是继汶川地震后中国企业社会责任意识的又一次大爆发，当此时刻，无数企业都变身为社会企业——不是以股东利益最大化为目标，而是以社会可持续发展为前提！

这也是一次国际合作的交融。中国出了意外，不少国家伸出了援手。我们要更多记住他们的善意和善举。未来中国也要努力承担更多的国际社会责任。疾病无国界。

接下来的经济保卫战，依然需要同舟共济。特别是对中小民企。因为他们是由市场发工资的，市场结冰了，很多原来能保证的福祉就难以持续了。

在新冠肺炎的冲击与防治中，我们将重新认识国家、市场和社会的关系，也将努力构建一个更平衡、更协调、多元化、可信赖的社会生态。

6. 不忘教训，也不忘希望

我的一位经济学家朋友，希望我发布这样的建议：在新冠病毒去世者超过1 000人之日，作为国家灾难，政府机关下半旗，拉响警报，以示对逝者的哀悼，对患者的问候，对医护及抗疫者的致敬，众志成城，永志不忘！

哨声也告诉我们，人民不会忘记，忘记就意味着背叛。

我的另一位朋友在朋友圈发了一张君子兰的照片，写道："这盆君子兰是三年前春节前夕买的，后来可能是水浇多了，叶子开始一片片蔫掉，一年多前加了些新土进去，放在窗台下任其自生自灭。今年的除夕，迎着朝阳再次绽放，叶子肥厚油绿，非常健康。自然界的万物生灵，都有极强的自我修复能力和顽强的生命力，在这个特别的新春佳节里，祝愿大家更加积极健康地生活，让我们的肌体和心理更加百毒不侵！"

生命很脆弱，生命很顽强，好好生活很值得！

我们中的绝大部分人都将安然无恙地走过这场危机，开始新的历程。但我们不会忘记这个过程中苦难的逝者，我们也将永远感恩那些勇敢的心。

而我们这个刚刚度过70岁生日的人民共和国，也一定能和人民一起，从这场苦难中自我修复，自我超越，重现生机。

（首发于秦朔朋友圈2020年2月9日）

当你聚焦于远处的山峰时，山谷就会成为写满希望的旅程

这个春节不寻常，打乱了很多人的计划。

我原计划大年三十回河南老家探望年逾八旬的父母，因为突如其来的病毒和肺炎，母亲几次三番微信电话说不要回去了。

的确，现在的正确是少出门，少聚会，减少流动，平安过年。朋友圈里流传着一句话，“少吃一顿饭亲情不会断，聚一起吃饭给社会添乱”。

可怜天下父母心。我就安安静静在浦东家中吧。

1.

大年三十早上，我才从瑞士苏黎世飞回上海。

瑞士是全世界的标杆型国家，2018 年人均 GDP 为 8.28 万美元。瑞士 60% 是山地，面积（4.12 万平方千米）只有重庆的一半，人口（852 万）只有重庆的 27%，但 2019 年世界 500 强企业中，瑞士有 14 家，包括嘉能可、雀巢、罗氏、诺华、苏黎世保险、瑞银、ABB、瑞士再保险、瑞士信贷，等等。瑞士精工比德国制造还要精密。高素质、爱创新的瑞士人，打造出了全球最具竞争力的经济体之一。

世界经济论坛年会每年年初在瑞士东部小镇达沃斯举行。小镇在雪山环抱中，接待能力十分有限，也不扩建，两车道的马路经常堵死。达沃斯的盛名不是这里可以滑雪，而是每年这个时候，全世界的超级 VIP 们会汇聚于此，探讨和人类命运相关的重大话题。今年参会嘉宾有 3 000 人，最出名的是特朗普，演讲中他用了四个“不可想象”来形容他就任总统后的成就，洋洋自得一如往常。

2020 年年会的主题是“凝聚全球力量，实现可持续发展”。不管分论坛探讨的是金融与货币、医疗、能源与材料、先进制造业、数字经济，最终都会回到联合国关于可持续发展的 17 个目标上，如消除贫困、消除饥饿、良好健康与福祉、优质教育、性别平等、清洁饮水与卫生设施、廉价和清洁能源、体面工作和经济增长，等等。

达沃斯论坛创始人施瓦布 1938 年生于德国，后加入瑞士籍，他今年 82 岁了，依然生气勃勃。2019 年 12 月，他发布了新的《达沃斯宣言》，探讨这样的命题：如果想为子孙后代维持我们的经济体系，那么我们究竟想要什么样的资本主义？

宣言认为，有三种模型可供选择：一是大多数西方公司所接受的“股东资本主义”，它认为公司的主要目标是股东利益最大化；二是“国家资本主义”，它委托政府设定经济发展方向；第三个选项最值得推荐，就是“利益相关者资本主义”，这一模型将私营公司定位为社会的受托人，它们不仅是创造财富的经济单位，还要考虑雇员、消费者、供应商、社区以及环境和社会整体的利益。

施瓦布说，“利益相关者资本主义”意味着企业不仅要使利润最大化，还要运用自己的能力和资源，与政府及公民社会共同解决未来 10 年最关键的问题，积极打造一个更具凝聚力和可持续发展的世界。

2.

多年来我一直在研究和倡导这方面的观念。今年的感受更为强烈，背景就是源自武汉的防控疫情。

2003 年的 SARS，震动社会各界，国家领导人也心急如焚。SARS 危机深刻影响了中国的发展战略。当年 7 月，在全国防治非典工作会议上，胡锦涛提出，发展绝不只是指经济增长，要更好地坚持全面发展、协调发展、可持续发展的发展观。11 月，温家宝在接受外媒采访时说，城乡发展不平衡，经济和社会发展不平衡，就如同一个人一条腿长一条腿短，一定会摔跤的。

科学发展观，就是在 SARS 危机后提出的。其核心，是以人为本。

我相信，此次肺炎事件和 SARS 一样，也将深刻影响我们的发展观、治理观、公共信息观。目前从中央到各地以及企业和社会各界都已经充分行动起来。武汉这几年在投资建设方面的成绩很突出，但一场肺炎的袭击，“一条腿长一条腿短”的问题立刻暴露无遗。而这并非只是武汉的问题，只不过问题在武汉先爆发了而已。今天是武汉，明天是谁？如果不希望有下一次，应该真正做些什么？

危机已来。既来之，则战之，众志成城，各负其责，一定能过去的。

在古希腊语中，“危机”（crisis）是指游离于生死之间的状态，其字根 krisis 是指“分离”（to separate），“危机”是指离开原来的位置，和现在“分开”了，走向了一种未知状态。其结果，可能是好，也可能是坏，就看如何管理危机。

很多危机的爆发是难以预测的，但危机的应对及其处理，则是对政府和社会的综合治理能力的全面鉴定。良好的危机治理，不是撞击式的被动反应，而应建基于准确、高效、透明的判断与协调机制，以及强有力的动员与执行；危机治理的主体不是单向的，而应是政府、企业、社会各方有序参与的合作集体，要从单一的自上而下变为上下左右互动。

2003 年的 SARS 危机之后，政府和社会都有很多反思。比如，时任清华大学公共管理学院常务副院长的薛澜教授提出，SARS 危机带来的启示是，在市场经济框架建立之后，政府职能应从偏重经济建设逐渐转向公共服务的提供，公共事务的管理，使社会发展与经济发展协调并进；其次，在工作体制上，要建立起合理的公共财政体系。全国各地都面临公共事务管理投入不足、公共领域问题层出不穷的状况，对公共问题的解决在财政、人员、组织等各方面并没有给予足够的保障。此外，在工作绩效评估上，要建立起政务信息公开基础上的公共部门绩效评估体系，确立对人民负责的地方政府的激励机制；在治理单元上，要建立以社区为主的社会基层结构。

我相信，此次肺炎危机，必将促进中国的危机管理体系建设，以及治理能力和治理体系的现代化建设。

1 月 24 日国务院办公厅在《关于征集新型冠状病毒感染的肺炎疫情防控工作问题线索及意见建议的公告》中指出：“对涉及缓报、瞒报、漏报疫情，落实防控措施不力，导致疫情扩散等严重后果的重要问题线索，国务院办公厅督查室将直接派员进行督查。经查证属实的，将依法依规严肃处理。”这就是一个信号。

3.

鼠年新春，再说点和鼠相关的话题。

2001 年，中国加入 WTO，很多人很担心“与狼共舞”的结果。在此背景下，中信出版社引进了美国作家斯宾塞 · 约翰逊的《谁动了我的奶酪？》，畅销一时。

故事很简单。两只小老鼠“嗅嗅”“匆匆”和两个小矮人“哼哼”“唧唧”生活在一个迷宫里，有一天它们同时发现了一个储量丰富的奶酪仓库，便在周围构筑起自己的幸福生活。很久后的某天，奶酪突然不见了。突如其来的变化让每个人的心态表露无遗——小老鼠“嗅嗅”和“匆匆”随变化而动，立刻穿上始终挂在脖子上的鞋子，开始出去再寻找，很快就找到了更新鲜、更丰富的奶酪；两个小矮人“哼哼”和“唧唧”，面对变化则犹豫不决，烦恼丛生，始终无法接受奶酪已消失的残酷现实。经过思想斗争，“唧唧”终于穿上久置不用的跑鞋，重新进入漆黑的迷宫，并最终找到了更多更好的奶酪，而“哼哼”仍在郁郁寡欢，怨天尤人。

“奶酪”可以是人想要的任何东西。当人们拥有丰美的“奶酪”并习惯每天享用，一旦它不见了，就会感到不适应。而对这种不适应的反应，定义了每个人的心态与性格。

你选择什么，就成为什么。

在很多变化面前，我自己也常常郁郁寡欢，“哼哼唧唧”。而每一次能走出来，向前而行，大抵是靠了两种力量。

第一种力量，是让自己看得更远、更宽的力量。我喜欢美国投资家彼得 · 林奇的一句话，“每当我对目前的大局感到忧虑和失望时，我就会努力让自己关注于更大的大局。”

什么是更大的大局？彼得 · 林奇说，那就是始终相信自己的国家会继续存在发展下去；相信人们会继续正常地生活，和往常一样在早晨起床穿裤子时先穿一条腿再穿另一条腿，生产裤子的公司会继续为股东赚钱；相信老企业终将丧失活力而被淘汰，充满活力的企业将取而代之；相信一个勤奋工作且富于创造力的民族。

彼得 · 林奇谈的是美国，但道理放在中国，同样适用。

第二种力量，是立即有所行动的力量。出路不是想出来的，是走出来的。走一步是一步，只要坚持，跬步可至千里。

2020 年代已经来临。似乎越来越多的人都相信，这是一个 VACU 的时代，充满了易变性（V-Volatility）、模糊性（A-Ambiguity)、复杂性（C-Complexity）和不确定性（U-Uncertainty）。

这是对的，但并不是最重要的。最重要的是，面对 VACU，你能不能看到更大的大局，并且相信那些更根本的、推动人类可持续发展的力量？

在长途旅行时，我在飞机上经常看电影，看得最多、反复看的是迪士尼电影，比如《灰姑娘》《冰雪奇缘》《寻梦环游记》《狮子王》《美女与野兽》，等等。我不知道世界上还有哪一家电影公司，在诠释梦想、快乐、团圆、不怕困难与逆境等主题上比迪士尼做得更好。

迪士尼动画片的气质，可以溯源到差不多 100 年前，那个怀揣着仅有的 40 美元、提着装有绘画材料的皮箱的 20 岁出头的年轻人那里。他屡屡失败，付不起房租，画室是在一个废弃的车库里。夜里，他会听到老鼠“吱吱”的叫声。睁开眼，会看到幽暗的灯光下，一双亮晶晶的小眼睛在闪动。正是这种黑暗中的体验，让他后来在制作卡通片时，把小老鼠作为了基础的卡通形象。

对人类永恒价值和本真力量的信任和信心，维系着世界存续的基础。没有这种信任，我们的灵魂将无家可归。

确实，每隔一段时间，都会有一些外部的变化，让我们有这样那样的迷茫、犹豫和无力。但也总有一种力量，帮助我们对冲。这次从苏黎世飞浦东，我又看了一遍《狮子王》——

“是的，过去也许是痛楚的。但在我看来，你要么可以从那里逃离，要么可以从中受益。”

痛楚也是课堂。只要回到初心，总能找到方向，然后一步一步，走出迷茫。

世界永在变化，很多变化在一开始的时候，都不如人所愿。

怎么办？只能向着更远的，也是内心深处更加向往的地方眺望，并立即有所行动，有所努力。

斯宾塞·约翰逊在《峰与谷》中有一句话，我们一起来分享——

当你聚焦于远处的山峰时，山谷就会成为写满希望的旅程！

（首发于秦朔朋友圈 2020 年 1 月 26 日）

唤醒心中的巨人

1.

这是 2019 年写的最后一篇“大视野”。

上一篇“大视野”，《透视下一个 10 年中国经济新动能》，最后一句话是，“为一切创造的力量创造更好的环境——这就是我对 21 世纪 20 年代的最大期盼”。

临近岁末，看到了不少激励性、鼓舞性政策出台，很欣慰。而之前我听到相当多企业的抱怨是，在经济活动中，限制性、管控性、检查性的政策越来越多，相关部门和人员也越来越多。这有点像“摄像头经济”，道路上摄像头越来越密，虽然也能产生一些罚款收入，但本质是“财富再分配”，而不是增量创造。

在经济和社会中，鼓励与限制两类方法都有用，但孰为主，孰为辅，还是要有一个总体判断。过去几十年中国经济的发展，主要是通过改革开放的新制度新文化，唤醒了亿万经济主体，遍地英雄下夕烟，融入全球化，运用新技术，创出了前所未有的增量。如果不是发展导向，增量导向，而是存量导向，管控导向，和计划经济年代一样，把什么都管得严严实实，很可能捡了芝麻丢了西瓜。

什么是增量思维？就是相信明天可以变得比昨天更好，相信下一代人更聪明，相信柳暗花明又一村，一山更比一山高，相信宽广的包容态度能帮助我们更好地解决问题，相信创新能在绝大多数地方让我们走得更远。

20 年前阿里和腾讯才诞生，当时谁能想到，这两个小公司十几年后会成为中国市值最大的公司？

2000 年中国最大的商业零售企业是联华超市，年销售额突破了 100 亿元，而这只是今年天猫双十一 1 分 36 秒的成交量。草根可以变森林，这就是增量效应，是飞轮效应。

所以中国的问题不是没有市场，没有潜力，问题在于如何去激发。

上个月马云在浙商大会发表演讲，说双十一是中国内需的成功，接下来内需将是中国千载难逢、百年一遇的金矿，现在中国一年的包裹量达到 600 亿个，每年的增量相当于一个美国（注：美国为 120 亿个），网购新增用户的 60%～70% 来自三四五线城市和农村，今年光是阿里电商会卖出将近 1 万亿美元价值的商品，80% 来自中国实体经济。

马云演讲中还说了下面的话：

> “市场靠运、经济靠营。运是资源的分配，营是效率的意识。我们要运营我们的经济。希望我们的政策多一点，文件少一点。文件和政策是有区别的，文件是规定不能这样做、不能那样做，而政策是需要上下联动，激发人的积极性，激发人的努力，鼓励新生事物的发展。”
>
> “规则不等于限制，便利、促进也是规则重要的一部分。监管是为了健康发展，离开发展的监管毫无意义。发展也不一定带来风险，监管不一定就没有风险，有时候不适当的、落后的监管也会是巨大的风险。所以，今天只有监管部门、市场主体、企业家、经济学家，大家共同努力，我们的经济面对国内外极其复杂的形势，才能依然充满巨大活力。”

2020 年是“十三五”收官之年，2021 年是“十四五”开局之年，中国经济的明天正在再规划。我们需要用新的愿景凝聚各界共识，唤醒人们心中的巨人，打开新的天地。

本文将结合近期出台的一些政策，从如何激发经济增量的角度展开分析。

2.

我想说的第一个政策是中共中央办公厅、国务院办公厅《关于促进劳动力和人才社会性流动体制机制改革的意见》，提出“以户籍制度和公共服务牵引区域流动”。具体包括：

◇ 全面取消城区常住人口 300 万以下的城市落户限制，全面放宽城区常住人口 300 万～500 万的大城市落户条件。

◇ 完善城区常住人口 500 万以上的超大特大城市积分落户政策，精简积分项目，确保社会保险缴纳年限和居住年限分数占主要比例。

◇ 推进基本公共服务均等化，推动城镇建设用地增加规模与吸纳农业转移人口落户数量挂钩，推动中央预算内投资安排向吸纳农业转移人口落户数量较多的城镇倾斜。

我觉得这些政策释放出了一个清晰的信号，就是“增强中心城市和城市群等经济发展优势区域的经济和人口承载能力”，让想在大城市落户的人能真正落下去。

而在过去，城市规划思维中总有一个框框，就是人口增长会带来城市病，所以要控制规模，如规定人口上限，收紧一线城市建设用地指标，而中小城市建设指标给得很多。结果是，人流到大城市，大城市土地供应速度慢，房价居高不下；中小城市人口净流出，却大搞园区，大建新城，造成大量空置。典型的资源错配！

曾任厦门市规划局局长、现任厦门大学教授的赵燕菁打过一个形象的比喻：

> “我觉得城市规划对待城市好像是对待班里的小孩，有的小孩长得太高，就减少布料，想通过把衣服做小一点减慢他生长的速度。如果个子比较矮，就给他更多布料，希望通过这个办法让他长高一点。实际上错配的是布料。一个人是否应该长高，取决基因而不是布料，城市也是如此。不应通过规划手段去限制哪个城市能增长，规划的任务是给予城市增长需求相匹配的资源。找出一个适合更大规模城市发展的空间结构，可能比限制城市规模本身更重要。”

可喜的是，我们今天的思路回到了尊重城市发展和人口流动的规律上来。这是为什么？是被人口红利的消失逼出来的。

根据国务院《国家人口发展规划》，中国人口总规模增长惯性减弱，2030 年前后达到峰值，此后持续下降。另据统计，中国 16～59 岁劳动年龄人口在 2011 年达到峰值，为 9.25 亿人，2018 年已下降为 8.97 亿人，有研究预测 2030 年后将以平均每年 760 万人的速度减少。

虽然我们的常住人口城镇化率（59.58%，2018 年）和户籍城镇化率（43.37%）并不高，还有一定提升空间，但从非农就业人口占劳动年龄人口的比重看，可能已经达到

70%，由于农村大量中老年人并不愿意再迁出，中国城镇化吸纳农村剩余劳动力的空间并不多了。

所以我们看到这些年越来越多城市因为吸引不了周边的农村人口，城里的年轻人又忙着去一线、新一线城市打工而走向人口净流出，很多大城市拼命“抢人”。在这种背景下，应该通过降低甚至不设门槛，以及公共服务的均等化，尽可能增加城市吸引力，尽可能多转移一些农村人口，让暂住者常住，并尽快拥有户籍。

每当我听到年轻人在大城市为户口和公共服务而焦虑，手足无措，内心总是非常悲哀。大城市人口老龄化越来越厉害，没有新鲜血液，谈何发展？大数据和AI这么发达，很容易就能分析出来，这些在城市打拼多年的年轻人，基本不会再回老家了，他们会一直在城市生活、奋斗、交税、养孩子。既如此，为什么不给人家一点惊喜，让其早点真正融入呢？非要这套标准、那套标准，有的人因为社保交金基数调整，某个月少交了几十块、一百块钱，就要重新回到原点计算时间，这能让年轻人心里舒服吗？

明明是大城市需要增量人口，却用一套陈旧的存量思维，对增量人口设卡，好像来的人只有为城市奋斗的份，没有享受平等公共服务的份。这不仅不符合市场经济逻辑，也有违社会主义初心。

中国大城市化、现代都市圈化还有潜力。和日本对比一下，东京都面积2 188平方公里，2015年人口1 348万；东京都都市圈（东京都加上埼玉县、千叶县和神奈川县），面积1.36万平方公里，2015年人口3 609万；首都圈（东京都都市圈加上外围四县，即栃木、群马、茨城、山梨），面积3.69万平方公里，2019年人口4 379万。但是，如果我们不抓住总人口见顶前这最后十年左右的时间，尽可能推动人口城镇化，未来将追悔莫及！

3.

我想说的第二个政策是《证券法》的修订。12月28日，全国人大常委会就《证券法》修订草案举行发布会。修订涉及完善证券发行制度、完善证券民事诉讼相关制度、较大幅度提高证券违法成本等六个方面。

新修订的《证券法》将于明年3月1日施行，新法全面推行注册制，将发行股票应当“具有持续盈利能力”的要求，改为“具有持续经营能力”，同时，大幅度简化公司债券的发行条件，取消发行审核委员会制度，“证券交易所等可以审核公开发行证券申请”。

注册制不是登记备案制，股票发行还是需要严格审核。但从核准制到注册制，是一个历史性的巨大进步。

中国证监会原主席肖钢说，注册制改革的核心在于理顺市场和政府的关系，避免监管部门的过度干预，让市场发挥配置资源的决定性作用。

（1）发行股票筹集资本，是企业天然拥有的权利。只要不违背国家利益和公众利益，企业能不能发行，何时发行，以什么价格发行，均应由企业和市场决定，这和核准制是完全不同的，从根本上改变了证券监管部门对新股发行，调节奏、管价格、控规模的范式。

（2）以信息披露为中心。证监部门让企业披露充分和必要的投资决策信息，而不对企业资产质量和投资价值进行判断，也不对发行人背书，更不是选秀和择优。注册制条件下的审核方式是不断提出问题，不断回答问题，不断丰富和完善信息披露内容，是一个互动过程。只要发行人披露的内容达到了信息披露制度和规则的标准，就可以放行。这和核准制有很大不同，可以保证企业自己掌握证券发行上市的审核时间，从申请递交开始到最后能不能放行，企业自己能算出来。“如果搞注册制，企业没有稳定的预期，从递申请到最后不知道哪一年，这个不叫注册制，一定要有一个稳定的预期，除非监管部门依法否决。”

（3）各市场参与主体归位尽责。发行人是信息披露的第一责任人，负责真实、准确；中介机构如券商、会计师事务所、律师事务所等，则要承担信息披露的把关责任；投资者自主做出决策，并自担投资的风险。

（4）实行宽进严管。注册制以大力强化监管执法为基础，监管部门重在事中事后监管，严惩违法违规行为，维护投资者的合法权益。

注册制改革会是一个渐进过程，但改革的大方向，非常正确。

为什么现在要推注册制？我觉得也是逼的。

中国经济的升级方向之一，是创新经济。而创新在相当大程度上是由小企业、新企业驱动的，而对这样的经济形态，传统的以银行为主导的间接融资很难有所作为，传统的证券市场审核体制也不会接纳。从 BATJ 一代（百度、阿里、腾讯、京东）到 TMDP 一代（头条、美团、滴滴、拼多多），有哪个是内地银行和资本市场支持起来的？它们全部都是 VC、PE 为新兴产业和企业家精神下注而成功的。

融资难，融资贵，融资歧视，说了 *N* 年了，说的人们已经不想说了，有什么用呢？与其徒叹奈何，不如另辟新天。这就是以天使投资、风险投资、私募股权投资为代表的新资本的一级市场，以及以创业板、科创板、新三板为代表的二级市场的作用。

事实证明，无论是传统的银行体系，还是畸形和变异的影子银行体系，都不能服务创新经济，不能承担创新经济必须携带的风险，我们也无须再作指责，或抱有幻想。我们要往前走，往新的方向走，往直接融资的方向走，最终形成支持中国新经济的强大、多层次、深厚的资本市场，市场化和法治化合一的资本市场。

4.

我想说的第三个政策是《中共中央 国务院关于营造更好发展环境支持民营企业改革发展的意见》，包括优化公平竞争的市场环境、完善精准有效的政策环境、健全平等保护的法治环境、鼓励引导民营企业改革创新、促进民营企业规范健康发展、构建亲清政商关系，等等。

关于民企发展，我写过很多文章。我认为短期的关键是落实政策，中期的关键是深化制度变革，长期的关键是文化。而要真正落实权利平等、机会平等、规则平等，涉及很多深层次问题，也很难一步到位。但我们还是要不断呼吁，不断推动。

现在为什么要出台支持民企改革发展的意见？这与经济增速下行压力增大、就业压力增大是分不开的，也是逼出来的。

客观地说，政府也在努力。工信部副部长辛国斌近日在国务院政策例行吹风会上说，将加强清理拖欠民营企业、中小企业账款力度，目前清欠工作取得了阶段性成效，全国政府部门、大型国有企业共清偿民营企业账款超过 1 600 亿元，今后将加大问责力度，建立健全长效机制，防止“边清边欠”“清完又欠”。

今年全国新设市场主体 2 179 万户（含个体工商户和企业等），日均新设企业达到 2 万户，这得益于市场监管部门进一步精简审批、降低准入门槛、消除投资兴业的制度性障碍，等等。

今年“证照分离”改革已在 18 个自贸试验区开展全覆盖试点，明年将在全国推行“证照分离”改革全覆盖，全面推广企业开办全程网上办，推动行政许可事项“一网办理”，完善企业注销“一网服务”。在产品准入方面，明年将推动“一企一证”和“告知承诺”，在现有 10 类工业产品生产许可证种类基础上继续压减产品目录，仅保留涉及公共安全、经济安全等产品，将审批权限全部下放到省级市场监管部门。

当然，现在营商环境还存在着一些问题，如寻租的隐蔽化、经常化。一个经营经济型酒店的老板告诉我，过去生意好的时候，给相关部门“打点”是没问题的，现在生意不太好，继续“打点”就很吃力，但如果你一停，麻烦就会找上门。

又如，对指标性大企业，各级政府呵护备至，像特斯拉超级工厂在上海临港，从签订协议到破土动工仅仅用了 5 个多月，现在产品都快上市了，而大量中小企业特别是困难企业，往往处在“被爱情遗忘的角落”。

以行政审批之“减”，换来发展活力之“增”，“放管服”改革依然在路上。

5.

最近看美联储前主席格林斯潘和《经济学人》编辑阿德里安 · 伍尔德里奇合著的《美国经济的繁荣与衰退》，很多内容令人触动。

在谈到美国繁荣的原因时，作者认为：与欧洲人建造堡垒来保护已有财富的“堡垒”社会截然相反：美国人总是不停地迁徙，寻找新的机会。19 世纪下半叶，近 2/3 的 30 岁以上的美国人曾跨越国界。相比之下，只有 1/4 的英国人走出了他们狭小的岛国。……美国更容易创立公司，并且如果足够幸运且意志坚定，还能将公司发展为商业巨头。安德鲁 · 卡内基曾是一名身无分文的移民，洛克菲勒是一个推销蛇油的流动商贩的儿子。

在很大程度上，美国的繁荣在于它认可毁灭是创造的必经之路。美国拥有全球最自由的破产法，允许公司倒闭；全球最大的国内市场允许人们搬迁到合适的地方，获得最丰厚的工作回报。美国能够接受，在发展的进程中，不得不废弃一些城镇和关闭一些工厂。

而在分析“为什么美国曾引以为傲的活力消退了”的原因时，作者认为：

“创造性破坏的各项衡量标准（从地域流动性、创立公司到社会对破坏的包容度方面）都呈下降趋势。……还有一个问题是监管的加强，表现为对企业家的两种最具价值的资源征税：尝试新事物的时间和能力。”

“大多数基础设施工程延期数年，因为官员不得不突破重重关卡（尤其是现今在环境保护方面的关卡）。在大萧条时期，修建金门大桥耗时 4 年。今天，开展更大的高速公路项目需要花 10 年扫清各种官僚障碍，才能让工人正式施工。纽约港务局决定重修连接斯塔滕岛和新泽西州的贝永大桥，让大型邮轮可以从桥下驶过。做出该决定后，他们得去 19 个不同的政府部门完成 47 项审批，从 2009 年一直忙到 2013 年年中。经历了整个过程的港务局官员琼 · 帕帕耶奥吉斯说道：‘这个过程不是要解决问题，而是要制造问题。说‘不’能为他们省去很多麻烦。”

“过度监管迫使企业创始人忍受噩梦般的经历，去拜访不同的政府部门，无止境地填写复杂的表格。比如，要想在纽约开个餐馆，你得和 11 个不同的市政机构打交道，这花费了美国人大量的时间和金钱。一半美国人雇用专业人士来处理税收。”

作者认为，美国低增长的沼泽是因为“它被困在自己制造的铁笼中：失控的权力和考虑不周的法规迫使它的表现远远低于其潜力。”“美国拥有打开笼子所需的所有钥匙，最大的问题是它是否有政治意愿去转动这些钥匙。”

《美国经济的繁荣与衰退》让我们从另一个角度领悟到，开拓、创造、创新、增量是如何来的，又是被什么力量所磨蚀而失去的。

中国处在几千年来难得的发展机遇期，我们有全世界罕见的愿意辛勤付出的人力资源，而且天然地希望社会稳定。我们要更加相信人民，相信市场，稳定预期，少一些管控思维，多一些开放思维和增量思维。这些话无数人说了无数遍，因为它是重要的、最根本的话。

从实地调研中我看到，无论是从创业开公司的角度，还是从新型政商关系的角度（大量企业家逢年过节不用请吃送礼了），中国的营商环境有很大改善。这方面的交易成本确实降低了。现在的问题是，企业和个人内心对未来的不确定性（包括财产权利、司法公正、政策稳定性、自由保障，等等），变成了新的交易成本。企业家的心还不够定，还会受到不少经济的、非经济的干扰。

Think big，Think long，我建议，在“十四五”规划中，不仅要定经济、建设、民生等指标，还要定一些软环境、软实力方面的指标，有助于经济主体从内心感到长治久安的信心指标、安心指标。对于重要的、根本的、长久的议题，希望用只争朝夕的态度加以重视，真抓实干地落实，不要等到火烧眉毛的紧急问题出现了，再赶快出政策，响应式地解决问题。

最后，引用比尔·盖茨的妻子梅琳达 2014 年在斯坦福大学演讲中的结束语，和大家共迎 2020 年的到来：

> “将世界朝着让大多数人更加乐观的方向发展。在你的生命里，将会遇到令你震撼甚至心碎的事，当这些问题出现的时候，不要逃跑，去面对和解决。因为那将是你改变世界的时刻。”

（首发于秦朔朋友圈 2019 年 12 月 30 日）

如果周围满是不幸，你到哪里找寻幸福

1.

距离孟买不远的塔那市（Thane）的一处贫民窟里，28 岁的母亲乌莎 · 巴格瓦尼正盘算着怎么支出她不多的卢比。

是买点好东西给孩子吃，让他们更强壮？还是给他们买鞋子，让他们不会感染钩虫病？是让他们有学可上，还是买煤油烧开水？

为了省钱，省时间，她给 5 岁和 7 岁的孩子端上了没煮过的生水。这种水已经让她的两个孩子致命，一个是 15 个月大的男孩，一个是 7 个月大的女孩。在贫民窟里，每个人都喝这种水，通常都不煮开。因为如果天天烧开水，一个月要花 4 美元，几乎是乌莎收入的 1/3，那样的话，买食物的钱就少了。

这些致命的水来自一条已经破裂的管道，周围污水横流。大量疾病和寄生虫通过水从一些人的排泄物传到另一些人的口腔。在全世界，每年因为腹泻而死的有 310 万人，几乎都是儿童。被粪便杀死的人远多于被放射性物质杀死的人。大约 29 亿人——占第三世界人口的 66%——没有厕所，甚至没有像样的坑厕，他们依靠树叶或泼水，而且很少有人用肥皂和水彻底洗手。

镜头转到坦桑尼亚前首都达累斯萨拉姆，一个棚户区的蜿蜒土街上。54 岁的农民赛迪 · 辛巴和他的两个妻子已经生了 20 个孩子，但 6 个死了。这里的棚屋建在沼泽地上，污水经常流到井里。十几岁的男孩在街上销售饮用水，30 美分一大水壶。但辛巴拒绝把钱花在这方面，他习惯了免费从井里取水。他可以选择把水烧开，但要花大笔钱买煤油或木柴。

辛巴很穷，但他也曾花 5 美元买了一块手表，花几美元买了一只旧戒指，他把这些东西看得比干净的水更加优先。孩子们真的生病时，他愿意花大钱去救，但由于缺乏教育，钱往往被浪费。

当他 18 个月大的女儿塔图出现严重腹泻和发烧，他把她带到当地的传统医生那里，并把 20 美元巨款，连同一只鸡和价值 8 美元的魔法布一起交给医生。医生把塔图放在床下，让她母亲蹲在上面小便，把孩子淋得湿透。然后，医生焚烧大象的粪便，让孩子呼吸这些气体。

“通常会有帮助。”辛巴很沮丧。但这次不行，因为塔图死了。辛巴为失去第 6 个孩子痛心，但仍继续为家人提供同样的水。“我们不喜欢喝井水，但如果我们没有其他水，我们会喝的。”辛巴说。

……

这些描述出自《纽约时报》专栏作家纪思道（Nicholas Kritof）笔下。这篇文章发表在 1997 年 1 月 9 日报纸的头版，题目叫《在第三世界，水依旧是致命的》。文章指出，许多第三世界国家的人们正饱受水污染的困扰，每年有数百万儿童因感染疟疾等疾病死去，造成死亡的一大罪魁祸首是“轮状病毒”，它是儿童严重腹泻的首要原因。

若干年后，纪思道在接受奈飞（Netflix）采访时说，“孩子们正在死去，而造成死亡的原因是完全可以避免的，只是因为他们出生在尼日尔，而不是纽约。”

2.

很多人读到这篇文章时都会感到惊悚，但也就是惊悚而已，或者见怪不怪。不过，对有一个人来说，在清晨读到的这些故事改写了他的人生旅程。他不相信里面说的是真的，他以为报道中每年死于疟疾的孩子数量被多加了一个零，于是打电话到报社核实。他很震惊，确实是真的。

这个人就是比尔 · 盖茨。

比尔并不是天生就乐善好施的人。微软成功后，他一直认为靠 Windows 这样的产品服务社会就够了，慈善是退休之后的事。直到 1994 年，微软创立后的第 19 年，他才在父亲建议下拿出 9 400 万美元，设立了以父亲名字命名的威廉 · 盖茨基金会。

“我和我妻子从没听说过轮状病毒。原来几乎所有的孩子都会感染这种病毒，但只有发展中国家的孩子才会因此丧命，这让我们大为震惊，我们决心要把轮状病毒疫苗带给每一个有需要的孩子。这将检验我们究竟能不能为改变这个世界尽一份力。”比尔和梅琳达下了决心。

1999 年，威廉 · 盖茨基金会更名为比尔及梅琳达 · 盖茨基金会。比尔开始把更多精力用于思考社会的问题。他在 2000 年辞去 CEO，2008 年结束在董事会的日常工作，全力投入慈善公益。

《纽约时报》的一篇专栏文章帮助世界首富开启了迈向首善的道路。在慈善公益史上，这也是一个里程碑——这个星球上最聪明的商业头脑之一，用创新的模式去探索重大社会问题的解决，为慈善公益打开新的空间。

1997 年世界每年死于腹泻的有 310 万人，目前已经减少了 100 多万，5 岁以下死于腹泻的儿童减少至 52 万。在这个过程中，盖茨基金会扮演了重要角色。基金会的第一个大额赠款就是疟疾研究，这笔捐赠使世界在该领域的资金投入翻了一番。

基金会还建立了一套市场激励机制——“我们告诉各家制药公司，谁能成功开发出我们需要的特定品种的疫苗，我们就保证采购。我们对他们的研发投入给予了合理的回报。实践证明，这种方式卓有成效，因此政府部门也开始注资强化这种市场激励机制，一些制药公司也开始针对贫穷国家多发疾病开展药物研发。”盖茨称这是“催化式慈善”。

厕所和下水系统是盖茨基金会驱动的又一创新。基金会用近 700 万美元发起了一项厕所发明竞赛。参赛者必须在没有水、电力、化粪池的情况下让厕所运转。几年后，有的想法已经制作成模型产品，比如一种马桶用螺旋装置把尿液和粪便分开，燃烧废物产生的能量为螺旋装置供能，所产生的副产品只有一点灰烬。

比尔 · 盖茨还找到机械工程师彼得 · 贾尼基，希望他帮助改造污水处理设备。经过 18 个月的努力，建造出一个独立的全向处理器：使水分蒸发，燃烧固体制造更多蒸汽，驱动蒸汽发电机给处理器供电。如今，在达喀尔，全向处理器已经能够处理城市 1/3 的粪便污水，并为人们提供干净的饮用水。

3.

今年 9 月下旬，我在纽约参加盖茨基金会主办的 2019 年“目标守卫者”(Goal Keepers)年会。所谓目标，是指联合国 193 个成员国在 2015 年可持续发展峰会上通过的 17 项可持续发展目标。所谓守卫者，是指在各个领域改善了人类生存的人。

今年的获奖者之一是印度总理莫迪。他的成就是推动印度在近 5 年时间里为 6 亿多人建造了超过 1.1 亿间厕所。2014 年，“清洁印度”启动，莫迪说厕所比寺庙重要。印度政府为自建厕所的家庭补贴 75% 的建造成本，世界银行也向印度发放了 15 亿美元贷款。印度人的厕所拥有率从 2014 年的 35% 上升到 2018 年的 70% 左右。

但更多的“目标守卫者”都是普普通通的人。

在 2018 年的获奖者中，有来自肯尼亚的迪斯姆斯 · 基瑟鲁，他创立了一家提供可再生能源解决方案的公司，在 2016—2018 年帮助了 3 000 位女性农民提高了超过 150% 的产量。他的公司还为 18～29 岁的年轻人设立了导师项目，教会年轻人如何操作、保养、维修可再生能源机器。

有来自英国的阿米卡 · 乔治，18 岁的她发起了“月经自由”运动，呼吁政府为所有接受免费餐的在校生、难民、贫困女性提供免费的经期用品，如卫生棉条。

有来自德国的鲁帕，他为难民和志愿者创立的“Wefugees”网络交流互动平台，成为全球最大的难民问答服务平台。

有来自肯尼亚的鲁比 · 汀歌，她成长在一个 80% 的女性会在幼年被实施阴部割礼并被迫通婚的社区。她致力于为年轻女性发声，呼吁取消女性割礼，反对一切针对女性的暴力侵害。

今年的获奖者中，有 31 岁的突尼斯青年阿雅 · 切比，她发起了非洲青年运动会（African Youth Games, AYM），在肯尼亚组织了首次非洲青年运动会，访问过 30 多个非洲国家，与妇女组织、艺术家和社会活动家合作开展青年赋能项目。

有 28 岁的加纳青年格雷戈里 · 洛克森，他患有胸椎侧凸，注意到父母在购买药物时会遇到各种困难，15 岁时他成立了一家非营利性机构，为感染艾滋病病毒的儿童提供药物。2013 年他参与创建了 mPharma，通过汇总并预测供应商网络的需求来降低药品价格。mPharma 使药价下降了 30%，基本解决了缺货问题，医院诊所也反映与药物相关的并发症减少了 25%。mPharma 的创新成果已经帮助 40 万名患者恢复了健康。

有 16 岁的印度青年佩亚尔 · 詹吉德，她是所在村庄的儿童议会领导人，通过向社区宣传抵制家庭暴力和反对童婚，努力让所在村庄变成一个“对儿童友好”的地方……

全球经济仍在增长，人类福祉仍在提高，但人类的幸福感并未与经济发展同步。民意调查机构盖洛普发布的《2019 世界年度幸福指数报告》显示，在有充分数据的 125 个国家中，有 43 个国家的人均 GDP 和幸福快乐感的方向相反。同时，全世界担忧、悲伤、愤怒等负面情绪比 2010 年增加了 27%。这在很大程度上是由于发展的不平衡和贫富差距的继续扩大。

富裕国家消耗了世界 88% 的能源，贫穷国家只消耗了 12%；高收入国家人口预期寿命比低收入国家高出 18.1 岁；在卫生服务稀缺的低收入国家，每 41 名妇女中就有一人死于怀孕和分娩，而高收入国家每 3 300 名妇女仅有一人死亡。2015 年，全球仍有 23 亿人无法获得基本卫生服务，8.92 亿人继续露天排便，2016 年全球有 2.16 亿例疟疾病例……所有这些问题的存在，使好生活和差生活之间的反差在进一步拉大。

但徒有呼吁是没用的。盖茨基金会倡导的是行动，只有积极、乐观、建设性、创造性的行动，才能让人类拥有一个可持续的未来。口语体诗人阿那亚 · 乔哈尔这样表达全球目标守卫者的愿景——

他们说你太年轻
才会相信如此宏大的梦想
但是，请不要等待
不要让他们去写你的故事
你要自己改写、挑战和改变历史
行动才是最好的回应

4.

从纽约回到中国不久，我到成都参加“中国社会企业与影响力投资论坛 2019 年年会”。我长期关注这个领域，并不陌生，但还是为中国在这方面的进步而感到欣喜，即中国的公益慈善事业也在探索创新模式，科技赋能，资本助力，商业向善，让社会问题的解决，也可以通过可持续的方式，而不仅仅只是募捐、输血、再募捐、再输血。

2015 年，杭州人魏文峰发现读小学的女儿买的包书皮有一种刺鼻的味道，他有 16 年检测工作经验，就花了 100 多元买了 7 种包书皮，送到国家级化学检验中心实验室，花了 9 500 元检测费，结果发现含有大量的邻苯二甲酸酯和多环芳烃。

邻苯有生殖毒性，多环芳烃有强致癌性。“做检测工作，没想到连自己女儿都守护不了。”他决定站出来，和包书皮等有毒产品一磕到底。“老爸评测”由此起步。从检测书皮和学校跑道，到检测蓝莓果酱和电饭锅，魏老爸检测了许多产品，还购买了 1 万多元一台的甲醛检测仪，让用户通过免费或付费出租的方式检测房间。

2016 年年初，他投入的 100 万元资金用完，公司也快关门了。100 多个家长为他众筹了 200 万元资金，但要把检测事业进行到底，还是需要自我造血的模式创新。有人建议做电商，不仅能告诉人们哪些是有毒产品，而且能通过检测告诉人们哪些产品可以信赖。

这一“网红 + 电商”的方向让“老爸评测”走上了正轨，他们目前已经有 150 多人，今年的销售额预计能达上亿元左右。“将检测和认证的价值通过互联网传递到消费者，老爸评测成为民间认可的安全放心标志，做一个充满爱的社会企业。”魏文峰找到了一条可持续发展之路。

80 后汪剑超，曾在微软中国担任研发工程师和产品经理 5 年。他投身社会企业的原因之一是看纪录片《垃圾围城》时很难受，不想让女儿生活在这样的环境，同时他发现美国和日本的专业垃圾处理公司也能赚很多钱。2017 年，汪剑超在成都创立了奥北环保（aobag），希望有一天焚烧厂和填埋场不需要再处理可回收垃圾，在奥北就可得到再生。

怎么做的呢？奥北推出了一个可循环使用的回收袋，最初按 10 块钱成本价发展了 1 303 位种子用户，产生垃圾时用户只需稍微评估一下，只要是 5 种塑料、4 门单类、3 类纸张、2 样金属中的任何一种，就可以装袋集好，如果能分得更细、装成小袋更好。然后送到社区或所在单位的投放点，等回收小哥开着电动货车来取。

每个回收袋上有二维码，用户可在微信小程序中看到距离自己最近的投放点，回收货车在哪里，什么时间到达自己放袋子的投放点。分类问答机器人会显示实时回收价格，这背后是奥北开发的直接和 ERP 系统连接的蓝牙秤的功劳，只要回收小哥把各类回收物倒进不同的秤盘就好。通过这样的居民、社区、物流、回收再生的连接，可回收垃圾得到专业回收，进入再生循环体系产生销售收入。这个商业模式的本质是通过对可回收垃圾的专业化、规模化处理，变废为宝。例如，牛奶盒现在的处理方式主要是造纸，1 吨送到造纸厂，销售价格 350 元，造纸厂还会因为牛奶盒的出浆率低、杂质高而不愿意回收；但是通过专门分离技术，1 吨可以销售 1 500 元，变成纸浆、再生塑料和再生铝。后者要产生效益，最需要的是规模。

奥北为什么能形成规模呢？因为它用商业纽带串联起了广大的用户。成都一所采用奥北服务的小学，一个学期投放了 2 167 次、11 598 公斤可回收物，各班级一共赚了 11 858 元班费；一家商场引入奥北环保，与物业公司保洁员一起推行垃圾分类，一个月每位保洁人员平均增加了 100 元收入，商场的垃圾也减少了。

5.

2018 年 11 月 5 日，民政部发布《慈善组织保值增值投资活动管理暂行办法》，明确慈善组织可以通过发起设立、并购、参股等方式直接进行股权投资，同时规定被投资方的经营范围应当与慈善组织的宗旨和业务范围相关。

由于慈善组织的宗旨都是社会价值优先，所以这一办法也意味着，中国鼓励资本开展“影响力投资”“使命投资”，让商业化力量成为推动社会价值实现的可持续的通道。

禹闳资本创始人唐荣汉从 2012 年起把社会环境影响作为公司投资标的的首要考量指标，将主要投资放在绿色农业、低碳环保、健康养老和文化教育领域。有意思的是，从禹闳资本的退出案例看，社会企业投资的回报率并不明显低于其他领域的投资，投资周期也不比其他领域的投资周期长。

在唐荣汉看来，影响力投资需要有“洁癖”的耐心资本，对容易伤及社会价值的项目（如电子烟），哪怕回报再高也要放弃。他相信，优秀的社会企业应该是用创新的商业手段解决社会问题，那些具有企业家精神和持续创新能力的社会企业才是影响力投资的首选。

如同唐荣汉这样的资深投资家专注于影响力投资一样，一些企业家正在成为全职公益人，而不只是企业家中的慈善家。

孙莉莉是深圳市红树林湿地保护基金会发起人、秘书长。她参与创办的第一家公司叫同洲电子，2006 年上市。一次偶然的机会，她被投资家厉伟拉去和王石、马蔚华吃饭，去了才知道他们想发展她加入阿拉善 SEE 基金会。这是一家由中国众多企业家在 2008 年发起成立的环境保护组织。

也是在阿拉善 SEE，孙莉莉认识了曾是广州一家房地产公司总经理的刘小钢，她 40 多岁时弃商，卖掉股票，到哈佛学习，之后创办千禾基金会，并在 2011—2015 年先后与韩家寰、冯仑、任志强三任阿拉善 SEE 会长合作，担任秘书长。刘小钢的示范，让孙莉莉对全职公益人有了更多的向往。

2012 年，孙莉莉和王石、马蔚华、陈劲松、厉伟等阿拉善 SEE 华南企业家筹备环保项目，7 月红树林基金会成立。同年，孙莉莉离开同洲电子，卖掉所有股票，专做文化行业，以便将更多时间精力投入公益。

2015 年初，基金会和深圳福田区政府接触，希望托管即将建成的福田红树林生态公园，不碰土地，只做运营管理。2015 年 12 月 28 日生态公园开园当天，尽管规定同时进园人数不能超过 2 200 人，但想参观的市民排了 5 公里长。孙莉莉也成为生态公园首位企业家园长。

这样的故事还可以讲很多。从纽约到成都，我感受到，尽管中国的企业家、投资家、创业者还极少像盖茨基金会那样去探索解决世界的问题，但他们已经行动起来，为解决社会痛点进行“善的创业”，向光而行。特别是年轻一代，社会企业、影响力投资的概念对他们似乎更具吸引力和接近性。

这个世界，每时每地，总有这样那样的问题，让人失望，让人不满，让人不安。

但也总有一些人，从金字塔尖的商业领袖到普普通通的公民，当他们和她们看到不幸，不是躲开、逃走乃至绝望，而是从我做起，从现在做起，让自己成为一股创新与变革的力量，与不幸对冲，看着世界一天天变得更好。

前人曰："天下事，在局外呐喊议论，总是无益，必须躬身入局，挺膺负责，乃有成事之可冀。"（曾国藩）如果周围满是不幸，到哪里找寻幸福？答案是：幸福是一个过程，幸福就在帮助那些不幸者，努力让不幸消失在路上。

（首发于秦朔朋友圈 2019 年 10 月 28 日）

在无尽的迷茫中无畏前行

1.

10 月 13 日晚，在上海外滩金融中心举行的《双子杀手》招待酒会上，我见到了李安导演和威尔·史密斯。李安一贯儒雅，保持微笑，那种适可而止的微笑，很文化，很中华。

李安的电影也一贯地渗透着人道主义的思考。人，克隆人，克隆人的下一代，从拥有复杂情感、有痛有爱有恨的血肉之躯，到纯粹的机器指令，这对人类意味着什么？从他到它，人类的未来是它将彻底控制人类，还是人类依然能够保有拉回它的能力？

真的不知道。只知道，如果人想拉回自己的创造物，如同影片中的中年威尔想把青年威尔拉回正轨，唯一的路径是接触、沟通和不放弃。

李安要表达的主题是传统的，手法则是先锋的。电影采用了原生 3D、4K 以及每秒 120 帧的高帧率，青年威尔更是一个通过动作捕捉技术 100% 特效创造的数字人。这一切让观众如同身临其境。

李安出生于书香门第，父亲是中学校长，他两次高考落榜，勉强考进专科学校学习艺术。留美后获得纽约大学电影硕士，也没有找到一份与电影有关的工作，在家接送孩子，做饭干家务，6 年没有一分钱收入，靠妻子养家，直到 37 岁意外获得了一笔经费，才拍摄了第一部长片《推手》。

威尔·史密斯在他出演的《当幸福来敲门》中说，如果你有梦想，就要守护它，你觉得能行，那就去做。

在人生的奇幻漂流中，李安始终选择和电影同行，直到有一天他的电影真的和观众同行。

2.

10 月 10 日上午 11 点 03 分，NBA 官网微博发布了一条新闻。

> NBA 中国赛 2019# 今晚 19:30，勒布朗・詹姆斯将带领湖人在 NBA 中国赛上海站中对阵凯里・欧文领军的篮网队。

此前，比赛能否如期进行一直存在疑问，在这一刻终被打消。

中国和美国有巨大的合作空间与合作利益，也一直存在着冲突与矛盾。在公共舆论场上，冲突和矛盾的一面甚至在加剧。

中美关系将走向何处？在双边，很多人都迷茫。

从更大的视野上，我的看法是这样的——

近代以来，因为率先完成了世俗化、工业化和民主化，西方占据了两个人类社会的制高点：

◇ 先进与落后的制高点，具体表现在器物与生活上。

◇ 文明与野蛮的制高点，具体表现在制度与意识形态上。

前者可以称之为现代化，后者可以称之为现代性。中国历经曲折之后的崛起和发展，使得西方在第一个制高点上不能独享，他们需要从不适应到适应。而更具挑战的是，西方并没有放弃“文明与野蛮”这个范式下的优越感，即他们依然认为自己文明而东方比较野蛮。但“野蛮”为何能后来居上呢？这是一种认知的冲突，至今他们并未解决。

而对中国来说，随着经济发展和国力隆盛，越来越多人开始认为，中国在两个制高点上都有优势，这种认识正在形成一种趋势。这是国家发展的宝贵力量，但我们也需要在建构后一个心理优势的过程中仔细去区分，在中国发展的过程中，究竟是什么因素真正支持了前一个制高点的形成？而某些听起来振振有词的因素，其实并不是我们的进步支撑。

然而，在喧嚣的网络和复兴心理的暗示与驱动下，可能越来越来不及做这样仔细的分别，由此，留给建设性讨论与争鸣的空间也越来越少。这种裹挟感，多少是令人无奈的。

无论西方还是中国都需要在理解的范式上超越自己，打开新的空间，形成新的包容。否则未来我们会见到越来越多的撞击，以及不可测。

对话本身，就是一种文明。

前一段时间，我和一个在中国已经 30 年的英国人聊天。他在中国发展得很成功。

我说："如果这 30 年，你的生命不是和快速发展的中国结合在一起，你可能不会……"

这个语式代表了一种思考模式，就是"你们离不开中国，离开了中国你们将如何如何"。

他没有等我说完就回答："不是这样的，在中国生意确实不错，但这和生命的意义无关。如果不是在中国，是在印度、在非洲、在孟加拉国，同样会发现生命的意义。"

经济增长不是一切，更何况我们很少计量增长背后的代价。即使增长了，如果食品药品不够安全、法治不够公平、教育不够普惠、地价房价的增速远超可支配收入的增速、空气中充满雾霾，人们也不会幸福和平静，反而会焦虑和不安。

别人羡慕我们的速度，我们羡慕别人的平静。中国有很多高大上的奇迹，但我发现，即使在中国的一线城市，走进一流的名校，厕所的卫生条件也和西方一些二三线城市的普通学校相去甚远。我们的机场无比现代，但斜梯扶手上很少有留给盲人触摸的金属点字。我们有不少耗资巨大的公共建筑的指示系统，照着走往往一头雾水。

我们的文明水准，还很不均衡。无论是物理的，还是心理的。

3.

在人与机器之间，要和解而不是失控，就需要让文明的规则延伸得更久。

在国与国之间，要合作而不是对抗，就需要有更多对话的气氛。

而对社会而言，要防止愚昧与傲慢的卷土重来，就需要更多人努力提升文明的水平，不断自省，不断超越。真正的无知不是知识的缺乏，而是堵住新的知识入口，拒绝自我批判。

从 2015 年 10 月 16 日到 2019 年 10 月 16 日，秦朔朋友圈走过了 4 年的道路。与其说这是一次创业，不如说是一个没有尽头的、不断解决自己思想问题的过程。迷茫是一种常态，坚持是一种常态，唯有求索文明、恪守中道的初心始终不改。

谢谢所有相伴者。一路同行，不弃不离。

一切都在变化中，"天地曾不能以一瞬"。但也总有一些永恒不变的东西，让生命与生命连接。"惟江上之清风，与山间之明月，耳得之而为声，目遇之而成色，取之无禁，用之不竭，是造物者之无尽藏也，而吾与子之所共适。"（苏轼）

文明将我们连在一起，在无尽的迷茫中无畏前行。

（首发于秦朔朋友圈 2019 年 10 月 16 日）

人间至味在广府

我的人生观之一是，生活简单就是享受。

煮一碗宽一点的面，浇上热气腾腾的番茄鸡蛋卤，加点黄瓜丝，一拌，对我就是最好的美食了，每天吃也不会厌倦。

5 月 16 日到 22 日，广州举办亚洲美食节，邀我参加。我说，我是“一碗面主义者”，对吃不讲究，要我写美食，真的找错人了。

朋友说，你曾在广州十几年，难道不想念粤菜的味道?

那当然想念。平时天南地北出差吃饭，凡自己能解决，一碗面足矣；若是应酬，我选的最多的，确实是广东菜。

“我对粤菜没研究，如果能找几位大师对我科普，边吃边聊，或许能写点什么。”

承蒙广州的安排，约了三位大师，分别接受了我的采访：

◇ 黎永泰，顺德人，中国烹饪大师，国家级餐饮裁判，从事烹饪教育 45 年。

◇ 彭树挺，广州人，广东省烹饪协会的荣誉会长。他 1972 年作为知青招工回城，到广州酒家，凌晨 2 点起床跟着师傅蒸排骨饭，后来曾任白天鹅宾馆常务副总经理多年，管的就是餐饮。

◇ 黄振华，从化人，“国宝级粤菜大师”，广东粤菜大厨“001”号，曾主理过“满汉全筵”“五朝宴”“南越王宴”。作为中国烹饪队队长，在烹饪世界杯和国际奥林匹克烹饪赛上分别夺得金牌、铜牌。2006 年商务部评选授予中华名厨荣誉奖称号。他从 17 岁入行到退休，在厨房待了 45 年。

大师观点，不敢独享，以下文字，可以说是我的一个学习体会。

广府菜，潮州菜，客家菜

无论解放前叫菜帮，还是解放后叫菜系，说的都是餐饮和地域的关系。一方水土养一方人，说一方话，做一方菜。只不过，有些菜系能走得更远，能走到世界各地，粤菜即如此。

粤菜三分，广府菜，潮州菜，客家菜。

狭义的粤菜就是广府菜，即说“白话”（广州话）的地方的菜，广西梧州地区讲

“白话”，所以也是广府菜，菜风一样，只是食材有点不同。1955年之后，按行政区域划分菜系，凡广东地区的都叫粤菜，这是广义的大粤菜。

讲潮州话的地方叫潮州菜。汕头人不服气，一定要加进去，所以也叫潮汕菜，基本是在粤东沿海，海陆丰潮汕平原这一片。

讲客家话的地方叫客家菜。客家菜以前也叫东江菜，因为是东江流经的地方，如惠州。后来慢慢把风格、风俗、风味相似的统称为客家菜。

如果是语言交集处，互相就有影响。比如湛江、茂名是广府菜，只是海鲜多一点。但茂名菜和潮州菜也有点相似，因为有些打鱼者从潮汕那边过去，将烹饪风格留在了茂名。海南有不少人讲闽南话、潮州话，所以和潮州菜风格相似。潮州人历史上南迁而来，有福建来的一支，所以潮州菜跟闽南菜很相似，用材、调味以及饮食风俗都相似。严格一点说，潮州菜跟福建菜更贴近，但因为行政区域划分的原因，仅作为粤菜的一个分支。

香港也算广府菜，整个珠三角，以及现在说的“9+2”，粤西和广西靠东这一片，粤北韶关这一片，都属于广府菜。只不过由于各地的经济发展需要，都希望挖掘地方菜品，所以现在有越来越多的地方菜，比如湛江菜、茂名菜、东莞菜，等等。但从大概念来说，它们还是统称为广府菜。

同为广府菜，各地也有各自的特色，比如湛江跟茂名靠海，做海鲜的风格和广州就有点不一样。为什么还是一个大广府？因为它们的烹饪技法，使用原材料的理念，用的调味料，大体相近。至于用大众食材做的大众菜肴，更是品位一样，叫法一样，食材搭配基本也一样。

广府菜的起源

任何一种菜系，都和这个地方的自然条件、历史文化、政治经济等息息相关。

广府菜源远流长。从西汉时期南越王墓发掘出的食材、图画和鼎、鍪、甑、烤炉等烹饪餐具看，当时的广东人就抓蛇吃蛇，吃禾花雀，吃鱼虾，天上、地下、水里都吃，南北风味都有，特别是水产品就有14种。岭南四季常青，食材丰富，《晋书》中就说，“广州包山带海，珍异所出。”

从南越王墓的挖掘还发现，粤菜不仅食材丰富，“飞、潜、动、植”兼备，在饮食方式上也不拘一格。南越国的“食官”“厨丞”，用平底锅，用铜煎炉，用铜烤炉，将当时中原地区的烹调技艺和炊具兼收并蓄。历史上很多北方的达官贵人被贬到广东，他们的厨师也跟到这里，带来了北方的厨艺。

从汉代开始，广州就是陆上交通枢纽和海上交通必经之地，唐代时更是国内第一大港，“通海夷道”，清代又曾是“一口通商”的口岸，所以广州很早就与海外美食相遇。历史上，来自中亚、西亚的“胡人”将富有“洋味”香菜、菠菜等引入，成为广州人的日常食物。清代中前期，西餐传入岭南，粤菜里流行的“焗”，就是英文“cook”的粤语谐音。

南宋时期，“南海一号”将广彩从广州带至欧洲，其中的饮食器具，备受西域各国达官显贵的喜爱。据近年对“南海一号”的挖掘，仅前期出水的瓷器就有 6 000 多件，其中多为饮食器具[①]。

明清时期，广东制造的餐具“广锅”鼎鼎有名，吴承恩写的《西游记》里，孙大圣吓唬妖怪时就说，“拿广锅把你这妖怪煮成杂碎！”

广府菜的食材特点

要谈广府菜，先要说食材。广府菜的食材主要有这么几个特点。

首先，在用材、食材方面，非常广泛，能吃的东西基本上都拿来做菜。中国各大菜系，在食材方面最开放的就是广府这一片，特别是珠三角，涵盖了东南西北中的食材，也涵盖了国外流入的一些西餐食材。这是由易于食材生长的自然环境和易于食材流通的便利条件所决定的。

因为食材的流动性丰富，食材的发掘和采用活跃，就形成广府菜的一大特色，即在烹饪过程中要打食材牌。如果在食材上达不到要求，或者没有经常挖掘一些新鲜的食材，那么广府菜的活跃程度就会受到约束，不可能有今天的地位。

其次，在食材选择上，广府菜讲究“不时不食”，讲究食材的时令性。比如说“春鳊，夏三黎（鲥鱼），秋鲤，冬鲈”，这四种鱼在四种不同的季节最为肥美，滋味最好。

蔬菜也是分季节的。现在科技发达了，大棚养了很多反季节蔬菜。但广府菜仍旧讲究时令，比如凉瓜最好吃是在春末夏初；春天出的通心菜最嫩，有点爽脆；“秋风起菜心”，秋天的菜心质量最好。以老广人的口味来说，大棚菜还是不如当季的蔬菜好吃。

第三，对于食材的产地，广府菜也很讲究。广府菜大厨要做好菜，会追逐那些特别

---

① “南海一号”是南宋初期在海上丝绸之路向外运送瓷器时，在今天广东台山市一带海域失事沉没的一艘木质古沉船。

出色的地方特产。比如白斩鸡，他们认为没有清远鸡就不好吃。清远鸡是清远当地的品种，农家养的，也叫麻黄鸡，毛色是麻黄色，腿很短，矮角，整个身子也很短，是长得很圆的一种鸡，这才是正宗清远鸡。鲤鱼最好在哪里？肇庆鼎湖的文庆鲤。芋头扣肉，芋头最好是哪里？广西荔浦的。

第四，食材新鲜鲜活是广府菜的一大特色。这一点和潮州菜不一样，潮州的“打冷”，是冻品，因为海鱼打回来是很难活的。而广府菜追求新鲜鲜活，如果食材隔夜，鱼死了以后才蒸，老广人是看得懂也能吃得出的。

第五，是根据食材的特征、性质，将其最佳的价值表现出来，千万别把食材浪费了，糟蹋了。比如广东人蒸鱼而不做红烧鱼，就是要把鱼的质量、味道原汁原味表现出来。一代粤菜大师、广州酒家的黄瑞当年炒“香滑鲈鱼球”，会先看清客人在哪间小厅吃饭，计算好房间和厨房距离有多远，掌控好送菜途中的时间，由此决定炒几成熟。厅房远的，可能炒八成熟。厅房近的，炒九成熟，总之是希望菜肴端到客人面前时，呈现出鲈鱼球最嫩滑的口感。

有人评价广府菜“不生不熟，不咸不淡，不饥不饱”，不生不熟，就是说菜还是青的，不知道熟了没有。菜还青，说明还保持着营养成分，这最符合营养标准。炒得过熟，炖锅烂了，所有营养成分就都没有了。刚刚熟，代表的是对食材价值的尊重。

广府菜的烹饪特点

在烹饪这个环节，广府菜讲究火候，讲究小锅小炒，即烹即吃。烹调比较迅速，根据原料的要求进行不同的加温。凡追求鲜润的，必须最短时间内烹饪。卤菜，或者把菜熬很久，这不是广府菜的特点。

在烹饪技法上，广府菜讲究“有锅气”，有一股刚刚炒出来的香气，趁热吃。热菜热吃，冷菜冷吃，很分明。“一热遮三丑”，热菜凉了，什么风味就都没有了。过去为什么大排档会火？就是这边炒熟了，你闻到香味，菜已经端在你面前。广州的惠食佳，特色是啫啫，每个啫啫的菜就报废一个锅。把调味料调好，锅烧到一定温度，料就放进去，锅最后要达到接近爆炸的效果，所以每个锅都用铁丝包着，否则可能没到客人面前已经裂掉了。

在出品和宴席上，广府菜讲究季节的变化搭配。夏秋宜清淡，秋冬宜浓郁。天气比较热的时间追求清淡，不是说广府菜没有味，而是有味，但不适宜太浓郁。到了冬天，就吃一些稍微味浓的菜，这跟广东人的养生理念是结合在一起的。药食同源，冬天宜进补，特别是南方人在亚热带地区生活，夏季天气很热，肠胃的吸收率很低，吃再好的东西也没用。冬天天气凉了，肠胃的吸收率就大。配合不同的气候，在季节性菜品、食材搭配、调味轻重方面都会反映出来。

吃饭必有汤，也是广府菜的一个特征。无论是家里还是到餐饮店，都要喝头啖汤。做汤的方法也特别多，广府菜的老火汤是世界一绝。现在很多人嘌呤高，营养专家说加温时间超过 2 小时就有嘌呤，这是有道理的，所以现在做老火汤，都强调在 2 小时内或一个半小时完成，这也是时代的进步。除了老火汤、煲汤，什么配羹、滚汤、煮汤、氽汤、炖汤，广东人做汤的方法有很多。

时时创新，各具特色

广府菜善于变化、模仿、创新。善于吸收别人的长处，融入自己的烹调技法和调味。从市场上来说，一些著名的大厨都在不断地更换菜品。这和外地一些一成不变的餐饮做法是不一样的。比如，苏菜中有一道名菜松鼠鳜鱼，传到广东，名厨运用娴熟的刀工将鱼改成小菊花型，名为菊花鱼，一口一块，吃得更方便。广府菜常做常新，为的是适应市场的变化。

当然，一些基本的老传统会沉淀下来，比如饮早茶的“四大天皇”（虾饺、干蒸烧卖、叉烧包和蛋挞）。但是，不断推出新菜，这是广府厨师必须有的技能。做不到这一点，老板不高兴，客人也不买账。

广府菜最主要的一些地方，如顺德、南海、东莞、中山，都是历史上出厨师的地方，所谓“食在广州，厨出凤城”（注：凤城是顺德大良镇一带）。广府菜以地方食材为亮点，顺德的亮点就是鱼，桑基鱼塘，做鱼的方法特别多，比如鱼生、蒸鱼、打边炉、无骨鱼，等等。顺德人讲究原汁原味，用的调味酱料品类不多，就是最基本的油盐酱醋，很少用很浓的酱料。现在新顺德人越来越多，所以味道已经有些变了，要吃正宗顺德菜必须到农村去，比如到均安这些还保持原貌的地方，或者到江边一些很地道的农庄。如果到大良，也只能到一些老牌的餐饮店里，才能品尝大良做鱼的风味。

南海的特色是禽类。猪肚包鸡就是南海特色的菜品。佛山里水的霸王鸭、柱侯鸡，也是偏家禽一类的。

中山有打鱼的地方，做海鲜，也有一大片山区，山区就有一些客家风味。

东莞也分了几大片，沿江片、沿海片、山区片，饮食也是不一样的。

广州则是一个聚集地，把外来的东西都集中起来。

说完广府菜，再简单说一下潮州菜和客家菜。

潮州菜主要是冻品、海鲜。潮州是靠着南海、广东偏东的这一片，渔民多，历史上外出的、出国闯荡的人也多，他们的饮食跟这种背景有关。他们对海鲜的烹制有特殊的地方，由于吃的鱼基本是冰鲜，所以味道偏浓，或者是外加味，就的佐料比较多，如沙茶酱、鱼露，等等。像“生炊乌鱼”，吃时要用普宁豆酱作蘸料，做鳝鱼要加一些酸菜。湛江、茂名也有类似情况，比如杂鱼煲，什么都用清水煮熟，加上其他的佐料来吃。

除了做海鲜，潮州菜的汤菜比较多，有点像洛阳水席，有不少半汤半菜的菜肴。他们还做甜菜，特别甜，比如反沙芋头。他们用油重，用糖也重，现在也改了很多。潮州卤水也是一大特色，贵的卤鹅头可以卖1 000多元。

客家菜是从中原文化延续下来的，基本上处于山区，跟江西、湖南临界。惠州、河源、梅州、清远都有很多客家人，大家都在争客家菜谁最正宗。广州花都区、香港新界、以前深圳的宝安，也有部分客家人。他们都是从北方流散过来，避战乱，走到哪里安全就停下来，就住下，但这些都不是大气候。客家菜的大气候，还是沿着广东北面这一片，都是大山，南岭成了客家人的聚居地。

不论哪里的客家人，做菜都相似，最简单的就是盐焗鸡。靠近梅州这片，是直接放到盐里来焗的，惠州是用纸包着来焗。再如红烧肉，上色和调味会有差异，河源的就稍稍偏甜一点。又如梅菜扣肉，梅州认为他们的梅菜是最好的，梅菜经过三蒸三晒，特别香。但河源人和惠州人认为他们的梅菜也很香，用不了三蒸三晒。客家菜最大的一个特点，就是在家禽家畜类的菜肴方面做出了特点，有的是原汁原味，更多的则是调味偏浓一点，偏重一点。

饮食生活与民风文化

在饮食风俗上，广府菜的饮早茶在世界独一无二，可惜没有申请非遗。

饮早茶是一种亲情的欢聚，特别是节假日，早上起来就在一起欢聚。饮早茶也是社交，以前谈生意常常通过饮早茶来拍板。饮早茶还是社会时事口口相传的信息交流方式。最后，饮早茶也是休闲娱乐，一盅两件，其乐融融。

广府菜的午正餐，绝大多数是商业来往，或公司、单位的用餐。正晚餐，聚会比较多，商务的、亲情的都有。这跟别的地方基本相似。广府饮食的特色在于宵夜，这是最有特色的，和潮汕地区的打冷、台湾地区的夜宵是一个形式。由于宵夜对身体不健康，现在明显减少了。

广府菜的宵夜，和外地的小吃不同，它是作为一种正餐来做的，是可以做大菜的。

小吃也是广府的特色，过往24小时到处都有，现在没有这么多了。但小吃的品类还是很多，现在到广州的文德路，就能看见每天有大把人排队吃甜品，“二沙三糊”（红豆沙、绿豆沙、芝麻糊、杏仁糊、核桃糊），汤圆，糖水。还有就是云吞面、布拉肠粉。

粥也是广府菜的特色，粥里有肉，外地很少见。广州最出名的艇仔粥，将新鲜的鱼片、葱花、蛋丝、海蜇、花生仁、浮皮、油条碎等原料，佐以滚粥冲烫粥料的独特手法，立即冲滚，稍后品尝。

潮汕人邀约饮茶，是工夫茶，种种“工夫”都为渲染一个“茶”字。而广府人饮茶，重点不是茶，是“一盅两件”中的虾饺、拉肠、烧卖、粉果、凤爪、叉烧包、牛肉丸、蛋挞、煎饺、马拉糕、萝卜糕、春卷、咸水角、芋角、糯米鸡、裹蒸粽、蒸排骨、蒸猪肚、牛百叶等，是统称为“点心”的食物，“两件”其实是多件。

过去人说“广州三件宝”，陈皮、老姜、禾秆草，是烹饪用的三样佐料。后来人说“广州三件宝”，变成了“烧鹅、靓汤、凉茶铺”。广府人“先甜后苦”，紧跟在糖水铺后面的往往是凉茶铺，自讨苦吃，以除“湿热”。“凉”不是指温度，是指功效，“茶”不是普通茶叶，是中草药熬制的汤剂。

广府饮食，跟广府人的性格、生活、营商、社会、民俗、民风是分不开的。

首先，广府人比较实在，干活说话都讲究老老实实、实实在在。做小本生意、当地生意的多，小富即贵，不太追求大富大贵。广府人到外面做大生意的不多，这和潮汕人不一样，潮汕人做大生意的多，包括在东南亚做大生意的都很多。除了顺德碧桂园、美的，广府人出的500强大企业几乎没有。广府人和希望走仕途、做文化的客家人也不一样。他们老实朴实，在本地生活得安安稳稳，北方战乱基本也不会影响岭南，所以他们安乐稳定，每天都讲究要吃好。

其次，从经济角度看，广府是比较富饶的地方，加上对外沟通交往的便利，很容易自给自足，满足生活所需。既然有经济基础，他们就追求新鲜的饮食，质量好的饮食，同时不过分去改变食材的性质。

再次，广府长期以来政局稳定，接受外来事物非常便捷，不排外，开放包容，所以在烹饪饮食方面，多多少少把外邦的一些风气，比如西餐，外来调味品都接纳了进来。

天下菜系也像江湖，粤菜、广府菜的江湖地位是世界公认的，是精致菜肴的代表，但广府人从不喜欢吹嘘，“只会生孩子，不会起名字”，不会编故事，如果在文化上更多一些锤炼和推广，广府菜将会进一步发扬光大。

广府菜之道和名厨之道

以上是对三位大师观点的综述。如果要我自己总结一下广府菜的特点，我会说是：博采食源，不时不食，材尽其美，原汁原味。

广府菜的最大特点就是最大化地整合资源，同时最有效地发挥出资源的禀赋优势和价值。

首先，广府依山靠海，江河众多，有平原有丘陵有山地，气候宜人，大自然的馈赠十分丰厚。而广府人对所有食材资源都抱着一种民主主义的平等态度，什么都不排斥。高大上的食材能用，“下脚料”的牛杂也能做出美食，没有馅料的面团压扁下油锅也可以做成酥脆的蛋散，鱼的一身无一不成佳肴。

其次，在加工烹饪时，广府菜追求的是鸡有鸡味，鱼有鱼味，饭有饭味，菜有菜味，这才是至味。至味是指每种食物最原始本真的味道，大自然赋予的天然味道就是极致味道。广府菜讲究本味调和，不会让调味料干扰食材本色，尽量用最简单的烹饪方式带出最鲜美的味道，尽量保持食材形态的完整性。广府菜有很多“整只菜”，比如白切鸡、清蒸鱼、烧鹅、白灼虾、均安蒸猪，在赋予食材味道的过程中都是完整的一只，以锁住食材的原汁原味。

例如白切鸡，一定要低温慢浸，刚刚熟，骨头还带点血丝，才最能感受皮脆肉嫩，鸡有鸡味；生炒菜心，既要有镬气，又绝不能过火，上桌时必须鲜嫩翠绿，才能吃出清甜爽口。这都是为了充分体现对食材的尊重，并最大限度地保留其营养价值。

广府菜的清淡，并非“寡淡”，而是淡而有味，所谓“五味调和百味香”，在宴会编排和进食上也特别注重分量控制，推崇“七分饱，三分饥”的养生理念。

名菜背后，必有大师。黄振华说，他的老师黄三大师不仅教会他做菜的基本技艺，更重要的是让他体会到作为厨师应该有的精神——严谨、干净、认真。陈水大师则对他说，“有好技术，哪个当皇帝都愿请你”，让他体会到专业的价值。

因为喜欢，黄振华总是用心揣摩每一道菜的做法，搭配、火候、口味，在厨房待多久都不觉得累。熟能生巧，1974 年黄振华与另外两位师傅组成的小组，刷新了“宰鸡一条龙”表演的记录，仅用了 1 分 52 秒的时间，就把一只活生生的鸡做成色香味俱全的炒鸡肉！为了创造这一记录，黄振华曾认真地研究鸡要几秒才能放出血，后来发现是 10～11 秒，放到多少度的水里鸡才会最快脱毛，怎样起肉才最快，甚至连炭要多干才最快点燃都算在里面。

因为喜欢，再苦也甘之如饴。黄振华初学炒菜时练炒沙，5 斤的沙子放在炒锅里上下翻炒，手腕和拿菜刀的手指关节都变了形，但他一干就是一辈子。

一方水土，有滋有味

今年广州的亚洲美食节，有很多高水平的论坛，将美食和文化联系起来，推动亚洲各国文明的互鉴。但我略感遗憾的是，在五星级酒店吃的几餐饭，好像和心目中以及大师讲述的广府菜有点落差。我们从吃饱到吃好，到吃精吃贵，再到吃健康吃“混搭”，花样越来越多，但那种热气腾腾又原汁原味的“至味”，好像不知去了哪里。

黄振华做了无数珍馐百味，但现在有人请他出门吃饭，他只吃三样：白切鸡、清蒸鱼和一碟青菜。他说，越简单常见的菜，越美味。“清蒸鱼就像广州人，不做作，不夸张，不复杂，很低调，很安静，很平和。没有什么特别的陪衬，就靠自己，原汁原味，品质过硬。”

我没有想到的是，此次广府之行中吃的最好的一顿美食，不是在都市里的酒店食肆，而是在距离广州新白云国际机场 80 公里外的清远英德市浛洸镇，一个叫鱼咀村的省级贫困村。

这是一个拥有汉县建制 800 多年历史的古老村落，村里 114 户村民的年人均可支配收入低于 4 000 元。过去一两年，广东省广物集团与碧桂园先后进驻鱼咀村，全面助力鱼咀村脱贫发展。

在中国经济最发达的几个省市中，广东的地区发展不平衡是最突出的。一个多小时的车程，仿佛就是两个世界。5 月 19 日晚，看了一天扶贫情况的我们一行人，在鱼咀村吃饭，厨子是从 2 公里外的邻村请的会烧菜的普通村民，食材则是在附近就地取材。因为广东省有多个单位和英德对口扶贫，这里引进了不少好的食材品种。

这顿晚饭，是我几年来吃得最好的一顿美食，没有之一。菜品包括：英德土茯苓煲老鸡、地胆头蒸鸭、清蒸水库鱼、炆藏香猪、萝卜烧牛腩、瓦煲焗排骨、特色煎蛋角、香炸山坑鱼仔、芥菜豆腐煲、清炒时蔬。

这些食材都是本地长的、跑的、游的，唯一比较特别的是藏香猪，是云南香格里拉引进来的品种。菜的做法有点像广府菜和客家菜的混搭，口味有一点重。

其实最好吃的东西并不是那么神秘和神奇，就是本地取材，本地人烧制的可口的家常菜。这一方水土上的食物，最是有滋有味。

我因亚洲美食节而去的广州，最后发现真正的美食在乡下，在民间，在寻常。

我相信广州的朋友并不会怪我得出这样的结论，正如29年前我走进这座城市时，它对一个外地人是如此的包容。一粥一面，一叠肠粉一盘炒粉，清蒸鱼，炒凉瓜，就是我所爱的广州美食。而广州人的务实，勤恳，内敛不张扬，更是深深影响了初出校门的我。

中国之大，哪里都有美食，但食材之广，做法之鲜，传统之深，创新之频，该是广府菜独树一帜吧。

每一块土地的本色，就是这块土地上的人间至味。

广府如此，天下如此。希望你我也如此。

◇ 感谢广州民俗文化研究所所长饶原生先生的支持。

（首发于秦朔朋友圈2019年5月22日）

「水姐」

关键词：

传统文化，哲学；城市发展；积累主义；

任凭世事变化，内心鱼鱼雅雅

从顾炎武的实学看苏州为什么这么拼

1. 苏州很拼

3 月 5 日，惊蛰，苏州召开全市作风大会。江苏省委常委、苏州市委书记蓝绍敏表示，选在惊蛰日开会，因为“春雷一声万物醒”，苏州也到了全面复苏、抓紧行动的时候了。

苏州，还提出了一个“以四面八方为视角”的发展观，即东看上海、西看南京、南看深圳、北看南通，满满的，都是对标感和危机感。

2019 年，苏州实现一般公共预算收入 2 221.8 亿元，保持全国第五；实现 GDP 1.92 万亿元，全国第六位，比去年上升了一位。

看 21 世纪的中国大陆 / 内地城市 GDP 排名，苏州最好时排名全国第四，那是 2004 年，苏州 3 450 亿元，深圳 3 422.8 亿元（数据来源：各市当年统计公报；同期，上海 7 450 亿元，北京 4 283 亿元，广州 4 116 亿元）。2005 年，深圳 4 927 亿元，苏州 4 026 亿元，苏州从第四位到了第五位；2009 年，苏州又从第五位到第六位；2014 年又从第六位到了第七位；2019 年回归到第六位。

某种意义上说，苏州是有一些复兴情结的。

疫情发生以来，苏州和杭州这两座“天堂之城”几乎是各项政策反应最快的城市。

比如，苏州最早出台十条意见全力支持中小企业共渡难关；杭州最早包高铁接复工乘客。

比如，杭州最快推出云招聘，云抢人，而苏州的线上招商引资从未停止，实行屏对屏签约，1—2 月份，全市实际利用外资达 27.89 亿美元，同比增长 143.5%，创出 2008 年以来实际利用外资的新高。这样的成绩真不容易啊。

3 月 7 日，苏州高新区 2020 年春季重大项目签约暨集中开工仪式举行，总投资 716.6 亿元的 76 个项目集中开工签约，他们的口号是：不停步、不断档、不打烊。

苏州去年就提出“四个对冲”战略，一是要用新的制造业增量去对冲原有产业的转移；二是要用服务贸易的大发展去对冲对外贸易的减少；三是要用创新驱动和价值链提升对冲获利能力的减弱；四是要用外贸结构的优化去对冲中美贸易的下降。它永远是在“挑战–应战”状态下，任凭外界环境如何变化，它都有自己的生存和发展之道。

发展，其实是一种永不停歇的主动性和积极性。现在很多专家学者都在提醒，该给中国经济摘掉“口罩”了，中国全面复工刻不容缓，等等。有些城市是不需要提醒的、不需要呼吁的，它们的基因里都追求问题的解决方案，持续发展的可行性、可操作方案。这些都是自驱力很强的城市，而自修、自驱、自律、自发，成了这个时期的关键决胜要素。

疫情方面，自 2 月 18 日以来，苏州已经没有新的确诊病例了。3 月 10 日，87 例已经全部治愈，现存确诊全部清零，而且实现了零死亡。

这个古老的城市，这个中国最牛的地级市，为何有如此强烈的危机感、进取心和拼劲呢？

2. 从顾炎武的实学看苏州的拼

我因为经常写城市，所以也会经常翻阅各种各样有关的材料。有一段时间经常闪现《天下郡国利病书》的字眼。所以做了一点相关的研究。第一感觉是，研究区域政治经济地理，顾炎武乃是鼻祖啊。顾炎武就是昆山人。

我在 2017 年写过一篇《2017 年，别光研究心学，“实学”更能告诉你如何经营一个高产出的人生》，里面提到了广义和狭义的实学。儒学中一切关于身心性命、文化传承、学脉赓续、国计民生的有实绩实效之事，是广义上的实学，所谓立德、立言、立功，文章、功业、气节，其实都是实学，人生要有产出、有积淀。而狭义上的实学，就是明清时期兴起的“经世致用思潮”，强调实体、达用，代表人物包括黄宗羲、顾炎武、王夫之等。

顾炎武，就是那个提出“天下兴亡，匹夫有责”的顾炎武。

他的一生就是传奇曲折、高产出的一生。他不仅会读书，还会做生意，似乎没有他不能生存的环境。所谓的读万卷书，行万里路，不仅代表读过的、行过的，还代表什么样的事情都可经历、可包容、可实践、可想象、可生存。

他的三本最著名的代表作，代表了他的生产主线。他到大半个中国了解民情，写了《天下郡国利病书》（120 卷，200 万字），主要关心每个地方的兵防（军事）、赋税（经济）、水利（基础设施）等。梁启超在《中国近三百年学术史》中称此书为“政治地理学”。所以，顾先生真的是现在的区域研究、城市研究的鼻祖。从这三年激烈的城市抢人大战和城市竞合格局看，你就知道地理与政治经济社会的结合度是如此密切。从来区域经济都是历朝历代的重大问题。

《天下郡国利病书》的姐妹篇是《肇域志》（全国性地理总志，318 万字）。两部大著作，加起来500多万字，光是用毛笔写下来至少要用十年，何况还要加上更多调研、思考等时间。

他还有《音学五书》《韵补正》《古音表》《诗本音》《唐韵正》《音论》《金石文字记》《亭林诗文集》等代表作，光是写下来就要20年吧。

他行万里路也用了20年左右。他的一生是如此之满。

另外一本要强调的是他的《日知录》，是一部经年累月、积金琢玉撰成的大型学术札记，是“稽古有得，随时札记，久而类次成书”的著作。他称之为“采铜于山”，即山铸铜，从深山开采矿石提炼精铜，以备铸造鼎彝或钱币之用，“平生之志与业皆在其中”。

日复一日，年复一年，顾炎武不是读书，就是游学，他把阅读到的和观察到的材料，分门别类，然后加以综合分析，逐条厘定。

这是一种人生治学、经营事业的普适性方法。我这几年研究过贝聿铭家族和荣德生家族等，善积累、善总结、善融合、善向无形与精神层面转化，是这些家族传承的重要举措。积累主义，不仅限于财富积累，也可扩散迁移至其他方面。而每个人对每件要长期投入的事业，都应该有“日知录”的精神。那些蒸蒸日上的城市、公司、机构，无论处于何种环境都有这样的日知、日新的精神。

如何产生日知，读万卷书，行万里路，此外还要做百般事业项目的尝试。随着社会资源和社会实力的增强，人和机构能够做到的事情是逐渐增多的。

为了验证理财学识见解，顾炎武在西北地区搞股份制商业运营，于1666年和傅山、李因笃、朱彝尊等人集资垦荒于雁门关之北，他亲自指导经营，效果很好。据某些史料记载，顾炎武是清初山西票号的创始人。这个真实性无从考证，但他非常善于经商，且很有钱，那是真的。他的外甥们官位未显时，都曾向他借贷，竟“累数千金，亦不取偿也”。

他还写各种调查报告，如《郡县论》《钱粮论》《生员论》等，都是对社会问题系统研究、实地勘探后写的报告。此外，从现在的眼光看，他还是个减贫政策专家。他50岁之后长期寓居山西、陕西地区，对那里的贫困状况深入了解后建议政府在西北招抚流亡百姓开辟旷土生产，还提出在西北种棉花、搞纺织，缓解当地的贫困。

记录是人生的一大事业。记录本身因为这个人天然存有历史观。人把每件事做到位，就是人文，把人与人、事与事之间的有机关联度提高，就是“人文日新”的任务。事业本身出真知，每天都能修炼自我，都有精进，就是日知。

城市治理也是如此，把每件事做到位，追踪到位。除了实时记录总结的历史观之外，还有躬身入局的勇敢、果敢，这种拼劲是以人生为度量衡的。这一世，总要有理想、有气质，让这一代人过好，为下一代人奠基。并且，跟财富积累一样重要的是，让下一代人能够翻得到这一代奋斗精神的记录，以便代代相传。

如果古老的城市有实实在在的气质的话，那一定是行动和人文是并进的。事情是做到位，也记录到位的。一切都会向区块链一样，能被追溯，能够流传。经世致用，实学精神是在这个城市留存的。明清时期的实学，影响最深的、继承最好的，无疑也就是江浙一带的人。人生只有不断奋斗、积累，才能回过头来有更好的记录和提炼。有历史积淀的地方，如果从现代人的脸上还能发现那活跃的精气神，那便是一种基因里的拼搏，不求结果，只问拼搏。

“三生花草梦苏州”，苏州永远有可以让人记录的东西，只因它一直拼，站在现在、回望过去和展望未来，就会有充实感，它的精神就不会老去。

3. 专业主义、积累主义、自律拼搏

10 年前，我曾经参加过昆山下属一个镇的发展规划研究，深感每个干部的严谨、面向问题求细节的那种务实精神，而且整个镇的环境，现在回想起来，到处都是绿色的、高科技的现代花园的感觉。以前也跟着国务院参事拜访过苏州市市长、接触过苏州工业园区的管理干部，给人非常职业和专业主义的感觉。

苏州的这种专业感觉，与杭州为首的浙江“店小二”人性细致服务的感觉还不太一样。首先是发源更早；其次是所有人的精神气质是一致的，更加不分你我，只问拼搏。

总之，苏州的干部，在我以前的印象中，就是特别值得书写的、概念型的人群，因为整体风格稳定、气质统一、面向问题，总在追求真实，又不显得骄傲高调。

这个城市的气质一直都没有变过，用一种稳定的精神持续多年深耕创造。经历过周期兴衰，不改其志，只求拼搏。

再说一下顾炎武，他有一个自学方法，是“自督读书”，他给自己规定每天必须读完的卷数，并且限定自己每天读完后把所读的书抄写一遍。他的一生没有困乏的时候。

经过一个多月的居家隔离，相信很多人体会到，2020 年是个最大的自习自修的时空。城市也要诸多尝试，“明道救世”。这是个自觉自律的时代。城市也是有灵魂的。“苏式拼”，是一种有灵魂的、有序的、没有任何困乏感的拼。

（首发于秦朔朋友圈 2020 年 3 月 12 日）

何为真朋友？

1.

最近，华谊的王中军接受新浪财经采访。

华谊危机从2018年5月至今已有1年8个月之久了，且一直处于风口浪尖，王中军用质押、租赁、借款等方式帮企业过冬。但现在看来，影视寒冬似乎仍要持续。

他在采访中谈到了朋友情谊，“去年在这个股票下跌当中，帮我个人出钱，曹国伟是之一。马云、卢志强、史玉柱、陈义红、王玉锁、虞峰、柳传志、胡葆森、陈东升（也帮忙）。”他表示，朋友愿意借钱给他，友情占第一，信任是第二，相信他能把钱还上。

最近大佬们，似乎都在谈这个话题。人总是要回“家”的，回到本质、初心、内在的。

去年末，柳传志先生的那篇演讲，关于“何为真朋友”，也一度刷屏。

柳先生谈了几类真朋友：一类是能交心说话的，什么都能说，绝对不会泄露半句；一类是永不相欺、赤诚相待的合作者；一类是惺惺相惜，即便不见面也心灵相通的隐形朋友；而最值得赞叹的一类，是有情有义的朋友，在危难时刻无论自身条件如何都能鼎力相助的真朋友。这个情分基础上，值得用心、用情、用命去浇灌友谊，可以再修炼成肝胆相照、敢把性命托付的朋友。

柳先生还赞叹王玉锁，“就在十几年前，张文中含冤入狱的时候，咱们的理事长，时任全国政协常委的王玉锁就在政协会上大呼一声，‘我愿用身家性命为张文中担保，他无罪！’”他说，他经历过峥嵘岁月的一个完整周期，还有世态炎凉的各种表现形式，人老了之后，只有家人、真朋友的浓浓情意，才是最宝贵的财富。

再强的个人，有人爱你，护你，才是生在这人间的真正福气。柳先生真幸运，我问了身边几个朋友，说高度吻合这几类朋友条件的还真没有。可见，这真是理想化的状态啊。

2.

笔者个人觉得，柳先生总结的朋友类型之外，还应该有一类朋友是必要的，而且对相对成功的人特别重要，即诤友，有个人能提醒你，还能让你听得进去话的。这是真正护你的人。

这两年从神坛跌落的某些大佬和霸道总裁，最后毁在下半身的人，挺多的。其实，那只是表象，真正的原因在于，他可能真的听不进去任何别人的话了。普通的人都很难听得进去别人的话，况且是摸爬滚打血水中站立起来的人。听不进去别人的话的人，通常也不会分享内心世界，不能真正走到彼此内心去，只会把一切的情感起伏全部割舍掉。

越是强人，固有的观念越是强烈，硬核打拼经历是那么深刻。很多人就是抓住了每一次运气和机缘带队拼起来的，跟他一路打拼的兄弟可能也不及他那么有战略感、方向感和锐度，贵人相助也只是生命中偶尔出现的人，配偶也只是一场美丽的相遇故事，很少有能与他那么强烈的自我奋斗和自我保护相对应的诤友出现，“无敌，是多么寂寞”。

还有那个故宫车事件的女主角，要是她有一个非常好的朋友能劝劝她别这么炫富，估计不会造成这么恶劣的社会影响。

大事件面前，都是听不进去意见的决策者。这个社会缺少的就是正直、真实、让人敬佩、勇敢无畏的朋友。

人就只有此生，很难改变自我。而真朋友，这种物种，真的是可遇不可求。大部分人，这辈子可能都无法遇到。

真的朋友有那么一两个就能让生命充满意义了。没有也不必强求，此生无缘，所有的路自己走，也没有可悲情的。但尽量让自己活得真实、率性一点，可能到老不会有太多的遗憾。

大佬们所谓的真朋友，社会力量和道德力量都要很高。普通人一般很难得到、做到。其实我挺羡慕那群可以从小玩到大，再一起玩到老的朋友，他 / 她们的生活似乎永远衣食无忧，也平安无事，也没什么大的抱负，也没什么大的损失，活得挺滋润。

比如我有一次在公园看到一群上海阿姨在拗造型拍照，有个阿姨对其他同伴说，稍微等等，一阵风马上吹过了，能吹皱这湖水的时候你再按下快门。活得真精致啊，且有一群朋友一起老去的感觉真好。老了能一起结伴打打麻将、看书写字、修身养性的人，也算是真朋友了吧。

现在才知道，平平淡淡、无病无灾，才是真正的福气。今年的除夕，特别不一样，在民俗神话里，夕是一种四角四足、形貌狰狞、生性凶残的恶兽，给人们带来了灾难。而今年的“夕”，是病毒。第一时间把脑袋别裤腰带上的人是医护人员，365 天 360 天都要上班，唯一休假的春节，如今需要随时备战。是一群医护战士真的在“除夕”。这也是我们真正的朋友。现在能把口罩等物资送给别人、别省的，也是真朋友了。

3.

我最爱庄子，并且打算读20年。看庄子的友情观，可能是这样的——“天下为沉浊，不可与庄语”。

庄子一生贫寒，孤寂。但是他的世界辽阔无边，无时无刻不在创造勾画恢诡谲怪的另一种世界的可能性。但现实中，与他交往的朋友极少，即使有门徒可能也数量不多。但也有例外，惠子是庄子平生唯一的契友。惠子是谁呢？就是那个跟他辩论你不是鱼怎么知道鱼快不快乐的那个。

《徐无鬼》中讲庄子送葬，过惠子之墓，不禁感伤，以“匠石运斤”的故事表达惠子死后，自己无以为质，无与言之的寂寞心情。

匠石运斤

庄子去送葬，路过惠子的墓地，回头对跟从者说：“郢都有个人用石灰涂在他的鼻尖上，像苍蝇翅膀那样薄，让一个叫石的工匠用斧头削掉它。叫石的工匠挥起斧子像一阵风似的，放手砍去，石灰都砍掉了而鼻子一点没受伤。那个郢都人站着面不改色。宋元君听说了这件事，召来姓石的工匠说：‘你试着替我砍一下鼻子上的石灰。’姓石的工匠说：‘我曾经的确能砍过，不过，我砍的对象已经死了很久了。’自从惠子先生死后，我没有能跟自己谈论道理的人了！”

妻子去世也要鼓盆而歌的庄子，却对惠子的死感到如此遗憾。可见两人情谊之深，而情谊大多建立在多次针锋相对的辩论上。在辩论风格和哲理感觉上，庄子更像一个美学家、艺术家，而惠子更像是一个逻辑严谨的哲学家。无论多么遗世独立的人，也需要一个人与他同活在世上，才觉得安心。我也总是期盼，世上有个人可以让我真正感觉到不寂寞，没有任何世俗意义上的关系和感情都没关系，只要有TA存在于同一时空就好。

在这个马云都能接到5个朋友借钱的电话、10个朋友要卖楼卖资产的年代，能借钱给你渡过困难和危机的朋友，肯定算是真朋友了。柳先生曾在采访中简单定义过，朋友就是比钱重要的，能为对方舍得付出点什么的。

但我其实特别不喜欢人情社会这一点，什么都会最后与钱做比较。前阵子一直在看外滩的素材，看了不少杜月笙的东西，包括他的字，他的纪录片。他帮助不少人渡过危机，最著名的就是帮助民国著名银行家陈光甫（上海商业储蓄银行的创始人）渡过挤兑危机，他叫上了很多烟土老板等道上相关的人，买他的面子去存钱，人们就停止了好几天的挤兑。杜月笙在香港弥留之际，给女儿一个箱子，里面全是借钱的白条，让她一张张撕掉，他说，撕掉的是钱，留下来的是人情。

有时候，能助人渡过难关和危机的，通常并不是自己最熟悉的朋友，有时候是人间的另一类人。人与人之间的生命支持系统真不一样，有些人可以靠亲情、友情、爱情，有些人只能靠自己，但还能遇到一些比较特别的人，最后也不纠缠，各自过各自的日子，君子之交淡如水，只要彼此知道还有这样的人存在就好。这些淡如水的人的出现，有助于打破固有的思维和圈层。我特别热爱哲学家，也是这个缘由。总能用不同的思想和观念看待这个复杂的人世间。

有心人，总是能邂逅一个新概念、新歌、新故事、新书，勾引出内心里的旧记忆和旧情节，启示着，人在世上并不寂寞，总有人在尽力勾画心境、领悟和哲学。

送给大家一首纯音乐，城南花已开。终究一切都会好的。

人总是需要暖暖的东西的。其实友谊有时候也不用依赖于某个人。暖暖的东西，找找都是有的，也不必多悲观。一直去寻找，有些有趣的人，一些有意思的人，也就够了。大家不必在彼此身上获得太多，但只要能感觉出真实和善意，其实也就足够了。

据说现在不回家过年的人、年夜饭请假的也多了起来，其实，大家如果惺惺相惜，彼此牵挂，真情真义，真不必在意特定时间相聚。

朋友们，愿你们都不孤寂，保重。

（首发于秦朔朋友圈 2020 年 1 月 24 日）

把“三十岁”过三十年

早晨的花很薄

午后的影子又大又轻

风侧过身穿越篱笆

在新鲜的泥土墙上

青草开始生长

——顾城《我会像青草一样呼吸》

1.

我 22 岁读研究生期间，就开始在全国各地出差搞调研。那时总试图把自己打扮得比较职业和成熟。24 岁毕业后算是正式进入职场，人家问我年龄，我就说我快 30 了。说得多了，自然就把自己的职业角色设定在这个年龄。

那时，在较多职业场景里，我坐在这边问问题或汇报，对面可能是一个圆桌的公务员，或者可能是两三排警察。所以，我的老师总是在教我一些让自己看起来稳重的方法，比如眼神里绝不能透露出稚嫩、情绪化和散乱，比如绝不能那么个性十足。那么对应的就是，要坚定、专业、系统、谦卑。虽然我并不一定真能做到，但我就是这样被训练了三四年，也是这样自我训练和设定的。

从 20 出头开始，我的年龄设定一直是 30 岁，到现在也是。设定一个年龄，然后从此保持无龄感。那个恒定的，观察世界的，有时候参与、有时候旁观的，有时候好奇、有时候冷静的自己，没有年龄的界限。那是个比较统一有序的灵魂，也就是我自己常常说的，“任凭世事变化，内心鱼鱼雅雅”，这当然包括如何面对时光流逝。

人家说年龄是隐私，问我都是统一的答案，30 岁。可能我四五十岁还是会这么回答。我不想年轻，什么永远 18 岁、20 岁的听着也是虚妄；我也不想老去，希望以后能一直对这个世界怀抱有希望和好奇。

有一次偶然跟一个资深的互联网前辈聊天，她说她 20 出头就当了互联网公司的中高层，不喜欢别人叫她小姑娘，觉得她虽然天才但毕竟没有年长的有经验，后来她就快速结婚生子，没几年也潇洒离婚。她说，真有效啊，人们认为她历经过人生世事沧桑了，再也没人敢说她稚嫩了，事业也越变越好。她也确实活得肆意潇洒，现在真实年龄大概 40 多了，打扮和心态还是“小公主”范儿，有事业有身份有孩子有爱人。她大概就是我认为的永远 30 岁的现实中的理想模型。

把“三十岁”过三十年，身体和心态永远年轻且成熟，积极向上，把人生精华的三十年活成一个系统，一件作品，一个 IP。

这也是我比较真实的想法，也很想知行合一。于是，让自己四五十岁时无论从身体上还是精神上看起来还像 30 岁，成为一种信仰。

在“五十不老”这件事上，男生比较有优势，这几年看着吴晓波老师和秦朔老师，真的越来越年轻。“如果上帝不拿走你的过去，就会拿走你的未来”，拿走“过去”之后的创业创作使人保持澎湃的激情。男人四十之后一朵花，确实比较容易实现。你看刚过46岁生日的朴树，让人感觉永远年轻，因他有一颗天真热情的赤子心。还有那个50岁的张亚东，才华和颜值一分都没减少。

朋友圈里看到“得到”的主编李翔写道：看一本400页的福特传记，福特36岁时，传记才写了21页。所以36岁人生才刚开始啊！

人们对于年龄的任何偏见，可以休矣。什么招生和职场的35岁要求，真的要与时俱进地考虑一下，那都是上两个世纪的标准了吧！现在人们退休年龄的持续推后，平均预期寿命的不断提高，年轻和创新的时间也该被拉长。结婚生子晚个10年不是问题，中年危机推迟个10年也应该的，职场上三四十岁遇到瓶颈的还有大把机会打开困局。人们对自己的生命进程的所有想象力，至少要往后推10年吧。

对女生来说，让“三十岁”至少过三十年，需要抵抗的东西确实比男生多些。脸上的皱纹，特别是抬头纹和笑纹非常容易出现。人不是慢慢老的，是一瞬间变老的；心理上，由于女生天生关注外界环境和周围的人际，更容易操心一些琐碎纷乱的事儿。所以，更要人静、凝神、心正、气和。

我自己的目标便是：让“三十岁”至少过三十年，保持人生的高产出，写些好东西，做点好项目，养个好孩子，保护和爱自己，高效奋斗30年。

以前我们校友常信仰——“为祖国健康工作50年”，据说因为那块墙的尺幅问题，原话应该是“为祖国健康工作至少五十年”，少写了“至少”二字。继承这个传统，我认为，以30岁的感觉和状态，最有力气和信心地去拼30年，也够了。接下来的岁月，就随遇而安好了。

2.

最近有几个新闻：

第一个，30岁没工作没嫁人的女人，被其母亲家暴。究其原因是女儿不该觊觎家里的财产。该母亲事后还说，“我只是教训一下，我有错吗？”明明重点在于家庭矛盾，即便是至亲，彼此内心世界毫无相互同理心、关注和交流，人们的关注点却仍在年龄。

第二个，近日，上海交通大学医学院附属瑞金医院麻醉科医生江金健心脏骤停，年仅30岁。据说结婚不久，孩子才一岁。麻醉医生是紧缺人才，去年的数据表明，我国麻醉师仅为7.6万人，35岁以下青年医生占一半左右。现在心脏骤停的、癌症的趋于年轻化，生离死别最是悲伤。

第三个，《哈利·波特》系列电影中扮演女主角赫敏的英国知名女演员艾玛·沃特森，近日在采访中透露，即将步人30岁的她“很焦虑”，“30岁好难”，不过她说，“自我做伴”是她解压的一种心态。英国《地铁报》称，“30岁焦虑症”已成为现代人一种“常见病”。可见，中西方概莫能外，明星普通人概莫能外。

30岁，仿佛要扛遍人生所有大事，婚丧嫁娶，生老病死。现代人对30岁的期待是这样的：工作很有意义，遇到合适的伴侣，准备好要孩子。可是人们也在面临健康风险、被歧视的风险，以及自我心态崩溃的风险。

所以，我觉得有必要提前适应。我的少年时代过得就比较苦行僧，从小知道没有什么人可以依靠，可以不生出一点点过分的物质需求和情感需求。怎么说呢？我高中的时候自我测验过，我住校，初中一天的零花钱50元可以揣身上一周都花不掉，我那时候怎么吃饭的，我也忘记了。可能觉得都不是什么事儿。我连有时候被孤立都无所谓，合则来不合则散。感慨一下，幸好我没有遇到过校园霸凌。我小时候过得真的挺散淡的。那时候，我经常一个人在学校的某个角落，看看鸟儿，看看云，看看庄子，也是有一两个知心朋友的，到现在还是好朋友。人真的没有必要非得合群。独来独往也并不见得多乖僻、异类。

但是爱恨情仇总会自己推着你去体验的。人始终是个社会动物，我不可能永远一个人清静无为地度过。大学之后，我的朋友圈打开得太快，好人坏人一起涌人，该受的伤一道也没少受。但是痛苦了之后，总还能爬起来。如何让自己变得强壮，在身体上、心灵上，在社会上都强壮，就成为一生为人处世的命题。但小时候苦闷一点不是什么坏事，为以后打点基础。

人一定要有生活的工序，而其中一道工序一定是清理、舍弃。那些让自己难过的、悲伤的、压抑的东西，如果感到内心抑郁、没有能量了，一定要反抗，一定要提醒自己只想好的，只抓住好的因素，赶走所有坏的念头。身体上疲累了一定要休息，没有什么比自己的生命重要，无论如何都要停下来。爱自己，就是关心自己的身体和内心的疼痛，精心料理它们。好好活着。

我是真的30岁之后才体会到健身的好，因为它真的能够减压和放空，反而十几岁二十几岁的时候，体育课永远在逃课、逃避。现在心肺能力确实要比少年时代好得多。每个人要克服自己的短板，必须改变自己对自己的认识和偏见，才能找到潜力，重新开始。

当人懂得大多数的理论和道理的时候，大概需求最多的是一整块的平静和理性的疆域，遇到问题的时候随时可以栖息在那里。然后相信：一切还可以重新开始。什么时候都不迟。

前段时间，泰国的一个走心公益广告《今年我三十岁了》引起广泛共鸣。主要意思是一个 30 岁的女孩回忆，小时候父母告诉她没有什么好害怕的，无论是摔倒了，还是受伤了。但到了 30 岁，父母却好像为她害怕了，害怕她不结婚会孤独一个人，害怕不确定的未来，害怕这个年纪重新开始太迟了。最后的意思是，我选择自己的路，重新开始，没什么好害怕的。要无惧年龄。

我这一年来遇到了很重大的挫折和被伤害，有时候会害怕。有一天深夜，听一个朋友说起自己的故事，说他二十几岁创业曾经拿过风投很多钱，但没留住，项目失败之后，胆小怕事，心灰意冷，无处可逃，他曾在某条大江前不停徘徊，最后还在庙里住过几个月，他说那段经历之后，他就不害怕什么了，从那里可以汲取后半生可以支撑下去的所有能量。我问他怎么才能不害怕。他说，不害怕，就是能把自己从身体里抓出来，对所有的事情，有好奇心和娱乐感。

对，除了我们知道的希望和好奇心，还应该有娱乐感。所谓的笑看风云，无论身处何种境地，只要活着，人生还有很多事要做。身心要健康的前提，可能是不怕任何“失去”，也就不会再害怕和畏惧了。虽说，快乐姓“快”，痛苦和无聊是个钟摆，权当人生是个巨大的内容产业，你正在生产数据、素材、信息和内容好了。在这个前提下，保持一种娱乐感。人生需要笑对。

朋友说，心力和心魔永远在决斗，看谁沉得住气。沉得住气，等风来。

3.

有一次，看到朋友圈里一个搞投资的朋友晒着自己的夫人和孩子的早餐时光。那个夫人真年轻啊，像个姑娘。我便冒昧问年龄。这个朋友说，他不知道，只知道大学是某某年毕业的。我一对比，哇，一点都不像这个年纪的人。现在很多女人，保养得很不错，四十好几的看上去像三十不到的女人有很多。所以女人幸不幸福就看她中年之后过得好不好，真的是有道理的。我请教他秘诀，他竟然说家里用的水好。姑且听一听。

现在真的是好多女人生了孩子之后一点都看不出来，还都是少女模样。不仅像杨幂等明星妈妈能有少女感，越来越多的普通人也做得到。她们通常有柔顺且不少的长发，染上一点偏金黄的发色，有一点卷度，涂上保养品、隔离霜、粉底和腮红，穿一件带牌子的卫衣裤子，戴一个带牌子的耳钉，踏一个小白鞋，真的看不出真实年纪。精致、干净、利落又温和。所以，对女人来讲，现代美容科技的进步也慢慢能实现身体上的年轻，至于内心和眼神里的年轻，就看自己的精神能量和修为了。

女人能从20出头到50出头，都以30岁的状态去生活，已经慢慢成为现实。而男人呢？一个朋友说，他20几岁工作清闲，打麻将、打台球、抽烟喝酒的，后来就觉得都玩厌了。30岁开始认认真真地只想好好奋斗、赚钱、开阔视野、锻炼身体、顾家，一点玩世不恭的心态都没有了。可能男人的状态就是从30到60，都可以像30岁一样奋斗，且一直保持不变的战斗力。

把“三十岁”过三十年，意味着这个系统模型，要20岁建构好，30岁维护好，40岁转型，50岁升级。就像现在转型升级成为公司的主要战略。持续地更新换代，特别是文化理念上的转变和成功适应，或许是关键。在这个时代，公司与个人的发展之间可以相互借鉴。

这周三，我去微软中国，听微软技术中心总监/纽约独立电影制片人韩凯讲述《我所亲历的微软转型》，他说微软这些年为什么能重新登上数一数二的科技公司，实现浴火重生，不是因为别的，而是因为它回归了初心，更新了领导层，新的班子16人，只有2个老人，即法务和销售。同时，文化转型也成为关键，各部门不再各自为政，相互竞争，而是基于同理心、包容、多元化，进行沟通和协作。每个人的发展，特别是30岁之后，不也是如此吗？回到20岁的初心，为自己想成为什么样的人那么努力的样子，然后让自己更加具有同理性、包容心。看到世事万物，都能理解和适应，并保持善良，保持更新。我想那是人真正不老的系统。愿你出走半生，归来仍是少年。不就是这个时代，无论是机构和个人都在追求的吗？

（首发于秦朔朋友圈2019年11月10日）

四周年了，我想写写黄道婆

1.

黄金周假期去了一趟黄道婆墓，非常老旧了，主体部分都是20世纪八九十年代奠定的，未经明显改造。其展览馆的资料停留在上海人口仅有 1 600 万的时候，该是十几年前了。墓园在一条小路上，周围非常寂静，人烟稀少。

我带着孩子去的时候，其他游人一个也没有。我那个三岁不到的孩子，自己主动跪在墓前叩拜，墓前对称植有两株开得特别灿烂的金桂，地上铺满了花蕊。他跪着花蕊上的样子，甚是冷静可爱。

没有人潮的孤寂地点，最容易在幽思中怀古。作为秦朔朋友圈的一个内容生产者，换不同的环境做不同角度的思考，寻找问题，掺入自己的真实感想，是我的职业习惯。4 年了，经手近 3 000 篇文章不过一瞬，保持思考、警觉、危机感和平常心，修炼自己，才是每天做同一件事的单调之下的强烈而不厌的“正事”。

封建时代很少纪念女性企业家、技术革新家的，黄道婆是例外。因为百姓们对她实在是太感恩，太崇敬了。因她，松江布变得很有名，元明之后声名远播，松江遂成为全国的棉纺织中心。纺织业者遂立祠祭之（1337 年左右），以感其功。今上海植物园内还有黄道婆庙。

黄道婆到底做了多大贡献？

在明清时期，松江“纺织不止村落，虽城中亦然……织者率日成一匹，有通宵不寐者”“棉布寸土皆有”“织机十室必有”，松江布以质地优良、花饰灿美闻名海内外。《松江府志》记载：“吾乡所出皆切实用，如绫、布二物，衣被天下，虽苏杭不及也。”

黄道婆开创和革新的纺织技术领先西方数百年，所以，说她是上海制造、上海创造的鼻祖，未为不可。也许上海精神的源头，来自这个女人。这个女人，这么稳稳地、安静地伫立着。她一辈子，无儿无女，虽漂泊但也安定，安定于自己琢磨了一生的纺织事业。但人们很少能知道她个人的生活、情感、心理征程了。大而化之，人生成了标本。

她在那个时代，活得算是很长寿了，85 岁（1245—1330 年）。一个有事业有信仰的女人，是不惧时光、不惧孤独的。如今，没有多少人想起她，因为与自己生活的关联度很少，纺织产业也早已是夕阳产业，但我想起了她，我很早就想去看看她……一个人孤苦落寞，没有背景，没有资源，没有爱，贫穷和悲惨曾经深度包围她，她是如何保持如此绚烂而持久的探索的。她一句话都没有留下，她却做了一辈子的事情，影响了整个区域。

十几年前学生时代，我原来是研究减贫和发展经济学的，看到今年的诺贝尔经济学奖颁给了研究这个领域的（麻省理工学院的阿比吉特·班纳吉和埃斯特·迪弗洛教授夫妇、哈佛的克默教授），甚是感慨。班纳吉和迪弗洛教授夫妇的《贫穷的本质：我们为什么摆脱不了贫穷》一书，用实证探索贫困的根源，发现处于贫穷状态的人和普通人在欲望、弱点以及理性层面上差别不大。贫困的境遇主要是信息渠道受限，因小错误不断叠加而产生恶性循环。要摆脱贫困并不容易，但只要抱着“万事皆有可能”的态度和一点儿援助，就可以产生意想不到的积极效果。

像黄道婆一个人自己脱离悲惨的困境，发展壮大起来，并且带领一个区域的发展的人，这意义也是如此伟大。人终究需要被赋予发展的力量，才是最绚烂的历史缔造过程。

2.

我对研究商业文明和企业家精神，4 年来，其实是有一点体会的。这些东西就藏在某个具体时代的某个具体的人身上。我们能够发掘和演绎的东西实在很多，可我们做得还非常不够。

黄道婆的故事留下来的不多了，演绎的也很少。

她的故事大体是这样的：

黄道婆又名黄婆或黄母，松江府乌泥泾镇人。她生活的时代是宋末元初，出身贫苦，少时就失去父母庇护，做了童养媳，夫家对她百般虐待，机缘巧合下坐船流落崖州。

崖州就是今海南三亚，上海到海南三亚大约 2 000 多公里。交通不便的时代，你可以想象那种艰难。她生活在黎族姐妹中，学会了运用制棉工具和织崖州被的方法。她学习那里的语言，研究那里的棉纺工具和技术，那些黎幕、鞍褡、花被、缦布、黎单、黎饰，她都好欢喜。她后来设计的黎被纹（龙纹）也很受黎民喜欢。

在完全不同的环境和文化中生存，总能激发人的灵感和潜力。而且环境的异质性越高，文化冲击越高，或许能够激发出来的灵感会越大。1295 年左右，她从崖州回到松江乌泥泾。她在海南，一待就是 30 多年。也就是说，她 50 岁才开始“创业”的！

她的主要成绩是：

（1）轧棉搅车攻克脱棉籽的难关（“去籽搅车”）。棉籽粘生于棉桃内部，很不好剥。脱棉籽原来需要用手推“铁筋”碾去，或者直接“用手剖去籽”，效率相当低，以致原棉常常积压在脱棉籽这道工序上。黄道婆推广了轧棉的搅车之后，工效大为提高。

（2）推广大弹弓（弹棉椎弓）。在黄道婆之前江南虽已有弹棉弓，但很小，只有 1 尺 5 寸长，效率很低。黄道婆推广了 4 尺长、装绳的大弹弓，使弹棉的速度加快了。

（3）改进纺车（三锭脚踏纺纱车）。江南松江一带原来用的是旧式单锭手摇纺车，功效很低，要三四个人纺纱才能供上一架织布机的需要。黄道婆把它改造成三锭脚踏棉纺车，这一改进，比西方人提早数百年。马克思在《资本论》里谈及，当未发明珍妮纺纱机时，德国有人发明了一种有两个纱锭的纺车，但能够同时纺两根纱的纺织工人却几乎和双头人一样不易找到。

她形成了自己的技艺及技艺传播方法——即“捍”（搅车，即轧棉机）、“弹”（弹棉弓）、“纺”（纺车）、“织”（织机），形成“错纱配色、综线挈花”等织造技术。创造了“乌泥泾被”这一爆款。中国式传播，无论是概念还是产品，总是在某个圈子里传出名气，然后迅速引爆整个区域。至今未变。

“黄婆婆，黄婆婆，教我纱，教我布，两只筒子两匹布”。从她开始，江南的棉纺织业由此可以繁荣起来。

3.

某种程度上讲，中国人就是这样朴素实在，人品好、道德高的人，都会马上奉到神坛。很快认可一个人，是这个社会历来的特征，这些人成为浩瀚无垠历史中的一个元素，只等与时俱进，有人不断注入新的内容，让神话恒久远。这大概就是内容创业者的使命，总是要找到新的角度去看问题。

我最近读圣经故事，发现每一个人物的一切经历，都交代得明明白白，清清楚楚，故事情节非常细节。而中国历史上的大神们（黄道婆被誉为“棉神”），细节总是很少，有些问题都没有交代清楚，曾经影响、帮助、发掘他们的人也早已消失在历史中。黄道婆的故事演绎似乎一直受到阻碍。她没有生活细节、创造细节，没有经典动作和话语，所以总显得这个“IP”很单薄。

黄道婆纪念馆的文字都主要表现在公域上，比如百姓如何怀念她感恩她，诗人如何用寥寥几句歌颂她赞扬她。但她到底是什么样的人生，如何经历内心挣扎斗争，创下一番事业的，无人可以说得清楚。

比如，我最关心的问题是，她怎么去的海南？在海南发生了什么样的故事？为什么没有留下爱情故事和儿女？又是为什么 30 多年后坚持回到故乡？怎么一步步开始接触纺织并发展其技术的？她有团队吗？她与其他同行创业者的关系如何？

黄道婆精神代表的是坚韧不拔、兢兢业业地探索。黄道婆是古代劳动妇女勤奋、智慧、慈爱、无私的杰出典型。其实，人们试图演绎过黄道婆的故事。比如越剧《黄道婆》，曾加入一些感情因素，描述了她与阿桂和张明谦之间的缠绵爱情故事，催人泪下。在那里，她的爱情是纯真高尚，曲折感人的。

偏向古装偶像剧的电视剧《天涯织女》，由当红明星如张钧甯、袁弘、刘诗诗等主演，女性励志一直是这个时代观众热捧的题材。里面编入了黄道婆的名字为何有个“道”字的来源——是黄巧儿曾经因家庭变故躲入道观，认识了世外高人风九斤，巧儿拜九斤为师学习木工，结合自己的技艺不断创新纺织技能。后师徒被报复，故而一起到了崖州。里面也描写了一些情感纠葛。

还有一部舞剧《黄道婆》，里面加入了黄道婆和黎族青年阿山、纺织能手巧儿之间的感情纠葛。

艺术工作者能做的就是加入情感因素。其实，她有没有爱情真的无所谓，也许她在没有任何个人感情和支撑依靠的环境下，她也能做到很多事。她让我相信，人无依无靠也可以变得如此强大并心怀大爱。完全相同的环境下，不同人能产生完全不同的事物、情感、启示和体会。黄道婆给我的启示是，不是别人爱你，你才爱这个世界的。

流传的一些故事版本里，也有一个细节，说是她小时候尽管做童养媳生活很艰辛，但还是非常喜欢琢磨纺织技术，偷偷出去学艺。这颗初心似乎一直都在。有初心和志向的人，往往生活得很连贯、很有机，很成体系，有始有终。

是什么样的信念，支持她做出远行和回归的决定？还有，她一个人在这世间起起落落，但顽强生存，把一生都献给了纺织事业。人的内心，有时候是逐步坚定的，也不是一开始就这么执着，只不过，时间给了自己答案。

一辈子只做一件事，每个人都有近 2 万天用于这个过程的积累。某种程度上，时间就是你最好的资本。要像古代人一样，忘了时光，忘了内心感受，忘了孤独与被忽视，就这样，用很长的时间，只做一件事。

我以前常说，这是我在秦圈连续工作的 1 500 天了之类的，现在不了，这么看来，我积累的东西还是如此少，我需要讲好的商业文明故事还那么少。我可以发展出来的故事线，我想的问题，我建议的角度，我心胸的开阔度，都还是如此不够。四年，一个大学的时间，未来还很长。默默无闻，时时耕耘。

我们的责任，始终让自己尽量看清楚问题，冷静客观地坚持，很多很多年之后，形成自己身上再也抹不掉的气质。

（首发于秦朔朋友圈 2019 年 10 月 16 日）

《容斋随笔》为何如此有魅力和影响？

据毛泽东晚年专职图书服务管理员、中共中央办公厅老干部局原局长徐中远记载，在毛泽东的生命里，想要读的最后一本书是《容斋随笔》。

“8 月 26 日晚 9 时 45 分《容斋随笔》（宋）洪迈撰明刻本两函 14 册借北京图书馆。”这是毛泽东用书的最后一次登记记录。毛泽东有专门的工作小组负责他的读书，因为读书是他生命质量的重要形成要素。

那时候他已经病魔缠身，视力减退，但他依然坚持每天看书。8 月 26 日，他已经不能下床行走了，不能自己吃饭了，但他依然想看《容斋随笔》。读书小组就从北京图书馆柏林寺书库借来了大字本线装书。

“活到老，学到老”“生命不息，读书不止”“决心学习，至死方休”的思想、理念和精神，一直是毛泽东读书的天然动力，他也实践到了最后一刻。根据中央文献研究室原主任逄先知回忆，1976 年 9 月 8 日，也就是毛泽东临终前一天下午的 5 时 50 分（离他去世只剩下差不多 6 个小时），在医生抢救的情况下，他还读了这本书约 7 分钟。

《容斋随笔》是南宋洪迈撰写的一部关于经史百家、文学艺术以及宋代掌故、人物评价等方面内容的笔记，分《随笔》《续笔》《三笔》《四笔》《五笔》五集。作者把自己的所见所闻、道听途说中有价值的掌故、轶事及读书时受到的启发、产生的灵感等随手记下，形成了这粲花之论。据说历时达 40 多年，是一个人一生的智慧和经历的结晶，证明，读书本是一件散淡而悠远的人生事。

《容斋随笔》的每一个小故事的篇幅都不长，好读好记，是毛泽东一生中最喜欢的笔记体书籍之一，其实他曾多次读过这部书。据说在延安时期，毛泽东就多次托人从解放区、上海等地替他买书读，也从各有关图书馆借书读，他的日常离不开书。而他第一次看《容斋随笔》，是从马列学院的图书室借来的。

后来，他把这部书一直带在身边，从延安东渡黄河，带到河北平山县西柏坡，又从西柏坡带到北京城，带到中南海。1949 年 6 月，他到中南海丰泽园的菊香书屋居住后，此书就放在他卧室的书柜上。1972 年，毛泽东曾将此书送给他青年时代的朋友、湖南第一师范学院的同学周世钊。晚年的毛泽东又把这部书送给其他老朋友。

徐中远认为，毛泽东在生命的最后时光选择这部书读，主要是读读故事，可以缓解寂寞、孤独、苦闷的心情。因为那一年（1976 年）周恩来、朱德等革命患难老战友相继离世，唐山大地震又发生，他也会放声大哭，他也需要转移、缓释内心的痛苦，《容斋随笔》一定程度上做到了这一点。

洪迈（1123—1202 年），宋代学者，容斋是他的号。他是江西人，勤奋好学、学识渊博，著作等身。其作品包括：编纂《节资治通鉴》等史学著作 11 部 918 卷，撰写《万首唐人绝句诗》《容斋诗话》等文学著作 11 部 189 卷，撰写《容斋随笔》《野处类稿》等笔记体著作 6 部 162 卷。

洪迈为什么读了、编了、写了那么多东西？

首先，是他的家庭学习风气好。

他的祖父洪彦暹，是个进士（就是通过殿试的），最高职位是礼部尚书（相当于现在的文化、教育、科技、外交部部长）。

他的父亲洪皓也是个人物，他反对朝廷南迁，支持抗金斗争，被任命为大金通问使后，连升五级，跟他父亲一样任礼部尚书，出使金都，在金国被软禁 15 年，其中被放逐黑龙江漠河 10 年。放逐的过程中，靠写诗排遣苦闷，作诗千首，被誉为“宋之苏武”。一生著作 50 多部，包括《淞漠纪闻》《帝王通要》《波阳集》等。

他的大哥洪适，官至宰相，又是金石家和诗人。当洪皓受难困金，洪适才 13 岁，他开始要当家，照顾母亲和两个弟弟。他擅长用兵理财，体现在及时向朝廷指出各地义军是主要的抗金力量，而不应该被当作“土匪”，让义军自行控制，助力政府军，也相当于是节省军费。他的著作也很多，包括《盘州集》《五代登科记》。（看到这里，默默地告诫自己及身边的朋友，再也不要说自己忙得没空看书写东西了，古人都是越忙越写，有助于提炼系统思维。）

他的二哥洪遵，钱币学家和医学家，官至吏部尚书。看吧，他们全家几乎都是省部级以上干部，又是才华横溢的专家学者。他所写的《泉志》是我国现存最古、也是世界上最早的钱币学专著。而说他是医学家，因为他也懂医方，还写了一本医学典籍《洪氏集验方》，其他文学著作包括《翰苑群书》和《谱双》等。

洪迈本人，也是进士，后来做了翰林学士。《宋史》称，洪迈“幼读书日数千言，过目辄不忘，博极载籍，虽稗官傍行，靡不涉猎”。读书有心得就随时记录，40 多年集腋成裘，形成了《容斋随笔》74 卷，“聚天下之书而遍阅之”，这是真正的读书破万卷之后的成果。

“意之所之，随即记录”，我喜欢这样的学习方法，对于知识的好奇，对于好奇心本身的体会和记载，我觉得是一件很安静优雅脱俗的事情和习惯。

《容斋随笔》被《四库全书总目提要》推为南宋笔记散文之冠——“书目自经史诸子百家，以及医卜星算之属，靡不引证祥洽”。与沈括的《梦溪笔谈》、王应麟的《困学纪闻》一起被称为宋代最有学术价值的三部笔记著作。

其次，相比于他的祖父、父亲和哥哥，洪迈的职位更偏学术性，应该能够有更多时间思辨、记录。他利用在京参与国史及实录的修纂机会，近水楼台，故而“经史典故，诸子百家之言，以及诗词歌赋、医卜星类”无所不包。

洪迈的经验告诉我们：读书要读什么？新的、奇的、深的！然后“自信笃而不诡随”，坚持自己学习、自己判断，而不是别人说什么就传什么，专心探索自己的事情，冉冉淙淙（循序渐进的上升和前进），不受外界信息的干扰。

据传，洪氏家族就从江西鄱阳崛起，一直也有家风家训传世（即《洪氏祖训》和《洪氏家规》），写《长生殿》的洪昇也是他们的后裔。

> 《洪氏祖训》以“孝以事亲，义以睦族，敬以持己，恕以及物”为核心要义，告诫洪氏子弟要以儒家理念立身行道，孝顺父母，周济族人，“于人须泛爱，周穷恤匮，尤亲其贤”。
>
> 《洪氏家规》则分戒游、戒博、戒饮、戒斗、戒色、戒逸六条，从交友、饮食等方面具体规范子孙的行为，告诫后人要品行端正，养成良好的生活习惯，避免沾染不良习气。每条戒律后面均有一句“以此思之，不如读书”。

我读这部书是受秦朔老师影响，是他推荐我读的。某个周日，我读了一下午，觉得精神上很享受。精神上放松进而吸收更多知识营养，确实是件妙事，遂写给大家分享。讲几个我印象深刻的例子：

一是对现代企业管理非常有警示意义的小故事，职业经理人请拿笔记下。洪迈总结了一个经验，他说，战国七雄，当时都在尽力改革，积极向上，招纳贤才，为什么最后秦国胜出了呢？因为其他六国任用的相国，都是他们的宗族和本国人，像齐国的田忌、田婴和田文，韩国的公仲、公叔，赵国的奉阳君、平原君，魏王甚至任用太子当相国；而秦国呢？变法的商鞅是卫国人，法家李斯是楚国人，纵横家张仪是魏国人，大名鼎鼎的吕不韦是卫国人，献计秦昭王攻灭东周的蔡泽是燕国人，连赵武灵王的亲信大臣楼缓也来投靠秦国……秦国把国家托付给了他们，并且一点都不产生疑心，结果就取得了天下。开放、包容，这两个近乎“老龄化”的词汇，始终是成事的真理啊。

二是不要相信传说，都要经过自己去考证。世人多传说李白是在长江的船上喝醉酒，去捞水中月，结果失足落水而死的，后人还给他建了一个捉月台。其实洪迈考证并不是这样的，他翻了翻书中记载，比如李阳冰为李白所作的《草堂集序》中说：“我任当涂县令期间，李白病重，有很多卷草稿还没有修订，他在病床上把草稿交给我，嘱咐我为之作序。”另外李华所作的《太白墓志》也说：“太白作《临终歌》而死。”听说的，一定不如两篇以上白纸黑字相互印证的。

三是不仅世人传说不能信，也不要太相信文人，文人记载最喜欢夸张。洪迈说，即使是韩愈这样的人也不能例外，比如说《石鼓歌》，极力称赞宣王的丰功伟业，甚至说：“孔子西行不到秦，掎摭星宿遗羲娥。陋儒编《诗》不收拾，《二雅》褊迫无委蛇。”意思是说，《诗经》三百篇都如星宿，只有此诗文才像日月。洪迈认为这种话尤其不应该是韩愈这样的大文豪说出来的。

可见，洪迈是个非常可爱、任性、有趣、不怕事儿的人。实际上他不仅批判文人，他还批判武人，比如老了的廉颇、李广、赵充国、郭子仪等著名武将，觉得无人超越自己，非得冲锋陷阵，他就反问——这些人都是人中英杰，还不能免于贪功求名，何况比他们低下的人呢？

四是洪迈喜欢记录独特和新颖的见解，现在读起来还令人觉得受益，觉得新鲜。感觉他本人就是一个“观点的冰箱”，里面都是新鲜不腐烂的水果。令人莞尔一笑，拍手称快。比如他记载李习之所写的《答朱载言书》的观点，《六经》何以成为《六经》，是因为他们各有特点，富有 100% 的原创精神，从不相互仿效引用。

《春秋》里面没有一句《诗经》，《诗经》里面没有一句《易经》。天下文章一大抄。非也，最开始的时候，那都是独立的精华！而比如屈原、庄周的作品，也没有任何引用，所以也是经典。并用山河作喻，譬如高山，有泰山、华山、嵩山、衡山，它们共同的特点是高大，至于说山上草木的茂盛如何，则是不完全相同的；又如河川，有济水、淮河、黄河、长江，它们共同的一点是从发源地流出，归于大海，至于说河道的曲直，河水是深是浅，则是不完全相同的。

这里记载一点我自己的看法：中国人的“经典”的确立，那是完全创造一种新的东西。现在为什么难出经典，因为现在做的都是需要把过去的研究全部总结整理一遍，站在巨人的肩膀上创新。前人的成就太高，显得后人太过平庸。

他还写了很多写作和传播技巧，比如宋太宗写了这四句话，称作《戒石铭》，颁发给各地方官员，立碑在公堂南面。其实成都人景焕《野人闲话》(宋太祖乾德三年时作)中的一篇《颁令箴》，写到后蜀国主孟昶也曾作文已经表达过这些意思，用了二十四句，只是语言不精练。唯有从中归纳出来的四句，言辞简要，道理尽说，遂成为宋太宗的不朽名言。洪迈认为，这种归纳法，就是诗人们常用的脱胎换骨的写作方法呀！

五是洪迈有一颗捡拾沧海遗珠的心，让遗憾不那么遗憾。其中讲到一个故事，《皇甫持正集》中有《送简师序》，写道："韩愈侍郎被贬官到潮州，信佛的人欢欣地拍手称快，简法师独自愤慨而起，拜访我，请求我写序文送行，资助他到潮州去，不管路途遥远，有毒蛇猛兽的艰险，好像是要早上进见晚上死了也甘心的样子。简法师虽然名义上皈依佛门，但行为上却是儒者；虽然穿着外族的袈裟，却有着汉族人的智慧。这岂不更胜过戴着儒者帽子、穿着朝服，却迷惑沉溺于佛经怪异之说而败坏天地人伦常道的人吗？"

洪迈说，他读了这篇序文，想到简师的贤良，因而遗憾他的名字没有流传到后代，所以想把他记下来，希望再传播出去。

"随笔"里面，还有很多典故的来源，比如秦国和晋国结成联盟，围攻宋国，郑人说秦国为什么不把郑国留下作为东道主。这是因为郑国位于秦国东部，所以这样说。现在人们称主人为东道主，其由来即在于此。

六是洪迈的观点比较独特，内心比较清明，也敢写敢记。他说，忠贞道义保持节操的人，是因为他们的天赋，跟所处的地位高低、所受的恩惠多少没有关系。世界上没有绝对的事，大事面前全是个人命运的分野和抉择。里面有两则故事都说了这一点，但洪迈是分男女说的。

> 男：王莽篡夺了汉朝的皇位，刘歆身为汉朝宗室中才智出众的人却诱导王莽叛逆汉朝，孔光身为宰相也帮助王莽促成其事。而龚胜作为免职的大夫遵守道义而死；郭钦、蒋诩作为刺史、郡守，栗融、禽庆、曹竟、苏章作为读书人，都抛弃官职不求仕进，陈咸的家中，甚至不采用王莽的年终祭礼。
>
> 萧道成篡夺了南朝宋的政权，褚渊、王俭，都是历代显达的官宦，身为皇帝的外甥、主上的女婿，怂恿鼓动颠覆刘宋的作为，只嫌不够快速；面对保持气节而死的人竟是王蕴、卜伯兴、黄回、任侯伯这些小臣了。
>
> 安禄山、朱泚叛乱，陈希烈、张均、张垍、乔琳、李忠臣，身为宰相做了他们

的助手；而甄济、权皋、刘海宾、段秀实，有的作为军营公署中的小官，有的作为被罢免贬斥的卿相，献出生命建立名节，声名震动全国。

人是否贤良，相差的何止是天上地下呀！

女：王莽的女儿是汉平帝的皇后，自从刘氏被废除之后，她常常称病不参加朝见，王莽敬重忌惮，还很悲伤，想让她改嫁，皇后不肯，到王莽失败，皇后说："还有什么面目见汉朝的人。"之后自己跳入火中烧死了。

杨坚的女儿做周帝的皇后，她知道她父亲有篡位的意图，心里很不平，常在言谈举止中表现出来，到周静帝禅位给杨坚时，她愤怒怨恨得更厉害。杨坚内心对她很惭愧，想让她改嫁，她誓死不答应，才作罢。

李昪的女儿是吴国太子杨琏的妃子，李昪篡夺了吴国的政权，封她为永兴公主。她听到有人叫她公主，就流着泪不让叫。

七是洪迈记载的唐代选才的标准非常有趣，而他也是一个有趣的宋朝人。唐代量才授官，选择人才的原则有四条：一是身体，要求身体相貌丰满伟岸；二是言谈，言语辞令雄辩公正；三是书写，楷书法式遒劲刚美；四是判状，文辞条理优美通畅。凡通过吏部考试录取的称为"人等"，非常拙劣的称为"蓝缕"，未通过吏部考选而通过三篇文章的称为"宏辞"，通过判状三条的称为"拔萃"，选中的授予官职。宋朝初年还有唐代的遗风，久而久之就被除去了。只是用身体相貌丰盈高大来取用人才。这算是洪迈对"看脸看身材的世界"的一种诙谐幽默的批判。千百年过去，看来，这是一种通病，治不了啊。

八是洪迈还喜欢解读卦象。比如讲解屯卦和蒙卦，这两卦的卦象，都是两个阳爻四个阴爻，并都呈现阴柔凌驾阳刚之象。不同的地方是什么呢？屯卦说的是贞洁的道理，上下卦位阴阳都处在中间，相互呼应；蒙卦缺乏呼应，是奸邪。士人自守信守节、立身处世，选择跟随的对象、处世的方法，还要借鉴这些道理呀！他还解释了蹇卦、解卦等。

九是洪迈的人生感悟，很清丽很特别。我特别喜欢这些譬喻：

◇ 读书人为人处世、看待富贵利禄，应像戏剧演员扮演军官。当他身凭几案、正襟危坐、哇哇啦啦发号施令时，众演员拱手而立听从他的命令，一出戏演完，一切也就结束了。

◇ 见到豪华艳丽的场面，就如同老年人对待应时节的景物。拿上元、清明节来说，正当年轻力壮的人，昼夜出游，似乎唯恐时间不足；彩灯收了，鲜花凋零，就一副懊恼的样子，长时间不能忘怀。老年人则不然，不曾把欣喜、忧戚一直放在心上。

◇ 而对黄金、珠宝、珍贵器物，应当如同儿童做游戏，当那些东西杂乱摆在面前时，看似喜欢的样子；倘若丢下它走开，一点也不留恋。

◇ 遇上强暴无理、设计陷害的事，应当如同醉酒之人遭受辱骂，支着耳朵什么也没听到，睁着眼睛什么都没看见；酒醒之后，我还是原来那副老样子，又有什么损害呢？

这样的人生境界解释的，不正是“任凭世事变化，内心鱼鱼雅雅”吗？看来作为一个读书人，感觉是共通的。

以上9个片段只是我的个人偏好，抛砖引玉，大家都去看看，都会有自己的心得体会。算是另一种人生解忧书吧。人活在世上，不就是为了一些良好的身体感受和心灵感悟吗？

我们不再是我们，我们依然是我们，人生有时候就是分分合合，曲曲折折，有时候一生的读书写字记录，令这些波折也会变得鱼鱼雅雅、冉冉淙淙。

（首发于秦朔朋友圈 2019 年 6 月 29 日）

荣德生的积累主义

不少人知道，李嘉诚先生的办公室里有一副对联：“发上等愿，结中等缘，享下等福；择高处立，就平处坐，向宽处行。”

这副对联是左宗棠所撰。左宗棠力主洋务运动，创办了我国第一家船厂、纺织厂，是清代杰出的军事家，也是联坛大家。就这副对联而言，简直是“首富最爱联”。

最初对此联钟爱并推崇，邀请当时杭州的著名书法家沈兆霖先生书写，并把它刻在红木上，悬在无锡梅园诵豳（bīn）堂，当作座右铭和家训的，是荣德生，即荣毅仁的父亲——中国近代著名爱国实业家、慈善家、“面粉大王”和“棉纱大王”。他继承中国近现代经世派的优秀传统，以发展实业为强国之媒，以兴学育才为经世之本，他和他所创办的荣氏企业是近代中国民营企业家和民族工业企业的典型代表。毛泽东曾说：“荣家是中国民族资本家的首户，中国在世界上真正称得上是财团的，就只有他们一家”。

有这样的企业家诞生过、奋斗过，并且一出现就是境界和能力第一等的，让人充满感念和希望。

这几日我都在读《荣德生自述》，颇有感触，特别是第一编《乐农自订行年纪事》，以农历年计算，从一岁说到六十岁，每年的所想所做一一记载。在戊戌、己亥之交，读此书易自觉自省。让我们这些普通国人感怀，一年过完了他留下了那么多事迹，一生累加下他做了那么多实事、善事。孟德斯鸠说：能把自己的生命寄托于他人记忆中，生命仿佛就加长一些；光荣是我们获得的新生命，其珍贵，实不下于天赋的生命。

中国人向来都是以积累为本，实学务实为先，个人立德立言立功，家族积累积聚积善。每一年都盘点并有所精进。从中国汉字开始，孩提时代就一笔一画积累知识，越来越知道世界的构成元素并知晓事物之间的精巧联系，国人的思维结构就是一点一滴汇聚财富和人生所得。想来这也是颇有传统，并一直传承，没有断裂。

1.

荣家曾家世显赫，做过大官，但后来家道中落，荣德生的父亲荣熙泰很小的时候就进入铁匠铺当学徒，成年后在外给人当账房先生、当师爷。荣德生的哥哥荣宗敬在14岁时也不得不离开学堂，到上海原南市区一家铁锚厂当学徒。但父亲对荣德生的期望还是很高的，仍是想让他考上科举。

按照他的自述，他出生于1875年，3岁还不会说话，但他祖母却说他将来必成大器。4岁能讲话了也很少开口，但他确信那时候已经开始记事。5岁时，祖母过世，他还记得家里选了一块风水宝地安葬她，记得先生说“此地颇佳，廿年即大效。”这里插一句，荣德生一生都很信风水，研究学习并应用贯穿一生，下文会细说。6岁时，外祖母来家里教养他，“山北小儿五六岁即要学小事，压压厌”，让他从小做点家事和营生，如扎黄钱等。7岁，能记得外祖母与母亲谈论的逃难时候的各种经历。可见是个从小心细善感之人。

从八岁开始，他进入了学习阶段。他的记录极其细致，开始时，父亲教他“方块字三百”，一个月便学会了，后来，又学会九九乘法表。兄长则教他《百家姓》和《千字文》。9岁正式上学，初读《千家诗》，后来读《大学》《中庸》《学而》。10岁，读《公冶长》《子罕》《子路》《阳货》。他们兄弟经常晚上一起念书抄书，习以为常。11岁，读《梁惠王》《公孙丑》《滕文公》《离娄》，每日坚持读书写字。12岁，读《万章》《告子》

《尽心》《孟子》。13 岁，读《幼学须知》，此外还帮母亲家事、农事、蚕桑和种菜等。14 岁，读《诗经》。15 岁，读《易经》，还学会了算法，如乘法、除法、飞归法、开方、积算、推钱等。16 岁，按黄自元《九成宫》学字，并看沪报。

真的挺喜欢这样的记录。我虽然很勤奋，每年读不少书，但印象深刻的没有几本，我也忘记了中学、大学时上过什么课，写过什么论文了。现代社会知识更新得太快，什么都要求尽快掌握、应用、更新，经典的也只能向古代求了。荣德生列出来的这个“书单”，不仅仅只是一个当时读书人的必然经历，也是真实的知识体系搭建过程。一个人要非常清晰自己干过什么，想过什么，接触过什么，形成一生的记忆，这必将真正在他脑中、心中生根。

荣德生的自述很细，连写字练到什么程度都会记下，他 16 岁会写店招和春联了；靠邓君的方法，用时约半年自己治愈了近视，这个偏方是每天早晨望远处青绿色，若是没有青绿色，便久看对面屋上的瓦片，直至每一行都看清楚。可见做一件事的恒心和坚持，是成事的不变法则，时代也不能更改它。

“从前的日色变得慢，车、马、邮件都慢，一生只够爱一个人。”从前慢，一年也就读几本书，干几件事，却是每句话、每个细节都记得特别清晰、透彻。物质、精神资源都贫乏的时代，所有东西都是靠心记忆，没有任何工具帮助。很多事情，现在的我们都不放在心上了，都放在我们手边的工具上。而我们现在有太多的助力了，自己的“本质”却格外薄弱了，君子务本。说实话，我一点都不怕人工智能时代的来临，因为工具始终是工具，除非，它超越人性。

16 岁，荣德生跟父亲商量要学商，从此告别了科举之路。在兄长的引荐下，荣德生进入上海通顺钱庄做学徒，此时的荣宗敬则在另一家钱庄做学徒。两兄弟为他们日后自己的钱庄创业打下基础。

2.

荣德生回忆自己的 17 岁，说“余之一生事业，得力在此时”，做学徒的时候，他分外用功。店中两位先生带三个学生，有一个同学很懒不肯多做事，他却记账、结账不亦乐乎。18 岁，更加努力地学习，全店各事都学。在那一年，外出学习三年后才第一次从上海回老家。从 16～18 岁，是他学商的奠基阶段。我意识到我们的先辈们做事都有一套章法。都不是这个时代那么任性、传奇性或依附势力闯荡的，而是扎扎实实一步一个脚印的。通晓一个行当的所有门路、套路、技术、关节、周折，是成功基本之道。19

岁的他，已经被派做按号录底、收入、结数、存库单等重点工作了。

荣德生的父亲的确非常重视他的教育，即便他已经不在科举之路上走了，还是让他继续学习看曾文正公，在他 19 岁时，指示他“宜看曾文正家书，后看曾公大事记”。我们现在读曾国藩的风气还有，算是继承了祖宗的一些东西，但太过功利或是务虚了。20 岁，他看了《纲鉴易知录》；21 岁，看了《大事记》《大清民刑律》《洗冤录》《秋水轩尺牍》。他父亲也逐渐放弃了让他做官的想法，即便是姑母来劝年轻人该有点小功名，但他父亲说，大官没有本事做，小官连父母都养不起。做七品官是好，但也不容易，做不了就算了。

上文提过，荣德生对风水从小有记忆并有研究，大概也是受到父亲影响。他父亲曾学《易》及“奇门卦”。荣德生 20 岁那年，也就是甲午战争失败那年，他结了婚。21 岁那年，他和哥哥等人共同创立广生钱庄。22 岁，他父亲去世，而他的第一个女儿出生，这几年间，他的人生算是发生重大变化。他专门研习地理，想给他父亲亲自寻觅一块风水宝地。23 岁，还系统读了地理相关书籍《人子须知》《地理辨证一贯》《堪舆地理大成》等。也是在 23 岁，年底他开始做善事，分送乡人除夕米，并认为善举是一种同心同德。

也就是说，创业和回报社会，他几乎是同时期就一起做了。这是中国近代企业家天生就带来的基于对人生、生命的认识而有的觉悟。

3.

24 岁，广生钱庄开了三年，其余股东退出，竟归荣家两兄弟了。

那个年代的商人，内心是有信仰的，有敬畏的。虽然他们只是用一些朴素的启示性事例记录这些“天命”，在现代管理学上可能叫“calling”（使命）的东西。比如，他 25 岁记录下，赴粤坐船，见三僧，都是大寺的方丈，看相说禅语，说他不适合当官，也不适合读书，儒释道农工商均妙，但要一心不二，十二年悟道精深。26 岁又记录下了一个相人的说法，“不是恭维，先生异路纹已现，必定恭喜，大有进步，必是大富之局也。”

12 年后是什么时候，我们且来看看。他三十七八岁时做了什么？37 岁的时候，辛亥革命成功，他捐助的学校公益、竞化都发展得很好；38 岁，他的面粉事业没有了竞争对手，写了《无锡之将来》印千册畅销，开始筹建梅园等。真的也算是一种相应相合和自我实现。

说回二十五六岁的他，专心研究开拓钱庄之外的事业，“各种已有事业，无一不想”，并改看《事业》杂志、《美十大富豪传》等读物。“常到书店，选事业可观之书。”做金融的其实是非常通情报的，知道哪些行业现金流充足等等有用信息，他一直想往实业上转，他发现，当各行各业都平淡的时候，面粉厂效益很好。而且，面粉是当时唯一没有税的。

说他有天赋，也有少年时候的准备，19 岁那年他就去广东，也滞留过香港，像太古糖厂、业广地产、火柴、制罐食品、电灯、自来水、矿业都令他羡慕。荣德生也是有趣的人，他还记载了 19 岁那一年，因为吃荔枝得了痔疮。他并不是神人，也没有那么传奇，他就是这样一个普通人，但踏踏实实的，又见过世面，善于探究。传奇的书写从来都不重要，重要的是，我们普通人该如何不辜负自己的人生，重要的是我们一定要相信些什么，并且实现些什么。

新事业开局必须有至少三年的准备。他的 27～29 岁就是新的创业摸索期，而且他的人生就这样展开着、经受着。27 岁，生了第一个儿子清和，但 5 个月之后便夭折。没有谁的人生是轻松的，即便是天选的商界奇才。开厂遇到诉讼，最后商定“厂中不能将驳岸伸出，煤灰不许抛入河中，不许高放回声”，才慢慢开起来。从来周遭环境都是困难的，要诸多妥协，每一个小进步都不容易。28 岁，他的三女儿敏仁出生。开机营业，销路开拓得很艰难。29 岁，四女卓亚出生。广生汇款生意好，面粉厂没有盈利，但已经站稳脚跟。

现在的人比以前的人厉害的是信息处理能力，以前的人比现在的人厉害的是处世能力。

三十而立。他的生命跟历史节点还挺吻合的。20 岁，时年甲午战争清廷战败；30 岁，时年日俄战争日胜俄败。是年，他的钱庄生意和面粉生意却都还不错。他一心想改良家乡的教育。华生先生发起捐款开办小学，出 600 元，于是他们荣氏兄弟出两百元共同建设。当时家庭教育还是希望中科举，学的是法政；学西洋的话，学的是矿政地学，研究丝纱等实业的相当之少。他想系统培养实业人才。

他对新机器的投入向来是不遗余力的，只要是好的进口设备，他总是借巨款买入，充满冒险精神。他的一生都在追求“新”，他把面粉厂命名为“茂新”“福新”，把纱厂命名为“振新”“申新”。31 岁那年，粉厂之外他新添纱厂，每天只睡六个小时。要知道，他还不是我们当代人，不顾养生之说。32 岁和 34 岁两年，他终于在 4 个女儿之后，添了两个儿子。但他母亲去世了。

上文已经说过三十七八岁时他的事迹和成就了。筹建新面粉厂“福新”的同时，他计划更多社会事业，在东山购地植梅，为梅园起点。39岁，筹建图书馆，买《图书集成》一部，一万卷，各种诗文集，万余卷。按《书目问答》依目购买。是年，县图书馆发起创立。四十岁，茂新新添麦庄，福新一、二、三扩展，振新购地八亩为栈房。梅园初具规模，建香、雪、海屋三间。图书馆购书五万卷，购地二亩八分。

他40岁，每天看书还看到晚上10点之后。那一年他还纳了妾。

42岁时，他的第四子荣毅仁出生。在这一年，他在多地开了分厂，他还立了言，写了《理财刍议》，论点是“多立工厂，推至省用、国用，而至世界经济之竞争，尤以自立生存、对外相等为比较。”他还提到，当时他被称为“大实业家”，但他保持着低调和勤俭，并且事事都亲力亲为，连梅园的细节都是他自己定的。四十五岁的时候，他的“对外相等”初步实现，茂新、福新销粉至伦敦。

荣家人丁兴旺，从他42～46岁，每年有一子或一女诞生，即四子毅仁、七女辑芙、八女毅珍、五子研曾、九女墨珍。48岁，六子纪震诞生。真佩服中国前辈们的生育能力。如今可是生一个，小家庭都觉得累。家大业大，确实没有个组织完不成。此外，45岁那年，他还入手了不少地皮，是他一生最爱买地的一年——薛南溟出让沿河18亩；向盐务署买新开河地2亩1分，风水好；公益工商中学建筑好；梅园建“乐农年别墅”；买上海高恩路地7亩半。

47岁，他当选国会议员。还笃定，时局混乱，他的产业不参加交易所。他心里跟明镜似的。

4.

荣德生一贯坚持“不尚空谈，尽力去做”。他捐助过北伐，后来将社会事业的重心放在造桥造路上，在55岁的时候成立了百桥公司，想尽5年的义务。

他在55岁的时候，还总结过他的商道：“我以勤俭为主，附以平心，守古语，所以经营之事业，利多害少。随意指挥，骄奢用私心，患得患失，所以事业之易于变动。我局事业，大半手创，小半购自他人。”“实力办事，实心干事，应得成功，空言无补。”

60岁，他讲道：“思想正大，立论未错，垂危之局，卒保平稳，教育义务亦未稍停。后之办事业者，必以诚心为心，富贵岂难事哉？”

荣德生每年都会记录子女如何、实业如何、社会事业如何，他留给荣家的精神财富，以及荣家子弟对于国家的贡献都是名垂青史的，他的实业精神也将留存，更重要的是，他的梅园更是以物质和精神的完整性保存了下来。人最终留给后世的，都是给予社会的大爱。“治家立身，有余顾族及乡，如有能力，即尽力社会。以一身之余，即顾一家；一家之余，顾一族一乡，推而一县一府。皆所应为。”

他的一生就是在实践“发上等愿，结中等缘，享下等福；择高处立，就平处坐，向宽处行。”

家业、家庭和事业都是一点一滴积累起来的。先辈们重视物质和精神的双重结果，比起高谈阔论每年的计划和目标，更重视一步一步地实现心中所愿。年岁愈长，了解世界的本质和缘分越深，善于积累的中国人，总在不断总结自己的人生经验，虽一直不及外国人那么有逻辑，但充满不可说的智慧。这种智慧是成功或失败都是人生必经、人生积累。没有人的一辈子都是顺遂的，都要顽强且升华性地存在。现代消费主义在冲淡这种传统积累观，不仅是物质上的，而且也是精神上的。不过，我们还是要努力地保持这种积累主义的古老传统。思想需要经验的积累，灵感需要孤独的沉淀，最细致的体验需要最宁静透彻的观照（龙应台语）。

（首发于秦朔朋友圈 2019 年 2 月 7 日）

「忆湄」

关键词：

心灵界的 ins 风；缓解焦虑；

生活哲理；无与伦比的精妙语言

生生长流

2月阴霾还未远去，公园里便扎满了人。关不住的，除了满园春色，还有满城的人心。我很怀疑他们的同理心，但也理解他们的“天真”。人永远改不掉的，不就是“喜欢折腾”？人无法忍受把生活变成流水线上的一座压模机，像生产出一个又一个规则又优质的口罩一样，日复一日，来生产日子。一有机会，他们就要翻出一点花样来。

瞎折腾令人担心，但积极的折腾多半不是坏事，有时能代表一种生命的强度。伊朗名导阿巴斯有一部著名的影片《生生长流》，讲的是，1990年，当伊朗西北部发生了天崩地裂的大地震后，瓦砾废墟上的人们并没有惊慌失措，而是努力回归生活的正轨。废墟中淡定洗衣服的妇人，其实刚刚失去了女儿；死了65位亲戚的男子，在地震第二天就果断举办了婚礼；死里逃生的难民们，忙着架天线，收看那年的世界杯。

如流水头也不回向前的，是生活；如野草春风吹又生的，也是生活。什么样的大灾大难都无法绊住它，生生长流，世世不息。而背后，就是人类永远凶猛的生命力。

也是因为这股生命力，旧伤才得以慢慢愈合。所以今天不聊“旧伤”，想讲讲那些试图“愈合”的故事。

1. 破案

南京一起28年前的凶杀案水落石出，大概是近来少有的令人振奋的消息。这当然得益于警察强悍的业务能力和飞速的技术进步，但很关键的一点，是接棒。这宗陈案跨越28年，当年的专案组成员早就几经更换，有的退休有的已经过世，但还好，一拨拨的接棒者没有放弃。

有位网友说，他大学物证课老师是位老刑警，那些陈年旧案，因为当时受技术所限无法侦破的，他们会保护好现场，一年又一年，一代又一代。每届警校生毕业，老师都会给他们讲这个故事，给学生鞠躬，拜托他们，若某天技术进步能提取到更多线索证据，一定要破了那些陈案。

这带给我极大的感动。我发现我无法不喜欢那些心里始终堵着一口气的人，相信人是可以穿越历史的迷雾，在千沟万壑的大地上坚持走出一条直路来的。人这辈子要做的事，有些顺当如大路，有些坎坷如小道，通常后者才能发现人心最幽微的东西，要么是藏污纳垢，要么就是高洁的神性。

2. 接棒

第二次世界大战时也有这么一个传奇故事。

1937 年，在夏威夷长大的华裔女孩李灵爱在美国学开飞机，希望能驾驶轰炸机来中国协助作战，但碍于女性身份无法实现。后来她动员祖母变卖了首饰，筹了一大笔资金，邀请了一位美国报纸记者斯科特，计划用当时最好的设备拍一部中国抗战的纪录片。说到这里你就会感觉到，初出茅庐的她，人生就有了一股张力。

1937 年之后的四年里，斯科特扛着一台 16 毫米的摄影机四赴中国，战火连天中他们坐飞机，开卡车，乘渡船，搭牛车，在重庆朝天门码头骑马上了 340 步石梯，用镜头记录了日军侵略下中国的千疮百孔和人民的英勇奋战。

这部电影就是《苦干》(*Kukan*)，时长 85 分钟，由一位电影门外汉策划和资助，一位从未碰过摄影机的美国记者完成。在纽约首映就引起巨大轰动，据说当时罗斯福总统观看了全片，亲笔题写了卷轴赠予重庆。一些美国青年观影后便报名参加了陈纳德的“飞虎队”，成为帮助中国抗战的一分子。

但很少人知道李灵爱的存在。《苦干》上映时，美国还留着赤裸裸的《排华法案》，李灵爱受阻无法成为该片的主创，只能选择默默无闻站在幕后。更糟的是，二战后该片销声匿迹，再也没人知道李灵爱到底是谁。

如果故事到这里就结束了，那就是一个被埋没的爱国华人事迹罢了。但任何事情都要把时间拉长了看，拉长了，历史就好看了。不能急。

大半个世纪后，另一位同样在夏威夷长大的华裔女孩罗宾龙，喜爱阅读的她有一次读到了李灵爱的传记《生命是长久的》(*Life Is for A Long Time*)，猛然间发现了《苦干》的存在。

接下来，她就像着了魔，遍访李灵爱和斯科特的后人，要把这段扑朔迷离的历史和一个几乎被遗忘的女性的“人生经历”抽丝剥茧。她足足用了 8 年时间，才拼出了那桩往事，让消失的《苦干》重见天日，还把整个过程拍成了纪录片《寻找苦干》，这部纪录片在 2016 年得以上映。

罗宾龙说过一句话，她“最大的收获就是从李灵爱的身上找到了勇气。李灵爱和我都不富有，但是我们都做了我们想做的事。”

《苦干》里有一段，是讲轰炸下的重庆化为废墟，大火在熊熊燃烧。但当地人没有惊慌，而是有条不紊地参与救援，在废墟中寻找有价值的生活资料，坚韧不屈地应对巨大的灾难。

这个故事是我偶然翻出来的，关注者寥寥，但如今看来真是应景。我想时间真的藏了太多褶皱，随便拉一拉都是故事。这两代华裔女性，各自花了许多年的时间，去做一件于她们个人完全无关的事，李灵爱毅然决然要让美国民众看到真实的中国，罗宾龙孜孜不倦去寻找这段尘封的历史，但他们最后都让“什么是中国不可战胜的秘密”大白于天下。

看起来时间好像不仅会流逝，它还会回潮。但世上的事情，最后都在人为。

3. 追寻

这是另一个看来的真事。

如果你去过纽约 9 · 11 事件双子塔的遗址，就一定会看到在下沉式陵园墓穴的青铜护墙上，刻着 2 983 名遇难者的名字。你知道中国的姓氏一般用拼音，所以很好辨认哪些中国人死于这场灾难。

曾经我伫立在那里，那种熟悉的视觉感都忍不住要去联想他们背后的故事。但离奇的地方在于，就真的有人无意间看到了一位中国遇难者的名字，而且竟然还与他同名同姓。出于好奇，他四处搜集信息，终于慢慢拼凑出这个与他隔世的同名人的故事。

这位叫 Justin 的遇难者来自中国的第一代移民，家庭并不宽裕，只能住在纽约皇后区的地下室。爸爸在餐厅打工，妈妈是服装厂工人，一家人日子过得紧紧巴巴。好在儿子 Justin 争气，2000 年大学毕业后，就找到了一份知名公司的软件工程师岗位，公司就在世贸中心双子塔内。这个看起来即将要实现的美国梦，在 2001 年 9 月 11 日戛然而止。这一年，Justin 刚刚 27 岁。

无独有偶，后来这位国内的 Justin 也去了纽约念书，还学了计算机，找了软件工程师的工作。你瞧，同样的姓名，最后连职业也一样，真说不清是巧合，还是命运。种种都牵引着他要去寻找这家人。几番周折他终于打听到了地址，他专门找了一个周末从曼哈顿去了皇后区，背包里准备了支票，想略表心意。但他更想告诉他们，他们死去的儿子并没有完全被这个世界忘记，他或许还能成为这对可怜的父母特殊的朋友……可所有的幻想等到了那里都化成了泡影。原来，这家人早在几年前就搬家了。

直到现在，他都没有找到他们。但偌大的冰冷的纽约，有这样一份隔世的牵挂，走到一半的追寻，以及继续他未竟的事业，都让人动容。讲故事的人说，后来这位 Justin 又去了双子塔遗址，在他的名字上插了一朵花，纪念他短暂的一生，也纪念这场隔世的缘分。

那天，天下着小雨。

4. 少年派

2020 年初，新冠病毒爆发，无数中小企业挣扎在死亡边缘。倘若你在大公司，至少此时世界还是坚实的，时间是尚可浪费的，思维不必铤而走险，眼光可以放到长远，就像去慢慢种植一棵棵大树。但小企业截然相反，朝不保夕，精打细算，就是思想上最沉重的负担。所以，必须逼人去想那些大公司压根不会想的事，要有一双毒辣的眼睛，在各种不可能处嗅出喘息空间。

但人真的就是这样，一旦被逼到墙角，一旦生出了无畏的少年气，你只要把它紧握手中，捏出汗来，少年气会长出手指，再一用劲，就是一只霍霍的拳头。

于是另一类商业开始萌芽：买菜和超市 APP 成了老少皆宜的每日打卡地，医生开始为肿瘤病人提供线上的服务，云办公和云聚会成为日常，柜姐和美容院都在线上促销和授课，连美妆 APP 都开始设计独一无二的“口罩妆”……突如其来的陌生感，却一路叫醒了现实里本来殒没的东西。一个国家经济活力的边界，其实并不难丈量，通常就是在这样的时刻还能声嘶力竭往前冲，直到停下来的地方。

这都给了我莫名的乐观，虽然此时的世界还是一只静默的蛋，但你想不到以后它会孵化出什么。

我想起影片《少年派的奇幻漂流》，当少年制服了那个巨大的威胁——老虎后，他的下一步，就是征服更深不可测的大海，等有一天能重返人世。对他而言，其实老虎不过是苦难的一重梯度，经过老虎，后面还有更深不可测的大海，而我们的成长就是这样一重又一重。若无苦难，人无法成长透彻。但若无少年般凶猛的生命力，人无法熬走苦难，弥合旧伤。最后当苦难成了生命的底色，人才会活得幸福。

疫情是虎，而生活是海，但少年派，是活得比老虎更虎，比大海更静水流深。当我们的生活里突然出现这样一个巨大的威胁后，正视它，经过它，甚至习惯它默默地对峙，而今往后，沉舟侧畔，生生长流。

（首发于秦朔朋友圈 2020 年 2 月 29 日）

我无法丢弃的“中国精神”

假期第一天凌晨两点，我突然醒来，看见有人在单曲循环《我和我的祖国》，有人在欧洲山巅高举旗帜，五星红旗就像绵长的红地毯，铺满了朋友圈。大庆前夜，所有人都被一股汹涌而愉悦的水流裹挟，且希望永远不要靠岸。

你会发现，在那一刻，以往那个流淌物质、欲望和牢骚的时代像露珠一样挥发不见了，而一个充满理想、道义和浪漫的年代又回来了。

作为 80 后这一代，我能体会此时我们讲“爱国”两个字时包含的真诚。我们接近中年，读过一点史书，经历过一点社会的浪潮，体会过一点生活的劫数，在异国他乡感受过一点关于国家的尊严或屈辱，就深切知道苦难、挣扎、不容易是生活的本质，而逆袭、翻盘、长虹是小概率的馈赠，要在天时地利人和之下再做出一连串正确的决定。是什么感觉呢，似乎自己走完一小段生命周期，也就很容易和国家命运产生同舟共济的感觉。

我们各自变老，并相互凝视。这个国家在我们生命伊始已经杀出了一条血路，随即继续飞渡关山，势如破竹。循着她的“人生经验”，我们也期待自己的人生能反复自洽，不再失手。但她真正让我心头一震的，倒不是武器多么先进，财富多么庞大，而是这么多年她是如何走过泥沼，颤颤巍巍站起来，然后再亲手撕掉一道道贴在额头上的那些不怀好意的标签——羸弱、贫瘠、畏惧和臣服。从前年轻的我们一路忙着和现实交手，以期收获聪明和老辣，但回过头来发现这种“中国精神”才是我真正想写的、想亲手继承过来的精神内核。

别小看它，这么多年它一点一点施展它的魔力，让所有蓬勃的演进都看起来合情合理。

1.“中国精神”的内核

中国人的精神内核是什么？

有人说典型的中国式人性，是君子之道，就是不野蛮、不猛烈、不苛刻，温顺而智慧；

是集体主义，讲究大局、讲究牺牲；

同样，也是钻木取火、大禹治水、愚公移山、夸父追日、精卫填海背后讲的抗争精神，很愚蠢，很浪漫。

作家阿来说他写《攀登者》就是写精神。如今的登山变成一种时尚，一个人登珠峰就有十几个人来为他服务。这和以前的登山，凭一己之力登山完全不是一回事。

20 世纪六七十年代，国家一穷二白，攀登珠峰是一件几乎不可能的事。很多北大物理系的、气象系的老师为了勘测死在上面。但人的意志、国家的意志让这种不可能最后变为可能。我们是习惯为胜利欢呼的，但对背后人们付出的代价，往往咀嚼得太少了。

去看每一位“共和国勋章”获得者背后的故事，眼泪都会啪嗒啪嗒往下掉。被很多人提起的“赫赫而无名”的中国核潜艇之父黄旭华先生，他的秘密身份被隐藏了 30 年，从 1957—1986 年这 30 年间，他没有回过家，父亲到死都没有再见一面，家人不知道他在做什么，觉得是大不孝。他欲哭无泪。

有人问他，祖国是什么？他说：“列宁说过的，要他一次把血流光，他就一次把血流光；要他把血一滴一滴慢慢流，他愿意一滴一滴慢慢流。”措辞听起来好像离我们这个时代很远了，但我细读每一个字，都忍不住要把它复述出来。

我有个印象很深的细节是，1985 年邓稼先住院期间，杨振宁回国探望，曾问起原子弹和氢弹的研制获得多少奖金。邓稼先说，原子弹 10 元，氢弹 10 元。原来国家颁发原子弹特等奖时，总数只有 1 万元，由于参与研发的人太多，才按照 10 元、5 元、3 元三个等级发下去。在生命最后的时刻，他还在关心国家的发展，他说的是：“不要让人家把我们落得太远……”

你去看凡是推动历史进程的人物，才会知道怎样才算“中国精神”，什么才能称之为“中国脊梁”，什么才是“一生无悔，舍生取义”。这是这一组人物形象共同的特点。

“精神”是一种浑然一体的意识，不像大脑是精确计算的仪器。精神本身也需要超越理性，克服人性，从而接近神性。就像以前中国人喜欢用毛笔写字，讲真的这种软软的刷子，写字画画都不容易，更无法精确，但一旦掌握就能进入钢笔无法达到的境界。你一定有体会，有时人就是靠这点精神，这点信仰，超越所有自诩聪明百倍的大脑的。

2. 真实生活的暗礁

中年人的委屈是这个时代随处可见的大字报，命运好像人贩子，把人一个个拐进了死胡同。

我曾有个在 Facebook 的学长，他在重压之下选择了自杀，而他之前曾是高考状元，攻克过被人称作了不起的项目；而一些人生算是一路开绿灯的朋友，在 35 岁之后猛然发现高考和第一份工作才是人生巅峰，而曾经的他们都觉得自己才是被时代选中的人。其实每个时代的“精英阶层”，都认为自己曾被选中了，最后发现也不过是命运车轮碾过后的一行印记。

我懂他们的痛苦。从小就捡起了上帝从指缝间滑落到他们手心里的才华，他们懂风云人物那个位置的荣耀，但却没有一直被赋予不断青云直上的惯性；他们或许有一点天赋，但遗憾的是没有以为的那么多；他们不只是纯粹为了追求名利，却想成为一个更好的生命体。这就是他们痛苦的源头。生活的平顺是最具麻痹性的，让人注意不到潜在的坍塌。以至于当生活大刀阔斧砍过来，我们很难不被伤到。

能帮助我调整心情的，一个是对这个世界“平衡”和“偶然性”的认知。无懈可击的，都暗藏乾坤，而漏洞百出的，也不会是绝对的生活弃子。运气是单薄的，但倒霉或许迟早会带来什么。命运有时候非常驯良，见谁都三叩九拜，有时候非常叛逆，六亲不认耍起疯来。别被想象中的自己统治，也别妄想着去统治它，不然早晚会被生活教育。

另外一个，就是真正的勇气和担当。真实生活有着无数暗礁，平顺生活乍现巨大的转折，说真的在漫长的一生并不少见。有个同样在 Facebook 有类似工作经历的人在知乎上留言，说当时他的处境更糟，不过没选择跳楼，而是选择保持乐观继续拼搏，几经波折还是找到了现在的工作。岗位和自己的强项匹配，老板团队氛围都非常好，工资也涨了几轮。现在回想，真的都是过往云烟。而当年嚣张跋扈把他扫地出门的老板，如今却待业在家。不需要 30 年，3 年过去两人就河东河西。作者说，以后遇到她应该会微笑说一句：“Without you I would never have become who I am today. Thank you!”

我们很难分辨，到底是厄运残酷，还是收拾残局的过程更残酷。但我想一个人生命真正的转折，绝不是出现在一个人志得意满的时候，而是在你跌入谷底一文不名之时。

有一句对“战争”定义是这样说的——战争是以一方失去战斗意志为结束的。所以一场仗要打下来，最关键的是作战意志，是那点杀伐之气，是最后那一口气。我可以输，但我从不屈服。梁宁说为何诺基亚和三星的命运截然不同？一个是职业经理人主导的企业，而一个是家族企业，他们的作战意志根本不同。

3. 永远分叉的时间

博尔赫斯的《小径分叉的花园》里写过："时间永远分叉，通向无数的将来。"真实的人生是一个小径分叉的花园，时间不具有单一性和绝对性，平行宇宙是无数选择构成的命运。时间铸成的人，千差万别。

当年罗斯福总统虽然把美国获得的庚子赔款的一部分返还中国，办了留美预备学校，但是他私下对中国的评价非常刻薄，他说"我们决不能扮演中国的角色，要是我们重蹈中国的覆辙，自满自足，贪图自己疆域内的安宁享乐，渐渐地腐败堕落，对外部事务毫无兴趣，沉溺于纸醉金迷之中，忘掉了奋发向上、苦干冒险的高尚生活，整天忙于满足肉体暂时的欲望，那么毫无疑问，总有一天我们会突然面对中国今天已经出现的这一事实：畏惧战争、闭关锁国、贪图安宁享乐的民族，在其他好战、爱冒险民族的进攻面前，肯定是要衰败的。"

贪图享乐和奋发向上，纸醉金迷和苦干冒险，即是两条分叉的小径，分别通往衰败和强大。在他眼里，时间稍纵即逝，而唯一能跟时间抗衡的，也只有人的奋发向上和苦干冒险，那才是"高尚生活"。但我想他一定对真正的"中国精神"有误解，如今的中国已经打了一场漂亮的翻身仗，稳稳地走在那条通往强大的小径上了。

人类很多能力靠天赋得来，但反人性的精神不是。它不是什么伟大的技能，但它靠岁月和时间沉淀，也靠启发和领悟铸造。太多事情你知道一眼望去就是不可能的，但精神和信仰给了你底气，你不再惶惶不安，崩溃大哭，你不需要对等的名利钱财来补偿了，你也不需要爱和安全感来傍身了，手无寸铁的你也可以直面崇山峻岭，赤手空拳打天下了。这不保证你能从此平安喜乐，但它一定能让你变成一个更好的人。

到后来你发现，你已经无法丢弃它了，1991 年路遥早在百万字著作《平凡的世界》中就说过——其实我们每个人的生活都是一个世界，即使最平凡的人，也要为他生活的那个世界而奋斗。

（首发于秦朔朋友圈 2019 年 10 月 6 日）

被历史掩埋的力量

1.

戴震正看着我。

他剑眉竖起，嘴角沉着，脑后拖着长辫，身姿异常挺拔。五分钟前，我顺着古街的一条羊肠小道焦急寻访他的纪念馆。一墙之外，是浮华的人流和嘈杂的生意。他们中的很多人并不知道戴震，尽管就在隔壁。他们问我，为何要寻访他？后裔吧？或许在他们眼里，若不是沾亲带故的，还不如埋头在现实世界里专心买卖来得实际。

而现在，这位 19 世纪百科全书式的学者雕像已经和我面对面站着了。他坚毅的目光好像一层蛋壳，能把人心里的力量，立刻从这蛋壳里孵出来。

于他而言，我从几百年后的世界里来。那个世界的成年人不知被上了什么肥料，焦虑在周身疯长得厉害。这种肥料流入水中，从城市里穿过，便传染给了中国所有的大城市，抢人是它们摆出的第一道杀手锏。这种肥料蒸发到空气里，便形成了一个无处突围的世界——统计局释放的是结婚率越来越低的数字，行业的薪酬排行榜是学生们填报志愿的风向标，人生的方向几乎是寄生在时代波动上的，就像魔方上的一小格，不知道会被转去哪里。电影里放的是寄生虫的故事，上青云的希冀，逆天改命的哪吒。而楼盘样板间里最喜欢挂莫奈的画，据说这样房子很受中产青睐，因为莫奈的作品里有幸福感，可以擦掉焦虑。

这些散落四处的焦虑，长在一个叫作现实世界的庞然大物上，连着血管和经脉。而那个静静伫立的雕像，和时代形成鲜明反差的沉着，能让人心底产生的力量，就像一把尖刀，可以把这个庞然大物无声剖开。但这股力量，若不反复磨砺，就会遭时间打折，渐渐变钝。这股力量，便是我此次寻访的目的。

2.

继续说这股力量的源头——戴震。

他是徽州屯溪人，1723—1777 是他生命的硬边界。从出生在严冬的雷声隆隆里，到病逝在四库全书馆任所，生命的 50 几个年头，全靠教书编书为业，大部分时光过得很苦。无论他后来如何声名卓越，彼时他还只是历史的配角。但我想这也是命运的迷人之处，他不重利，不期后世之名，也受制于那个时代，只是兢兢业业做自己喜欢的事，但就是这种自由而坚韧的意志使他名垂青史。

我小时候对历史人物的真实人生是无感的，或许是迫不及待地要去涂抹自己的生命画卷，但后来却发现这些故纸堆里的故事，倒可以解决很多当下无解的困惑。

戴震从小家境贫寒，到了10岁才开口说话，但读书格外勤奋，聪敏异常，过目成诵，绝非池中之物。但他第一次命运的转折，却是因为家族的祖坟官司受人陷害，逃到北京，成为北漂。当年他拜访名儒钱大昕，钱认为他是奇才，便顺手介绍给了北京的文学圈和官员。圈内人纪晓岚、王鸣盛、朱筠等纷至沓来，一时之间这些人全部被戴震惊人的学问水平拜倒，他一时名重京城，无人不晓。纪晓岚还请戴震到自己的阅微草堂居住，请他做几个儿子的教师。乾隆三十八年，在纪晓岚等人的力荐下，戴震进入编纂《四库全书》的编纂组。他校理的《水经注》被乾隆大为赞赏，赐予"进士"之名。

为什么他的"进士"是被赐予的，这背后其实是一个极其无奈的故事。因为这样一代学界大佬，科举之路异常坎坷。年近30才勉强中了秀才，到40岁才中举，以后10年间，他汲汲科举，直到53岁去世前两年还在考，依旧不中，每次都失望而归，精神打击可见一斑。你可能会奇怪，水平之高如他，为什么就是考不中进士呢？有一个还算贴切的解释是说，科举的核心是四书，类似于考纲，而不是具研究性质的五经，遵循制度大于创造性，因此对那些乐于旁征博引，醉心于研究的人尤其不适应。清儒里学问特别好的，科举上很少有一马平川的。而很多科举得意之人，连在学界一席之地都有待商榷。

有几个细节很能说明他到底是怎样的人。

戴震30岁那年写《屈原赋注》，正好家乡大旱，一日三餐都难以为继，他一边写作，一边每天只吃一点点面食。后来，当他写成《原善》首篇时，乐不可言，说自己吃饭也觉得别有甘味。

清朝文化极其专制高压，统治者大兴文字狱，他勇敢批判"以理杀人"，挺身而出为平民百姓代言，这在当时遭到激烈反对，但他崇实黜虚，不迷信权威，也不图虚名，不但敢于向朱熹质疑，就是孔子他也敢与之商榷。

在四库全书馆的几年里，他"晨夕披检，靡间寒暑"，后来累到眼睛不行了，京城配眼镜的老者说，我这里老花度数最高了，再高你就没法找了。他几年后病逝，据说过劳也是主要的诱因。

你会发现，他属于那种真正清澈的君子，贫而不忧，苦中作乐，勤勉精诚。清澈到你觉得时代亏欠他太多。直到我看到梁启超评价他是“前清学者第一人”，心里才稍觉安慰。

他的不幸在于他选择了一种不太“聪明”的活法，一生绝大多数时光都没能进入主流，没有被他生活过的那个时代好好对待过。而他的幸运在于，相比所有这一切，他更在乎的是真、是实、是匡时济俗，他沉潜其中，活成了19世纪的一线曙光。

是他让我觉得，即使时代会即刻褒奖大部分精于世俗的人，但赤诚而孤勇之人，也总会有路可走，甚至是，迟来的不朽。

3.

说到这里，你大概明白偶尔沉到历史里的好处了。要是只看现实世界，多半会慢慢地败光好感。因为你发现大部分活在现实世界的人，真的有点像《西游记》里的“众妖”，举一生之力就是要去分唐僧肉的，但历史有时会给你一个“唐僧”，他是那个真正心怀理想的。

我们这一代的集体记忆是什么呢？大约是丧丧的年轻人，随时会原地爆炸的中年人，热衷于被骗一辈子心血的老年人。当然天天能砸进眼球的，还是欲望——年轻人是真的丧吗？中年人是真的仇大苦深吗？老年人是真的太傻太天真吗？还是有那么一部分原因是，整个世界都欲求不满，有人以丧和苦来对抗世界，有人利用人性来迅速致富？或者说，我们潜意识里长期被训练出来了一种巨大不安全感，和他人一比只要少了某样东西，就仿佛要朝不保夕，赶紧追赶上。欲望让九州变成了“韭州”，让一个个明明把自己活成毫无议价能力的人，还在满世界要硬通货。

所以我们有时需要历史的坐标，以此来作为此生的一种价值判断，或道路选择。告诉自己沉下心去做一些真正扎实的事情，远比慌慌张张去成为丛林里的动物来得有价值；而得到很多物质上的东西最多是让你不难过，但追求自我热爱的道路才能真正使你对人生痴迷。

有些希望的种子早就被几百年前的先人埋下了，就像雪被下的草尖。尽管少有人看见，但它一直在那里，依旧在生长，成为被历史掩埋的力量。

（首发于秦朔朋友圈2019年8月25日）

庆余生

1.

毕业10年后来做一次人生审判是极其自然的事。

同气连枝的师兄师妹，都开始活出了样子。上会上市的，上报上榜的，也有忙到再也约不上饭的。这时代人人都显得太有事可做了，好消息就像樱花被春天的一阵暖风吹过，瞬间落满了朋友圈。我说时间这种东西，下手真是又快又狠，欻欻两刀便把人又重新划分了阵营。你和某些人在某段时间的交集，真是世上最温柔的骗局，相识于微时，再闻其名已是惘然。

这种云泥之别特别容易给人强烈的命运感。一部分人被命运雕塑成精致的艺术品供人观赏，一部分人却遭遇了断崖式的人生摔成了泥菩萨，当然更多的，是过日子晒孩子被生活彻底浇灭了侥幸心的普通人。

我和朋友讨论个中原委，为何就有那么些人当年同窗时平淡无奇，如今却平步青云。有说“会学”和“会混”原本就是两回事的，有说当年高起点的反而思前想后不愿破釜沉舟的，有说性格决定命运的，有说人的潜力是无限的，也有说，时间花在哪里哪里必然开花结果的。当然人生获得的方式可以很迂回，有看上去什么都得到了的人，也有把好东西都拱手相让了但至少活得挺尽兴的人。

这类讨论自然不会有结果。人生本身就是一种讲不清楚的东西，这些问题的答案深深掩埋于时间和人性形成的岩层之中。就因为讲不清楚，所有的好坏和意义都只能处在“绝对正确”和“绝对错误”之间。所以我想诸如此类地停下脚步“回头看”“互相比”，最大的意义并不在于给自己和别人的过去评判高下，而是如何审视余生。后来朋友们的讨论重点都纷纷从羡慕嫉妒当初那个不起眼的傻小子，到自己目前要怎么转型，如何找到自己真正喜爱的事，恍若“虚度”了前半生的友人们开始紧锣密鼓地筹划下一个全新的自己。

余生如何过，余生又如何不后悔？这才是值得讲的话题。

2.

《易传·文言传·坤文言》有句话：“积善之家，必有余庆”。《红楼梦》里说：“留余庆，留余庆，忽遇恩人”。“余庆”就是前人遗留的福泽，积德行善的好人家必有余庆，循序渐进终得质变，如此因果报应，在暗暗统治着芸芸众生。我想若要余生有庆，也绝不是浑浑噩噩、埋头赶路才会有的，或停下来思危思变，或干脆付诸行动，都是“柳暗”与“花明”中间那个没写出来的转折点。要余生有庆，不如即刻就开始筹谋。

对余生最大的误解，就是把它看作余下的，没剩多少的，无法推倒重来的。就像你耳朵里常听到的，嘴里常说的，“都这把年纪了，还学什么”，“都这个岁数了，还做什么”。父母们都开始把注意力转移到忙着精心雕琢孩子们的人生去了，而自己的生命就像一团坍塌的、瓦解的东西，就像眼看着自己拖着一条长长的落日余影，再看它慢慢、慢慢地消失掉。

但你发现没，只要和比你年长的朋友聊天，都会不约而同地收到那么一句话，“不管你现在有多么挫败焦虑，你几乎是处于人生最好的阶段。”换言之，你实在是低估了余生，它太长了，它和重生、诞生、未来不过是一回事。有一本《双零年代》（*Zeros*）讲述了2000—2009年华尔街坍塌的全过程，所有的东西从零开始疯长到N，最后一切又归零，然后历史再周而复始。同样，人也有好多次“生”。出生只是生的开始，一个人的整个一生不是别的而是自己不断诞生的过程。

对“余生”最生动的活法，大概出自法国作家维尔吉妮·格里马尔蒂写的《我余生的第一天》。

书名我就挺喜欢，它不是《人间失格》或《长日将尽》这类一路丧到底的，而是把成年人从劫后到余生、从晦暗到明亮的过程跃然纸上，能让人心生希望。故事的主人公是一个为家人奉献一切而失去自我的家庭主妇玛丽，在面对不忠的丈夫，一眼望穿的生活和梦想消失殆尽的余生时，猛然醒悟，在她的丈夫40岁生日这一天，她离家出走踏上了环球航行的邮轮，那个封闭自己的保护壳终于在自己不惑之年时渐渐裂开来。那是种什么感觉呢，我想大概是阴沉晦暗的房间里突然拉开了厚重的窗帘，被阳光照醒的感觉。

据说这本书非常受欢迎，因为它给了无数困在蜘蛛网里的女性一颗不可多得的糖，而生活太需要糖了。你我身边有太多这样被生活压榨，对余生不敢说不的女性吧，只是我有时候会失落，我觉得她们其实都可以像玛丽一样站直了大步流星地迈过生活的火盘的。

对“余生”颇有审时度势感的，恐怕也要算上亚马逊的创始人贝佐斯。在创立亚马逊之前，贝佐斯在华尔街的一家对冲基金工作，才智过人，是典型的工作狂，30 岁不到就在公司身居要职，是最年轻的副总裁之一。而公司也正处于上升期，当时的总统候选人克林顿和纽约的大人物们也来公司参加宴会。可是当时要构建网上书店的想法已经在他心里生根，如果继续在华尔街聪明而顺服地赚大钱，永远不可能成为他心里真正渴望成为的人。在他考虑余生要怎么过时，他产生了一个想法，叫“后悔最小化模型”——到了 80 岁，他不会去考虑为何在 1994 年放弃了华尔街的优厚待遇，因为 80 岁时他不再会担心诸如这些事情，但他一定会为没有亲历互联网浪潮而后悔，那是一件具有革命意义的事，这样思考问题时，就不难做出决定了。

讲真，这个“后悔最小化模型”还真的蛮好用的，我回首自己短短的人生，有好几次人生的转折就靠它帮我走了自己的路。

而贝佐斯早年对余生的定夺，直接导致了一个极具戏剧化的细节，那个在他很小时就抛弃了他的生父乔根森，半个世纪以来不知道儿子在哪，是否找到了好工作，也不知道儿子活着还是死了的人，当知道那个世界上最富有的最著名的 CEO 之一就是他儿子时，几乎是不知所措到要晕厥过去了。从一个普通少年蜕变成闻名世界的商界领袖，我想其中一个原因是贝佐斯从未放弃过他的“余生”。

3.

你还记得，在我们四五岁的时候就开始慢慢建立对世界的印象和生命的意义了，这并不是通过数学公式精确得来，而是在黑暗中一点点摸索，就像盲人摸象一样，得到一点点教训，做出一点点解读，总结出一点点认知，随后长成如今的我们。任何“重建”都是这样一点点摸索出来，而任何“坍塌”就是不愿意再这样辛苦了。没有多少人对“余生”还有那么多的耐心，这直接导致了文章开头的那一幕，隔了一点迟疑，十年之后就与之前同行的伙伴隔山隔海。

历史给我们的教训就是，人们从来都不知道汲取历史的教训。我们当然不愿意再重演黑格尔说的这句话。要余生有庆，不如让我们从庆余生开始，把余生从不受待见的角落拉拔出来，放到你生活最重要的中心，为它崭新的可能性说句 Cheers。

（首发于秦朔朋友圈 2019 年 3 月 31 日）

被误解的成功

1.

这个时代特有的成功标本是什么样子呢，大概是三年前的戴威的样子。90后，北大光华学院毕业，还没进社会看过人脸色，第一次创业就如坐上了火箭，国际资本纷纷排着队要给他送钱，众星捧月，月似银盘挂中天。

多数光华学院毕业的人都能在顶尖金融机构谋得一份不错的差事，在偌大的北京城里的某个细细的分支管道里占有一席之地，轻松混上中产。放在以往任何一个年代，这样的生活已称得上体面，但放到如今，却无法盖上时代特色的印章。

你知道，这是一个能诞生奇迹的时代，数年前最轰动的一次集体造富运动来自阿里，再往近一点，是小米。所以活在此时的年轻人，很难让自己甘心臣服于那种朝九晚五的“平淡的体面”，要是不纵身跃入其间，擦到一点创业时代造富传奇的吉光片羽，或许都辜负了这样的“生而逢时”。

而入局者戴威想要的“成功”，得更往上走一点。

“自我实现”在近40年的孵化之后成为精英社会的主流意识，个人再也不是20世纪七八十年代那时作为家庭户口本的一页而存在。戴威特别喜欢OFO的那句slogan——“让世界没有陌生的角落。”所以他想要的，绝非普通人期盼的财富自由，而是雁过留声，是改变世界，是功成名就。或许每个顺风顺水过来的人，在还没见过几分命运给的颜色之前，总会觉得自己该配一点不一样的东西。使命、愿景和价值观这种东西，对他们而言并不是融资计划书里抓人眼球的噱头，而是真正落在肩头的力道。

后来的故事，大家都知道了。大厦将倾时，没有人会提“成功”二字，但在进度条还没拉到此刻的狼狈之时，他们的的确确活在一种关于“成功”的气氛里。成功像是他们手里的氢气球，好不容易抓住了，稍微不注意就又放掉了。“成功”成了一种幻象。

2.

对“成功”最大的误解，来自我们都低估了时间的漫长。

在没达到“成功”之前，人们就像隔着毛玻璃看彼岸的光景，以为“成功”就是一锤子买卖，可以一锤定音。可“成功”和“功成名就”之间，就如作者和作家之间，新秀和权威之间，买卖和基业长青的企业之间，隔着数不清的迭代。成功是一个逗号，一个顿号，或者是一个省略号，唯独不是一个句号。

说到这里，我想到 happy ending 或许同样是一个被误解了的词，哪有快乐全剧终呢，只有快乐未完待续。

去看北京奥运会冠军的 10 年，就发现从 2008—2018 年他们都在学习同一门功课，如何在人生巅峰之后适应余生漫长的平淡，甚至跌入谷底，有些则音信全无，消失于人海。而在娱乐圈，明星的演绎寿命同样很短，女明星们拼命折腾着脸蛋，就是不想早早丢掉那张青春饭的饭票。

这种战战兢兢，在商界又放大了数倍。20 世纪 80 年代那本风靡全球的《追求卓越》一书提到的 40 多个最优秀的企业案例，5 年之后再去看，只剩下 1/3。而巨无霸亚马逊的掌舵人贝佐斯更是大胆预测，亚马逊终有一天会倒下、会破产。他说如果你看看大公司，它们的寿命往往在 30 多年，而不是 100 多年。而他自己的责任，就是必须尽可能设法把通往失败的进度条，拉得再慢一点。

在中国，民营企业平均寿命不到 4 年，中小企业平均寿命不超过 2 年半，连大公司的寿命也难逃 7 年之痒。海尔张瑞敏最著名的一句话是，没有成功的企业，只有时代的企业。他认为所谓“成功的企业，都是因为踏准了时代的节拍，但是时代的发展太快了，你怎么会永远踏上这个节拍呢，这个真不可能”。再加上有些还有大公司病，不是时代抛弃了企业，而是内部价值观开始崩溃的企业，根本走不远。

十年一过，全球市值最高的 10 家公司由爱穿 T 恤牛仔的科技新贵代替了传统银行业大亨，在中国是两位姓马的互联网人代替了如雷贯耳的“国家队”。但即便如此，如今最炙手可热的 80 后 90 后的新晋企业家，打败旧世界旧秩序的商业英雄们，也有一天会变得不合时宜，和他们曾经的手下败将们一样，成为历史洪流中的浪花。

“成功”只出现在少数幸存者的某些瞬间，他们从幕布后面钻出来，像是来讨一点高光时刻，最后他们总得谢幕，剩下的时光则是长久的暗淡。

3.

而我们为“成功”镀过的金身，凑近了看都是坑坑洼洼。

有一种奇怪的迷信，一件好事如果自己说出去了，就会发生变故，就可能实现不了了。被好运覆盖的人们总会想着要如何不挥霍所有的幸运，活得谨言慎行。同样，一个此刻大获“成功”的人，到底应该把此时的他看成一个成功人士，还是一个即将要失去成功的人呢？放到以前，你一定会说他就是一个成功人士，可是简单迅速地判断一件事的好或坏，不过是人类自身进化的结果，因为这样会避免我们处在一种无所适从的状态里。可拿它来说“成功”，却显得非常幼稚。

一种不成文的解释是，逆境往往能出成功，你会发现人生的很多重要成就，多半是在那些寂寞如雪的日子里完成的。你必须要离开那些零星分配给人生的快乐，拿一整段人生去往深处走，往尽头走。但一到顺境，熙熙攘攘门庭若市，要应付这个应付那个，也未必是自己主观开始懈怠了，而是要周旋在各种外部事务当中，人心不容易沉下去。创业公司的上市之日也许就是主要员工的离职之时，一旦期权兑现，财务自由的人工作动力也会减少。所以，“逆境—顺境—逆境”就像一种周而复始的周期运动，看人生成败，和世界合久必分一样，一切都不过是从头再来。

而某一些“成功”，则需要用非常低的生活质量去换取，要用长年累月的心惊肉跳，患得患失来换取掀起盖头时分的那一抹明艳。有一则比喻很恰当，这些“成功”人很像那些年中了大奖的人，可能大奖价值才 2 000 元，请客吃饭用掉了 3 000 元，负债 1 000 元，得不偿失。但在所有人眼里，就是这个人得了大奖，他就是那个“成功”的人。

而真正“成功”的真相，其实并没有那么神秘。对于一个有时间刚性约束的人来说，大变量在于人把时间和精力集中到了什么地方。抛开运气成分，一个智商正常的人，集中所有时间和精力长久地只做一件事，他多半会超过这个领域大部分的人。同理就能推断，天才在某些方面可能就会是傻子。

4.

可这个时代“成功”的群众基础实在太好，好到要搅乱所有人的心，要为它奋不顾身赴汤蹈火，哪怕用什么样的代价——时间、落差、无常，以及长久的孤独去换取，都在所不惜，哪怕他们事实上根本无法承担这样的代价。

本质上我非常支持这样铆足了劲地去追求一件事，人活着有时也不过为了一口气。但是在这之前，你得了解它的全貌，摒除你脑子里关于“成功”的偏见。就像你爱慕一位美女，但在追求之前，请把她当作一个完整的、有喜怒哀乐的、必然有缺陷的人去看待。后面的苦水该咽下就咽下，不完美的情节该接受就接受。而不是到最后黄袍加身，才真正明白处江湖之远的意义。

关于“成功”，我对它的解读是，见过美景，有过良辰，剩下的，就是重新上路。

但我更喜欢里尔克《观看的男人》里的说法——

我们战胜的，都是渺小的，结果本身也使我们渺小。

永恒与非凡之物，不欲被我们弯曲。

他的成长乃是：成为卑微的战败者，败于越来越大之物。

（首发于秦朔朋友圈 2019 年 1 月 1 日）

「睿愚」

关键词：

区域经济；创新发现；一睿一愚谓之情

“千年帝都”河南：艰难困苦，淬炼成钢

风水轮流转。

追忆河南，脑海里蹦出了开篇这句话：风水轮流转。

信息大爆炸的时代，我们每天抱着手机刷着各类新闻资讯，沉浸其中，容易“见树忘林”，如果可以跳出来，历史兴替、风水轮转，这样的大局大势，我们会看得更清楚。

现在我们身处一个数字经济、信息经济引领风骚的新经济、高科技时代，“到中流击水，浪遏飞舟”的当属改革开放的前沿阵地广东，而广东在过去可是蛮荒之地，流放犯人之地，“日啖荔枝三百颗，不辞长作岭南人”，只是荔枝吃到吐的苏东坡的幽默豁达。

往前追溯，工业时代，现在需要各种政策振兴的东三省以及山东，可是当时的网红打卡地，人潮涌入地，是共和国的脊梁和骄傲。

再往前追溯，农业社会，四季分明、水源充沛、沃野千里的平原地区，才是政治、经济、文化中心，而在这几千年漫长的农业社会中，如果有人造卫星俯视大地的话，河南就是夜空中那颗最闪亮的星。

1. 千年帝都

古代农业社会简单而乏味，资源稀缺，人口有限，经济中心基本上顺其然成为政治中心。

今天的产粮大省——河南，在农耕为主的社会里，地多、水多、粮多、人多，成了历代中原王朝的定都首选之地和核心统治区域。

自五帝时期，河南就是全国的文明发祥地，前三帝均定都河南。黄帝时期的都城是有熊，即今天的河南郑州新郑；颛顼时期和帝喾时期的都城是帝丘，即今天的河南濮阳。

政权世袭罔替之后，封建王朝的帝王们不忘初心，继续选择河南作为首都。

夏朝的都城除了有一小段时期在山西外，其余全部位于河南，分别在郑州、禹州、濮阳、洛阳、济源、开封和安阳；商朝除了有过河北和山东的都城外，大部分时间也是

定都河南，分别在洛阳、郑州、濮阳、安阳和淇县；西周的都城有一段时间在洛阳，东周则直接定都洛阳；春秋战国前期实力最强的魏国，都城是大梁，今天的开封，彼时大梁相当于今日纽约；西汉亡后，东汉高管们另起炉灶，定都洛阳，东汉末年，曹操挟天子迁都许昌，继续牢牢抓住河南这个核心区域不放松。

三国归晋之后，西晋定都洛阳，洛阳纸贵的成语就是诞生在这个时期，自此，洛阳成为重要的定都候选城，要么首都，要么副都，包括南北朝时期的北魏、隋朝和唐朝，都曾定都过洛阳一段时间；五代时期的后梁、后唐、后晋、后汉、后周的都城要么在开封，要么在洛阳。

陈桥兵变之后，赵匡胤将都城定在东京开封府，也就是今天的河南开封。北宋时期是开封几千年来最辉煌的时刻，不仅是全国的中心，还是世界的中心，人口超百万之众的世界第一大都市，GDP 更是全球霸榜，张择端的清明上河图描画的就是当时开封繁华的市场经济。

靖康耻后，北宋亡，残余高管们收拾烂摊子组建了南宋小朝廷，先是定都南京应天府，也就是今天的河南商丘，后因离敌人太近，国防不安全，迁都临安府，今杭州。“暖风熏得游人醉，直把杭州作汴州”，嘲讽的就是亡国者忘家忘本，苟安一隅。

自此，河南跨越 3 000 多年的全国政治、经济、文化中心的历史地位就此结束。从靖康之耻算起，河南不复当年的光辉时刻马上要有 900 年了。

朝代兴亡，洛阳哀伤。司马光路过洛阳时赋诗凭吊：

> 四合连山缭绕青，三川滉漾素波明。
> 春风不识兴亡意，草色年年满故城。
> 烟愁雨啸奈华生，宫阙簪裾旧帝京。
> 若问古今兴废事，请君只看洛阳城。

2. 艰难困苦

农业社会生产力有限，资源稀缺，吃不饱那就抢呗，导致政权更替频繁，“眼看他起朱楼，眼看他宴宾客，眼看他楼塌了”，河南人民近距离看到的王朝兴衰最多，享受的首都红利最多，同样地，承受的苦难也最多。

题目中我特意用了“淬炼”两个字。“淬”字含水，经常泛滥决堤的黄河水；“炼”字带火，常年肆虐蔓延的战火，来暗示河南人民曾经的水深火热、福祸相依。

1）水深

笑也黄河，哭也黄河。

黄河冲破太行山与秦岭联手构成的重重封锁进入河南后，给河南带来了千里沃野，成为天下粮仓，哺育了无数中华子孙，但封建王朝可不管“绿水青山就是金山银山”，滥采乱伐，大兴土木，加之黄河附近人口越来越多，黄河区域的森林覆盖率迅速下降，黄河开始从水利变为水患。

根据黄河水利委员会的统计，在1946年前的2 500多年间，黄河决口泛滥多达1 593次，平均每三年就要决口两次，大改道26次，而每一次的决口和改道的背后都是数以万计的生灵涂炭。

据史料记载，开封在历史上因为黄河水泛滥导致的灭顶之灾有六次，以至于产生了世界罕见的“城摞城”现象。在开封地下，有地下3米的清开封城、地下5米的明开封城、地下6米的金汴京城、地下8米的宋汴梁城、地下10米的唐汴州城、地下12米的魏国大梁城。层层叠压的6座古城，见证了黄河水患给黄河流域民众带来的深重灾难。

除了天灾，还有人祸。

北宋时期，士大夫们担心北方的辽国顺黄河进攻汴梁，罔顾黄河北行的天然流向，执意将黄河改道南流，导致多次决口。

明朝末年，李自成三次围攻开封，屡攻不下，最后一次大水漫城，酿成人间惨祸。

抗日期间，国民党政府为了抵制日军，炸开黄河花园口，这次决口让黄河泛滥8年，河南、安徽、江苏3省44个县市受灾，32%的耕地被大水淹没，数十万老百姓猝不及防，葬身鱼腹，上千万人流离失所，形成了如今所谓的“黄泛区”，并间接导致了惨绝人寰的1942河南大饥荒，数千万人沦为难民，仅河南一地就有300万农民死于饥饿。

国民党政府在《豫省灾况纪实》中这样勾勒黄泛区灾难图：黄泛区居民因事前毫无闻知，猝不及防，堤防骤溃，洪流踵至；财物田庐，悉付流水。当时澎湃动地，呼号震天，其悲骇惨痛之状，实有未忍溯想。

这条中华民族的母亲河啊，见证了黄河沿岸千百年的沧海桑田。如果说有什么没变，大概只有河边人民的苦难。

2）火热

笑也中原，哭也中原。

中州是河南的古称，因为河南位居古代九州之中，又名中土、中原，都是“中”字开头，估计也是这个原因，“中”成了河南方言使用最频繁的汉字，也是河南方言的代表字。

和平年代，位于“天下至中之原野”的河南地区是经济富庶、文化兴盛、交通便利、英才云集的地方，晋朝就有“天下名人，中州过半”的说法。

可这沃野千里的平原，和平时期是粮仓，到了战争时期就成了战场。

由于地处正中，河南的战略地位极为重要，从来就有“十省通衢，九州腹地”之称，所以河南地区自古是兵家必争之地，得中原者得天下，逐鹿中原，方可定鼎天下。而所谓逐鹿中原，其实某种程度上也是在涂炭河南人民。

一马平川、一望无际、一无阻碍的平原地势，导致战争时期无险可守，河南自古号称“四战之地”，是指从各个方向都可以进攻河南。加之河南大部分时间都是政治中心和经济中心，所以每逢战乱，河南首当其冲，成为群雄逐鹿的战场，朝代更替时期更是如此。

从商周时期的牧野之战，到东周列国、春秋五霸、战国七雄，大多数战争都是在河南打的。还有后来的楚汉争霸、三国割据，再到八王之乱，安史之乱。魏晋南北朝，或是南北对峙，或是东西对峙，河南就像夹在中间的受气包，几乎是无日不战、无地不战。根据历史地理学家施和金统计，明代以前，河南发生战争数量居全国各省份之首，有 820 次之多。

和欧洲的德国一样，无论从东到西还是从南到北，都要打这过。河南的位置决定了这里注定是一个战争灾难的高发区。

被战争蹂躏的噩梦，一直到民国时期也没有得到改观。

北洋军阀割据时期，张作霖的奉系独占东北，冯国璋、曹锟的直系则占据了直隶、江苏、湖北和江西四省，而段祺瑞的皖系则据有山东、安徽、浙江等地，还有阎锡山独占山西。

几乎所有的地盘都已被瓜分，只剩下河南成了无人占据的“三不管地带”，因为易攻难守的“四战之地”是个烫手山芋。

但这不仅不是河南的幸运，反而成为河南不幸的开始。没人占据，就没人建设；没人保护，就有人欺负。

北洋军阀时期，发生在河南的大的战争，有胡憨战争、鲁豫战争、第一次直奉战争、第二次直奉战争、直皖战争、国奉战争、北伐战争等多场战争。在北洋政府、各系军阀、地方武装、土匪等多股力量轮番蹂躏之下，河南人民苦不堪言，经济也遭受了毁灭性的破坏。

古人若生在河南，就是选择了 hard 模式。天上来的黄河水刚蹂躏完，地上来的官兵又来烧杀抢掠抓壮丁。所以历史上，不小心选择了出生在战乱时期的河南人会选择用脚投票，惹不起还躲不起嘛。

据历史学家统计，五胡乱华时期，河南人南迁 90 万人，占北方人口的 1/8；安史之乱、藩镇割据、黄巢之乱、五代十国时期，河南南迁人口大概有 400 万之多，从这时起，河南人口数再也没有回到过去一直的全国第一；靖康之难到宋金对峙局面基本稳定期间，河南南迁人口达到 600 万；元末中原丧乱，河南人口再次遭到毁灭性打击，史载明太祖在位时，“土著之民，流离军伍，不存什一”。

明朝为了迅速恢复河南人口，主要采取了“山西填河南”的政策，至今河南许多地方民间还留存着所谓“老家是山西洪洞大槐树下”的传说。

被长期的战争打怕了，所以河南被动挨打、被迫逃跑的时候多，主动挑事、主动打人的很少。你看，河南最多灾多难，但农民起义很少有河南人挑头的。“宁为太平犬，不做乱世人”，河南人民比谁都热爱和平，渴望和平。

3. 淬炼成钢

中华人民共和国成立，战乱终结，四战之地变身九州通衢；黄河得治，水患变水利，龙羊峡、刘家峡、三门峡、小浪底……一个个利在千秋的水利枢纽工程驯服了桀骜的黄河，黄河再也没有决过口，岁岁安澜的夙愿得以实现。

历经千年的磨难与四海为家，河南人终于可以安定下来了，难得的绿水青山与和平稳定的生产环境，让饱经沧桑的河南人民鼓足干劲，开始一步一个脚印地找回属于自己的桂冠。

1）有水有田，努力产粮

1978 年，河南全省粮食总产量仅 419 亿斤，需要从全国十几个省份调运粮食。而到了 2019 年，河南粮食总产量高达 1 339.08 亿斤，连续 14 年超过千亿斤，位居全国第二，其中夏粮产量稳居全国第一，小麦产量占全国 1/4，夺回了“中国粮仓”的地位，并且每年还调出 400 亿斤原粮及其加工制品，为维护全国粮食市场稳定，保障国家粮食安全做出了河南贡献。

2）人畅其行，货畅其流，坐实九州通衢

2018 年年底，河南全省公路通车总里程 26.9 万公里，居全国第 3 位；每百平方公里土地拥有公路 161.1 公里，居全国第 4 位；农村公路 23.1 万公里，居全国第 4 位。

从1994年第一条高速公路通车，到2019年全省高速公路通车里程达到6 967公里，并连通所有县城，位列全国第5位。

2020年，以郑州为中心的米字形高速铁路网战略构想将全部落地实施，郑州正成为全国的郑州。

3）空港经济，用飞机实现飞跃

2013年3月，河南获批全国首个航空港经济综合实验区，如今已成为郑州乃至河南的经济新增长极。从2010年富士康决定进驻到同年获批中部首个综合保税区，2013年跻身全国首个以航空经济为引领的国家级新区，再到2017年临空产业超越北上广居全国27个大型空港经济区第一，郑州航空港实验区短短数年完成了一次又一次的能级跃迁。

郑州新郑国际机场也已从区域性机场发展成为全球重要的航空物流枢纽，并在2017年一举超越长沙和武汉，夺得中部机场客、货运量双料冠军。

4）从积贫积弱到连续突破，经济实现历史跨越

河南全省生产总值在1949年仅20.88亿元的基础上连续跨越几个大的标志性台阶，分别于1971年、1991年、2005年跨越百亿元、千亿元、万亿元台阶，又分别在2010年、2013年、2016年、2019年迈上2万亿元、3万亿元、4万亿元、5万亿元四个新台阶。

全省经济总量从1978年的全国第九位，到2004年起稳居全国第5位，仅次于沿海传统经济大省广东、江苏、山东和浙江，成为内陆的领头羊。

2019年河南的GDP达5.43万亿元，同比增长7%，增速在前五名中排第一。

省会郑州，发展更为迅速，GDP在5年内连跨5个千亿元台阶，2018年首破万亿元，人口突破千万，人均生产总值突破10万元，从最初的县城一跃成为国家中心城市。

精准脱贫攻坚战打响之初，河南有贫困县53个，贫困村9 536个；贫困人口698万，数量居全国第三。就在上个月底，河南省政府宣布，全省53个贫困县全部脱贫摘帽，河南再无贫困县。

外仗国家崛起，内靠人民创造，河南在被蹂躏过无数次的烂摊子上取得这样的进步显然付出了更多的汗水。

国家也越来越重视河南的崛起对中部地区的带动作用，2018年起，江浙沪的官员集体空降河南，省委书记王国生来自江苏，省长尹弘来自上海，郑州市委书记徐立毅来自浙江，显然意义非凡，这也让我们对明天的河南有了更多的期待。这次抗疫中，“抄河南作业”一度成为热搜，早预防早隔离早治疗，河南有先见之名，效率也非常高，如今 1 272 例确诊病例，只剩 3 例未出院。

从百废待兴到百业繁荣，从蹂躏成泥到淬炼成钢，河南正在用自己的努力迎接风水流转回来。

4. 两个呼吁

1) 教育是最好的投资

中国古代四大书院：应天书院、岳麓书院、白鹿洞书院、嵩阳书院，其中有两个位于河南，这相当于古代中国有一半的“985”高校集中在河南。上文也说到，晋朝就有“天下名人，中州过半”的说法，这就对应起来了，足见古代河南教育和文化事业繁盛至极。

然而令人唏嘘的是，现在的河南，“985”高校一所也没有，“211”高校只有一所：郑州大学。郑州作为国家中心城市，作为万亿元俱乐部城市，没有几所双一流高校显然与身家不相称。河南作为人口大省、经济大省，没有数十所重点高校也不合适。

科学技术是第一生产力，人才聚集才能推动高质量发展、可持续发展。历史上包括中科大在内的多所高校欲落户河南而不得，固然有现实因素，但也有目光不够长远的原因。

昆山作为一个县级市，成功引入美国杜克大学和中国武汉大学在昆山合作办学，高起点组建了昆山杜克大学，类似的还有宁波诺丁汉大学、温州肯恩大学，这两个也只是地级市发起的。河南作为一个大省，郑州作为国家中心城市，如果创新的话，为什么不可以效仿呢？

教育永远都是最好的投资。

2) 河南是共同的老家

写河南，没法回避地域黑的问题。

如果有“被黑排行榜”，河南肯定长期排在前三。

前面写河南过去的水深火热，我不知道大家看了是什么感受，反正我觉得很心酸，如果你再去读杜甫的“三吏”“三别”，就更能感知那些个体的脆弱无助、流离失所的艰辛、妻离子散的痛苦，外出逃难、乞食他人、寄人篱下，被蔑视被嘲讽被误解是在所难免的。

如果这是我们自己的家乡，我们肯定会同情难过，长叹息以掩涕兮。然而，追溯历史，河南有可能就是我们大多数人最初的家乡，毕竟河南迁徙到了全国各地那么多人。

中国的1万多个姓氏，起源于河南的有1 500个，今天常见的100个大姓中，源于河南的有73个。河南在央视上做的风光宣传片，主题就是“老家河南”。

仓廪实而知礼节，衣食足而知荣辱。现在的河南正在赶追沿海，引领中西部，全面步入小康社会，新河南，新气象，所以我们也要用新眼光看待河南，祝福河南。

中不中？

（首发于秦朔朋友圈2020年3月10日）

“散装”江苏经济实力爆表：扁平组织效率高

大国有大国的好，一方有难，八方支援。

武汉爆发新冠肺炎疫情，全国各地驰援湖北。

当别的省份都是以省为单位，拉着横幅、踢着正步、整齐划一地组团进行援助时，江苏却以13个地市，甚至还有以区县乃至村为单位，机动灵活、争先恐后地“散装”式支援湖北黄石，一时间给严肃沉重的抗疫氛围增添了一丝轻松与幽默，引发社交媒体沸腾，网友亲切地称作“江苏十三太保驰援黄石”。

“十三太保”一词来源于唐朝末年，节度使李克用的十三位儿子（一位亲儿子和十二位养子）均被封为太保，且个个儿子都颇负盛名，因此“十三太保”名扬天下，中国历史后期有很多人物组合、团体都以此为号。江苏刚好有13个地级市，经济实力个个都很强，因此“江苏十三太保”的称谓也确实恰如其分。

1.

江苏的“散”有民间基础。大的方向，分成了苏南、苏北两个阵营；独立到13个市，各个市又有自己的想法；即便在一个市里，还有个别区县想独立成营。如果你看到有同学、同事自我介绍的时候不报省，只报市、县、镇、村的，那十有八九就是江苏的。

江苏的“散”有地理和文化原因。江苏省在明代为“南直隶”，在清代为“江南省”，江南多水乡，水网密布，阡陌交通，很多地方因为一条河的分割，两岸的文化就有明显的区隔，甚至产生巨大的语言形态差异。因此区域文化千姿百态，所谓百里不同俗，十里不同音，江南尤甚。

你看，辽阔平原地区的人们口音就只是渐变而不是突变。我读书的时候，宿舍的兄弟分别来自山东、河南、河北和辽宁，大家给家里打电话的时候都说方言，彼此很容易就听懂。

江苏的“散”还有历史原因。江苏省以前市和县是平级的，属于专区和地区，1983 年和 1996 年搞行政区调整，才新建了一些地级市，但是江苏人看来，大家还是平级的。

不要说省辖市之间不服气了，县不服市，镇不服县，村不服镇的现象更是比比皆是，而这一切归根结底是经济原因。

2.

财大者气粗，仓廪实者底气足。

江苏省统计局发布的数据显示，国家统计局按照 2020 年 1 月开始实施的地区生产总值统一核算新方法和第四次全国经济普查结果，核定江苏省 2019 年全年地区生产总值为 99 631.52 亿元，增长 6.1%，离 10 万亿元仅差全省人民加一天班而已。

虽然 GDP 总量略逊于广东，但江苏人均 GDP、城镇化率、城镇均衡化发展、省域综合竞争力、地区发展与民生指数均居中国各省第一，成为中国综合发展水平最高的省份，已步入“中上等”发达国家水平。

比如人均 GDP 方面，2019 年江苏人均 GDP 达到 12.4 万元，仅次于京沪，高居第三，多年来一直在直辖市以外的省份中高居第一。而 2019 年广东省的人均 GDP 为 9.5 万元，低于江苏 20% 以上。

长三角中，大家可能对浙江的“富”，上海的“魔”印象深刻，可细数家底，江苏的“强”是盖过前两者的。

2019 年的地区生产总值，浙江是 6 万亿元，上海是 3.8 万亿元，江苏的 9.96 万亿元超过浙沪之和的 9.8 万亿元。

而论土地和人口，江苏又少于浙沪之和。

土地总面积，江苏是10.72万平方公里，浙江是10.55万平方公里，上海是0.63万平方公里，浙沪之和是11.18万平方公里。

常住人口，截至2018年年末，江苏省常住人口8 050.7万人，是中国人口密度第一大省，而同期浙江的常住人口是5 737万人，上海是2 424万人，浙沪总人口是8 161万人。

由此可见，苏“大”“强”真不是吹的，而是实打实的又大又强。

3.

强省强市，江苏领先。

江苏的万亿元俱乐部城市数量（苏州、南京、无锡）位居全国第一，这一数字，直到2019年才被广东追平。展望2020年，江苏南通的GDP突破万亿元在即。届时，江苏将同时拥有4座万亿元俱乐部城市，其中全国最强地级市——苏州，将迈上2万亿元的新台阶。

一马当先，万马奔腾。

2019年江苏13个地级市GDP全部超过3 000亿元，全部上榜百强城市，全国第一且唯一。其中，9个城市入围50强，分别是苏州、南京、无锡、南通、常州、徐州、盐城、扬州和泰州。普通地级市的前五强中牢牢占据三家，分别是苏州、无锡和南通。

由于城市总体发展较为均衡，经济大市较多，城市财政实力雄厚，因此江苏的机场数量和获准修造地铁的城市数量是全国最多的。

在江苏全省10万平方公里面积内，分布着10个（其中1个在建）民航机场，平均1万平方公里就有一个机场，这在国内乃至世界都属较大密度。江苏省所有县级城市及人口10万以上的城镇，地面交通1.5小时车程内均可以享受到航空服务，领跑全国。并且各机场吞吐量全部突破百万人次，全部迈入全国中型机场行列，又创全国纪录。

中国现有41个城市建有地铁，大部分是直辖市、省会城市和计划单列城市，拥有地铁的地级市只有7个，江苏独占4个，分别是苏州、无锡、常州和徐州，其中县级市昆山早在2013年就开通了地铁。算上省会南京，江苏开通地铁的城市数量居全国之最，另外，南通地铁一号线和二号线正在建设中，预计将于2022年开通。相比之下，第一经济大省广东仅有4个城市修建地铁，山东仅有2个。

4.

强省强市，少不了强县，江苏的全国百强县数量一直高居全国第一。

在综合实力2019年全国百强县名单中，江苏独占24席，浙江和山东分别占15席和13席，其中前10名中，江苏省占6席，并包揽前4位，分别是昆山、江阴、张家港和常熟，人称“江苏四小龙”；在综合实力前100强市辖区中，江苏占据21席，浙江、广东和山东分别占18席、15席和12席。

2019年，江苏有15个县的GDP过千亿元，可以说，江苏的很多县级市，比中西部地区的地级市都要强很多。其中“中国最强县级市”昆山2019年GDP更是高达4 092亿元，第二名江阴以4 050亿元紧随其后，两县均超过了贵州省会贵阳（4 039亿元）和山西省会太原（4 028亿元）。

在发展之路上，“江苏四小龙”各有千秋，没有照搬和克隆，而是形成了各自的优势与特色。昆山是外向型经济，常熟则大力发展民营经济，张家港是赶超经济，江阴是资本驱动产业的经济。

江阴目前有51家本土企业在沪深和海外资本市场主板上市，上市公司数量不但在省内超过了常州、徐州、扬州、镇江等8个地级市，也超过了内蒙古、贵州、宁夏、青海、西藏5个省（份），成为当之无愧的“中国资本第一县”“华夏A股第一县”。

据统计，在江阴，150多家企业成为行业“隐形冠军”，111只产品成为行业单打冠军，常年维持着100家左右拟上市后备企业、100家左右“新三板”后备企业，可以说是既有一枝独秀的领军企业，也有铺天盖地的中小企业。真是令不少地级市垂涎。

强市强县，少不了强镇。2018年中国乡镇综合竞争力100强中，江苏有34个镇进入，为全国之最，其中更为厉害的是，前十强中，江苏狂揽七席。

再往下统计就是村了，虽然这个座次不太好排，但是第一名却无人敢跟“天下第一村”——江苏江阴华西村去抢。哦，来自该村的同学自我介绍的时候可以直接报村名即可。

江苏各地发展强势且相对均衡，各个市对省会及其他地区的依赖性并不高，所以看上去有些“散装”，有些“各自为政”。但从疫情期间江苏各地政府的决策表现来看，我们更应该把江苏看作是一个扁平组织效率高的典范。

疫情爆发后，1月26日，苏州率先发布延迟复工的通知，成为全国首个宣布假期延长的城市。不仅成为江苏的表率，更是全国的表率。

随后，无锡、常州迅速跟进。然后，南京的江宁区也等不及了，在南京之前发布了延迟复工的通知。在南京1月28日跟进后，江苏才发布延迟复工的通知。

你看，不是省里先下达指令，然后一级一级往下传达，而是各市迅速反应、自主决策。

像这种疫情扩散的危急时刻，决策越慢，损失越大。

随后，没等省里开会，2月2日，苏州再次率先出台“十条意见”政策扶持中小企业，不仅走在江苏的前头，更走在了北京、上海的前头。

紧接着，常州在2月3日宣布出台六条干货，盐城连夜宣布出台20条政策，之后，泰州、徐州、无锡、镇江、南京都相继跟进了帮扶中小企业的相关政策。

这些政策的出台像极了“散装”支援黄石的动作，看上去是各自出击，实际上是目标一致，心往一处想，劲往一处使。所以在处理疫情危机时，各市不等不靠不懒政不推诿，主动作为，对服务对象负责，对当地百姓负责。

危机时如此，平时亦是如此，所以，江苏的“散”是“形散神不散”，不管黑猫还是白猫，我们的目标是抓住耗子，放开猫自主去抓耗子，显然要好过拴着猫。省里默认扁平化组织的存在，在经济管理上放权，让一线的人因时因地去做决策，并由此形成各地比拼赶超的竞争氛围，江苏经济持续繁荣的制度根源在此。

特别值得一提的是，江苏扁平管理的成效不仅体现在经济上出彩，疫情控制上也很出色。截至3月5日，江苏省累计报告新型冠状病毒确诊病例631例，0死亡。作为经济活动大省，这个成绩很难得。抛开湖北不提，江苏的确诊人数低于广东、河南、浙江、湖南、安徽、江西和山东。

当然，江苏也存在一些今后要进一步加油的地方，苏南、苏北的反差现在还是很明显，交通条件更是差了一大截，淮安、连云港、宿迁、盐城至今没有高铁或动车到南京。此外，由于一些“弟弟妹妹”厉害，南京作为省会的首位度不高，单从经济总量看这并不是问题，但南京在观念开放度和前瞻性、创新性方面的不足，显然会影响到整个省份的思想解放程度。江苏在以数字经济为代表的新经济领域，龙头公司偏少，和北京、广东、上海、浙江相比也有不少差距。希望江苏能把这些短板补上，百尺竿头更进一步。

最后借用一句今年最火的诗献给“散装江苏”：“青山一道同云雨，明月何曾是两乡”。同一个江苏，同一个梦想，祝福江苏的明天。

（首发于秦朔朋友圈2020年3月5日）

深藏功与名的安徽：2019 年的最大黑马

1.

智纲智库创始人王志纲先生曾经调侃安徽：在当今中国，好像只有评选哪个省最没存在感的时候，安徽才有那么一点存在感。

细想想，可不是嘛。

平常请客吃饭，询问客人口味偏好，会问对方想吃麻辣的川菜、清淡滋补的粤菜、滋味浓郁的西北菜还是甜口的江浙菜？虽然徽菜也是八大菜系之一，但论个性鲜明的特色和门店众多的存在感，确实不算出众。

听身边的外地人讲家乡方言，大家对山东话、河南话、北京话、东北话、广东话的识别能力很强，但对安徽方言，好像认知存在缺位。

论经济吧，安徽明明位于经济发达、人口涌入的华东区域，但江浙沪光芒太强，以至于安徽被集体忽略。徽商明明是最具影响力的三大商帮之一，但过去被晋商抢了风头，现在又被浙商盖住了光芒。论参与全国改革开放的历史进程吧，安徽小岗村率先登台做了主角，但随后整个省又好像马上退场做起了观众。

论省会吧，安徽合肥的经济总量已经超过了陕西西安，但在全国的知名度和影响力显然难与后者比肩。

旅游资源呢，也不算很突出，印象中主要是黄山和宏村颇有名气。

当然，对安徽的印象不深也有我孤陋寡闻的原因存在，还恳请大家批评和补充。

2.

最近，一直没怎么有存在感的安徽狠狠刷了一把存在感。

事情要从各地 GDP 的核算调整说起。

1985 年，我国开始建立 GDP 核算制度，当时采取的是分级核算制度，即国家和省级、省级和市级，都是各自独立核算 GDP。

各算各的账就容易出现一些问题，标准能否统一，计算是否重复，等等。比如，同一家公司的母公司和子公司很有可能分别被不同级别的统计部门重复计算。虽然国家统计局明令禁止这样做，但各地统计部门一般都是心照不宣地犯错，以增加 GDP 总量，毕竟这个数字既关乎名，又关乎利。所以历年地方 GDP 的总和总是高于全国 GDP，比例还不低。

我们现在越来越重视数据了，但数据唯有真实，才有价值，才能为正确决策提供依据，而非误导决策者。

早在 2009 年的时候，国家统计局就在研究由国家统一核算省级 GDP，确保数据相对真实、可比。

但国家统计局的人力、物力有制约，全国改革的阻力和难度也很大，所以这项改革历时 10 年才终于尘埃落定。2019 年 12 月 27 日，国家统计局宣布，地区生产总值统一核算将在 2020 年初正式实施，国家统计局将统一核算 2019 年国内生产总值和地区生产总值，实现地区生产总值汇总数与国内生产总值基本衔接。

为了让数据同期可比，统一标准，国家统计局根据 2018 年的第四次全国经济普查资料，对各地区 2018 年地区生产总值初步核算数和历史数据进行了系统修订。

正是这一修订，发现安徽竟然闷声发大财，深藏功与名。

修订后的 2018 年安徽省生产总值为 34 010.9 亿元，比初步核算数增加了 4 004.1 亿元，增幅为 13.34%，增加的绝对值排在全国第一，修订后的安徽 GDP 一举超越了北京和河北，离赶超上海仅剩一步之遥。

统一由国家统计局核算的 GDP 数据显示，2018 年安徽是 3.4 万亿元，上海是 3.6 万亿元，到了 2019 年，安徽是 3.7 万亿元，上海是 3.8 万亿元，照这样的发展速度，两年内，安徽的经济总量排名可能再上一个台阶，跻身全国前十，继而与湖南争高下。事实上，2019 年人均 GDP，安徽已经超越了湖南。

2005 年安徽省的人均 GDP 是中国大陆 31 个省级行政区的第 28 位，也就是倒数第四位，而在 2019 年，安徽省的人均 GDP 却是全国的第 13 位，如果去掉 4 个直辖市，安徽妥妥地全国前十，大家印象中声名不显的安徽竟然成了富省。

3.

大城市、中心城市是驱动区域经济发展的重要引擎，国家层面也意识到了这个问题，2019 年 4 月 8 日，国家发展改革委发布《2019 年新型城镇化建设重点任务》，要求加大户籍制度改革力度，超大特大城市要大幅增加落户规模，并首次提出收缩型城市的概念，不再强调均衡发展中小城市。手指攥成拳头才有力量，有限的资源分散了只会丢了效率，最后均穷而已。

所以这些年各个省都在打造都市圈、培育大城市，省会城市自然要做表率。西安、福州、济南、成都、武汉等地都在集聚资源，打造强省会，合肥也不例外。

为这事，非合肥的安徽人给合肥起了一个外号——“霸都”，暗讽合肥霸占全省资源，为己所用。其实合肥的经济首位度只有26.2%，在省会城市中排在第13位，排在成都、武汉、西安、长沙、昆明等一些明星省会城市之后，但这些省会城市却没被称“霸”，显然是有别的原因。

与其他省会的文化积淀和历史传承来比，合肥有点太“嫩”了。毕竟，安徽在明朝的首府是南京（其时安徽与江苏统称为南直隶），现在还有不少人称呼南京为徽京，到了清朝，安徽首府改为安庆，这俩城市做首府的时候，合肥（古庐州，好多安徽人一直呼吁合肥恢复古称）还只是个小县城呢，1952年时，基于当时的国防考虑，安徽正中间的合肥才成了省会。但相比南京和安庆，合肥要历史底蕴没历史底蕴，要经济实力没经济实力，自然难以服众，更谈不上文化认同感和归属感。

可是今天的合肥已经今非昔比，“霸都”的“霸”开始成为“霸气”的“霸”。霸气就霸气在经济发展上。1952年合肥成为安徽省会时，全市工业企业仅有36户，而现在，全市工业企业数超万户，其中规模以上工业企业超2 200户。

2006年合肥GDP才刚刚过千亿元，彼时的合肥经济规模和城市建设实在是难以摆上台面，以至于当年广州《新周刊》评价它用的是“低调合肥”。

而2019年合肥的GDP达到了9 409亿元，名义增速为9.35%，从24年前的全国第97位逆袭成现在的全国第21位，仅次于刚把莱芜揽入怀中的济南（9 443亿元），排在其后的两个省会城市分别是福州（9 392亿元）和西安（9 321亿元）。

2020年合肥跻身万亿俱乐部城市群基本已是定局，从千亿元到万亿元，合肥仅仅用了14年。论过去10年、20年，发展最快的省会城市，非合肥莫属。

从原来公认的中国最大县城，摇身一变，成为中部乃至整个华东地区冉冉升起的新星，一个没有任何地理优势的内陆城市，这份成绩确实令人瞩目。

4.

虽然有政治资源的加持，但合肥作为后起之秀，实现历史跨越，一个非常重要的因素是对创新真金白银的重视和投入。

合肥2000年全社会研发经费是7.88亿元，2018年达256.65亿元，是18年前的33倍，年均增长21.4%。2000年全社会研发投入强度（研发经费占GDP比重）2.13%，

2017 年达 3.24%，在 26 个省会城市中排名第二。去年这一数字达到 3.28%，居全国省会城市第 3 位。2018 年，全市发明专利申请量、授权量分别达到 32 831 件和 5 597 件，分别是 2005 年的 70.2 倍和 39.7 倍，居省会城市第 5 和第 7 位。在英国《自然》增刊“2018 自然指数”全球科研城市 50 强评选中，合肥位列榜单第 27 位。

2004 年，合肥成为全国唯一的“国家科技创新型试点市”。

2010 年，合肥进入国家科技部的创新型试点市和国家发改委的创新型城市试点，成为全国少数“双试点”城市之一。

2013 年，合肥确立了“大湖名城、创新高地”的战略定位。

2017 年，合肥成为继上海之后全国第二个获批建设综合性国家科学中心的城市。截至目前，全国仅有 4 个城市获此殊荣，其余 3 个是北京、上海和深圳，可见这份荣誉的分量。

2017—2018 年，合肥连续两年进入外籍人才眼中最具吸引力中国城市的前三名。这是国内唯一一个完全由外籍人士进行评选的引才引智“中国城市榜”。

十几年间，合肥迅速迈向“创新之都”。

有人说，合肥这是仰仗中科大（中国科技大学）的底子，没有中科大，就没有今日的创新之都合肥，可回顾历史，没有合肥，可能也没了中科大。

1969 年，受国内外复杂局势影响，国家将 13 所在京高校外迁，疏散到全国各地，史称“京校外迁”。虽然现在都很重视教育，但在那个肚子填不饱的年代，能高瞻远瞩的人并不多，学校来了，没有税收不说，还得给地给钱给粮。

13 所学校中，最不受欢迎的莫过于中科大，它先后被湖北、江西、河南三省婉拒。这时安徽省却明确表示“安徽人民即使不吃不喝也要把中国的科学苗子保住”，并腾出了原合肥师范学院和银行干校，从此中科大落户并扎根安徽。

十年树木，百年树人。当年安徽执政者种下的花，如今已结出了丰硕的果。

5.

这些还不足以完全解释安徽的崛起、合肥的逆袭。

很多安徽人还是觉得合肥的逆袭完全是得益于“合一省资源，肥一己之私”，可问题是，现在是整个安徽的 GDP 总量和人均量的提升都很快。分蛋糕的同时，也把整个蛋糕做得更大了。

我认为，安徽崛起的最大原因是认知的提升和定位的改变，安徽正在从长三角的

"打工者"转型成为"合伙人"。

之前，安徽一直是一个为长三角提供劳动力、煤炭、电力、钢铁、粮食的地方，一个经济舞台的配角，这就是它的角色定位。长三角有需要，那就抓紧发电，加班挖煤，乖乖种粮，老实打工。能够把长三角玩剩下的转移到安徽，安徽也欣然接受。

但是现在，思想解放了，安徽不想做老实被动的"打工者"了，而是要主动成为"合伙人"。以前你们吃肉我喝汤，现在我也想跟你们一起大碗喝酒，大口吃肉，大秤分金银。

比如说，2016 年上海提出了沿着沪昆高速建一条 G60 科创走廊，最早邀请了杭州和嘉兴加入，本来没安徽什么事，后来安徽硬着头皮也要加入，如今的 G60 科创走廊包括上海、嘉兴、杭州、苏州、芜湖、合肥等 9 个城市。

2003 年的长三角只有上海 + 苏南 + 浙北三大核心区域共 16 座城市组成，2010 年，合肥和马鞍山才挤进去。2013 年，安徽的芜湖、滁州、淮南加入，2018 年，安庆、池州、铜陵和皖南加入。2019 年 10 月 15 日，安徽剩余的 7 个城市蚌埠、黄山、六安、淮北、宿州、亳州和阜阳等全被接纳。

除了国家意志，安徽的积极努力和主动作为也没有白费。要想真正融入长三角，而不是形式上加入，首先路得贯通，交通得便利。2019 年，安徽成为福建之后的全国第二个市市通高铁的省份。

大家可能想不到的是，目前全国高铁运营总里程的冠军省份竟然是安徽，1 903 公里，超越了 2017 年的冠军广西。

大家可能更想不到的是，就在 2008 年的时候，从合肥到一百多公里外的南京，两个这么近的省会城市，居然还要从蚌埠或者芜湖绕过去，火车得三四个小时，到上海要八九个小时，到 200 多公里外的武汉更离谱，先北上阜阳，再南下武汉，一天一趟绿皮车，八九个小时几乎每次都是站过去的。为了真正成为长三角的合伙人，而不是文件上走走形式，安徽得有自己的主打优势产业，并且要错位发展，这样才能在竞争激烈的长三角区域中留住人，融到钱。

上海、江苏做科创产业创新和先进制造，浙江负责数字经济，安徽要让科技之花结出产业之果，选择了战略性新兴产业，层面上错位，资源避开了浪费。

安徽给自己选择的战略性新兴产业用了四个字概括："芯屏器合"，并形容为——"芯"光灿烂、"屏"步青云、"器"势磅礴、智同道"合"。

所谓"芯"，是指芯片产业。目前合肥已集聚了包括长鑫存储在内的 186 家集成电路企业，致力于打造世界一流的存储产业集群。

所谓“屏”，是指新型显示产业。合肥有着世界最大平板显示基地。京东方在合肥建设了全球首条最高世代线——第 10.5 代 TFT-LCD 生产线，且已实现满产，在 65 英寸、75 英寸市场全球出货量排名第一。

所谓“器”，是指装备制造及工业机器人产业。当前，安徽的六轴机器人产量已居全国第一位。

所谓“合”，是指人工智能和制造业加快融合。比如，脱胎于中科大的科大讯飞已经是中国最重要的人工智能企业。合肥打造的“中国声谷”已集聚包括科大讯飞、华米科技、海康威视、寒武纪等在内的 600 余家企业，形成了国内最具代表性的人工智能产业生态圈。

安徽在全省设立了 24 个战略性新兴产业集聚发展基地，其中合肥新型显示器件、集成电路和人工智能 3 个产业集群入选第一批国家战略性新兴产业集群名单，入选数全国城市第四位、省会城市第二位，并获科技部批准建设国家新一代人工智能创新发展试验区。

作为人口流出大省，作为文化认同感和凝聚力不强的一个省，安徽在经济发展上能取得如此成绩，可见当政者没少呕心沥血。为官一任，造福一方，执政当如此。

2019 年是安徽全境纳入长三角城市群的一年，是市市通高铁的一年，也是“芯屏器合”努力数十年、一举成名天下知的一年，城市发展的快车道已经铺好，合肥反哺兄弟城市的时机已经成熟，相信 21 世纪 20 年代一定是安徽扬眉吐气、人财两旺的时代。

（首发于秦朔朋友圈 2020 年 2 月 26 日）

淡定的新加坡与担当的山东：有实力才能硬扛

1.

安全第一，还是可以为其他价值让步？比如价更高的爱情、比如集体的福祉、比如经济的利益，诸如此类。

不同的人有不同的答案，不同的国家也有不同的答案。不同答案的背后除了抽象的价值判断，更多是因为硬性的物质条件约束。

面对来势汹汹的新冠肺炎疫情，我们选择的是停工停业、封门闭户地抗疫。相对14亿人口大国的严阵以待，城市国家的新加坡就显得相对佛系淡定。

新加坡卫生部2月16日晚公布，当天新增3例新冠肺炎病例，总病例达75例。在570万人口的新加坡，面对一种传染性较强且目前无药可医的疾病，这个确诊比例应该引起足够重视。

但新加坡最初只是将本次疫情的国家疾病爆发应对系统级别定为黄色。该系统从低到高共分绿色、黄色、橙色和红色四级。级别越高，意味着疫情越严重。

直到2月7日出现了4例不能确认感染源的患者之后，新加坡卫生部长颜金勇宣布将应对系统级别从黄色提高至橙色。但其表示生活不能停止，民众应该采取一切必要的预防措施，继续生活。

至今，新加坡的学校没有停课，企业没有停工，健康人群没有全戴口罩。

国家疾病爆发应对系统级别提高之后，新加坡民间出现抢购物资风潮。为此，新加坡总理李显龙8日出面喊话，呼吁大家淡定，“大家可以用平常心对待，不用急着大量囤积生活必需品。”

李显龙指出，如果确诊人数持续攀升，进行密切接触者的追踪也将无济于事，继续让所有可疑病例住院、接受隔离，医院将应付不过来。一旦出现这种情况，政府将鼓励仅出现轻微症状的病人，就近去找家庭医生诊治，并选择在家休养。只有年长者、儿童和有其他并发症的病人可以人院，以便集中医疗资源。

甚至，在正月十四（2月7日），新加坡依旧在洛阳大伯公宫举行了万人庆元宵晚会，既不封城，也不停止社会和经济活动。

2月10日，新加坡《联合早报》头版标题是《看不见的危险，平常心以待》，几个专家告诉大家该吃吃，该喝喝，遇事别往心里搁。

其实新加坡政府何尝不明白疫情期间人人宅在家中足不出户，人人出门戴口罩是将民众生命安全摆在首位，最快消灭疫情，看上去最“完美”的方案。但应对疫情是要消耗巨大的社会资源的。而新加坡是个严重依赖全球化的小国，疫情突然来袭，口罩供应医护人员和患者是不成问题的，但让人人都戴，考虑到口罩是易耗品，新加坡没有这样的生产能力。如果出台了政策，却不能满足需求，除了制造恐慌，没有任何意义。

作为全球最开放的小国，新加坡在深度融入全球化的过程中，基于比较优势，早已舍弃了口罩生产这类低端制造业，将有限的资源投入到利润回报更高的产业中。但任何取舍都是利弊相生的，不可能只有利，没有弊。新加坡享受了全球化福祉的同时，也不得不面对全球化带来的风险，比如其他国家的传染病，比如其他国家的经济金融危机，等等。

所以面对突发的疫情，加之新冠肺炎的致死率较低，新加坡政府只能立足于实际国情，选择淡定应对，不采取全面封堵政策，不要求人人都戴口罩，经济和生活一如既往。

2.

虽然我国也是积极融入全球化的国家，但我们是一个大国，在很大程度上可以自力更生，自己生产所需的产品。

现代化工业体系分为 39 个工业大类，191 个中类，525 个小类，中国是唯一一个联合国认证、具备完善的 39 大类工业体系的国家，美国、俄罗斯、欧盟和日本都排在后面。

一家制造厂商在中国打半小时电话就能完成的配套工作，到其他国家可能要半个月才能搞定。

中国的工业体系之所以如此完备，主要有两方面原因：第一，庞大的人口基数，既提供了生产所需的劳动力，又产生了足够的需求，单单国内市场就可以支撑住这些工业的存在；第二，欧美历史上对中国长期封杀，我们不得不自力更生，减少对外依赖。

以此次疫情冲击之下的“硬通货”口罩为例，中国生产了全球约 50% 的口罩。疫情发生前，中国口罩最高日产能为 2 000 万只。这当然满足不了疫情状态下 14 亿国人的需求，但因为有完备的工业体系，可以马上新增产能。

紧急时刻，不少企业都在跨界转产口罩，中石油、中石化、广汽集团、上汽通用五菱、工业富联、三枪内衣、比亚迪子公司、富士康等，都在积极转产口罩以纾国难。

前两年，一直被黑的山东省最近突然风光无限。一篇《捐空家底的山东人，你们怎么这么傻？》的文章在网络上成为爆款，惹人泪目。

山东是传统制造业大省，近几年经济增速被新兴产业发展迅速的广东、浙江、江苏远远甩在后面。但疫情突如其来，我们才发现离不开制造业，离不开山东。正是山东的实力担当，给了国人跟病毒硬扛的底气。

疫情期间，上海的朋友发现他们采购的口罩、消毒液、医用酒精等绝大多数都是山东制造。

作为口罩生产大省，山东的日产能占到全国1/10，每天平均向湖北输送最少100万只口罩。

口罩看起来很简单，但一样需要产业链配合。比如中间捏紧鼻子的那个钢圈，再比如挂耳朵的绳子，都需要协同厂家来配套。

2月10日，黑龙江首条N95口罩生产线在哈药集团制造总厂正式投产，从项目立项到正式投产，只花了10天时间。速度很快，但克服的困难可不少。其中一次性医用外科口罩从下线完成到检验合格是最快的，但他们也搜集了4个省市，才采购到了所需的14种主要设备和物料。

据工信部的一份研究报告，江苏、山东两省在口罩原材料和设备供应方面居于全国首位，分别拥有13家和10家企业。

基础打得牢，产能增得快。除此之外，山东产业工人们在疫情期间的奉献精神体现得淋漓尽致。

3.

上述曝文列举过的事例我不再一一列举了。说说我的家乡，山东日照的三奇医疗吧，它是中国口罩单项冠军企业，最高日产能130万只，为疫情防控提供了重要物资保障。

1月23日，国家工信部致函山东工信厅，要求协调日照三奇为工信部重点生产供应单位，自1月23日至2月10日，每日提供100万只医用外科防护口罩，5万只医用防护口罩，5 000套医用一次性防护服供应湖北地区。

日照三奇接到任务后，开足马力，500多人分两班进行生产，采取“人停机不停”的模式昼夜不停。这支突击队里，三奇公司的正式员工不到300人，其他260个突击队员都是当地政府从工厂驻地周围召集的部分群众和学生，还有以前离开的老员工。他们都在大年初一来到工厂，自告奋勇加入生产，奔着一个共同的目标：千方百计完成国家和山东省下达的调拨任务。

与以日照三奇为代表的山东产业工人拼搏奉献形成鲜明对比的是，直到2月10日，全国口罩企业复工率才刚刚达到76%。

作为山东人，表示不太理解。因为此时此刻，口罩企业开足马力，已经不单单是企业的“小利”，而是整个国家民族的集体“大义”。山东这些医用物资生产企业的工人们春节假期加班加点，甚至全家齐上阵，眼球里都是红血丝，熬夜赶工，真的只是因为利益驱动吗？那种支持国家民族大义，支援武汉疫区，可以在国家大事中做出自己贡献的自豪感和成就感，这不是金钱可以衡量的。

山东全部返工、日夜赶工的不只是医用物资生产企业，还有建筑材料生产企业。10昼夜建成的火神山医院需要钢板，山东聊城的一家企业组织员工连夜生产，三天即完成1 500 吨的生产任务。面对南方新经济的诱惑，山东也曾渴望通过新旧动能转换实现脱胎换骨，就像面对全球化的诱惑，国内不少经济学家呼吁国家要做有比较优势的产品，不必什么都做，没有必要研发大飞机，没有必要研发芯片等，用钱买就好了。

但突如其来的疫情给我们上了及时的一课：受制于人，灾害面前只能“裸奔”，手中有粮，才能第一时间自救。要受益于全球化，而不能受制于全球化。要发展新经济，但初心不能忘，老本不能丢。有雄厚扎实的物质基础和生产能力，又有可歌可泣的医护天使们，相信我们很快会迎来摘下口罩尽情呼吸、彼此见面拥抱的那一天。凡是杀不死我们的，只会使我们更强大。

4.

回想 2003 年的非典疫情期间，我正在读高中，没记得身边有什么人戴口罩。同样是呼吸道传染病，为什么非典期间大家不戴，现在不戴口罩都不好意思跟人打招呼？

因为 2003 年，我们的生产能力还远远跟不上。最近龙头股份出来澄清说没生产口罩，但它 2003 年生产过，当时为了生产口罩，竟然使用了生产三枪内衣的原材料和生产线，把生产浴袍的材料也挪用了，就这样每天也只能生产 2 万个口罩。

2003 年，我们刚刚加入 WTO 不久。此后，在市场化、国际化的强大威力下，中国企业爆发出了惊人的创造力，把中国变成了不折不扣的世界工厂。

从 2003 年到现在，从生产口罩都吃力，到发展为全球最大出口国，无数中国企业实力的大增，才创造了强大的国家硬实力。

中国的一举一动都在影响全球经济。而中国能否继续保持这种动能，就要看我们赖以成功的市场经济是否能继续深化，尤其是做出突出贡献、最具活力的民营经济能否得到鼓舞，市场机制能否坚持下去。

善待企业家，善待劳动者，尊重产权，则中国就会有源源不断的财富创造出来，支撑民生，支撑社会，支撑未来。

（首发于秦朔朋友圈 2020 年 2 月 18 日）

中国人还能拼多久？

在经济学家看来，改革开放加人口红利是中国经济过去40年持续增长的原因。而从长期看，决定经济增长的根本因素是劳动力因素。人口老龄化不仅导致劳动年龄人口比例的下降，而且导致创新能力和专利数量的下降，从而使增长放缓。这在全世界都是一个规律。预计中国在“第二个一百年”，即新中国成立一百年的时候，人口的老龄化程度会和今天的日本接近。到那个时候，中国的增速注定会大大降低。

而和日本不同的是，日本是先富后老，老年人消费依然是一个大市场。而中国有几代人是未富先老，他们在消费方面非常节约。有人说，等中国今天的60后70后年老之后，他们会比较富裕。但考虑到中国的60后70后有相当比重是农民，而他们的财富积累并不多，所以指望他们成为消费主力军并不现实。

还有一个重要因素是，同样是劳动年龄人口，90后00后会像从饥饿到温饱起步的那几代人一样拼搏奋发吗？

制造业的企业家常常抱怨，中国制造的一大挑战就是年轻一代越来越不愿意当工人，尽管工厂提供的待遇更好。当越来越多年轻人回避劳动生产率更高的制造业岗位，而选择类似文员这样更加安稳、轻松，但劳动生产率较低的岗位，经济继续高增长是不可能的。

但服务业特别是互联网公司的企业家觉得，虽然年轻人的流动性在增加，管理难度在增加，但在互联网公司特有的加班文化下，绝大部分年轻人依然拼劲十足。

过去几十年，从全世界比较的角度看，中国人是最拼命的民族之一。未来中国人会继续这么拼命吗？或者说，如此拼命是值得追求的生活吗？一个理想的结局可能是，中国人的拼命劳动程度不要急转而下，而是慢慢下台阶，如此才能减缓经济增速下行的态势，并给中国进行结构调整，用自动化智能化手段来弥补劳动力供给的弱化，赢得时间。

1. 不死的中国人？

“中国人永远不会死。”

1991年，意大利普拉托地区政府开始调查为何在过去的12个月里，在普拉托或附近的两个城镇没有任何中国人死亡的官方记录。2005 年，政府仍然感到困惑——那年，在数量超过 4 万的中国移民中，只有 3 人死亡。

没有朝阳群众的洞察力，意大利人只能瞎猜测，其中流传最广的猜测是：中国人好像永远不死。因为他们在意大利从没见过中国人的葬礼。

为了搞清楚事情的真相，意大利《晚邮报》和《共和国报》的记者欧利阿尼和斯达亚诺，从意大利北部动身，一路南下采访中国移民，并把见闻写成书——《不死的中国人》。

书中这样记述中国人：他们每天工作十几个小时，没有娱乐，没有欢笑，没有休息。面无表情，除了工作赚钱，对周围的一切漠不关心。他们很少露面，但一出来就是一大群。意大利人为什么没见过他们的葬礼，因为他们一旦干不动活即被送回国内，说好听点叫"叶落归根"。

书中有一段记述了一个典型的中国移民在意大利的工作时长："到达法国后，宁红接到了蛇头的电话，让她到机场商店买一顶阿迪达斯的帽子，戴着它在商店等候……蛇头终于来了，对上号码，把她带到里昂车站，在那里，宁红上了一辆宽敞的 TGV 车，踏上了意大利的居留之路——给一家纺织厂每天工作 16 小时，一周工作 7 天。"

中国人仿佛是永不疲倦的，工作工作再工作，攒钱攒钱再攒钱，休息极少，消费极少，意大利老板看不下去，给中国工人们放假，被他们断然拒绝，"我们是来赚钱的，为什么要休假？"

《不死的中国人》这本书封皮上赫然写道：他们干活，挣钱，改变着意大利，因此令当地人害怕。

中国人疯狂的工作劲头何止吓坏了一个意大利！

2. 国人逆势增长的工作时长

诺贝尔经济学奖获得者科斯在《变革中国》中感叹道：中国人的勤奋，令世界惊叹和汗颜，甚至有一点恐惧。

互联网界流传这样一个故事：国内某公司高薪聘请了一位日本专家。日本专家上任的第一天，在全体会议上做完自我介绍后，说道：我是个工作狂，经常加班，请大家尽量配合我的工作！说完深深鞠了一躬。三个月后，日本专家辞职了，辞职的时候只说了一句："你们这样加班，是不人道的！"

无论是移居海外淘金，还是在国内奋斗，中国人不知疲倦的工作劲头并不随着地点的转移而改变，已经内化成了民族的集体本性和人格底色。

其他民族随着收入提高，工作时间越来越短，而很多中国人随着收入提高，工作时间却越来越长。无论富豪或中产，还是普通民众，大家一刻不得闲，闲下来就会发慌，焦虑感仿佛“绑架”了每个中国人。记得罗振宇在节目里说过一句，他在美国度假的时候，没有铺天盖地的信息和商务洽谈，刚开始轻松了一阵，仅仅过了几天就慌得一比，赶紧打道回国，生怕跟不上时代潮流被淘汰。

从全世界历史上看，人类的工作时间是持续下降的。《巨人的陨落》写过一战前期沙皇俄国的煤矿工人每周日要做礼拜，一周只上 6 天班，而现在 5 天工作日已经成为全世界的标配。工业革命时期，人们一周工作 60 个小时，而现在，国际规定的工作时长是每周 40 个小时。

关于全球各国劳动者的工作时长对比，最权威的资料来自 OECD（经合组织）。OECD 常年有一项“Hours worked”（工作时长）调查，有数十个国家历年的劳动者年均工作时长的资料，最早可追溯至 20 世纪 50 年代。连续的调查数据显示，被调查的各国劳动者年均工作时长都是呈下降趋势的。不仅从 50 年代开始是这样的，就算到了 2000 年以后，趋势仍然是缓慢下降。

比如我们的邻国日本，以工作投入著称，从 2000 年到 2017 年，劳动者年均工作时长从 1 821 小时下降到 1 710 小时。另一个邻国韩国，同样以加班文化和超长工作时长著称，但最近十年却下降了 10% 左右，2008 年为 2 209 小时，2017 年已经下降到 2 024 小时。

但我国劳动者的年均工作时长却在逆势增长。

时隔 10 年，国家统计局再次公布了《全国时间利用调查公报》，结果显示：2018 年，男性就业者每天工作时间为 7 小时 52 分钟，女性为 7 小时 24 分钟，比 2008 年分别增加 1 小时 26 分钟和 1 小时 20 分钟。比起 10 年前，男性和女性就业者的工作时长都增加了 22%。

2018 年，内蒙古大学杜凤莲教授团队发布了《时间都去哪儿了？中国时间利用调查研究报告》，报告显示，2017 年我国劳动者超时工作（净工作时间大于 8 小时）相当普遍，超时工作率高达 42.2%。按这份报告的说法，2008—2017 年，我国居民的有酬劳动时间在上升，其中工作时间增加了 1.08 小时 / 天，而家庭生产经营（主要是务农）时间减少了 1.00 小时 / 天。

3. 全民齐拼命

农民少了，农民工多了，农民的忙是忙一阵子，农民工的忙是“不分二十四节气”的。

加班加点、超时工作，不只是在农民工密集的制造业和建筑业如此，985、211名校毕业生云集的互联网等高科技企业也是当仁不让，你要是不实行“996工作制”（早上9点上班，晚上9点下班，一周工作6天），你都不好意思说自己是互联网企业。据说“996工作制”正在向“247工作制”进化，一天工作24小时，一周7天，当然，是三班倒，只为在互联网残酷的行业竞争中保有一席之地，要么是1，要么是0，互联网的世界就是这么残酷。

滴滴此前发布的《2016年度加班最“狠”公司排行榜》中，京东以晚上23:16的平均下班时间，成为中国最“狠”公司冠军。

高德地图发布的《2016年度中国主要城市交通分析报告》中，华为每日人均加班时间长达3.96小时，成为中国企业“加班王”。

钉钉CEO甚至质问员工：“不知道你们每天10点（晚上）前回家干吗，回家有什么事情吗？不到1点都不合格！”

即使到了晚上11点，去国内大型互联网或科技公司楼下看看，很多办公室都还亮着灯！

真应了那句话：比你优秀的人还在比你努力！

不只是企业界的人们如此拼命，在体制内，“一杯茶、一张报纸”也成了老皇历，“5+2”“白+黑”成为许多公务员的工作常态。

全民齐拼命，让中国的工作时长排到了世界数一数二的位置上！

4. 工作时长和假日数量对比

英国《卫报》的一项调查显示，全球各国劳动时间排名中，墨西哥以每人年均工作2 228小时名列全球第一，中国以2 200小时排名世界第二。

而据中国国家统计局2018年7月份的统计数据，当月中国企业就业人员周平均工作时间为46小时。若按照52周折算，并扣除16天法定假期，相当于年工作时长2 287小时，超过了墨西哥，排名世界第一。

尽管数据小有出入，但中国人的勤劳是举世公认的，用于休闲的假期数量之少也是一个佐证。

从法定节假日、法定带薪年假数量看，刨除周末休假，国人每年的法定休假天数为16天，在全球主要国家中仅高于墨西哥（13天），不仅远低于荷兰（36天）、丹麦（36

天)、瑞典(34 天)等高福利国家，也明显低于法国(37 天)、英国(33 天)、美国(25 天)等经济发达国家。

即使与同样以勤劳而享誉全球的东亚地区相比，中国法定假日数也低于越南(22 天)、日本(21 天)、泰国(19 天)、新加坡(18 天)。

1995 年 5 月 1 日中国开始实行双休制，24 年过去了，能够享受双休制的中国人据说还不到上班族的 50%！也许你觉得奇怪，这不是违反了《劳动法》吗？其实并没有。《劳动法》规定：国家实行劳动者每日工作时间不超过八小时、平均每周工作时间不超过 44 小时的工时制度；用人单位应当保证劳动者每周至少休息一日；企业因生产特点不能实行本法上述规定的，经劳动行政部门批准，可以实行其他工作和休息办法。

也就是说，单休是符合法律规定的，每周至少休息一日嘛。以每日正常工作时间 7 小时来计算，单休的话，每周工作时间是 42 小时，并没有超过 44 小时的工时上限。而且也规定了可以实行其他工作和休息办法。

“多劳多得”是市场经济的典型特征，在市场化的职场中，你加班多意味着你得到的回报超过了你的付出，付出回报长期不成正比的话，你肯定会跳槽。一个加班但高薪的工作，一个朝九晚五低薪的工作，绝大多数有志青年都会选择前者，谁不渴望证明自己的价值呢？

人人崇尚奋斗、渴望财富，收入的快速增长刺激了更多的付出，创业成功的财富效应伴随着互联网的传播激励着更多的年轻人加入创业大军，打了鸡血似的忘我工作，使得整个国家的人均工作时长一长再长。

目前中国人的工作时长相当于 20 世纪 70 年代日本的水平以及英德法等国 1950 年的水平，而现在我国人均 GDP 已是日本 1983 年的水平、英德法等国 1979 年的水平。

5. 北京成最能加班城市

民族还是那个民族，穷的时候搞大锅饭，搞平均主义，多劳不多得，导致更穷；打破大锅饭，实行市场经济，多劳多得，富了之后也没有懈怠，反而更加努力。而且我们发现，经济越发达的地区越努力，收入越高的人越能加班。

据滴滴大数据统计，北京以绝对优势占据“最能加班城市”第一名，与上海、广州、深圳、杭州位列榜单前五。而从加班时间维度上来看，这些城市的下班高峰都集中在晚 9 点左右。最发达的地方成为最能加班的地方，最拼的地方。

工作时长越来越长，显然意味着睡眠时间越来越短。云集传媒的纪录片《追眠记》最近上了微博热搜，睡眠数据报告显示，从2013—2018年，中国人均睡眠时长已由8.8个小时降至6.5个小时。

近年来，一些国外媒体在唱空中国经济时经常说“中国经济断崖式下跌，即将崩溃”，但事实上，一个GDP已经90万亿元规模的经济体还在保持着6%以上的增速，不仅没有崩溃，还在持续成长。他们对中国最大的误读，就是忽略了人的拼命的因素。

历史是人创造的，经济也是。人在拼命，经济的韧性就会坚强有力。

（首发于秦朔朋友圈2019年3月19日）

「悟○○○○○空」

关键词：

商学院风；管理和领导力；知识点的纵横捭阖

多面韦尔奇

3 月 2 日，通用电气前董事长兼首席执行官杰克 · 韦尔奇因肾衰竭去世，享年 84 岁。

1960 年，25 岁、化学博士毕业的韦尔奇加入通用电气（GE）；通过 20 年的奋斗，1981 年 4 月，年仅 45 岁的他成为通用电气历史上最年轻的董事长和 CEO。当时 GE 的销售额为 250 亿美元，盈利 15 亿美元，市场价值 130 亿美元，在全美上市公司中仅排名第十，而从 1993 年开始到 1998 年 GE 一直是全球市值第一，1999 年随着科技股的暴涨，微软超越了 GE，成为当时的市值全球第一。2000 年科技股泡沫破灭后，通用电气又以 4 800 亿美元的市值重回第一。20 年，市值翻了 37 倍。

2001 年 9 月韦尔奇荣身而退，获得了史无前例的荣誉，被称为："最受尊敬的 CEO""全球第一 CEO""美国当代最成功最伟大的企业家""企业家中的企业家"……

2001 年韦尔奇出版了《杰克 · 韦尔奇自传》，巴菲特推荐此书时说："韦尔奇是管理界中的'老虎伍兹'，所有 CEO 都想效仿他。他们虽然赶不上他，但是如果仔细聆听他所说的话，就能更接近他一些。"

韦尔奇对中国的影响十分巨大，他在任时就有无数追随者，他退休后，这种崇拜情绪更是达到了顶峰，2001 年他的自传在中国销量超过了 100 万册，经理人几乎人手一册。

那时商学院都在教韦尔奇的管理思想，不教韦尔奇思想的商学院不是好商学院。而且是各科教授都在教韦尔奇思想，战略学教授教韦尔奇的战略思想，人力资源教授教韦尔奇的人力资源管理思想，市场营销学教授教韦尔奇的市场营销思想，组织变革教授教韦尔奇的组织变革思想，等等。

1. 韦尔奇的战略，董事会不杀会下金蛋的鹅

在这里我们就看一下韦尔奇的战略。所谓战略，就是做什么、不做什么的选择。

1981 年，韦尔奇接手通用电气时，通用电气是一个暮气沉沉的制造业百年老店，官僚主义把它整得快要窒息。实际上，在韦尔奇掌舵的这 20 年间，不少曾和通用电气一样有过辉煌历史的制造业巨头走马灯似的换帅，最后像多米诺骨牌一样纷纷倒台，而只有韦尔奇始终领导着通用电气公司，与时俱进，创造了股价的一个又一个新高。

所有有效的战略都有一个特点，就是适配外部环境。韦尔奇执掌通用电气的这 20

年相比于之前的20年，外部环境有三个重要的变化，一是全球化，这是第二次世界大战以来，特别是20世纪90年代以来，世界经济发展的重要趋势。二是服务业的崛起，制造业在GDP中占比不断下降，服务业占比不断上升，美国的产业结构调整从20世纪五六十年代开始，七八十年代进入升级期，到现在美国服务业占GDP比重已经超过75%。日本、德国等国超过70%。中国也已超过50%。制造业本身也日趋服务化，服务业的70%是生产服务业。生产的投入和产出两端都在进行服务化，特别是产出端，即业务服务化。客户真正需要的不是产品本身，而是这个产品可以实现的功能。比如轮胎，客户并不需要轮胎，客户需要的是行驶的功能。米其林以前卖轮胎，现在推出米其林车队解决方案，为大型运输车队提供轮胎的全面托管服务，为客户选择合适的轮胎，提供保养、人员培训等服务，让客户专注于他们的核心业务，双方都提高了效率。三是竞争加剧，对管理水平和效率提出了更高的要求。

针对外部环境这三大变化趋势，韦尔奇制定了三大应对战略：全球化、服务、六个西格玛。

韦尔奇担任CEO最初的几年先立足国内市场进行了一系列的变革。1985年，他开始了一趟为期12天的环球之旅，成为GE全面推行全球化经营的转机。韦尔奇的全球化战略卓有成效，GE的业务遍布全球170多个国家。

韦尔奇的服务战略也卓有成效。1980年GE收入85%来自产品，2000年70%的收入来自服务。GE金融和NBC的收入就占到GE总收入的一半。GE金融的利润占据总利润的50%以上。

韦尔奇的第三个战略，六个西格玛不仅在生产领域施行，而且应用于公司的其他一切经营管理活动，比如财务记账、法律合同设计，等等。大大提高了效率，降低了成本。

这些战略十分成功，这个成功的定义是“股东价值最大化”。从为股东创造收益方面来看，无论是微软的比尔·盖茨、英特尔的安德鲁·格罗夫、沃尔玛零售大王山姆·沃顿，还是股神沃伦·巴菲特，都无法同杰克·韦尔奇相比。韦尔奇掌舵GE的20年间，公司市值翻了近37倍，平均年复合回报率高达20%。特别是在韦尔奇退休前几年，每年的回报更是高达百分之四五十。

所以在别的老牌制造业巨头不断换帅的时期，他能够20年稳坐CEO这把交椅，也是不足为怪。董事会不会宰了会下金蛋的鹅。

对于上市公司的职业经理人来讲，不时时刻刻密切关注对于股东的回报是很危险的事情，需要长期才能显示成效的战略最好不要做，因为你很可能看不到长期就被董事会干掉了。企业长期这样逆向选择 CEO，最后不少企业都被短期逐利的资本市场诱逼得不断采取短期行为，一步步走向死路。任正非说：“如果华为的竞争对手中有一个不是上市公司，就不会有华为的今天。”

2. 比较 GE 和沃尔玛，比较韦尔奇和山姆·沃顿

GE 的高增长、高回报的来源和沃尔玛大相径庭。沃尔玛专注于零售这一行业，通过高明的战略构筑进入壁垒，不断扩大自己的市场份额，同时这个行业本身也在蓬勃发展，两相叠加，获得了惊人的发展。华为也是相似的情况，深耕一个行业，战略得当，管理精进，成就非凡。任正非曾有一句名言：“28 年只对准一个城墙口冲锋！”这是几年前说的，今年应该是第 31 年了，还在对着那个城墙口冲锋。

山姆·沃顿曾经是美国首富，他去世后他的财产分给太太（原配）和四个孩子，他们五个都曾跻身美国十大富豪榜。

从这个角度讲，韦尔奇多拿点报酬也无可厚非。韦尔奇在位时薪酬已经高得令巴菲特咋舌，退休时更是获得了创纪录的 4.17 亿美元退休金，而且此后 GE 并没有停止为其买单，从公务飞机到乡村俱乐部会员，甚至一张报纸。对此，韦尔奇直截了当地说：“我值这个价。”

不过山姆·沃顿的节俭是出了名的，从头到脚没有一样是有品牌的东西，都是在自家店里趁大甩卖的时候买的。他在自传中告诫子孙说：“你们要节俭，不要浪费，记住，如果铺张浪费，我会从坟墓里爬出来找你们的！”

韦尔奇的财富和用度一开始大家都不知道。退休后韦尔奇与《哈佛商业评论》主编苏西·韦劳弗婚外情泄露，韦尔奇的第二任妻子请来律师，曝光了丈夫的奢华生活，称其个人的总资产高达 9 亿美元，平均每月花费 36 万美元，此外还有由通用电气买单的每月 8 万美元房租。据说为避免更多曝光，韦尔奇向前妻支付 1.8 亿美元的过失补偿费，以及他在曼哈顿的一套豪华公寓。2004 年，韦尔奇与这位前《哈佛商业评论》主编结婚。

韦尔奇的第一任太太是他大学的同学，结婚 28 年，育有四子。第二任太太比韦尔奇小 17 岁，共同生活了 16 年。第三任太太比他小 24 岁，共同生活了 16 年。

韦尔奇对财富的追求似乎也比较执着，他的自传创造了美国出版业的奇迹：以高达 700 万美元的天价卖给了时代华纳贸易出版公司，创美国自传体版权收入历史之最。

80 岁之际再出新书《商业的本质》，并和太太一起多次来华演讲。合影的时候，大家排起长队，每人交 3 万人民币，一手交钱，一手合影。

3. 比较韦尔奇和巴菲特

韦尔奇领导下的 GE 给股东带来的高回报和巴菲特给股东带来的高回报来源也不一样。巴菲特是用做企业的心态做投资，所以他的投资和一般意义上的投资其实是不同的。

最近他接受采访回答新冠病毒对经济的影响的问题时说："我们正在收购企业，并在未来 20 年或 30 年长期持有。我们会整体收购公司，也会部分收购公司。我们认为，20 年和 30 年的前景不会由于新冠病毒而发生改变。"

目前巴菲特的投资组合里有 90 多家公司的股权，都是这么收来长期持有的。继保险和铁路业务之后，伯克希尔 · 哈撒韦公司的第三大业务是持有 2.45 亿股苹果公司的股份，市值接近 720 亿美元。对此他说："我并没有将苹果公司看成是股票，我把它看成是我们的第三项业务。"

韦尔奇的方式似乎正好和巴菲特相反，巴菲特用做企业的方式做投资，韦尔奇则用做投资的方式做企业。"巴菲特是养儿子，韦尔奇是养猪"。或者说，巴菲特是用养儿子的方式养猪，韦尔奇是用养猪的方式养儿子。

韦尔奇上任后，大刀阔斧、持续不断地变卖、剥离、收购资产。

企业业务的吐故纳新其实本身是应该鼓励的，不能与时俱进调整业务组合的企业是很难长期生存下去的。而且 GE 历史上就是一家很擅长多元化的企业。1878 年爱迪生创办它的前身，从电气行业发家，之后 GE 抓住二战契机，利用自己强大的研发能力，在军工制造业中率先抢滩，并乘势扩张，走向多元化，逐渐成为航空、军工、能源、医疗领域的先驱企业。假设它一直只"专注"于电灯泡的业务，那么估计早就死了。

4. 多元化的悖论

但是多元化、资产的重组和所有事情一样，需要有一个度。一是要有核心能力（core competence）的支撑，是核心技术的延伸，这就意味着新业务和老业务不能太不相关；二是要有组织能力的支撑，如果步子太大太快，组织能力跟不上，企业就会被撕裂。有不少这方面的研究表明，资产重组的频率最理想的是平均每五年两三次，每单的规模不能太大。新业务占比 30% 左右最合适，占比过小这个企业可能跟不上时代的发展，占比太大这个企业很可能把自己折腾死。

当然最合适的频率和规模取决于每个企业核心能力和组织能力的具体情况，另外随着时代的变化，这个最合适的度也在不断变化，总体上讲，节奏是越来越快了。

韦尔奇的多元化、资产重组完全不符合这些原则，也不同于 GE 早年从电灯泡到飞机发动机这种基于技术研发能力的多元化。他完全是基于利润和市场份额来进行多元化，他像管理一个投资公司那样管理 GE 的业务组合。他把业务分成四种：① 投资 / 增长；② 选择性增长 / 保护；③ 结束 / 收获；④ 退出 / 收获。

他最著名的一句话是："要么做到第一，要么做到第二，不然就关闭。"无所谓是哪个行业，什么业务。当然后来韦尔奇发现这个政策带来了很严重的负面激励，有的业务负责人把所在行业界定得很小，小到他是第一或者第二。所以他又加了一个限制条件，在这个行业的市场份额不得超过 10%。不过，很多人都只记得他说的前半句，对于后面加的这个条件不太知道。

在他任职的头两年中，韦尔奇卖掉了 71 条生产线，回笼了 5 亿多美元资金，完成了 118 项投资交易，包括收购、兼并、建立合资企业以及参股性投资。GE 由原有数百个事业部，缩减到不到 20 个事业部。同时大幅裁员，由最高时的 41 万人，裁减到 23 万人，裁员率高达 44%。由此获得了"中子弹杰克"的雅号。前两天美国总统特朗普通过社交媒体表示，杰克 · 韦尔奇是一个商业传奇，再也没有像"中子弹"杰克那样的企业领袖了。

这位传奇商业领袖在执掌 GE 的 20 年间，通过一系列操作，相继抛掉了中央空调、小家电、消费类电子产品、半导体等业务。转而成立 GE Capital 通用电气金融公司，收购 NBC（全美广播公司）的控股公司 RCA（美国广播唱片公司），这是美国商业史上规模最大的合并案。

如果是出于为客户提供便利的考虑，那么产业、金融混营的战略本身没有问题，比如大型医疗设备，由于价格很高，客户自然有金融上的需求，GE 金融就可以帮助为客户提供融资。

然而，韦尔奇提出了为客户提供"全套解决方案"，也就是将金融为主的产品服务捆绑销售给产业部门的客户，以获取更高的利润。以产业销售激发客户的金融需求，以金融服务增加产业部门的竞争优势，"双剑合璧"。

金融在扶植制造业的同时也得到制造业的帮助。如果不是得到 GE 实业的支持，GE 金融是不可能获得 AAA 评级的，因为金融机构很少获得如此高的评级。AAA 级的信用评级大大降低了 GE 金融获得资金的成本，比其他金融机构获得了更大的优势。

到 2000 年韦尔奇退休之前，GE 金融和 NBC 这两个公司占 GE 总收入的一半，GE 金融的利润更是占到 GE 总利润的 50% 以上。也就是说到那时 GE 其实早就不是一个工业公司了，而是一个金融公司。

金融公司风险大，市盈率偏低，但是因为 GE 又是披着工业公司的外衣，用工业公司的市盈率估值，所以市值很高，相当于挂羊头卖狗肉，用工业公司的价格卖金融公司的利润。

这让“市值为纲”的韦尔奇感到很满意，然而也为 GE 后面的 20 年埋下了祸根。

5. 接班人的选拔

韦尔奇提前十年就开始了接班人的选拔工作，首先制定了四项基本指导原则；其次，韦尔奇还跟其他两位副总裁一起，成立了一个三人专门小组，归纳出一名“理想的 CEO”应该具备的条件和要素，包括诚实、价值观、经验、愿景、领袖气质、锐利、名望、公平、精力、平衡性以及勇气等核心素质，并反复斟酌达成共识，作为初步筛选候选人的标准。

三人小组总共列出一个 23 人大名单，最终聚焦到三位候选人。此后每年的 6 月和 12 月，分别举行一次董事会，专门对候选人进行评估，以跟进了解他们的最新进展。为了帮助董事们和这些候选人有一些会议室外直接的接触，公司组织他们和候选人在每年的 4 月和 7 月分别在不同的地方打高尔夫球或网球。

公司还为他们举行一年一度的圣诞派对，同时邀请他们的配偶参加。在每次这一类型的活动中，韦尔奇都亲自和助手一起认真安排四人对抗赛的位置和午餐时的座次，以确保董事们至少有一次和不同候选人进行互动和交流的机会。

每年的 2 月，韦尔奇本人将亲自对所有候选人做一次实时的业绩评估，并发放激励性的现金奖励。每年的 9 月，则再做一次综合评估，以讨论并决定股票期权的授予方案。

长达十年的甄选过程环节之多、规范之细令人叹为观止，而且这个过程留下了不少文字和视频录像，正好作为各大商学院的教材。笔者在中欧国际工商学院担任翻译时就多次翻译过这样的课程，向韦尔奇学习如何选拔接班人。

后来笔者对华为比较了解了，就琢磨当时韦尔奇或者 GE 的董事会为什么不像任正非那样搞个轮值制呢？三个候选人每人担任 CEO 半年，同时有个执行委员会，好比内阁，确保决策的连贯性、稳定性。总之要赛马，不要相马。

相马往往看走眼，而且受制于相马人的主观意图。中国历史上皇帝选皇储就有太多这样的故事。清嘉庆帝 13 岁时就被乾隆密建为皇储，整整考察了 23 年，一直到 36 岁才让他登基。乾隆对嘉庆的考察结果是十分满意的，认为此子性格中最大的特点是自制力强。他起居有常，举止有度，学习勤奋，办事认真，从不逾规矩一步。这是最让乾隆欣赏的。其次，此子品质“端淳”，生活俭朴，为人谦逊。特别是富于同情心，待人十分真挚，善于为他人着想。

嘉庆登基后，乾隆继续把持朝政，嘉庆毫无怨色。其间，他 20 年的结发夫妻皇后死了，嘉庆知道老人最忌讳就是死，就决定丧礼按照当时最简单的程序去办。自己到皇后的灵堂去看一看，都是到灵堂门口才换上素服，出灵堂立即换上常服。太上皇经常出没的那些道路他都避开。

老皇帝满意得不得了。嘉庆四年正月初一，老皇帝出现感冒症状，初二病情急转直下，身体各器官出现衰竭征兆，陷入昏迷。初三上午七时，太上皇停止了呼吸。

此后嘉庆才开始亲政，他做皇帝 20 年，历史学家张宏杰对他的评价是“英明伟大到一事无成”。

适合做储君的人特别不可能做好皇帝，因为这两者需要的是两种完全不同的素质和技能组合。储君最关心的是“安全”，特别是老皇帝很精明强干的话。

零售大王山姆 · 沃顿在他的自传最后总结了十条“成功经验”，最后他说，其实这些都不重要，最重要的是根据实际情况的变化而变化。也就是说，因为时代在变，外部环境在变，管理不能教条僵化，而是要审时度势，因地制宜，与时俱进。

然而这正是相马中胜出的接班人所不具备的素质。

2001 年 9 月，韦尔奇卸任，杰夫 · 伊梅尔特（Jeffrey Immelt）接任董事长及 CEO。

2017 年 8 月，杰夫 · 伊梅尔特在董事会压力下匆匆离职，由公司医疗业务的董事长兼首席执行官约翰 · 弗兰纳（John Flannery）接任。

2018 年，这个美国著名的老牌工业公司股价在一年内下跌 53%，年初至六月下跌 24%，最终在 6 月 26 日被移出道琼斯工业平均指数（Dow Jones Industrial Average, DJIA）的成分股。自 1907 年以来，通用电气一直都是道指的成分股。至此，道指最初的 12 只成分股全部被移出。2017 年 6 月，巴菲特卖出了最后一批通过 2008 年认购通用电气可转换债获得的股票。

2018 年 10 月，弗兰纳离职，公司董事拉里 · 卡尔普（Lawrence Culp）成为通用电气新董事长兼首席执行官，卡尔普是前丹纳赫（Danaher Corporation）董事长兼首席执行官。

2019 年 8 月 15 日，华尔街“打假专家”、1999 年揭开美国历史上最大金融骗局之一“麦道夫欺诈案”的哈里·马科波洛斯（Harry Markopolos）向 SEC（Securities and Exchange Commission，美国证券交易委员会）提交了一份长达 175 页的指控报告（当年他指控麦道夫的报告只有 17 页），详尽列出了通用电气的财务状况以及条条罪证。他和他的团队经过七个月的调查研究，发现通用电气涉及 380 亿美元的欺诈行为，相当于公司市值的 40% 以上。

报告还提到，通用电气的财务舞弊最早可以追溯到 1995 年，当时公司还是由杰克·韦尔奇经营。走马灯似的换帅，被踢出道指，股神抛光所持其股票，被打假专家指控，股价每况愈下，种种不祥之兆接踵而来。

6. 后韦尔奇时代与韦尔奇的关系

韦尔奇退休之后的这些年到底发生了什么呢？韦尔奇千挑万选的这位接班人伊梅尔特到底做了什么？

伊梅尔特在接任之后继续施行韦尔奇产融混营的策略，而且进一步扩大业务范围和规模，越来越脱离了实体产业的需求。如果把 GE 金融单独剥离上市，按照资产规模来算，将是略小于摩根士丹利的美国第七大银行。

与主营业务关联性较小的业务，如消费者金融业务（GE Money）以及房地产业务开始占据越来越大的比例。2007 年，消费者金融和房产业务合计约占 GE 金融收入的 48%、利润的 30%。但这两项业务，与通用电气的产品销售没有直接关联。

2004 年由 GE Money 出资 5 亿美元，买下当时第七大次贷运营企业 WMC 抵押公司（WMC Mortgage）。接手 3 年后，WMC 就因遇上次贷风暴，被迫停止营业。10 年过去了，因 WMC 惹来的官司还没完没了。

伊梅尔特还学习股神巴菲特，进入保险业领域，希望通过保险吸收大量免费资金用于投资。但事与愿违。根据通用电气 2017 年第四季度财报，其保险部门出现 62 亿美元的减记，并且需要母公司注入 30 亿美元现金。

成也金融，败也金融。

2008 年金融危机对通用电气造成重创，通用电气在 2008 年 10 月求助巴菲特，以高昂的股息换取巴菲特购买 30 亿美元可转换股票的优先股，同时接受美国政府救助，担保其债券。

在金融危机之后，通用电气开始缩减 GE 金融的资产规模。即使如此，GE 金融在 2013 年还是被美国金融监管部门认定为“系统性重要金融机构（SIFI）”。

伊梅尔特终于意识到GE不是做金融的料，没有金刚钻儿不能揽这个瓷器活，于是开始甩卖GE金融的资产。并以14亿美金的价格出售了1986年韦尔奇以63亿美元收购的NBC。

韦尔奇能够20年多元化成功（成功的标准是市值增加，且不管这个成功的标准是否合理），而伊梅尔特多元化不到十年就败下阵来，除了两人个人能力、水平有差异之外，更重要的一个原因可能是时过境迁。

20世纪八九十年代，像GE这样的大公司占有很大的资金和人才的优势，普通人创业和小企业要做大是很困难的，找不到钱，找不到人。所以如果大公司能够克服官僚主义，在内部营造创业的激励机制和氛围，那么多元化经营成功的概率很大。

然而到了21世纪，创业投资VC、股权投资PE蓬勃发展起来，不再缺钱，倒过来钱追项目了，普通人有个好点子、好项目，就可以筹到钱，有钱就可以找到优秀的人，就可以做强做大。也就是说资金和人才都社会化了，大公司不再有钱和人的优势。这时大公司就必须专注，不能再多元化，因为没有了钱和人的优势，多元化就很危险。人家全力以赴只做一件事情，你同时做好多件事情，又不像以前你有钱有人，现在对方也同样有钱有人，你怎么干得过他呢？

好比达·芬奇，在素描、绘画、雕塑、建筑、科学、音乐、数学、工程、文学、解剖学、地质学、天文学、植物学、古生物学和制图学等各个领域都很杰出，一是因为他智商超群、好奇心超群；二是因为那时人类刚开始文艺复兴，受教育、做研究的人很少。换到现在，一个智商不高的人要在各个领域都获得这样的成就怎么可能呢？必须专注，专注了都不一定成功。

特别是金融行业，发展很快，越来越复杂，越来越专业，韦尔奇时代的金融相对比较简单，到了伊梅尔特时代，金融工程、结构性工具、资产证券化，只做金融的公司都不一定搞得清楚，再加上人性的贪婪，次贷危机的出现是早晚的事，GE栽在里面也是早晚的事。

20年前不少中国企业家、管理者学习韦尔奇，也不无道理，因为那时确实有不少多元化的机会，而现在，钱和人都不缺了，企业再不专注，恐怕就活不下去了。前20年学韦尔奇，后20年应该学学山姆·沃顿和任正非了，再学韦尔奇多元化就很危险了。当然有一个问题是，喜欢学韦尔奇的人不一定喜欢学任正非，韦尔奇学得好的人很可能学不好任正非。但是为了生存，必须学。不然就为时过晚了。

伊梅尔特意识到这个问题的时候也已为时过晚。GE金融折戟沉沙后他计划回归主业，他对董事会和外界说，GE 就该好好搞工业，而不是变成一个“财团”，GE 真正的力量在于它的工业工程，而不是金融工程。

然而，从韦尔奇上任后“化繁为简”“速度取胜”“缔造辉煌”的几十年来通用电气越来越偏向追求短期利润增长回报，忽视产业技术研发的发展趋势，丢掉了通用电气的“创新”基因，工业工程也搞不好了。

金融扩张使通用电气在美国工业集体沦落的年代给出了漂亮的账单，以暴涨的金融收益弥补了工业能力退化和退出决策带来的利润损失，在资本市场上看起来很强大，但实际上，这个曾是“经理人摇篮”“商界的西点军校”“美国的骄傲”的巨人已经是个跌倒的巨婴了。

这个跌倒的巨婴能否在董事会焦急的眼神下重新站起来？百年通用，何去何从？大家拭目以待。

而前日，“全球第一 CEO”杰克 · 韦尔奇与世长辞，永远退出历史舞台。

曲直是非难辨，千秋功过难分。

（首发于秦朔朋友圈 2020 年 3 月 4 日）

为什么中国人 1960 年登顶珠峰不为西方人承认

1.

前两天带小侄子看电影《攀登者》，是小侄子自己选的电影，这个学期的“开学第一课”介绍过相关的内容（“开学第一课”是教育部与中央电视台合作的大型公益节目，自 2008 年起，每年新学年开学之际推出）。

这个电影根据一个真实的故事改编，基本上改编成了一个动作片。电影中提到当时国际登山界不承认 1960 年中国人从北坡登上珠穆朗玛峰峰顶的这个事实，但是没有详细解释原因，只说是因为没有拍到照片。

真的是那么简单吗？为什么人家不相信呢？好奇心让我不等看完电影就开始在网上

搜查，反正动作片看的时候不需要费太多脑力，可以边看边查。结果不查不知道，一查吓一跳，中国人登顶珠峰、不被世人承认的真实故事远比这个电影精彩得多，意义也深远得多。

编剧真是太浪费这个真实的故事了。

珠穆朗玛峰是喜马拉雅山脉的主峰，位于中国与尼泊尔的边境，北坡在中国境内，南坡在尼泊尔境内。20 世纪五十年代，尼泊尔屡次向中方挑衅，声称珠峰全部属于尼泊尔，与中国无关，其中一个重要理由是尼泊尔人曾经登顶，而中国人没有。

这是事实。1953 年英国登山队队员、新西兰人 Edmund Hillary 和一个尼泊尔籍登山向导 Tenzing Norgay 从尼泊尔境内的南坡成功登顶，他们在顶峰拍照，展示了联合国国旗、尼泊尔国旗和英国国旗，并埋下了一些糖果和一个小十字架。这是人类第一次登上珠峰顶峰。

尼泊尔人的态度是，中国，你说是你的山，你倒是登登看啊。事关国家尊严，时任国家体委主任的贺龙同志指示成立中国登山协会，并要在 1960 年完成登顶任务。于是中国第一批职业登山运动员赶赴苏联训练，经过十分严格的训练，中国登山运动员于 1957 年独立组队，成功登顶四川第一高峰——贡嘎山，这是中国人首次登顶海拔 7 500 米以上的高峰，为此后登顶珠峰积累了宝贵的经验。

此时，苏联提出与中国合作攀登珠峰，“以此作为中华人民共和国十周年纪念的献礼”，当然，冷战中的苏联还有一个目的就是要通过征服世界最高峰耀武立威。

中苏双方深入研究，周密部署，制定了详细的登山计划。等到商量完才发现西藏连一条通往珠峰山脚下的进山公路都没有，公路只到距离珠峰脚下 300 多公里的日喀则。中央当机立断，下令开工建路。一支由 400 多名藏族工人和 600 多名军人组成的施工队伍依靠牲畜运输物资，日夜兼工，短短两年内在峭壁峻岭中开辟了一条全长 380 公里的公路。

公路尚未修好之前，中苏联合侦查组就已经在军队的保护下进山进行了数次考察，并在 5 120 米的高度设立了营地，搭建了气象台，作为日后攀登珠峰的大本营。

正当中国登山队踌躇满志、摩拳擦掌准备征服珠峰时，中苏蜜月期结束，苏联退出登顶计划。贺龙同志一拍桌子：“他们不干，我们自己干！任何人也休想卡我们的脖子。”

1960 年元旦刚过，中国登山队史占春队长前往瑞士采购装备，在一家登山装备店与印度陆军登山队不期而遇，他们也准备同年攀登珠峰。如果印度人捷足先登，那么边界问题就会变得更加复杂。中国队必须尽快完成登顶任务。

1960 年 2 月，中国珠穆朗玛峰登山队正式成立，214 名队员分批进藏，来到 5 120 米的大本营。史队长率队进行了三次适应性行军，一方面选拔登顶队员，另一方面输送物资，建立海拔更高的营地。

第一次行军，到达海拔 6 400 米的高度，建了营地。

第二次行军，到达海拔 7 600 米的高度，打通了攀登珠峰的第一道难关“北坳”。北坳位于海拔 7 000 米处，最高坡度将近 70 度，冰崖如城墙，积雪随时会雪崩。

第三次行军到达海拔 8 500 米（1960 年 4 月 25 日），建立最后一个营地——突击主峰营地。这个营地距离世界之巅只有 300 多米，这 300 多米也是世界最难攀登的 300 多米。每次行军都伴随着牺牲，登山队队员越来越少。

5 月 17 日，副队长许竞带领 4 名队员进行最后的登顶，但他本人最后体力不支，只好退出。冲击顶峰的任务最终落在了王富洲、屈银华、刘连满和贡布四人肩上。

1960 年 5 月 25 日凌晨 4 点 20 分，王富洲、屈银华、贡布三人终于登上了珠穆朗玛峰峰顶，他们在世界巅峰展开中华人民共和国国旗，豪情万丈。在下坡前，他们在石头下埋下了一面五星红旗和一个毛主席半身像。这是中国人第一次登顶珠峰，也创造了人类首次从北坡登顶的纪录，此前从未有人征服过这条“死亡之路”。

中国人完成了一次奇迹，登山队载誉归来时，北京七万多人前往迎接，欢呼喝彩。次年，中尼签订边界条约，正式确定珠峰北坡为中国领土。

2.

然而，当时以及此后很多年，国际登山界都拒绝承认这个壮举，认为中国人是在编故事骗人，理由基本上是这样的：

◇ 中国官方登顶纪录称王富洲、屈银华、贡布三位中国登山队队员登顶珠峰，可是这三位只有两年多的登山经验，之前世界上最强大、最有经验的登山队尝试了无数次登顶，只有两次成功，而且都是从南坡，北坡比南坡又险峻很多，这几个才登山两年多的中国小伙子竟然就登顶了？这是不可能的。

◇ 中国的官方登顶纪录称，三位登顶者在黑暗中、在氧气用完的情况下登上顶峰。然而没有人能够在没有氧气下登上顶峰，因为这是不可能的。

◇ 中国的官方登顶纪录称，四位登山者从海拔 8 500 米的营地出发登顶的，那么说明他们肯定是从东北脊登顶，而东北脊登顶的登山队都是在海拔 8 200 米至 8 300 米之间扎营，8 500 米高度没有扎营的空间，所以这是不可能的。

◇ 中国官方登顶纪录称，他们四人花了三个小时登上“第二台阶”。这“不可逾越的第二台阶”位于珠峰 8 570 米至 8 600 米之间，相对高度约 30 米，岩壁陡峭，平均坡度在 60 度至 70 度之间。它的顶部还有一座约 3 米高的垂直峭壁，表面光滑，几乎找不到任何攀登的支撑点。从 1921 年到 1939 年，英国共有 8 支探险队先后试图登顶珠峰，都遭到了失败，最接近的一次，1924 年马洛里和欧文就是在第二台阶这一带失踪后再也没有回来。中国官方登顶纪录称，中国登山队队员花了三个小时才攀登上第二台阶，最后一段他们一开始怎么也爬不上去，屈银华甚至脱掉了靴子和袜子试图赤脚攀爬，也没有成功。这时刘连满想到了搭人梯的方法，他蹲在岩壁前，让三个队友踩在他的肩膀上。屈银华为了不伤到刘连满的肩膀，赤脚踩在刘连满的肩膀上，四人终于爬上第二台阶。但是刘连满体力透支，无法前进，放弃登顶，让队友们继续前进，最后三人登顶。西方人们认为，零下至少 30 度，谁会脱掉靴子赤脚攀登呢？这是不可能的。

◇ 中国官方登顶纪录称，三个登顶者在峰顶的石头下埋下了一面五星红旗和一个毛主席半身像，然而后来登顶的人并没有发现这些物件，也证明不可能。

◇ 中国官方登顶纪录称，他们在黑暗中爬下峰顶，找到刘连满，四人一起下山。王富洲接受采访时说：“It was the shining light of the Party and Chairman Mao Tse-tung who gave us the boundless strength and wisdom.”（“是党和毛主席的光辉照耀着我们，给了我们无穷的力量和智慧。”从英文资料翻译过来，中文原文没有找到。）这就更不可能了。

出于这些理由，很长时间西方都认为中国人没有真正登顶，只是在编故事骗人。然而随着时间的推移，这些看起来很充分的理由受到越来越多的登山人士的质疑，人们最终发现上述理由都站不住脚。

◇ 尽管王富洲、屈银华、贡布和刘连满等中国登山队员的登山历史只有短短的两年多，然而他们接受的训练可以说是魔鬼训练，强度、难度之大是普通人无法想象的。而且，之前在 1957 年中国登山队独立组队，曾经成功登顶四川第一高峰、海拔 7 556 米的贡嘎山，证明了自己的实力。

◇ 1960 年的时候，没有人认为在没有氧气的情况下可以攀登珠峰，然而此后，有不少登山者就是这样做的。

◇ 原来大家认为北坡 8 500 米高度没有扎营的空间，然而后来又发现有一块蘑菇石头的地方可以安扎一个小营地。

◇ 原来大家认为刘连满等四人搭人梯、屈银华赤脚登上“第二台阶”是不可能的，后来有美国登山爱好者找到屈银华当面发问。屈银华说，他的确脱掉了靴子和袜子，尝试赤脚攀爬第二台阶最后一段极为光滑的垂直岩壁，但是没有成功。后来刘连满想到了搭人梯这个方法，他参加登山队之前是消防队员，并且坚持自己在最底下。屈银华在他上面，他担心三个人的重量压在刘连满肩上，自己如果再穿上 4 公斤多重的登山靴的话，会伤到刘连满，就没有穿上。后来脚冻伤，下山后截去了脚趾。当他拎起裤脚管露出没有脚趾的半截脚掌时，美国人倒吸一口冷气，才相信原来真有人会这么做。著名登山运动员 Chris Bonington 在盘问了中国登山队队长史占春后表示，他对中国队登顶没有任何怀疑。

西方人往往低估中国人的意志力和牺牲精神。当时刘连满为了确保中国登山队完成登顶任务，甘做人梯，耗尽体力，未能登顶，他留在第二台阶等队友回来。

在等的时候，他下定决心不吸氧，把唯一的氧气瓶留给登顶回来的队友，他甚至写了遗书，做好了死的准备。

1975 年中国登山队再次登山的时候，队员夏伯渝把睡袋让给一个丢失了睡袋的藏族队员，结果自己双腿冻坏，最后截肢。

43 年后经过无数艰辛和磨难，这位无腿老人终于成功登顶珠峰。

1975 年中国登山队摄影师邬宗岳为了拍摄登山队冲刺珠峰的宝贵镜头，冒险解开了和队友捆在一起的安全结绳，为了留下最美的照片，永远留在了珠峰的冰天雪地中。这些都还只是登山方面的自我牺牲故事，战争方面的故事就更多更惨烈了。比如上甘岭的故事，美国人如果不是亲身经历，是死也不会相信的。

他们三人埋下的五星红旗和毛主席半身像，后来登顶的美国人没有找到。这并不奇怪，珠峰峰顶是一个像鲤鱼背一样的条状平台，东南至西北向，长 10 米、宽 1 米，风速最高可达每秒 90 米，整个人都可被吹跑，何况这些物件。

王富洲说："是党和毛主席的光辉照耀着我们，给了我们无穷的力量和智慧。"西方人认为，这怎么可能。但是如果他们足够了解当年中国的情况就会明白，这是当时中国特殊历史时期人们说话的特殊方式，完全不能说明王富洲等人精神有问题，或者人格不健全，说的话不值得相信。

当然这些都还不是最重要的，最重要的是随着越来越多的人从北脊登顶，他们发现当年中国官方纪录中 3 人对于登顶最后路线的描述是相当精确的，除非真正登顶过，不然是不可能描述得如此精确的。

他们讲到爬过一块一米高的岩石，尽管第三台阶比这个高，但是第三台阶上有几个障碍物的确可以符合这些筋疲力尽在黑暗中攀登的人的描述。他们讲到爬过一个雪坡，雪深齐膝盖，这个描述符合上了第三台阶后的金字塔塔底。他们讲到在这个雪坡坡顶碰到一个冰崖，只好从西边绕过去，现在登顶的人也正是这样做的。他们讲到，他们以为到达了峰顶，结果发现在另一边还有一个高出几米的坡，这才是真正的峰顶。这也完全符合峰顶的地形，尽管白天登顶的人可以远远看到真正的峰顶，但是对于在黑暗中登顶的人来讲，这个描述是完全正确的。

没有真正登顶过的人是不可能做出这样的描述的，除非看到过别人的文献。然而，在他们之前，没有人从这条路线登顶过。1924 年英国登山队 2 名队员马洛里（George Mallory）和欧文（Andrew Irving）在第二台阶一带失踪后再也没有回来，他们到底有没有登顶呢，这个问题一直是登山界的一个谜，大概率是他们没有登顶，就算他们登顶过，他们也没能回来，不可能有描述路线的文字流传下来。

人们终于相信 1960 年中国人的确是成功登顶珠峰了！纷纷把中国的这次壮举记入官方登山史册，除了美国人。1963 年成功登顶珠峰的美国人在 2013 年大张旗鼓庆祝登顶珠峰 50 周年，有一个海报列出了“美国登顶珠峰 50 周年大庆 50 件大事”，比如有 909 个搬运工，10 吨食物装在 416 个箱子里，探险队队员一共有 15 个妻子 26 个孩子，5 个队员有博士学位，等等。并且声称：“此前人类只有 6 个人登上珠峰峰顶，1953 年 Edmund Hillary 和 Tenzing Norgay，1956 年的 4 位瑞士登山运动员……”竟然绝口不提 1960 年 5 月 25 日凌晨 4 点 20 分登顶的 3 个中国人王富洲、屈银华和贡布。这令国际登山界人士哑然失笑。

按理说，在经历了上甘岭之后，美国人最应该了解中国人的意志力和牺牲精神，特别是当中国举全国之力为维护国家尊严而发愤图强所爆发出来的能量是超乎想象的。不过他们显然不愿意接受这个世界上大部分人都已经接受了的事实：中国人在他们之前登上了珠穆朗玛峰峰顶。

我对美国人公然对事实视而不见的傲慢义愤填膺，我小侄子却很淡定，他现在正是学名言的时候，他告诉我，恺撒说：“人们只会看到自己想看到的东西。”而自己想看到的东西又取决于自己过去的经历和对将来的预期，人们又往往并不十分了解自己过去的经历和对将来的预期，更不了解这些记忆和预期对自己判断的影响，因而并不十分知道自己想看到的是什么，所以并不觉得自己有明确的倾向性，戴着有色眼镜，他们就是觉得自己看到的就是真相。

没有什么比不停地思考更叫人疲惫厌倦的了，思考往往始终没有结果，而有结果的时候又往往不是自己想看到的结果。罗素说："许多人宁愿死也不愿思考，事实上他们也确实至死都没有思考。"的确，许多人诉诸偏见与傲慢，以逃避思考这项烦人的劳动。尼采说："信仰就是不想知道真相是什么。"

保持独立思考的能力，看清真相，是多么不容易，特别是在无时无刻不被巧妙洗脑的今天。意识到自己可能在被洗脑，意识到自己可能在无形的墙里，意识到自己可能是井底之蛙，保持开放的心态，检验求证，实事求是，是多么重要。

当香港的年轻朋友坚持不愿意来内地，因为他们听说内地很危险，坐火车一不小心就会被下迷药然后被取走器官，不管有多少证伪的信息存在，他们都坚持选择相信那是真的。那个时候我们就应该知道，香港问题一时半会儿是解决不了的。然而我们这样说的时候，他们多半也认为我们是戴着有色眼镜的井底之蛙。这个世界要看清真相越来越难了。不管怎么说，有 3 个中国人在 1960 年 5 月 25 日凌晨 4 点 20 分登顶珠峰，比美国人早了 3 年，这是千真万确的。

（首发于秦朔朋友圈 2019 年 12 月 6 日）

巴菲特是如何做到既成功又长寿又幸福的？

每年 5 月，全世界投资界都翘首以盼一场盛会，"股神"沃伦 · 巴菲特（Warren Buffett）的公司伯克希尔 · 哈撒韦（Berkshire Hathaway）的股东大会。这个大会年年都在巴菲特的家乡内布拉斯加州的奥马哈市举行，奥马哈成了全球金融从业人员的"麦加"，巴菲特也早已赢得"奥马哈的神谕"的美誉。

笔者第一次了解这个股东大会是在 2008 年，当时中欧国际工商学院组织同学们去参会，笔者担任翻译。因为那时还没有像现在这样官方安排的中英对译的译员，前去"朝圣"的中国人也并不多。而现在不同了，中国"朝圣者"一年比一年多，不少机构都推出了专门的"朝圣之旅"的服务，股东大会对中国朝圣者也越来越重视了。

每年大会开完，随后很长一段时间里，金融界乃至社会各界都要对"巴菲特现象"

进行热烈讨论。不过随着时间的推移，讨论的重点出现了一个明显的变化趋势，就是从“巴菲特如何通过投资赚这么多钱”开始转向“巴菲特为什么这么长寿”。

1.

巴菲特 1930 年出生，今年已经 89 岁高龄。每年大家都觉得这可能是巴菲特和他的老哥芒格（今年 95 岁）参加的最后一次股东大会，然而年年都不是。

巴菲特的长寿对股东非常非常重要。巴菲特说过：“人生就像滚雪球，最重要的是发现湿湿的雪和长长的坡。”让雪球滚起来，余下就是时间的事了。雪球越大，滚一圈增加的雪就越多。理论上，只要雪不化掉，只要时间足够长，就可以滚出一个宇宙一样大的雪球。所以巴菲特的官方授权传记书名就叫《滚雪球》。

时间是投资者最好的朋友，当然是指好的投资者，对于不好的投资者，时间就是最可怕的敌人。从 1957 年到现在 62 年，巴菲特的平均年复合增长率为 21%。是不是觉得并不多？但是这是复利，就是中间雪没有化掉，没有亏掉重来。

所以巴菲特有时开玩笑说：“投资的第一条原则是不要亏钱；投资的第二条原则是不要亏钱。”如果 62 年前你投资巴菲特的公司 1 000 美元，持有到今天你会有多少钱呢？ 135 735 000 美元，就是 1.357 35 亿美元。没有想到吧？这就是复利的威力。

巴菲特说：“据说爱因斯坦都曾说过，复利是世界第八大奇迹。”

阿凡提和国王下棋，国王问他如果赢了要什么，阿凡提说要麦粒，只要给的麦粒填满棋盘就行，第一格 1 粒，第二格 2 粒，第三格 4 粒，第四格 8 粒，后面一格是前面一格的平方数。国王觉得这有何难，就答应了。结果发现全国的粮食都给他还不够。

还有所谓荷花定律，一个池塘里的荷花，每一天都会以前一天的 2 倍数量开放。如果到第 29 天开满了一半池塘，那么第几天开满整个池塘？答案是第 30 天。一半的荷花都是在最后一天开出来的。

这两个故事反映了巴菲特长寿的重要性。前面讲的你的 1 000 美元持有 62 年到今年是 1.357 35 亿美元，如果年复利不变，再滚一年明年就是 1.642 39 亿美元，增加了 2 850 万美元。伯克希尔 · 哈撒韦的公司市值现在是 5 000 亿美元左右，再滚一年到明年就增加 1 050 亿美元。巴菲特的长寿用数字表达就是如此重要。

巴菲特的投资和他的长寿关系很紧密，所以大家讨论他的长寿也就好比讨论投资，这是这几年大家转变讨论重点的一个原因。另一个原因是，巴菲特的投资理念讨论了几十年，没有新花样可讨论了。这些投资理念其实很简单，而且年年都一样，没有变化，不外乎以下这几点，我们用最朴素平白的语言来表达，以确保你十岁的小侄子也听得懂：

◇ 买股票是买公司，不是买彩票，要以企业家的心态做投资。

◇ 买什么公司呢？买价值被低估的公司，充分了解这个公司，用最合理的方法、预期对它进行估值，估值的时候要考虑有没有护城河，也就是这个公司的竞争优势有没有持续性、有没有长期的保障，好像护城河那样的保障，如果没有，别人很快就能复制它的竞争优势，那么估值的时候就要小心。

◇ 确定估值后，如果股价低于这个估值就买进，当然要留一个足够的安全边际，就是股价比你对它的估值低得不少才买进。

◇ 买进后你就当股市关门了，过几年再看，如果股价已经上升到你的估值了就卖掉，没有就继续拿着。这当然是幽默、夸张的说法，中间当然要时不时关注一下基本面，不要这个公司由于什么不可预测的不可抗力倒闭了什么的。为什么要当股市关门了呢？因为尽管长期来讲股市是“称重机”，价格反映的是价值，然而短期它是“投票机”，价格反映的是供求关系。1637 年 2 月，一株名为“永远的奥古斯都”的郁金香售价高达 6 700 荷兰盾，足以买下阿姆斯特丹运河边的一幢豪宅，当时荷兰人年均收入为 150 荷兰盾。这时候这个郁金香花的市场肯定不是称重机，是个疯狂的投票机，成了博傻游戏。

◇ 如果市场变成了投票机，无法称重了，找不到符合条件的投资机会，那就退场，等到市场恢复理性后再进入。

这些道理极其简单，谁都看得懂，问题是绝大多数人做不到。因为到最后，投资成功的关键是克服人性的弱点。巴菲特说：“人性的弱点总是充满贪婪、恐惧或者愚蠢，这是完全可以预测的，但是我们无法预测的是这些人性弱点发生的顺序。”他说他自己的成功经验就是在别人贪婪的时候恐惧，在别人恐惧的时候贪婪。

这并不取决于大脑，而是取决于心。

巴菲特的老哥、灵魂伙伴芒格说：“伯克希尔 · 哈撒韦能取得巨大的成功，没有什么秘诀，就是追求基本的道德和健全的常识。”芒格和巴菲特都有着很强的道德感，对 2008 年次贷危机等历次金融市场的人祸不遗余力地进行深刻揭露。

芒格说：“沃伦和我，我们两个人从来没有为了赚钱忽悠傻子从我们手里接盘。我们赚钱，靠的是在买的时候赚。如果我们卖的是狗屎，我们不会把狗屎说成是包治关节炎的良药。”

骗子总是要利用人性的弱点赚钱，就算赚了很多钱还不住手，还要行骗。这也正是骗子的人性弱点，愚蠢。巴菲特常打比方说：“为了钱结婚，也许什么时候都不明智。而已经有钱了，还为钱结婚，绝对是脑子进水了。”

伯克希尔·哈撒韦的成功因素除了道德之外，还有一个就是常识。常识本来是指普通知识，一个生活在社会中的心智健全的成年人所应该具备的基本知识，然而大多数人很多时候被心中的贼蒙蔽，脑子就进水了，做出各种违背常识的投资决策。所以芒格修改了常识的定义，说：“所谓常识，是平常人没有的知识。”

总之投资要成功，最后并不取决于你知不知道投资的原理，而是取决于你能否克服人性的弱点，战胜心中的贼，坚守道德和常识。

所以讨论投资理念没有太大意义，理念很简单，关键是能否做到。特别是在中国，完全参照巴菲特的标准，是很难找得到合适的投资机会的，那么按照巴菲特的第五个原则，就应该退场。

问题是，退场后，钱投哪里呢？人民币出不去，只能在国内找投资机会，买房子吗？可是有的房子都快成为郁金香了。钱就这么放着吗？通货膨胀怎么办？其实最好的方法是养孩子，孩子是最好的金融资产。然而之前有独生子女政策，也没法养，现在放开了，可是很多人已经过了生育年龄了。再说生育观也发生了巨大变化，社会越发展，越不愿养孩子。

所以还要买股票。这也没有什么问题，只是不要以为自己是在进行价值投资。要记住一点，中国的股市大部分时候是疯狂的投票机，不是称重机，玩的是博傻游戏。如果你参与，你要清楚自己是在赌场买彩票，还是像巴菲特说的买公司。所以政府也一再提醒老百姓“股市有风险，入市需小心”。

我们还是讨论一下巴菲特为什么如此长寿吧。

按照中医的说法，健康长寿取决于三个方面：饮食、起居、情志。饮食方面，巴菲特很不健康，每天喝 5 罐可口可乐，可口可乐是他旗下的公司，不过他喝可口可乐不是为了做秀做宣传，他是真的爱喝。

2010 年他和芒格、比尔·盖茨拜访比亚迪，笔者给他们做翻译时就发现他私下也是在喝可口可乐。笔者一咳嗽，他就开好一罐送到笔者面前，他还爱吃巧克力，也不时给笔者几块一起吃。

其实，高强度用脑的人需要大量糖分，需要一点咖啡因提神醒脑，所以喝可乐是最合适的了，如果正好还咳嗽的话，那简直再合适不过了。

巴菲特还爱吃麦当劳，早上他自己开车去上班，经常路上弯到麦当劳店买早餐。在纪录片《成为巴菲特》中他说：“当我觉得心情不那么舒畅时，我也许会吃 2.61 美元的早餐，那就是两块猪柳扒，然后我把它们合在一起，给自己倒一杯可口可乐。3.17 美元可以买到一块培根、鸡蛋加奶酪松饼。如果今天早上市场下跌，我就会花上 2.95 美元，而不去买 3.17 美元的早餐。”

还有，巴菲特完全不爱吃蔬菜。这就是巴菲特的饮食。

起居方面，1958 年，28 岁的巴菲特在家乡奥马哈市花了 31 500 美元买了 Farnam 街 5505 号一套房子，一直住到现在。那套房子毫不起眼，在一个中产阶级社区，2008 年我们去参加年会时还专门去看了一下，真的很普通。那次他的太太正好开车出来，还友好地向我们微笑示意。

顺便提一下，他的太太也很普通，原来是一家餐馆的服务员，是他的第一任太太苏珊给介绍安排的。从 1977—2004 年去世，苏珊因为身体等各种原因一直住在西海岸，巴菲特的生活起居就由这位来自立陶宛的移民蒙克斯女士照顾。三个人相亲相爱一家人，每逢节日，他们会联名为朋友们馈赠礼物，落款依次是“巴菲特、苏珊和蒙克斯”。很多人表示奇怪。巴菲特说，如果你了解了我们三个人，就不会觉得奇怪。苏珊去世后两年，76 岁的巴菲特和同居了 28 年的时年 60 岁的女友结婚。

饮食肯定不能解释巴菲特的长寿，起居似乎也不能解释巴菲特的长寿。比巴菲特小一岁的默多克，除了发妻之外，36 岁娶 19 岁的记者安娜，68 岁娶 30 岁的邓文迪，84 岁娶 59 岁前超模杰莉 · 霍尔，四段婚姻，很是折腾，可是也很长寿。

还有，巴菲特也不怎么爱运动。每年股东大会倒也安排一场高尔夫球赛，但平时巴菲特并不常打球。

饮食、起居都不能解释巴菲特的长寿，唯一能解释的就是情志了。所谓情志，简单来讲就是心情愉快。

心情愉快与健康长寿的关系十分紧密，心情愉快的时候免疫系统不会被遏制，就可以发挥最大的作用对付该对付的敌人；心情不愉快的时候，免疫系统被遏制，免疫力就下降，各种敌人就安营扎寨。所以允许自己心情不愉快，就好比主动关掉了部分免疫系统，任由敌人攻击。从出生开始，人体一直是一个战场，不是东风压倒西风，就是西风压倒东风，健康就是保持一个动态的平衡，当然最后都是一个结局，然而这个过程的长短还是很重要的。

你或许会说，如果我像巴菲特一样是股神、是首富，我自然快乐幸福。其实不然。这次巴菲特在股东年会上回答一个小男孩关于延迟满足的问题时就说：“所谓延迟满足不是说不提倡去做。我一直相信，储蓄还是有很大作用的。但我不觉得很多富人因为有了很多钱就幸福。幸福和财富不是呈正比的。如果你有了 50 万美元、100 万美元还不幸福，你有了 500 万美元或者 1 亿美元也不会幸福的。”

我们可以说以上这段巴菲特论述了幸福和成功的关系。我们把成功简单定义为有钱，当然是不合理的，但是因为没有比这个更客观的评判标准了，所以姑且用这个不合理的标准吧。

指望成功给你带来幸福是不太可能的，因为是缘木求鱼。大部分时候，为了做成一件事情，你内心所受的煎熬、折磨、困苦是巨大的、强烈的、持久的，相比之下，成功之后的快乐、舒畅、愉悦是浅淡的、微弱的、短暂的，所以从幸福感的角度来讲，做这件事情你的幸福感总体是下降的，很不划算。人的感受就是这样不对称。假设你的股票忽然赚了 1 000 万元，你很快乐；然后忽然你又亏掉了 1 000 万元，你很痛苦。你的痛苦比你的快乐要强很多，尽管都是 1 000 万元。人的心理就是这样，得失带来的快乐与痛苦是不对称的。

所以，假设你已经比较有钱了，衣食无忧了，却想要通过炒股多赚这 1 000 万元提高幸福度是缘木求鱼。炒股有三种结局：你亏掉了 1 000 万元，你不赚不亏，你赚到了 1 000 万元。第一种情况当然不必说了，你很痛苦，你的幸福感大幅下降。第二种情况，经过多次起落波折，最后你不赚不亏，但是前面已经讲了，起的时候的快乐不足以抵补落的时候的痛苦，总体来讲，你的幸福度还是下降了。第三种情况，你赚到了 1 000 万元，除非你一下子赚到这 1 000 万元，中间没有起落，不然也是一样，赚到 1 000 万元的快乐很可能被中间的波折带来的痛苦抵销。而且在中国股市绝大多数人是亏钱的，所以第三种情况出现的概率很小。

总之，赚钱的过程对于绝大多数人、绝大多数时候来讲都是不划算的，幸福感会下降。那么赚钱的结果对于幸福感的影响怎么样呢？如果结果对于幸福感的提升超过过程对于幸福感的降低，那么还是划算的。这里就涉及一个边际效用递增还是递减的问题。物质的东西边际效用都是递减的，比如你酷爱吃龙虾，吃第一只龙虾的时候很受用，吃第二只龙虾的时候也还挺好，吃第三只龙虾的时候就不太舒服了，如果逼你吃第四只龙虾，你就吐了。钱到一定程度，再增加，边际效用递减的规律就产生作用了。

所以巴菲特说：“幸福和钱的多少是不成正比的。”当然要有一定数量的钱，贫贱夫妻百事哀，这世上很穷却很幸福的人很少很少。但是钱到了一定程度再增加，幸福感不会增加，有时甚至下降。钱的作用主要是消灾避祸，而不是增福添祥。有钱可以不必卖肾买手机，可以买肾保命，如此而已。

和物质不同，精神的东西边际效用是递增的。有的人没有太多钱，但是精神生活很丰富，是精神王子，是精神富翁，这种人往往很幸福、长寿。不少学者就是这样。比巴菲特年长半岁的吴敬琏就是其中一位。他呼吁市场经济呼吁改革呼吁了半个世纪，还在呼吁，被誉为中国经济学界的“良心”，他的长寿对中国与巴菲特的长寿对股东同样重要。

2.

以前听复旦的老师讲过一个故事，说有一年年底复旦老干部处请老教授们吃饭，还请了一位健康专家一起参加饭局，准备给大家讲讲健康饮食等养生之道。这位专家到了饭店的包间，发现包间里烟雾缭绕，几个精神矍铄的耄耋老人一边抽烟一边在讨论学术问题，争得面红耳赤。然后点菜吃饭，老教授们大碗喝酒，大口吃肉，继续争论学术问题，一直到散席，大家互道新年好，高高兴兴地回家了。这位养生专家自始至终没有提养生问题。

养生关键是养心，饮食、起居都是其次的，当然如果饮食、起居也注意，或许更长寿。心安顿好了，钱多钱少都可以幸福；心没安顿好，钱再多也不幸福，更不要说钱少了。孔子说：“不仁者不可以久处约，不可以长处乐。”不仁者就是没有安顿好心灵的人，没有安顿好心灵的人在贫困窘迫的处境中也不自在，在富贵安乐的处境中也不自在。总之富也不是，穷也不是，贵也不是，贱也不是，怎么也不得安生。

那么如何安顿好心灵呢？靠成功学显然是不行的，中国改革开放四十年，首先兴起的是成功学，陈安之等讲成功学的培训师自己成功了，成了亿万富翁。最近几年又兴起了幸福学，有一段时间哈佛大学最受欢迎的选修课之一《幸福学》的讲课老师本·沙哈尔教授常来中国讲学，影响很大。笔者当时给他做翻译时对他总结的幸福七大法印象很深，然而后来也忘了，这或许是笔者一直不太幸福的原因。

后来，复旦大学哲学系擅长讲幸福学的美女教授陈果成了网红，甚至形成“陈果现象”。但愿她能够像陈安之一样，讲成功自己获得成功，讲幸福自己获得幸福，当然如果讲幸福获得成功也是极好的。

复旦大学哲学系另一位教授、人称“哲学王子”的王德峰就如何安顿心灵的问题提出了“永不失败的人生”的概念，就是无所为而为，做任何事情不是把这个事情作为达成一个目的的手段、途径，而是这个事情本身就是自己的目的，这样的人生是永不失败的。

乔布斯说，“过程就是奖励”，也是一样的意思。这不是消极的人生，这才是更高层次的积极的人生。

在这样的人生假设下，应该选择什么样的事情做呢？显然是自己喜欢的事情，这样就算没有成功，这个过程本身就已经让你觉得快乐了，你已得到奖励，你很幸福。当然最好也是你擅长的事情。喜欢和擅长是相辅相成的，做喜欢的事情更容易做好。不过还是要经过艰苦、刻意的训练，任何事情，再有天分，没有艰苦、刻意的训练也是不可能擅长的。但是不喜欢的事情，就算经过艰苦、刻意的训练也不一定能做好，而且做好了也不一定快乐。

然而问题是，如何知道自己喜欢什么呢？这是一个大问题。这其实是教育的首要任务之一，让年轻人在对整个世界有基本的了解的基础之上及时发现自己的喜好，培养发展自己的喜好，最大程度实现自我，同时也为社会做贡献。可惜，我们的教育现在做不到这一点。或许恢复一下古代抓周的习俗会有帮助吧。

中国的商界成功人士，当被问到当年为什么创业时，大多数人的回答是，为了吃饱饭，为了养家糊口啊。这符合中国国情。不过以后的 80 后、90 后、00 后创业成功人士，多半不会这样回答。他们会像扎克伯格那样，回答说是为了 fun，好玩。

巴菲特总是说，自己是最幸运的，可以和喜欢的人在一起做喜欢的事，很快乐。他总是教导年轻人要找到自己喜欢的事情，做自己喜欢的事情才会快乐。他在六岁的时候就找到了自己喜欢的事情，这真的很幸运。

当芒格被问到为什么巴菲特比他更成功时，他说，一是因为巴菲特比他更早知道自己喜欢什么，起步得早（芒格自己是从律师转行做投资的）；二是巴菲特比他聪明。这第二点显然是出于礼貌，但第一点是很正确的。

巴菲特的父亲是股票经纪人，尽管他自己并不喜欢这个工作，却让巴菲特很早接触到了股票。巴菲特发现自己很喜欢股票。他的爷爷和外公经常带他去营业所，坐在长凳上看工作人员在黑板上用粉笔报股票价格。左边的爷爷永远看多，右边的外公永远看空，两人隔着巴菲特争吵。然后休市后带巴菲特去吃好吃的，当时还没有麦当劳，不然估计就去麦当劳了。

从小耳濡目染的学习让巴菲特很快掌握了不少买卖股票的知识，11 岁买了人生第一只股票，小试身手，旗开得胜。他很小的时候就立志要赚钱，成为百万富翁。当时有一本书，教你如何成为百万富翁，1 000 个赚 1 000 美元的方法，这样不就正好 100 万美元吗？巴菲特尝试了其中不少方法，最后发现最赚钱的还是他的股票。17 岁时他进入宾夕法尼亚大学攻读财务和工商管理，两年后转学到内布拉斯加大学林肯分校，一年后获得经济学学士学位。之后他申请哈佛大学商学院被拒（哈佛大学估计悔得肠子都青了），后考人哥伦比亚大学商学院，师从著名投资理论学家本杰明·格雷厄姆，格雷厄姆的价值投资理论让巴菲特豁然开朗、如鱼得水。最后登顶投资巅峰，号称“股神”。

巴菲特是有很多钱，但这不是他幸福、长寿的原因。他是碰巧喜欢投资，又擅长投资，他的赚钱就好比吴敬琏吴老研究中国经济，都是实现人生价值的媒介、载体而已，所以巴菲特从不乱花钱、乱来，生活相当简朴，他的三个孩子很晚才知道父亲超有钱，他们的生活也相当节制。巴菲特最后裸捐，2010 年他和芒格、比尔·盖茨来中国，除了拜访比亚迪之外，还有一个目的是劝捐，劝中国的富豪也裸捐，结果不太成功。

中国有中国的特殊情况，大部分中国的富豪现在都还年轻，而且中国的慈善事业也不太规范，还有文化差异的问题。中国 3 000 年家天下的制度，一家一姓一朝廷，不断轮回，形成的文化就是，家就是天下，天下就是家，把自己家里照顾好了就是照顾了天下。大家都把自己家里照顾好了，天下自然也就照顾好了。中国的企业家不是吝啬，的确是受这个文化的影响。福建首富陈发树赚了第一个 100 万元后，就拿出 30 万元给村里修了一条马路，后来在福建捐资 20 亿元成立“新华都商学院”。中国富豪回报家乡的情怀是很浓烈的，刘强东的宿迁，马云的杭州，李嘉诚的汕头。李嘉诚比巴菲特还年长两岁，也是一个既成功、又幸福、又长寿的例子。

做自己喜欢的事情，无所为而为，过程即奖励，无问西东，安顿好自己的心灵；同时追求富足的精神生活；注重道德与常识。这样你才有可能像巴菲特、吴敬琏、李嘉诚那样收获一个既成功、又幸福、又长寿的人生，不枉此行，与大家共勉！

（首发于秦朔朋友圈 2019 年 5 月 17 日）

傲慢与偏见：国际互联网巨头折戟中国的故事

传闻已久的亚马逊电商业务退出中国市场的消息在近日得到了证实，亚马逊表示将于 2019 年 7 月 18 日停止为亚马逊中国网站上的第三方卖家提供卖家服务。当然这并不代表亚马逊完全退出中国，亚马逊的其他业务，包括亚马逊海外购、亚马逊全球开店、Kindle 和亚马逊云计算 AWS 等，将继续在中国发展。

15 年的努力，最终错失中国电商这块大蛋糕，这或许将是贝索斯永远的痛。

2004 年 8 月，贝索斯以 7 500 万美元的高价收购卓越网，那时中国电商行业如一片荒滩，刚刚开始开垦。满眼望去，亚马逊只看到了竞争对手当当，并没有看到后来的巨无霸阿里和京东，这也怪不得亚马逊，因为当时两个巨头的雏形都尚未形成。可见，贝索斯的进入不可为不早。然而，这样的先机、这样的实力、这样的雄心，为什么会是这样的结局呢？

同期展开的 eBay 与阿里巴巴淘宝的对决，微软 MSN 与腾讯 QQ 的对决，结局也是差不多，本土企业以小克大，完胜国际巨头。

在本文中，我们一起来看一下这些背后的原因。首先看一下亚马逊的情况，然后再看一下 eBay 和微软的故事，最后讲一下对国际化中的中国企业家的启示。

1. 亚马逊错失中国电商市场

这 15 年亚马逊做了许多错误的决策，这里只看两个带有严重错误的决策吧。

1）亚马逊中国和美国总部保持一致，坚持不搞打折促销

亚马逊认为低价促销不是持续经营之道，应该坚持为客户提供真正的价值。它将大部分投资都放在了消费者很难看见的地方，比如仓储、物流体系的铺设，建成了亚马逊除美国本土之外最大的运营网络，并将先进的算法、大数据等中国竞争对手还没有的技术带到中国。然而，前者很快被竞争对手赶超；后者的优势也没能体现出来。

当时阿里、京东正忙着打造购物节、跳楼价、剁手价及其他各种价；秒杀，闪购，各种限时促销；直降，满减，每满减；“2837（即两件八折三件七折，下面两项同理）”，“4655”，“5463”，全场三折，一折专区，各种折，各种折上折；万店满减，天降神券，三层叠加，眼花缭乱，热闹非凡。

双 11 和 618，一家一个，年中一个，年末一个，正好包圆，掀起了全民网购的狂潮。而亚马逊在一旁坚持不参与，和美国总部保持一致。美国的确也无法做这么复杂的促销，不说别的，美国普通消费者的数学水平就比中国消费者差多了，算不过来。

也许这种促销手段在国际大公司看来过于低俗野蛮，然而适合中国当时的国情。亚马逊是一家重价值、重长期的体面的公司，然而，如果短期活不下去就没有长期，如果长期活不下去就无所谓价值不价值、体面不体面。企业的目的不是体面地死去。

要在中国活下去就要了解中国的实际情况，因地制宜、审时度势地做决策。中国当时的实际情况是，电商在消费者的概念中就是打折、便宜，网购的东西不打折、不便宜的话，为什么要网购呢？导致这种消费者心理的一个原因是，中国拥抱互联网的姿势比较特殊。

引爆中国电商的第一个品类是服装，淘宝曾经尝试无数种品类，最后服装成功了。这是美国人看不懂的。

贝索斯创办亚马逊时，科学地分析了哪些品类适合在网上卖，他认为至少有两个标准：一是标品；二是对体验试用的要求不高。分析下来，最适合的应该是图书。然而，服装正相反，是最非标的品类，是最需要试穿体验的品类。那么为什么引爆中国电商的是这个看似最不适合电商的品类呢？

当时中国的服装的倍比非常高，有时高达 20 倍之多，出厂价 50 块钱的衣服到店里卖 1 000 块。这里主要有三个原因：

◇ 第一个原因是，当时中国零售业的效率特别低，零售业三大基础设施信息流、物流、资金流都很原始，所以需要通过无数层代理才能接触最终消费者，实现销售。每一层代理都多多少少起到了营销、仓储、垫资等作用，都付出了劳动，都承担了风险，都需要回报，于是层层代理层层加价，最终到店里货架上的价格就非常之高了。这是零售业的普遍情况，所有品类都这样。

◇ 第二个原因是，服装行业还有其特殊性，售罄率低。服装有季节性、时尚性，容易过时，过时就卖不掉，或者卖不出好价钱，商家就赚不到钱。所以，假设售罄率是 50% 的话，商家就要把另外一半卖不掉的货品的成本也算到卖价里去，这样总账才算得过来。所以服装的倍率比其他品类又高很多。

◇ 第三个原因是，中国的供应链的效率低。假设售罄率很高的话，那么这个问题也不会这么突出，然而当时中国的供应链效率很低，从开订货会下单到生产出来到店里上架，得三四个月甚至半年，消费者的需求很可能已经变了，而且本来靠开订货会这种方式通过代理商间接地捕捉消费者需求的方式准确率就不高。这两个因素一叠加，售罄率就更上不去了。售罄率越上不去，售价就越下不来。

在这样的背景下，电商出现了。

首先，过季清仓的货品可以放网上卖，价格当然是极便宜的，本来线下过季的衣服有时都秤斤两卖。电商成了一个“下水道”。

其次，非清仓的货品因为中间少了很多环节，价格也可以大大下降。同样一件衣服，线下商场卖 1 000 元，线上商场卖 500 元。当然这遭到了线下的强烈抵抗，线上线下的博弈另外再讲。

总之，中国的特殊情况导致服装引爆了电商，电商从一开始就是低价，甚至是低价低质的代名词。这和美国很不一样。电商出现时，美国的零售业基础设施已经相当完备，供应链效率也已相当高了，电商的价格并不比线下低多少，很多时候是完全同价。比如 Zara 的官网，所有货品和线下同款同价同时同量，一视同仁。Zara 是世界快时尚的标杆，柔性供应链响应能力非常强，从下单到上架只需一个星期的时间，售罄率非常之高，没有必要把互联网作为清仓的“下水道”，无货可清。

从长远来讲，这是正确的方向，是所有服装企业应该努力的方向。互联网作为人类最重要的发明之一，难道对于服装行业只能扮演下水道的角色吗？显然不是，这只是电商的第一阶段，现在已经开始进入第二阶段，电商平台只靠疯狂打折获客的日子已经过去，开始做更高质量的营销，商家也开始把线上作为一个和线下并驾齐驱的渠道，不再是线下的“下水道”，正价新款、商场同款、线上特供款等的比例越来越高，阿里、京东纷纷推出新品冷启动、新品全链路等扶持新品的政策，并根据价格段配置资源，向正价、高价货品倾斜。而这正是亚马逊一开始坚持的事情，可惜它坚持得太早了。因地制宜、审时度势做决策是关键，几乎任何一个决策，抽离了空间、时间的维度都无所谓对错。

2）亚马逊中国和美国总部保持一致，坚持不做广告

这个错误和坚持不打折促销是一样的。不给电商业务打广告是亚马逊全球统一的规定，它认为中国也应该这样。然而只靠口碑宣传获客的速度太慢了，要经过很长时间才能达到临界点爆发。亚马逊注定等不到这个临界点，它的竞争对手正在铺天盖地打广告。中间亚马逊也反悔过，破例在中国打广告，但是这个水土不服的品牌广告没有带来相应的销售增长，没能品效合一，只是给亚马逊全球电商部门提供了弹药，之后几年都把中国区广告当作成本失控的案例在全球宣讲批斗。

亚马逊的电商业务江河日下，当初进入中国市场时是何等的高调风光，简直是气势汹汹，然而等到 2012 年中国电商大战拉开序幕的时候，亚马逊连参战的资格都没有了，只有掩面观战的份儿。现在更是彻底偃旗息鼓了。

为什么会这样溃败？其实这样的结局不少业内人士早有所料。去年在吴晓波的《十年二十人》节目中，刘强东就提到，当年京东跟亚马逊竞争的过程中，最核心的感觉就是亚马逊对其中国团队缺乏信任。中国市场变化快，如果前线没有大规模授权的话，是会出问题的。

亚马逊身在中国，大脑却在美国。据说亚马逊中国的真正的负责人一直是外国人，而且是从来没有在中国生活过的外国人。其实亚马逊中国只是一个运营中心，并没有决策权，让中国人来执行又何妨，大概是怕中国人执行不到位的缘故。结果执行很到位，公司死了。

如果要找一个这个现象背后的最深层次的根本原因的话，或许可以用“傲慢与偏见”这个词组。

国际互联网巨头的傲慢、对中国的偏见导致他们做出一系列的愚蠢决策，世上有两样东西会让智商瞬间下降，一是爱情，二是傲慢。

这一系列愚蠢决策中的第一个决策就是所有决策都收归总部，中国公司只负责执行。然后总部的所有决策根据美国的情况进行，不考虑中国的实际情况，不因地制宜。亚马逊收购卓越后全力以赴“去中国化”，试图把这个公司变成一个“纯粹的亚马逊”，它做到了，然而它做到的那一天也是它退出中国的那一天。

2. eBay 在中国的完美失败

比亚马逊早一年进入中国市场的 C2C 电商 eBay，失败得更是惨烈，可算是“完美的失败”，是个可以进入哈佛商学院教科书的经典案例。

2002 年 3 月，当时 eBay 的 CEO 惠特曼（Whitman）向她的哈佛商学院师弟邵亦波三年前创办的模仿 eBay 的易趣投资了 3 000 万美元；2003 年 6 月又追加 1.5 亿美元全额收购易趣。

马云预见到 eBay 的进入早晚会威胁到阿里的 B2B 的业务，这种预见一方面得益于他早年跑义乌做小生意的经历，B 和 C 其实很难界定，个体户不就是既是 B 又是 C 吗？另一方面得益于孙正义的点拨，B2B、B2C、C2C 都是买卖的交易平台，本质不是一样的吗？而且孙正义投资的雅虎日本刚刚击退了 eBay，这让马云十分振奋，很快成立了一个秘密项目，要给 eBay 一个“惊喜”。2003 年 5 月 10 号，淘宝正式上线。

为了不惊动 eBay，淘宝长得完全看不出和阿里有任何联系，以至于阿里自己的员工看到后向高层汇报：“请注意，有一个网站有可能会成为我们的对手，叫淘宝。”直到 7 月 10 号，阿里才向大家宣布，淘宝其实就是阿里的，整个公司一片欢呼。

阿里的小心是多余的，eBay 对于中国的大大小小的“土八路”完全不放在眼里。对于易趣原来的团队也完全看不上，从总部圣何塞及全球其他分部空降了大批主管到上海，取代他们。

看来当时惠特曼收购易趣，不是看重易趣的团队，只是看重中国的市场。其实当时市场刚刚起步，易趣的用户相对整个市场潜力来讲少得可怜，eBay 不如自己搭建团队，何必这么麻烦收购一个本土团队然后用空降部队取代它。

就这样，这个完全没有本土经验、也不屑于获得本土经验的空降部队做了一系列水土不服的决策，执行了一系列远在千里之外的总部做的一系列水土不服的决策，短短三年 eBay 就奄奄一息了。这里举几个最严重的错误决策。

1）eBay 中国坚持对卖家收刊登费，和美国一样

然而，它不知道中国人最讨厌收费这件事情，你给他看得见摸得着的东西，你收费，他认；你提供一个看不见摸不着的服务，你收费，他是不认的。他想得也有道理："我啥也没有得到也要交钱，这不是坑人吗？你网站上的东西我不是还要花钱买的吗？你送啊？你要送我就付费。"

中国长期以来都是以药养医，为什么会是这样呢？因为医生的服务收费上不去。医生挂号费几毛钱、几元钱，十几元就算贵的了，几十元、几百元就民怨沸腾了。一粒药几千元，大家觉得没什么。然而，帮病人看病的是医生，不是药。如果看错病，开错药，这药就算价值连城也治不好病的。但是每次一涨挂号费，就民怨沸腾，所以只好以药养医。

麦肯锡刚进入中国的时候，开展业务十分困难，没有企业愿意为无形的咨询服务付钱。麦肯锡上海代表处的创建人华强森（Jonathan Woetzel）常常说起这样一个笑话：他向客户介绍麦肯锡，几分钟后，客户问东西在哪？他不知道是什么意思。于是客户问，你们不是卖某种东西吗？拿给我们看看。他这才明白过来，于是解释说麦肯锡卖的是服务，不是产品。

总之，中国人不爱为无形的服务交费，这是事实。至于原因，也许是经济发展阶段的问题，也许是国民性格、文化精神的问题，且不问。其实易趣一开始也是不收费的，但是后来迫于财务报表的压力开始收费，可是一收费业务量就剧减，然而这没有引起 eBay 的警觉，反而让惠特曼觉得邵亦波这个小师弟深得哈佛真传，和自己的理念心心相通。阿里的判断就很符合中国国情，知道如果一开始就收费，没人会来，这个平台首先就建不起来。所以一开始不收费，先把平台做起来再说，人气旺了不怕赚不到钱。

2）阻止买卖双方直接沟通

eBay 决定收费这个问题又衍生出另外一个问题，它担心供应商和消费者直接沟通，跳过它成交，所以千方百计地防范、阻止买卖双方直接沟通。而淘宝不收费，所以它不担心这个问题，相反它鼓励双方沟通，先是采用 BBS，后来专门推出了阿里旺旺。大大提升了客户体验，提高了客户满意度。

3）eBay 把易趣网的设计改得和它的全球站点一模一样

寓意丰富的中文账户名当然改没了，有的商家甚至连交易历史都被改没了，只好重新注册。网站上没有客服电话，完全不符合中国人希望与人沟通解决问题而不是和机器对话解决问题的偏好。网页十分简约高雅，和热闹的淘宝网页形成两个极端。然而，你自“阳春白雪”，我自“下里巴人”，我就喜欢淘宝。

4）把中国站点转到了美国服务器上，统一维护、修改

eBay 最令人啼笑皆非的一招是，2004 年 9 月把中国站点转到了美国，中国客户登录美国服务器本来就很麻烦了，再加上 eBay 一般在每周四午夜对服务器进行维护，避开周五的流量高峰。然而，中国比圣何塞早 15 个小时（夏时制），他们的周四午夜正好是中国的周五流量高峰，然后客户无法登录。eBay 流量跳崖式下降。中国团队向美国总部反映情况，试图争取调整维护时间，然而没有人听他们的。

惠特曼一个月后访问上海时才知道这个事情，非常愤怒。之后维修时间是调整了，然而，服务器集中到美国管理后，中国工程师的所有修改请求都需全球排队等候处理，改动页面上一个词需要通过无数人的审批，要等 9 个星期的时间，修改一个功能需要等一年。

5）没有及时推出在线支付工具

压垮 eBay 的最后一根稻草是支付宝。2003 年 10 月 18 日，在推出淘宝 5 个月之后阿里推出了支付宝。3 个月后 eBay 才意识到这个问题的严重性，实际上它早在 2002 年就斥资 14 亿美元买下了 PayPal，但是没有及时把 PayPal 用到中国来，当然客观上中国的银行体系、监管政策等都对它造成了很大的阻碍，然而 eBay 主观上也没有十分重视。一直到淘宝推出支付宝之后才成立特别工作小组推进这个事情。

之后 PayPal 又身陷与 AT&T 的专利侵权案，无力推进这个项目。同时，eBay 新建立的中国研发中心开始研发自己的支付系统安付通。2004 年 12 月，eBay 正式在中国提供安付通支付系统。这时，结束了诉讼案的 PayPal 又要做这个项目，与安付通争夺地盘。

eBay 解决这场内斗的方法是同时采用 PayPal 和安付通，这意味着中国的消费者必须在网购时登录两个网站，而且客户发现自己的钱有时转着转着就转没了，有时又给银行以涉嫌洗钱的理由扣了，各种困扰和麻烦，简直是一场灾难。客户投诉猛增。很多客户对 eBay 一而再，再而三的昏招忍无可忍，大骂一顿后都纷纷转向淘宝，当然更多的是骂都懒得骂了，直接投向淘宝的怀抱。

eBay 的市场份额狂跌。惠特曼决定收购阿里。没有亲自出马，派了三个高傲的高管到杭州会见马云和蔡崇信。一番贬低后开价1.5亿美元，蔡崇信还价9亿美元，就谈崩了。

收购失败后，惠特曼宣布再为中国业务追加1亿美元的投资。之后eBay铺天盖地打广告。然而，这让eBay中国死得更快。用户体验这么糟糕的时候打广告，不是给自己做反面宣传吗？应该先把自己的病治好了、用户体验做好了再去做广告，然而这需要刮骨疗伤，改变整个决策机制、公司文化，这不是惠特曼想做的，她当时都没有意识到问题的根本。

2005年5月，惠特曼到北京参加《财富》全球论坛时见到马云和蔡崇信，又谈到了eBay收购淘宝的意向，当然没有结果。这时候的马云已经彻底看清这只纸老虎了，知道它根本不是“阿里工蚁”的对手。

惠特曼并没有放弃，甚至和一些重要高管从圣何塞搬到上海办公了几个月，员工戏称上海为“上何塞”。然而就是这样，也没能挽回残局。惠特曼决定彻底放弃易趣，重起炉灶，在中国创办一个更好的电商网站。然而这个方案的名字叫“Denuevo”，西班牙语，意为“新生”“重生”，都没有想到取一个中国的名字。可见就算是这种时候，eBay还是改不了骨子里的傲慢与偏见。败下阵来是迟早的事情。

2006年eBay把中国业务卖给了Tom.com。2008年3月31日惠特曼在eBay担任十年CEO后卸任。2011年开始担任惠普CEO，2017年卸任。在任期间大刀阔斧地重组、分拆、剥离、裁员，把惠普差点儿给整没了。

在惠普担任CEO时，惠特曼偶尔也谈到在中国的那场惨败，反思说：“你必须有一套专为中国市场设计的产品。你不能拿适用于欧美的产品或系统来套用到中国市场。”言下不无懊悔之意。她还说：“我并不是那种经常后悔的人，但我却对eBay退出中国市场懊悔不已……”

其实她不必懊悔，如果不改变傲慢与偏见，不改变决策机制、公司文化，重新玩过这场游戏，结局还会是一样。及时退出中国市场对eBay倒是件好事，免得浪费过多资源。在中国对阵阿里这一仗，退得也还算快，3年打道回府。不像亚马逊，熬到现在才退。当然这对中国算是件好事，为中国培养了一大批电商界的从业人员。据说当年电商最火热的时候，在亚马逊工作的每5个人中间，两个是友商派来做学徒的，一个是准备学好出去为友商效力的，一个是准备学好出去创业的，剩下一个是为亚马逊工作的。

如果当时eBay就答应蔡崇信的一口价，斥资9亿元买下阿里巴巴那是多么合算啊。不过，也不能这么说，如果它买下阿里，而不改变它的傲慢与偏见，那么很快就会像整死易趣那样把阿里整死，然后自己又水土不服活不下去，自然会有另一个本土创业者把它打败，称雄天下，只不过不是马云了。惠特曼女士真是马云的福星、恩人，功劳不在孙正义之下。从某种程度上说，一个日本人和一个美国人成就了一个中国人。

3. 微软 MSN 在中国败北

其实不少中国大企业家都是日本人或（和）美国人成就的，腾讯马化腾也是一个。时间也差不多。2004 年，如日中天的微软开始关注中国市场，准备用即时通信软件 MSN 作为先锋，侵城掠地。不少观察家认为出身名门、彰显商务气质的 MSN 拿下中国即时通信市场简直如囊中探物。当时，腾讯刚刚在香港上市，主要产品只有 QQ 一个，还没有摸索到成熟的盈利模式，靠和运营商的分成维持收入。2005 年微软在中国成立合资企业，精兵强将，阵容豪华。新总裁上任的三把斧也很厉害，招招直指 QQ，组建"反 QQ 联盟"，快速切入电信增值服务，和雅虎通用户互通，同时表示愿意和包括腾讯在内的更多即时通信软件互通，意在招安腾讯。

看似文弱的马化腾选择了迎战。

不久，微软的傲慢与偏见开始发挥作用，和 eBay 一样，微软不给中国团队决策权，决策权都在总部，中国团队只负责执行。而且，实际上中国团队都没有一个统帅，市场部向总部市场部汇报，研发部向总部研发部汇报，都不称其为一个独立的子公司，连分公司都算不上。连所谓的总裁可以自行决策的合同仅限于"总付款金额等于或者少于 50 万美元的项目"。

这里看一下微软的几个重大错误决策，是不是有似曾相识的感觉。

1）每一个开发议案都需全球排队，由总部通过

QQ 首创的离线消息功能，对 MSN 来讲，在技术上毫无难度，中国研发团队早在 2005 年就提出了这一需求，可是连上会讨论的资格都没有。一直到 2008 年总部才批准开发这个功能。而那时战斗已经结束了。

2）不根据中国实际情况建立商务合作关系、开发产品

商务人士常用的文件传输功能，由于和各地数据中心、电信部门谈判受阻，微软中国的工程师对中国当时复杂、落后的网络环境不如腾讯工程师那么了解，所以 MSN 的文件传输功能也一直不如 QQ 稳定，很多商务人士转而使用 QQ。

3）MSN 变成一个插件，被埋葬在 Windows Live 中

2005 年 12 月 13 日，微软发布 Live 战略，宣布明年开始所有的微软服务都必须整合到一个称为 Windows Live 的新平台上。这样 MSN 由一款独立的即时通信产品降为

Live 中的一个插件，用户必须单击几层链接才可以看到。

这是最后一根稻草，和 eBay 把易趣服务器转去美国有异曲同工之妙。和 eBay 一样，微软 MSN 亲手埋葬了自己在中国的希望。

2005 年在中国互联网发展史上是特殊的一年，这一年，腾讯打败了微软，淘宝打败了 eBay，网易邮箱打败了 Hotmail，百度打败了谷歌。当然，百度打败谷歌的原因很不一样，不提也罢。

4. 对国际化中的中国企业家的启示

中国企业经过三四十年的发展，开始纷纷走向海外，从以上这些国际互联网巨头折戟中国的案例中可以学到什么教训呢?

不管在哪个市场，要获得成功，都必须为客户创造价值，满足客户需求，注重客户体验。对于淘宝的成功，马云曾经说："淘宝的生存和成长不是因为免费的服务。一拍也免费，但他们比淘宝差很多。淘宝更注重用户体验，所以淘宝比易趣更像中国的 eBay。"

eBay 在美国能够成功就是因为它注重客户体验，它在中国失败就是因为它不注重客户体验。中国的客户体验和美国的客户体验是不一样的，试图用美国的客户体验来满足中国客户的需求，显然是行不通的。2007 年 9 月，贝索斯访问中国，有人问他为什么 eBay、雅虎等美国互联网巨头在中国节节败退时，他说："那是因为美国公司来到中国后，不是让中国的顾客满意，而是让他们的美国老板满意，这是一件非常可怕的事。"贝索斯一语道破天机，然而他看破点破之后竟然又重蹈了他们的覆辙，神一样的存在就这样消失了，可惜，可叹，可怕。

本来，让美国老板满意和让中国顾客满意可以不冲突的，然而当美国老板的傲慢与偏见让他看不到中国顾客的需求，且不知道自己看不到、不放手让本地团队决策的时候，灾难就来了。

也许他们应该学习一下飞利浦的经验，飞利浦 1891 年成立于荷兰，和它同期成立的绝大多数企业都消失了，它却活得好好的。它的管理以"混乱"著称，这也是它长寿的秘诀。它在世界各地有不计其数的子公司、分公司，美国的子公司到中国来开子公司，中国的子公司到美国去开子公司，都可以。以至于出现美国子公司要收购巴西的一个企业，后来发现它已经属于飞利浦了。各地子公司、分公司各自决策，总部不干预。VCR 制式大战的时候，美国子公司决定不用母公司的技术，而是用日本 JVC 公司的 VHS 制式。最后 VHS 大获全胜。但是最后的最后，飞利浦还是赢了，因为它的一个创投子公司投资了出租录像带的百视达，并及时套现。

也许复杂、多样、模糊、不确定的“混乱”环境需要的正是这种“混乱”的文化，适者生存，所以飞利浦百年不倒。这个混乱的文化的起源是第一次世界大战，当时荷兰被占领，总部和各地子公司、分公司失去了联系，就像被砍掉了脑袋的章鱼，各地分支机构只得各行其是，倒是走出了一条长青之路。前几年飞利浦开始重塑文化，强调“同一个飞利浦”，不知是祸是福。

中国企业家走出去开拓海外市场的时候，要吸取这个教训。世上没有神，如果有的话就是顾客，神一样存在的企业是因为抓住了顾客这个神，才像神一样存在的，一旦抓不住就从神坛跌落了，有时跌落的姿势很难看。

然而已经成为神一样存在的企业家很难克服傲慢与偏见，所以往往避免不了跌落的命运，与其说是被赶超他的落后弱小者推倒的，不如说是他自己跌落的。不管怎么样，这就是经济运行规律，反者道之动，弱者道之用。

（首发于秦朔朋友圈 2019 年 5 月 2 日）

「冀田」

关键词：

投资；专注医疗；写宏观如散文预言诗

大危机结束前出现的三个信号和一条主线

12 年前，我在外资银行金融衍生品部门工作，身处 2008 年金融危机的风暴中心。当时唯一可乐的事是听我的香港老板讲述他在 1998 年金融危机中参与香港特区政府与国际做空势力对决的故事（值得庆幸的是，我还有我老板，没有被裁员）。

在听故事的亢奋中，我遗憾地错过了 2008 年危机结束前的数个重要信号，以至于错失底部建仓良机。

不同危机的来源迥异，危机的结束却有相似的规律。不管是次贷引发的金融危机，还是新冠病毒可能引发的全球经济衰退，都落脚到了金融上。

金融危机的发展有共同性的规律，比如央行的大尺度降息、股票市场的崩溃、流动性的枯竭。然而，这些尚不构成危机结束的信号，只是把危机持续推向纵深的表象。

有人认为，目前的全球金融市场已处于危机的至暗时刻，而有人则认为尚是危机边缘。这些争论只取决于我们如何定义此次危机的级别：是一次 5、6 级的小地震，还是全面的金融海啸。如果是一次大级别的海啸，在危机结束之前，必定有下面三个信号出现，如果没有发生，则危机尚在发酵、远未结束。

1. 第一个信号：出现巨无霸公司破产

破产是破旧立新后再出发的标志。交易员们都在下注，美国的航空、赌场与度假酒店、游轮这三个冲击最严重的行业，哪个行业会先出现破产？

赌城拉斯维加斯的地标度假酒店美高梅的股价已经跌去 77%，加勒比皇家邮轮的股票回到了数年前的价格，航空公司则更不用提了。美国联合航空向摩根大通领衔的财团申请了紧急贷款，财团中包含以收购不良资产著称的阿波罗资产管理公司，贷款的抵押物是停在地上无法起飞的飞机。美国政府正在讨论是不是应该政府出面给这些贷款做担保。

美联储在 2008 年 3 月错误地让贝尔斯登破产，而后在 9 月再次错误地让雷曼破产，进而引发了金融机构破产潮。资本金不足和高杠杆是上次危机的导火索。此次身处病毒爆发中的公司的资产负债率也并不能让人安心。波音和美国航空的负债率都超过

100%。在危机演化路径上，航空业的破产，将急剧提升银行业的坏账，把金融机构拖下水。

2008 年金融危机的时间线的第一环节是次贷违约，第二环节是金融机构破产，第三环节是实体企业破产。直到金融机构大量破产半年后的 2009 年 6 月，通用汽车公司不堪金融危机重创，宣布申请破产保护。随后，美国政府向通用汽车注入 495 亿美元救助资金，换回通用汽车 60.8% 的普通股及 21 亿美元的优先股，并对公司进行重新改组。

此次的危机时间线和 2008 年危机不同，第一环节是病毒爆发让社会停摆，第二环节是实体公司破产，第三环节是金融机构受牵连和经济衰退。现在正在第二节点爆发的前夜。一旦出现大量巨无霸公司濒临破产重组的新闻，则危机的结束可能就在半年以后。

2. 第二个信号：出现基金赎回潮

股市是提前反映实体经济的。但提前多少不得而知。

2008 年美国标准普尔 500 指数在从高点下跌接近 60% 后，在 2009 年 3 月底 4 月初达到最低点后开始缓慢爬升，这是在通用汽车破产之前的 3 个月。而引爆危机的雷曼倒闭发生在 2008 年 9 月 15 日——底部到来之前的 6 个月。

在 2008 年市场混乱中，政府禁止了做空金融股，这并未给金融股提供多少股价支撑，反而扰乱了对冲基金的运作。在国外市场扮演重要角色的对冲基金通过同时做多和做空来赚取价差收益。如果少了空头，对冲基金也不会买股票建立多头头寸，这无形之中减少了买入股票的资金量。

这些还不是最重要的，最重要的是投资者巨额赎回基金导致基金不得不被动卖出股票——不计成本地卖出股票，导致市场进一步下挫。

我老板讲的他在 1998 年危机中的辉煌战斗细节，我已经不记得了，但我记得他当时清楚地预测，底部会在 2009 年 3 月份后出现，因为大量基金在 2008 年第四季度暂停了投资人赎回，延迟到了 2009 年 3 月底才开放赎回。经受住这最后一波赎回冲击的市场才能活过来。

果不出其所料。

上周，中国的自媒体圈在炒桥水基金遇到危机。确实，一个几千亿元规模的基金遇到危机，极有可能给市场造成巨大冲击，一个问题基金需要平仓其持仓，而这个持仓在放了杠杆后可能是数万亿规模。

金融史上的另一次危机边缘是长期资本基金管理公司（LTCM）的危机。这家量化基金由诺奖获得者罗伯特·C. 莫顿（Robert C. Merton）和期权定价模型的发明者迈伦·斯科尔斯（Myron Scholes）参与发起。基金为了把千分之几的套利利润扩大为百分之几十，建立了几十倍的杠杆持仓。他们在最初的几年赚了巨额利润。他们的吓人收益率是：1994 年 28.5%、1995 年 42.8%、1996 年 40.8%、1997 年 17%。

不幸的是，这些金融科学家们的模型里千年都不会发生的小概率事件发生了，1998 年俄罗斯债券违约导致了长期资本基金管理公司的崩盘。最后，美联储在关键时刻出手让危机没有持续传导到其他金融机构。

如果发生大量基金不允许投资人赎回，则表明市场已经到了无法承受的地方，再多一根羽毛的重量都承受不了。

转机的曙光也就到了。

3. 第三个信号：95% 的股票跌幅趋同

如果从 200 米高度开始蹦极，危机的重量使劲拽着股价下跌，而那根绳子会使劲把股价往上拉，拉这根绳子的是挽救危机的人，包括央行、政府和企业的自救。

价格能掉到多深，取决于危机的重量和挽救危机的人，谁的力量更大。这和企业的基本面并不那么相关。

以游轮公司为例，皇家加勒比邮轮公司是全球第二大游轮公司，2019 年营业收入高达 109 亿美元，游轮停运之前市值高达 1 800 亿元人民币，净资产 900 亿元人民币，而现在的市值仅仅只有可怜的 350 亿元人民币，是净资产的 4 折。

皇家加勒比邮轮的 10 年股价

公司股价从 134 美元跌到 23.8 美元（3 月 20 日价格，一个微不足道的零头），跌到只有净资产的 4 折，从公司破产清算的角度，总归比较安全了，但股价还有可能继续下挫到 3 折甚至 2 折。

为什么呢？

如果抗击疫情的战役节节溃败，以至于这家公司一年不能复工，那么净资产的折旧再多也就一折吧；如果疫苗开发失败，邮轮这个行业也许就不复存在了，这些净资产（船只），是改做装石油的油轮还是装武器的军舰？改装的一大笔费用谁来投入？真的是废铜烂铁一分不值。股价从现在的 23.8 美元跌到 10 美元不是很正常么，又是 50% 的跌幅。

图 1　皇家加勒比邮轮的 10 年股价

所以，所有的价格取决于抗击疫情危机的战况，没有科学的定价方法能定出绝对的价格底部。这是熊市中抄底的最难之处。只要股价不归零，底下之后还有底。

如何解决这个问题呢?

回到危机和对抗危机的战斗本身。如同两个人打架，两人还有力气反击的时候，还在你打倒我、我打倒你的时候，战斗并未结束，当所有的人都躺倒没力气动弹的时候，危机就结束了。打扫战场的时机就到了。

这个道理应用到金融市场，我们需要寻找可以计算的指标，以描述两种力量的角力。这个或者这些指标需要描述市场的波动性和结构变化，一旦价格的波动趋于沉寂，95% 股票的跌幅都已经躺倒（市场上总有逆势上涨的公司，这个比例不超过 5%），则战斗即将结束。

幸运的是，我们找到了这些指标。

描述市场价格波动性的是波动率指数 VIX（volatility index，或者叫恐慌指数，它的统计学意义是股价涨跌百分比的方差）。上一轮危机中，VIX 在 2008 年 10 月底达到 59.89 的高点后逐步回落，到 2009 年 3 月开始显著下降，伴随着市场逐渐走出危机（见图 2）。

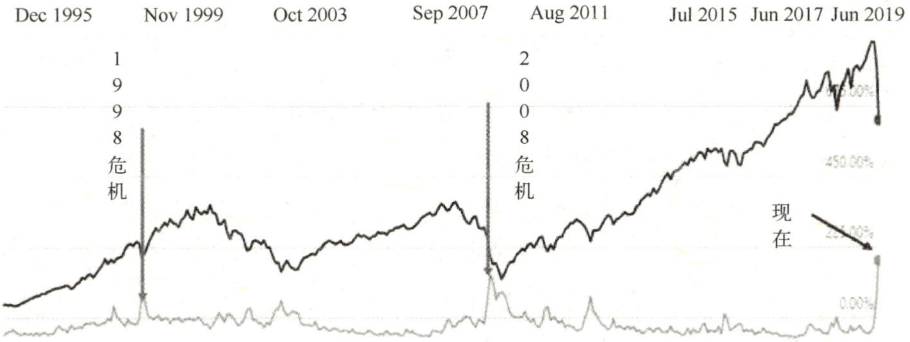

数据来源：领复资本整理

图 2

在行业结构上，金融行业是2008年最先受冲击的行业，金融业从2008年9月中旬开始已经暴跌，而受危机影响最小的医疗保健行业在2个月后的11月才开始见顶补跌，此后两者的下跌趋同，到2009年3月一起走出底部。

2008年金融危机中防守行业（医疗）晚于受冲击行业（金融）2个月开始调整

回到当前，波动率指数处于百年未见的高点，美股多次熔断，出了ICU进KTV，马上再进ICU，这是两股力量惨烈对决的表现。正常情况下，美股超过1%的波动已经算是剧烈（见图3）。

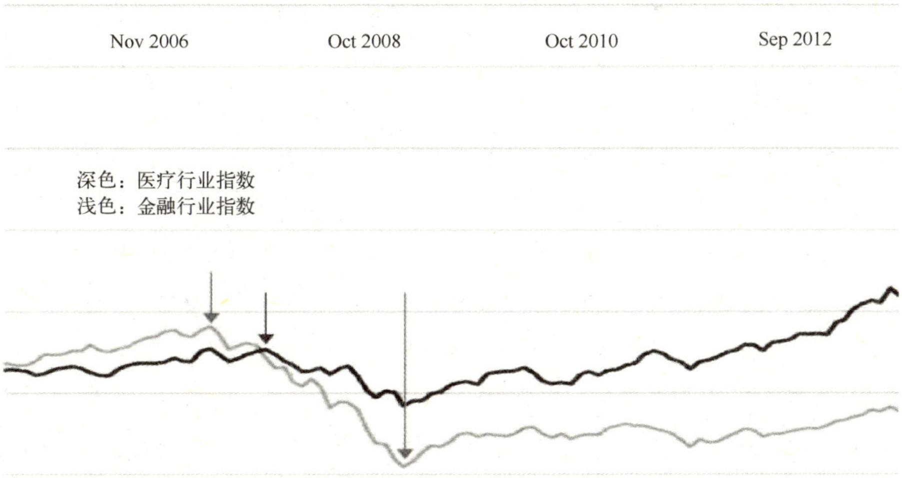

数据来源：领复资本整理

图 3

结束信号尚未出现。

而在是不是 95% 的股票都已经躺倒的问题上，需要更多的量化计算。以直觉来看，至少美国的部分大型医疗行业股票并未把经济衰退的潜在影响 price in（意为市场消化了信息而给出相应的价格），下降幅度在 20% 左右。

很多人认为疫情对一般的药品、器械公司并无太大影响。这是错误的。在某些品种上，中国市场占到美股公司全球销售的 20% 甚至更多，中国的门诊和手术量尚未恢复正常，损失中国市场一个季度的销售并非不可能。而欧美经济停摆对公司销售的影响才刚刚开始。这些未来会出现的糟糕数据，会伴随时间的发展而让股价二次暴跌。

4. 一个主线：再次强调时间线

大公司倒闭、基金赎回潮、95% 的股票全部躺倒，是危机结束前的三个重要信号。但这并不意味着它们出现后危机立刻会结束。时间因素是交易中的另一个最关键的因素。

但凡是大危机，它的发展不会是 1 周或者 2 周，而是持续 3～6 个月的核心事件，以及持续 1 年以上的发酵。1～2 周的事情只能说是一次大型闪崩，中长期影响有限。

笔者并非在此处宣扬恐慌情绪。如果你认为这是一次小危机也没错，但至少从目前的市场波动情况看，即使是小危机，它也并未结束。

此次时间线的主线是与病毒的战争。中国疫情在 1 月初爆发，到现在本土新增清零，花了近三个月时间。如果就此类推，现在马上进入 4 月，2 个月后，海外疫情在 6 月得到全面控制。第一个信号，大公司破产的最危险时刻可能是在 4 月底 5 月初，破产问题的解决可能在 5 月底；第二个信号和第三个信号取决于战斗双方的角力。

前文提到，此次危机的第一环节是病毒爆发，第二环节是实体公司破产，第三环节是金融机构受牵连和经济衰退。现在处于第一环节向第二环节转化的危险时刻。

比较差的情况是欧洲和美国在抗击病毒上被拖进了持久战，持续的时间越长，企业现金流压力越大，向第二环节演变的可能性就越大。一旦第二环节失守，第三环节（金融系统危机和经济的全面衰退）也许就是必然的。

乐观的信号是，日本和韩国并未采取严格的封城措施却得了成效，现在日韩的病例发展似乎已经处于平台期。只要时间到了，也许美欧也会在爆发后数周进入平台期。

综合以上，如果按 6 个月的时间预估开始走出危机的时间点，这个时间点可能是

7 月。

无论如何，在三个信号出现之前，谨慎抄底是危机中的首选。可以只吃瓜，不投钱也不赚钱，但千万别轻易投钱加入一场没有胜算的战斗。

（首发于秦朔朋友圈 2020 年 3 月 23 日）

犯错的投资老手，谜样的时代变局

2020 年的动荡开局让投资者大跌眼镜。反常的迹象却在 2019 年已经显露。

先说大师巴菲特，他在 2019 年的表现很失误。手握 1 000 亿美元现金不出手，老巴在大牛市中踏空了。大盘指数总回报 31%，他才涨了 11%，跑输大盘整整 20 个百分点，创出 10 年来最差表现记录。

另一位投资老手，比巴菲特小 20 岁的雷 · 达里奥掌管万亿元人民币资产。他的桥水基金在过去的 28 年里平均年化收益 12%，是可以比肩巴菲特的“新生代”长跑冠军。偏偏在 2019 年的大牛市中，桥水的旗舰基金全年竟然下跌 0.5%，日子更难过。

但是，老司机的错，是你我不能妄加评论的错。

1. 成王败寇

达里奥的错，也许错在理性。早在 1 年多之前，他笃定地认为：

◇ 全球冲突指标已经达到二战以来的高峰，这意味着将出现更多的内部冲突、更多的两极冲突。

◇ 全球化已经达到顶峰，我认为会产生一种去全球化的力量。

◇ 我们有政治上的差距，我们有社会方面的差距（以经济方式体现），我们正进入紧缩周期的开始阶段。

◇ 市场相当脆弱，全球各国的经济体有走弱的迹象，可能未来要出台更多的财政刺激措施和货币的刺激措施。

◇ 下一次的衰退将是另一种不同类型的衰退。没有资金支持的养老金，医疗保健问题更有可能引发下一次衰退。

2019 年到 2020 年的今天所发生的一切，竟然完美验证了达里奥上面说的话。贸易冲突、反全球化、经济下行、弹劾总统、特朗普暗杀伊朗高官、新病毒层出不穷给全球医疗体系带来的冲击，都是所有这些话的佐证。不得不佩服得五体投地。

悲催的是，达里奥看对了所有基本面，却看错股价。美国股票市场在所有这些严重问题的冲击下，丝毫不理睬，疯牛般一路上涨。

为什么达里奥和巴菲特如此理性，没有成为成群结队的不怕死的买入者中的一个？

弗洛伊德说，人的创伤经历，特别是童年的创伤经历会对人的一生产生重要的影响。一个投资家的习惯，和他在入行早期的经历有关。

在自传性质著作《原则》一书中，达里奥回忆了他的坎坷奋斗之路。20 世纪 80 年代初，达里奥赌错方向，亏掉所有身家，解散所有员工，全公司只剩他一个人。他一个人干什么呢？卖研究报告养家。没错，达里奥是最早的“自媒体”。后来，他的这本《原则》最后卖了 200 万册，风靡全球。

一个被蛇咬过的人，在往后 10 年 20 年 30 年的时间里，刻在大脑里的唯有两个字：谨慎。正是谨慎，让老手们很少亏钱，投资大师不是靠高收益成名，而是靠不亏钱，剩者为王。

2000 年互联网泡沫之前，也就是 1998—1999 年，巴菲特持有的现金空前增长。2008 年金融危机之前，也就是 2005—2007 年，老巴同样囤有大量现金。而在两次危机后，巴菲特手上的现金成了王，购入大量地板价的股票，终于让巴菲特在风雨漂泊的 2008 年登顶世界首富。

巴菲特 90 岁，达里奥 71 岁。纵横江湖几十年的老手怎么会错？也许只有一种情况老司机错了，那就是跟不上时代了。

2. 30 年大变局

在美国当下的疯狂的时代，到底谁在没有丝毫恐惧地推动美国股票上涨，持续上涨 10 年？

在中国，为什么中国经济持续 30 年高增长，而中国股市还在 3 000 点上下徘徊？

似乎没有人能解释这种不同以往的模式。或者，学术一点说，这种新范式。

达里奥最怕的也是范式的切换（Paradigm Shift）。他试图抓住他，并在范式转变中赚钱："在每一个 10 年结束时，大多数投资者都预计下一个 10 年将与前一个 10 年相似"，结果却恰恰相反。

这是教条主义和经验主义的错误：每一个 10 年都有其独有的特征。

1990—2000 年的 10 年始于海湾战争，宽松的货币政策推动了股价的上涨，泡沫终止于互联网神话破灭，终止于 9 · 11 恐怖袭击。

这一时代的中国，经历改革闯关，国企改革和工人下岗，摸索市场经济之道，在困局中寻找发展的方向。时代的主旋律是在波动中突围、前进。

2000—2010 年的 10 年，中国抓住世界工厂的机遇，实现了超高速成长，大国崛起，奠定了世界第二大经济体的实力。其背景是美国产生了一个堪比 1920 年代繁荣的、由信贷催生的超级泡沫，全球化无处不在。中国抓住了这个机遇。

2003 年的 SARS 没有挡住中国前进的步伐。2008 年的奥运会，让中国实力彰显世界。这是高速增长和全球性繁荣的 10 年。

繁荣如期在 2008 年金融危机中破灭。随后是和 1929 年股灾之后相同的经济的衰退，并由此奠定了 2010—2020 年这 10 年的全球宏观经济的主旋律：再通胀（Reflation）。

英国经济学家乔治 · 科尔（George D.H. Cole，1889—1959）曾说："再通胀（reflation）也许可以定义为，为了缓解衰退，故意采取的通胀措施。"

金融危机后的中国虽然幸免于衰退，但还是没有逃出货币刺激的悖论。

过去 10 年的写照恰恰是：接近于 0 的利率，激进而脆弱的政府刺激，想让通胀起来，却怎么也起不来。

任泽平说，除了猪，全是通缩。

放了这么多钱，还是通缩。

增长乏力是全球性问题。

3. 不可预测的新常态

"新常态"一词在金融危机后被经济学家们频繁使用。他们把解释不了、却一直持续的、不是偶然发生的现象，统称为"新常态"。以此，用创造新名词来掩饰找不到答案的无力感。

时至今日，新常态变成了新范式。

日本泡沫经济破灭后长达 30 年里都在努力用再通胀政策创造通胀。结果是只剩下一群老人和持续的通缩。

日本黑社会山口组小弟难招，50 岁以上的成员超过了 40%，有的山口组组长甚至已经 70 岁。

以前的时代，钱存在银行要付利息，现在不仅银行不付利息，你还要付银行管理费。

央行放出来的都是钱，你我却没有看到。全球范围内的政府负债率确实已经达到不可回归的境地，紧缩的后果是万劫不复的深渊。

GDP、资产负债率、信用、就业、通胀、汇率，这些工业时代的老名词是不是已经不能解释新的经济发展范式了呢？因为拿着福利社会的政府救济，在家刷微信，满足感就很强。

回到达里奥。

他在 20 世纪 70 年代初美元与黄金脱钩之后看到的场景是疯狂印钞与黄金的升值。于是，达里奥在 2019 年增持了黄金。这是老的范式。新的范式也许是另外的货币替代物：北大天才割韭菜数字货币少年孙宇晨一直想和巴菲特共进午餐。

我倒是建议这些投资老司机们也该多和脸书（Facebook）创始人扎克伯格吃吃饭，听他讲讲脸书的数字货币计划。

谜一样的未来，太多的看不明白。这不，昨天全球股市连环暴跌，也许巴菲特和达里奥一点儿没错，老司机们迟到的收割开始了。不识庐山真面目，只缘身在此山中。

可喜的是江山代有人才出啊。虽然疫情改变了很多人的生活，陈光明的基金不是一天的工夫就卖了 1 200 亿吗？那个唱《野狼 Disco》的老舅不就突然红了，还上了央视吗？还真是，他唱的真的是时代的变迁：

这是最好的时代
这是最爱的时代
前面儿哪里来的大井盖
我拿脚往里迈
嗯，一起迈。

（首发于秦朔朋友圈 2020 年 2 月 25 日）

在炒股意愿上武汉位列第一，股市能否持续领涨防疫之战

真没想到的是，实体经济很慌，而以股票市场为代表的金融市场波澜不惊。不仅 A 股，连资金进出自由的港股，也是连连上涨，涨得不知所措。实体经济和股市到底是怎样的关系？实体经济是不是放大了对疫情的恐惧，我们是不是杞人忧天？是不是股票市场反映了更理性的预期呢？

为了回答这个问题，先看一个难以解释的反常现象。

从 2 月 3 日（周一）股市开盘起，在百度上搜索“股票开户”的数量激增。请看图 1 根据百度大数据制作的搜索指数。一般经验表明，股市上涨才会带来股民开户意愿增加。反常的是，我们观察到的此次增长在开市暴跌 8% 的当天就启动，并非随着此后股市的上涨而逐渐展开。开户，似乎是受灾情困扰的民众“蓄谋已久”的意图。

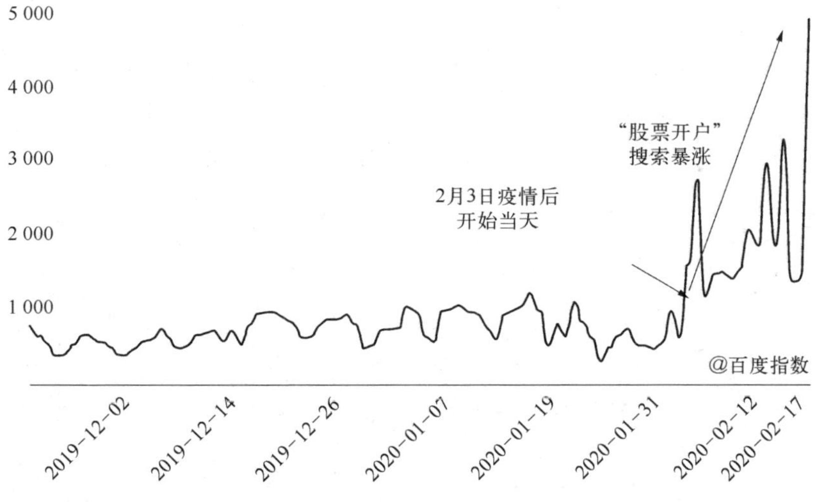

股票开户人数在开市当天激增，翻了 5 倍

图 1

更加难以解释的是，在经济、社会生活暂停的武汉，在大家认为保命是最大需求的武汉，搜索“股票开户”的人，在过去的 7 天，竟然全国排名第一！在过去的 30 天，全国排名第二。而在正常情况下，武汉作为二线城市，大部分关键字搜索的排名在全国

城市排名中都很难前五名。排在前五的基本上是北京、上海、广州、深圳、杭州、成都等（见图2）。

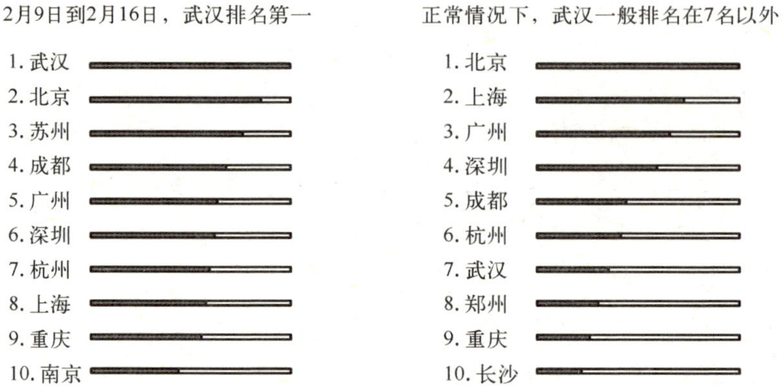

在炒股意愿上，武汉竟位列第一

图2

那么，有人要问，这个百度搜索指数是不是靠谱呢？

我们来看一下，“口罩”这个关键词搜索是怎么同步实时反映疫情的发展的（见图3）。

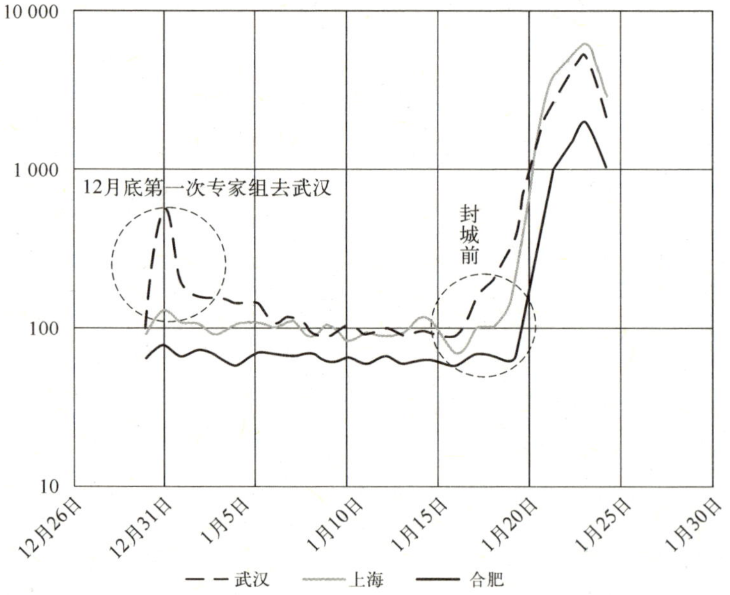

武汉、上海、合肥三城市的“口罩”搜索指数（对数刻度）

图3

可以看到，武汉在去年12月31日就有一次搜索“口罩”大飙升，而后逐渐回落到1月8日的正常水平。这个时间点和疫情的发展非常契合：12月31日卫健委专家组到武汉，而后大家放松了警惕。然后，武汉在1月17日对“口罩”的搜索再度飙升，而此时，上海还没有反应，直到19日开始，上海对“口罩”的搜索也飙升。作为对比的内陆城市合肥，整体反应比上海还滞后一天。

这说明搜索指标确实可以反映人们搜索行为背后的需求。事发地反应最为迅猛，上海等一线城市滞后，但是比内陆二线城市有信息优势。

回到武汉“股票开户”搜索全国第一这个问题，其背后逻辑可能有几个：

◇ 武汉人自救行为，实体经济不开工，找新的赚钱机会。

◇ 受疫情影响，经济压力大，希望从股市获利。

◇ 没事干，把炒股当困难中的精神调剂，类似打麻将娱乐。

◇ 资金暂时闲置，实业用不上，先放股市。

◇ 认为疫情很快会过去，看好股市。

◇ 其他。

前四个逻辑，说明了股市的“虚拟性经济属性”。股市是和实体经济“挂钩”的“虚拟”市场，实体和虚拟的跷跷板疫情导致虚拟经济大发展，包括网上视频、网上游戏在内，都在疫情期间增长迅速，炒股意愿的增加和这个有点类似。

而我们从研究金融市场规律的角度看，更关心的是第五个逻辑，到底是不是大家一致认为疫情会很快过去，以至于看好股市？

“经济是股市的晴雨表”这句话在国内已经行不通很多年，难道这次真的对了吗？

我们可以看另外的一些微观数据。

以一家实际餐饮连锁企业的财务报表为例。该公司2018年总收入169亿元，员工成本50亿元，占比29.6%，原材料和耗材占比40.9%。假设受疫情影响，最多损失三个月的营业收入，员工在停工或开工不足的时候只拿正常情况60%的薪资，损失春节备货的存货4.57亿元。其他开支按比例减少。根据这个假设模拟计算的结果是，它的利润将几乎下降100%，从盈利16.9亿元变成只盈利1 300万元。事实上，它原来的净利润率仅9.7%。

那么，在金融市场上，一家公司突然没了一年的净利润，对它的股价会是什么影响呢？

这要区分两种情况：

情况一，公司的持续盈利能力没有变化，仅仅是一次性影响；

情况二，持续盈利能力受到了影响。

如果是情况一，根据简单的市盈率估值模型，20 倍市盈率代表公司的股价是公司 20 年的净利润总和，少了 1 年的净利润，还有 19 年的总和，也就是股价下跌 5%。

注意，这是一个相对长期的结论。短期价格受情绪影响，会波动比较大。

上面那家餐饮上市公司成长性非常高，市场本来给的市盈率是 80 倍，这样看，疫情对股价的冲击更小。截至 18 日收盘，这家公司股价比疫情前跌了 10%，是不是还有继续反弹的空间呢？

事实上，我们看美国股市，在埃博拉肆虐和美国大飓风发生的时候，股市的调整幅度并不大。包括日本福岛地震导致的核泄漏，那么大的灾难，日经指数当月下跌 8.18%，而且是从下跌 20% 中快速反弹回来的（见图 4）。

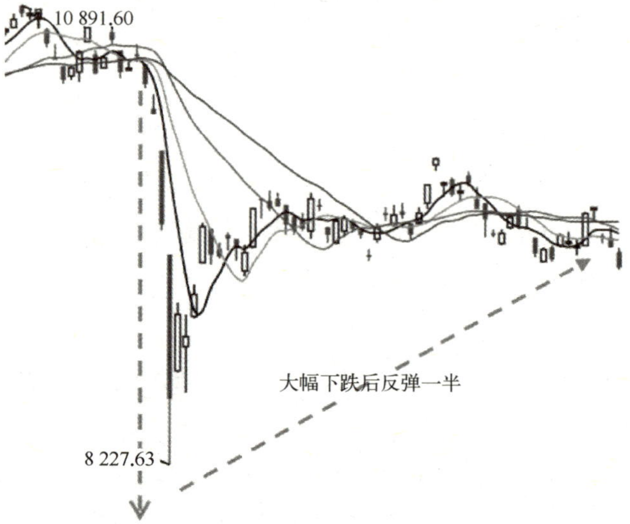

2011 年 3 月日本股指在核泄漏后反弹超 10%，然后盘整较长时间

图 4

如果是情况二，公司持续盈利能力受到影响，以后大家在外面聚餐吃火锅的比例大幅下降，以至于公司一直翻不了身，那问题就大了。

与此相对应，2008 年全球金融危机的下跌幅度（60% 以上）远超核辐射的跌幅，因为金融危机从根本上改变了经济的基本面。

所以，我们需要挖地三尺不停追问的是：疫情会带来哪些根本性变化，会不会伤害企业的持续经营能力与竞争力，会不会改变人们的习惯，会不会改变社会和经济的根本性方面。

从另一方面看，很多人看好疫情带来的机遇，但这些机遇也许是昙花一现。比如，在线办公。在线办公领域的竞争中，小公司没有太多机会，钉钉和企业微信等早已经布局良久。

如图 5 所示，“钉钉”和“企业微信”的百度搜索量远大于“在线办公”的搜索量，其他在线办公公司通过什么关键词引导能在互联网上占据比钉钉和企业微信更大的曝光度呢？他们的获客成本会极其巨大。

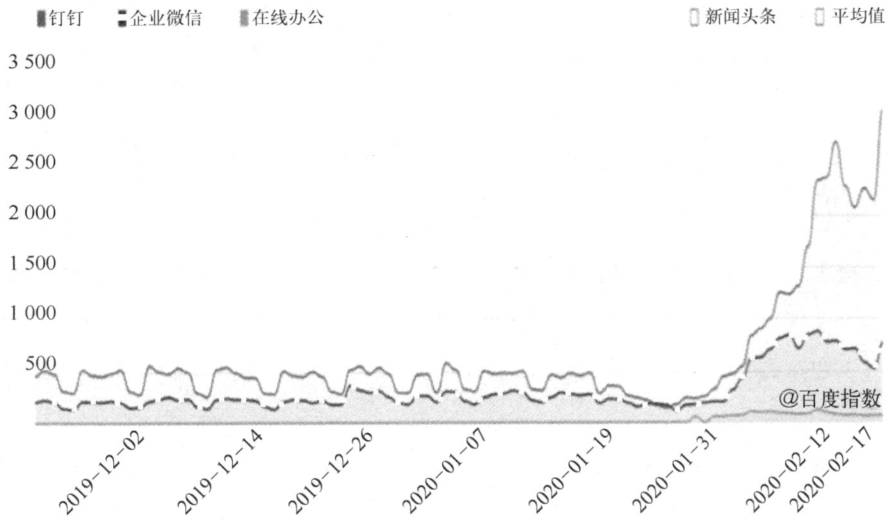

小公司可能很难抓住在线办公的机会

图 5

也许 2 个月过去后经济完全回归常态，没有任何变化，如同做了一个噩梦。这固然好，但也许这个判断过于乐观，导致我们对糟糕的情况准备不足。

目前，很多经济统计数据没有公布，难以有说服力的证据。

那么，是不是可以用搜索大数据，寻找类似“口罩”这样的关键词，寻找到某些先行指标的证据呢？有一些。

比如，从细分领域看，“打印机”和“网课”的搜索量暴增，这与中小学生在家上网课打印作业的行为改变密切相关，打印机才会卖断货。而另外比较有趣的是“化妆的正确步骤”的搜索量下降严重，女性在家化妆给谁看呢（见图 6）。

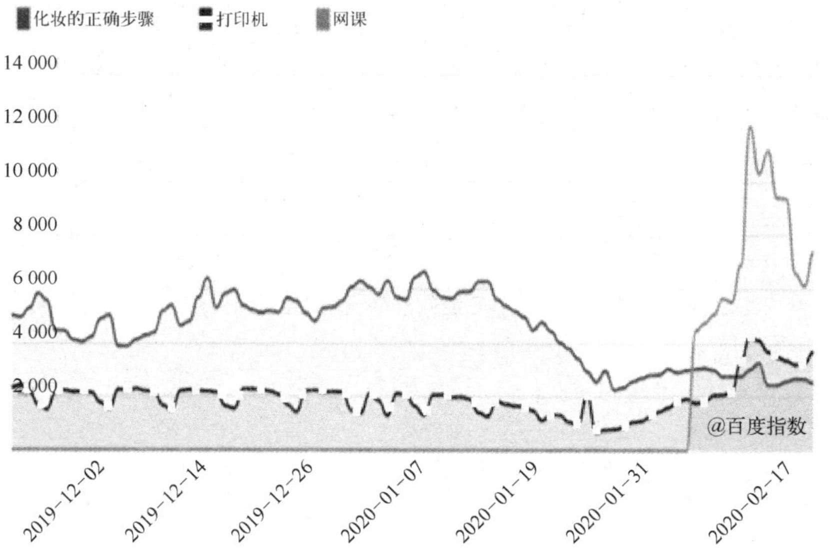

女性三大行为改变：不化妆、打印作业、上网课

图 6

再比如，看宏观一点的情况。虽然“裁员补偿标准”的搜索量在上升，但上升的幅度并不大，而与此同时，并没有看到大量涌现针对“贷款”的搜索。这或许表明，企业主在做最坏的准备，但形势的发展还没有紧急到大面积的中小微企业需要借钱的程度。

作为总结，股市是虚拟的金融市场。金融市场可以无视实体经济的短期困难，一根网线、一个手机就能参与。

毕竟金融是虚拟，可以短暂脱离实体，而实体经济一天都不能脱离实体环境本身。虚拟最终要回归实体。只有经济数据表现出真的没有受伤的确凿证据，金融市场才能获得长期免疫力，持续领涨。

所以，在这个战略决战阶段，要防止潜伏期、防止倒春寒。

（首发于秦朔朋友圈 2020 年 2 月 20 日）

宿命、改造与人性：病毒的又一面和另一面

1. 塞翁失马

“如果不是感染了一种病毒生了病，我 1 月份肯定去武汉出差了。”

一个专注投资生物科技的同行暗自庆幸他的运气真好。

他有一个拟投资项目在武汉光谷，光谷的医疗科技产业近年发展迅速，有一批非常优质的公司。1 月份去武汉的结果可想而知。有人在武汉机场转机被感染了。也许是宿命。

那么，他得了什么病呢？这事说起来也神奇。

一开始类似皮肤过敏，身上奇痒无比，有像蚊子咬了一样的包。普通门诊的医生扫了一眼，说是过敏，可能是螨虫感染或者吃了什么刺激性的东西，让他回忆回忆。

一分钟看完病，1 小时排队付款买药，涂了两天药后，不但没好，反而更严重了。从肩膀到腿上都发出来了。朋友痒得要崩溃，不得不去挂专家号。专家果然是专家，立马说：“你这个是一种糠疹。”

好消息，确诊了，同行心想。

“不传染。”同行紧张的神经终于舒缓了。

“一般 6～8 周可以自愈。药呢，你要吃一点，可以快一点恢复。”更好的消息。

那前面普通门诊医生的诊断是误诊吗？

也不是，因为病程没有发展到一定程度，很难确诊。很多人批评说专家在 12 月早该对新冠状病毒发出警告，这个批评一定程度上是事后诸葛。那个时候，患者反映的病情，感染的例数，可能真的还没发展到可以下结论的时候。这个发展规律客观存在，也算是宿命，精准时点地把握很难、很难。原因不明，同行心里还是慌慌，但好在医生非常肯定地出了确诊结果。当时，“确诊”这两字的分量，没有现在这么重。

同行虽不是医学科班出身，但研究精神满满，他出了专家的门，转手就百度了一下。百度说，发病机理不清楚，可能是由感染一种病毒引起的。

同行一看这个，懵了慌了翻江倒海了。因为，他刚去过一家生物科技公司，这家公司在研究这种病毒，不是那里有问题吧。他急忙回去和医生说，说得磕磕巴巴语无伦

次，怕啊。医生笑笑，说：“这只是一种可能，具体没有研究透。”

是的，很多病毒，很多疾病，人类还没有研究透。

像同行这种轻度的疾病，为什么没有人去研究透呢？它危害小，投入的研究力量没那么多。但是牙疼不是病，疼起来也要命啊。所以，我们医学要做的事情很多，要探索的事情太多了。

2. 以毒攻毒

和上面故事里的他一样，我们都是普通人，都会恐惧。未知是最大的恐惧，更可怕的是未知的毒物还很多。

比如，单单病毒性过敏就有很多，有些人熟知的带状疱疹就是病毒引起的。还有致命的天花。天花攻击人的征程，先从皮肤上的红疹开始，然后是皮下出血，内脏出血，感染引发并发症，最后是死亡。埃博拉最终也是出血而死。

病毒恐怖的一面太可怕。

但病毒也是脆弱的，它在没有宿主的情况下，生存不了多久。它的恐怖传播，是为了自己简单的生存。这是它们的宿命。

埃博拉的毒性那么强，但传染性没有那么高。当它把宿主害死之后，它的生命也就终结了。所有的战争，都是因为威胁到了生存。

人一直在想办法改造病毒，以毒攻毒。

疫苗的基本原理就是把病毒的毒性杀灭（灭活），但是仍保留病毒的抗原表位。抗原表位等于说是一个标识或者画像，让免疫细胞能识别出来病毒。当真有杀伤力的病毒攻击人体的时候，免疫细胞就能启动攻击了。

最早的病毒灭活怎么做的呢？说出来，你不信，听起来有点像偏方的感觉。

生于 1822 年的巴斯德是最早发现狂犬病疫苗的人。他的灭活方法是把刚刚死了的狂犬病狗的脑脊，挂在瓶子里晾干两星期，然后把它加水磨成糨糊。把这些糨糊注射到健康的狗身上，等两个星期后，健康的狗没事，表明了这个糨糊是安全的。随后，他就把注射了糨糊的狗身上注射了狂犬病病毒，结果这条狗没有发狂犬病，由此，狂犬病疫苗就发明了出来。

虽然原始，但科学的研究方式是一样的。是药三分毒。药品要先验证安全性，再验证有效性。就像我们正在武汉展开临床试验的吉利德的药品，这个药品已经经过前面的一期和二期临床试验，验证了其安全性，所以就批准他们直接上临床试验了。

当科技进入21世纪，基因编辑技术让原始的“糨糊法”获得了新的武器。2017年诺贝尔生理学奖颁给了基因编辑。基因编辑技术可以任意删除一段基因，插入新的基因。这时，以毒攻毒可以做得更彻底了。

3. 为我所用

到了2015年10月，神奇的事情发生了，美国食品药品监督管理局（Food and Drug Administration, FDA）批准了一种经过基因修饰的1型单纯疱疹病毒用来治疗黑色素瘤。至此，终极以毒攻毒诞生：用改造后的病毒来杀死癌细胞。改造后杀死癌症的病毒叫溶瘤病毒。

利用病毒治疗癌症的概念已有100多年的历史。早在1904年，有人发现，一位42岁患白血病的女性因感染流感而使肿瘤有所消退。之后在1912年，意大利医生发现注射狂犬病毒疫苗可以引起宫颈癌消退。那时候的技术有限，控制不住这些可怕的病毒，直到近年来的基因编辑技术才给控制这些病毒提供了有力的武器。很多公司，包括很多A股的上市公司，都在布局这个领域的新药研发。

其实，中国早在2005年就研发成功了全球第一款溶瘤病毒药物。这种药物的适应症是姑息治疗的晚期鼻咽癌患者。但是，这款药并没有在全球形成影响力，只有在2015年美国批准了T-VEC之后，溶瘤病毒研究的风潮才刮起来。

此次疫情发生后，很多人狂捧吉利德西药，对双黄连中药嗤之以鼻。他们的背后逻辑是相信西药、不信中药，相信美国的研究机构，不相信中国的研究机构。相信美国没错，美国的医疗研发水平、FDA的管理水准是全球最厉害的。但是，任何科学问题都不应该以一个判断简单外推形成另一个判断。

事实上，我国已经有多个中药在美国开展三期临床试验，这里面包括老年人最熟悉的复方丹参滴丸。该产品于1998年正式通过美国食品药品监督管理局的第一次临床研究（IND）申请，并于2006年确定了治疗慢性稳定性心绞痛的临床适应症，并成为全球首例完成美国食品药品监督管理局Ⅲ期临床研究的复方中药制剂。后来，为满足美国食品药品监督管理局对上述适应症的药政审批要求，公司又在2018年提交了增补临床试验方案，目前正在进行临床试验中。

不用立场决定脑袋，不用偏见评价科学，才是我们经过这次疫情引发的大辩论之后学到的。所有能为我所用的，都要用。

4. 走火入魔

那么问题又来了。武侠小说里，但凡用毒的神功，总有几个为了利益走火入魔的。

如果我们控制不住改造的病毒，反而把病毒改造得更强了，不是玩火自焚吗?

武汉病毒研究所的石正丽教授发表的一篇研究论文，被指责有意改造类似 SARS 的病毒，甚至阴谋论者攻击武汉病毒研究所的病毒泄露导致了新冠肺炎的。我仔细阅读了石正丽教授的论文，这篇文章确实是合成了一种新的病毒，这种病毒在体内模型和体外模型中展现了强大的复制能力。

从文章的出发点看，研究者的目的是为了增加对跨物种病毒传播的理解。这没毛病。文章专门提到了，“在研究为将来可能出现的异种病毒做准备的时候，必须考虑美国政府强制停止 gain of function（GOF）研究的背景”。

gain of function，中文翻译是“功能获得性”或者“突变”，它指的是，目标是或者潜在有可能增强病原体的传染力和毒力的研究。美国奥巴马政府在 2014 年专门颁布法令，停止了对此类型研究的资助。这篇文章也特别注明，他们是在这个法令颁布之前做的。这个法令明确停止的病毒种类包括流感病毒、MERS 和 SARS 病毒。

这个法案涉及复杂的医学研究中的伦理问题：第一，医学实验不能带来潜在的新的病毒爆发风险；第二，医学实验要首先对患者的伦理过关。第一个比较直观，第二个确实有时候难以取舍。

以正在进行的吉利德药物临床试验为例，这个实验是双盲随机实验，这意味着，哪些人用真药，哪些人用“面糊糊”做的安慰剂，患者是不知道的。如果这药真的有用，非常悲惨的是，那些用了安慰剂的人就丧失了治好的时机，可能会死亡，为科学研究做贡献了。

这是不是合理呢?不同的人会有不同的看法。是不是可以改变研究方法，全部给 400 多个试验患者用，有没有效果其实也有一个比例的，把它们和全国的样本数据做对比，是不是可以作为统计学上显著的依据呢?这种方法也许没有随机双盲产生的结果严谨，但是却可能救了更多的人。这真是一个不好决策的道德和伦理问题。

5. 回归人性

普利策奖获奖作家谢里 · 芬克（Sheri Fink）在《纪念医院的 5 天》（*Five Days at Memorial*）一书中，描绘了美国一家医院如何应对卡特里娜飓风后的骚乱。

在供应短缺、救援情况不明的情况下，医护人员给几位患者注射吗啡，疑似导致了他们的死亡。医护人员做出的注射决定是出于怜悯心，而非哪些做法更得当。因此，一位名叫安娜·波乌（Anna Pou）的主治医生因二级谋杀罪被捕。后来，对她的声援日渐高涨，陪审团最终驳回了对她的起诉。《哈佛商业评论》评论到：

“无论时局好坏，还是危机前后，领导力的效果依赖于领导者内在的道德感。如果领导者道德感强，那么在灾难降临时他很可能会做出正确的抉择，或者从一开始就避免灾难的发生。如果他们对道义的坚持不算‘特别坚定’，那么他们在投机取巧时就可能播下灾难的种子，或者在灾难过程中为求自保，不顾他人死活。

看到灾难场景中的主人公，我们扪心自问，我是不是和他们一样？不管我平时多么无私，在压力下我的道德指南针是不是也会失灵？大多数人可能会把自己想象成英雄，在灾难中不顾个人私利，带领团队渡过难关。问题是，我们能不能做到那么勇敢？”

看了病毒的可怕面、为人所用的一面，最终，面对病毒的还是我们自己的内心。

回到我的同行，他的病症确实如医生所说，在吃了药之后，加速痊愈了。所以，除了内心，我们还是得听医生的。

（首发于秦朔朋友圈 2020 年 2 月 12 日）

我们的医疗体系该如何完善？

经济是钱，医疗是命。除了信仰，这是人最看重的两样东西。

2008 年全球性金融危机之后，防范“系统性金融风险”成为经济工作的重点。谁都不能把“金钱”和“生命”放在一起来讨论，新型冠状病毒的扩散却说明，我们严重低估了“系统性医疗风险”的巨大“经济影响”。

瞧，我们惯性的，还是把“经济影响”放到了考虑问题的首位。

有点讽刺。

在本文中，我想把医疗目标置于经济目标之上，基于数据和事实，讨论“唯经济目标”带来的问题，以及可能存在的巨大的系统性医疗风险。武汉疫情，或许只是必然发生事件中的一个偶然而已。

1. 公立医院姓不姓公

此次抗击肺炎，公立医院冲在最前线。武汉金银谭医院院长身患渐冻症一瘸一拐，战斗在第一线，妻子患病隔离。无数个医务人员的无私奉献，让人潸然泪下。

而在一个月前，北京急诊科医生被杀，最初的原因可能是病人住不了院之后的狂躁冲动。武汉肺炎期间，还是有人住不了院，甚至有孕妇都辗转多家医院。

一份 2017 年的医生生存状况报告显示，71.6% 的医生工资水平低于 8 000 元 / 月，工资在 10 000 元 / 月以上的医生占比为 13.1%。以北京为例，2017 年北京市内五环的房子大多在 7 万元 / 平方米以上，养家糊口的压力巨大。

与收入不匹配的是极强的工作强度。77% 的医生曾一周工作超过 50 个小时，24.6% 的医生工作时长曾超过 80 小时。80 小时意味着，每周 7 天，每天工作 11 小时。

快递小哥的平均薪酬是 6 873 元（2018 年数据），在非一线城市的山东省，11.6% 的快递小哥收入在 8 000～10 000 元，4.2% 的收入突破万元。快递员送一个快递提成 1 元，有的公司更高，可以到 2～3 元。

北京的护士给病人扎一针（皮下注射和皮内注射）的收费是 3 元 5 角，这是 2017 年北京医疗服务改革之后的最新价格。之前的价格是 5 角。

5 角的价格是 1999 年定的，执行了 20 年后终于涨价了，整整涨了 7 倍，但仍低得有点尴尬——终于能买得起一套煎饼果子了。

年轻人正在用脚投票。《柳叶刀》的分析文章表明，2005—2015 年，25～34 岁医生的比例从 31.3% 降至 22.6%，60 岁以上医生比例从 2.5% 增加至 11.6%。这说明，一些年轻医生正在因为各种原因离开医院。

很多人会认为，既然公立医院姓公，应该国家投入国家管，保障医生的待遇，保障足够的床位啊。事实并非如此。

在公立医院的资金来源中，政府投入或政府补助仅占约 10%。卫健委数据显示，2018 年各级政府对公立医院直接投入（补助）2 705 亿元。这个数字看似很大，其实还是很尴尬。

如果拿上市公司获得的政府补助来比较，2018 年全部 A 股上市公司获得补助金额是 1 527 亿元。全国有 1.2 万家公立医院，平均每家补贴 2 250 万元；上市公司 3 500 家，平均每家补助 4 300 万元。上市公司是营利机构，老百姓赖以救命的公立医院是非营利机构，补给后者的没有补给前者的多，这个逻辑好像不太好解释。

从投资的角度看，公共部门对医院的投入也不足。例如，近年来各地都在大规模建造地铁。每公里地铁的造价 5 亿元以上。湖北省襄阳市共规划了 5 条地铁线路，总长 170 多公里，投资额高达 1 200 亿元。

为什么对公立医院投入严重不足呢？一个原因可能是，公立医院不产生 GDP 增速。

公立医院院长最难，除了 10% 的补助外，剩下 90% 的资金都要靠医院经营来解决。这些资金包括买 CT 等医疗设备、给医生发工资、发奖金、做科研等所有开支。

这么看，公立医院不是被养着的，而是要为了生存赚钱。公立医院似乎成了一个“怪胎”：医院不能破产，医生不能下岗，必须承担社会责任，收费不让涨价，公共事件冲在最前，生存问题还要自己解决。

2. 医院的账本有点薄

如果把公立医院当成一个企业来看，医院的盈利情况如何呢？

2013 年中国卫生统计年鉴数据显示，平均每所公立医院总收入 10 965.5 万元，总费用为 10 438.5 万元，收支相抵，仅结余 527 万元，结余比例为 5%。

遗憾的是，此后似乎再不公布结余数据了。从直观估计，近年来，公立医院结余亏损趋于严重。最大的压力来自药品加成的取消。

医院的经营收入分为药品收入和诊疗收入。诊疗收入包括医疗服务收入（挂号、手术、打针、输液等）和检查收入（如验血、CT 检查等）。

药品加成的意思是，医院对开给患者的药品加价 15%。这 15% 是医院的利润，因此也造成了医院以药养医的局面。2017 年全面取消药品加成后，医院没有了这块利润，只是过个手。

粗略匡算，按一般医院药品收入占医院收入 30% 计算，取消药品加成导致医院的结余少了 4.5%（30% × 15%=4.5%）。如果 2013 年的公立医院 5% 左右的结余率准确的话，药品加成取消后，医院要开始入不敷出了。

为了解决这一问题，不同省份也结合实际情况，推出了相应补偿机制。一般来讲，取消药品加成造成的收入减少，80% 或 70% 依靠调整医疗服务价格弥补，20% 或 10%

依靠财政投入弥补，10% 则依靠医院自身消化（简称为“811 组合”或“721 组合”）。

医疗服务价格虽然调了，但不可能一步到位。公立医院的医疗服务收费实行政府定价，价格水平有些低于医疗服务的成本，不能完全体现医务人员的劳务价值。

如果医院依赖的财政补助也无法按时到位的话，很多医院就不得不面临资金紧张的局面。据媒体报道，某一线城市一家公立医院年收入约 15 亿元，在取消药品加成后，即便算上加强医院管理所节省的成本，一年的缺口仍大约为 8 000 万元。别看医院人流汹涌，动辄几亿收入，财务上却是捉襟见肘。

县乡镇公立医院的情况更加严峻，因为这些医院的医疗服务水平有限，靠医疗服务收不到多少钱，对药品收入的依赖更大。现在药品收入都没了。

当然，北京上海少数头部三甲医院的财务状况应当非常好，因为不缺病人，全国的病人都来看，全国的医疗资源集中于此，大医生的收入也相当可观。但是大部分非头部公立医院的经营状况不尽如人意。钱不是万能的，但没有钱是万万不能的。

3. 被抛弃的医生？

“所以，人不能欺负听话的人。”

这是新冠肺炎上海医疗救治专家组组长、华山医院感染科主任张文宏说的话。

近年来的一些改革欺负了医疗体系里听话的人——医生。医生要创收、承担医院的经营压力，医生要为医保控费小心翼翼开药还要看好病，医生参加医疗学术会议如履薄冰生怕腐败，医生得把医药代表轰出去，最后医生使用哪个药的权利也没有了，按病种开药，国家医保局集中采购供应。

一篇广为传播的公众号文章讲了医生和医保的故事：

“现在每个三甲医院都喜欢干一件事：哪个医生超了医保就张贴在宣传栏里，大批特批，给人一种十恶不赦的感觉。

有次有幸替主任去参加院领导会议，两个小时的会议有一个小时都在说医保的事：马主任的药占比太高了；李主任的手术器材过度消耗了；张主任的门诊平均费用超了；陈主任的医保超了多少多少。因为医生原因，这个月医保办扣了我们医院 50 多万元。院长说完，又说，下次不通知你们了，凡是有超医保的直接从奖金里面扣。这个月不够扣下个月的，下个月不够继续扣下下个月。我就不信你们不长记性。”

医疗体系来了个“没有中间商赚差价”，医保代表患者成为指挥棒，医生成为弱势群体，不掌握钱，也不掌握权，似乎成了服务机器。

而医生恰恰是最稀缺的。

国家卫生健康委员会主任马晓伟曾谈道：

“我国医师总量不足，布局不均衡，医师数量过度集中在大城市三甲医院，城乡基层特别是农村和偏远山区医师数量十分有限。2018 年，我国每千人口医师数为 2.59 人（德国、奥地利等发达国家超过 4 人），其中，农村每千人口医师数为 1.8 人，仅为城市的 45%。

康复、儿科、急诊、精神科等专业的医师数量相对较少，存在学科短板。公共卫生医师数量不足且呈逐年减少趋势，人才队伍相对薄弱，与预防为主的方针不匹配。”

以儿科医生为例，全国儿科医生只有 6 万多人，缺口达 20 万左右。北京、杭州等多地的医院里，儿科人满为患，有的医生一天要看近百个患儿。1998 年高等教育改革，医学院的本科教育取消了儿科专业，直至 2016 年，多个高校才开始重新开设儿科专业。

此次疫情，极大暴露了在医疗资源挤兑之下的医生短缺风险。我们需要一个适度的“冗余”，以保证在突发事件之下能应对。

4. 临床短缺风险

近年来强力推进的两票制甚至一票制把中间商全去掉，通过国家集中采购把药品价格确实降了下来。药品采购是各类观点纷呈争辩的重点，也是各方利益博弈取舍的难点。

“4.4 元的话，4 太多，中国人觉得难听，再降 4 分钱，4.36，行不行？”

一段医保局专家与药企代表谈判的视频受到广泛关注，被媒体称作最强“灵魂砍价”。药品降价对老百姓、对国家宝贵的医保资金是大好事。

凡事皆有度。药品集中采购潜在的问题是什么？

如果药品集中采购之后，一个药品供给量的 60% 甚至更多由两三家厂商，甚至一家厂商提供，将导致一个非常集中的供给结构。其他没有中标的厂商将关闭产能，退出生产。

如果中标企业因突发事件断供，将导致剧烈的短缺。这是另一个隐含的系统性风险。

假设一下，如果因为突发医疗事件导致药品需求暴增，单个厂商是否能应付？再假设一下，我们的口罩，如果只有三家企业中标和生产，其他企业已经没有产能，在疫情时期，是不是很难有回旋余地？虽然这是不怎么恰当的假设，但逻辑却是相同的。

自社会保险制度在我国实施以来，医保覆盖范围越来越广，截至 2018 年 11 月底，我国社会保险参保人数已突破 12 亿，覆盖率超过 90%，建立了世界上最庞大的社会保障体系。这是巨大的成就。但医保如此严格控费，也代表了公共部门对医疗投入的不足。

无论在哪个国家，医保都是一个难题，需要平衡不同的利益主体，没有哪个国家有财力可以无限制地投入医疗体系。省钱还要多办事、办好事，是医保要处理的永恒矛盾。

想提醒的是，在保证合理投入、促进医疗行业和人民健康水平发展的情况下，不单单考虑省钱，医保还要关注以上所说的潜在的系统性风险。

5. 医疗企业的挑战

私人部门方面，医药产业链上的相关公司是产业投资的主体。医疗产业分为药品、器械、医疗服务三大产业。药品和器械行业均受到医保集中采购的巨大影响。春节前，华东制药一个年销售额 30 亿元的品种阿卡波糖片没有中标，市值蒸发 50 亿元。

当企业的王牌品种不得不降价 80%，或者不幸没有中标，企业的经营压力剧增，难以有充沛的现金流投入到创新药物研发和扩大再生产。

对包括 A 股、港股、新三板、中概股中的 1 004 家医药上市公司进行统计后，2018 年所有上市公司的总研发投入为 661 亿元人民币，这个数字不及国外公司罗氏制药一家公司的研发费用（108 亿美元）。

中国医药行业尚未做大做强，却面临着核心产品被迫降价的巨大压力。所有的发展都需要资金，医保控费下，需要给医药企业合理利润，以保持持续开发能力，不然这些最先进的病毒检测试剂，甚至药品，只能由国外公司生产。

医疗服务方面，莆田系曾占据民营医院的半壁江山。莆田系的出现本身就是 20 世纪 90 年代以来畸形的医疗体系生出的带血怪胎。其背后的经济逻辑是现实存在的巨大的、公立医院无法满足的就诊需求，被不法商人钻了空子。

民营医院必然采取和公立医院的差异化经营策略。公共卫生服务赚不到钱，资本的逐利性，决定了民营医院不可能担当防范重大公共卫生风险的重任，只是辅助，解决部分医疗可及性，满足高端患者的医疗需求。

2016 年魏则西事件，基本把莆田系赶出了医疗体系，清除了毒瘤。但其负面影响却是，一些正常经营的民营医院也被一刀切。一家非莆田系民营医疗服务集团，其主要模式是和公立医院合作，进行高标准的癌症放疗治疗。因为魏则西事件的影响，他们被迫终止了和公立医院的合作，公司业绩承受了巨大压力。

2015 年之前，民营资本积极参与公立医院改制、积极投资建设医院，几年后的结果不尽如人意。民营资本发现，貌似人流红火的公立医院赚不到钱，新建的医院又没有人流。于是，现在又有很多民营资本急于出售甚至甩卖早些年收购、建设的医院。上市公司里，医疗概念股风光不再。

一位医生下海的商人，2014 在江苏投资一家私立产科医院，苦心经营了 6 年终于能够现金流打平。这还是毛利润较高的产科。他现在决定把这个医院出售。

医院经营复杂，没有金刚钻拦不了这瓷器活。即使将来政策再鼓励，民营资本很难再有勇气进入医院领域。

6. 私募股权基金的余粮有多少？

投资医疗的另一支私人资本力量是私募股权和风险投资（PE/VC）基金。他们是支持医疗产业创新发展的主力。

根据中国基金业协会的数据，私募股权、创业投资基金管理人管理基金规模 7.09 万亿元，如果按 10% 的比例计算，投资到医疗产业的资金在 7 000 亿元左右。这些基金的期限一般在 5～7 年不等，近几年每年的投资金额可能在 1 000 亿元左右。这个数据也从企业的融资金额上得到了印证。根据动脉网的数据，2018 年医疗健康领域企业的融资额约 825 亿元。

不幸的是，多方面信息来源表明，PE/VC 的投资金额在 2019 年出现断崖式下降。数据显示，2019 年创投市场融资金额为 5 650 亿元，较 2018 年 14 676 亿元减少了 60.3%。医疗行业融资也不能幸免。

私募基金募资难的背景下，很多医疗投资基金手上已经没有可投资资金。这意味着，大量没有现金流的医疗研发型初创企业，很难融到钱，面临关门的风险。

募资难的背后是富有阶层的投资意愿下降。事实上，尽管经济增速下行，中国富裕阶层手上的钱还是很多，但他们没有长期投资意愿，不愿意出手。一些人认为，医疗行业产生效益太慢，周期太长，赚不到快钱，不愿意等待。

而事实并非如此，在美国硅谷，以生物科技为代表的医疗投资金，其投资回报并不比互联网差。好的方面是，科创板是医疗科技企业的重大利好，解决了私募股权基金退出的问题，打通了资本市场的活水。一旦高效率的资本市场建立，能让追逐利润的投资人挣到钱，私人部门的投入才会源源不断地进入医疗领域。

7. 更多的长期视角

说到底，又兜了回来。还是赚钱和赚命的问题。如果每个人都只关注当下，不投资长期，对社会只是索取，不做回报，当灾害来临时，谁都跑不掉。

2017 年 5 月，国际知名期刊《柳叶刀》发表了医疗质量和可及性全球排名。其研究显示，自 1990—2015 年，中国医疗质量和可及性指数由 49.5 提升至 74.2（全球平均 53.7），排名从第 110 位提高到第 60 位，进步幅度位居全球第 3 位。

没有看错，是第 60 位。25 年进步 50 位。未来的 25 年，与国力相匹配，我们如何能再进步 50 位？2018 年，我国卫生总费用占 GDP 比重达到 6.6%，但是仍旧排名世界第 80 名以后。短板要补。

医疗的发展，需要资金投入。投入的资金，有的能赚钱，有的赚不到钱。肯定赚不到钱的，应该由公共部门投入，以保证不发生系统性医疗风险。可能赚钱，也可能赚不到钱的，应该由专业的私人资本进行风险评判后进行投入。公共部门暂时投入不足的，由私人资本暂时补充。

这里面还有一个重要角色，那就是由私人资本支持的医疗慈善基金。我曾经在秦圈写过一篇文章《花 47.5 万美元治愈癌症，这个奇迹背后是你不知道的风险慈善》。颠覆性的、可以治愈白血病的免疫疗法 CAR-T 疗法的发明，就是由两家医疗慈善机构提供资金支持：癌症基因疗法联盟（ACGT）、白血病与淋巴瘤协会（LLS）。当研究者在缺乏研究经费差点撑不下去的时候，这些慈善基金给予了不计回报的资助，资助时间长达 20 年。

CAR-T 疗法的发明人 June 博士说，“当其他组织，包括美国国立卫生研究院等机构都认为基因治疗风险太大的时候，癌症基金疗法联盟资助了我们。”

这两家慈善基金有共同的背景。前者由一对夫妇创办的，他们的孩子死于乳腺癌，于是成立了这家慈善机构，希望找到颠覆性的治疗方法，治愈癌症；后者由纽约一个有名的家族在 1944 年创立，他们的儿子死于白血病。大爱来自小爱，造福的是他人。

国外的超级富豪们，很多把资金投入到了长期的医疗慈善领域。比尔-梅琳达盖茨基金会对全球健康领域的捐赠约 123 亿美元，在同疟疾这种全球最为古老同时也是最为致命的健康杀手的抗争中，致力于新式预防以及治疗方式的研究与开发，而不单单是简单捐赠。

危难时刻，中国的企业家和富有阶层正在慷慨解囊，捐款捐物。危机过后，我们希望这些有能力的私人资本更多地想办法解决根本性的问题，比如设立慈善医疗基金，去研究病毒的传染、变异、治疗的特效手段，让灾害不再重演。

企业家和富有阶层应该去做这些事情。因为，一个人的能力越大，责任越大。

到此为止，本文从公立医院和医生碰到的问题、临床短缺，到医疗企业、社会资本，讨论了本次疫情能带给我们的思考。问题复杂难解，很多部门，很多人已经做了很多努力。比较明确的结论也许是，我们需要防范系统性医疗风险，发挥市场手段，提高投资医疗的资金规模和效率。

经济学家任泽平最新分析认为，疫情下的武汉，短期形势很严峻，而最好的中长期投资机会却在中国。相信在所有人的努力下，疫情过后，做长期投入，每个人、每个家庭将享受到的医疗服务会更好。

（首发于秦朔朋友圈 2 月 3 日）

花 47.5 万美元治愈癌症，这个奇迹背后是你不知道的风险慈善

1. 47.5 万美元一次的抗癌疗法

癌症可以治愈吗？今年 8 月，美国正式批准了全球第一个 CAR-T 细胞疗法上市。早在 5 年前，该疗法治愈了小女孩艾美（Emma）的白血病，直至今天，在小女孩体内，没有检查到任何癌细胞。

这是一件非常轰动的事件。很多人把它比作不亚于阿波罗登月计划的突破。美国食品药品监督管理局的委员长斯科特 · 戈特利布（Scott Gottlieb）说，“人类进入了一个新的医疗创新时代，我们可以改造自己身体的细胞，让他们攻击杀死癌细胞。”

全球最大的制药公司诺华把这一神奇的疗法呈现在渴望生命的绝望的患者眼前。该疗法的治疗费用高达 47.5 万美元，如果疗法在一个月内没有效果，诺华全额退款。

我们看到的诺华，只是完成了临门一脚。在 47.5 万美元疗法诞生的背后，是科研机构和慈善基金，长达 20 年、耗费数以亿计美元的投入。

2. 治好的癌症

故事要从 5 年前说起。

有着可爱名字的艾美，5 岁时患上了白血病。目前，治疗癌症的三大主流手段是放疗、化疗和手术。艾美在第一个化疗周期发生感染，双腿几乎不保。在等待骨髓移植期间，艾美的病情恶化，再没有其他治疗办法了。绝望的父母，不得不找到卡尔·琼（Karl June）博士，尝试一种尚处于试验阶段的疗法。

在这个“试验”中，宾夕法尼亚大学的琼（June）博士把艾美的血抽出来，用机器从血液中分离出一种叫作 T 细胞的细胞，然后再用基因技术改造这些 T 细胞。

改造后的 T 细胞叫作 CAR-T 细胞，能精确地找到癌细胞，把癌细胞杀死。在显微镜下，可以清晰地看到 CAR-T 细胞吃掉癌细胞的图像。June 博士培养更多的 CAR-T 细胞，把它们回输到艾美体内，让 CAR-T 细胞大军把癌细胞都杀死。

但是，艾美的病情并未如期好转，反而高烧到 40 度，昏迷不醒。医生说她很难熬过当天晚上。亲戚和朋友围在艾美身边，为她祈祷。

在最危险的时刻，June 博士发现艾美的一种白细胞介素 IL-6 比正常水平高出数千倍。把 IL-6 降下来，也许艾美就有可能好转。June 博士刚好知道有一种药物可以降低 IL-6，他女儿就服用这种药来治疗类风湿关节炎。谁都不知道这种药能不能用在艾美身上，但是，在那样危急的情况下，也只能死马当活马医。艾美的医生艰难地做出了决定，给艾美服用了治类风湿关节炎的药。

几个小时候后，奇迹发生了。艾美很快稳定了下来，在 7 岁生日那天苏醒并逐渐康复。一周后艾美接受骨髓检查，她的父亲汤姆永远都记得接到医生电话的那一刻：“艾美的骨髓正常，她的癌症没了。”

还有一位被治愈的患者是时年 64 岁的奥尔森（Douglas Olson）。奥尔森在 2000 年被诊断患有慢性淋巴细胞白血病，化疗对他不再起作用，他最多只有两年可活。

CAR-T 细胞疗法再次表现出神奇之处。他高烧 39.4 度，肾脏衰竭，但是最后，他的肾脏挺了过来，但癌细胞没有挺过来。癌症从他的血液和骨髓里消失了，4 年后，他的体内仍然没有检测到癌细胞。

3. 2 000 万美元的支票

June 博士把奥尔森的治疗结果发表在了 2011 年 8 月份的《新英格兰医学杂志》（*New England Journal of Medicine*）。

论文发表后，June 博士的手机被打爆了。打电话的有各种风险投资基金，还有全球三大制药公司。风险投资基金想让 June 创业成立公司，制药公司想把这项技术买过去。诺华是全球最大的制药公司之一，他们承诺先给 2 000 万美元，后面再给专利费，并且持续投资直到产品上市。

在自己创业和卖给大制药公司之间，June 如何选择？如果选择创业，他会赚更多钱；但是，卖给大制药公司，会让疗法以最快的速度商业化，疗法早一天上市，就能挽救更多的生命。June 说他不在乎少赚多少钱，要让患者得到最快的治疗。他选择了卖给诺华的方案。

5 年后的今天，诺华与 June 博士合作的新疗法终于获得了批准，正是本文开头的 47.5 万美元一次的疗法。

4. 一封感谢信

June 博士专门感谢了两个私人慈善组织。它们的名字是癌症基因疗法联盟（ACGT）、白血病与淋巴瘤协会（LLS）。感谢它们的原因不是因为它们在科研方面的帮助，而是它们对 June 博士研究的长期捐赠。在 June 博士拿到诺华的 2 000 万美元之前的几天，他还在为科研经费发愁，研究差点就无法进行下去了。

June 博士说，“没有癌症基因疗法联盟，就没有我们的今天。当其他组织，包括美国国立卫生研究院等机构，都认为基因治疗风险太大的时候，癌症基金疗法联盟资助了我们。”

白血病与淋巴瘤协会更是资助了 June 博士将近 20 年，捐赠金额超过 2 000 万美元。

癌症基因疗法联盟、白血病与淋巴瘤协会有着共同的背景。癌症基因疗法联盟是由一对夫妇创办，他们的孩子死于乳腺癌，于是成立了这家慈善机构，希望找到颠覆性的基因疗法，治愈癌症。而白血病与淋巴瘤协会是由纽约一个有名的家族在 1944 年创立，他们的儿子死于白血病。

5. 赚了 33 亿美元的风险慈善基金

癌症基因疗法联盟、白血病与淋巴瘤协会做慈善的方式，可以称之为风险慈善（Venture Philanthropy）。

慈善到底该怎么做？像陈光标那样的捐赠可能无法让捐赠者获得自我成长的能力。而对社会影响面巨大的问题，如各种严重的疾病，单纯资助病人，虽然解决个体的实际问题，但从社会角度，却是治标不治本。

白血病与淋巴瘤协会长期资助一种病的创新科学研究的方式，比捐钱直接给病人更具有悬壶济世的意义。

在这个案例中，慈善组织纯粹出于非营利目的，并没有获得商业回报。而事实上，非营利目的风险慈善，也有可能获得巨额财务回报。2014 年，有一件非常轰动的事件。美国的另一家慈善基金 CFF，通过转让它资助的 Vertex 制药公司的一个新药研发项目，获得了高达 33 亿美元的专利费收入。

CFF 和白血病和淋巴瘤协会一样，是一家针对单一病种、致力于囊肿性纤维化的治疗、患者照护和资助的非营利性基金。CFF 是 Cystic Fibrosis Foundation，也就是囊肿性纤维化基金会的缩写。囊肿性纤维化是一种可怕的遗传疾病，患者的肠道可能被严重堵塞，胸肺可能不断感染。白种人最常患囊肿性纤维化，大约每 2 500 个初生婴儿中，便有一个会患上这种基因遗传疾病。在 10 多年的时间里，CFF 资助了 1.5 亿美元给 Vertex 制药公司，不求财务回报，只为了支持创新药物的研发。

这样的故事和回报，即使在风险投资领域也是一个传奇。它最具启发的意义在于，慈善基金专注于一个造福众生的领域，看好有前景的研发机构和研发项目，持续投入。

创新药物的研发投入巨大、风险巨大。一个新药上市，需要耗资数十亿美元的研发费用，耗时十年。并且，新药研发失败的风险也巨大。在能进入临床试验的药物中，10 个药物仅有 1 个最后会成功。而在进入临床试验之前，已经有成百上千的研发失败。

因此，很多有价值的基础科研成果，无法获得风险投资和大药厂的投资，也无法获得足够的政府资金支持。风险慈善正是在基础科研成果向应用转化的阶段，在商业机构和政府资金无法给予足够支持的时候，冒着血本无归的风险给予支持。

洛克菲勒的大儿子、慈善家洛克菲勒三世对风险慈善一词的诠释是，“私人基金会常常参与被称为风险慈善的活动中，风险慈善往往追求更富有想象力的、更创新的、公共慈善机构较少支持的慈善目的。”

风险慈善的关键词“风险”，用冒险精神来支持创新性解决社会问题的方法。

国内把 Venture Philanthropy 翻译为公益创投，其实不对。公益创投的核心还是创投，而 Venture Philanthropy 的核心是公益。创投是营利性的，而风险创投是非营利性的，去支持长期的、不确定的、创新的，但是可以造福大众的公益项目。

但是，由于和风险投资（Venture Capital）一样，需要评估创新项目的前景和风险，风险慈善又有某些和风险投资类似的方法论。

6. 鼓舞人心的基础性的转变

风险慈善与传统慈善有几个本质的转变。

第一，从广泛的给予转变到有目标的投资。给予是一种“消费”，钱会花完，而投资会有产出，会治本。任何社会问题的解决，都不是轻而易举的，钱还是有可能打了水漂，这和风险投资有点像。

第二，更专业的团队和系统性研究。传统慈善组织需要最多的是志愿者、行政人员。而风险慈善需要最专业的团队。在白血病和淋巴瘤协会的顾问中，有1946年第一个研究化疗的邓曼雪克（William Dameshek）和三位诺贝尔奖获得者（George H. Hitchings, E. Donnall Thomas 和 Michael Bishop），他们都是在生物和医学领域的专家。MMRF是专注多发性骨髓瘤的一家基金会，它构筑了一个系统性的研究平台，该平台包含了患者基因组和细胞数据库、临床研究数据库、患者数据库、专家知识网络，这些极大地便利了相关研究。

第三，更注重项目执行的人和组织。如同风险投资很重要的一点是投资人一样，风险慈善也更看重项目执行组织和人。如果一个团队和组织，可以持续产出，就如同June博士所在的宾夕法尼亚大学的研究中心一样，风险慈善会持续支持，哪怕短期没有任何产出。

第四，对基础学科创新研究的持续性投入。基础学科研究是社会获得重大进步的基础。在基础研究向应用研究转化的过程中，有一个死亡谷，这种转化仍需要投入大量研究力量，但是商业机构不敢投资，政府资金不会资助，在这个点上，风险慈善基金正是大有可为。

2017年11月1日，退隐江湖的中国首富陈天桥与复旦大学附属华山医院、上海周良辅医学发展基金会签署战略合作协议，共同组建上海陈天桥国际脑疾病研究所，致力于打造一个聚集中国优秀脑疾病专家，进行大脑相关疾病研究、临床和基础研究交流和国际合作的平台。

上海陈天桥国际脑疾病研究所为非营利、公益性研究机构，预计总投入5亿元人民币。陈天桥担任研究所理事长，理事会成员包括中国工程院院士、华山医院神经外科主任周良辅教授，华山医院副院长、中国知名神经医学专家毛颖教授，毛颖教授同时出任所长。研究所首批聘任近10位华山医院知名神经外科、神经内科、精神科医生为兼职研究员，资助项目包括脑肿瘤、老年痴呆、帕金森症、抑郁症等的研究和治疗。

这也是一个中国人做慈善的基础性转变。中国人素有就是仁和救世的传统情怀，用风险慈善的方式资助医疗领域的公益性研究，将来一定会成为中国企业家进行慈善和影响力投资的主要方向。

但是，现在具备专业能力的、了解研发、了解医疗技术前沿的公益型组织还非常少。希望具有专业技能的企业家、风险投资机构、技术专家、制药企业联合起来，一起探讨用创新的非营利方式，推动基础学科的发展和应用转化。

（首发于秦朔朋友圈 2017 年 11 月 15 日）

「肃霜」

关键词：

国际视野；中文系细腻底蕴

亲爱的食物

美食运动本质上是一场沟通的运动。

——迈克尔·波伦

快到春节了，我们来聊聊美食吧。

过去的一年，各色暗黑料理会像明星一样上热搜、《向往的生活》《中餐厅》等“美食+”综艺都要加入下饭的功能，再加上李子柒的爆红，对普通人而言，美食的启蒙运动从没有像2019年那样可触可感。

我个人的食物启蒙来自8年前。那时我在中东工作了一年多，因为要等待总部一个确认函，归期比预计的晚了一个多月。5月的迪拜，白天室外最高温度已近40摄氏度，俨然已是盛夏。

一个百无聊赖的傍晚，我点开了刚上线的《舌尖上的中国》，看着诺邓井盐揉腌制的火腿、湖北荷塘里扯出的莲藕，印象最深的是来自老家浙江竹林里挖出的冬笋，好像所有的风霜雨雪都可以化在一碗冬笋汤里，这时我才意识到，所谓思乡，真的就是胃的思乡，而所谓的治愈，也确实可以从胃开始。

过了8年，李子柒火了，因为她的田园，更因为她的美味。当她把这些不带字幕、少有对话的美食视频放到Youtube上，还引来800多万老外吃货的围观。

因为饭桌出了海，围绕这位四川厨娘的话题，美食又一次跟“文化输出”扯上了关系。

李子柒算不算文化输出？其实这是个不言自明的问题，不是吗？从效果而论，如果“文化输出”就是被其他文化的人接受并持续喜欢，那么，看看李的订阅数，装进她口袋里广告分成，以及第三方机构的排名，就能知道一二。

而在讨论“算不算”这个问题之前，大家似乎越过了另一个层面的问题：为什么全世界有800多万人愿意花时间去围观李家的饭桌？为什么经历春夏秋冬收获而来的食物不仅能打动好奇的舌尖，还可以安慰各式焦躁的神经？

1. 在Youtube兜售中式美食的网红们

其实，向海外兜售中国话题的内容提供者（content provider, CP）成功的不多，但兜售中国美食成功的 CP 也不止李子柒。

Trevor James 在微博的注册账号名为“吃货老外 TheFoodRanger”（微博粉丝：22 万），他来自加拿大，在他的 Vlog 中，你可以看到他穿梭于重庆街巷，端着的碗里装有辣椒、花椒、泡椒以及酱油蒜汁儿，他一边大口吃着重庆的小面、芝麻面、鸡公面、郡肝面，一边竖起大拇指，用带着口音的中文向店老板赞道：是香的，不是辣！

你还能见到他在开封街头端着羊双肠汤，大口吃肉的过程中，镜头还捕捉到他吃下动物内脏时好奇又匪夷所思的表情。

实际上，这些极辣又不常见的动物内脏，连同重庆、西安、开封，还有 Trevor 安家的成都，都是 Trevor 精心选择的结果，因为他在 Youtube 的美食频道“The Food Ranger”的目标人群是西方人，他选的这些地方都是外国游客常常光顾但很难探求到的中国特色。

还有 Ms Yeah，国内微博注册账号是 @ 办公室小野（微博粉丝：831 万），2019 年在 Youtube 的订阅数（809 万）和广告分成都在李子柒之上。办公室小野的主人公是 25 岁的周晓慧，吸粉法则是脑洞大开的吃法。

她的成名作是电熨斗烤肥牛，还有“饮水机煮火锅”、用可乐罐做爆米花等。其中，“办公室西瓜宴”“用爆米花机爆炒小龙虾”的视频观看量突破 1 亿，不少海外观众佩服小野的动手能力，也有人觉得看她的视频很解压。

在拥有 3 000 万个频道的 Youtube 平台，订阅数是频道实力的重要维度。100 万订阅户被认为是大咖的基准线，如此规模的频道如今有 16 000 个；而订阅户在 10 万～100 万，约有 16 万个，虽然还未及咖位，但已经是具有变现能力的潜力股（年广告分成约在五位数到六位数，以美元计）。

此外，还有与用户交互、影响力等维度，中国美食 CP 拥有不可小觑的实力，滇西小哥（dianxi xiaoge，订阅数 371 万）实际上是“地道云南妹子”，主打米线、油底肉等云南特色菜肴；山药视频（shyo video，订阅数 126 万）主打人设是“武侠浪子”，围绕野味和户外；想吃主食？国内知名美食博主 @ 日食记（微博粉丝数 1 838 万，Youtube 订阅 37.8 万）也有“流心蛋包饭”“麻辣拌馄饨”等创新饭。

这些中国美食 CP 的成功是美食内容征服各大视频、图文平台的一个缩影。美食成为继娱乐、游戏之后，社交媒体最受欢迎的内容。不仅是 Youtube，图片网站 Pinterest，专门的食物照片分享网站 Foodporn.com，均可以让吃货用一整天来观摩食物图片。

李子柒、“老外吃货”（The Food Ranger）等 Vlogger 之所以成为外国吃货的追捧对象，除了定位和制作本身，更与技术、社交媒体以及食物崇拜分不开。

2. 美食崇拜：我吃故我在

是不是很惊讶？

美国 8 000 万千禧一代（1982—2004 年出生），有一半是吃货；千禧一代有收入之后，食物上的开销高于衣服，比例差之高，超过历代先辈。

这是美国青年作家伊芙·特洛（Eve Turow Paul）考察美国年轻人对食物偏爱的两个发现，她将其称为“好吃一代”（Generation Yum），并尝试探究其原因，主要是两个方面。

作为互联网原住民，千禧一代对美食的爱慕，直接的原因是技术。互联网时代，人们工作、看剧或者刷帖子，将大部分时间花在各种屏幕前，除了视觉，我们的味觉、嗅觉等感官功能处于“搁置状态”，这种“感官剥夺”，形成的压制需要各种“热启动”，日常生活中，一个主要的启动开关就是食物。

关注在线视频用户交互的学者约书亚·格林（Joshua Green）说，网络文化让很小的惊奇得以暴露，而食物正好是人们普遍好奇的日常小惊奇。

其次是社交媒体和个人标签。

原本对食品行业来说，将食物拍得有食欲，是行业内的通用规则，只是到了社交媒体时代，那么多年轻人手机拍下食物的视频和照片并展示出来之后，食物就成了关乎品位和个性的表达。就像潮牌鞋店卖麦片、奶糖品牌做香水，突兀跨界的背后都是设计者创造力和个人品牌的表达。

千禧一代对于食物不止于制作或者体验美味，他们还要了解食物的各种细节，然后关注它们、不断欣赏以及不断重复地叙述它们，在社交媒体的规则之下，食物也变得易于分享、传播和复制，这些都赋予食物本身更大的价值和生命。

3. 食物正义：存在的即是合理的

安东尼·伯尔顿（Anthony Bourdain）被认为是西方现代美食文化的开山鼻祖。

2000 年，他凭借畅销书《厨房机密档案》一夕成名。书中，这位来自纽约法式餐厅的主厨以背叛职业的决心揭秘后厨潜规则：他告诫人们不要在周末点鱼（因为鱼是上周四定的），也不要点全熟的牛肉（全熟往往可以掩盖差品级牛肉）。

之后，伯尔顿转战电视，自创美食栏目《毫无保留》(No Reservation)，探索全球不知名的餐馆和菜品，推杯换盏间，探讨“食物正义”，即每一种食物都是合理的存在。

那时他就意识到人们之所以对厨艺痴迷，背后的动力就是思乡。“当越来越多的人从乡村涌入城市，他们在不大的房子里也许就放不下一张饭桌”，即便容得下一张饭桌，也不时常开伙，所以你才会时时想起祖母的味道，这种情况不单在美国，也在中国，在泰国或是肯尼亚。

在伯尔顿眼里，烹饪不仅是烹制食物，还是人们心理和情感交流方式，它更像一场回忆往昔的真人秀，比如，你见惯了中东以刀剑枪炮定强弱的旧事新闻，伯尔顿却把一张饭桌支在了巴勒斯坦、沙特、利比亚的沙漠和山间，边吃边谈中，你看到一些腥风血雨原来也有日常、亲密的一面。

秉持可以说任何话、吃任何食物的伯尔顿坚信，食物交流里隐藏着理解与共情。你要理解冰岛人为什么喜欢吃腐败的鲨鱼内脏，中国人为什么会吃臭豆腐，如果你拒绝了对方递过来的食物，也就错失了理解的可能性。

食物的交流是一场理解与和平的交流。

4. 食物里的智慧

有一天，看 Ms Yeah 视频的时候，在评论区发现了一个有意思的现象：

其中一个网友说：“我特别想跟你交朋友，去你办公室工作，但是我太小了，才 8 岁。”

下面跟帖：我 11 岁；我下个月 12 岁。

看这些美食博主的评论区，你常常会看到一个账号下面特有的暗语，就像网剧里的弹幕，有些梗只有一起看剧的人才懂。

伊芙 · 特洛在《好吃一代》中指出，“当我们手头的钱没法结婚、没办法买房甚至没办法支付房租，我们总得花在一些东西上。”恩格尔式的贫穷，不仅美国吃货，相信其他国家吃货也会心有灵犀。

技术和社交媒体背景下的美食狂热，有时候很难从国家层面去界定，它不像好莱坞、NBA 这些娱乐和体育产业背后带着明显国家印记，这股潮流还有明显的代际印记。

这里面是年轻人和技术的关系，你生活多大的份额是属于数字空间，有多少时间在屏幕前度过；你找不到工作、没时间约会、睡觉也睡不好，也不知道下一顿吃什么，你对生活有多大程度的掌控；也是年轻人和自然的关系，追求品质的年轻人享受有机的美味时，是否影响了环境本身？

食物中没有偏见，你没办法说，哪些食物是好的，哪些食物是坏的；食物也是与人、与自然真切的沟通方式。

如此智慧，每一顿饭菜，怎可辜负。

（首发于秦朔朋友圈 2020 年 1 月 18 日）

漫长的告别：谷歌创始人“离场”背后

“现在已经是 2019 年，（谷歌）公司已经是一位 21 岁的‘年轻人’，到了离开家的时候了。”

美国时间 12 月 3 日，谷歌创始人拉里 · 佩奇发布声明称，自己不再担任谷歌母公司 Alphabet 首席行政官，这一职务将交给谷歌现任 CEO 桑达尔 · 皮查伊（Sundar Pichai），同时另一位联合创始人谢尔盖 · 布林（Sergey Brin）也将卸任 Alphabet 总裁一职，不再设立总裁一职。

但是，等等。

身为谷歌母公司 Alphabet CEO 的拉里 · 佩奇和担任 Alphabet 的联合创始人谢尔盖 · 布林对于公司日常事务若即若离已经不是一天两天，一些媒体甚至称他们两人为“隐士”创始人。

所以，这又是一场怎样的告别？

1.“遁世”的创始人

今年 6 月举行的 Alphabet 年度股东大会，作为母公司 CEO 的拉里 · 佩奇缺席，不少外部投资者抱怨，连一年见一次面的机会都不给。

去年 9 月，参议院外国选举干预情报委员会举行听证会，佩奇本该与 Twitter CEO 杰克 · 多萝西、Facebook 首席运营官谢丽 · 桑德伯格一起出现在国会听证会上，但现场和电视机前的观众发现，放着谷歌桌签后面的皮椅空空荡荡。

以前，两位创始人还会在内部的公司员工会议上露一下脸，但从去年开始，这种会面统统取消了，这几年，代表谷歌的就是桑德尔·皮查伊。

如果说比尔·盖茨、乔布斯还有贝索斯代表的是自我外露、独断强势的硅谷风格，谷歌的两位创始人则以低调、理性夹杂某种怪诞，闻名于硅谷。

拉里·佩奇和谢尔盖·布林创立的谷歌是一家伟大的公司，毋庸置疑。其搜索引擎占据了互联网世界近九成的份额，其广告占全美在线广告营收的四成，旗下安卓系统则装在了全球 75% 的智能手机上。在线视频网站 Youtube，对于千禧一代，犹如电视之于他们的父兄辈。

但一些观察者已经注意到，谷歌越强大，创始人对运营就越发失去兴趣。

2.“心无旁骛”搞“副业”

这是大家熟知的谷歌眼镜，也是谷歌最知名的失败产品，背后最热情的参与者就是谢尔盖·布林。为了推销谷歌眼镜，布林大胆选择高空跳伞。

拥有一个飞行器项目已属异想天开，拉里·佩奇投资的初创公司 Kitty Hawk，旗下有三款。拉里·佩奇认为个人电动飞行器比传统汽车更安全。拉里·佩奇还和好莱坞导演詹姆斯·卡梅隆投资了一家近地小行星采矿公司，就是近地行星进行稀有金属和水的开采，一方面可以售卖稀有矿物；另一方面寻求太阳扩张的起点。

布林的投资项目还包括太空旅行、合成牛肉，等等。

这些项目都不在谷歌在线广告、搜索引擎以及移动端操作系统等核心业务中，它们是佩奇告别信中的“其他业务”，而 Alphabet 下属的投资子公司对类似业务的投资达上百家。

相比于上面这些魔幻主义的投资项目，两人共同投资的特斯拉汽车，是不是一下子显得接地气多了。很多创新项目最后都如“谷歌眼镜”一样失败了，比如“太空电梯”“喷气式背包”等，但快递无人机、发电风筝和互联网热气球仍在研发中。

2013 年，一位股票分析师问拉里·佩奇在不挣钱的项目还要烧多少钱时，佩奇的回答丝毫不留情面：我知道只有当我的时间优先用来为你们挣钱的时候，你们才会爱我。

3. 科学家和生意人的界限

通常，佩奇和布林被看作一体，实际上，两人的个性、思维方式有很大的不同。

拉里·佩奇来自密歇根，父亲是密歇根大学的计算机科学教授，佩奇学的是计算机科学；谢尔盖·布林则是出生在苏联的犹太人，幼年随父母移民到美国马里兰州，父亲曾在苏联一所大学教数学，其本人是数学奇才。

这个是解决问题最好的方式吗？这是谢尔盖的问法。

这个就是我们要解决的问题？这是佩奇的问法。

一个善解决，一个善展望。两人性格不同，但配合得天衣无缝，从 1996 年在斯坦福大学相识到创建谷歌搜索引擎，再到定义企业文化乃至共同离职，合作至今。

对于技术公司领导者，后来商人气质会更突出，但佩奇和布林始终保持着学院派的技术男气质。

在 1998 年 9 月，谷歌正式成立，那是拉里·佩奇和谢尔盖·布林接近商人的时候。佩奇创建了谷歌，当然是在布林的帮助下。活力四射的布林还弥补了佩奇缺乏社交的不足。但谷歌的董事会发现，这两个学院气浓厚的创始人，需要一位懂行的职业管理人。

2001 年 8 月，埃里克·施密特担任谷歌总裁一职，与拉里·佩奇、谢尔盖·布林共同负责公司的日常运营。

两人对这种所谓的“成人监督”并不理解，但施密特行事平稳，聘请高管队伍，建立销售团队，并带领谷歌上市，他最重要的特点是总是和两位创始人商量。

佩奇和布林也逐渐发现分流日常管理职务的好处，比如，不用再与广告商与投资者谈判了。

与此同时，他们也能腾出手来从事地图、数字图书、人工智能，2005 年也是佩奇收购的安卓，后来发展成了可以战胜苹果的安卓系统。

现在大热的无人驾驶领域，在 2010 年，佩奇就请来斯坦福教授塞巴斯蒂安·特隆（Sebastian Thrun）领导的团队开始秘密研发。那时候连团队的领导特隆都不相信互联网公司可以造车，但佩奇相信谷歌能在各领域推动创新。

谷歌前管理层人员知道，谢尔盖·布林很早就对管理工作很厌倦，他甚至把办公桌搬到了他一手创立的秘密实验室 Google X，把时间花在谷歌眼镜、快递无人机等未来主义项目上。

相比于布林，拉里·佩奇对管理更有兴趣，他才是谷歌公司真正的推动力。

4.“特斯拉”教训

尼古拉·特斯拉（Nikola Tesla）是美国 20 世纪末与爱迪生、摩根大通同代的天才。在汽车上装空调、无线通信以及电力商业化都是他的构想与发明。特斯拉还会 8 种语言、拥有照相机式的记忆，但他是个很差劲的商人。

当他告诉老板爱迪生可以改进发电机时，爱迪生许诺 10 万美元作为奖励。但当他真正做成的时候，爱迪生只给了他 10 美元。自己创业，他的新项目又不得不受制于摩根大通这样的投资人。

特斯拉人生的最后 10 年不得不在喂鸽子和争取养老救济中度过，并在贫穷中死去。在这个发明家故世的 42 年后，他的传记让一个 12 岁的密歇根男孩落泪。

这个人就是拉里 · 佩奇。

特斯拉的悲剧让佩奇记住了两个教训：一个不能牢牢控制自己发明的商人，成不了身价上亿的科学家；还有，要时刻谨防像爱迪生那样随意践踏你梦想的人。

所以，2011 年，谷歌陷入用户隐私、版权等争议中，加上 Facebook 成为其有力的竞争者，埃里克 · 施密特辞去谷歌 CEO 和总裁一职。重返谷歌 CEO 位置的是拉里 · 佩奇，而且受到了英雄般的欢呼。

但是在整顿业务的过程中，佩奇对低技术含量的管理工作始终提不起兴趣，他可以在整个会议中把玩手上的安卓设备；与记者、分析师以及政府的会面安排仍然让他深恶痛绝。面对一些公司常见的问题，比如管理层内斗，条线抢地盘时，他常常苦于无从下手。

2015 年，谷歌进行结构调整，成立母公司 Alphabet。初衷是将部分谷歌非核心业务（搜索引擎、地图 app、安卓），如 Waymo（自动驾驶）、Verily（生命科学）、Calico（生物技术研发）、Sidewalk Lab（城市发明）和 Loon（热气球乡村布网）等工程分离出去，建立自主的董事会并实施独立预算。

经过那次调整，佩奇从谷歌 CEO 变成 Alphabet CEO，但真正走到台前代表谷歌的是凭借 Chrome 和安卓业务崛起的皮查伊。

5. “战时 CEO”

接棒后的皮查伊同时担任 Alphabet 和谷歌 CEO，全面掌管搜索、在线广告、地图、智能手机软件、网络视频以及其他项目，成为硅谷最有权力的人物之一，但此刻的谷歌，处于 21 年历史中最为艰难的一刻。

它是美国联邦、各州以及欧洲网络监管机构反垄断的重点对象，过去三年，它在欧洲吃进的罚单累计 90 亿美元，但相关的调查并没有因此减弱。

曾经以“宠溺”员工出名的谷歌，在 #Me Too 风潮下，不断爆出管理层性侵丑闻，去年10月在《纽约时报》爆出，2013年安卓系统发明者安迪·鲁宾（Andy Rubin）在一宾馆强迫女同事发生性行为，经查实后，此事以私了结束，2014年安迪·鲁宾领走9 000万美元离职金，报道称“私了”“离职补偿”等决定由佩奇为避免陷入官司做出，此事揭发后，引发全球谷歌员工抗议。

不受拘束的公司文化日益给两位创始人带来麻烦，早在这次抗议前，佩奇就向人显示了对谷歌工程师的幻灭感。

2011年，知名投资人本·霍罗威茨（Ben Horowitz）在《哈佛商业评论》上发表《和平时期CEO和战时CEO》一文。在他看来，公司意义上的“和平时期”，就是公司在核心市场处于绝对的竞争优势，并致力于扩展市场、巩固实力。“战争时期”则是抵御外来威胁，这种威胁可能是竞争者、瞬息万变的宏观经济、供应链变化等。

谷歌“和平时期”的使命是扩大市场、对付竞争者并定义公司文化；战时的谷歌，则是要集中火力，对准目标，一击取胜，就像乔布斯带苹果走出困境时的孤注一掷。

很多人把现在的谷歌比作2000年的微软。2000年，在微软陷入反垄断官司之后，比尔·盖茨也把CEO一职交给了史蒂夫·鲍尔默，但与微软不同的是，鲍尔默接手时，微软在反垄断官司中的违法行为是具体明确的。皮查伊接手的谷歌对于监管者和立法者而言，无论是垄断性、不正当竞争的判定依然充满不确定，而风险就在于这些不确定上。

这好比，皮查伊终于有了一把枪，但还要找准靶子。

还有，开枪的权力也未必就在皮查伊手里。因为，拉里·佩奇和谢尔盖·布林拥有51%的投票权，这投票权源于一种谷歌的股票结构，其中一种股票具有比其他股票更大的投票权。佩奇和布林持有约84%的较高投票权股份，而皮查伊不拥有这些股票。

也就是说，“不唠叨的父母”可以把你放在负责的位置，也有权力把你换掉。

谷歌成长和壮大成为商业史上难以抹去的一笔。但随着互联网的壮大，社会、政府和互联网的蜜月期也结束了。放眼望去，道歉成了扎克伯格的新技能；贝索斯的新闻很大部分上了八卦娱乐版，而不是财经版。

此时，谷歌的创始人从旧的核心业务转移到了创新“其他项目”，这些项目才能继续帮助他们实现“科技解决地球问题”的梦想，而且，没有爱迪生式的人物敢去践踏他们的梦想，也不必受制于摩根大通这样的投资人，因为他们在美国财富400的榜上，分别排第六（佩奇，589亿美元）和第七（布林，569亿美元）。

（首发于秦朔朋友圈2019年12月19日）

维密为什么败了

别了，维密天使。

11 月 22 日，美国知名内衣品牌“维多利亚的秘密”（以下简称维密）宣布取消 2019 年年度大秀。这意味着，今年 12 月，时尚爱好者看不到肉体美好的超模、羽毛珠宝齐飞的时尚盛会了。

掐指一算，今年本该是维密年度大秀进行电视直播的第 20 年。细腰长腿的超模，将原本私密的内衣展现在 T 台，凭借其万马奔腾般的行走，对性感做出过闪亮的展示和定义。

这个内衣品牌始于对维多利亚时代英式大方得体的致敬，但其繁盛则在于对“秘密”的大胆探索。品牌的拥有者，在大方和大胆、性感与放浪之间唤醒了一个沉睡的领域。

但“性感”，令维密称王，但也慢慢成其束缚自身的牢笼。

1. 一家令男人不尴尬的女士内衣店

维密，最初来自加利福尼亚的帕洛 · 奥图（Palo Alto）。1977 年，斯坦福大学 MBA 毕业生罗伊 · 雷蒙德和妻子租下一个百货商店的小门店，专卖女性内衣。

这家店里有红色的地毯、深色木质家具以及丝绸窗帘，这些维多利亚时代的闺房元素是对那个时代得体端庄的致敬，而名字里的“秘密”又为这些元素平添神秘。

内衣店始于雷蒙德替妻子买内衣的糟糕经历。20 世纪 70 年代，罗伊 · 雷蒙德（Roy Raymond）走进旧金山一家百货商店，看到女性的大花内衣在荧光灯下毫无美感，徘徊其中的男士更会被当作行为怪异者。

在了解到不少男士也是类似体验之后，雷蒙德意识到这是一个商机：他要打造一个令男士购物不尴尬的高端内衣店。1977 年，雷蒙德向银行贷款 4 万美元，向妻家借 4 万美元，共计 8 万美元用于开店。

这里需要了解的背景是，20 世纪六七十年代，即便是在美国，内衣要么属于百货商店里归于“基础服饰”的附属品类，要么是超市里三条起卖的廉价内搭，雷蒙德看到的内衣，只在乎实用，而不在乎美和趣味。

但维密的开张改变了内衣的实用之风。洞见带来丰厚的回报，一年内，雷蒙德的店铺营收就达到 50 万美元；5 年以后，雷蒙德再开三家店，年销售超过 400 万美元。

听上去，是一个很好的开始。

2. 拯救维密

来自帕罗 · 奥图（Palo Alto）的维密，有关它的创始和繁盛至今还带着一段“硅谷式的解读”。电影《社交网络》中有这样一场戏，互联网投资者肖恩 · 帕克（贾斯汀 · 汀布莱克饰演）协助重组 Facebook 时，他告诉扎克伯格（杰西 · 艾森伯格饰演）关于维密的故事。

1982 年，也就是开店 5 年后，雷蒙德将维密卖给服装商人莱斯利 · 威克斯纳尔（Leslie Wexner），价值 400 万美元（实际是 100 万美元）。但两年之后，雷蒙德因投资失败从加州金门大桥跳桥自杀。

电影里，肖恩 · 帕克说到这个故事，是为了解释为什么在众多社交媒体创始人中，他偏偏看中年轻的扎克伯格。实际上，肖恩看中的不仅是扎克伯格兜售的“连接”创意，而是就说服力、行动力以及持久性而言，扎克伯格更知道如何让“连接”这个创意走得更远。

维密由雷蒙德创建，再由威克斯纳尔发展成全球内衣领头人，就是一个让商业创意走得更远的故事。

威克斯纳尔来自俄亥俄州的犹太人家庭，父母开制衣店，主打产品是连衣裙和大衣。1969 年，26 岁的威克斯纳尔意识到女性服装不再是一体的连衣裙和大衣，上衣、裤装分离才是日后的主流，这一想法没有引起父母的兴趣，但他还是从自己姨妈那里借到 8 000 美金开了一家女性运动服装店。10 年后，他拥有 300 多家连锁店，开始并购其他品牌，为上市做准备。

1982 年，威克斯纳尔在旧金山出差，路过维密。在他眼里，“维多利亚的秘密”并非指向英国维多利亚时代，红色的地毯和沙发，让它看起来更像是维多利亚时代的声色场所。摆设的内衣确实性感，但并不情色。

在快上飞机的时候，雷蒙德致电威斯克纳尔，问他是否可以买下维密，因为那时候维密已经处在破产边缘。其实，威克斯纳尔很快看出了其商业模式上的问题：罗伊 · 雷蒙德的初衷是打造一家不令男士尴尬的内衣店，但是每天穿戴内衣的是女性。维密门店可能男人不会觉得尴尬，但女人会。因此，需要做一些改动。

3. 售卖性感

一开始，威克斯纳尔并未对维密抱有多大的幻想，他忙于并购并准备上市，他还无意涉足内衣市场，并且对此一无所知。

之后两年，他才开始对这一产品线进行改造：

◇ 借鉴欧洲内衣设计。欧式内衣定位“日常”，却不乏性感，并且有定价空间。在奢侈品牌和日常耐用品牌之间，威克斯纳尔发现了一个巨大的市场空白，他对标意大利奢侈品牌 La Parley，致力于打造面向大众的 La Parley。

◇ 丰富产品品类。从颜色、材质，全方位与时尚行业接轨，注重用亲密感积累用户的忠实度。

◇ 重新设计门店。对标知名品牌 Ralph Lauren，延续英伦风情，但不再是深色木质家具、东方地毯，代之以镀金装置、花卉图案、古典音乐和老式香水。

然后就是推广和营销，黄金时间的时装秀走秀、商业广告、线下活动、广开门店，让维密无处不在，这其中，最大手笔的推广莫过于年度时尚秀。

1995 年，当时正值维密母公司 Limite 准备 IPO，在纽约的 Plaza 宾馆，维密邀请当时顶尖的导演团队，斥资 12 万美元举办了第一届维密时尚秀，这场秀营造的超级性感主题引发轰动；1999 年，时尚秀开始直播，超模、天使、音乐和灯光等元素将性感演绎成一场视觉盛宴。

一年又一年，时尚秀不再限于时尚。2000 年，吉赛尔 · 邦辰穿上了 1 500 万美元的 bra，让世人见识了什么是世界上昂贵的内衣；它还是一台超级造星机器，造就了吉赛尔 · 邦辰、米兰达 · 可儿等一大批超模，令其全球知名；2017 年，维密时装秀在进入伦敦、巴黎之后，还首次登陆上海。

一时间，女人们以穿维密为荣。

2013 年，英国咨询公司 Yougov 的口碑调查显示，维密是全球最受欢迎的内衣品牌。之所以这么风靡，在市场人士看来，无他，就是营销和推广。

维密在全美的门店曾超过 1 000 家，掌握了 25% 的市场份额，在威克斯纳尔以 100 万美元买下维密后的 30 年，其销售额达到 66 亿美元。

4. 危险的白日梦

性感是维密的立身之本。但性感是一种权力，是权力就不可妥协。

2018 年，维密的时尚秀操刀者拉泽克（Ed Razek）在接受 Vogue 杂志采访时，表达了对身材超标模特和跨性别模特的不感兴趣，其言论在社交媒体引发一阵又一阵声讨，最终导致维密和少女内衣品牌 Pink 两大核心产品线首席执行官下台。

这是一个信号——时代变了。

维密遭遇的危机频频显现：

◇ 细腰长腿的性感主义被斥为“狭隘”，为让模特达到要求，过度节食、过度训练影响健康和安全。

◇ 近 5 年来，无钢圈内衣的风头逐渐盖过了聚拢型内衣，特别是从 2015 年开始无钢圈的内衣 bralette 开始流行，Arie、Oysho 等品牌纷纷推出这种工艺更简单、价格较低，还能内衣外穿的快时尚产品。

◇ 一些品牌更加激进，甚至上网请愿抵制维密秀，要求对身材的限制予以更多元的考虑。

竞争者的涌入，导致维密的市场份额遭到侵蚀。到 2017 年 9 月，其股票价格下降 41%；富国集团在 2017 年夏天做的一项问卷调查显示：60% 的受访者表示维密的品牌具有压迫感和虚伪性。

事实上，维密面临的挑战不仅是性感主义的批评者、新兴内衣品牌的竞争者，它最大的危机是自己对时代变迁的无动于衷。

2018 年的维密时尚秀，和 1995 年的时尚秀，除了花更多的钱，美好的肉体、闪亮的灯光、劲爆的音乐均如出一辙。

2013 年维密时装秀吸引观众 970 万，风头盖过 NBC 热门综艺“The Voice”；而到 2018 年，维密的收视人数遭腰斩；此外，维密还卷入富翁爱博斯坦的性侵丑闻，后者利用其与维密的关系，进行权色交易。

更为重要的是在当代女性眼中，把自己打造成如超模般的尤物去讨好男人，有违当代女性“不讨好”和“放松”的姿态。

维密也曾在中国拓展业务，但很多客户抱怨门店的装修、产品款式并未考虑中国消费者的需求。维密的时尚秀一直在努力营造和兜售梦幻，但如今，越来越多的女性发现它并不真实，难以抵达心灵。在内衣市场，维密依然是绝对的主导者，性感主义曾经令它称王称霸，但如今却成为它受攻伐的负累。

2019 年的维密年度时尚秀取消了，原本就只是时间问题；对于威克斯纳尔而言，在时代面前，风尚变化太快，唯有好好连接用户才能拯救维密。

（首发于秦朔朋友圈 2019 年 11 月 29 日）

礼赞五四：不能忘却的青年精神

中国的20世纪，还没有哪一个事件，像五四运动一样让一个日子成为一条粗重的历史分界线。从此，一个注重传统的国度开始全面反思、重估传统；一个向来闭关的国度，尝试以包容开放，重新认识那个“天下”。

胡适每论及五四运动的意义，都要引述孙中山的一段议论，即“这场‘轰动全国青年的大解放’，引发了‘思想界空前大变动’”。

这段话写于1921年1月，距离运动发生才8个月，但胡适认为孙中山对五四历史意义的总结，言简意赅，一语中的。

所以，五四不仅是一场由中国外交失败引发的政治事件，更是一场在更长时段内绵延的文化事件，从《新青年》创刊（1915年）到文化风潮落下帷幕（1922—1923），爱国、进步、民主、科学始终是其精神主线，而这些要素其实都反映在“青年精神”上，这是五四独有的精神气质，一个特别的历史现场也历久弥新，后辈青年可以进入它，观看、守望和思考，然后再与当下的精神底色做一个对比。尽管这个现场里，无论就希望还是伤感而言，都是巨大的。

青年精神：如初春，如朝日

北京五四大街的北大红楼。陈独秀的展厅里最醒目的一块铭牌上刻着：

自主的而非奴隶的
进步的而非保守的
进取的而非退隐的
世界的而非锁国的
实利的而非虚文的
科学的而非想象的

稍微了解一些五四运动的人，都知道上面的文字并非全部是空洞口号，它曾是一个特殊时代有血有肉的存在。

巴黎和会的外交失败，最先引发北京13所高校3 000多名学子在天安门聚集，他们打出了“外争国权、内惩国贼”的口号，举行了声势浩大的示威游行。这是一股全国各界无法忽视的力量，此后，各界罢工罢市，终于促成北洋政府拒绝在巴黎和约上签字。

美国哲学家、教育家杜威在抵达中国第3天就赶上了五四运动，他最初以为这场运动纯粹是大学生的“起哄闹事”，但当年年底在他发表的文章中，他真诚地认定它是中国国家感情存在与力量的突出证明。

> “如果还有什么地方的人对中国人爱国主义的力量和普及程度抱怀疑态度，那么这种证明就是深切而且令人信服的教训。”
>
> ——杜威《中国人的国家感情》

那个时代的青年何以迸发如此大的能量？这要归功于新文化运动。

在长者为重、过去为重作为主流价值的社会中，族权和父权神圣不可侵犯，大多数青年，都要按照拟好的剧本重复父辈的人生；家族的循环是封建君主秩序一个巧妙的稳定装置。

所以，陈独秀将《青年杂志》更名为《新青年》，无形中将目标对准了这个装置——他要变长者崇拜为青年崇拜，他高调地礼赞青年：

“青年如初春，如朝日，如百卉之萌动，如利刃之新发于硎，人生最可宝贵之时期也。”

《新青年》另一位主要撰稿人李大钊对青年充满信心，他歌颂青年是：

“人生之王，人生之春。”

鲁迅明知道会招来“铲伦常”“禽兽行”的骂名，还是从开明父母着手，说服他们解放孩子：

“肩住了黑暗的闸门，放他们到宽阔光明的地方去，此后幸福的度日，合理的做人。”

胡适对自己刚出生的儿子说：

“我要你做一个堂堂的人，不要你做我的孝顺儿子。”

《新青年》的鼓与呼不是没有听众：

1905年，清政府废除科举制度，新式学堂开始培养儒家体系之外的青年；

政府对社团组织不再压抑，青年社团非常活跃，内忧外患之下，尽管各有偏重，爱国主义已经在这些社团扩展；

科学成为现代化关键的新信仰；

加上出洋留学、职业专门化、大学自主化等，知识分子为自由主义、浪漫主义等新学说所吸引，他们组织学会，出版刊物来发表他们的意见。

《新青年》的呼喊成了一个明确的旗帜和方向。

所以内忧外患之际，青年人以空前的忧患意识和爱国热忱，担起民族兴亡的责任。五四运动的席卷之势，让他们以整体形象登上历史舞台。他们以新的见解和思维方式，以激进、暴烈的方式，在共同的历史信念带动下，推着一个遗存厚重的国家前行。

青年品质：为爱而活的“我”

悠悠百年，“五四”对我们依然有着非同寻常的吸引力，大概是那个时代弥散的青年气质，以及对这一品质赋予多元的向度。

那个年代，青年品质不单只属于年纪轻的人。

20 世纪 20 年代初，胡适和郭沫若就有一段从对骂到抱吻的恩怨。

1921 年 7 月，“新文学泰斗”胡适受邀访问上海的商务印书馆，从车站迎接、宴请、访谈和视察，诸等礼遇到了令人惊叹的程度。

当地报纸记录个中细节：胡适此行受聘于商务印书馆，到馆之日，“该馆扫径结彩，总理以次，均迎自门首，会客室编辑所均油漆一新。”“所长部长及各科主任，趋侍恐后。方之省长接任，有过之无不及。”

相比之下，弃医从文的郭沫若忍受出版社剥削，每日“辣椒炒黄豆佐饭”，吃不饱“乃饮茶以止饥”，看到胡适如此“招摇过市”，和郁达夫一起在《创造》季刊（1922 年 8 月）中含沙射影骂他：

“同清水粪坑里的蛆虫一样，身体虽然肥胖得很，胸中却一点儿学问也没有……”

“巨星”胡适持重地回骂道：

“浅薄无聊而不自觉……”

当胡适在徐志摩陪同下看望郭沫若，见他穿着破旧学生服、形容憔悴还要被娃折磨，他说自己理解了郭的“狂叛”，三天后，胡郭同席，郭沫若就因为胡适的“诚恳”和“理解”，以浪漫诗人的冲动，抱吻胡适。

虽然两人在此后又会因意识形态公开决裂，一“吻”泯恩仇也看出彼时的胡适在郭沫若心里有相当分量，也说明了郭沫若如青年般的率真和浪漫。

还有鲁迅的“清醒”与“明白”，与其说是谦虚，不如说是一种现代性。茅盾说过“他从不摆出‘我是青年导师’的面孔，然而他确是青年们一个大方针”，一个世纪过去，中国知识分子在反复观看鲁迅与青年的合影之后，这位五四的巨人是青年人的朋友，而不是倚老卖老的长者，历经百年一直是青年人的阳光。

学者刘纳在总结五四时期的作家时，认为他们赋予当时的中国文学一种真实甚至天真。这些知识青年在新的人生理想启迪下，即便并不具有文学气质，也决心在文学里试试身手；也许就艺术性而言并不精致，但他们“只愿随随便便的，活活泼泼的，借当代的语言，去表现自我，在人类中间的我，为爱而活着的我”。

令人怀念的青春梦幻

“五四”的青春梦幻，美好但也脆弱。

“五四”之后掀起的“社会改造”生发出的各种变革理念与“个人主义”相互争夺舆论的焦点。那个曾经和“德先生”“赛先生”齐名的“莫小姐”（英文 moral，道德、伦理），在被热烈研究和讨论过后终归于消失。

民国初年，“世风日下，人心日非”的社会危机，引发五四知名人士的重视和反思，在旧有道德标准坍塌，新标准尚未建立之时，勇者和强者还可凭借“手段和实力”，但一个“有强权而无公理、只论成功不论是非”的社会，只会助长邪恶。但这些反思并没有持续多久，在中国不断受到西方侵略的过程当中，在拯救民族危亡的特殊时刻，成败论再次占据主导，个人主义和个人幸福的合法性受到质疑，在与集体主义较量中日益被边缘化。

如今的中国，GDP 排名世界第二，还是国际多边主义的主要倡导者。青年依然被赋予自觉、奋斗的使命，这个经历剧变的国家，“发展”还是其一以贯之的主题。但是现在，长时间追求发展和发展效率之后，也在通过“生态”“扶贫”来弥合发展成本和公平性；企业首要责任是追求利润，也开始提倡“互惠”“信用”的重要。这是今天回望“五四”的意义，当初这场启蒙运动投射给历史的一道光，里面蕴含着“自主”“自我”和“道德”等另一套与“发展”有关的密码，历史一页页地翻过去，它仍穿过时光，投射给那些不死心的人们一个温暖的念想，今天的不完美，并不意味着明天还是不完美。

（首发于秦朔朋友圈 2019 年 5 月 4 日）

为什么每次枪击案后美国枪支销售量上升？

纪律严明的民兵为保障自由州安全所必需，人民持有和携带武器的权利不得侵犯。

——美国宪法第二修正案

拉斯维加斯枪击案已经过去一周，这起美国历史上伤亡最惨重的枪击案的冲击波渐渐消散。很多人又在讨论，这次美国会不会痛定思痛……

在受害者家属满怀悲痛清理亲人遗物、警方正调查 64 岁枪手帕多克作案动机之时，据 CNBC 网站报道，10 月 2 日周一美股开盘，枪械制造商斯特姆 · 鲁格（Sturm Ruger）股票上涨 4%，拥有弹药制造商品牌股份的奥林公司（Olin）涨幅达 6%。

很快，枪手帕多克使用的撞火枪托从无人问津变身抢手货。

每次发生大规模枪击案，枪支销售以及相关股价应声上涨，已经形成一种规律。也就是说，惨案发生后，在一部分美国人（特别是枪击案受害者及家属）意识到枪支泛滥呼求控枪时，另外一些美国人会选择，买买买——买一把枪来防身。

由恐惧而生的需求

要问美国人，谁是最好的枪械推销员，估计很多人会告诉你是前总统奥巴马。

这个民主党总统在两个任期内，经历了两次枪械销售破纪录的事件。

头一个枪售纪录发生在他当选总统的当月，枪支销售达到 110 万支，受理购枪背景审查的美国联邦调查局（FBI）发现，该机构接到的背景审核申请比上年同期上升 49%，多了 37.4 万件。另一个纪录则是 2012 年 12 月奥巴马再次当选总统，当月康涅迪克州新城镇桑迪胡克小学发生暴力枪击事件，之后一个月也就是 2013 年 1 月，枪支销售达到 200 万支，创下过去 20 年的枪支月销售的最高纪录。

美国媒体把上述现象归结为奥巴马效应，即发生大规模枪杀事件或发现政府提交控枪的预期，就促使人们购买更多枪支，甚至一些没有枪支的人也想钻把政策的空子，拥有一把枪。

这一现象也为美国投资者佐证，无论是2016年6月发生的奥兰多夜店枪击案、2015年12月加州圣贝纳迪诺枪击案，还是之前的科罗拉多电影院枪击案、桑迪胡克小学枪击案，每一次大规模枪击案之后一段时间，无论是枪械销售还是与枪械有关的股票都会出现一波上涨。

虽然控枪组织或者奥巴马屡次的控枪倡议没有一件在国会通过成为法律，但基于安全环境的缺失、政府加大控枪力度的预期，枪械销售不断增长并屡创新高，已经成为一种新的常态。

还有其他因素导致枪支销售上涨。比如，2006年卡特里娜飓风，警方从新奥尔良州疏散灾民，按照法律规定，紧急状态收缴合法登记手枪，这一收缴行动刺激本州及邻近佐治亚州、密苏里州枪支销售上涨4%、2.2%、3.5%。此外，枪支管制放松也会释放购买需求，2007年，密苏里州取消了购买手枪需要政府批准的规定，之后每月销售增长在9 000把左右。

2001年，“9 · 11恐怖袭击事件”之后，美国民众也出现一股持枪自卫热潮，当月枪支销量达到75.4万支，增长了0.57%左右。

可见，相比于恐怖袭击，民众更害怕的是，大规模枪击事件及枪支管理趋严从而持枪受限这一现实。

当然，也有引发枪支销售下滑的时候，比如作为拥枪派的特朗普执政8个月来，枪械制造商斯特姆 · 鲁格8月报告显示，较上年同期，季度利润下滑22%，American Outdoor Brand（美国户外品牌，一只枪械股票的名称）则在7月披露季度销售下滑40%。

奥巴马效应是整个美国社会与枪支关系的一个缩影，一旦枪支泛滥，枪支所伴随的人身危险性就会提升，要求加大控枪力度的呼声就会高涨；但持枪权利一旦受到限制甚至被剥夺时，哪怕只是一个信号、一个预期，民众也会全力争取和保卫持枪的权利。

枪与生活

美国的历史离不开枪支。政治、文化也是，生活更是。

殖民地时代，殖民者凭枪获得对印第安人的军事优势；独立战争时期，正是宗主国英国试图收缴民兵的枪支，继而引发独立战争，民兵组织最终打败当时最强大的英国军队，赢得独立。到了西进时代，中西部人口稀少，政权初建，警力不足，迁移至此的居民包括居家主妇，大多持枪防身，时刻准备向不速之客开枪，射击对于中西部女性来说，如同烹饪、缝纫和接生，是生活必不可少的技能。

哥伦比亚大学公共卫生学院学者宾度 · 卡勒珊（Bindu Kalesan）认为美国还存在一

种“社交枪文化”（Social Gun Culture），就是当你身处一个朋友或家人都有枪的社交环境中，有没有枪，将直接导致你在社交圈里地位及被人提及的频率，枪是社交的核心。

很多家庭爱枪，很多美国孩子收到的生日礼物，也是一把枪，真枪，只是缩小版而已，就像缩小版的网球拍和羽毛球拍一样。美国还有专门为儿童生产枪支的制造商。

曾供职于中国驻美国大使馆，在美国生活 10 年的孙昂先生在他的《美国枪支文化》中，除了从历史、法学、女性主义梳理美国枪支文化的前身今世，同时也关注了普通美国人对于枪支的情感。他将美国人爱枪、持枪的习惯，与中国人喜欢练习各种武术做类比，认为都是一种“尚武情结”。这种尚武文化“在中国，出现的是武侠小说和电影，而在美国，则是各种玩着枪的西部牛仔电影”。

“有调查显示，美国民众持枪的主要目的有：射击运动占 70.1%，狩猎占 46.7%，自卫占 41.7%，工作所需（私人侦探）占 10.7%”，在中国，射击更多指向奥运会或者全运会这种大型赛事的比赛项目，在美国，射击运动则是有着广泛群众基础的全民运动，参加这项运动的美国人高达 1 270 万人，相比之下，打网球的美国人是 1 120 万人。

孙昂先生认为，美国喜欢买枪参与射击运动，其背后的心理与“中国退休老人买太极剑”如出一辙。

失去了枪支，不仅失去自卫时一件得心应手的工具，同时也意味着失去社交的中心，以及生活中的趣味。

3.06 亿人和 3.1 亿支枪

这么爱枪、离不开枪的美国人，到底有多少支枪？由于美国法律限制政府对枪支进行登记、查询，现在媒体引用最频繁的是来自 2012 年美国国会服务报告，该报告显示美国民间持枪，在 1996 年是 2.42 亿支，2000 年是 2.59 亿支，到 2009 年是 3.1 亿支。2009 年，美国人口在 3.06 亿左右，每 100 个美国人中拥有超过 100 支枪，也就是说，平均到每一个美国人（无论男人、女人，老人还是孩子），人手一支枪，都还有富余。之后，皮尤调查中心对这一数字进行修正，认为 2013 年，美国民间枪支总数在 2.7 亿到 3.1 亿支之间，即每 100 个美国人中，拥枪数达到 88 支到 100 支。

3.1 亿支也好，2.7 亿支也好，这么多的枪支，足以武装地球上任何一个国家军队。

实际上，因为理念、费用以及背景审查不合规，在美国并非所有人都拥有枪支。2015 年，哈佛大学和西北大学联合调查显示，全美 50% 的枪支被 3%，约 770 万人口占有，人均拥有的枪支在 8 到 140 支，这一群人被称为超级拥枪者（super owner）。在拉斯维加斯枪击案中，警方在枪手斯蒂芬·帕多克三个不同的住处找到43把枪，可见，枪手在超级拥枪者中也只能算是一个中位数的标准。

美国枪击案泛滥，是导致美国与枪相关死亡率畸高的直接原因。从桑迪胡克小学枪击案发生的这五年来，美国已经发生大规模枪击案（枪击案中死亡人数超过4人）1 516起，造成1 735人死亡；而如果对大规模枪击案的范围再放宽到因枪死亡的自杀、伙拼及其他因素的死亡，根据美国全国卫生统计中心的数据，年平均死亡人数在32 000人左右（2016年调查显示上升到35 000人）。有人计算，如果美国二战后同时发动四场战争，即朝鲜战争、越南战争、阿富汗战争和伊拉克战争，每年平均阵亡的军官都不到3万人。

这么大伤亡率为什么换不来有效的措施？

每逢枪击惨案发生，人们陷入巨大痛苦，要求采取控枪行动时，所有有关政策和法律的讨论总会陷入僵局。这里有很多原因。美国政治人士总是会提到澳大利亚在1996年发生亚瑟港大规模枪杀事件（惨案造成35人死亡），澳当局通过法令强制回购60万把半自动步枪，考虑到美国现有半自动步枪就达9 000万把，数十亿美元的回购费不说，有多少人同意回购还是个问题。当然，还有美国最大的游说组织全国步枪协会，最擅长的就是调动资源，扰乱控枪议程，阻挠控枪法案出台。这更与美国人对枪支的矛盾情感有关，皮尤调查中心今年6月的一个调查显示，大部分美国人（52%）赞成加强枪支管制的同时，还有更多人（64%）赞成大部分应该被赋予持枪权。

孙昂先生在书中也提到，在美国有100个理由支持控枪时，同样也会有人站出来用100个理由来支持拥枪。如果涉及普通人安全的控枪，前文提到的宾度·卡勒珊认为，控枪，首先不是一部法律或者一个政策的问题，更多的是促发一种社会文化的改变，改变人们对枪的认知，而政策、制度、法律只是一个巩固。为什么不能与时俱进？因为修宪流程特别复杂。此外，改变社会风气的每一小步，都不是简单的事。

（首发于秦朔朋友圈2017年10月10日）

「黄凡」

关键词：

价值投资（等、选、守三字经）；

勇于不参与；私人财富管理

疯狂的石头

近期，长期低迷沉寂的A股突然变得“可爱无比”，各种板块、概念持续的大涨，让投资人甚至有了“点石成金”的感觉。

说到“点石成金”，不得不提这一款疯狂的“石头”——“石头科技”，这只史上最贵新股发行价格为271.12元/股，为目前科创板企业的第一高价股，同时也创下A股发行价新高。

以发行价计算，中一签所需申购金额达13.6万元。顺便提一句，科创板发行是不限制估值的，按照东方财富网的数据，它的发行价格对应的市盈率就高达58倍，远高于市场智能机器制造细分行业平均24倍的估值。在如此贵价发行的基础上，一开盘依然被疯抢，首日交易最高价达538.88元，中一签最高可赚13.39万元。

大家肯定说，我们现在搞高科技，是为了实现科技强国梦，因此，这些科技公司贵得有理由！

历史上这种“点石成金”的暴利发生过吗？发生过，暴风科技就是一个典型。

5年前暴风科技正式登录创业板，开盘价为9.43元，随后在“互联网+”概念的热浪下，开启连续29个“一字”涨停模式，成为A股有史以来，新股上市涨停个数持续时间最长的上市公司。到当年5月份打开涨停板时，中签500股的打新一族获利超过10万元。

不过，有必要请大家回顾一下五年前的几个“高科技”明星，如乐视网、全通教育、暴风科技等当时的亮眼表现以及之后的归宿，具体如图1～图3所示。

历史又开始重演了。非理性上涨的开端我们已经看到了，至于结局，会与5年前不同吗？我想有必要提醒一下，历史上投资人为之付出代价最大的一句话就是：这次不一样！

那么，为何如此的非理性场景总是在国内股市周而复始地出现？我个人认为有几个方面原因：

第一，A股有着炒小、炒新、炒概念、讲故事的“光荣传统”。我们回顾一下2009年创业板刚推出时的火热场面。当时的创业板被认为是承载了无数人的创富梦，在一片赞誉声中，大家普遍认为：“我国创业板未来的上市资源充沛而且优质，因此创业板的

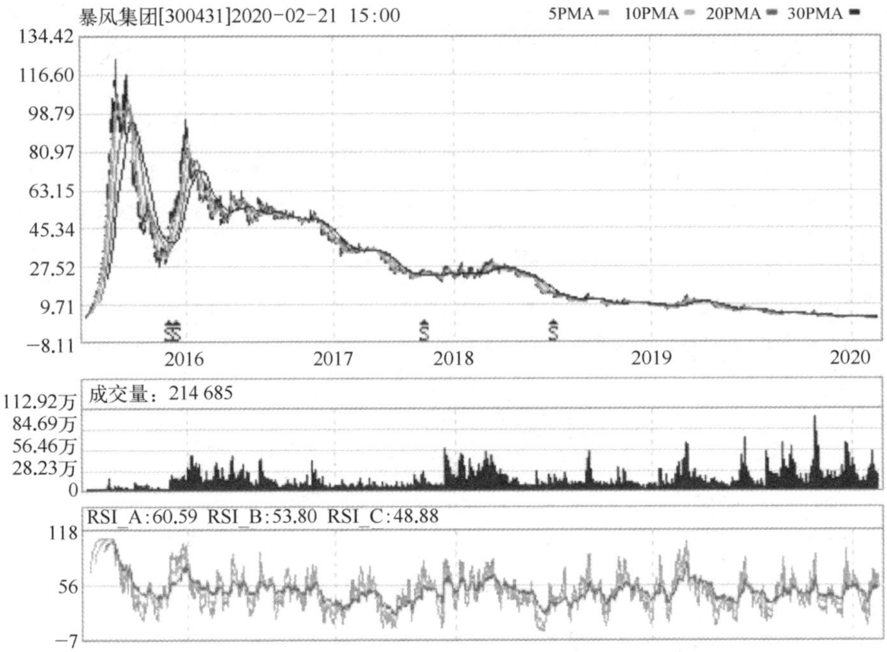

暴风集团[300431]2020-02-21 15:00
5PMA 10PMA 20PMA 30PMA
134.42
116.60
98.79
80.97
63.15
45.34
27.52
9.71
−8.11
2016
2017
2018
2019
2020
成交量：214 685
112.92万
84.69万
56.46万
28.23万
0
RSI_A:60.59 RSI_B:53.80 RSI_C:48.88
118
56
−7

图 1

全通教育[300359]2020-02-21 15:00
5PMA 10PMA 20PMA 30PMA
108.27
94.23
80.20
66.16
52.12
38.08
24.04
10.01
−4.03
2015
2016
2017
2018
2019
2020
成交量：349 583
131.67万
98.75万
65.83万
32.92万
0
RSI_A:50.11 RSI_B:53.76 RSI_C:55.81
113
55
−3

图 2

图 3

所有参与者有望共同获得创富的成就。”于是，上市公司不但高价发行，而且到了二级市场更是被节节炒高。当时，创业板一级市场发行市盈率步步高升：首三批的平均发行市盈率为 56.7 倍，第四批为 83.59 倍，第五批为 77.75 倍，第六批为 88.66 倍……

二级市场估值当时更是奇高：根据《证券时报》的数据，创业板个股在 2009 年 12 月底的平均静态市盈率高达 100 多倍……，几经反复到了 2015 年 6 月初时，平均市盈率竟然达到登峰造极的 140 倍。

现在，投资人寄予厚望的科创板来了！不少投资人在“炒新”“炒概念”“讲故事”等传统习惯的支配下，得益于监管者不再“指导”新股发行的市盈率（以市场询价来确定发行价格）的新机制下，极有可能让科创板重演创业板初期的火热。“三高”（高溢价、高市盈率、高估值）成为标准配置。

第二，科技强国的梦想，也被用来“讲故事”。科技强国是几代人的梦想，也必将在大家的共同努力下得以实现。而科创板的开设不仅仅是开辟一块新的资本市场，它还承担起股票发行注册制试点的重任，担当起证券市场增量改革的排头兵的角色。我们有足够的理由相信，科创板能完成促进资本市场和中国经济深层次的改革、促进科技创新、产业升级等新兴经济的发展的大使命。

然而科技兴国的大业实现，并不等于大部分科创板的参与者都能投资获利。创业板开办十多年了，同期国内的科技水平也大幅提升了。但我认识的创业板投资人中，没有几个能逃脱最终亏损的命运的。

为何二级市场投资人绝大多数最终亏损？买得太贵是主要原因；交易太活跃也是另一个重要原因。

“讲故事”的投资人为股市贡献着火热的成交量。以近期为例，沪深两市每天总成交量达万亿元，按 5‱的买卖双方平均交易手续费算，每天是 10 亿元；交易印花税卖方 1‰共 10 亿元；这样，一年 200 个交易日中手续费加上印花税约为 4 000 亿元；两融余额 1 万多亿元，一年利息近 1 000 亿元。上述各项股民合计共要在二级市场一年缴交 5 000 亿元的巨款。不算不知道，其实，如此下去，A 股每年都消灭 5 000 个亿万富翁。

第三，市场资金充裕却难觅投资机会。其实，春节假期后市场连续上涨，各种概念已经陆续粉墨登场，与全民抗疫相关的抗生素、疫苗、口罩生产商、快递公司等股价大涨，与抗疫不相关的、全凭想象的光伏、新能源、芯片、AI 等也轮番表演。

为何疫情来了，市场还能持续大涨？难道疫情来了对国内经济增长有利？难道能提升上市公司的整体盈利能力？

虽然，一时的疫情不会改变经济 5 年、10 年的长期大局，然而短期的影响是巨大的，工厂生产延缓、居民消费低迷是无可回避的现实。物价也在近期的供应相对不足的情况下明显上升。

CPI（物价指数）走高、GDP（国民经济增长）走低这种基本面可能是近期的基调了。那么股票市场的优异表现，显然与近期的经济基本面相背离。为何有这种现象？

以下段子很能说明问题：“农忙时下地勤快干活，农闲时聚在村头赌博”。在武汉地区，人们搜索“股票账户开户”的排名全国第一的数据，更是印证了“大家出不来开工，不如去股市博一把”的投资人心态。

而央行为应对经济的增长乏力而推出持续降低 MLF（中期借贷便利，俗称麻辣粉）以及 LPR（贷款基础利率）等实质性降息举措，也向市场反复注入大量流动性，为投资人在市场中短期炒作博弈推波助澜。

对直接参与二级市场股票市场，特别是创业板、科创板的二级市场投资的投资者而言，尽管有可能把握一些结构性的机会取得高回报，然而所承担的高风险却不能不提。

我们看看创业板从“大起”到“大落”的前车之鉴就知道了。诚然，应该有一些科技上市公司真正具有高成长性和高盈利性，而且自主创新能力比较强。在我国经济继续保持增长的背景下，我们可能有理由相信创业板、科创板会诞生个别中国式的微软、谷歌、亚马逊、苹果、英特尔……如果选中这些具备未来高成长性的上市公司作为投资标的，获取的投资收益可能非常可观。但是能把它们找出来是需要有判研投资标的公司的长期潜质和把握市场长期趋势的慧眼的，而且在茫茫一片科创板上市公司的“沙海”中，此类“金块”毕竟极为稀有，在寻宝过程中不幸踩上地雷的可能性更大。

您可能会说，不能错过这次牛市的机会，我一定要搏一把。那么，请允许我提醒您一下：如果对公司没有深入的研究，没有很大的把握就随便参与，盈亏全凭靠运气，那么和参与澳门赌场的游戏区别不大。而且后者更快、更有效（不用花时间研究公司，不用打探消息，不用求人帮忙推荐股票……）。

到此时，大家也会说，现在泡沫刚升起，机会难得，我们要好好把握住这次机会，赚一笔大钱，然后再来价值投资。

我觉得这种方法不可取，这就像是一位短跑选手宣称先做好几个百米冲刺，再来加入马拉松比赛。显然不靠谱。说得更不客气一点，就是希望先去赌场赢它个几把，然后再去经营实体企业。有可能不?

我个人认为，要通过投资理财实现合理回报，知行合一是关键。如果明知投机炒作不靠谱，那就选择“勇于不参与”吧。因此，我个人会继续“以不变应万变”，采用“选”好公司，“等”合理价买，然后长期坚“守”的笨方法，通过与“好公司”同成长的方式就能获取长期好回报。对于能承担一定风险的投资人而言，如觉得“选”“等”“守”的三字经并不好念，那么，选择定期投资沪深 300、中证 500 等核心指数也是跟随市场来通过长期分享我国经济增长成就而实现财富保值增值的有效途径。

（首发于秦朔朋友圈 2020 年 2 月 24 日）

如何成为“聪明的投资者”？

在过往的文章中，敝人写过一篇“不做投资的聪明人”，建议投资人学习著名电影《阿甘正传》的主人公，采用“笨办法”来做证券投资：

◇ 市场低迷时买入，市场高涨时卖出，单纯正直、知行合一、心无旁骛、长期坚持。

◇ 同时力劝摒弃传统的“打听消息、跟随庄家、技术划线、追涨杀跌”等所谓的“聪明办法”，因为这些“聪明办法”都不能让投资人跑赢市场，甚至无法让投资人在长期实现任何回报。

那么，最有可能长期跑赢指数的投资方法是什么呢？那就是“价值投资”的创始人、股神巴菲特的老师本杰明·格雷厄姆（Benjamin Grahame）在20世纪30年代所提出的“普通投资者证券分析的一般方法”。

本杰明大师在他的《聪明的投资者》的第5章中介绍了防御性（也就是保守者的投资“四项基本原则”）:

◇ 投资不要过度分散。也就是说，即使是资金量很大，持有的股票数在10～30只即可。投资标的有限，投资人就可以深入研究，把每一个标的研究透彻。

◇ 选择的每一家公司必须是大型的、知名的，财务上是稳健的。这确保了标的公司能持续经营，而且抗不同经济周期起伏波动的能力强。

◇ 每一家公司都应具有长期连续支付股息的历史。这一标准能有助投资人避过诸如“康得新、康美药业”等财务造假的地雷，因为，虽然财务报表的利润是可以造假与操纵的，但利润造假的公司是不可能长期拿出大量现金分红的。

◇ 投资者的买入股票价格应限制在过去7年平均每股利润来计算的25倍市盈率之内。如果以过去一年的利润来计算市盈率，那就控制在20倍以内。以7年平均利润来计算，确保不会买得“太贵”。

按以上标准衡量，A股中的绝大部分“成长股”“新股”都被排除在外了。

然而，本杰明大师在书中的第11章也给出了，成长型公司股票的选择估值标准：市盈率 = 8.5+2× 增长率，公式中的增长率是公司7～10年的平均增长率。也就是说，如果一家上市公司的利润长期增长率是5%和10%，那么其买入时可以接受的估值分别是18.5倍和28.5倍市盈率以下。

其实，在国内A股市场的3 000多个标的中，符合以上标准的上市公司也就只有30个左右，即使在低迷期也不超过50个。让我们总是看好的一面，符合标准的上市公司不多，意味着选起来不费工夫。

我自己做了个回测实验，如果在A股中选取符合本杰明大师所设定的标准的这样一篮子的投资标的，在五年前的2014年初买入，一直坚持不动，至今回报率为5倍以上，即使是在2015年6月股灾前的巅峰买入，至今也有1倍以上的回报。远远跑赢了同期各类指数，当然也能战胜绝大部分同行投资人。

显然，“价值投资”的原则同样适用于A股，采用“选”好公司，“等”合理价买，然后长期坚“守”的简单方法就能让投资人获取好回报，前提就是，情绪能不为短期的涨跌所动，能做到心无旁骛地“选”“等”“守”。

尽管不同类型的学术研究都已经从不同的角度印证“价值投资”的原则长期适用于A股，但国内的投资人依然普遍不以为然。以下是国内投资人对此提出的挑战。

◇“价值投资”的方法是老外的，不适用于国内市场。

敝人对此质疑，引用我们的伟人邓先生的名言，不管白猫黑猫，能抓老鼠的就是好猫。引申一下就是：不管是老外的方法还是老中的方法，能在证券市场取得好回报的就是好方法。事实上，我们不是时常“痛恨”外资在A股投资获利多少云云吗？人家的好方法我们拿来用就好了。

◇ 如果以上述“价值投资”方法，在A股选出来的投资标的都是“白酒、酱油、牛奶、榨菜、家电……”之类的“下里巴人”，不是“高科技、放卫星”等等高大上的“阳春白雪”。

其实，投资的目的就是跟随好公司而取得好的回报，无论是白酒、酱油，还是高科技都是我国实体经济的重要组成部分，不同行业的上市公司本没有贵贱之分。

◇ 如果坚持“价值投资”，守着这些“乌龟公司”，每天股价波动有限，远没有投资其他“股性活跃”的公司般的激情四射。

其实，投资所应寻求的是确定性高的合理回报，在这一点上，这些符合“价值投资”标准的“乌龟公司”能让我们很确定地实现投资目标，而其他公司则大概率不能。你可能会说，我若不去积极全力参与各类热点而激情一把就错过各种机会了！其实，在我们的人生中，每天都在错过各种各样的、就在身边溜过的机会，这没什么大不了的。投资人用的是自己辛勤劳动换取的真金白银，没有大概率获胜的投资机会，错过就错过，没有什么大不了的。

因此，要做真正聪明的投资人，就意味着要时刻保持客观理性，尊重常识，既然找到大概率取得良好回报的投资方法——“价值投资”，就要心无旁骛去坚持。毕竟，这是被中外证券市场几十年来证明唯一行之有效的投资方法，我们有什么理由不坚持呢？

（首发于秦朔朋友圈2019年9月10日）

解密“十倍股”的投资逻辑

就在3个月前的去年12月份，当时A股已持续下跌了近一年，市场内外风声鹤唳。在股市投资人最感失望之际，敝人发表过《不要浪费这一轮难得的熊市》一文，力劝投资人把握机会，“不要浪费一轮难得的熊市”。尽管当时阅读者不多，但若听信并能做到“勇于参与”，这三个月间就已经有了可观的回报了。

现在，股市持续大涨，大家高呼“牛市来了”。那么，我们该如何参与，才能在立于不败之地的前提下实现长期回报的最大化？

1.

首先，要如何解决“立于不败之地”的基本问题。

上任不久的证监会主席在首次公开亮相中表达了“必须敬畏市场，必须敬畏法治，必须敬畏专业，必须敬畏风险”的监管思路。如果此思路真正得到落实，那么，A股的确是有望走出大家所盼望的长期牛市的。

然而，长期牛市不等于让绝大多数投资人赚钱。因为长期牛市出现的前提条件就是能通过实质上的新股发行注册制，配合严格执行退市机制，加上严厉执法打击操纵与造假，从而让市场具备有效的优胜劣汰机制。

而优胜劣汰机制的建立，受打击的恰好是一直以来受国内投资人热捧而成为市场热点的——绩差股、概念股、故事股……这些为多数国内投资人所熟悉与青睐的投资标的将来恰恰都是被淘汰的对象。

MSCI（Morgan Stanley Capital International，摩根士丹利国际资本公司）刚宣布，决定将A股大盘股纳入因子由5%提高至20%，5月、8月和11月逐步提升；5月以10%纳入因子加入创业板大盘股；11月以20%纳入因子加入中盘A股以及含符合条件的创业板股票。

外资参与比例提升有利于改善A股的土壤。未来一定是估值合理的绩优公司享受溢价，高估值低业绩的小公司继续折价，而不是现在的低业绩的小公司享受高溢价。

因此，“选好公司”“等合理价”“坚守作长期打算”的价值投资原则是能让投资人立于不败之地的根本。

2.

其次，要解决长期回报最大化的问题。

说到长期回报最大化，笔者想起了著名的投资大师彼得 · 林奇以及他创造的一个术语叫作“十倍股”，“十倍股”是指股票价格可以在一段时间内上涨超过 10 倍以上的股票。他在富达基金效力 13 年间一直致力于寻找涨 10 倍的股票。其实，与大家的认知感受可能不一样的事实就是：投资者怨恨 10 年“上幅零”的 A 股恰恰是诞生“十倍股”的温床。

为了观察与研究的方便，我暂时忽略了近期这一轮还没完成的牛熊转换周期。把统计分析的时间设定从 2000 年 1 月 1 日—2013 年 12 月 31 日，统计结果显示，期间 A 股产生了 857 家“十倍股”，剔除部分数据不全及异常值，剩余 851 家，其中 50 倍以上有 26 家。众所周知，这段时间 A 股主板指数 10 多年来上上下下，由上证 2 000 点左右的起点最终又回到此起点。

看统计结果，A 股确实是机会之地。沪深两市当时总共才 2 000 多家上市公司，竟然有 800 多个股票曾经“大涨十倍”。

3.

那么，股票“涨十倍”背后的逻辑是什么？是什么原因令投资者错过“涨十倍”的机会？以后还能把握同样的机会吗？

首先，让我们仔细观测了解一下“涨十倍”背后的一些逻辑吧。

因市场心态改变而导致估值的大幅提升。研究发现，这些“十倍股”中有 75% 是因公司估值上升而推动，估值上升的起点是在 2005 年中旬，那刚好是一轮大牛市的起点。其中有 217 家公司短短 3 年间股价就冲上了 10 倍。这就验证了大牛市到来的时候，就好比“遇上了台风时，只要站在风口，猪也能飞起来”的道理。

试想想，当时上证指数由 1 000 点涨到 6 124 点，涨幅达 6 倍。其中一些股票弹性高一点，蹦到 10 倍是一点不稀奇的。当年银行、券商、钢铁、地产等周期性蓝筹股票的大幅上涨同属于这一逻辑。顺便提一句，2014—2015 年间“人工牛市”期间的以“神车”为代表的“一带一路”、以恒生电子领军的“互联网 +”也差不多是这个逻辑，投资人在市场没启动之际，5 倍市盈率的股票嫌贵，市场启动后，同样的股票 50 倍的市盈率也照抢不误。结果风一过，这些“飞猪”纷纷落地，被打回原形。

因公司盈利能力的持续提升而导致股价持续上涨。事实上，在史无前例的2005—2007年的牛市之后，股市总体持续反复下行，但也有500多个股票在几年间陆续达到最高价，实现“涨十倍”的收益。显然企业本身经营能力的持续提升是这些股票在穿越牛熊之间“涨十倍”的最终决定因素。名牌白酒、传统名药、医疗健康、消费服务、金融产业等社会的“刚需行业”是诞生这些公司的“温床”。即使是在过去的五年间（2014年初至今），市场大起又大落，这些行业中的龙头企业贵州茅台、五粮液、片仔癀、爱尔眼科、格力电器、伊利股份、招商银行、平安保险等复权后的股价都超过五年前的五倍，成了真正穿越牛熊而不败的品种。只要这些股票在未来五年价格再涨一倍，就能轻松地为投资人实现“十年十倍”丰厚回报的梦想了。

当然了，特色的市场中还有一些其他常理难以解释的逻辑。激情燃烧的“神创板”中诞生许多“涨十倍”的股票，其中不少（如暴风科技、朗玛信息、全通教育、安硕信息等）是“无厘头”概念，短短几个月就上涨过十倍，但是其后几年的年报业绩却证明了所谓的“高成长预期”只是个虚幻的传说。

这种令人看不懂的上涨逻辑，只能归功于参与者“人有多大胆，地有多高产”的动物精神了。也有绩差股因为被借壳、重组等转眼间身价十倍以上，这只是体现中国特色的IPO管制下的壳价值而已，碰上了也就是运气。而且，这类的妖魔鬼怪，最终都经不起时间的考验而露出原形。

4.

分析过以往股票大幅上涨的逻辑，是时候探讨具体如何把握相似的未来机会了。

第一种逻辑在将来几年重演的可能性不大。虽然目前国内股市的周期性蓝筹股的估值并不算高，但是，十多年前国内GDP高速增长由大规模投资带动与出口推动，周期性行业的盈利能力总体上以两位数增长的“好日子”难以再一次重复了。今后，国内经济增长的新常态是以增长速度放缓、结构调整为主调的。指望周期性行业蓝筹在今后一段时间重拾“涨十倍”的过去辉煌显然是不现实的。而重复2014—2015年“人造牛市”中以讲故事为支撑，靠杠杆拉起来的“一带一路”“互联网+”“军工概念”等板块的辉煌也在“去杠杆”“控风险”的经济工作大背景下变得不可行。

第二种逻辑中，我们需要把握结构转型的主线。看哪些行业在将来更多地得益于结构的调整，看哪些行业内的公司业绩更有机会持续增长从而成为催生“涨十倍”股的新沃土。笔者倾向于医疗、保健、医药、消费、文化、娱乐、金融等行业。因为人口老龄化，医疗保健支出较大，增长由生产驱动转向消费拉动等大趋势是基本确定的。

值得一提的是在消费类行业中，名酒类公司的当前估值依然合理，白酒作为千年国粹是文化的一部分，今后被淡化的可能性为0。名牌国药虽然估值不低，但相关公司业绩增长稳定，而且全球范围难有真正意义上的竞争对手。消费类以及金融服务业的龙头企业，经营模式可持续、业绩增长稳定，与竞争对手也拉开了距离，形成了能保障净资产收益率长期增长的“护城河”。

至于第三种逻辑，看不懂，抓不住。那就是可遇不可求的，就不必费心了。近期我们也看到“东方通信”这样的“十倍”股票出现，然而，参照历史上这种“无厘头”“蹭热点”的炒作的规律，股价大涨之后几乎可以肯定又会以漫漫的熊途跌回原点。投资人如参与其中，最终结果可以确定是要铩羽而归的。

客观数据还清晰地告诉我们，过去“涨十倍”的股票中，2/3需要持股3年以上才实现上涨10倍的目标，超过一半需要持股5年以上才能实现“涨十倍”的目标。而短期能涨10倍的，基本就是上面所说的第三种逻辑，最终是要被打回原形的。

5.

综上所述，要实现长期回报的最大化，只有第二种逻辑是今后依然可以成立的。而且必须有以下的前提，那就是：

◇ 选取的是好公司。

◇ 买价足够低。

◇ 持有时间足够长。

其实这也就是前面已经讨论过的、解决如何“立于不败之地”的首要问题的“价值投资”原则。

因此，无论是市场遇上去年12月份的冰封雨雪，还是碰到近期的热浪火焰，我坚信，“选好公司，等合理价买，坚守作长期打算”这样的“一剑”可以走遍股市天涯而无敌手。

全球公认的“股神”巴菲特已经用一生展示了这种以价值投资“一剑走天涯”的精彩了。我们难道不值得跟随吗？

（首发于秦朔朋友圈2019年3月5日）

投资做长期打算，或有短期惊喜

1.

在 2015 年 7 月起至 2017 年末期间，本人以《勇于不参与》等多篇原创文章建议不要参与价格充满泡沫的 A 股。到今天，经过 3 年多的挤泡沫，随着 A 股总体估值水平的持续下降，敝人对 A 股的投资价值的看法已经发生根本改变。

敝人认为现在可以逐步买入，那么一般投资人可以选什么标的？简单的操作，那就是沪深 300 指数加上中证 500 指数基金。原因是：

第一，这两个都是具备优胜劣汰替换机制的指数；

第二，这两个指数覆盖了国内主要的行业，代表中国经济的主流。

另一个选择，则是相信老外的眼光而以 MSCI 指数型基金的形式参与并作长期打算，这些都是很有效的参与方式。

2.

其实，投资是一项“逆人性”的事业，市场高涨之时，投资人参与意愿强烈，例如，在 2015 年上半年 A 股泡沫膨胀之时，大家争相跑步入场，两市日成交量超过 2 万亿元。但结果呢？参与者的命运我们都知道是非常悲惨。到了 3 年多以后的今天，市况低迷，成交量只有原来的十分之一，即 2 千亿左右，普遍的股价水平都已腰斩。

低买高卖的原则人人都懂，而知行合一很难。与三年前比，现在股市估值水平低多了，而长期投资回报潜力高多了。然而，当前愿意真正参与买入的人少之又少。

大家又找到了许多原因，宏观经济方面，国内经济增长持续放缓、中美贸易摩擦难以解决、债务困境与去杠杆预期继续、房地产泡沫无以为继等，似乎找不到一点光明；而 A 股市场上市公司几乎“无股不质押”，由于大量的质押股权被冻结在银行与券商，现在不少已经低于平仓线也因政策“窗口指导”而无法行使权利，如果长期处于这个状态，对银行和券商会造成亏损，而股市也继续面临下行压力。

实际情况真的如此悲观吗？不然！

经济规律告诉我们，在市场经济环境下，没有永久的繁荣，也没有永远的衰退；只有永恒的周期轮回。我们完全没有理由相信国内经济增速会一直下行，而 A 股也不会一直低迷下去。

我们也见过不少其他经济体处于调整周期的情况，但它们都是在一片“看衰”的声音中复苏的。十年前的次级危机在美国发源，当时多数人认为美国将因此走向衰落，然而，经过短期痛苦的调整与出清，美国经济持续复苏，美股也连续走出十年的长期牛市。

大家可能说，那是美国，情况不一样！那么让我们看看其他比我们问题多得多的经济体的周期以及它们相应资产的表现。

希腊曾经是欧盟甩不掉的包袱。

9 年前，欧洲债务危机由希腊引爆，当时希腊被认为是“欧猪四国 PIGS”（P 代表葡萄牙，I 代表意大利，G 代表希腊，S 代表西班牙）中的最弱一环，国内债台高筑、人口老化、生产力低下，丧失了在国际市场举债的信用……大家都认为希腊除了退出欧元区外别无他法。而希腊不得不接受苛刻的紧缩条件以换取国际货币基金组织（International Monetary Fund, IMF）、欧洲央行、欧盟成员国共同资助以及私人债权人的救助，并实行资本管制……

经过了 9 年来的内部紧缩与外部帮助，IMF 的数据结果表明希腊确实是在明显复苏了，去年希腊债务占比为 178.6%，同比下降约 2 个百分点，今年将继续降至 172.5%；而希腊财政也已连续 3 年盈余，经济增长势头或将继续强化这种趋势。去年希腊 GDP 增长 1.8%，今年上半年又成了欧元区经济增长最快的成员国之一，经济景气指数创出 4 年来的新高。国际经合组织（Organisation for Economic Co-operation and Development, OECD）预计，今明两年希腊经济将分别增长 2% 和 2.3%。据此，惠誉等国际信用评级机构已将希腊主权信用评级由“B-”上调至“B”，展望“正面”。希腊也因房价明显回升而成为国人最近的热门投资目的地之一。希腊雅典指数 ASE 也从 2016 年的低点回升超过了 50%。

希腊终于能重返国际金融市场发债融资了，源自 2009 年 12 月的欧洲债务危机也就结束了。

日本经济复苏曾经被认为是“不可能完成的任务”。

事实上，日本经济从 20 世纪 90 年代初资产泡沫破裂后一直处于萎靡不振的状态，近 20 年没有出现过实质性上的回升。从“失去的 10 年”，到“失去的 20 年”，大家预期“失去的 30 年”很快就成为现实，人口的老龄化、出生率的下降更是成为专家们认为日本经济“必然”走向沉沦的关键依据。

然而，情况正在悄悄出现了变化……从数据上看，从2012年起日本经济就一直保持温和增长的态势。根据公开数据，2017年日本GDP增长率为1.7%，连续5年实现了正增长；而2018全年GDP的增长率预期达1.8%，在人口老龄化且劳动力总数在减少的“迟暮”发达国家，这样的经济增速确实是不错的佳绩了。

作为“经济晴雨表”的日本股市，日经225指数在2017年上升了21%，其表现在全球范围都算亮丽。2018年三季度末，日经225指数更是进一步创下27年新高，离“失去的二十年”起始的巅峰位置已经不远。

尽管是经历了长痛，只要给予时间，连希腊、日本这样的“无望”经济体都能走出低谷，我们真没必要担心国内经济会一蹶不振。

3.

事实上，即使是经济增速下行，我们6%以上的GDP年增速依然是世界上增速最快的经济体之一，比欧、美、日等全球主要经济体的增速快一倍多，只要中国市场开放，不难吸引全球各地的资本。

再来看因长期疲弱而让大家“痛恨”的A股，今年以来的“股权质押”连续爆仓而造成市场持续低迷，其实就是为2015年的股市泡沫盛宴终极买单而已。从乐观的角度看，泡沫的破灭让A股的总体估值水平回到了几年来难得的低水平，好的投资机会在投资人的一片悲观中正在酝酿。

实际上，便宜下来的A股已经吸引了不少外资进场“抄底”：外管局近日公布了2018年二季度及上半年我国国际收支平衡表。其中，二季度数据显示，直接投资净流入248亿美元，双向保持在较高规模。其中，对外直接投资净流出279亿美元，外国来华直接投资净流入527亿美元。证券投资净流入610亿美元，创季度历史新高。其中，对外证券投资净流出43亿美元，来华证券投资净流入652亿美元。

老外们一直在买，国内资金一直在卖，也不知道谁更聪明呢？

大家可能担心如果下一步债务违约升级、房地产泡沫破灭，会让股市进一步大跌。其实，股市是宏观经济的领先指标，目前的低迷状态已经是对债务违约、房地产泡沫困局的反映了，股市的回升是领先于经济周期的。巴菲特说过一句名言：当看到知更鸟的时候，春天就已经过去了。

悲观者还是不放心，还在担心牛市再也不会来。那我们就一起找一些投资标的，即使牛市一直长期不来，也能让我们立于不败之地的品种，这样该可以让我们放心投资了吧。这些穿越牛熊的品种在哪里找呢？

我们一起看看日本市场的经验吧。利用这个国庆假期，我导出了日经指数中50家当前最大的上市公司，这些在长期熊市中的适者生存公司除了电信、高铁、银行、保险等国计民生产业中的佼佼者外，就是日本具有全球核心竞争力的高端制造业的丰田、本田、日产、三菱，佳能；还有日用消费品中花王、TOTO等等这些我们耳熟能详的品牌；以及小野制药、大冢制药、武田药品等医疗保健产业。

那么，在A股按图索骥，以国计民生、核心竞争力、消费刚需、医疗保健等为标准选取穿越牛熊的投资品种是否也同样适用？

还是谈谈自己的不那么成功的A股投资经历吧：2015年6月股灾前，敝人就做到“知行合一”卖出了手头大部分的股票，其中有招商银行，卖出价格约为20元，本该是最明智的选择了吧？结果呢？很让人想不到，经历了N轮股灾至今天，招商银行的股价是30元，三年间还加上了可观的分红……现在看，当时在市场泡沫巅峰时卖掉优质的银行股票显然是卖错了！

而同样2015年股灾前，因为估值便宜而实在不忍出卖，结果“砸在”手中的名牌国酒、部分平安保险，持有到今天，较股灾前高点的价格都已经或接近翻倍了。而对比一下指数，三年前股灾前上证指数是5 100点，现在的指数水平几乎是腰斩，创业板指数跌幅则是更大。

显然，在A股是可以找到这样一些好公司，即使市场总体表现非常低迷，也能通过经营的稳步增长来为投资人带来很好的回报。因此，投资人以合理的估值买入并长期持有这些好的公司，哪怕是牛市永远不再来，投资回报也非常不俗。

那么，A股中有哪些行业更容易产生这些好的公司？我认为大众消费、医疗保健、金融服务等行业都是产生这些好公司的温床，其中前两者面向13亿人口的大消费市场，而后者，还加上牌照管制的“护城河”。我依然特别看好名牌国酒、传统国药，因为我们在这些领域具有全球核心竞争力，而银行与保险业关系到国计民生，它们当中的优等生极有可能成为保护投资人穿越牛熊的历练而立于不败之地的好公司。

总而言之，若选取可以穿越牛熊的好公司以合理价格来参与，即使牛市永不再来也会有很好的回报，还有什么好担心的呢？

当然了，牛市是必然会再来的，那么以长期投资为目的的投资人还可以获得短期的意外惊喜。

（首发于秦朔朋友圈2018年10月9日）

「林凛」

关键词：

全球市场；长期跟踪；实时分析

美股一周经历史诗级暴跌，What's next？

“当波动率［VIX，即恐慌指数（见图 1）］快飙升到 50 的时候，就是天崩地裂的时候，还管什么逻辑。”某美股期权交易员在北京时间 2 月 29 日凌晨匆匆回应了一句笔者的提问，便又忙着去调整仓位了。

CBOE VIX 波动率指数，被用以衡量标普 500 指数未来 30 日的预期年化波动率，通常可以使用标普 500 指数的近月及邻月认购 / 认沽期权价格计算得出。

上周五，该指数最高飙至 49.48，较前一周的平均水平（约 15）飙升 166%，而上周美股的确经历了历史上罕见的抛售——截至 2 月 28 日的一周，道指跌幅为 12%，纳斯达克指数跌幅 10%，标普 500 指数跌幅 11%，创 2008 年 10 月以来最大单周跌幅。全球股市更是随之泥沙俱下。

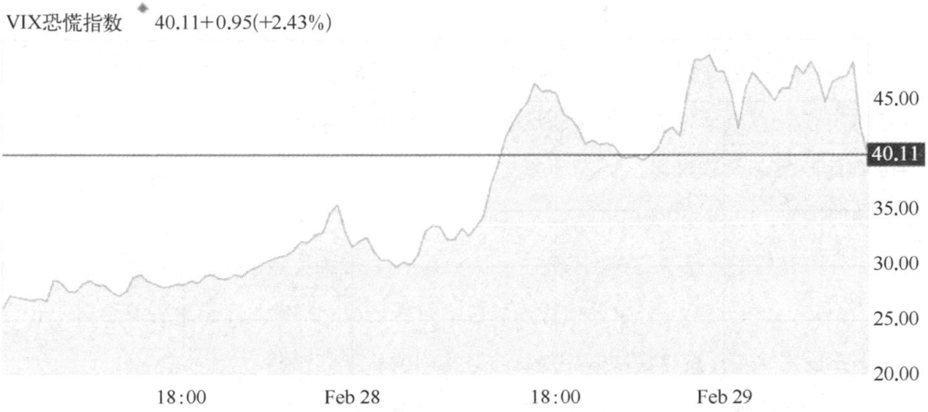

图 1

新冠疫情近期开始出现了全球大蔓延的趋势。日本、韩国、意大利、美国、伊朗等国分别出现了疫情加剧的态势。即使中国的疫情已得到了控制，中国市场也未能避免受其影响，本周沪深 300 指数下跌 5.05%，过去一周之前迅速拉高的创业板指数也开始下行，幅度为 6.96%。香港市场下跌 4.42%。

美股的重挫难道只是因为新冠病毒？未来究竟还会发生什么？政策制定者、央行家们是否又将面临“Whatever it takes（不惜一切代价）”的历史性时刻?（注：当年在欧债危机后，前欧洲央行行长、意大利人马里奥·德拉吉喊出他那标志言论——“Whatever it takes”，此后欧元区祭出天量量化宽松（quantitative easing, QE），逐步实行负利率政策。）

1. 美股经历系统性连环抛售

所有人都在问，为何美股的跌势如此之大、如此之疾，好似一辆脱了轨的列车。

其实，早在两周前，在和两位全球宏观交易员交流的时候，他们已经提及“市场不妙”，但这波下来，多数交易员也感叹市场的凶猛跌势超出预期。两周前，他们已明显观察到美股出现大量的异常现象，例如，曾经领涨美股风骚、受机构投资者追捧的低波动、低 beta、大市值等 smart beta 风格类股票出现异动，出现大量卖盘。Beta 剧烈轮动，预示风险度已经上升，开始触发量化基金的风险调控目标。在最近几年欧美股市过度依赖流动性支持的前提下，任何蝴蝶翅膀，都可能扇出飓风。

下面具体分析近一周的市场急速下跌链条。

首先，在疫情不确定性的恐慌下，再加之美股维持高位，抛售在所难免，那么第一波抛售的很可能就是那些投机者。

然后，随着跌势扩大，市场主要的抛售力量转换到了 ETF 等被动投资上，由于近几年美股在天量流动性支持下不断走高，市场也过度崇尚量化，尤其是低端的 smart beta 被动产品，大量聚集在低波动的波动率目标基金，因此在下行波动放大时才触发这么快的抛售。

另外，趋势型商品交易顾问策略（commodity trading advisers, CTA）、风险平价策略（risk parity）和一些中长线的投资者（如养老金、捐赠基金、社保基金等）也会开始调整投资组合，调仓的原因便是其对经济前景转差的预期。

这一个链条梳理下来，也基本解释了，为什么美股在整整跌了一周，且每天跌幅都如此之大的背景下，仍止不住跌势。因为这就是不同投资势力的“多米诺骨牌”效应。

再简单介绍一下大家可能觉得较为陌生的 CTA 和 risk parity。CTA 这种策略追逐短期趋势，波动性是获利来源，它们在宽幅震荡行情中如鱼得水，当市场的广泛下跌行情形成下降趋势时，CTA 基金将随行就市，启动强制抛售模式，对市场施加额外的下行压力。高盛早在 2018 年就测算，CTA 基金持有约 700 亿美元美股多仓，在全球股市持有约 1 900 亿美元多仓。如果下跌形势继续恶化，这些基金加速抛售的趋势是难以阻挡的。

再说 risk parity 这一风险平价策略。“对冲基金之王”桥水也正是以风险平价策略闻名于世，桥水赋予其一个新名称——全天候策略（all-weather）。尽管风险平价策略不是一个新概念，但其在过去几年的金融环境下来到了一个新高度——在过去两年中，标普 500 指数大涨近 24%（此次暴跌前），但很少人注意到了 20 年美债也获得了 27% 的总回报，因此股债配比 60/40 投资组合的夏普比例（承担一单位波动可以获得的回报）基本在过去一年创下了新高，尤其是在美联储去年 6 月再度降息之后，股债齐涨。

但看似所向披靡的“全天候策略”也并非万能灵药，就好比这次史诗级抛售。

风险平价策略的特点是，不断增持波动性降低的资产，不断减持波动性上升的资产，维持一个总波动性大致不变。过去几年极低的市场波动，导致这一类基金对股票的敞口较高。而我们知道，股市上升期间波动性是不断下降的，市场一旦调整，波动性就会上升，就好比我们在上文提及 VIX 周五一度飙升至近 50 的水平。所以这类基金事实上也有追涨杀跌的倾向，而且风险平价基本上是一个量化策略，操作是策略自动决定的，很少有人力干预。换言之，一旦开跌，你很难叫停。

2. 美股暴跌后很难迅速大幅企稳

如果你要问暴跌后美股能否企稳、反弹并再破前高，就好比我们在过去好几次类似经历中看到的那样？答案是，近期可能很难快速大幅反弹，而中长期就要看美联储这位“救世主”是否采取行动。

目前来看，根据美国当前的经济动能，上述 CTA 等类趋势跟踪策略的基金已大部分出清。野村量化团队认为，如果美国经济可以避免下行，那么若 CTA 进一步削减多头头寸，则可能被认为是“过度抛售”。但是，鉴于市场波动率仍然维持高位（目前 VIX 在 40 的水平），风险平价策略基金还会持续进行再平衡，此前这些策略基金一直在减持高波动率的股票而买入低波动的债券等，如今抛售后可能他们会暂时放缓卖股票的步伐，转而进一步买入债券和稀有金属（主要是黄金），至于何时才会加仓股票，则可能要等到发达股市波动率指标回归平静。因此，VIX 是一个需要密切关注的指标。

当前，美国数据显示经济仍然相对韧性，失业率仍接近 50 年低点 3.5%，每周申请失业救济人数也接近数十年低点，略高于 200 000。制造业 PMI（ISM）也刚刚反弹至 50 以上，进入扩张领域。只是因为疫情在中国以外加快蔓延，金融市场指标目前正在对日益严重的疫情将严重损害美国经济和企业盈利前景的可能性进行定价。

也有人会问，为何号称避险资产的黄金也在周五大跌 3.3%？答案不难解释。此前，我们提及在避险情绪、低利率背景下黄金将会再创新高，于是在两周的时间内，国际金价从 2 月 15 日的 1 589 美元 / 盎司暴涨至 2 月 25 日的 1 689 美元 / 盎司，随后便出现小幅回调。此次的暴跌，一方面是在超涨后的获利了结；另一方面更关键的原因则是流动性问题。

全球宏观交易员袁玉玮提出，投资者卖掉抗跌的资产、拆东墙补西墙。从国家层面来看，因商品下跌而陷入债务危机的国家减持黄金；从纯粹投资机构的角度来看，亏损的交易者卖黄金，补其他亏损造成的保证金或应付基金赎回。这就好比在 2 月 3 日 A 股和商品市场复牌当日，基本面较强农产品遭到跌停板开盘。道理是一样的——流动性危机。

长期来看，在低利率背景下，非生息资产的黄金仍然具备上涨的基本面，只是何时入场还需要观望。周五之前，有交易员画了以下这张图，称“如果黄金不跌破 1 593 的支撑位，那么就可以考虑在回调的时候加仓”。哪知，周五在美股巨幅波动时，金价也已刺穿了 1 590。

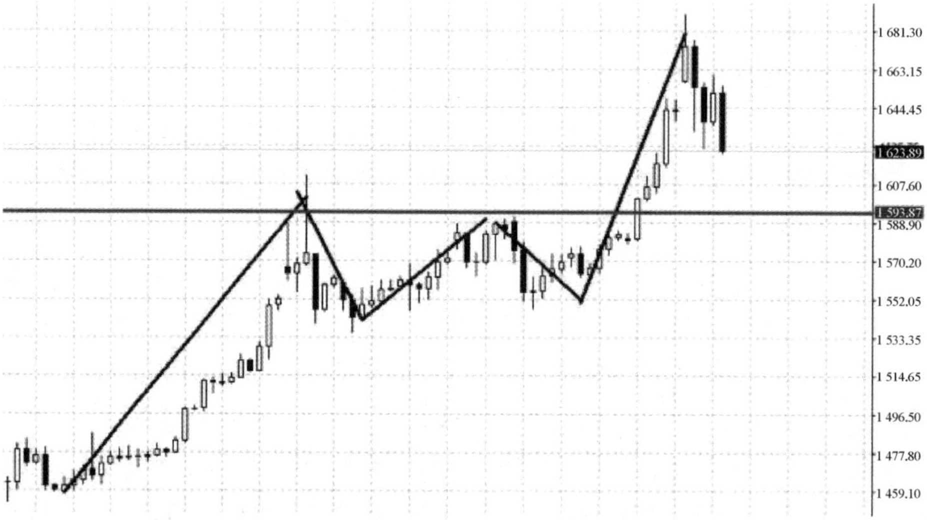

图 2

3. 美联储将被逼降息

“之所以美股周五一开盘还是不分青红皂白地跌（道指开盘跌幅一度达 1 000 点），也是市场在逼美联储就范，美联储此前一点都没有表示，因此市场也就完全不给面子了。”某交易员周五时对笔者提及。

终于，在收盘前，美联储主席鲍威尔出来讲了一句不痛不痒的话安慰市场，但尽管如此，效果还是立竿见影，市场跌幅收窄。鲍威尔表示，美国经济基本面保持强劲。正在监控近期全球事件的发展，将在合适的时候采取行动。

一直以来，美国股市似乎刀枪不入，其受益于美联储注入的天量流动性和美国公司股票回购，同时还拥有全球股票宇宙中的虚拟避险地位。而此次，渣打就认为，标普500 超过 10% 的修正、VIX 飙升和 VIX 曲线的倒挂，将不会被美联储忽视。

目前 VIX 曲线的反转是自 2018 年第四季度以来最极端的，而当时标普指数下跌20%。美联储的工作越来越困难。

金融市场指标一致指向极端的风险厌恶情绪，通胀预期进一步下跌、低于美联储2% 的目标，美联储很难继续坚持“观察并等待”。当一次特定会议上超过 70% 的降幅被市场定价时，美联储从不会让市场失望。

渣打在周四时提出，美联储将像去年 6 月前那样，以降息的方式向市场“缴械投降”。渣打预计，美联储会在 4 月和 6 月分别降息 25BP（基点）。

然而，经历了周五的剧烈波动，目前市场光是对 3 月降息的概率已飙至 100%，更令人震惊的是，市场押注降息 50BP 的概率高达 94.9%。目前美国联邦基金利率区间为1.5%～1.75%，而历来美联储一次降息只降 25BP，除非是出现极端情况。

各界预计，美联储很快就从“观望”转变为先发制人的降息，而且它可能是会像当年的欧洲央行行长德拉吉那样，愿意做任何它需要的，不惜一切代价（Whatever it takes）。

就 A 股来看，周五的大跌似乎是“久违”了，2 月 3 日大跌后，A 股似乎完全忽视了经济基本面的恶化而不断反弹，一度突破了 3 000 点大关，创业板更是气势如虹，直到周五已大跌 6% 收场。交易员普遍表示，全球股市在过去一周的跌幅之大，早已足够让外资对全球投资组合进行再平衡，而赎回压力也会导致 A 股下挫。

不可忽视的是，中国央行提供了大量流动性支持，加之放松再融资能有效提升上市公司的融资能力、化解企业经营中的流动性压力，因此，尤其是以中小创为代表的成长型公司获益更大，涨幅居前。事实上，从去年底以来成长股走势更强就是预期再融资政策将会松动。这也解释了为何此前创业板如此强势。

但是，中国股市连续上涨也使场外的潜在资金变得犹豫，目前指数的适度调整实则更有利于股市更健康运行。

（首发于秦朔朋友圈 2020 年 3 月 1 日）

中国市场备战交易周，疫情短期将如何影响经济

受新冠状病毒的影响，沪深交易所将A股开盘时间由原来的1月31日推迟到2月3日，即仅晚了一个交易日。随着市场恢复正常交易，各界的关注点也自然而然地从疫情本身的发展转移到其对经济和市场的影响之上。

各界最为关注的问题无疑是，究竟疫情的短期冲击将如何影响经济？又将有何种政策加以应对？A股开盘后，市场将如何表现？

1. 疫情对经济冲击更偏短期、不可简单类比SARS

2002—2003年SARS爆发阶段，其短期对中国经济造成下行压力，尤其是服务部分，但从历史来看，多数疫情过后往往经济等会因积压的需求释放而出现“V形”反弹。

SARS从2002年11月初露苗头，2003年3—5月加剧，最终在2003年六七月得到控制。受到SARS的影响，中国实际GDP增速从2003年一季度的同比增长11.1%，下降2个百分点至二季度的9.1%，三季度反弹至10%。

当时主要是第三产业受到冲击，尤其是两大GDP的子项：一是交通运输、仓储和邮政业；二是住宿和餐饮业。这一部分的增速分别从2003年一季度的7.7%和11%下滑至二季度的2.3%和7.4%。2003年三季度分别反弹至7.6%和16.9%。

央行原调查统计司司长盛松成最新表示，在时间维度上，此次武汉新冠病毒疫情影响集中在一季度，二季度之后经济将会逐渐恢复；在空间维度上，疫情影响集中在湖北省，其他地区受到的影响相对有限；在产业维度上，疫情影响集中在第三产业，尤其是客运、旅游、住宿餐饮、零售、房地产等行业；在物价维度上，疫情影响集中在少数种类的食品、药品和卫生用品上，绝大多数的商品价格将保持稳定，甚至可能因需求减少而出现下降。

但是，也不能将当前的情况与SARS时期简单类比，目前中国的经济环境和发展阶段已经发生了巨大变化。

例如，2003年时，我国加入WTO后的外需势头强劲，基础设施投资需求旺盛，而目前国际环境发生了较大变化。2001年至2010年，我国进出口总额同比增速均值达

到21.1%；2003年全年，我国对外贸易总额同比增长了37.1%。而2011年以来的9年里，我国进出口总额同比增速均值已回落至5.3%。

就产业结构而言，目前第三产业在我国经济中的占比远高于“非典”时期。2019年，第三产业在我国GDP中的占比较2003年提高了12个百分点，成为在GDP中所占比重最高的部门。2003年，第三产业的增速远不及第二产业，如今这一情形已经倒转。

同时，目前最终消费支出对GDP增长的贡献率接近58%，2003年为35%，消费格局也发生巨变，在线销售占比为整体零售量的20%，这在2003年是不可想象的，电子商务、在线娱乐和在线教育也可能受益于消费者行为的变化。

此外，当年“非典”时期，由房改带来的房地产业爆发式增长刚刚开始，在“非典”结束不久的2003年8月，房地产业被正式列为支柱产业，而现在则强调“房住不炒”。

2. A股不过度延期开盘仍为合意之举

除了经济本身，A股市场将如何反应也是各界关注的焦点。此次，受新冠疫情的影响，沪深交易所将A股开盘时间由原来的1月31日推迟到2月3日，即仅晚了一个交易日。

近期各界争论最多的话题无疑是——究竟A股应不应该进一步推迟交易时间，直至疫情好转？例如，中国政法大学教授杨帆近期表示，“目前坚持开盘，只代表一群人的利益，就是‘空头’。他们已经布好了局。”不过，众多外资以及机构投资者并不认同这一观点。

多位外资基金经理也对笔者表示，此次交易仅推迟1日是合适的做法，并不宜过度推迟开盘，正如当时MSCI因A股大面积停牌的问题而暂不纳入，停止交易实则是流动性风险最高的级别，将导致外资无法进行风险管理，或导致A股的国际声誉受损。

近年来，经过证监会的苦心经营，与国际机构频繁沟通，MSCI不断扩大A股的纳入因子，这也促成了A股最近几年来价值投资越来越容易、波动率越来越低、垃圾股越来越难长期歪曲市场的配置功能，从而做到切实保护投资者，为社保、养老基金入市，加仓营造有利的环境。

另也有机构对笔者提及，此次1月31日A股停止交易，海外市场则已经开始交易，这已对海外的开放式公募基金造成了一定问题，原因在于，在海外市场，认购和赎回已经开放，若出现大幅资本外流，A股无法交易，则会对基金管理人构成流动性风险。

事实上，当A股成了一个国际化的市场，那么也需要尽可能与国际“玩法”接轨。

正常开市有助于夯实过去4年来海外投资者对A股逐步建立的信心。多位基金经理认为，若过长推迟开市，反而会加剧市场的担忧情绪，从而投资者可能会卖出其他具有流动性的中国资产。例如，在亚洲金融危机期间，港股也停止交易了一周，但开盘后情况反而更糟，因为过度推迟开市会增加市场的担忧。相比起A股短期的涨跌，长期的健康发展更值得监管层关注，毕竟市场短期涨跌难免。此外，市场可能担忧类似于2018年的股权质押风险，但目前A股的整体点位更高于当时，且预案或更充分，因此风险相对更低。

作为价值投资者，若相信市场被低估，任何短期恐慌带来的波动，都是巴菲特式贪婪的时机。事实上，就A股的基面和估值而言，短期波动后坐等入场的机构并不在少数。

就A股本身情况而言，似乎全球市场的"动物精神"就这么被一场短期的疫情冲击暂时遏制。机构认为，一些涨幅过度的股票自然会在短期冲击中受到清洗，但有能力斩获结构性经济超额收益的股票将会在这一环境中最终跑赢。

全球股市自2019年四季度以来持续反弹，A股多个热点受到市场追捧，交易尤为拥挤，部分股票的估值已经反映了未来多年的盈利。但在业绩期，拥挤的"热点企业"的真貌将再度受到考验。而进入2020年，市场会将关注点落到2021年的业绩预期上，因此上半年的配置重点需从炒作转型，对公司更加精挑细选，布局具备长期竞争壁垒、相对不拥挤、估值较合理的企业，这类公司仍是长期跑赢的标的。

就"拥挤"而言，例如，周期股是过去几个月来市场炒作的热点，水泥等板块涨幅大超预期，其背后逻辑则是，基建投资企稳和全球经济回暖，内外需改善可能会带动PPI和工业企业利率增速温和回升。但事实上，多数周期股的价格已充分反映了经济稳定的预期，目前政策更多在于"稳经济"，而非"强刺激"，因此基建投资方面的预期差很小。

就近期的短期情况而言，瑞银证券方面则表示，近一阶段，视病毒传播情况而定，业务遍布全国的酒店运营商将受到显著影响，尽管其目前估值已低于2003年的低点。此外，零售、公园和影院这些通常会获益于春节的领域恐面临下滑风险。餐饮渠道的酒精消费（啤酒/白酒占比分别为51%/13%）可能受到负面影响，但外卖服务起到部分抵消作用。

此外，由于消费者在家做饭的情况增多，包装食品及食品零售商可能会获益。在线视频、端游/手游和电商或微微获益于这种行为转变。此外，没有药物/疫苗能即刻治疗或预防这种新型病毒，但这种情况或提升对疫苗/体检的需求。

3. 风险缓释政策或集中发力

在短期疫情的影响下，国际机构也高度关注未来相应政策的出台。

2月1日，央行、财政部、银保监会、证监会、外汇局五部委联合发布《关于进一步强化金融支持防控新型冠状病毒感染肺炎疫情的通知》（下称《通知》），重点是加大货币信贷支持力度，保持流动性合理充裕，强化对重点医用物品和生活物资生产企业的金融支持，更好地满足人民群众正常的金融服务需求，为打赢疫情防控阻击战、维护经济稳定发展大局提供有力支持。

今天，中国央行宣布，为维护疫情防控特殊时期银行体系流动性合理充裕和货币市场平稳运行，2020年2月3日央行将开展1.2万亿元公开市场逆回购操作投放资金，确保流动性充足供应，银行体系整体流动性比去年同期多9 000亿元。明天累计有1.05万亿逆回购到期，相当于净投放1 500亿元。

此外，对于股市可能出现的风险，监管部门都有所准备。2015年股市异常波动证明，杠杆风险控制不好会导致连锁反应，严重冲击流动性。场外杠杆在过去5年当中受到严格管制，目前A股杠杆风险主要来自股票质押和两融业务。证监会于2月2日表示，考虑到疫情客观上对部分企业和个人的经营活动和现金流动造成了暂时性影响，为纾解相关企业和个人的流动性困难，降低市场影响，拟根据不同地区受疫情影响情况，分类采取措施：

一是股票质押协议在疫情防控期间到期，客户由于还款困难申请展期的，如是湖北地区客户（即注册地在湖北省内的企业或者住所地在湖北省内的居民，下同），可申请展期6个月，由证券公司协助办理展期事宜；如是其他地区客户，可与证券公司协商展期3～6个月。

二是疫情解除前，对于湖北地区融资融券客户，以及因疫情实施隔离或者接受救治的其他地区融资融券客户，证券公司不主动实施强制平仓；对于其他客户，证券公司应按约定主动加强与客户的沟通，适当延长客户补充担保品的时间。

此外，从数据上看，当前股票质押业务规模稳中有降，场内股票质押融资余额0.88万亿元，较峰值时下降45%以上，绝大多数融资期限为1～3年，整体履约保障比例约213%；全市场融资融券余额约1.05万亿元，占A股流通市值的2.13%，整体维持担保比例超过280%，50倍以上市盈率股票融资余额占比未超过1/3，2019年以来全市场日均平仓金额约2 000万元。证监会认为上述业务有一定的安全边际，风险总体可控。

早在当年“非典”时期，2003 年 4 月，中央财政设立了 20 亿元的非典防治基金，基金占 2003 年中央财政预算支出 15 138 亿元的 0.13%，相当于 GDP 的 0.015%；货币政策方面，由于早在 2002 年下半年，过剩的流动性拉动了投资增速，主要由地方政府投资驱动，但受到此后的 SARS 影响，央行则推迟了货币紧缩的节奏，直至 2003 年 9 月才提升存款准备金率的计划，当时 SARS 已被控制。

盛松成也提及，此次需要特别关注此前就面临挑战的中小民营企业的信用风险。随着各地防控不断升级，春节假期相应延长，多个省份宣布企业不早于 2 月 9 日复工。延迟复工可能给中小企业带来一定压力。每停工一天，就意味着企业要承担包括房租、工资、各种费用摊销等在内的多种经济损失。我国民营企业贡献了就业的 80%，就业是最大的民生。人们有了生活来源才有底气消费。就业稳，市场才能稳，扩大消费，促进投资才有基础，经济的恢复才更为可期。

他也建议对在延长休假期间到期的贷款自动延期到假期结束，相关贷款不被认定为逾期。对于受疫情影响较大的企业，尤其是中小企业，应鼓励商业银行重新商定还款期限。对金融机构因支持受疫情影响企业而产生的流动性需求，人民银行应优先审批其再贴现申请，原则上不对相关票据类型、贴现利率、单张票面金额设置限定条件。

目前，各大机构对于财政政策和货币适度宽松的预期都在升温。盛松成就提及，应加大财政政策的逆周期调节力度，如增加中央对地方的转移支付，并进一步减税降费，降低企业成本，财政赤字率至少可提至 3%；货币政策方面，应鼓励开发性金融机构和政策性银行通过向央行申请再贴现、再贷款、抵押补充贷款等，加大对医药卫生领域和受疫情影响严重地区的金融支持。渣打则预计，2 月将会降准、降息，同时政府会迅速以税收优惠和补贴的方式为企业，尤其是中小企业提供支持，并将加码基建投资。

（首发于秦朔朋友圈 2020 年 2 月 2 日）

2020 可能是外资最忙的一年

根据新华社 12 月 13 日晚的消息，经过中美两国经贸团队的共同努力，双方在平等和相互尊重原则的基础上，已就中美第一阶段经贸协议文本达成一致。协议文本包括序言、知识产权、技术转让、食品和农产品、金融服务、汇率和透明度、扩大贸易、双边评估和争端解决、最终条款九个章节。同时，双方达成一致，美方将履行分阶段取消对华产品加征关税的相关承诺。

就在12月14日，有“公募一哥”之称、资产管理规模达5.9万亿美元的美国Vanguard集团（先锋领航）和支付宝的运营商蚂蚁金融服务集团宣布建立合作关系。

先锋领航方面称，经中国证监会批准，两家公司的合资公司将为中国个人投资者提供基金投顾业务服务，即先锋领航将进军中国的智能投顾市场。这一合作的建立经历了近半年的考验和等待。

今年6月，天眼查数据显示，浙江蚂蚁小微金融服务集团股份有限公司新增对外投资，成立先锋领航投顾（上海）投资咨询有限公司，注册资本2 000万元人民币。当时，先锋领航方面则表示，仍需等候监管层批准。

而这一案例只是中国加速金融开放的一个缩影。2019年诸多开放行动逐步萌芽，2020年我们也将看到更多的实际进展。究竟洋和尚明年会在中国念一本什么经？不妨我们先来盘点展望一番。

1. 外资挖角投研人员、加码A股投资

12月14日，央行副行长陈雨露表示，目前中国A股、国债、政策性金融债等资产都已经被纳入明晟、富时罗素、标普道琼斯、彭博巴克莱等多个国际重要的股票债券指数。2019年前三季度境外投资者净增持境内债券和股票900亿美元左右。

值得注意的是，今年以来外资通过陆股通净流入A股约3 100亿元。鉴于互联互通机制的便利性，其成了近两年外资青睐使用的布局中国的渠道。而就在12月13日，央行开始对另一大渠道（QFII，即境外合格机构投资者）再次进行重大修缮——继9月取消QFII/RQFII额度限制后，央行、国家外汇管理局起草了《境外机构投资者境内证券投资资金管理规定（征求意见稿）》（下称《征求意见稿》），以进一步便利境外机构投资者参与境内证券投资，引入更多境外长期资金。

《征求意见稿》对外资关心的资金汇出入等问题做出了回应，不再要求境外机构投资者汇出累计收益时提供中国注册会计师出具的投资收益专项审计报告、税务备案表等材料，以完税承诺函替代，极大简化其资金汇出入手续。

此外，不再对境外机构投资者分币种管理。同时，《征求意见稿》针对衍生品业务

相关规定合格投资者在境内开展的衍生品交易（此前外资通过 QFII 无法在境内使用衍生品），仅限于以套期保值为目的的外汇风险对冲和股指期货交易。

随着准入性的不断强化，外资目前也在为加码中国市场进行一系列准备——今年 9 月，美国大型基金公司景顺任命谢征傧为 A 股方面的战略及业务开拓总监。此前谢征傧供职于 MSCI 长达 18 年之久，任 MSCI 亚太研究总监，他见证并推动了 A 股纳入 MSCI 的关键几年，与中国证监会、各大交易所等建立了密切的联系。

备受关注的是，这也是美国大型资管机构罕见地招聘中国 A 股相关的高级职位，这也意在吸引更多全球投资人布局 A 股。此外，目前众多猎头也在忙着为各大外资机构寻觅合适的 A 股基金经理和研究人员。

外资对 A 股的布局从景顺近期发表的一则研究报告中就可见一斑——《跳脱新兴市场看 A 股：建立专注于 A 股的投资组合》。景顺认为，尽管并不清楚何时 MSCI 才会 100% 纳入 A 股，但一旦最终 100% 纳入，A 股将在 MSCI 新兴市场指数中占到 15% 的比重，比重之大也值得外资将 A 股单独考量。

此外，笔者也了解到，部分中东投资者正在通过一些外资基金了解布局 A 股的契机。

之所以外资要将 A 股独立看待，原因也在于，驱动中国经济增速的动能和其他主要新兴市场并不同，2018 年数据就显示中国国内消费占到 GDP 增速的 76.2%。相较之下，其他核心新兴市场经济体则更加暴露于全球趋势之下：韩国依靠出口拉动经济，而大宗商品则驱动着南非、巴西和俄罗斯的增长。这也意味着中国经济、企业、货币周期都与全球并不相同。

因此，景顺也认为，建立一个专注于 A 股的投资组合是有价值的，而早年外资布局中国的投资组合大多由新兴市场股票，以及在香港和美国等上市的中国企业组成。

其实，除了 A 股，中国债市也不断开放，正在迅速成为一个受到外资关注的相对高收益市场。就今年前 9 个月来看，外资持有的中国在岸债券已高达 2.2 万亿元人民币，外资在中国国债的投资占比也已接近 10%。

2.“洋私募”备战公募

目前，已有超 20 家外资机构获得了外商独资私募证券投资基金管理人（“WFOE PFM”）资格，即各界所谓的“洋私募”。随着原定于 2021 年取消外资股比限制的时点提前到 2020 年，多家洋私募已在推进“私转公”的准备。

根据今年8月基金业协会披露的数据，共有21家外资机构在协会登记，备案产品46只，资产管理规模（asset urder management, AUM）54亿元人民币。

目前，最确定要申请公募牌照的外资机构便是富达、先锋领航和贝莱德，后两者皆是来自美国的资管巨头。不同于早年的QFII渠道，“洋私募”可以从中国境内募资、投资中国股债市场，而前者则是从境外募资。目前，中国还不存在外资独资的公募基金。

但是，要设立公募并不容易，即使拿到了牌照，如何开拓中国在岸市场，如何投中国投资者所好，如何招聘合适的业务负责人、基金经理及研究人员，并与中国公募的激励体系接轨等，这都是考验外资的关键。归根到底，公募的成本不容小觑。

几家备战公募的外资从年初就开始“挖人”。今年4月，贝莱德宣布任命汤晓东为中国区主管，于同年7月起生效，汤晓东负责管理发展和执行贝莱德在中国的长期业务战略。

之所以该任命受人关注，也是因为汤晓东之前的相关履历颇丰，此前他任广发证券副总经理兼广发控股香港总经理，曾于华夏基金担任总经理，任职期间带领华夏基金与多个国际伙伴建立合作关系，有效推进国际业务策略的本土化。

11月6日，富达国际宣布，公司正积极准备并将在恰当时机提交公募基金牌照申请，当该申请获得中国证监会批准时，何慧芬将出任该公募基金公司的总经理一职。这也是富达国际首次明确表态将提交公募牌照申请。

笔者也了解到，目前多家机构已经在筹备申请材料。根据此前内资“私转公”的经验，一般的流程为——将材料交给监管进行线下预审；等到正式申请时，证监会则会给予相关机构系统的用户名和密码，机构可正式提交通过预审的资料；此后外资机构可能会收到受理函，随后的6～8个月会进行很多轮反馈，一直到证监会给予批复函，方可设立公募基金；此后的6个月则需要完成人员的招聘、系统筹建等工作，在证监会完成现场检查后，则可给予开业批文。因此，整个流程预计将超过1年。

不过，更多的洋私募对于“私转公”并无明确的计划表，它们的当务之急更在于跑出业绩曲线和熟悉中国投资者。笔者也从多家猎头和相关本土基金经理处了解到，多家洋私募也向中国本土基金经理伸出橄榄枝，不过这种过渡并不简单，一来是中国公募基金的激励机制已较为完善；二来是本土基金经理很难真正融入海外资管机构的投资、风控等流程，最简单的例子便是，且不提外资基金经理多数看不懂城投债，即使看懂了，要说服全球团队来做出投资决策，仍是难上加难。

3. 合资券商将迎本土挑战

合资券商也是金融开放的大本营，除了瑞银、野村、瑞信，诸如高盛、摩根士丹利、摩根大通则都是来自美国。

在 2018 年 4 月 28 日，证监会公布《外商投资证券公司管理办法》，允许外资控股合资券商；2019 年 3 月底，证监会新闻发言人表示，已依法核准设立摩根大通证券（中国）有限公司、野村东方国际证券有限公司。监管层核准后，有 6 个月时间进行筹备，在此后的现场检查通过后，方可正式开业。

为此，相关合资券商也在紧锣密鼓地进行准备，如人员招聘、系统筹备等工作。而近期，野村也宣布，野村东方国际证券已获得证监会颁发的经营证券业务许可证。

值得注意的是，野村此次拿了四块牌照——证券经纪、证券投资咨询、证券自营及证券资产管理。然而，盈利性最强的投行业务（IPO、承销保荐）牌照则不在其中。

笔者也了解到，之所以目前外资暂不涉及该领域，也正是考虑到成本收益比，尽管投行业务盈利颇丰，但其面临了巨大的竞争压力，且人员成本巨大。相比之下，投顾业务、资产管理业务更有利于外资发挥自身的优势。

前瑞银证券中国首席策略分析师高挺已经确认加盟，任野村东方董事总经理，未来将专注 A 股策略方面的研究，并将负责野村东方研究部门的相关业务。

转视国内券商的情况，自营和投行业务正在成为券商的核心竞争力。梳理前 11 月的单月经营业绩发现，从排位来看，中信证券稳坐头把交椅，前三位次，中信、国君已锁定两席。2019 年前三季度，36 家上市券商实现自营业务收入约 850 亿元，约占全部营收三成。

此外，投行业务在年内逐渐回暖。2017 年下半年延续至 2018 年的 IPO 审核趋严，一度令中小券商难为“无米之炊”，但伴随科创板开市、平稳运行，券商投行业务业绩得以增厚。不过，投行业务马太效应明显，其仍是头部券商的主战场。

据 Wind 统计，今年前三季度，上市券商共实现 237.44 亿元的承销业务收入，同比增长 23.24%。中信证券、海通证券和中信建投该项业务营收净利排在前列。广发证券、国泰君安、招商证券、国信证券、华泰证券、东方证券榜上有名。

未来，证券业格局远未固化，内资之间以及中外机构之间激烈竞争将继续强化。目前，在资本市场由点到面深化改革及全面开放中，头部券商定力更足，市场将加速分化。例如，未来更多产品的推出（更多的股指期权期货产品以及个股期权等），也将考验券商的业务创新能力。

4. 外资行加速拓展在华业务

十二年一轮回。从 2007 年中国银行业对外开放，明确鼓励外资银行进入中国设立法人银行，到 2018 年银行业取消外资持股比例限制，再到 2019 年中国金融扩大开放加速，外资行将迎来在华发展的新阶段，业务范围也将有所扩大。

由于早前外资行的中国本土业务存在一定限制，加之两次全球金融危机在一定程度上影响了外资行的发展。数据显示，2007 年至今，外资银行总资产占银行业金融机构总资产的比重逐年下滑。从最初的 2.38% 下滑至 2017 年末的 1.32%。当然，同期中资银行资产扩张的速度远高于外资银行，这也使得整个基数变大了，相较之下，外资行的资产占比就有所下降。

未来，外资行的战略也或将发生重大转变。多年来，外资行最大的优势在于跨境业务，但随着外部大环境的变化，中国对外贸的依赖度会逐步下降，且中国企业跨境并购的活动或将放缓，而上述业务过去是外资行“跨境业务”优势的体现。为了应对趋势的变化，抓住中国金融开放的机遇，加码中国境内业务可能是未来 3～5 年的重点。

当然，这一战略并不一定适用于所有外资行，关键在于哪些外资行有能力、资金、牌照来撑起境内业务。今年初，北京银行拟与 ING Bank N.V. 设立合资银行（ING 持股 51%），因此后续外资控股中资银行的可能性也受到关注。

不过，多位资深银行业人士对笔者表示，目前需要考量的是控股中资行对外资的成本收益比，ING 的直销银行战略仍只能被看作一个独特的案例。早年，外资行进入中国之初，有些希望“通吃”公司和零售业务，然而零售业务停滞不前；也有银行希望在中国复制在亚洲的信用卡业务优势，但至今并无太大进展。

因此，也有观点认为，对于本土偏好较重的业务，外资行控股或许并非理想的路径。如果外资行抱着开拓中国零售消费市场的目的，进入消费金融公司或许是更可行的选择。

此外，近期外资行也获得了更多业务资质。例如，德银和法巴此前获得了 A 类主承销业务资格，这将使得外资行有机会开拓中国境内几十万亿信用债市场的承销业务。

当然，挑战和机遇并重——如何强化对境内信用风险的研究分析工作，如何熟悉境内的客户、渠道，如何与海外客户推介境内债券等，这都将是外资行未来急需强化的功课。

（首发于秦朔朋友圈 2019 年 12 月 16 日）

澳门 PK 香港国际金融中心地位?

上周，澳门证券交易所有望设立的消息在朋友圈广为转载——在广州举行的“第八届岭南论坛”上，广东省地方金融监管局党组书记、局长何晓军说：“澳门证券交易所的方案已经呈报中央，希望能够将澳门证券交易所打造成人民币离岸市场的纳斯达克。”

一时间，市场热议——澳门是否将迎来大发展？澳门又能否取代香港成为中国的离岸金融中心？广东省地方金融监督管理局回应，目前该方案仍处于初期的上报阶段。

乐观派认为，澳门的人均 GDP 高达 8.6 万美元，远超北上广深。目前一个以人民币为主的、离岸的、面向中小创企业的、直接融资的金融市场，从全球范围来看，尚不存在。澳门证券交易所（下称“澳交所”）若成立，则可以填补这一块的空白。

谨慎派则认为，一切尚属于提案阶段，加之澳门人口仅 60 多万，在众多方面依附香港，例如，澳币几乎捆绑港币，产业以娱乐服务为主，而在金融方面也主要代销香港保险产品等，似乎一切仍无从谈起。

另外，最根本的问题落在了法律上。“虽说是港澳，但两者差异很大，法律的差异是根本——香港是普通法系（普遍适用于英美），强调衡平（Maxims of Equity，也即平衡）原则高于一切，普通法系法区对投资者保护更好，所以金融市场尤其是资本市场更为发达，如伦敦、纽约、新加坡等；而澳门则是采用葡萄牙遗留的大陆法系，不具备足够的金融（成为国际金融中心）基础，但澳交所的提案时点是好的，也有望让广东和澳门互相促进。”应用比较法专家、港联顾问高级合伙人曾文生博士（Eric Tsang）对笔者提及。

不过，一切尚在起步阶段，澳交所的提出时点颇为巧妙，加之法兰克福等国际金融中心也非普通法系，但因种种原因金融业也颇为发达。多位香港金融、法律界人士对笔者表示，从以博彩、娱乐为主营的澳门角度来看，经济多元化是需要的；从政治的角度也是及时的；从实践的角度，可以看成“澳门的迪拜梦想”。

1. 缘何香港成了国际金融中心?

在讨论澳交所的发展前景以及澳门是否能成为国际金融中心前，更有必要思考一下，香港为何能发展成为中国最重要的离岸金融中心?

其实，暂且撇开人才、地理位置等，根本问题在于“法”。葡萄牙、法国等欧洲国家采取大陆法系，而美国、中国香港特别行政区则属于普通法系，司法权的不同是两大法系的一个明显和基本的区别。

相对而言，普通法系的司法机构独立性较高，有着一种保护私有财产和合同自由免受国家干预的倾向，也更重视基于普通人理性所做出的决断，不太拘泥于法律条文，司法能动性较强。这与基本上从属于政府体系的大陆法系特别是法国法系的司法机构形成了鲜明对比，并对金融的发展产生了影响。

要问为何香港上市公司众多、市场流动性好，其实根本问题也在于“法”。

曾文生也对笔者表示，百多年前渐渐成形的普通法系统（Common Law System），其背叛和摒弃了罗马法（Roman Law）的刚性、父权、死板等毛病，并采用了衡平占先的原则以实现司法的实质平等目标，除了把原生地英格兰促成为现代文明法治社会外，也成为今日全球金融中心、资产管理、离岸财产分配等司法管辖区普遍使用的系统。

环顾全球，几乎可以说，没有普通法系统，便没有金融系统。所谓“衡平”，是一种法律的修正以达至正义，是超越法律本身，而以法律之上的“真正的真理”作为是非黑白的标准。

其实，普通法以自然法区原则为基础，是由法官在法庭上针对具体的法律问题而做出的判例，通过积累而形成的法律。判例法也称为非成文法。相比之下，大陆法系更加依赖成文法典和法律、法规，而普通法更具有司法能动性，而对金融活动来说，司法能动性的突出价值在于：现代金融日趋复杂，在产生纠纷时，必须将金融产品内在的风险和当事人不当行为所致的损失区别开来，才能一方面打击欺诈、维护投资者的信心；另一方面保护创新、不过度追究造成损失的正常市场活动，从而实现金融安全和金融效率之间的平衡，促进市场的健康发展。

相比之下，普通法系的法官更关注普通理性人的判断标准，这意味着既能容忍创新带来的不确定性，又可识别恶意钻法律空子的行径。

举例而言，有研究也提及，在号称欧洲大陆金融中心之一的米兰（大陆法系），一项就 20 世纪末公司法案件审判的研究发现，法院判决存在着有利于公司内部人和论述方式高度形式主义的倾向。当公司内部人钻法律空子，通过表面合法的交易方式（如在形式上正确遵循了董事会、股东大会的决策程序）来侵害外部投资者权益时，秉持明线规则的法官往往不会对之追究责任。相反，积极主义的法院可能是美国（普通法系）在早期法律条文明确赋予的投资者权利还不足的情况下，就出现了股权分散化和强大证券市场的原因。

实证统计分析结果也表明，普通法的被承认度与金融（股票市场和银行业）的发展、私有产权保护度呈正相关。

不过，同属于普通法系的美国和中国香港特别行政区，交易所的制度并不全相同。以澳交所瞄准的目标纳斯达克为例，“当年纳斯达克为了吸引更多企业来上市，因此也实行了较为宽松的上市门槛，即不设上市前的盈利标准，但美国也属于‘宽进严出’，毕竟其拥有集体诉讼制度，事后可保护投资者利益；而港交所则不同，其对上市企业设定了盈利门槛。”曾文生表示。

除了“法”，其他成就香港的因素则经常被人提起，例如，区位优势等。香港与伦敦、纽约三分全球，在时区上相互衔接，纽约下班，香港开始上班，香港下班，伦敦开始上班，三座金融中心可以使全球金融保持 24 小时运作；其次是亚洲的区位优势，香港位于东亚中心，从香港到东亚大多数城市的飞行时间都不超过 4 小时。加之背靠经济迅猛发展的中国内地，虽然香港和内地是两个不同的金融体系，但也有利于建立互补、互助和互动的关系。

迄今为止，香港是中资企业最大的离岸债券中心，占离岸债券总发行量的 66%。法国外贸银行认为，之所以香港是中国首选的金融中心，以发债为例，对于中资企业而言，于香港发行离岸债券有四大重要优势：

◇ 尽管香港债券平均期限仍比国际同业短，但仍远高于中国内地（内地短期债券的发行量占发债量的一半以上，但香港仅为 25%）；

◇ 可获得硬通货，香港债券发行以美元计价为主；

◇ 接触更多元化的投资者；

◇ 香港在人民币国际化和促进中国在岸资本市场开放具有特殊作用。

曾文生也提及，同属普通法系、金融中心的新加坡，其实力始终比不上香港，也正是因为离中国内地远了一些。早年，新加坡“国父”李光耀每年都来香港“取经”，也正由于香港处于中外各方和公有私有两制矛盾利益博弈的中心，这也成就了香港过去的辉煌发展。

也有观点认为，在 20 世纪 80 年代中英谈判期间，怡和集团因香港前景不明朗，宣布迁册，将公司注册由香港迁到百慕大，甚至逐步放弃香港上市地位，到新加坡和伦敦上市，逐渐将业务转向东南亚等地，这一转变导致其发展差于预期。

2. 澳交所或有助澳门经济多元化

现在再转视澳门本身。澳门的土地面积 32.8 平方公里，人口仅 60 多万，人均 GDP 则高达 8.6 万美元，远超北上广深，并且超过香港和新加坡，是华语世界里最富裕的城市。

但是，澳门对香港的高度依附性以及单一的经济模式则是最大的问题。曾文生也提及，澳元几乎挂钩港币，即汇率与港币实施联系汇率制度，按 1 ∶ 1.03 比例兑换。同时澳门是自由港，没有外汇管制，因而离岸人民币、港币，都可以自由出入；同时，澳门的金融也并不发达，几乎是以代销香港保险等金融产品为主；此外，可以说多数澳门富人也都同时拥有香港身份。

从澳门的角度，经济多元化是需要的。澳门产业机构比较单一，博彩几乎是澳门唯一的支柱产业，而且回归 20 年，博彩在 GDP 中的比重持续增加，这似乎都偏离了滋养一个证券交易所需要的最好条件。

不过，即使澳门短时间内缺乏成为国际金融中心的条件，但成立交易所从某些层面也将弥补澳门的不足，并发挥澳门的潜力。

今年 2 月 18 日，中共中央、国务院印发《粤港澳大湾区发展规划纲要》，提出要研究在澳门建立以人民币计价结算的证券市场。可见，澳门成立证券交易所的计划，半年前就已浮出水面。

何晓军说："广东有 4.5 万家国家级高新技术企业，但广东的上市公司只有 600 家。上市公司数仅占国家级高新技术企业的 1.8%，太少了。"他表示，这份澳门证券交易所的方案是他在深圳的时候帮助澳门政府做出来的，希望"澳交所"能够成为离岸人民币的"纳斯达克"，并且希望在澳门回归 20 周年的礼单里面，"能够出现一个交易所"。

目前，中国的中小创企业直接融资途径主要有三个，纳斯达克、科创板和港交所。其中后两者是近两年才开通的，包括 2018 年 4 月推出的港交所"上市新规"允许了同股不同权的互联网企业以及未有盈利记录的生物科技公司上市。而今年 7 月份，才推出了采取注册制的科创板。在此之前，中国初创企业上市寻求直接融资，往往需要远赴美国。但目前贸易不确定性可能持续存在，因此降低中国企业对海外的依附性也成了一个战略性的重点。目前而言，一个以人民币为主的、离岸的、面向中小创企业的、直接融资的金融市场，从全球范围来看，尚不存在。澳交所如果成立，则可以填补这一块的空白。

此前，业界对于"大湾区"各地区的基本判断在于：

◇ 香港将继续保持世界级的商业和金融中心；

◇ 澳门将继续专注于世界级的休闲娱乐服务；

◇ 深圳将成为世界级高科技中心以及互补香港的区域性金融中心；

◇ 广州将进一步发展成为国际大都市和区域性商贸中心；

◇ 珠海 / 中山可以发展成服务澳门、与澳门互补的地区性商贸中心；

◇ 其他的湾区城市有可能发展为高端制造业重镇以及居住和休闲地。

不过，目前澳门的定位可能又新增了一层含义。

3. 从香港经历看离岸人民币中心的养成

值得注意的是，澳门证交所计划以人民币结算，是中国打造新离岸人民币市场的新举措之一。《大湾区纲要》称，澳门是大湾区内人民币使用的重点发展地区之一。中央支持澳门打造中国和葡语国家间的金融服务平台，将澳门建设成为葡语国家的人民币清算中心。

不过，这一市场的培育仍需较长时间。根据环球同业银行金融电讯协会（SWIFT）的统计，截至 2018 年第一季度，澳门在全球 15 个最大离岸人民币市场中，仅排名第 12 位，离岸人民币资金池规模仅占 0.22%。目前，香港仍是亚洲和全球的最大离岸人民币中心，资金池规模占 74.98%。

参考香港离岸人民币发展的经历，人民币国际化成规模的实践操作始于 2009 年。当年的 1 月 20 日，中国人民银行与香港金融管理局签署双边本币互换协议。自那之后，香港离岸人民币中心的地位开始稳固、加强。而后，香港交易所于 2012 年推出人民币期货，2013 年世界最大外汇期货交易所——芝加哥商业交易所（Chicago Mercantile Exchange, CME）正式开始交易可交割离岸人民币期货，在香港实物交割人民币。

离岸人民币资金池规模变动主要有三种途径：贸易、收入和资本流动。2004 年 2 月，香港人民币存款余额仅 8.95 亿元，2018 年 3 月底，香港人民币存款达到 5 543 亿元人民币。据统计，2018 年 1 月，香港经营人民币业务的许可机构达到了 138 家，人民币金融服务相当普遍。香港的人民币金融产品种类齐全，从存款、债券、基金、股票到保险一应俱全，投资的组合方式多样。

不难理解，香港有着先天性的政策及地域上近水楼台的种种优势。人民银行行长助理张晓慧曾提及，近年来，以人民币国际化为契机，人民银行采取了多项措施，推动香港建设成为全球最大的离岸人民币中心。这些措施包括：推动香港成为最大的跨境贸易和投资的人民币结算中心，支持香港人民币债券市场快速发展，开拓并完善香港人民币回流机制，探索开展跨境人民币贷款业务等。

（首发于秦朔朋友圈 2019 年 10 月 22 日）

余永定：中国经济维持一定增速仍然重要，应实行财政货币双宽松

经历了一季度的“绿芽式”复苏，中国经济数据从 4 月开始又逐步趋弱。

除了短周期变化，经济增速长期下行的趋势也较为明显——中国的 GDP 在 2008 年国际金融危机后实现了 V 形反弹，2010 年一季度经济增速是 12.2%，此后开始持续放缓，到上季度是 6.4%，十年间从最高的 12.2% 降到了 6.4%。

当前的问题在于：

◇ 中国经济增速究竟将在什么水平稳定下来？

◇ 如果采取扩张性的财政政策辅以适度宽松的货币政策，通胀和财政的可持续性是否是需要考量的问题？

◇ 资产价格等是否是央行需要考虑的政策目标？

在中国社科院学部委员余永定看来，中国经济的持续放缓是一大担忧。其中，固定资产投资下降是主因之一，固投中，基建投资下降又是主要贡献因素。

余永定认为，当前财政政策和货币政策空间仍然充分，尽管近期由于猪肉等价格的扰动导致通胀小幅攀升，但未来压力可控且核心通胀率（注：指剔除食品和能源价格变化后的通胀率）仍稳步下行，因此在强调调结构、追求高质量增长的同时，我们的政策决策应是争取一个尽可能高的经济增长速度，这是我们过去常常采用的方法，这种方法虽然没有太多的理论基础，经济学家也看不上，但是是比较成功的。

有人打趣称——中国“混着混着”就“混”成了全球第二大经济体，用老外的话来说就是“muddle through”。不过，在 2008 年、2009 年的 4 万亿元刺激政策推出后，每每有人提出“财政货币双宽松”，各界就会质疑——又要大水漫灌了，又要通胀飙升

了。但事实并非如此简单。

且不论当前中国并没有持续通胀压力，就是从全球看，M2/GDP 之比高的国家当前几乎都是低通胀，“并且中国过去 40 多年的经验证明，没有一定的经济增速，一切问题都会恶化，因为大多数经济和金融问题都是以经济增速为分母的。没有一定的经济增速，结构调整、经济体制改革等长期问题无从谈起。”

余永定认为，为了配合扩张性的财政政策，中国仍应配合适度宽松的货币政策，地方政府应该通过发债而非从银行借钱的方式进行基建融资。为了抵消外部冲击，扩张性的财政货币政策是难以避免的。

1. 中国经济增速持续放缓

从近 10 年来看，中国经济主要有两个基本特点。

第一是经济增速持续放缓。2010 年 3 月，中国 GDP 在国际金融危机后实现 V 型反弹，增速高达 12.2%，此后十年，从最高的 12.2% 放缓至 6.4%（见图 1）。

第二是近十年来通胀非常低。最高时为 2011 年 6 月的 5.7%（见图 1），在那之后持续下跌，基本是 2% 左右。另外，自 2012 年 3 月起，中国的 PPI 连续 54 个月负增长，现在又接近于零。

看到这两大特征，余永定认为，需要问一问——经济增速为何会一步步放缓？

“我们有很多解释，比如 20 多年前我就提过，老龄化、环境问题、第三产业的发展、体制改革没有进步、缺乏创新等，但如果根据当时的分析来看经济政策，是不是要放慢经济增速指标？如果这样的话，就不会有现在的巨大的经济体量增长。2008 年时中国经

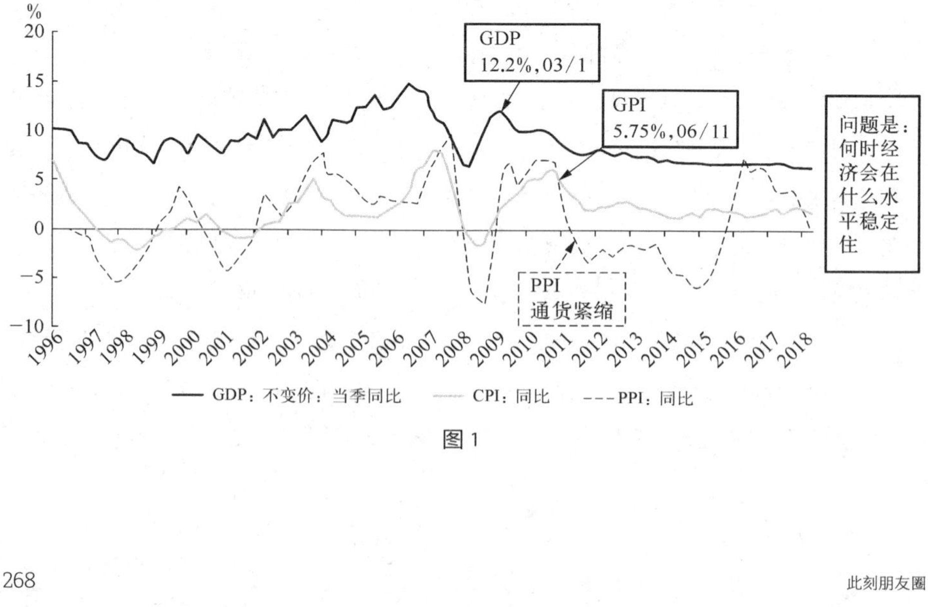

图 1

济体量是4.6万亿美元，去年是13.6万亿美元，这是巨大的增长。中国经济就是这么过来的。虽说上述这些长远因素都是对的，但并不能解释现在经济增速为什么是这种样子。”

就短期因素而言，固定资产投资急剧下降，从过去的30%多降至2018年几乎为零的状态，拖累了GDP增速（见图2）。将固定资产投资进一步分解，分为基建投资、制造业投资、房地产投资，其中基建投资急剧下降。

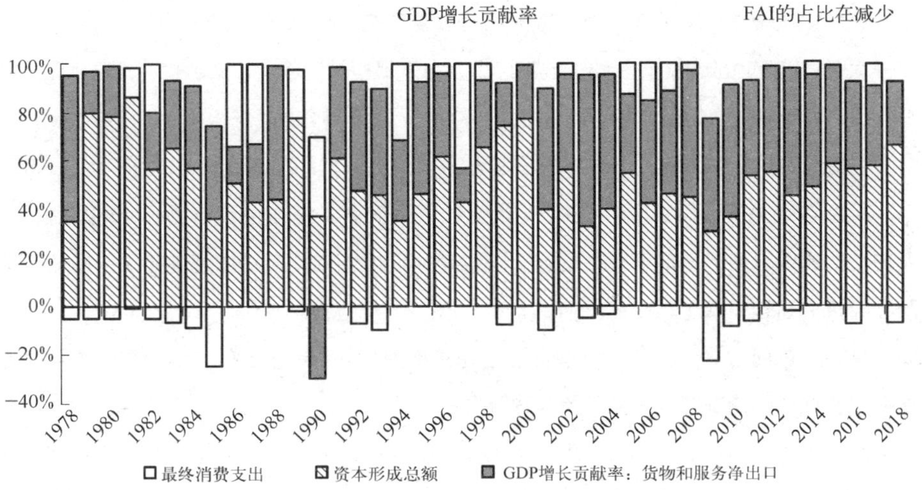

图2

“在金融危机期间我们引入了4万亿刺激政策，基建投资增速高达近50%，而两年之后，在2012年几乎降到零，后来反弹，现在又一步步地下跌，在2018年几乎为零，支撑项则是房地产投资，而房地产投资恰恰是我们想抑制的，房地产投资在中国固定资产投资中比重高，是资产误配置的一种表现，但我们现在只能靠它来维持，这是令人忧虑的现象。”余永定称。

值得注意的是，尽管今年政府开始刺激基建、加速地方债发行，但事实上，前4个月基建累计增速只有2.97%，这还是在一季度社会融资总量及新增信贷大规模增长的背景下取得的。

就5月来看，全国固定资产投资同比增长5.6%，增速比1—4月份回落0.5个百分点。其中，制造业投资增长2.7%，增速提高0.2个百分点，对固定资产投资的拖累减少，但年内反弹空间不高。

5月基建投资同比增长4%，增速比1—4月回落0.4个百分点。基建投资回落实属预期之中，因为今年积极财政加力提效的作用已被市场消化；全国房地产开发投资 5 月同比下滑至 11.2%，增速比 1—4 月回落 0.7 个百分点，比上年同期加快 1.0 个百分点，但政策层不断强调“房住不炒”，随着土地购置费和库存的下降，机构普遍认为后期地产投资下行压力不减。

各界的共识在于，如果不采取一些积极措施，今年后几个月的基建投资增速有可能会惯性下滑，这会导致整个固定资产投资增速低位徘徊，甚至有所下行。因此，需要一些政策来提振基建投资，此前专项债补充资本金就是在这种背景下推出的。

面对当前增速放缓，有一种主流观点是，由于那些长期因素如老龄化、第三产业比重上升等，意味着中国的潜在经济增速已经下降了，因此中国的经济增长目标应该依据我们对潜在增速的判断来制定，如果潜在增速是 5%，那么我们的经济增长目标也应该是 5%。

但余永定并不认同，“问题在于，就全球范围而言，潜在经济增速的计算都是不可靠的。比如要素生产率的计算往往存在一种顺周期的倾向，经济增速下降了，所以计算潜在经济增速也下降了。”

他说，总而言之，我们不能假设潜在经济增速就是 5% 或 6%，“我觉得就是不知道是多少，在这种情况下，政策决策应该是什么？”

余永定称，“我认为在你可以相信不会导致通胀恶化，同时有充分的政策空间的情况下，应该争取一个尽可能高的经济增速，这是我们过去常常采用的方法，这种方法虽然没有太多的理论基础，经济学家看不上，但是是比较成功的。”

2. 财政、货币双宽松仍然可行

余永定认为，扩张性的财政政策辅以适度宽松的货币政策是中国当前必要的选项。这种预期也逐步获得了越来越多的来自学界、业界的共识。

这一观点的重要依托是，中国的财政空间是充分的。就官方数据而言，2017 年底，中国政府债务余额（含中央和地方）占 GDP 比重为 36.2%。考虑到或有债务，上述占比可能更高。但比起世界上多数国家，中国公共财政情况仍然十分健康，且并非所有地方政府债务都是坏债，很多债务的偿还是有资产支撑的。因此，中国政府仍然有一定的空间来实行扩张性的财政政策（见图 3）。

如果要抑制经济增速的进一步下滑，在贸易顺差逐渐减少甚至可能由正转负、私人投资踌躇不前（房地产投资可能较大幅度放缓）的情况下，可靠的方法就是加大财政支出增加基础设施投资。为此不应该拘泥于 3% 的赤字目标。

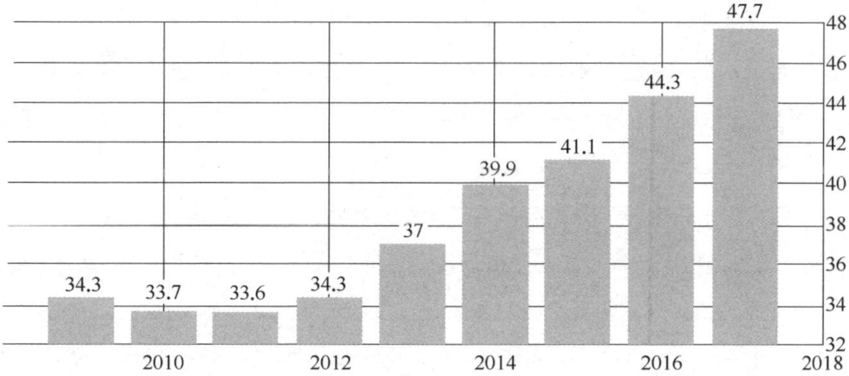

中国公共债务 /GDP 之比仍较低。来源：IMF

图 3

但是，中国现在对于采取扩张性的财政政策似乎踌躇不定，余永定认为有个非常重要的原因，“就是我们对过去 4 万亿的刺激政策形成了错误的认识，被污名化了，4 万亿的大方向是正确的，没有 4 万亿，中国的 GDP 不可能由当初的 4.5 万亿美元涨到现在的 13.6 万亿美元”。

他认为，“错不在于采用了 4 万亿元刺激政策，而是在退得太早了，且刺激政策仅维持了两年，2009 年新增的贷款激增至 9.6 万亿元，增速跟前年相比是 426%，但 2012 年增速成了–43%（见图 4），这种剧烈的波动会对中国经济造成冲击，这就好比你拼命劝企业借钱，企业借了钱之后突然钱就没了，项目也没了，企业一下就被套住了。”

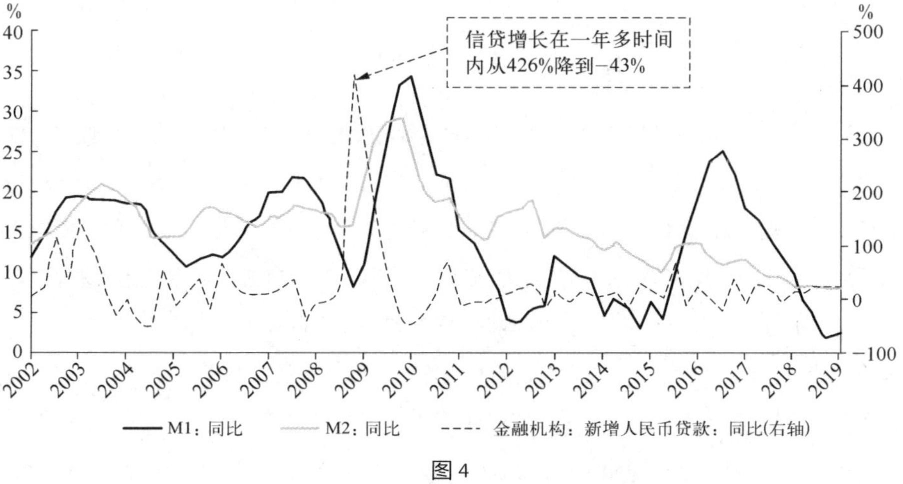

图 4

除了货币政策当时的剧烈变化，利率也值得观察。

国际金融危机后中国的利率很快就回升了，这跟大推特推零利率政策和量化宽松（QE）的西方国家截然不同，美国将零利率政策维持了 8 年之久，而中国在一年多后就发生了转折。

余永定认为，未来货币政策应该维持宽松来配合扩张性财政政策的推行。他提及："早前大家说央行货币超发，这都是缺乏客观性的。实际上，很难说中国的货币政策是过于具有扩张性的。大家衡量央行是否货币超发经常用 M2 对 GDP 之比，中国的这一比例的确是世界上比较高的，但我们还要看其他指标，比如央行资产负债表的扩张，英格兰银行扩张了 6 倍多，日本是 4 倍多，美国是 3.5 倍，而中国人民银行是 1.5 倍，跟这些国家比，中国央行扩表力度并不是非常大。"具体如图 5 和表 1 所示。

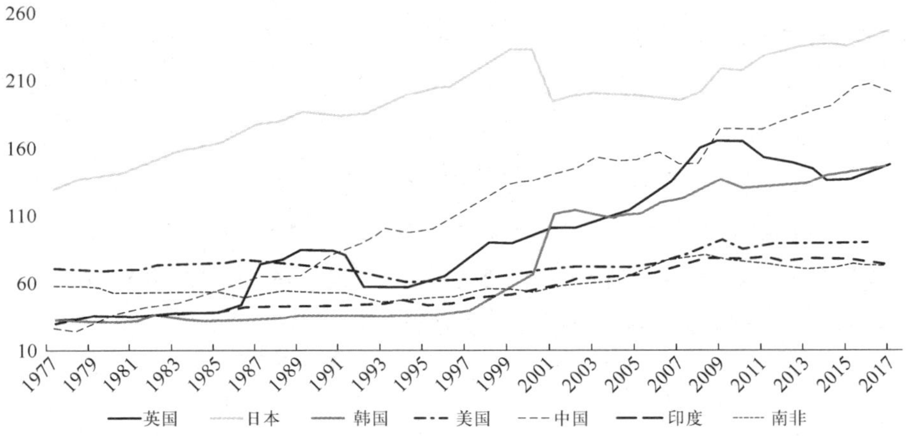

各国 M2 对 GDP 之比

图 5

此外，中国的 M2 对 GDP 之比之所以高，很大程度是跟中国的高储蓄率有关（提高了分子），且高的 M2 对 GDP 之比并不一定会有高通胀率，所有的 M2 对 GDP 之比高的国家反而都是低通胀，而 M2 对 GDP 之比低的国家通胀却很高，"因为他们根本不想把钱放在手里，不可能有高的 M2 对 GDP 之比。所以我们过去的认识是错误的。"

野村证券综合研究所首席经济学家辜朝明（Richard Koo）是著名的"资产负债表衰退理论"的提出者，他曾任职于纽约联邦储备银行。他曾提及，欧元区和日本面临"资产负债表衰退"（至今仍未摆脱），这体现为私营部门借贷意愿薄弱，因此 QE 的边际效率几乎接近于 0，即越放水、通胀越低，因为需求端根本没有意愿。辜朝明也提及，这也是

表1　各国 M2 对 GDP 之比　　单位：亿美元

	2018 年末	2007 年 6 月末	扩张倍数
英格兰银行	7 545	1 608	6.41
土耳其央行	1 368	860	5.41
日本银行	50 327	8 181	4.52
巴西央行	8 923	3 466	4.21
美联储	41 233	8 987	3.59
欧央行	53 488	16 468	2.86
印度央行	5 404	2 429	2.82
南非央行	614	339	2.74
俄罗斯央行	6 034	1 661	2.63
墨西哥央行	2 027	1 153	2.31
印度尼西亚央行	1 537	874	1.79
中国人民银行	54 177	19 473	1.52
加拿大银行	867	476	1.35
韩国银行	4 460	3 378	0.60
澳大利亚央行	1 269	1 152	0.34

注：① G20 国家中，阿根廷和沙特阿拉伯央行资产负债表数据未能获取；② 扩张倍数计算方法为各国央行观察期资产规模变化量（以本国货币为单位）除以基期的规模；③ 由于数据可获得性有限，2018 年墨西哥、印尼和韩国数据取至 2018 年 11 月末。

为何此前美国通过再度减税、扩大基建等财政手段得以延长经济扩张周期的原因。

“美国是唯一从日本泡沫破灭的经验上吸取经验的国家，当泡沫破灭、资产价格暴跌、债务积压，所有人都在储蓄、偿还债务，即使利率再低也没有人会去借钱，因此 QE 释放再多的流动性可能也徒劳无功。而当私营部门去杠杆，就需要公共部门加杠杆。危机后，时任美联储主席伯南克告诫国会不要过早削减财政赤字，而欧洲领导人当时根本不理解‘资产负债表衰退’的概念，执意实行财政紧缩，因此至今经济内生动力不足，而如今美国复苏也最快。”辜朝明在一次采访中称。

当然，对于中国而言，货币政策的边际效应远未耗尽，降息、降准仍有巨大的空间，且为了配合财政宽松，货币政策也必须维持宽松，以降低发债成本。

此外，中国百姓最为担心的无疑是“通胀虎”，但事实上欧美的经验也证明了，通胀并不是中国需要担心的问题。

“我是 70 年代末参与经济学讨论研究的，那时我最熟悉的一句话就是‘通胀是笼中老虎’，央行货币发行太多，‘笼中老虎’要出来。但‘笼中老虎’我们谈了三四十年，这老虎还没出来。”余永定表示，近十年通胀非常低，金融危机之后，全球通胀率都出人意料的低迷，中国通胀率基本维持在 3% 以下，PPI 出现连续 54 个月的负增长，CPI 可能由于猪瘟而小幅攀升，但这并不影响对中国通胀形势的长期判断，也意味着中国有采取宽松货币政策的余地（见图 6 和图 7）。

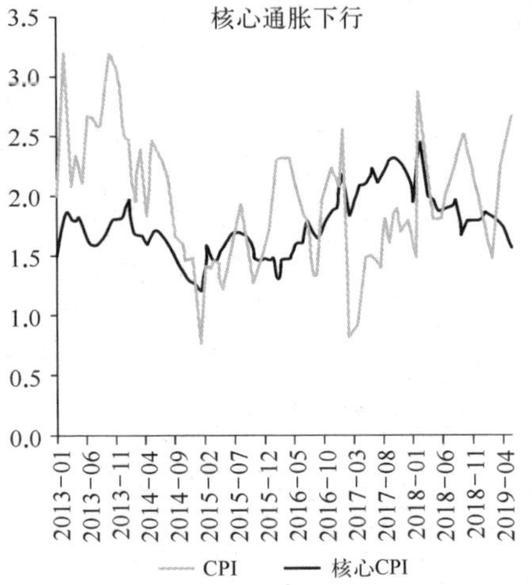

图 6

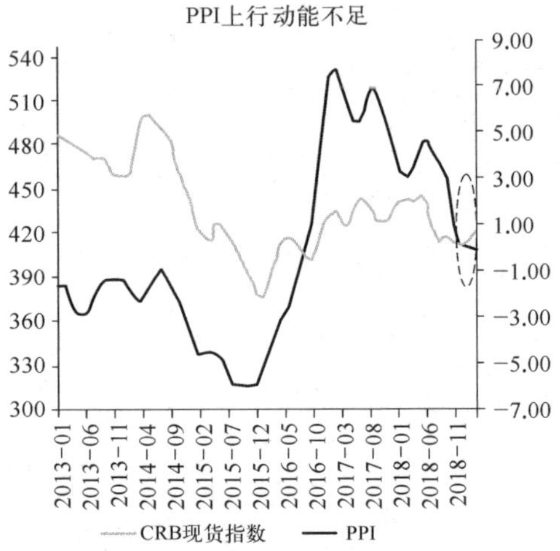

图 7

当前，多家机构预计，中国还将在 2019 年降准 100 bp，届时中国也可能跟随美联储降息，但降息并非指存贷款基准利率，而是说公开市场操作利率，包括中期借贷便利（Medium-term Lending Facility, MLF）利率等。

3. 政策不应被资产价格束缚

另外一个需要关注的点则在于，海外央行普遍只盯住通胀这一个目标，最多再加上就业和经济增长目标。而当前中国央行的货币政策目标至少包括经济增速和就业稳定、价格稳定、汇率稳定、房价稳定。

此外，中国央行还要实现许多“结构性”目标，余永定认为这些目标是无法同时通盘实现的，房价就是一个很好的例证。

例如，房价变动周期与增速和通胀周期并不同步。自 2010 年第一季度以来，经济增速持续下降，2012 年 3 月以后 PPI 连续 54 个月负增长，CPI 基本上也在 2% 左右，在这种情况下，央行仍然不得不采取偏紧的货币政策来抑制房价过快上涨。

“我们的货币政策在很大程度上是盯资产价格的。房价一上，我们就紧；房价一降，我们就松。但是宏观经济周期并不等于房价周期。如果经济增速持续下行，货币一会儿紧、一会儿松就不对了。所以把资产价格定为货币政策目标，扰乱了货币政策的运行，对宏观经济的调控是不利的。”当然余永定并不认为中国应该放任房价上行，而是认为抑制房价应该由其他政策来解决，且因地施策。

此外，传统观点认为，央行为经济注入了太多流动性，这是导致房地产泡沫的元凶。但是这一观点可能只是部分正确。

余永定认为，事实上，房价的剧烈上涨早在央行信用宽松前就出现了。中国房价的涨跌呈现周期性特点，很难确定货币供应和房价涨跌之间的因果关系。

有理由认为：真正的因果关系是房价上升导致货币供应量上升。房价上升会把大量原本在实体经济中循环的资金吸入资本市场，并在资本市场上自我循环。因此，央行必须要加大货币供应量来满足实体经济的流动性需求。

除了房价，当前汇率也成了另一个束缚货币政策的目标。各界担心，扩张性的货币政策是否会加剧人民币贬值压力？

余永定认为，中国过去花费了太多时间辩论是否需要采取浮动的汇率制度，货币政策长期被追求汇率稳定的执念所束缚。尽管美国暂停加息，且降息的窗口已经打开，美元暂时见顶回落，但未来在避险情绪飙升或下一轮周期开启时，强美元仍可能卷土重来，届时对人民币贬值的担忧也会重现。

在余永定看来，富于弹性的人民币汇率可以成为经济的调节器，适度贬值可以提升通胀，也可以缓解出口压力。

他始终认为，中国经济的基本面并不支持人民币大幅贬值，即便汇率出现暂时超调，最终还是会回到由基本面决定的水平上，更何况中国还有资本管制这最后一道防线，而中国企业也已认识到，在过去，汇率风险是由中央银行承担的；现在，这些风险轮到企业自己承担了，应加强外汇风险的管理意识和能力。

同时，余永定强调，央行似乎有必要尽快昭示世界：中国已经转向浮动汇率制度。这样做不仅在经济上而且在政治上对中国都有重要意义：今后人民币兑美元汇率无论是升还是贬，美国都将无法再给中国扣上“操纵汇率”的大帽子。

（首发于秦朔朋友圈 2019 年 7 月 9 日）

「刘子」

关键词：

乡村观察

疫情下，我们需要一个怎样的乡村

1.

这是很多人多年来在老家待得最久的一次。

漫长的春节假期，老张一岁的姑娘在老家学会了走路，学会了呼叫鸡鸭，每天早上要去地里看牛牛，白天要跟着奶奶去摘菜，晚上会抬头仰望星空……这些城市体会不到的乐趣，让小姑娘乐不思蜀。

乡下其实也很方便了，老张打开电脑就能远程办公，虽然不能走亲戚串门，倒是有了大把的时间陪父母、爷爷扯淡，赶上埋锅造饭，还能坐到土灶前烧烧柴火。出门一看，又见炊烟升起，暮色罩大地。

想问阵阵炊烟，你要去哪里?

反正不想回城里。

城里在封闭管理，回了也只能宅在几十、100 多平方米的房子里，人们终于理解了狗渴望被遛的心情。乡下虽然也封村，好歹还能遛鸡遛鸭遛牛，摘菜烧火望星空。城市空了，就真的空了，乡下空了，反倒心里满了。

如今城里有的，乡下渐渐也有了，WiFi、外卖、电商、快递也有了，商场、影院发动汽车也不过半小时最多一小时的事儿。而乡下有的，环境、空气、自给自足，城里一直都没有，在北上广深发动汽车，一小时过去了，得到的东西还是一样。

因此城市与乡村，并不是二元对立的关系，反而像人们心中的红玫瑰与白玫瑰，都客观存在，都少不了。

那么都是好玫瑰，又何必差别对待。譬如当前的政策和舆论，一面要广大农村确保城市的菜篮子，一面又说，乡下人你先别回来——颇似最近流行的抖音视频，你站在楼上，对楼下送东西来的人说，东西留下，你走。

2.

多年前租房做饭，隔壁刚大学毕业的合租室友去买菠菜，到了菜市场，摊主正忙，说你要什么菜自己拿。她站在菜摊前等了半天，摊主问选好了么？她弱弱地问，老板，哪个是菠菜……她只认识能吃的菠菜，不认识生的菠菜。

我一直想，将来我的孩子长大一些，一定要送回乡下待一段时间。她不只要认识菠菜，还应该要认识青菜、辣椒和大蒜，不只要认识动物园里的老虎、大象、长颈鹿，也要认识地上的鸡鸭牛羊和飞禽走兽，不止要在班上扫地抹桌子劳动，也要在土地上亲身劳作接受“贫下中农再教育”。

她应该在大地上奔走，认识“大自然”这个好朋友；应该跟农民伯伯去到田间地头，认识“劳动”这个好朋友；应该扔下各种培训、补课真实地野一回，去认识“自由”这个好朋友。我想让她知道，人不是生来就该困于牢笼，生来就该这般苦厄。

我们的教育和传统本就是这般贴近大地的，“锄禾日当午，汗滴禾下土”，“谁言寸草心，报得三春晖”，“两个黄鹂鸣翠柳，一行白鹭上青天”，“门前大桥下游过一群鸭”……只不过多年来言必都市、国际和现代化，忽略了土地、自然和传统。

我们需要乡村式的教育，可乡村自身的教育都在节节败退。譬如我家乡小学，一再压缩合并，只剩三年级，要读四年级以上必须去镇上；本镇原有初中三所，后合并为一所，高中部更早已取消，要读高中，只能去县城……各种优秀中青年教师也被不断抽离，乡村中小学多剩一些学历更差一些的中老年教师。

如此，乡下孩子要接受优质教育，只有进城一条路。其结果，只有实在无能为力的农民才将子女留在乡村，稍微有点能力的，砸锅卖铁也要把孩子送进城。人都走了，又进一步导致乡村教育资源被抽离。不要说发展，恶性循环之下，留守儿童都越来越少，只剩下无法外出打工的中老年人以及实在贫寒的农民子弟，整个乡村日益缺乏生机。

进了城，自然要学 ABC、拉丁、芭蕾和钢琴，主持、演讲与竞赛，去上学，挤破头也要进好学区、重点学校、重点班，考大学自然也要选金融、管理和外语。地方教育部门则推波助澜，不断将优质教育资源集中到城市、好学区和“重点”，人为划分好学区差学区、好学校差学校、好老师差老师、好学生差学生，极大地制造社会不公正、不平等的根源。学校就坡下驴，好学校名利双收，高校更是热衷搞产业，试看曾经最“重思想”的北大，北大方正、北大青鸟、北大资源（房地产企业）等企业四处扩张，使北大以 340 亿元成为全国最赚钱的大学，并深以为傲。

教育被政治、市场、舆论裹挟，沦为“名利场”，个体的思想、人格的独立、精神的自由，正日益成为梦幻泡影。发展经济可以效率为先、效益为重，“抓到老鼠就是好猫”，然而教育不可以，教育的原则必须是人本、平等和公平。

“百年树人”，社会的复兴，民族的崛起，当从教育始。教育的复兴，当从停止抽离乡村、重视自然与传统始，当从教师的自由流动始（比如日本，教师收入水平不以区域、城乡为鸿沟，而以资历、年限为标准），当从去市场化、去功利化与培养独立、健全人格始。

从重建乡村教育始！

3.

人们往往在外光鲜亮丽，行头也许数万、数十万，但再光鲜，也不能不穿底裤。底裤不外露，也许就几十元，但如果不舒服，卡了裆或者破了洞，这切肤之痛自己最清楚又难以言说，一定不好过。

乡村就是社会的底裤。这条“底裤”，不一定要像城市一样光鲜亮丽，不一定要大量财政重金打造，也不一定要国际化上档次，但必须得有，且必须是舒适和自在的。

为了城市化、工业化、国际化、GDP 数字化，中国的城市已被整成千城一面。尤其同一档次的城市，差不多的 CBD、新城区、工业区，差不多的高楼大厦、商场超市、娱乐场所、“×× 豪庭”，差不多的星巴克、肯德基、西餐、川菜、沙县小吃……逐渐被整容成一个模子，终于像满大街的韩国标准化美女，初看很“思密达”，多看容易脸盲。

然而中国有 260 万个村庄（自然村），东西南北、沿海平原山区大不相同，不必也无法以一个或几个标准去发展。

当前大多数乡村，虽然空心化严重，外出的农民工待遇也一直不好，却往往心态平稳。最焦虑反而是城市及中产，为何？

因为农民工有退路。大多数农民工的目标很清楚——在城市打工赚钱，将来回老家盖房子、过日子。何况现今城乡生活条件差距缩小，外乡再好，城市再好，恐怕不如自家舒服。今天多吃点苦，将来就能多享受一点，现在多受点累，子女就能过得更好一点，享受到更好点的教育。形势再怎么样，起码回家种地不会饿死。

但城市居民，没有退路。

乡村也许发展得慢一些，人也许都往外跑，但将来还是要回归，这是经济与社会发展自然的结果。历史一再证明，只要乡村不乱，社会就不会乱，只要城市不出现大规模贫民窟、大量贫困人口，城市治安、文明就有保障。因此保护好乡村这条退路，就是保护好社会的“底裤”。

贺雪峰教授指出，农民靠农业致富是不现实的，无论搞二三产、经济作物还是休闲农业，一是本身就是高投入高风险；二是一旦有人成功，必然导致大量跟随、供求关系发生变化最终摊薄利润。农民要致富，还是要通过城市、商业，“致富是市场的事情，基本保障则是政府的事情。为农民提供保底的农业和农村，作为基本保障领域，一定要防止纯市场化的思路”，为了光鲜亮丽给底裤戳个洞，要不得。

乡村生活未必多好，城市生活也不容易。为了农民增收、城镇化、工业化，为了快速致富奔小康，逼着乡村向城镇看齐，逼着乡村一变再变，比如：强迁乡村学校将农民赶往城镇，苏北大规模整村拆迁并入城镇，鼓动农民一窝蜂地种植经济作物、发展休闲农业。这些可能都会破坏这条“退路”，都需慎重。

乡村不仅是农民、农民工、新城市人的退路，也是国家和社会的退路。政府与社会应该共同努力，营建一个自然、安详、和谐的乡村，自由、平等、舒服的城乡关系。这样，无论我们多么匆忙、兴奋、牛皮哄哄地往前冲，都可以心安理得。

因为我们都穿着一条舒服的底裤。

4.

这个春节虽然有一些阴霾，但许多父母有另一种开心，孩子、孙子都可以长时间地、老老实实地待在家里团聚，在这个日益匆忙的年代，何其难得。

> 乡下固然也“封村”，但还算简单。一个大队，在主要道路两端一堵，喇叭一喊，大家就都知道该怎么做了。虽然不能走亲访友，但米在仓里、菜在地里，不用还房贷不用还贷款，根本无须慌张。

一个武汉的朋友就向我感叹，城市看似运作精密，其实不堪一击，乡村看似套路粗鄙、无组织无纪律，反倒心气平和、该怎样就怎样。

商品化时代，人们已经习惯了各过各的，习惯了贷款、超前消费，习惯了再拮据也要买点奢侈的物件悦人悦己，习惯了有点余钱就拿去“投资理财”（往往一再缩水）。我们渐渐不习惯乡下父母的缝缝补补、勤俭持家，不习惯逢年过节、大事小情都聚在一起串门、办酒席，看不惯大姑二姨有点闲钱就存在银行躺在存折……

时代冲得太快，这些人情、传统和保守，既缓慢又落伍，一点都不 modern 和 international……然而须知我们的文明，本就是依托于乡土，围绕土地、血缘、亲情和伦理发展起来的体系。我们的父母从来不光为自己活着更为子孙后代而活，赚钱不易不可能将钱轻易交给外人控制，遇到困难求之于亲友而不可能去教堂诉诸上帝。

亲人依然是最能打动我们的词，乡愁依然是我们的精神家园。

早在 20 世纪初的那些年代，西方一代寻路者的托尔斯泰就对西方民族的历史使命丧失了信心，他的顽强信仰不断在寻找能托付此重任的其他民族。他在考虑“伟大而聪颖的中国人民”，他认为“东方民族已被召唤重新寻回西方民族已无可挽回丧失了的那种自由”，而中国人将领导亚洲人在“道”这条永恒的规律的道路上完成人类的转变。

这一希望很快就破灭了：东方民族否定了自己往日的智慧，效仿欧洲，这一效仿，一去又是一百年。而今的乡村也有了基本的政府保障，虽然还远不如城市的社保。但乡村从来都是靠自己，勤劳节俭与积蓄，亲友乡邻互助与依靠，人品、口碑和信任；乡村也自有其生活保障体系，除了土地、宅基地，院子里的鸡鸭，圈里的猪牛羊，菜园子里的蔬菜瓜果，溪流河塘里的鱼虾野获，都是实实在在而高品质的生活保障……

时代再如何向前，乡村从生活到精神永远会散发光芒。看到和认可这些光芒，我们才不会迷失在这五彩斑斓的时代，尊重和回归那些文明，我们才能挺直崛起和向前的脊梁。

（首发于秦朔朋友圈 2020 年 2 月 14 日）

当你老了

1.

孩子即将出生，需要接父母过来带娃，母亲满心欢喜，父亲却迟迟未答应。

一晃他们都快 60 了。前几天家庭群的亲戚发出他们年轻时在深圳打工的照片，依稀 30 左右，还是俊男美女模样，像极了深圳这座充满活力的城市。如今深圳依然活力无限，并成为中国创新、发展的引擎，可他们已老去得无声无息。

父亲从来都觉得自己是个干大事的人。我上大学时，父亲发了一笔小财，当时那笔钱足以在县城买三四套房，可惜他没有这眼光，而是回到家乡，修葺房屋，买辆小面包车，再把剩余的钱借给亲戚们。后来那笔钱不但未增值，反而在一些亲戚那成了坏账，大为缩水。回过头再去看县城房价，已经只够买个厕所。

其间父亲尝试多次“创业”，开小卖部、饲养竹鼠、开办乡村剧团。乡村经济萎靡，无不折本而归。后来无奈去附近工业园上班，在铜厂、竹制品厂当工人，在鞋厂当司机，心不甘情不愿地领那两千左右的工资。

近些年制造业困局，加上政府一刀切抓环保，工业园的小企业日子越来越难过，先是上班三天打鱼两天晒网，后来逐渐无所事事赋闲在家，种点蔬菜自给自足。闲来跟村里的老娘们儿打打麻将，他那人心大，小胡没兴趣等大胡，结果往往输钱，被母亲知道又是一顿批。结果老了还常常拌嘴，不让人省心。

再年轻点的时候，父亲是个个体货车司机，20 世纪 90 年代初期，方圆数十个村庄，就我家这一辆汽车。那时信息闭塞，开车人走四方，时常带回来过时“新闻”和奇闻轶事，父亲走到哪侃到哪，被奉为座上宾，风光无俩。直到今天，他依然不服“老”，老想做点事，时常还有新奇想法，却已沦落到无事可干、被老娘们儿“欺负”、被母亲“教训”，常常觉得不爽。

我安慰他，“这几年外面经济形势不太好，不要说你，很多年轻人在外面都找不到好工作。你们没病没灾的，就是对我最大的帮助。该打麻将打麻将，记得给我妈做饭就行”。

其实我的潜台词是，你们这代人已经被淘汰了，你也还是省点心吧。时代发展太快，风口、流行、流量，供应链、KOC、人造肉……转瞬即逝，我们这代人努力着，还只能抓个尾巴，更不用说他们。只是，耳听历史的车轮轰隆隆碾过一个个微小个体，噼啪作响又无可奈何。上一代打工者们，大家还好吗？

2.

父亲那辈人是中国第一代农民工，多数都出去打过工。

打工地主要是浙江、福建、广东等沿海民营经济发达区域，毕竟其他地方的国营和集体经济也看不上他们。这些打工地之间，也存在着鄙视链：

第一是上海。“上海牌”手表、缝纫机、永久自行车……都是国营大牌；外滩、东方明珠剪影大量印在搪瓷杯、草帽、帆布包上，引人遐想。那时的上海是高大上的代名词，印象中，众多的亲戚、乡邻里，只有一个表姐夫妻俩在上海打过几年工；

其次是广东。去广东的有我的父母、两个叔叔、几个小姨……那时他们还是年轻人，念过高中或初中，还算读过书。他们还充当着流行文化传播者的历史使命，每次回乡，带回来新潮服饰，录像机、小霸王等高科技产品，以及港台明星的磁带、录像带……那时候，只有等到他们回来，才算过年；

然后是福建。从20世纪90年代起，泉州下辖的石狮、晋江等地，诞生了大量鞋厂、服装厂、食品厂、家具厂……现今发展壮大起来的，许多已成为当地数百家上市公司、数百个驰名商标中的一员，也算优质打工地。父亲也曾在那干过几年；

最后是温州、台州一带。大量的鞋厂、包装厂、“江南皮革厂”、家庭小作坊……汇聚着我大部分低学历的亲戚和谨小慎微的乡民，解决着南方内地省份大量的社会就业。那里务工门槛低，流动性大。每月工作二十九天、每天十二小时起，工作和生活条件差，至今未见明显改观。

2000年以后，随着房地产发展、用工量大增，2010年后随着沿海小企业内迁，打工地才逐渐分散、回流。

这“鄙视链”的背后，其实是许多的无奈，它们由学历、年龄、胆识、关系（亲友是否聚集）构成，自身根据实际情况，由上而下选择相对应的打工地。其中，像深圳这样的打工地，不少工厂要求中专、高中学历起步的青壮年劳动力，对父辈们彻底关上大门。他们中的许多人再想出售劳动力，只有去温州小工厂及遍布全国的广大建筑工地。

今天，当城市里的人们在不断抱怨工作的无聊、乏味、收入低的时候，他们（农民工）无比单调、乏味的工作已重复了二三十年：

几十年来，他们干着单调又重复的活计，在车间切料，给鞋子上胶，在仓库打包……不曾变过。我在温州打工的乡邻中，大多数人都做鞋子，所以近些年家乡工业园引进的基本还是鞋厂，回来干的工作还是一样；

几十年来，他们拖家带口，为“温州”不断贡献着无数亲友、儿女，前赴后继；

几十年来，他们的工资未见明显增长，打工地房租、消费却节节高升，越来越赚不到钱；

几十年来，他们从未享受过社保、各种“金”……

他们的抱怨又有谁听得见？

3.

近期去一些餐馆吃饭，发现年纪大的服务员越来越多——因为青壮年劳动力成本越来越高，只好找中老年群体替代。

父亲一辈的打工者，年纪渐大，哪怕是餐馆服务员这种“体面”工作，也与他们彻底无缘。他们的命运，无外乎以下几种：

一是成功安家城市的。父亲那代人中我认识的，只有一个念过高中的小姨，安家在深圳，还有少数几个，在内地城市安家，其数估计百分之几；

二是返乡群体，是为主流。年纪渐大，进城无望，找工作越来越难。跟随沿海企业内迁，返回县、镇工业园继续打工，月收入 2 000 元左右。即便如此，55 岁以上群体往往还不要，只能边务农，边就近打些零工。在“退休”年纪，他们却“成长”为农业主力军，另一方面生活压力反而前所未有——既缺乏赚钱能力、又缺乏社会保障和养老条件，还得时常帮扶子孙；

三是坚持漂在外地打工的。这部分为数不少。中国尤其南方乡村，地少人多，缺乏发展机会，留在城市还有出路。有些人举家在外，随着子女长大，渐渐安顿，只是最近十几年房价越来越高，安家的还是少数。更多的还在坚持做一些基础的活，试图攒一些养老钱，或者等儿女成家立业再回归乡土。无非再拖几年返乡，不能改变什么；

还有的一些，已“客死”他乡。20 世纪八九十年代，数次治安严打，一批年轻打工者因抢劫、偷盗、搞帮会、打架被抓，……儿时记忆中许多面孔，后来都没再出现，多少人被湮没在浩浩荡荡的时代浮沉中。

今天，如果你在城市遇到老年打工者，请多给予他们多一些理解和尊重：

餐馆里的中老年服务生，点菜时他们可能听不了那么清楚，沟通也许不那么清晰；

保洁阿姨，身上也许有点脏，不要嫌弃，偶尔对她们打个招呼、说声谢谢，在她们眼中也许就是温暖和文明的象征；

戴安全帽风尘仆仆的民工，偶尔跟你一起挤地铁、公交，如不是迫不得已，他们也不会跟你抢城市公共设施，如果你觉得不舒服，请不要露出鄙夷的神情，给他们留一点自尊……

也许，他们就是来自乡村的某位朋友的亲人，如不是生活所迫，谁愿意年老了还漂泊在没有希望的异乡。

4.

今天，我们去到日本等老龄化国家，会看到很多老年服务员。无须惊讶，其实“老龄化”在我们身边已经发生。

中国已经是老龄化程度较高的国家之一，且发展速度快，预计到 2025 年，60 岁以上人口将达到 3 亿，将成为超老年型国家。其中上海早跻身超老龄城市，到 2020 年，

60 岁以上户籍老年人口就将达 530 余万，老龄化程度将达到 36%——这个数据还只算了户籍人口。

一个朋友最近把丈母娘接到杭州带孩子。丈母娘在深圳打工半辈子，十几年前丈夫因病去世，独立把两个女儿供至大学毕业，由于丈母娘期间找过男朋友，导致母女并不和睦。她还想找一些活养活自己，可是谈何容易。

当失去赚钱能力，没有社保，没有家庭保障，一个打工者辛苦了一辈子，正是最无力的时候，却面临人生最大的生存危机、老无所依的困局。好在朋友坚持，把她接到城市带孩子，又承担起赡养她的职责。

数据显示，我国的老龄化高峰预计在 2040 年左右，那时，正是我们这代人老去之时，我们也许也需要像今天的“农村户口”和日本老年打工者一样，继续奋斗在一线。

今天，我们眼睁睁看着父辈们老去，无奈写在他们的脸上。但愿，类似的“无奈”，不要一直写到二十年后我们自己的脸上。

（首发于秦朔朋友圈 2019 年 9 月 1 日）

出乡村记

1.

18 年前的这个时候，我跟兄弟张伟、胡亮、阎王、黄铤，骑着从家里偷偷弄出来的摩托车，骑行在乡下的艳阳下。

乡下艳阳高照，风吹稻浪，知了声嘶力竭。柏油马路有点黏答答，车轮碾上去不干脆，仿佛雨后的泥地。我们追逐着头顶的浓云，一封油门，冲进它的荫蔽，欢呼雀跃。要是口袋里有足够的油钱，我们真就打算骑到省城，骑到北京，骑到上海，去看一看那些大城市——那些我们将要各自奔赴的大城市。

不久出高考成绩、报考、收通知书，胡亮去了北京林业大学，黄铤去了北京第二外国语学院，阎王去了华北电力大学，张伟没考好，我没报好，留下来复读。

“高四”开学，我们重新聚首，安慰自己，复读就复读，18 年后还是一条好汉！只是18年过去了，我们各自苟且，都没有成为好汉。

尽管这样，高考仍然是改变我们命运的关键，如果不是高考，我们就得和许多同龄人那样，扛起背包，去南方、温州、福建打工，成为融不进城市、回不去乡村的农民工。

2.

所有的乡下人，都想着或想过离开农村，去城市生活。而离乡进城的路无非两条——读书或者外出务工 / 经商。

读书自然是最优选择。2019年，我国高考预计录取人数820万，录取率为79.53%，这就意味着，就算是农村孩子，只要咬牙坚持，也能上大学。关键在于，得小心不被杂牌、野鸡大学给上了。

尽管国家在不断努力，如农村专项高招政策，但数据显示，我国高考城乡录取比例，尤其是上名校的比例，差距悬殊（笔者非高考研究专家，谨简单罗列几个公开数据）:

◇ 2018年30名省市高考状元，91%来自城市，9%来自农村家庭，其中大部分高考状元的父母都是公务员或者事业单位人员，65%的高考状元父母都是大学本科学历!

◇ 2017年城乡适龄人口中，就读211重点高校的城市学生为7%，农村学生仅有0.6%。

◇ 1978年到1998年的20年里，北大校园内来自农村的学生接近三成。进入21世纪之后，农村生源比例下滑得很厉害，2000—2011年，北大农村生源比例仅为10%左右，2015年录取农村学生比例达19.14%，但离理想水平还有距离……

其实，无需数据，参加过高考的人凭经验就能得出结论——农村出一个名校毕业生，真的很难。

每一次进城，都是一次文化的碰撞。

笔者生在农家，小时候看着更大的孩子去镇上的初中住校，十分羡慕。他们每周两次，走上十几里山路，回家洗个澡，再用玻璃罐装上够吃三天的霉干菜、萝卜干、腌菜，由于没有新鲜蔬菜和新鲜肉食，大多长得干瘦蜡黄；校舍简陋，上下两层大通铺，大夏天没办法洗澡，也没有纱窗、电扇，面对蚊子不断的袭扰，只有躲进炎热的被窝……然后轮到我们，三年下来，不堪其苦——跟城里朋友讲起来，大家都觉得是解放前地主家放牛娃的童年往事。

那其实是20世纪90年代中期。中考结束，全年级250多个学生，只有10个人考上重点高中，再有一小部分上了中专、卫校、师范学校，其余大多数考完就收拾东西外出打工。

上到城里，第一年又是一阵抓瞎，城乡生活背景的差异，让我们从农村去的同学深感羞愧，有城里同学揪着我们的口音，哈哈大笑，再开朗的同学也变得内向起来。老师同样不怎么理会父母不在身旁、又毫不起眼的农村学生。我们在新奇又努力地接受“城市”的多彩，但由于缺乏老师、父母的监督、管教，有的同学没经受住游戏厅、网吧、录像厅的诱惑，一再逃学直至辍学；或者因为穷，渐渐跟“小混混”混在一起，走上抢劫、偷盗、打架混社会之路。

继续坚持的人，到了高二才缓过神来，逐步追赶。高二期末，我追到年级第51名，高三进重点班基本没有问题。高三开学，站在教学楼外墙边看分班名录，我在重点班找了一遍又一遍，始终没有看到自己的名字，直到同学提醒，我才发现自己被分到差班——后来我才知道，重点班虽然录取90多人，教室都塞满了，但按成绩只取到第50，其中40多人都是县里政府单位、事业单位的子女。社会给一个无力的乡下少年好好上了一课，我懵圈了好几个月。后来一个晚上，跟远在深圳打工的母亲通了个电话，才暗下决心奋起追赶，重新回到年级前列。

高考报志愿，由于父母不在身旁，老师光围着有家长陪同或者有地位的城里同学，没有任何专业指导，我按着“新概念”、《萌芽》的感觉，蒙着头填了一所上海的名校，结果差了几分。第二年我不甘平庸，再次倔强地填了那所学校，再次以几分之差落败。

倔强的乡下少年又上了一课，选择了顺从，随第二志愿上了省城的财经大学。

我第一次出远门，独自去150公里外的省城。路过赣江，遥望江畔的高楼大厦，心里踏实了一点——以后写作文，在写道“我独自一人走在都市的大街”时，就不会不好意思地把“都市”偷偷擦掉改为“城市”了。

在压抑了许多年后，我们终于体会到“自由”的快乐，打游戏、翘课、骑车骑遍全城，去高中同学的学校瞎混日子。省城、来自大城市的同学则比我们活得清晰，他们参加社团、竞选班干部、去亲友介绍的公司早早实习……大学刚毕业，那些同学早早各奔前程，我们许多外地同学却突然迷茫起来。像《士兵突击》中退役的班长史今，当汽车路过天安门时失声痛哭，一个同学也在送走所有同学后，把自己关在寝室淋浴间放声痛哭。后来有人留在省城，有人回乡考公务员，也有人去更大的城市工作。我则阴差阳错地来到当年向往的魔都工作。

到了公司，跟上海同事聊起来，他们中许多人毕业于上海大学，我由衷赞扬，不错啊，名校啊。换来纷纷的白眼，这才知道，在上海，“上大”只是他们“自己家”的大学，只有考不上名校又不愿去外地的同学，才无奈选上大。而在我们省，没有考名牌大学底气的人，是不敢报上大的。

后来，在北上广深工作的许多同学陆陆续续回到各自的省份、城市、县城安身立命，兜兜转转，都是故事。

请原谅我用这么长的篇幅进行描述，我们每个始于农村的“读书人”，共同的使命就是出乡村、进城市，而这条出乡村之路并不平顺，仿佛通关游戏，有人不堪暴击，有人禁不住诱惑，有人心里不平衡，没坚持住，就走上了另外的人生道路。

而当我们历尽艰辛、带着命运的光环来到大城市，满怀激动，以至于还带着点乡音，想郑重介绍一下自己，“你好，我是 ×××”……这座城市就已收起它广告画上美丽、多情的面孔，露出她不耐烦的神情，“来，下一位”。

对于即将投奔大城市的农村考生们，我要说一声：亲爱的同学们，你们辛苦了。但是路还漫长，珍视自己，勿忘初心，继续奋斗！

3.

外出务工是离乡入城的第二条路。

在今天，城市尤其是大城市的辍学率已经很低。再读不进书的孩子，有父母做主，有家庭的支持，哪怕进一所再差的学校，也会保证完成中、高等教育。

农村的孩子就不一样了。由斯坦福大学、中国科学院和陕西师范大学合作的 2017 年“农村教育行动计划”调研显示，中国农村学生初中毕业后辍学率为 53.3%，有 7.4% 的普通高中生在毕业之前辍学，中专学生的辍学率也高达 29%！即便是富庶的江浙沿海区域，据笔者观察，仍然有许多 95 后、00 后初中辍学，他们或帮家里照料生意，或就近小工厂、小单位上班，或在家中啃老、打游戏、玩直播。

读书太苦、社会诱惑太大、靠读书出人头地的榜样越来越少、反正考不上大学读下去也没意思……每一个因素都足以让农村孩子调头另谋出路。

主要的出路还是务工，或者接受简单的职业技术培训再务工，毕竟“家中有矿”的总是极少数。而“蓝翔、新东方强过本科”，在民间有着众多的拥趸。

因此中国当前有农民工 2.86 亿，其中 80 后、90 后占比七成，我们的表姐堂弟、儿时玩伴、左邻右里……就是其中的一个个组成。

只是时代已不像八九十年代，那时社会平等，生机勃勃，到处充满机遇。彼时的60后、70后农民工，思想活络的，勤劳肯干的，抓住个机会就能赚到钱，就能在城里买房安家乐业。2000年以后，随着“投资回报率”逐步下降，经济房地产化以及限购政策的反反复复，80后、90后农民工们的进城之路日益艰难。

今天，当我们还在为城市的忙碌抱怨，我远在温州、福建沿海小工厂打工的许多穷亲戚们，每天早上7:30—8:00上班，中午休息一个小时，下午17:30—18:00下班，休息半个小时到一个小时，继续上班，21:00—22:00下班。每天工作12个小时，每月休息一天，工资一般5 000～6 000元。

他们的车间，永远散发着刺鼻的糨糊味、机油味，耳朵里充斥着机器的轰鸣，即使大冬天也热得汗流浃背。回到宿舍/出租屋，总是挤满了人，转个身不是碰响这个就是打翻那个。

年纪大一些吃不消，或者家里有老人小孩需要照顾的，便回乡在附近的工厂上班，早上8:00上班，中午休息半小时到一小时，下午17:30—18:00下班（效益好一点的，晚上再加加班）。回家烧火做饭，吃完饭看不了一集电视剧，就得睡觉，准备第二天早起。每月休息两天，工资2 000多元……

有人说用城镇化解决农民工问题，让他们离乡进城就行。先不说就业和生活保障，就看房价，不说一二线大城市，中部省份普通县城的房价也已五六千元/平起。他们没有社保、公积金，没有保障，没有足够的知识背景，没有资本，没有社会关系，拿什么进城。

4.

当然还有经商。

前些天遇到一位60后滴滴司机，闲聊几句。他老家在安徽农村，90年代末跟老乡来到上海做铝合金窗生意，赚了点钱，本想回老家盖房子，儿子到了上学的年级，就在静安区买了套老房子，还送户口。后来看着房价涨起来，接二连三买了几套，资产早已轻松过亿元。

“那生意呢？”

“不做了，不赚钱，公司送给亲戚了。”

“怎么还开起滴滴车？”

“儿子在国外念书，给他赚点房租钱。高兴嘛就跑跑。”

我说，“我所见上亿元身家的人里，就数你最潇洒”……

只是时代浪潮太汹涌，随着城市知识化、资本化的推进，做个小本买卖，凭自己的能力就能在城市安身立命的农民们，已经越来越少。在县城尚有可能，在大城市，像以往一样开个店，开个饭馆，摆个摊就能赚钱买房的时代，已经一去不复返。

还有一个经济现象，现今成功的农民企业家越来越少。

吴晓波在《中国企业家谱系》中将1978—1983年定义为“农村能人草创时期”，那是唯一属于农民企业家的时代：“所谓改革，是从农村发动，以‘包田到户’、承包制为突破口，解放农民的劳动生产积极性；所谓开放，则是试图以特区和沿海城市搞活的方式，引进国际资本，实现制造业的进口替代。”

因而，企业家的萌芽，便是在这两大领域中率先出现，并以“农村能人”的广泛涌现为最重要的特征。在广袤的农村地区，企业家的诞生分为三类族群：一是政经合一的村级带头人；二是社队作坊或小工厂的厂长；三是县村个体劳动者。例如，禹作敏——天津，静海大邱庄；吴仁宝——江苏，江阴华西村；王宏斌——河南，临颍南街村；徐文荣——浙江，东阳横店村。

进入21世纪，随着经济转型，制造业困局，许多曾经风光无限的乡镇企业问题重重，风光不再。也有转型成功的大企业家，仍是少数，例如，郭广昌的复星，王传福的比亚迪，刘强东的京东，以及“下周归来”的贾跃亭，你如果称他们为农民企业家，说不定会收到律师函。

为何农民企业家如此艰难？不是我们的农民企业家不拼命，也不只是简单的时代变化，而是乡村文明与现代商业文明有着本质上的冲突——

乡村文明，围绕土地，要诀在于“不动”：守好田地、宗产、延续香火，在外做了大官、赚了大钱，衣锦还乡，混得不好的，也得落叶归根；因“不动”而实在、短浅，重眼前利益，谨慎扩张，做着做着就做成家族企业；勤勉节俭，宁愿苦捱，也不要负债，毕竟土地出产有限，负债意味着无法支付较高的利息，意味着破产风险……时至今日，“养了一群败家子”，仍然是农民最大的悲哀；而后代进城买房“背一辈子的债”，也是令老一辈夜不能寐的事情。

而现代城市文明的核心即为商业。商业的本质是流通，只有使商品流动起来，才能实现资源的合理配置，才能实现收益；而经商靠什么，靠投资，靠眼光，看准了，赌上身家，敢于贷款和负债——敢贷款，想办法使商业经济的回报覆盖资金的成本，这就是原始的企业家精神。而农耕精神与企业家精神，本质是相悖的。

5.

综上，一个农村人离乡进城，无论读书还是打工、经商，都不容易。

教育比拼的，其实不是天资和努力，是家庭，家庭的所在地，家庭的基因，家庭的条件，家庭的背景，家庭教育是否持续……才是基础，只有少部分农村孩子能脱离这些基础，靠自己上名校、立足大城市。

农民工靠务工买房安家，已经越来越难，城市工薪阶层还能集齐“六个钱袋”，农民工面对的，则是没有自主养老能力的“六个麻袋”。

农民从商也越来越困难，在讲究信息化、资本化的时代，农民一无差异化知识，二无资本，三无融资抵押物、担保者，靠家庭作业、亲友借钱、埋头苦干、点滴积累，恐怕无法再创“商业奇迹”……

所以出乡村，从根本上依靠的，不只是自己的努力，而是家庭的综合实力。只是出生在乡村的大多数人，家庭综合实力又能好到哪去?

可是留给大家的时间已经不多了，《人民日报》曾刊文指出：中国已经发生了贫困的代际传递，产生“贫二代”群体，也就是中国的贫富差距已具有一定的稳定性，并形成了阶层和代际转移，一些贫者正从暂时贫困走向长期、跨代的贫困。

上一代已经无能为力，这一代还在努力挣扎，乡村的下一代呢?

6.

对还在路上的人们来说，我们出于乡村，带着乡村善良、重情、简朴、谨慎、内敛、努力的品格，面对各种文化冲突，磕磕绊绊，势必怀疑，甚至遗弃这些“包袱”。

无需如此，古来凡有大成就者，罕有偏居一隅、抱残守缺者。经历多元文化的冲突，只会令人更宽广、更深厚、更高远。通关越多，内心积淀、外部资源积累越丰富，成功的可能性也就越大。

因此出了乡村，面对城市，我们无需自卑，而应自信。

而当我们融入城市，欲谋事业，又须常常自省，摒弃农耕精神的保守、顽固，拥抱城市文明之精神：契约、规则、兼容、开放，不戴有色眼镜，勇于尝试、果敢创新……

如是，方不负那生养我们的故土，不负这繁盛多彩的城市，亦不负这波澜壮阔的时代!

（首发于秦朔朋友圈 2019 年 6 月 28 日）

城市病与乡愁

1.

老家一位远亲，和儿子来上海治病住院。医院在杨浦区，离我有点远，一直说去看他们父子俩，因为忙这忙那，一直没去成。

直到他们离开的那天，通了个电话，约好下次来上海再见。我要带他的儿子看看魔都这座美丽的大城市。

我知道他们还得常来。因为他 5 岁的儿子，身患白血病，每隔一两个月就要来化疗一次。我见过这个乖巧的孩子，大夏天裹得严严实实，戴着口罩，隔绝着外界可能的污染源。口罩上方是扑闪扑闪的大眼睛，藏着美丽的活泼与好奇。

也暗自责怪自己的忙碌。在外地出差好些天，回来又忙这忙那，有两次要出门，都被琐事缠住。希望他们能理解。

有数据指出，中国人的工作时间是世界之最，每周工作时间达 50 个小时，比世界平均的 36 小时高 38%，不仅远超欧美发达国家，也远超发展中国家。又据中央电视台、国家统计局等联合发起的“中国经济生活大调查”显示，除去工作和睡觉，国人每天平均休闲时间为 2.27 小时，实在太少。

“工作太忙，没有时间休”是主要原因，其次是“单位无带薪休假制度”，再次是“竞争压力太大，担心失业”，等等。

因了这焦虑与忙碌，我们患上各种各样的城市病。加班熬夜的，往往体弱气虚，常伏案头的，多半肩周酸楚，在外跑业务的，多半肠胃不佳，吃香喝辣的，又往往三高为伴……更要命的，就算大家都很拼，却没几个人敢说自己成功。

放眼望去，人们脸上，多数时候都写着说不清为什么的，“不开心”。

城市让生活更美好，而这座城市的美好，是由 2 500 万人创造的。因为这 2 500 万人，城市变得更丰富、多彩——能接触各种各样的人，各种各样的机会，感受各种各样的文化，充满各种各样的可能。

比如一位朋友，一个乡下穷小子，娶了某县长的女儿。如果放在老家，这是绝不可能的事，县长的女儿，基本上只会嫁给同僚或者商人的儿子。

即使不是大富大贵，我们在城市可以生活得很自在，地铁从早上 5 点到晚上 11 点，没有地铁可以随时叫车，便利店、餐馆24小时营业，饿了随时有外卖上门，懒得逛商场、菜场，打开手机也有人送上门……只要回老家待上一小段时间，就会怀念这城市。

也因为这人多，导致城市竞争压力太大，城市也逐渐不堪重负：人多车多，交通拥堵；住房不够，房价高企；空气污染，水源不足；上学难，就业难，就医难；贫富分化，治安恶化……城市病于是发生。

正如一枚硬币的正反面，选择了一面，必然要承受另一面。所以当你选择城市，就意味着得忍受这些城市病。而当一个城市选择要做“大城市”，也不能为了治“城市病”，在半夜野蛮地把一家老小从出租屋赶出来，扔到大街上。

“此心安处是吾乡”，回头一看，我们都成了没有故乡的人。

这时候，我们总是无比想念故乡。

从乡村出来的城里人，多少还想着攒钱退休回乡养老。而土生土长的城里人，哪怕去乡村休息几天，呼吸一下新鲜空气，吃点农家饭，睡一个安稳觉，也觉得幸福。

我们不能没有乡村，无论现实中还是精神上——她是我们的家园，也是我们的精神家园。

2.

今天的中国，流动率巨大。我所认识的，本土生长，本地学习、就业，基本没离开过故乡的，只有我80多岁未出过远门的外婆，和北京、上海这样大城市的一些朋友。外婆未出远门，是因为去趟镇上都要晕车，大城市的朋友，是因为没能出国，又看不上其他“乡下”。

前两年流行一篇文章：《人到中年不如狗》，而中年危机的另一个名字，也许就叫作乡愁。

这份乡愁，首先来自空间上的“故乡”。

可喜的是时代在发展，故乡的物质生活条件也越来越好。可叹的是，也许每一个人的故乡，或多或少都在沦陷。

这种沦陷，首当其冲的是感官。城镇长大的朋友，看着一幢幢拔地而起的高楼，找不到家门口的巷子；乡下长大的孩子，看着坚硬的水泥路，亮化的“新农村”，回不去儿时嬉戏的山野。

儿时最大的享受，是不用上课的日子，一帮孩子在山上飞奔，那是布满荆棘和巨石的山岗，我们灵活的像一只只猴子，徒手攀岩，跃过沟坎，采摘野果。大人们忙于劳作，任你疯野。我们爬上山顶，俯瞰村庄和大地，感到我们生活的地方原来这么小，想象山外的远方是何等模样。如今，那些山岗草木遮天蔽日，人已经无法靠近，还有几座山岗被采石场夷为平地。孩子们宅在家，看电视、电脑，玩大人的手机，偶尔抬头，怯怯喊声叔叔伯伯，又投入到电子产品的世界。

还有外婆家的祠堂，里面放着一面大鼓。一个小小的村庄，每到逢年过节，鼓声隆隆，人们汇聚祠堂，焚香拜祖。小姨们参加了大队上的“戏团”，涂着猴屁股似的腮红，提起花灯。时至今日，那座村子破败凋零，只剩了几户人家，还都是老弱病残，要凑两桌麻将都困难。

还有背着大人去游泳的水库，夏天沁人心脾。我在那扒拉了好几年才学会游泳，有一次还无意间救了一个同村孩子的性命。后来，那座水库被用来养鱼，为了把鱼养得又大又肥，养鱼人往里倾倒各种粪便，别说游泳，靠近都令人胃酸。再后来，水库完全干涸，再再后来，连同旁边的小山，被一起炸平，修成国道。

另有邻村的几棵百年古树，遮天蔽日，我们常在树下下棋、捉迷藏、和邻村的孩子打架，据说全被卖给树贩子，现在不知在哪座城市的哪个高端小区，不知道它们是否也会怀念故乡。

这份乡愁，也来自时间上的“故乡”。

当我们回到熟悉的地方，物不似，人已非，内心总免不了一些失落。

孩子们不再需要一起玩耍，光靠电子产品、各种玩具也能很开心，年轻人不愿学习也不想打工，幻想着赌博、拆迁、彩票、直播发财，老人们把孙辈丢给电子产品，也外出见过世面，不再“讲那过去的事情”，凑在一起打牌打麻将。

我八十岁的奶奶，跟随我叔叔在镇上、县城生活多年，逢年过节，就算大伯、姑姑们去接，也不愿再回老家的村子。不是不爱故土，而是因为“看不惯就要说，说了别人也懒得听”。

这种愁绪，也是关于时间的许多方面。当我们怀念旧情，会说“现在的年轻人，谈恋爱太随便”，当我们想念朋友，就会说“现在交个真心朋友怎么这么难”，当我们回忆青春和理想，就会叹一口气，“如果当初怎么样，我们会不会更好一点”。

而时代的发展，与人情味逐渐呈现此消彼长的矛盾。逢年过节，人们不再需要互相探望，发个微信、打个电话、发个红包，草草了事；邻里也不再需要互相关照，关起门，各自看电视，有什么事找物业就行；熟人们遇到纠纷，想到的不再是调停，而是动不动就打官司（事实上，打官司的效率极低）……

人与人之间，越来越被隔阂成一个一个孤岛，这也是时代发展的进步？

这份乡愁，更来自我们内心遗失的事物！

我们不满现状，回忆往昔，总喜欢说，“现在的 ×× 啊，真不如以前的 ××”。

是的，我们吃的肉和菜，没有以前的香，我们用着的工具，没有以前的结实，现在的孩子，没有以前能吃苦，现在的人，也没有以前可爱……

人们越来越自信，越来越理性，物质越来越发达，可是人们却没有变得更好。

这是因为我们在建设新东西的同时，遗失了太多优秀的传统。这种传统来自“社会”的缺席。

当今的中国，呈现一大一小两极化。大的方面，祖国越来越强大，国家观念空前加强，爱国主义高涨；小的方面，人们越来越自信，个人权益越来越被重视，个人主义得到了前所未有的体现，我们要享乐，我们要自由，我们要打破条条框框。

一大一小的体系之间，于是出现“社会”真空。

这个真空，本来是中国文明传承的根基，它们是“仁义礼智信”“己所不欲勿施于人”、尊老爱幼、尊师重教、勤俭节约、家族宗亲……自古“皇权不下县”，社会能持续、稳定运转几千年，没有这套社会文明体系是不可能的。

这套文明尽管传统，但富有人情味、凝聚力、社会监督力、传承力。随着“文化大革命”的严重破坏，经济发展和主流引导，加之近些年来的网络冲击，这套文明体系已经渐渐缺位。以至于今日，当我们看到各种社会问题，不良风气，当我们对现状感到不满，除了发发感慨“人心不古”，敲敲键盘骂骂肇事者，也没有更好的办法。

现今的中国，面临的真正困难，不是贸易问题，不是外部压力，而是来自我们内部，文明的遗失！

3.

每个人，最初都由他的故乡塑造，忘记“昨日的来处”，恐怕也难以“认清明天的去向”。

因此乡愁不仅需要解构，也需要被重建。

我曾做过一个关于乡土的简单调研，关于乡村形象，其中一位朋友的回答一语中的，又令人默然深思。他说“中国的叫农村，西方的才叫乡村”。

是的，当我们谈论西方文化的“乡愁”，气氛是“高雅”而明快的。

欧美乡村音乐，曲调简单，亲切热情，多关于爱情、家庭、牛仔幽默、乡村生活方式、地区的骄傲、上帝与国家，等等。即便有忧伤，也多半洋溢着慰藉和豁达。

西欧绘画，甚至还产生了乡村风俗画派。油画中的乡村，无论金黄的麦地还是向日葵，连绵的薰衣草还是橄榄树林，无论是拾麦穗还是干农活，大多色彩明快。即便反映的是劳作的辛苦，也洋溢着爱与平和。

再如日本，同样是现代社会的儒家文明，日本的乡村，洋溢着鲜丽的色彩和治愈系的人文情怀，譬如电影《小森林》《幸福的面包》《啊呀啊呀神去村》，以及宫崎骏的动画电影，纷纷展示着清新而绝美的乡愁，洋溢着生活的幸福味道。

再近一点，我国台湾地区的乡村文明传承。20 世纪 70 年代，曾掀起一场乡土文学热潮，并诞生作家白先勇、陈映真，音乐人罗大佑、胡德夫等优秀文化人，至今还是华语文化的骄傲。即便近些年，台湾经济后劲不足，但乡村建设依然如火如荼。由有关当局主导，让乡村与文化、创意融合，制定计划，多方参与，通过产业培育、持续宣导教育、地方文史挖掘、节庆活动营销等，建立起一套现代化、市场化、本土化的乡村秩序，已成为台湾旅游观光的重要组成部分，令人赞叹。

再看我们如今的“乡愁”，却真的令人发愁。

今天的中国，无论是音乐、电影、文学，似乎都耻于“乡愁”，仿佛一沾上乡土，就变得土气，Low，掉价。

◇ 搞音乐的，要搞国际、流行、高雅、先锋……只有一些老民歌还带着遥远的乡土记忆。

◇ 拍电影的，要拍玄幻、破案、搞笑、主旋律……最好是大片，搞不大就搞文艺。乡土题材，好像就剩下央视平台偶尔播的乡村“致富”电影。

◇ 搞文艺创作的，也要写都市、传奇、爱情、历史……乡土？似乎只能追溯贾平凹的残垣断壁，赵树理的山药蛋派，鲁迅笔下温存、忧伤的闰土和西瓜地。

◇ 乃至于搞财经的，也要高谈贸易战、供给侧、工业互联网、牛市来了吗、房地产何时崩盘……触及乡村，只能谈城镇化、新农村建设、农村电商之类浅显话题。

我们的主流文化制造者们，在乡村建设、乡愁文化建设中，总体是缺席的。

首先，主流文化制造者们，或在追逐市场，或者主旋律。当然，我们需要复联、漫威、迪士尼，也需要张艺谋、陈凯歌、吴京，但我们也需要塔可夫斯基、宫崎骏、侯孝贤……我们需要开放，也需要向内审视、挖掘骨子里的“乡愁”力量，以及乡愁后面更深刻、独立的思考。

当主流文化建设者们纷纷缺席，作为每一个个体观众，我们可以选择为类似的乡愁重建贡献一点微薄力量，比如给他们一些关注：导演毕赣、贾樟柯、万玛才旦，音乐人洪启，人文学者熊培云，作家刘亮程，诗人雷平阳……

《亲人》

雷平阳

我只爱我寄宿的云南，因为其他省
我都不爱；我只爱云南的昭通市
因为其他市我都不爱；我只爱昭通市的土城乡
因为其他乡我都不爱……
我的爱狭隘、偏执，像针尖上的蜂蜜　假如有一天我再不能继续下去
我会只爱我的亲人——这逐渐缩小的过程
耗尽了我的青春和悲悯

其次，我们的教育工作者们，也需要做更多的努力。

与上文的社会真空类似，当今中国的教育亦呈现两极化的真空：一极是宏大的爱国主义教育，主流媒体、学校、文化机构不遗余力；另一极是精细的素质教育，家庭主导，商业机构主推，除了种种课程，钢琴、芭蕾、小提琴、奥数、演讲……恨不能所有的“素质教育”都来一遍。

在爱国和爱自己之间，显然存在巨大的断层。除了爱国主义、素质教育，我们也需要乡土教育、传统文化教育；除了热爱祖国，实现自己，也需要对自己的家乡、传统文化，多一些了解和喜爱。

毕竟，一个不热爱自己家乡的人，爱国，难免有些形式和空洞；而爱自己，难免显得有些自私和麻木。

最后，对我们的政府和乡村建设者们来说，也需要更多、更接地气的文化建设投入。

文化本来是传承、渐进改良的，由于“文化大革命”的惨烈阻隔，乡绅群体的遗失，文化建设的乏力，我们大多数的乡村已经“失魂”，不再具有自身的文化造血能力。传统遗失，人心思变，所以，今天我们即使回到故乡，也难以寻觅印象中美好的事物，和曾经打动我们的淳朴民风，只能徒留叹息。

每个城市都在寻找自己的定位，挖掘自己的特色，谋求更大的发展，为什么乡村不可以？

那么，今天政府的农村工作、新农村建设者们，除了千篇一律地建工业园、修公

路、扒拉老房子、粉刷墙面，也需要挖掘本地的文化基因，建设本地的文化组织，引导乡村重塑我们曾经有过的精神家园！

4.

当我们的城市病了，我们还能回故乡找精神慰藉。

可是当我们的故乡病了，我们往往事不关己、漠不关心，大不了视而不见、不再归去。

渐渐地，我们都将成为失去故乡、没有精神家园的人。

（首发于秦朔朋友圈 2019 年 6 月 12 日）

乡下集市的春天

1.

4 月初的上海，刚刚升温，阳光明媚，鸟语花香，让人突然感到，原来春天来了。人们买好食品，呼朋唤友，一时间，大大小小的公园人满为患。

七八百公里外的故乡，人们换上干净衣裳，骑上摩托或者电驴，去赶那三天一次的村镇集市。

自古以来，乡野虽然广袤，但依然封闭，作为熟人社会，农人们打交道的无非自己的田地、村人或者亲友，平时很少接触外面的社会，因此集市就成为与外人、外界交流的主要平台。可以说，集市反映着农村的经济、文化的发展程度。

那还是物质匮乏、交通不便的时代，集市象征着外面广阔精彩的未知世界，吸引着方圆十几里的人们。大家穿上干净衣裳，三五成群，走上五六里山路，汇聚到公路旁的集市。

集市上卖的多是锅碗瓢盆、肥皂洗衣粉类的日常生活用品。还有一些小吃摊，引得孩子们口水哗哗流。也有农民挑着新鲜的蔬菜来卖，但买的人不多，大家都是种地的，你卖的菜自家菜园里大半都有。还有卖衣服的摊位，那些漂亮的新衣仿佛外面光鲜亮丽的世界，引得年轻姑娘、小伙和小孩子们流连忘返。有时会有老农牵着牛和羊来卖，多半是家中急需用钱的。公路上偶尔开过一辆长途汽车，我就很羡慕地望着车里的人们，那时候出门远行的人还很少，我多想跟他们一起，去看看外面的世界。

一年之计在于春，春天的集市显得更为重要。除了上述商品，种子、化肥、树苗、农具是主角，几家人往往合着叫一辆拖拉机，把这些生产物资采购齐，拉回家。接着，就是连续一个月的繁忙春耕了——乡村一年的生产、生活就从这春天的集市展开。

2.

现在回到乡村集市，有了巨大变化。

首先是集市的意义发生变化，不再带有文化交流的意义，就是简单的采购。而采购的主要对象，演化为菜、肉、米，以及日常食品。在农村买菜买米吃，成为主流（与《乡下春天的葬礼》相同，本文仍然不以发达的沿海乡村为描述对象）。

买米，一般在 2 元 / 斤左右（分早晚稻，早稻品质差价格低，晚稻品质好价格高，算平均），一户四口之家一年的米钱约莫七八百元。

买肉和蔬菜，这个是大头。乡村集市的肉与菜多半是外来的，菜价也与城市接轨，比如，近期肉价是 12 元 / 斤，反季节蔬菜苦瓜、豆角等，5～6 元一斤，与上海差不多。

还有种子，以往从买种子到育秧，需要耗费农民大量的精力，现在有专门培育秧苗的公司，直接售卖秧苗，农民只需要买回家种在地里即可，农业的分工越来越精细。

这些反映出乡村社会的一个重大变化！

与大家印象中的不同，农民的“职业”早已发生巨大变化！

自古以来，农人最主要的工作就是种田、种地（蔬菜、经济作物）、养猪、养牛（耕种用）。现如今，农民们基本不再种田，原因是不划算。

算账如下：我所在的江西丘陵地区，亩产 1 200 斤左右，稻谷 1 元 / 斤左右，因此每亩产值 1 200 元左右，抛除生产资料，搭上人工，辛苦一年，利润约三四百元一亩，难以维持生计。因此乡村的做法是承包给专业农户，出租价格也在 350 元 / 亩左右。承包户们有着专业机械，规模化生产，一亩的利润 200 元，承包 1 000 亩就是 20 万元。但前提是要整村整村的承包，如果中间出现某户的自耕地，就无法连片耕种。因此某村如果不做农民，就必须大多数人、甚至整个村都不做。

然后是菜地。农民们不再种田，空余时间多起来，就必须寻找其他生路。外出务工仍然是主流，但 50 岁以上人群难以在外地找到工作，就只能在附近做些小工，或者附近的锯板厂之类的小作坊打工。人们时间有限，菜地疏于管理，产量并不高，自给自足都困难，需要频繁采购。

再是养猪。都说江西人一会读书，二会养猪，除了种田种地，养猪堪称大事。我们这代及以前，乡村长大的孩子，课余、玩耍之余，大多时间都交给了打猪草、喂猪（以及放牛）。而现在，养猪不划算（主要是费时），政府又鼓励规模化养殖，导致散户基本不再养猪，肉食只能采购。

还有养牛。以前乡村家庭分家，第一件要做的事就是买牛。耕地全靠牛，没有牛就无法进行农业生产，而农人又惜牛，轻易不借。现在不种地了，且让位于机械，牛就纯粹成了经济产品，牛肉昂贵，非逢年过节、办酒席不会购买。

不再种田种地、养猪养牛，以及乡村分工的细化，把农民从土地上解放出来，从烦琐的劳作中解放出来，带给乡村发展巨大的可能性。乡村发展的春天到了！

例如，从事专业养殖。多年前，父亲看完中央 7 套“致富经”，大受鼓舞，决定饲养竹鼠，于是把老屋整修一番，买来鼠宝宝若干。困于农事，形不成规模，且只有一户在养，渠道商不愿意上门收购，久而久之，竹鼠越养越瘦，折本而终。如今无须务农，且整村都闲余下来，如果政府有针对性地引导，就有机会形成特色、规模养殖。

再如提升专业技能。可以整村、连片地进行技能培训，整体对外承接业务，例如，地产界知名的宁波象山施工队，团队专业技能强，更重要的是稳定，便于管理，广受市场欢迎，对外的议价能力也高。

3.

前两年，老家镇政府为推进城镇化，扩大镇区规模，推进地产开发，拟将集市迁往镇北的山地。不久盖起大型农贸市场一个。由于只有一个大产权，开发商违规将产权分割、出售给商户。

不久后商户们集体上访，原因是生意做不下去。镇上居民、附近村民习惯了老集市，不愿意爬一个大坡，到满脚黄泥的新市场购物，用脚投票，依然自发去老市场交易。新市场门可罗雀，商户们要求退钱撤场，开发商自然不答应，引发集体上访，镇政府焦头烂额。

可喜的是乡土社会有其运行的自然规则，熟人社会，重人情，甚至有些顽固，对不合理的行政命令有一定的抗力。试想，换在城市，政府要搬走一个菜市场，要关掉一条街，要清走一批人，有的是办法，而在乡土，并没这么容易。

可叹的是乡镇级政府职责的缺失。作为中国行政管理的最末端，乡镇政府从思维，到能力，到管理上陷入尴尬境地。

如老家所在镇，人口 4.3 万，干部 60 余名，略多。但落到具体工作上，60 余名干部并不够用。

如今的乡镇政府堪称“万金油”，无所不能，又无一精通。

乡镇政府最主要的工作是发展经济。当前大多数中部地区乡镇，发展经济的主要套路简化为引进工业，主要是沿海地区淘汰的劳动密集型企业，如鞋厂、加工厂（有污染的化工厂、有色金属一般入驻县级工业园）。

其次的工作是维稳。防范安全事故，防止群体事件，处理上访，就占用了一大块精力，这也直接关系到官员们的饭碗。

再就是与上级县政府的对接。经过精简，县级党政机关、县政府委办局仍有不下 50 个，县委部委委办局及其他委办局不下 50 个，60 余名干部，光是与上级对接，完成上级交代的工作，就够喝一壶的。

最后才是农业和农村管理。由于无关乌纱帽，无关政绩，无关吃饭（财政主要靠工业和上级拨款），又难以升迁，这块工作就显得随意和乏力。从分工上，农田、水利、畜牧、种植、新农村建设……有没有专业知识不说，往往由不同干部兼任，谈何管理。

另一方面，乡镇政府的尴尬又令人心酸。

首先，乡镇政府自身专业水平有限，没有财权。没有钱就无法引进外力，不懂规划，缺乏配套，才会出现镇政府拍脑袋迁集市的做法，劳民伤财，吃力不讨好。

其次，乡镇政府没有执法权。乡村本来自带封闭属性，又是人情社会，即使乡镇干部有心办事，面对各种阻力，面对各种事件，只能靠人力、嘴力，结果只能听天由命。

乡镇以下，村委作为村民自治机构，不是政府，又非社会团体，更无钱、无权、无能力，仅仅作为一个上传下达的传声筒以及本地村落利益的平衡，聊胜于无，更别谈管理、引导和服务了。

反之，乡镇政府、村委会无钱又无权，而乡民的权利意识不断增强，对乡镇政府、村委存在不信任甚至敌视观念，有事求政府，无事骂政府，“端起碗来吃肉，放下筷子骂娘”，导致乡镇干部两头受气，有苦难言。

综上，乡村行政管理、服务的缺席，乡村干部的乏力，加之“乡绅”群体的消失，导致乡村发展完全呈现放任自流的状态。

农民的“解放”与乡村发展的巨大可能性，停留在理论上。

其实，乡镇政府、村委，仍可以为农民做许多事，如像上文所说，可以结合地方特点，规划发展规模化、特色养殖，整体对外销售；

或者整村整体技能培训，特色手工、特色食品、红白喜事、电商、建屋、装潢，乃至修路、施工……在区域范围内，进一步细化农村分工，细化管理，打造整体竞争力；

再比如，靠近城市、交通便利的，发掘本地文化，组织民俗活动，开展休闲农业。或者打造特色农产品品牌，制定生产标准，引导农户共同参与；

或者针对留守儿童教育问题，组织中老年群体学习科学教育，摒弃传统“打骂式”教育、粗放式教育。或者组织乡村儿童学习英语，不要让城乡教育差距越拉越大；

甚至从政策层面，放宽农村户籍管制，让有能力、有意愿、能为乡村发展带来贡献的群体回到农村，带动农村发展。甚至可以像北京、上海设置户口门槛一样，设置评分标准，为农村做出多大贡献，才能允许迁回……

当然，笔者只是举些旁观者的例子。类似的事情，落到具体工作中，更合适的肯定有很多，比我有发言权的基层干部就太多了。

同时，这是件系统工作，在乡镇政府、村委信用萎缩，能力不足的情况下，上一级的县级政府、各种社会团体，就更应该积极、主动参与进来。

4.

首先是封闭。我们讲北上广“排外”，其实乡土文明本就排外。儿时，我们就常听说为了争夺山地、水源，相邻的两个村子持械相向，时有人命，往往引发世仇。即使无冤无仇，大村庄欺负小村庄，大氏族欺压小姓氏，本地人排斥外地人的事，也是常见。

尽管时代发展至今，与外界的交流，无论网络还是交通，都已十分便利，乡村视野开阔了许多，但“圈子”属性仍然根深蒂固。例如，乡村优质资源，如果没有血缘、地缘关系，外来人往往难以稳定租用，在缺乏权益保障的情况下，难有外来资本、人才引导乡村发展。

其次是小农意识。“各扫门前雪”，决定了农民自发组织起来，像当年的小岗村一样，集体寻求发展、改变现状的路径难以实行。

因此，政府无作为，自身无能力，外部无借力，好不容易“解放”出来的农民，好不容易看到的春天，又陷入绵绵阴雨。

结果“解放”出来的农民并没有多少出路，只有务工——外出当农民工，或者到本地工业园上班，或者就近做零工。

农民缺乏技术，缺乏资本，务工也是无奈之举。

外出务工已经不是好出路，沿海地区低端产业本就难以生存，就业机会渐少，工资也不见涨，生活成本又高，并不划算；本地工业园区上班，月薪两三千元，年收入 3 万元左右，没有社保，不交金，脱离土地，生活所需全部需要购买，不仅目前生活捉襟见肘，孩子的教育、将来的养老难以负担；就近零工，则不稳定，仅适合 50 岁以上群体补贴家用。

半工半农，结果非工非农，农村真实失业率可能比数据显示的高得多。许多外出务工人员，往往是沿海-老家两地跑，有活干就出去干几个月，外面不好混就回老家呆几个月，收入大打折扣。

还有许多农村“啃老族”，不愿种地，又嫌打工不赚钱，做零工丢面子，或宅在家混日子，或横行乡里，或外出犯事乃至违法犯罪。伴随着这些，农村离婚率高涨（城市离婚多是双方的选择，农村离婚多是过不下去，生活所迫），出现拖儿带女集体啃老现象。

仿佛是开玩笑，这些五六十岁，即将丧失劳动力的群体，已然成为农村支柱。再过十余年，当他们苦了一辈子，耗尽了人生最后的血汗，完全丧失劳动能力，无法养老，还要被后代拖累，更苦的日子还在后头。

近期回乡，母亲特意去村里人家购买土鸡蛋，1.5 元 / 个，还是乡亲价，令我怀疑在上海买了十多年的“土鸡蛋”，到底土在哪里？

还有春天乡村集市的另一主角——种子与秧苗，也反映出同样的问题。

原本乡村许多作物，无须买种子，上一年作物成熟，留下一部分种子作为次年的种子即可。可现今的作物，因为商业利益与转基因技术，许多作物自身的种子无法使用，只能重新购买种子或者秧苗。现今转基因泛滥，已成为不争的事实，如玉米、青豆、豆角、茄子等，除了偏远山区，早已没有本土基因。此外，滥用农药、化肥，滥用各种激素，滥用保鲜技术，使得农产品问题越来越多。

为何在以前，农产品就没有这么多问题？

乡土社会作为“熟人社会”，生产者和购买者一般都是本地居民，产品若是人为导致质量问题，十里八乡都会知道，不但卖不出去，还会被人戳脊梁骨，还要连累父母、儿女，乃至亲友抬不起头来，代价太大。

基于这种熟人间的信任、监督、道德惩罚，构建起乡村较为稳定的信用体系。如果有人破坏这种体系，且屡教不改，只要不是杀人放火，则一般由乡绅、长者组成的团体，代表族人、代表地方进行惩戒，大不了驱离本土，让他去外地祸害别人罢了。

如今随着经济的发展，乡村分工的精细化，生产的规模化，销售渠道的多样化，生产者改为本地生产，直接拉去外地“祸害外乡人”，这种信用评价体系就失去作用。

同时，乡土价值观也日益物质化，宗族传统权威早已被打破，乡镇政府的信用逐渐缩水，唯有钱包很鼓的有钱人，说出话来才有分量，才能服众，才被推崇为德高望重。那套传统而美丽的乡土文明体系正在崩塌！

当农民的双手被解放出来，却没有赚钱的途径，失业率高；随着空余时间增多，黄赌毒、庸俗文化逐渐渗透；离婚率高企，青壮年单身汉日益增多，给农村治安带来隐患；政府管理与服务的乏力，传统文明体系的崩塌……正一点一点蚕食着稳定了数千年的乡村秩序。如不重视，恐酿成巨大的社会问题。

当前乡村最主要的矛盾是什么？

如果让我尝试做一个定义，那就应该是：迅速解放的生产力，与落后的乡村治理之间的矛盾。

遗憾的是，政府及社会各界对乡村问题关心、研究得太少。即使看到问题，多数人都在望着城镇化，望着经济发展，指望时间来解决问题——仿佛农民就应该在大地上自生自灭。

罕有人关注乡村这些关键而根本的变化，这既是对农民的不公，时代的不义，也是任问题不断积累的不负责任。

只要真心为农民着想，为乡村做实事，一件件去做，问题总是会一点一点解决，乡村就会一点一点变好。毕竟，世风再变，农民依然是个懂得知足、感恩的群体。

也只有乡村得到真正的振兴，民族才有真正的希望！

（首发于秦朔朋友圈 2019 年 4 月 11 日）

乡下春天的葬礼

1.

暮春三月，江南草长，杂花生树，群莺乱飞。

这16个字，仿佛浓缩着江南乡下春天最美好的回忆。只是印象中最正宗的江南——苏南，早已是富庶之地，城镇化率80%左右，早已没有什么乡下的感觉。

再打开高空夜视图，长三角一片灯火辉煌，哪还有多少乡村的纯朴静谧。一位苏州的亲友向我哀叹，过年本来就没有年味，去年拆迁得了些钱，又因为拆迁款闹矛盾，至亲的亲友们都不再来往。

何止苏南，沿海而下至杭嘉湖、浙南、福建、广东，百强县市众多，乡村经济如火如荼，基础设施可比拟内地二三线城市，集体经济、民营经济堪称典范。研究乡村，拿发达的东部区域作为样本，显然没多少意义。

还有一位昆山老板，在我的家乡投资了一家化工厂，他向我直言，羡慕我们还有这样的农村，还有这样的温情。他说要办一家这样的化工厂，在他老家昆山需要投资三四百亿元，在我的老家，只需要三四千万元——也就是他的化工厂，前些天一次事故，夺走了一位工人的生命。

这位工人正是我的亲人。

2.

近些年，农村也学习了城市的“快餐式”葬礼，殡仪馆火化，简单悼念，再选一个镇上的餐馆吃一顿，收一点份子钱，匆匆下葬。

我们为亲人举办的是传统乡村葬礼，散落各地打工的亲友们都回到家乡，三天的时间，吹吹打打，吃吃喝喝，光祭文就念了一个晚上加一个上午，最后送葬的队伍延绵数公里，像极了旧时的乡下，认真、庄重、缓慢，勾起人许多怀念。

变化最大的是火葬。国家推行殡葬改革，引导农村火葬，落到地方政府，行政命令加利益纠葛，就成了严禁土葬。以江西为例，地方政府为了防止土葬，不惜派干部整夜整夜蹲守，甚至有多起强行掘坟就地火化的事情，更有入户抢夺老人们数十年前置办的棺木，激起巨大民愤，如不是中央制止、积极疏导，恐将酿成更多悲剧。

难怪农民们常感叹，中央的政策到了农村，恐怕连中央都认不出来当初发的是什么政策了。

同样明显的悖论，研究经济、研究城市的专家生活在城市，研究农村、研究农民的“专家”还是生活在城市，而且是大城市。这套“研究体系”，从首都到省一级的农业大学为止，更遑论今天的教授们、研究员们做的事多半已经跑偏。农村在发生什么，农民在想些什么需要些什么，农业该怎么发展，指望大城市匆匆来一趟的“专家”来回答，恐怕是强人所难。

所以你能看到，中国有无数经济学家、学者，有的以研究宏观著名，有的以研究政策走红，有的以研究新经济、房地产、证券、工业、三产等出名，却罕有谁研究“三农”著称。中国四大农业学家，马老、侯老、袁老、吴老，已是风烛残年，回头一看，后继无人，难免心生悲意。

要知道，广袤的农村，才是中国的根，才是几千年中国文明的根！要从根本上推动中国的发展，迟早要回到占中国大多数的农村和农民身上！能看到这点，能提前去扎实研究的，也许会是下一个真正的经济学大师。

其实，许多企业已经看到，比如娃哈哈、拼多多、抖音等，廉价的商品、娱乐，在广袤的农村占据着重要的地位，只是他们的到来，或许仅仅为了逐利，并非为了解决农村的问题。

3.

不必苛责他人，回顾我们自身，又何尝不充满矛盾。

直到21世纪初，我所在的农村走出一个大学生还是一件不容易的事。我们大队（数十个生产队组成的一个村），之前几十年出的大学生一只手都能数得过来，到了我那一届，也才出我一个。

我们十年苦读，从农村小学到乡镇中学到县城高中，直至省城大学，到毕业后混迹北上广、安家北上广，走完一段完整的乡村—城市文化变迁史。走过这段路程的人都知道，从乡村到城镇，到县城，到省城，到大都市，每一步都是一次文化的碰撞，都是对原有自我的一次重新认知。只是不得不承认，我们所有的努力，是为了走出农村，安家大城市，过上好日子，从不曾想过回到农村、服务农村、振兴农村。

当乡村辛辛苦苦输出的人才，纷纷远走他乡，不再归来，乡村的凋敝已是注定。

中国几千年，尽管贫苦、饱经战乱，但乡村始终有一个重要群体在发挥作用——乡绅，他们主要由科举及第未仕或落第士子、当地较有文化的中小地主、退休回乡或长期赋闲居乡养病的中小官吏、宗族元老等一批在乡村社会有影响的人物构成。他们有才识、有眼界、有能力，始于乡村，回到乡村，服务乡村，为乡村的发展贡献着中坚力量。如今随着社会发展，全社会高举工业化、城市化大旗，有能力的都远居大城市，或外出经商、务工，再不行的也要迁往县城，类似乡绅的群体早已消失。

回到我所在的村，管理堂堂十几个村落，几千人的村支书，初中未毕业，村委会5

个人，只有两个人念完初中上过高中。所谓的“大学生村官”，也只局限在发达的区域，以及城市郊区，而且往往攒个两三年资历，就会调往乡、县，谁都巴不得跑得越早越好。

更可怕的是这个现象愈演愈烈。我读书时，我们村小还有完整的五个年级，每个年级有两个班，我们镇有初中三所，临镇还有高中一所。现今为了支援城市发展，优质教育资源全部迁往县城。镇级高中数十年前就已取消，初中也一再压缩，要读高中以及好一点的初中，必须去县城。小学进一步缩水，仅剩一到三年级，要读四五年级，只能去镇上的小学寄宿。因此许多农村家庭不惜砸锅卖铁，也要去县城生活，只为给孩子提供一个稳定的、较为优质的教育环境。

而这一系列动作的动因，不乏某种的“阴谋论”——把人口迁到县城，扩大县城的规模，增加工业园区的廉价劳动力，推高县城的房价，再用卖地款搞建设，做政绩。而进入城市的农民，做着普通的、没有社保、不交各种“金”的生产线工人，领着两三千元的工资，买不起房，交不起孩子的课外辅导费用，又失去了农村的户口和赖以生存的土地，多年后的养老更是问题。眼见着他们融不进城市，回不去乡村，更大的矛盾，就会悄悄埋下。

4.

乡绅阶层的消失是农村的关键损失，而各大生产要素的流失，也在抽取乡村的血液。

数十年前开始，为了生态环境，就已推行退耕还林还草的国策，时至今日，乡村自然环境变得十分良好，我儿时常爬的山头，常去玩耍的树林，已是林木葱葱，荆棘丛生，人已进不去，成了野生动物的天堂。

现今回到农村，只有老人妇女小孩，鸡犬为伴。青壮年的离去，留下的老幼又无能为力，农产品利润仍然低下，导致大片的田地荒芜。相比儿时的广阔天地，农村人口的活动范围逐步压缩，仅剩下村子及周边一两里地的农作物。

随着园田化推进，土地集中连片，更利于机器耕种，农民的双手解放出来，劳作了半辈子的农民突然闲下来，出去又无法就业，只能坐在家门口晒太阳度日。有人想到养殖，本来还可以作为产业，近些年抓环保、去产能，关闭了不少养殖场，再一次促使农村有能力的人离去。

好在县级——乡级工业园区的建立，解决了部分过剩劳力的就业，但进一步加剧了农村自身的产业空心化。换句话说，农民们一边被迫离乡，一边留下来又无事可干。

也有坚守劳作的，我的一位姑父，几十年种地为生，起早贪黑，勤劳节俭，种菜种水果。近些年大量种植甘蔗，丰收时节坐等商人收购，或者自己在国道边售卖，15 元一捆（差不多 1 元一根），同样这批甘蔗，售卖到城市，论根卖，15 元一根少不了，中间的利润，归到农民头上不到十之一二。

问他为什么不拿到县城去卖，多少能多卖点钱，答曰城管驱赶，即使不驱赶，这人拿一捆那人拿一根也是免不了的。即使躲过城管，也要小心垄断的黑恶势力，有人垄断着县城的甘蔗生意，凡是进城售卖的农民，被发现可能就是一顿揍。

靠着这 2 角 1 分的原始缓慢积累，这位姑父辛苦攒下数十万元家底，年初表弟在深圳买一套房，一次性掏空——不只是人口的流出，农村攒下来的财富也同样流出，因为在农村，根本没有投资项目。

土地荒芜，劳动力、资本流出，三大生产要素纷纷扑街，乡村振兴，不从根本上解决，无异于纸上谈兵。

5.

农村的发展，还有许多人为的障碍要解决。

将农民引导至城市，又限制土地流转，因此农民既没有生产工具又没有资本，也没有足够的技术，奉献给城市的只有廉价劳力。当前的户籍管理、土地政策也形成障碍，户籍迁往城镇，条件宽松，户口回迁农村，大门紧闭。若干年后，为城市奉献了几十年又无法养老的农民想回到农村，发现户口与土地都已失去，内心将是何等无奈。

这些政策，同时阻碍着人才与资本的回流。若干年后，当像我这样有可能成为“乡绅”，能为乡村贡献一份力量的城里人想回到乡村，发现同样无法实现，没有户口，没有土地，也没有宅基地，只能空留遗憾。

资本同样难以进入乡村，乡村缺乏可投资的项目，也没有投资的可靠保障。农村除了作物经济、养殖业，具有价值的也就是林地、水库、山地（如种植水果）等资源，而由于乡村文化天然带有宗族、“排外”的劣性，外来投资者如非关系过硬或者本族亲友，往往难以牢牢占据这些优质资源，因此投资乡村，需要相应的法治和政策保障。

除了上述资产，乡村剩余可供投资的，也就剩下宅基地了。当前的现实是，仅允许农民花费不菲的成本在城市买房，却不允许市民拿出一定的资金在农村置业，哪怕是城郊的小产权房，也被禁止、拆除。农民实际上已经被置于不平等的商业地位。反之，对城市居民而言，哪怕是租赁农村宅基地，也没有相应的制度和权益保障，这条路也基本被堵住。

城乡的流动本应是双向的，结果设置成了单向，而且不许回头，显然不合理。让该流动的流动起来，否则乡村将被固化成一潭死水。

令人担心的不止经济，文化上的空洞更令人心忧。

亲人的葬礼上，主持整个流程的，念祭文的，乡村乐队，包括乡村大厨，都是50岁以上的群体，当这一辈人不能动弹，这套乡村葬礼只能向“快餐式葬礼”简化。

我的父亲年轻时是本地采茶戏团的主角，90年代戏团解散，后以开货车、种地、外地务工为生。前几年镇政府答应给予专项资金扶持，便与一些老伙计合计，再次搭起草台班子。也许是老人们怀旧，也许是乡村实在乏味，方圆数十里的村子办酒席，纷纷来请，父亲和老伙计们一下子找到了当年的感觉。

据说现场效果不错，本地特色，接地气，热热闹闹，人气火爆，还参加过县里的会演，一时为父亲感到高兴，也为乡村文化的振兴感到振奋。

只是不赚钱，一场五六千元，一个戏团十几个人，除去交通成本，一人分不了几百元，而且邀约多集中在过年前后，想以此为生是不现实的。后来政府答应给扶持资金，但不明不白地没了下文，戏团撑了几年，大家亏了本钱，折腾不起，再次散场。

本来想去看一场父亲的演出，可惜没有机会。也许这个登不了大雅之堂，却流传千年的本土采茶戏，也将失传。

现在回到乡村，只见老人们或干坐着聊天，或搓着5角、1元的麻将、牌局，孩子们坐在屋里看电视，或者低头玩着大人们的手机游戏，不再一起玩耍。仅剩的几个年轻人，或忙着刷抖音，或观看各种美女直播，或发动贷款买来的小汽车去县城消磨时光。

赌博便乘虚而入，大到有人坐庄、隐蔽于山间地头的“赌场”，小到风靡南方的六合彩，就成了乡村最后一点刺激。更令人心酸的还有毒品，我的一位同龄人就染上毒瘾，最后无钱吸食，某个夜晚痛苦难耐、又悔又恨，自己砍掉一根手指头，再被送去戒毒所，令人唏嘘不已。

乡村的教育已经出让给城市，乡村的文化事业也已让位给经济建设。乡村已经没有文化人才，政府层面的文化局、文化站也早已名存实亡，广大乡村的文化设施更是寥寥无几。

乡村文明的振兴，是一道亟待破解却无从下手的难题。

当我们观赏西方名画，看到画家们笔下明媚而热烈的乡村；当我们随着外国名著，进入多情的橄榄树林、金色麦地；当我们看日本电影，那清新美丽的乡村和童年……再回望我们自己的故乡，我们自身文化对乡村的塑造，却显得那么的无力。

我们印象中的乡土，是鲁迅笔下温存、痛苦的瓜地，是赵树理们土味十足的“山药蛋派”，是贾平凹残垣断壁的衰败之地，是无厘头的象牙山村，是吹响时代号角的村支书们带头致富下的这村那村……文化人们，离开乡土太远、太久。

6.

愿有朝一日，我们能满心欢喜，回归故乡。

北国之春

亭亭白桦，悠悠碧空，微微南来风，
木兰花开山岗上，北国之春天。
啊，北国之春已来临，
城里不知季节变换，
不知季节已变换。
妈妈从家里寄来包裹，送来寒衣御严冬。
故乡啊故乡，我的故乡，
何时能回你怀中……

（首发于秦朔朋友圈 2019 年 4 月 6 日）

「过蝈」

关键词：

房地产；苏杭风云录；美的经济学

楼市的战“疫”

1. 和 SARS 期间的 2003 年楼市没什么可比性

在这场疫情中，关心楼市、讨论房价的人少了，这是一件好事。

一些专业号针对 2003 年的 SARS 期间楼市走势进行了回顾：

◇ 2002—2003 年全国商品住宅成交面积（当月值）同比增速看，呈现明显的“倒U”形，2003 年下半年与上半年相比，成交量同比增速下降 11%。

◇ 2003 年 8 月，国务院明确将房地产行业作为国民经济支柱产业，“救市”政策出台随后引发楼市过热，于 2004 年 3 月开始再次调控。

他们由此推导，为应对 2020 年经济下行压力，二季度开始预计新一轮政策措施，将刺激交易量回升。

业内甚至有一些比较乐观的看法是——疫情之下经济下行压力加大，政府可能会出台一些“救市”政策，比如放松之前严格的土拍政策、取消限购、降息等。总之希图借助楼市刺激经济。

但笔者认为，这只是一些人出于自身利益的“希望”。因为今年楼市最大的变量不在楼市本身。

笔者虽然没有经历过 2003 年的楼市，但根据这些年的从业经验，认为 2020 年和 2003 年还是有很大的不一样：

◇ 开发阶段不一样：2003 年，正处于中国城市化的上升阶段，拥有大量的进城落户需求；2020 年，中国城市化已经处在下半场，进城落户的动力明显不足了。

◇ 杠杆水平不一样：2003 年，没有大批量的高周转开发商，普遍杠杆率较低；2020 年，一、二线城市基本都是高周转企业，停工停业，又没有了往年节后的“小阳春”，将面临很大的资金压力。

◇ 传播媒介不一样：2003 年，售楼处只能“坐”销，报纸上打广告；现在线上看房、线上售楼处兴起，足不出户也能看房，但在短期内还是无法缓解销售压力。

◇ 更重要的是，2003 年和 2020 年相比，中国的经济体量、结构，以及国内外政治经济形势等都发生了极大改变。

即便在“非典”期间，2003 年仍保持着 10% 的增长。但 2020 年，根据任泽平团队的预测，即便最乐观预计，全年增速也就在 5.4%。2003 年的产业结构还是“二产”为主，多是大型工厂、大型地方“国企”，说白了停工停业，部分可以靠政府买单托底。但到了现在“三产”主导的 2020 年，影响最大的则是服务业，多数是民企、小微企业，没有人托底支持。

所以影响楼市最大的因素是经济大环境。西贝董事长说“贷款发工资只能撑 3 个月”；“外婆家”则称“持续停业，也只能支付 2 个月”；更有北京“K 歌之王”与全体员工解除劳务合同。

这些餐饮、休闲场所即便开业，因疫情余震，也很难马上恢复以往的销售水平。这对原本就成本高企、人力密集型的服务业而言，无疑雪上加霜。疫情阴霾笼罩下，今年财富缩水甚至降薪失业，将是 2020 年大家面临的大概率危机。

2. 关心楼市不如关心城市

当然不排除可能会出台一些政策，让之前过紧的调控有所松动。但房地产并不能在经济大船外“独善其身”，它取决于两个外部因素：疫病的控制和经济的复苏。

这两点既取决于全国大环境，又会呈现出明显的城市分化。以前楼市新闻里动辄说“城市分化”，这个“城市分化”大多是从经济、规模而言的。一般指的是“一、二线”和“三、四线”城市的分化。但在这场疫情面前，我们也感受到了“城市分化”。这场分化和经济、规模没有必然关系，而是一座城市的管理水平。

2017 年以来，有百余座城市加入“抢人大战”，仅 2019 年，全国就有超 30 个城市陆续出台新的落户政策。武汉是近年来“抢人大战”的受益者。2018 年武汉市户籍总人口 883.73 万人，比上年增加了 30.08 万人。

武汉的高校数量 80 座，全国排名第三。2017 年武汉加入抢人大战，明确表示未来 5 年要留住 100 万大学生，实施“百万大学生留汉”计划。2017 年武汉户籍人口 853.65 万人，比上年增加 19.8 万人。2018 年武汉继续优化落户政策，新建“长江科学城”“长江青年城”，筹集大学租赁房，大力引进人才。但疫情之后，会不会有一些“新武汉人”孔雀东南飞，在此打上问号？

在疫情中，我们也看到了“包邮区”政府班子的有作为：比如，作为“重灾区”的浙江省，让人感受到城市的温度：疫情防控新闻发布会每天发布，始终保持高度的信息透明；杭州的口罩线上预约，有专人统一配送上门；同是“红十字”，杭州和武汉天差地别，杭州红十字哪怕 1 元钱也会明目公示，事无巨细甚至在主流报媒整版刊登；最让笔者感动的是温州的隔离措施，针对不会使用手机购物、买菜的老年人有专人电话对接，帮老人下单、配送。

看一座城市的温度，最要看它对老弱病残、弱势群体的态度。软实力更能体现“城市化水平”。城市化水平不在于修了多少地铁、大楼，创造多少 GDP，还要靠软实力，靠治理水平和管理能力。只有在有温度有安全感的城市里，才能安居乐业、自觉自治，最大限度发挥自身的价值。

从智慧城市到健康城市

当下的中国城市，也很为难。要吸引人才，就要多讲好故事。需要印上很多“名片”，国家中心城市、世界城市、智慧城市、宜居城市、创意城市、海绵城市、花园城市、健康城市……名目众多，让人也很难厘清。市民们往往也无法理解和自身生活的关系。

这些“名片”多是一些专家学者，在全球城市化的过程中提出的一些理论与研究，不同的“名片”有不同的侧重。

以智慧城市为例，就在疫情初期的武汉两会上，《政府工作报告》提出“推动数字经济创新发展，聚焦大数据、区块链、人工智能、5G 等新一代信息技术集成应用。”要抢滩 5G 高地，推进智慧城市建设。2020 年武汉将建成覆盖全市的 5G 网络并全面商用，届时 3 万座 5G 基站将遍布武汉。但在疫情之初，人们看到的却是连调剂医疗物资都需要手写介绍信的情景。

在重大灾祸面前，市民们到底受到了各种智慧技术多少好处？市民这时候需要的只是一只口罩、一瓶消毒水。有几个城市可以像杭州那样，做到手机线上预约，专人配送上门？

技术为人服务，是智慧城市的初衷。“智慧城市”是一个动态的过程，和“健康城市”一样。“健康城市”尤其在江浙沪地区，像上海、苏州、杭州等城市是目前发展的热点，这些城市老龄化突出，健康是大问题。

“健康城市”也有其自身的指标体系。国家卫健委 2016 年公布了 38 个首批健康城市试点名单。其中就有上海、苏州、杭州、无锡等城市，它们在此次抗“疫”战争中，也都体现了更高的管理水平。湖北唯一的健康城市——宜昌，确诊人数也远低于武汉、黄冈、鄂州等城市地区。

无论智慧城市还是健康城市，归根到底是以人为本。疫情之后，希望我们的城市可以更多地回归人本身、生活本身。

3. 房地产产品逻辑变化

疫情对房地产产生多大影响？现在不能太早下结论。但房产的产品逻辑也是需要不断修正的。如果此次疫情能推动一些规划、产品上的改进，也是好事。

在中国 30 年来的房地产历程中，产品逻辑一直没变过，就是李嘉诚的名言："地段、地段、地段"。

它是指以地段位置为中心，有人流、聚人气，因而土地升值快。所以地价是最高的成本，若在 2016、2017 年这样的地价巅峰拿地，产品大概率是要减配的。很多改善买房的客户可能会感慨，房价越来越贵，但新房的产品却越来越差。

到了城市化后半段，伴随交通网络覆盖越广、配套设施越来越多的时候，再加上本次疫情的影响，可能也会出现一定程度的"逆城市化"。这个时候，大家对环境、规划的关注度会越来越高，选房子也会回归到社区、产品本身。

客户的价值序列会发生改变：从以前看地铁、配套到看绿化环境、小区密度高低；从以前看外立面、建材到看户型的通透性；从看硬件到看软件——物业服务的水平。

看看现在小区的物业，在本次疫情中发挥着重要作用。有没有严格隔离出人口测温、有没有天天给电梯消毒、有没有为业主扔垃圾、有没有清洁中央空调，等等。物业服务的一小步，很可能就是家庭健康的一大步！

疫情之后，楼市将继续分化，产品、服务的溢价会逐渐增高。

对大城市化的反思

关于埃博拉病毒的纪实文学《血疫》一书中，这样写埃博拉病毒：埃博拉是一种古老的生命形式，几乎和地球同样古老。它显得既非生又非死。病毒在繁殖时看起来是活着的，但从另外一个角度来说，它们又是死的——只是机器而已，病毒是分子大小的鲨鱼、没有思想的行动。紧凑、冷酷、理性，只考虑自己，全心全意自我复制，速度非常惊人，它的首要目标就是复制。

病毒无时无刻不在复制，这一点像不像我们今日日益扩张的人类社会？不断扩张复制的人类，被定格在高密度摩天大楼的一格一格空间内，为了所谓的经济，制造垃圾污染地球。

人类有史以来成为主要生活在城市中的物种——预计 2050 年，全球 70% 的人口生活在城市。城市化、人口聚集、高密度建筑、高铁、互联网、气候暖湿异常、工业化养殖……在疫情面前，我们不要幻想重启键，需要暂停键，通向大城市化的车轮，滚得慢一点，稳一点。

（首发于秦朔朋友圈 2020 年 2 月 13 日）

城市更新：从“十元电影院”到“学霸妈妈”

1. 消逝的“十元电影院”

10 年前的杭州，一些老旧的电影院会推出“十元电影”。时间段有限制，一般是在工作日白天，吸引了不少老年人。曾有一则很温馨的新闻，一对 80 岁的老夫妻，每周都牵手看一场“十元电影”。

即使黄金时间排片，这些老电影院价格也不贵，一般十几块就能看一部当时火爆的大片。影院的设施自然差了些，也没几个工作人员，一个影厅只零星坐了几个人。现在这样的电影院，在杭州越来越少了。

同样的故事也发生在苏州。

近些天，我在苏州看了一场 20 元的电影。这个价格令人感动，因为距其 3 公里范围内云集了像龙湖天街、天虹中心等大型综合体，有豪华的院线。一张票价动辄 40 元，还不算开车过去的停车费。两个人看一部电影，100 元打底是必须的。

“二十元影院”位于一座“小商品市场”五楼。这座小商品市场是苏州市区硕果仅存的一座了。它这两年正积极努力地改造转型，比如加大餐饮比重，引入院线、KTV，还有小型健身房。工作日下午的 KTV 小包厢通常十几块钱可以包一个下午，中老年人经常自带茶水而来。

但即使这样的低价，也很难挽救小商品市场的凄凉。晚 7 点，我穿梭在这座冷冷清清的小商品市场里，卖衣服、日常用品的店铺已经打烊了，本该最具人气的餐饮，客户也十分稀少，服务员都趴在桌子上玩手机。一家店铺，没一个客人在逛是正常的；有三五组的，已经算“旺店”了。偶尔有几个外卖员来取打包的饭盒。

忽然想起，这大概是苏州最后一座小商品市场了。

当年小学到大学的文具、书包，圣诞新年送同学的贺卡，同学生日送的礼物都在小商品市场逛来的。和同学相约逛小商品市场，就像现在年轻人相约去打卡网红店一样平常。

杭州的小商品市场就更丰富了，全国最大的50个小商品市场，光杭州市就占了5个。每到年底四季青女装清仓甩货，已成了全市性的节日仪式，提醒着人们一年又到头了。

2019年上半年，开了20余年、杭州城东最大的小商品市场拆迁了。拆迁后，该地块将新建学校、绿化、安置房、扩宽延伸道路等公建配套设施。

不止苏州、杭州，全国各地正面临着一场“小商品市场”的大清退。

2. 消逝的小商品市场

2017年9月1日，经营了20年的苏州南门小商品市场闭市；

2017年9月15日，经营了25年的北京规模最大的小商品市场——阜成门天意市场闭市；

2019年6月，有着23年历史的淄博华侨小商品市场被征迁；

2019年12月31日，经营25年的常州九龙小商品市场闭市；

……

以上案例不一而足，小商品市场的落幕，是经济发展的必然。其中也不乏“华丽转型”的市场，据说杭州的九堡女装、义乌的小商品市场，都打造成了“直播基地”。依托淘宝直播的巨大线上流量，协助小商家卖货，算是逆势崛起。

但大多数小商品市场还是面临凋敝的命运。一是受淘宝电商的冲击，曾经以“价廉”取胜的小商品，在互联网时代没有了价格优势；二是这些市场多建于20世纪八九十年代，规划老旧，当初在空间、管道设计上有缺失，业态很难调整转型；三是环境不佳、物业管理和服务缺失，不仅很难给予客户良好的服务体验，更存在众多安全隐患等。

更重要的是，这些小商品市场往往位于交通便捷、比较市中心的位置，市区地价越来越高，土地要素被重新分配。从经济效益上说，自然更适合做高档住区、高星级酒店办公楼等形态。——这也是城市发展过程中的“绅士化”阶段。

3. 城市化与绅士化

“绅士化”是一些国外学者的定义，指的是某些社区、街道甚至市中心在城市化过程中，发展出的一个特定阶段。20世纪60年代，有学者描述当时的伦敦社区——由工人阶级社区向中产、上流绅士社区转变。后来，一些学者也沿用这些概念，随着富人、白人、年轻居民的涌入某一地块或社区，地价、房价越来越贵。

纽约的格林威治村就是绅士化进程的缩影。经典美剧《老友记》中，格林威治村经常出现。曾经在这里生活的多半是艺术家、作家。从曼哈顿的摩天大楼中走出，窄小的街道、低矮的红砖楼房、隐蔽的庭院，再到书店、复古服饰店、唱片店、咖啡馆和酒吧，格林威治村曾是美国最叛逆的地方，是波西米亚的乌托邦，是反叛艺术的试验场。

在20世纪六七十年代，美国文学有很著名的一个流派——“垮掉的一代”，代表作家艾伦·金斯堡、杰克·凯鲁亚克，他们旨在揭露资本主义对人的异化、抨击虚假体面的中产阶层的生活。

像凯鲁亚克，20多岁时曾和朋友自驾几乎横穿美国，他以此出版了一本自传式小说——《在路上》。此书被誉为“垮掉的一代”的代表作，手稿曾被拍出当时“天价”。吊诡的是，小说结尾，叛逆的文青回归正统，穿着晚礼服参加音乐会，这何尝不是一场个人的“绅士化”历程？就和今日的格林威治村一样，没有成为“头部”的艺术家和文艺工作者，也正被高档商店、高端住宅所挤走。

理查德·佛罗里达在《新城市化危机：不平等与正在消失的中产阶级》一书里提到对绅士化的担忧。一方面，少数全球超级城市，如纽约、伦敦、香港等与其他城市之间经济差距越来越大，另一方面，这些超级城市的不平等问题也在攀升、升级，导致日益扩大的贫富差距、阶级分化。绅士化，较为严苛地讲，就是一个地价、房价上涨过程中，富裕阶层挤出贫困阶层的过程。

4. 城市更新与居民自治

现在中国很多城市也在面临这个局面。尤其一二线城市，在老城更新的过程中，由于公共设施焕新、新建小区品质高以及学区优势，吸引了一些曾经搬去新区的中产阶层，重新回归老城区。但和《新城市危机》一书中描述的严重贫富差距相比，我们地方政府和居民还是展现了更积极的面貌。

在上海虹口北外滩塘汉居民区，有近2万平方米的二级老城区旧里弄。这里老年人多、外来租户多，年轻人少。居委会在走访中发现，在这片里弄生活、出去的孩子，很多都考上了名牌大学，他们的妈妈们也刚退休不久。于是居委会组建了一批“学霸妈妈”，干起了社区自治项目，开展活动。

房子设施老旧，一些年轻设计师参与到老房改造的过程中。历时1个月，一座漂亮的圆拱白房子已竣工呈现。这座“学霸妈妈”志愿者活动室承载的内容逐渐多元起来，也成了居民区和学校、企业联建互动的好据点。

以育儿为核心，拓展出各类亲子活动：有大朋友、小朋友一起参加的少儿茶艺、趣味多米诺课堂；以“学霸妈妈志愿者活动室”为圆心，向方圆几公里延伸的文体活动：有周边白领热衷的手工香牌制作，周边居民欢迎的棋类活动、心理咨询、品欢相声进社区。居民区的100多位志愿者也轮番来到这里服务。

过去，我们的城市更新总是聚焦硬件的投资，把希望寄托在几个大的发展商身上。大拆大建，卖地造楼、造综合体、升级物业，走得多是这么一条简单粗暴的道路。这样的结果是，物价越来越贵，地价越来越高，租金房价自然水涨船高。

但现在城市更新会走一条更为温和、柔性的道路。修修补补取代大拆大建，软性服务将大于硬件投资。服务上的“小而美”，精神文明的“最后一公里”也越来越重要。过程中居民们共同参与自治，创新发挥，实现真正的“人的城市化”！

（首发于秦朔朋友圈2020年1月22日）

江南共同体：“有风景的地方会有新经济”

1.“有风景的地方会有新经济”

吴江的黎里古镇共有12座古桥，其中8座是原汁原味的明清古桥。镇子上有宋代的桥和井、元代的棂星门、明代建筑鸿寿堂和进士第，清代的古建筑则更多，有祠堂，有园林，有藏书楼，还有各种纪念名人的圣堂。

黎里，是我们苏州人少年时常游玩的古镇之一。这样的镇子，在江南实在太多。它们或叫周庄同里，或叫甪直震泽，或叫西塘乌镇。只是在今天，江南的水乡与古镇即将迎来崭新的内容。

长三角生态绿色一体化发展示范区近日揭晓，它横跨沪苏浙，毗邻淀山湖，位于上海青浦、江苏吴江、浙江嘉善三地，面积约2 300平方公里。示范区先行启动区为660

平方公里，行政区域包括金泽、朱家角、黎里、西塘和姚庄。

率先启动的660平方公里，目前常住人口为48万。在这里，要打破行政藩篱推行一体化。所谓一体化，就是公共交通相连通，公共服务有合作，产业功能有衔接。

择址这几个古镇作为启动区，除了地理位置紧邻相连，更重要的是这里产业基础比较好。比如，吴江黎里的汾湖高新技术产业开发区，有永鼎股份、康力电梯、东吴水泥、欧普照明等骨干企业，还有日本丰田、三菱商事、丸红等外资企业也在高新区入驻。上海金泽与朱家角最亮眼的，是吸引了拟总投资100亿元的华为研发中心，而浙江姚庄工业区的明星企业是喜力。

其次，“风景指数”也是很重要的一个原因。“风景指数”是笔者这些年对城市化开发现象的一大总结，即我们的城市化正从高密度、土地密集的CBD化，逐步走向倚重自然风景、生态绿色的后城市化发展阶段。“风景指数”就是衡量这个倚重度和发展度的概念指标。就如中国城市规划设计研究院副院长郑德高说的一句话：“有风景的地方会有新经济。”

以前我们对“风景”的认知多还停留在“山清水秀”“美丽乡村”等上面。未来，从自然生态出发的设计思路也会指导我们大城市的开发与更新，这也是新经济行业所需求的。像华为研发中心这样以科创、研发为主导的新经济行业，有其特殊的择址偏好——交通便利、有河湖风景、办公楼不高不低、中密度，并能跟自然产生更多接触。简言之，就是“低密的环境，高效的工作”。

以后，不仅要看经济指标，还要看风景指数，中国的城市化会迎来更加生动的剧情。

下图是2018年三区县经济水平对比。

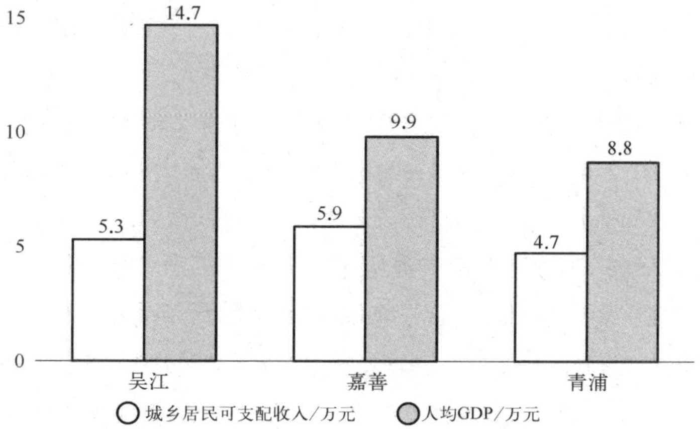

2. 大城市不仅抢人，还在抢地

无独有偶，就在长三角一体化示范区揭晓的前一周，还有一则新闻：杭海新区正式纳入杭州钱塘新区规划范围，而钱塘新区正积极申报国家级新区。打造浙江省跨行政区一体化发展的示范区，也是长三角一体化高质量发展的大平台。

论规格和起点，钱塘新区尚不足与长三角示范区相比。所谓杭海新区，原指地处海宁与杭州交界的几个板块（许村、长安与盐官古镇），共计面积约 230 平方公里，而钱塘新区是指杭州下沙、大江东两大片区，规划控制总面积约 530 平方公里。杭海新区纳入钱塘新区后，杭州东部更多出 200 多平方公里的土地！

2015 年县级市富阳撤市并区，成为杭州“第九区”；2017 年县级市临安撤市并区。杭州的扩张近年来有目共睹，此次将海宁接近 1/3 的面积纳入新区规划，也是个巨大的动作。自此，杭州市区面积一下子突破 8 000 平方公里，跃升为江浙沪省市区面积最大的城市（上海为 6 340 平方公里）。人们不禁要问，“杭州你为何如此‘膨胀’？”

笔者认为，杭州近年来的扩张“膨胀”与其城市地理位置、地形地貌有重大关系。曾有诗云，杭州“三面云山一面城”。杭州地形非常复杂，西部、南部多为丘陵山地，北部与德清莫干山相连也是山地，且江、湖、河水系纵横。只有东部是平原地带，还有钱塘江的阻隔。

也是基于地形地貌因素，十年前杭州就提出“城市东扩，旅游西进”以及“拥江发展”这两大重要战略。平原是杭州的稀缺资源，而海宁的平原地势恰好弥补了杭州的不足。于是，“二产”制造业在此布局，与以研发为主导的滨江、未来科技城，形成互补合作。光研发没制造，无法解决大量就业、不能导入人口；光制造没研发，就是低端制造，经济附加值低。这样一来，有研发有制造，十分完整。

从大城市的视角来看，打破行政藩篱，一体化、同城化是大势所趋。但对海宁、嘉善这样的县级市，甚至对嘉兴、苏州这种地级市而言，又会迎来怎样的发展变化呢？

3.“无县城市”，一言难尽的县级市

百强县，其实是一个蛮有意思的话题。只是近年来媒体焦点都放在一线、新一线这样的大城市上。其实放眼看来，中小城市才是“全面小康”的战略支点。根据《人民日报》数据，截至 2018 年底，我国共有 2 809 个中小城市（广义范围，包括含乡镇的市

辖区），总人口 11.81 亿，占全国 84.66%；经济总量 76.43 万亿元，占全国 84.89%。

总体来看，百强县市分布仍呈现东强西弱的格局。尤其 TOP20 的县市，笔者翻阅了一下近 3 年的排行数据，江浙几乎都要占到 60% 左右。其中前三甲稳定在昆山、江阴和张家港之间。后面的名次竞争就十分激烈了，尤其是浙江百强县的排名浮动相对更大一点。

当我们的视野都放在北上广深、新一线等大城市时，其实也要想一想，大城市从哪里来？还不是把县级市撤市并区而来，这其实是一场城际之间的土地兼并与重组。

例如，南京在 2013 年对行政区划进行了大幅度调整，撤销秦淮区、白下区，设立新的秦淮区；撤销鼓楼区、下关区，设立新的鼓楼区；撤销溧水县，设立溧水区；撤销高淳县，设立高淳区。由此，南京进入“无县时代”，市区面积达到 6 587 平方公里。继南京之后，广州、天津也陆续成为“无县城市”。

目前中国已经有了 12 座“无县城市”，那么“无县大城”是不是大势所趋？笔者不敢定论。但大城市化周边的县级市，甚至地级市都将迎来更多元、分化的发展面貌。

国家发改委曾提出，“要优化城市市辖区规模结构，制定《市辖区设置标准》《市辖区设置审核办法》，稳步推进撤县（市）设区，增强设区市辐射带动作用。”

从国家政策层面看，也正鼓励各地进行区划调整、优化城市空间结构。在政策刺激下，大城市不断吞并周边县市，越发会呈现“大城越大，小城越小”的局面（具体观点可以参照笔者此前发布在秦朔朋友圈上的《28 元单价，玉门房价之谜》）。

其中，经济实力较强的百强县和周边大城市，更会有一些微妙的故事。比如，笔者有次去海宁楼市调研，一名当地房产记者说：“海宁人对嘉兴不屑一顾，对杭州却向往之极。嘉兴的地方台，海宁人不会看。杭州的电台，海宁人都喜欢听。有点实力的家庭，也会给小孩在杭州买房子。”

这让笔者不禁联想到昆山、上海和苏州的关系。海宁希望融入杭州，就像以前的昆山总想被并入上海。自上而下的行政规划目前才起了个头，但自下而上的合作交融古已有之，历史绵延久远。因为江南的县与市，不仅是地理概念，还是历史与文化概念，它是一个重要的人文符号。它不仅是具体的方位，更是一场包含着地方情感的“想象共同体”！

说“想象”，是因为“江南”没有明显的边界，在不同历史时期有不同的属定，而狭义上的江南核心区是在“环太湖”苏嘉杭一带；说是“共同体”，是在历史发展上，虽分属不同省份、市、县，却有着很大的共性与精神认同。

4.“江南想象共同体”

当我们的城市化进程在倡导同城化、一体化的时候，其实江南地区自宋以来已经率先在历史上实现了“一体化”，形成了“江南想象共同体”。当然这个“一体化”，更多体现在文化艺术上。

其中以苏东坡、白居易、范成大等为代表的一大批历史文化名人功不可没。比如：

◇ 苏东坡题诗：“扁舟一棹归何处，家在江南黄叶村”；

◇ 白居易连续写下三首千古名词《忆江南》；

◇ 范成大《吴郡志》里提到千古名句：上有天堂，下有苏杭；

◇ 更别说黄公望笔下的《富春山居图》，苏州吴门画派的水墨成就；

◇ 还有小桥流水，亭台楼阁，园林昆曲，闻香品茗……

江南，既是文化的，也是生活的，同时也是世界的。以马可·波罗、利玛窦为代表的早期“国际友人”都将江南之美广泛传播。“上有天堂，下有苏杭”这句谚语，几乎成了当时元明清时期的世界级广告语。

“江南想象共同体”主要基于以下四种认同：

◇ 重视文化教育、崇尚人文教化：如明清时期江南地区进士数量居全国之最，明代近四分之一和清代半数以上的状元都出自江南，榜眼、探花更不计其数。而在当今，无锡百强县“宜兴”更有“教授之都”的美誉。

◇ 开放接纳北方的移民：自唐朝安史之乱以来，中国的政治经济中心南移，人口大量南迁。富饶的土地，发达的农业，兴盛的人口，促进了江南历史上的不断繁荣。

◇ 生活方式与审美的统一：江南地区尤其环太湖一带，鱼米之乡山清水秀，即便不同城市在饮食、起居等生活层面也是大同小异，同时江南发达的艺术文化，也带给人们较高的鉴赏品位。

◇ 相对自由、民主的地方精神：因为生活富庶、人民的教育程度较高，历史上的江南也是自由精神最蓬勃的地方。这也是为什么在明清时期江南地区已经有了较发达的资本主义。像“吴中四大才子”为代表的唐寅，其叛逆不羁的风格故事，在苏州当地流传至今，成为佳话。这份自由精神，折射在经济上，就是源源不断、生生不息的创新创造的经济活力。

虽然上述四点比较理论，但笔者作为苏州人，常年在上海、杭州工作，对江南地区的自豪感非常强烈。“江南”这份地域认同，给予我强大的归属感。而这是现在任何一座新型工业城市，所无法比拟的。

5. 自下而上的自治精神

除了上述四点认同，自古以来江南“重经济，弱政治”的特色也是值得深思的。日本经济学家作天庄一曾经分析道：“中国北方与南方，在气候、雨量、地质上不但有优劣之分，且在洪水侵害与外地蹂躏的内忧外患上，北方亦比南方受害得多。故北方有官权、干涉的倾向，而南方倾向于放任、组合、自治的方式。两部之间的抗争之势，至今不绝。”

此话简言之，北方强干预，南方偏自治。这个模式放到今时当下也是如此。山东一市委书记曾震撼发问：感觉和南方不在一个时代。这个话题，也曾在媒体上引起广泛讨论。

南方的自治，笔者认为，更多是一种“自下而上”的“自治精神”。这一点，在民营企业、乡镇企业上尤为明显。以吴江、嘉兴为例，两个区域分属江苏、浙江两个省，但往来商贸，络绎不绝；产业分工，积极合作。

比如吴江盛泽是著名的“绸都”、纺织品之乡，有“日出万匹、衣被天下”的美誉。作为原材料供应地，吴江、嘉兴凝聚了一大批纺织企业，既有嘉兴雅莹这样的明星女装企业，还有湖州的织里童装、桐乡濮院的羊毛衫等特色市镇之间的配合和协作。从面料采购、生产到销售，这些县市之间通勤时间都在一小时以内，确保高效地完成产业链上下游之间的分工协作。

而更可贵的是这些分工与合作，都是自下而上、自发自觉的组织推动形成，而非行政意志的干预体现。

从长三角示范区一体化，到衔接海宁的杭州钱塘新区，从规划到资源，也是在江南“自下而上”的自治基础上有更多的扶持与注入。

经济学家张五常曾经这样说：地区间的经济竞争造就了中国奇迹。不止于竞争，城市、地区间的合作分工、相互博弈也是精彩绝伦，给予我们更生动的城市化素材。欧美工业化的城市发展路径已经差不多了，接下来中国城市要进入下半场：未必要学西方的城市化，我们自己有历史，有地脉，有故事！

（首发于秦朔朋友圈 2019 年 11 月 8 日）

苏州人都去湖州买房子？关于“江南投资看乡村”的提出

1. 争议中的“湖州金九”

有一个苏州亲戚，刚刚被某家 P2P 公司收割了智商税。痛定思痛后，觉得投资还是得买房。钻研了一下政策新闻，打开长三角楼市地图，在某个价格洼地城市画上一个圈，随后准备揣着定金周末去订房。

这个画了红圈的城市就是——湖州。

但出发前，他搜寻了一下房产公众号的分析，又纠结了。原来，目前的湖州楼市，正备受争议。

和刚需 2 万元起步的苏州楼市相比，车程 1 小时左右的湖州市区均价仅 1 万元左右，相差一倍。湖州，和 2016 年、2017 年起周边暴涨的苏州、嘉兴乃至无锡相比，都具有较大的补涨空间。无论环沪，还是环杭，湖州的位置都有优势，而房价价格又处在洼地。

与此同时，湖州也有重大利好加持：

◇ 南太湖新区挂牌，作为浙江省级大湾区的“四新区”之一，是城市重点发展方向（另外三个分别是杭州江东新区、宁波前湾新区和绍兴滨海新区）。

◇ 3 条高铁对接沪、杭：宁杭高铁已通车，商合杭高铁在建，关注度最高的沪苏湖铁路预计今年开工。

◇ 2 条地铁线：规划 2020 年前要开通 2 条地铁线，连同吴兴、南浔与长兴。

◇ 2022 年杭州亚运会分会场：场馆在德清。

◇ 最重要的是，首付二三十万元，不限购，不限贷。

这么多利好加持，看上去很美，对不对？但湖州也有硬伤，城市基本面不漂亮。

◇ 经济规模——2018 年，湖州实现 GDP 仅 2 719 亿元，位列全省第 8，用苏州楼市小编的话说，相当于江苏连云港。

◇ 人口规模——2018 年，湖州的常住人口 302.7 万，其中，户籍人口 267.06 万人、外来人口 35.64 万人，外来人口占比 10%，而苏州这些年房价暴涨归功于外来人口的持续导入，现在苏州的外来人口占比要达到一半以上。

尽管媒体苦口婆心，中央强调房住不炒，但买房者还是“用脚投票”。9月开局，湖州市区周成交量都在千套以上，这对于300多万人口的三四线小城来讲，成交量十分可观。成交量同比涨幅达到一倍以上。与此同时，土拍也热了。8月30日，南太湖新区宅地的楼面价在7 200元左右，周边各路开发商逐渐瞄向这座“宝藏”小城。

2. 尴尬的“天堂之心”

如何看待湖州？其实细细品味，会发现湖州是一座很奇异的“宝藏”城市。和苏州一样，有两千多年的历史传承，也是向来的江南名城。地理位置也十分优越，南面德清直接杭州，北邻太湖与苏州相望。和嘉兴很像，正好处在两座天堂中心。也正因周边城市经济太强，面临上海、苏州、杭州“三座大山”的“压迫”。湖州和嘉兴，两座优质的江南名城，反而存在感很弱。

还因地貌关系，西南面多山地，东北面多湖泊，所以湖州可以真正开发的平原土地并不多。城市经济的发展走向也是一路向东，集中在南浔、吴兴片区。包括今年挂牌的南太湖新区，也是在湖州的东部，紧邻苏州吴江。

而湖州西南面和北面，德清、安吉与长兴，因为山地地形较多，城市界面较难开发，发展旅游休闲度假产业。德清的莫干山、安吉的藏龙百瀑，是全国闻名的旅游胜地。而长兴，更是承担起上海、苏州人的“养老后花园”，每到盛夏，两地的退休人士甚至能“承包”起一个村的农家乐。长兴当地一个小村子，甚至被称为“上海村”。

楼市小编分析湖州的城市基本面——经济规模和人口规模偏弱，是有所偏颇的，尤其是和连云港进行比对，太简单粗暴了。

首先，湖州虽然经济总量低，但因为人口少，所以人均GDP并不低。

其次，因为湖州的位置、地貌，很难发展规模化制造业，这也是GDP上不去的很重要原因，但湖州民营经济很发达，比如织里，就是中国童装之都，经济表现十分亮眼。

最后，浙江政府和江苏政府走的是不同的路子，江苏推崇的是“苏南模式”——行政强干预，重视大型国企，重视外资招商，所以江苏的GDP很漂亮，但人均可支配收入却不相匹配；但浙江的模式却相反，行政弱干预，偏市场化，重民营，但人均收入却普遍很高。

总之，湖州不是经济不行，而是“小富即安”。也正因此，缺乏外来产业、人口的导流，楼市的长期支撑乏力。另外，湖州的城市利好，有多少落地性也有待考察。

比如今年挂牌的南太湖新区，就存在价值高估。

首先，这只是一个省级新区。中国这么多国家新区都未必能发展起来，省级新区的规格并不算高，不能预期太高；

其次，同在“四区”的另外三个新区的房价也就在1万多，杭州大江东稍微贵一点，绍兴的滨海新区也就八九千，横向来看，南太湖新区并不便宜。

再比如高铁、地铁、亚运会，只要去翻看江浙周边几个城市，会发现都有这样那样的交通、基建规划，这些三四线城市的目标——要么对接上海，要么对接杭州。湖州，并不是最亮眼的那一个。

“说了那么多，湖州到底能不能买呢？”亲戚有点急了，他要一个明确的结论。我理解他的心态：首付20万元，不限购不限贷，这才是最诱人的。在当下的经济环境下，持币就是贬值，股市风险太大，苏州房子买不起，房住不炒也知道，但信贷太宽松，谁不贷款谁傻。这是现在很多人的买房逻辑。

而对苏州人来说，错过了工业园区，错过了昆山花桥，错过了吴江太湖新城，现在有个吴江太湖隔壁的项目，怎么能够放过！投资之心，自然更重了。

我的结论倒恰恰和主流媒体相反：湖州可以买，但不是投资，是自住；不是看城市，而要看乡村；不是看价格，而是看项目。买房子，要懂得拒绝“低价的诱惑”。

所谓“低价的诱惑”，就是目前湖州充斥的、绝大多数中介分销的廉价项目。20万元的首付，涵盖了五六万元的中介费。这些“低价诱惑”的房子，靠规划，靠渠道，靠低价，社区毫无亮点，产品十分平庸。30万外来人口，没有租赁行情，更没有二手行情。自己住太鸡肋，转手又不知道要多少年。

3. 江南的城市化

“不看城市，看乡村？”这句话，让我的亲戚很迷惑。

因为一直以来，房价上涨的逻辑就是城市化的逻辑，人都要去城市，去大城市。所以，我们要村镇变城市，小城市变大城市。

我们的买房者甚至开发商，也一路这么被教育。但事实上，这是欧美城市化的发展路径，并不一定适合中国。而且，在欧美城市化的道路上，我们也看到了诸多弊端，比如传统工业城市的收缩、美国五大湖、铁锈地带的没落、底特律的破产。

中国有自己的城市化道路，尤其是在江南一带。为什么这么说？因为江南一带的城市化进程很早就开始了，从历史上追溯，依托京杭大运河，沿途城市商贸兴盛，于是有了盛唐的“烟花三月下扬州”的扬州，有了南宋“只把杭州当汴州”的杭州，更有明清时期“三万六千容易过，人生只合住苏州”的苏州。

扬州、杭州、苏州，这三个都是江南千年历史上重要的繁华大城市。而周边邻近的嘉兴、绍兴、湖州等，是陪衬的绿叶，相映生姿。这些江南城市有以下共性：水系纵横、风景秀丽；人文诗礼，底蕴深厚；农耕发达，物产富饶。

总之，城市很发达，乡村很富饶，是江南城镇的共同特点。费孝通所著的《乡土中国》，其中的“江村”也是以吴江、嘉兴一带为蓝本的。江南乡村和中国广大内陆乡村是完全不同的，有着广泛“自给自足、小富即安”的基础。

如果用中国，尤其是江南城市化的视角再来看湖州，笔者认为，它的美，不在吴兴南浔，也不在刚挂牌的新区。这样的城市界面，在长三角地区太同质化，反而是下辖三县，德清、安吉、长兴更有机会，正所谓“青山绿水，就是金山银山”。

这些地区因为之前交通闭塞，所以环境保护良好，森林覆盖率高。而现在高铁、高速，正解决了交通问题。高铁高速的交通网络不仅为城市而来，也为青山绿水而来，也为美丽乡村而来。

按照欧美经验，当人均 GDP 超过 2 万美金时，度假旅居等地产投资开始盛行。这也是为什么近年来海南楼市大爆发的原因，因为大家手上有钱了，在解决了自住后，开始要满足休闲、度假、养老的需求。大家对环境的要求只会越来越高。

4. 长三角老龄化与“银发经济”

“你说的有道理，我看看三个县都有啥好项目。不投资，自己养老也行。”我亲戚年近 50，苏州两套房，小孩上大学，小康生活，工作也处在半退休状态。

我说，“这三个县环境都很好。但未必有好环境就有好项目。不好的项目只会糟蹋环境。买房养老，可没那么容易。”

笔者认为，湖州的魅力不在城市，在乡村。因为论城市开发它永远比不上两座天堂。而湖州丰富的自然资源，却可承接旅居、养老，定位为“长三角的养老后花园”也丝毫不为过。为什么这么说？因为目前中国尤其长三角地区的老龄化问题已经十分严重：

> 据统计，2017 年全国新增老年人口首次超过 1 000 万，60 岁以上老年人口达 2.4 亿，占总人口比重达 17.3%。到 2020 年，全国 60 岁以上老年人口将增加到

2.55亿左右，占总人口比重提升到17.8%左右。预计到21世纪中叶，中国将进入深度老龄化阶段，老年人口将达到4.8亿左右。

据统计，截至2017年底，长三角三省一市老年人口共4 416万，占总户籍人口的20.79%，远高于全国平均水平。上海、江苏、浙江的老龄化程度位列全国前六。

上海社会科学院城市与人口发展研究所发布报告显示，预计到2035年，长三角三省一市老年人口将增至7 500万，达到常住人口的33%。

面对老龄化，稍有闲钱的，都会想到买房养老。买房养老尤其实行“降维打击”——买城市能级、房价低级别的房产，上海人买苏州、嘉兴，苏州人买湖州，杭州人买富阳、桐庐等。一重环境，二重服务，三看价格。但是对配套服务的要求之高，并不是普通房子所能承载的。

镇政府镇中心小学，跟你养老有什么关系？你要的是医院，最好是全国著名三甲医院的分院；城市综合体、五星级酒店，跟你养老有什么关系？你要的是便利实惠的菜场，干净卫生的食堂。各类气派体面的会所不必增设，你需要的是绿化环境、新鲜空气、防滑步道；美式北欧各种风格装修也不是重点，你需要的是大门直径可以推一部轮椅，卫生间要安装扶手，床头连接紧急按钮。

郁亮曾在2017年的万科股东大会上说：“现在老百姓需要的是养老服务，而不是养老地产，换个方式卖房子，这是不合适的。”

买房养老，不是买房子，而是买服务！房子≠服务，买到房子不一定买到服务。而且，现在大量的养老地产，都是只做地产，欠缺服务。

据《中国房地产金融》不完全统计，有超过110家以上的房企涉足养老、医疗领域，房企扎堆进入养老产业。高端养老机构发展和运营出现重地产轻服务、销售火爆但入住不佳、运营周期长盈利慢等现象。同时，非地产系养老机构面临用地、资金、人才等困局，养老服务发展尚待更多领域的突破。

不差钱的长三角，高端养老正在崛起。但笔者认为养老不仅是自上而下的开发，只依靠自上而下，会拉高价格，让养老项目更加“地产化”、高端化。养老地产更应该是自下而上的推动，让客户用脚投票，更加面向大众，让更多人享受更好的服务。

比如前文提及的湖州长兴水口乡，去年游客超250万人次，60%以上来自上海和苏州。水口乡著名的顾渚村，是“农家乐 + 养老”模式，老人去农家乐小住一段时间，从十天半月到大半年不等；如今顾渚村有440家农家乐，满村子的茶庄、土特产店，当地的老百姓赚得盆钵满盈。针对这样的模式，当地政府应该鼓励、倡导，在村镇上投资综合医院、老年康乐中心，对当地从业人员进行培训。延长外地老年人的旅居时间，扩大老人的消费项目。这样，对外地老人而言，成本低，环境好，服务多；对当地村民而言，解决创业、就业问题。是双赢的生意。

5. 从同质化中醒来

我的苏州亲戚最终没有去湖州买房。因为他觉得，真正适合他的项目，他买不起。买得起的，是一个不确定的陷阱。年纪大了，对风险比较谨慎。用这个20万，还不如去哪个村子，吃吃农家乐，呼吸呼吸新鲜空气。也不用去长兴，我们苏州太湖的东山、西山都可以。我们算了一笔账，20万可以去很多好地方了。

当大家做着同质化的投资时，要谨慎，老龄化了，接棒的人不会越来越多；而我们的城市经营者，在规划、定位城市之时，也要谨慎，有没有陷入同质化的噩梦，尤其天赋江南这么好的资源。上海那么近，杭州那么近，苏州那么近——对，也因为这么近，更容易让周边小城市人口流失、经济收缩。如何让小城市差异化、小而美，让中国的城市化有更丰富生动的内容，是我们领导班子要多想想的问题。

“我是谁，我从哪里来，要到哪里去”，这个哲学问题，每个投资者，每座城市，都值得想一想。

（首发于秦朔朋友圈2019年10月5日）

28元单价，玉门房价之谜

1. 28元单价的房子你敢买吗？

最低28元单价，一套房子总价不过两三千元。当然这是极端价格。大部分房子标价在五六万元/套，有的直接标1万元。按照70平方米的面积计算，单价最低不过一二百元/平方米，最高五六百元/平方米。甚至有房东表示“房价怎么定，看心情”。

这样的魔幻现实发生在甘肃玉门。

玉门隶属于酒泉下的一个县级市，和著名的玉门关距离甚远，是依托油田开发的资源性城市。

伴随着油田耗尽，在2009年被国务院确定为全国第二批资源枯竭转型城市。曾经的玉门，诞生了新中国第一座油田、第一座石化基地，在20世纪五六十年代里，辉煌一时。还曾有人赋诗盛赞玉门："苏联有巴库，中国有玉门，凡有石油处，就有玉门人"。

如今的玉门有两座城区，当地政府主力发展新城区。传闻中的房子集中在老城区。因油田枯竭、石油企业迁移，老城的常住人口从13.5万下降到1.5万，留守的多是老弱病残和下岗失业人员。整座老城区只剩下一盏红绿灯。网上的照片触目惊心：到处是残破的大楼，曾经的百货商场、新华书店也关闭了，公共基础服务几乎不再。据说这里最红火的两个职业：一是收废品；二是替人看管空房间。老城区房屋以每月每套20～50元"廉租"给留守居民。这些房屋产权不明晰，很多归属于已经搬走的石油管理局，当地居民和政府仅有使用权。这也是房屋"贱卖"的很大原因。

一座千年古城，划分新旧两大城区。一面是现代化的发展成果，一面是计划经济遗留的结果。这样的城市语境，显示了我们当今时代的印迹与隔阂。

2."资源的诅咒"

从鹤岗到玉门，正是目前中国"收缩型城市"的一个缩影。

今年4月，国家发改委首次提到了"收缩型城市"的说法。媒体总结了"收缩型城市"的四大共性：结构危机，大城市周边卫星城，欠发达城市，边境偏远。

尽管目前只有80个城市出现不同程度的收缩，但同样在中国，还有262个资源枯竭型城市，这二者存在数据的重叠。可以说，大部分资源枯竭型城市正面临"收缩"的尴尬。这符合经济学上说的"资源的诅咒"，也叫"荷兰病"。

关于矿业对经济发展的贡献，虽然也带来"新兴都市"效应，但更多引发了与矿业资源相关的经济社会问题，这就叫作"资源的诅咒"。

荷兰20世纪50年代因发现海岸线盛藏巨量天然气，迅速成为以出口天然气为主的国家，其他工业逐步萎缩。资源带来的财富使荷兰国内创新动力萎缩，其他产业失去竞争力。以至于20世纪80年代初期，荷兰经历了一场前所未有的经济危机。这就是"荷兰病"。

城市资源枯竭、经济萧条、人口流失这些现象在欧美也很常见。在美国，有一个“铁锈地带”的统称，特指美国五大湖传统工业衰退的地区，那里最出名的城市，就是当年的汽车之城，也是“美国最大的破产城市”——底特律。

目前，底特律的转型仍在艰难蹒跚。而我国对资源枯竭城市的转型也在探索之中。我们的城市化在发生着什么？一边是大城市的扩张，一边是小城镇的萎缩。二者彼此相关，互为因果。这些资源枯竭、人口流失的小城镇，还有没有机会？

3. 苏联模式 PK 美国模式

著有《城市的精神》一书的贝淡宁教授，曾这样说过：“中国的城市很不幸，1949 年后的前 30 年采用苏联式的现代化，后 30 年采用美国式的现代化，而且保留了二者最糟糕的部分。”

这句话也可以从“空间”上去理解——在中国沿海发达地区二线大城市，目前走着美国的现代化道路；而广大的西部内陆三四线小城市，仍保留着“苏联模式”。二者的折叠程度，不亚于在平行宇宙里。

“美国模式”是我们今天看到的沿海一二线繁华大城市的样子：摩天大楼林立、百货公司云集、数不清的咖啡馆和数不清的科创公司，星巴克里不是谈 PC 就是谈 VC，有中产阶级社区，人们文明有礼。国内大部分城市都残存着“苏联模式”规划上的共性，如：

◇ 强调利于汽车驾驶的大马路，而不是步行街道的纵横；

◇ 实行分区制把居住区和工业区、商业区分开；

◇ 在人口暴增时采用“摊大饼”的方式向外扩张。……

举个例子：20 世纪五六十年代起各大城市兴起的“工人新村”，就是“苏联模式”的产物。从选址到社区规划、再到户型设计，工人新村集中体现了当年生产生活的风貌，以及浓厚的集体意识。这些新村有自给自足的菜场、商店、学校等，同一个新村住的也多是同事、熟人，类似一个“熟人社会”。

比“新村”更极端的是“国企大厂”。当年一些以钢铁煤炭为主的大型国企厂区自办托儿所、小学，甚至还有厂区书店、医院、影院等，一座厂区就是一个社会，一座小城市。很多 70 后、80 后的童年，都是一段有关“大厂”的集体意识。

“苏联模式”的优点是对“集体”的强调与归属。这份浓厚的归属感，恰恰是现代大都市所缺失的，现在也显得异常珍贵。这也就可以理解，当媒体对这些资源城市一片唱衰时，为什么还会有一些当地油田、矿业工人在网上发帖，捍卫厂区，要与它荣辱与共。

这份“集体意识”正伴随我们的“大城市化”“生人社会”日渐消解。

“美国模式”“苏联模式”都有其合理之处，各有利弊，理应互相尊重。就像大城市与小城市，但能否独立存在，各自安好？

4. 大城越大，小城越小

独立存在，好像很难。

与玉门小城人口收缩截然相反的，是西北大城市的扩张。

在“地广人稀”的西北，5 省人口约 1 亿左右，与一个河南省相当。5 省之间的人口流动，是一场此起彼伏的“零和游戏”。哪座城市最强大，人就会往哪里去。于是省会之间，抢人大战愈演愈烈。

2019 年 4 月兰州落户发布了新规定：凡中专以上学历或相应专业技术职称人员，可到兰州任一派出所办理落户。中专落户，几乎等同于全面放开户口了。兰州，作为甘肃的省会，为什么设立如此低的门槛？因为兰州人口实在太少——375 万，不及长三角一个地级市。

这和西北的“超级明星城市”相比，数字有点难看了。2019 年 3 月，西安市统计局发表公报显示，西安市常住人口正式突破千万。虽然前不久杭州也有破千万的官宣，但西安的意义更大——目前整个陕西省常住人口总量 3 864.4 万（2018 年），不足 4 000 万，西安一座城市就占了全省的 1/4，西北 5 省的 1/10。

西安不仅面向省内，虹吸效应还会体现在对周边省份的人口吸附。就像杭州、南京具有对安徽、江西、山东等周边外省有强大的城市吸附力一样。周边即使是省会，也容易“人口失血”。因此，西安获批国家中心城市，是其在西北五省间的地位确定的。今后难免“一家独大”。

“小城越小，大城越大”，是一个全球现象。美国有学者提出“赢者通吃”的超级城市化现象：超级城市就像那些收入超高的明星一样，轻松凌驾于普通城市之上。它们拥有最强的创新实力，控制着全球最大份额的资本和投资，并聚集了业界顶尖的金融、媒体、娱乐等创新驱动的高附加值产业。（[美] 理查德 · 佛罗里达《新城市危机》）

就像公司之间兼并重组，很多无闻的地级市、县级市之间也正在进行“并购”撤市的历程，这些“小城”何去何从？

5. 小城故事“小而美”

几家欢乐几家愁。

和玉门同属酒泉县级市的敦煌，俨然成了旅游界的“超级明星”。2018 年，敦煌市全年共接待中外游客 1 077.3 万人次，同比增长 19.64%；实现旅游收入 115 亿元，同比增长 25.92%，旅游综合效益又创新高。而且敦煌文创也声名远播。仅 2017 年，敦煌研究院全年文创产品销售额达 1 708.3 万元。这也是继“故宫文创”之后又一网红文创平台。

敦煌与玉门，同属河西走廊的重要节点，如今命运殊途。其实，玉门也是一座很有故事的城市，只是名气比不上敦煌、张掖。又因一度油田的光环太大太久，掩盖了历史底蕴：始于汉代的玉门县，与敦煌相距 200 多公里（在西北不算远）、拥有雅丹地貌魔鬼城、大型油田矿井、工业遗存……玉门本身资源条件并不差。未来如何整合资源打好这张牌？

对于资源枯竭城市转型，国际上有一些先进经验，比如德国鲁尔、美国匹兹堡、法国洛林等案例，通过环境整治，工业遗存转变为公园，发展旅游业、农业、文旅，等等。

有一个毕尔巴鄂的城市复兴案例，被建筑界赞为“一座博物馆，挽救一座城”：该市坐落西班牙西北部，曾是一座冶金和化工业城市，进入 20 世纪中叶以后，伴随矿产资源日渐枯竭，毕尔巴鄂的发展陷入困境。经济萧条，流经市区的内维隆河被严重污染，陷入深重的危机。该市利用原来河滨废弃的工业用地，开发了古根海姆博物馆，利用城市门户的地段——旧城区边缘，内维隆河南岸与邻近的美术馆、德乌斯托大学及阿里亚加歌剧院共同组成了毕尔巴鄂城的文化中心。它的诞生，改变了一座城市的命运，开创了“以文化带动城市发展”的成功典范。

笔者的意思，不是想让刚摘了贫困县帽子的县级市，去兴建艺术馆、博物馆，照搬照抄没有意义。只是在思考，大城市走科创，小城市走文旅，这条路可行吗？至少玉门有这个机会。

笔者认为玉门的转型至少可以走以下几步：

◇ 主动纳入“大敦煌”文旅系统，为敦煌做好文旅配套，利用玉门的昌马石窟和莫高窟产生景点联动。

◇ 承接“大敦煌”下属大型节日会展分会场等，做好配套服务。

◇ 利用特殊地貌风景，开发影视基地，打造影视产业。

◇ 利用老城区的工业区、生活区遗存，以低租甚至免租方式邀请新锐艺术家进行工作室、策展改造进驻，打造类似日本“越后妻有”乡村的大型艺术节，和敦煌会展遥相呼应，彼此帮衬。

总之，小城市转型越来越难“单打独斗”，越来越要“抱团取暖”，优势互补，差异共存，合作大于竞争，才有好的出路。

6. 善待弱势的城市之美

城市之美，不仅在乎自然，更在意人文。城市转型，前提是要有优良的治安、生活、人文环境。政府班子不能只盯经济，更要有人文关怀。

我想玉门当地政府迈出的第一步，可以是重新给予老城区留守人员一份新型、安全的归属感。比如：

◇ 对弱势群体重新进行居住、就业安置；

◇ 对盗窃犯罪等加大治安治理；

◇ 提供免费的就业培训；

◇ 鼓励个人脱贫创业；

◇ 给予相关的保障支持，等等。

不是让人们迁出老城，而是复兴老城，复兴个人。让城市用赋能的态度，创建良善、积极的精神氛围。

让“老市民”用“新态度”，去拥抱城市这座“大集体”，而不是让贫穷隔离隐遁在某个区，某条街，某个灰败的角落里。因为城市之美，首先是善待弱势，再是榜样强者。

（首发于秦朔朋友圈 2019 年 7 月 26 日）

「梁云风」

关键词:

地产风云录

疫情之下的楼市自救

1. 离职减薪

“哥，我离职了，很抱歉没能帮你把房子卖出去。”

2 月 10 日，我突然接到一位房产中介的消息。他就职于南昌某二手房中介公司，因为年前打算出售一套老城区的小房子，我在 2019 年的下半年和不少房产中介成了朋友，他是其中的一位。

虽然一开始觉得当前疫情走向已经有所好转，此时离职为时尚早，但详细了解之后，我对他的离职也能理解。他所在的房产中介公司底薪低，房产经纪人以交易佣金提成的销售弹性薪资模式，平时收入大部分靠业绩提成，收入具有显著随市场变动的强波动性，疫情之下，南昌要求所有的房地产中介不得早于 2 月 24 日之前营业，目前他们虽然开始线上办公，但基本只被动地做客户维护，没有成交量，没有成交量即意味着没有收入。而且因为二手房交易的特殊性，行业普遍预期疫情之后修复周期约一个季度以内。

“即使公司愿意用底薪养着，我也不能待下去了，除了房贷、车贷，还要养家糊口啊！”他给我算了一笔账，现在每个月发底薪 1 800 元，如果这种情况持续 3 个月，也就意味着总共收入才 5 400 元，不抵平时一个月的收入。

事实上，不仅仅是在南昌，这几乎是所有做销售的面临的困境，疫情对楼市的影响正在逐渐显现。据贝壳研究院联合中房经联发起《2020 年新型冠状病毒对中国房产经纪影响》的问卷调查显示，接近九成经纪人开展业务受到明显影响，超六成的受访者认为其撑不过 6 个月，超七成的受访者认为购房者可能将因无法看房、市场前景不明朗而暂停买房，从而导致暂停售房为主流。而受疫情延续，经纪人作业受明显影响，八成经纪公司表示处境艰难。

疫情影响之下，房地产经纪公司、服务公司都开始自救。2 月 12 日，易居企业集团发布倡议书，倡议公司所有管理层带头调整薪资，倡议书写道，“当每个月营收为零，但同时却要支付几个亿的人员工资成本……”。

单靠减薪当然不可持续，下一步中介们如何应对目前还在摸索中。但维持销售的最佳选择，似乎都放到了线上。

2. 线上卖房

线上办公是这个春节之后最火的概念，对房企来说也同样如此。

疫情对房企的影响主要表现在两个方面：一方面是投资、建设和销售的停滞；另一方面则是由此带来的融资风险。资金周转率决定着房企的生存，有了销售才有可能快速回款，继续投资或者偿还银行贷款。因此，一旦销售环节被按下暂停键，即意味着房企的资金链将承受更大的压力。

而目前的问题就是，今年开年之后，房地产行业的融资又开始趋紧。据中证网统计，1 月份房地产信托募集规模为 392.50 亿元，在 2019 年年末短暂的回暖之后继续下行，环比减少 45.90%，同比下跌 45.35%。同时，房地产类信托规模占比下滑至第三位，为 27.07%，环比减少 2.19 个百分点。

进入二月份，在销售停滞的情况下，如果房企融资环境进一步恶化，那对房企来说压力将进一步增加。数据显示，3 月份是各大房企的偿债高峰期，房企偿债总额高达 727.5 亿元。其中，恒大、融创中国、绿地控股等企业到期海外债务规模位列前茅。从全年来看，房企海外债、到期信用债、ABS 融资等债务高达 6 422 亿元。

重压之下，线上卖房被房企推向前台，恒大、中海、金地、金茂、中南、龙湖等房企纷纷在各自微信公众号和朋友圈推出线上购房服务。

线上卖房当然并不稀奇，恒大很早就推出了自己的平台“恒房通”，甚至 2019 年的双十一还出现电商平台卖房，但效果并不明显。原因很简单，在疫情之前，大多所谓的线上卖房都是伪命题，对房企来说，线上卖房沟通成本高、成交效率低，因此大多时候只作为引流和推广用，可以称之为“效率难题”。而对购房者来说，线上购房一是看不到真实的场景，难以选择；二是房子毕竟是高价值商品，怕买了吃亏，买了上当，可以称之为“信任难题”。

但疫情之下，线上卖房也是箭在弦上不得不发。笔者一位在家装上市公司欧派工作的朋友介绍，最近他们天天在做线上推广，将工作重心完全压到了线上。与楼市销售一样，家装产品高度依赖线下样板房展示，但如今也不得不在线上直播带货。

事实上，线上卖房对当下地产行业销售来说还有“补短板”的作用。线上渠道是当下现代企业的标配之一，但在房地产行业中至今还处于起步阶段，再加上房企线下拓客天花板几乎已到极限、第三方渠道裹挟又太严重、电商渠道迟迟不出效果，因此补强线上渠道是一种行业趋势。当然，线上购房能否打破房地产的强地域性和成交规则，破解

“效率难题”和“信任难题”还有待印证。

据了解，2月13日恒大终于拿出了线上购房的“核武器”后，直接微信付款、线上签约，而且拿出了高额的优惠政策，2月16日恒大宣布，将于2月18日启动其历史上力度最大的一次楼盘优惠活动，全国75折，极限折扣可达64折。万科和碧桂园等大型房企已经在研究跟进政策了。

3.“减租减息”

线上卖房的效果如何还不知道，但商业地产的自救效果却是实实在在的。

疫情之下，商业地产除了偶有像长租公寓运营商这样趁租客不便搬家“坐地起价”，最高竟然达到了38.3%的消息外，大多推行“减租减息”来共克时艰。

受疫情影响，餐饮、交通、旅游、零售、制造等领域的中小企业出现生存危机，不少城市关闭商业中心、消费者也被要求居家隔离，商业地产项目迎来开年“寒冬”，呼吁为商户减免租金的声音也就此起彼伏。

为缓解商户经营压力，1月26日起，多家房企推出租金减免举措，截至2月9日，已有过百家房企宣布对旗下的商业地产项目实施租金减免计划，包括一定时期内租金全免、减半、酌情减免等措施，规模或超55亿元，仅万达商管为旗下商业地产项目减免租金规模就达30亿元。

租金减免不仅有助于抗击疫情，更有利于商业地产应对市场萧条以及未来稳健发展。

当然，大部分房企的租金减免时间并不长，在减租力度方面，超四成企业免除商户租金及物业费，免租时间最长达36天；近六成企业采取租金减半策略，大多企业减半时间不足半个月，最短的如重庆大洋百货租金减半时间为1月29日—2月2日，仅有5天。

楼市自救之外，还得有政策的支持。

4. 政策救市

在《重估2020年楼市走向》（2月3日秦朔朋友圈刊出）中，笔者就提出，疫情结束之后，地方政府将通过放松调控、利好购房的方式刺激楼市的发展，以弥补前期楼市的低迷。

但没想到的是，楼市刺激政策来得如此之快！

2月12日中央政治局常委会会议提出“统筹疫情防控与经济社会秩序恢复”，当天，就有无锡、西安、上海、南昌、浙江、深圳等地出台关于应对“新冠”疫情的楼市支持政策，次日又有广东、南京、天津等省市跟进。各地政策主要集中于应对疫情冲击下行业资金压力，缓释开发商现金流的风险、引导行业秩序逐步恢复，内容包括允许延迟土地价款缴纳、税费缴纳延期、预售条件适度放宽、推进线上审批服务、信贷支持等，全面支持房地产开发企业应对疫情之下生产经营活动面临的困难。

应该说，自2017年起的高压调控之后，目前楼市的政策腾挪空间非常大，特别是信贷政策的推进，可以立竿见影地缓解房企的流动性压力。据国际金融报消息，目前房企融资相当宽松，自2月10日正式复工以来，中梁、禹州、合生创展等已相继披露融资计划。上交所披露的信息显示，首创置业一笔60亿元的私募公司债在“已受理”后第二天即“通过”，这在去年钱紧的时候是不可想象的，也间接看到目前政策层面对楼市的支持。

政策预期之下，房企拿地的动力陡增。2月11日和12日的北京、徐州、温州土拍都吸引了大量房企竞拍，温州永嘉县的一宗地块更是历时近9小时、455轮报价，溢价率达到32.79%。

不过，对开发商来说，目前的政策能否最终传导到终端的销售上仍不明朗，毕竟房企无论是自救还是靠政策都要靠销售来看效果，而决定最终销售的“五限”政策仍仅仅锁牢。阳光城集团副总裁吴建斌就呼吁，当前疫情仍在持续，不仅影响房企一季度的整体表现，而且会对房企整体销售造成巨大的冲击。建议各级政府从延期缴纳土地款，到放松按揭、预售证的下放条件，取消“五限”政策。但问题又来了，要不要因为短期的疫情而调整一直以来层层加码的楼市调控政策呢？在救市与是否会过度救市的争论中，决策层又该如何抉择？

（首发于秦朔朋友圈2020年2月17日）

房地产“大鱼吃大鱼”时代已来

1. 地产黑马“失蹄”

没想到“大鱼”被吃，来得这么快。

1月13日，坊间已经流传多时的福建地产商世茂集团与福晟集团的合作正式官宣，福晟集团将其地产、产业链、建筑生活甚至是商业办公等项目全部注入新成立的地产运作平台“世茂福晟”，并由这个新平台全方面接管福晟集团所有地产项目，世茂集团从该笔交易中可获得大约2 500亿元左右的货值。

据腾讯新闻消息，新的公司除了世茂和福晟之外，还有东方资产，三者之间的持股比例大致为4∶3∶3。其中，四大AMC之一的东方资产采取“明股实债”的形式，提供此次收购的部分资金来源。

据悉，新成立的平台公司将由世茂集团负责运营，未来福晟所有的项目都会更名为世茂福晟。世茂福晟的掌门人则由世茂海峡集团总裁兼董事长，36岁的吕翼担任。

吕翼在世茂的经历堪称传奇，2008年从浙江大学毕业后，在世茂从管培生做起，到最年轻项目经理，到城市总，再到最年轻的区域总，在2020年1月2日获任世茂执行董事，进入核心权力层。

在刚过去的2019年，吕翼所带领下的世茂海峡突破性达到900亿元的销售规模，在世茂2019年2 600亿的总销售额中贡献了三分之一的量，该区域公司在2016—2018年三年时间里复合增长率甚至超过100%。

在当天的发布会现场，世茂少帅许世坛和福晟集团董事长潘伟明简单介绍合作情况后，就将发布会交给了吕翼。这意味着，福晟集团的地产项目，将全面进入世茂的“吕翼时代”。

随着话事人的改变，随之而来的将是福晟的组织人事架构的大变动，吕翼称，接下来将会对福晟做一些精简、提质提效、降低成本的调整，根据澎湃获得的消息，最终福晟将只留下约三分之一的员工，这也就意味着，将有约三分之二的福晟员工被优化。

笔者询问福晟内部员工，得到的回复则是目前除少数员工离职，尚未有裁员的消息，但人事调整将很快进行。

福晟的危机从去年八九月份开始就在圈内流传，“破产”“裁员”的消息层出不穷，潘伟明到处寻求融资未果后，甚至还被爆出福晟曾向政府申请破产但未通过。事实上，福晟彼时身负巨额短期债务，一旦破产处理，将引发巨大的债务违约。此次世茂的接盘特别是福晟在合资公司的股权比例大幅度缩减到30%，可见福晟负债之重。

走到这一步，对于一家百强房企中排名在中间的曾经的“黑马”来说是挺意外的。不可否认，福晟曾经也是有“理想”的地产公司。在过去三年，福晟和所有闽系房企一样，快步前奔。按照克而瑞的统计，2017年福晟集团合约销售396.2亿元，排名48位；

2018 年销售增至 624.1 亿元，排名也小幅上升至 45 位。但危机缠身的 2019 年，福晟的销售额又减至 468.8 亿，排名降至 61 位，与在 2018 年战略会上潘伟明提出的 2019 年业绩达到 900 亿元，2020 年突破 1 300 亿元的目标相去甚远。

福晟虽然折戟在冲击千亿的路上，但手上并不缺少土地，缺的只是变现的时间。在土储方面，截至 2019 年末，福晟总土储货值还有近 8 000 亿元。福晟在业内以旧改而知名，特别是它在粤港澳大湾区拥有 1 000 万平方米建面的旧改项目，其旧改项目的总货值约有 3 000 亿～4 000 亿元。

如果能稍微稳健，福晟何至于马失前蹄走到这一步？

2. 福晟踩过的坑

福晟踩过的坑并不特别，可以说是很多急于做规模的房企都经历过的。

福晟集团创建于 1993 年，一开始深耕广东市场，2003 年大举进入福建市场后，开始大举并购，2006 年，福晟并购了六建集团，被认为是深得闽系房企以小吞大、善用金融杠杆的发展精髓。

不过福晟真正在地产圈中出名是 2015 年，潘伟明成立 10 支“并购飞虎队”——8 个区域大队加机动大队和支援大队，并亲自挂帅任“总司令”；与中信、招商、中泰等数十家金融机构合作，在内部成立了“资金王牌军”，为并购提供充足的弹药粮草，形成规模拓展的左右手。

一开始，潘伟明还为福晟“飞虎队”制定“五不拍原则”，即不拍利润率低于 15% 的土地；不拍建筑面积低于 10 万平方米的土地；不拍风水不好的土地；不拍无信心拆迁的土地；不拍“地王”项目的土地。

但很快，房地产行业的快速发展，让潘伟明看到了机会。他认为“小而美”就没了，而且在业内几乎一致的看法是，房企在未来的发展过程中，如果没有规模就缺少了腾挪的空间，在市场一片“规模论”声中，潘伟明不仅打破了自己的原则，也喊出了冲击千亿元的口号。

在 2015—2017 年，福晟依靠并购拿下了 72 个项目，总土地面积约 1 680 万平方米，总建筑面积约 3 800 万平方米，总货值约 6 500 亿元，仅在 2017 年就斥资 800 亿元拿下了总计货值 3 199 亿元的土地。这其中，福晟既拿到了很多位于大湾区的优质土地，但也同时拿了很多难以拆迁的旧改项目，此外也拿了很多低利润的项目。2018 年，福晟继续加码拿地扩张，不断采用信托、基金等“短债长投”的融资模式。

通过疯狂的并购，福晟在规模上大规模扩张，但融资金额却在骤降。为了尽快消化土储，回流资金，福晟也在内部推行高周转模式，搞 3691 原则：拿到地后 3 个月开工，6 个月销售，9 个月封顶，一年现金流回正。但由于很多通过并购而来的旧改项目股权复杂，要快速向市场推盘并不容易。导致福晟资金链紧张，而短债长投又加剧了其资金问题，截至 2019 年 6 月底，其短期债务 443.47 亿元，同期货币资金仅为 72.91 亿元，即将到期的短债约 70 亿元，但非受限现金仅约 57 亿元。

到 2019 年下半年，金融机构已经不愿贷款给福晟集团，福晟集团甚至四处寻求短期过桥资金，福晟内部随即传出前文所述的危机。

福晟的危机，是目前很多激进房企所面临的问题，过度利用杠杆、短债长投、盲目追求规模等，区别在于，有的已经爆发，有的在爆发的路上，有的已经被掩盖。

3. 哪些“大鱼”将被吃?

福晟的遭遇，归根到底在资金流上。能否融资，并且融到便宜的资金，是维持房企最大规模的重要因素。碧桂园的规模这几年快速做大，是因为他账上趴着 2 000 多亿元的资金，而且还能源源不断发债。

同样是这次主导合作的世茂，在 2019 年陆续收购了泰禾集团、粤泰股份、明发集团等多家房企的资产包，累计斥资近 200 亿元，并替代融创中国荣升新一代“并购王”，这背后是世茂强大的融资能力，仅 2019 上半年，世茂房地产就先后获得 132 亿公司债额度，并分别以 6.125%、5.6% 的利率成功发行 20 亿元美元债，同时 8 月签订 8.38 亿美元及 39.94 亿港元 4 年期银团贷款，利率为 Libor/Hibor+2.98%。

因此，未来房地产行业，“大鱼吃小鱼”“快鱼吃慢鱼”肯定少不了，大鱼吃大鱼时代，又有哪些“大鱼”将被吃呢?

在笔者看来，负债高的，融资难或者成本高的，土储少或者分布不合理的，都将面临被淘汰的命运。还有一个现象值得注意，那就是专业的投资平台将越来越深地参与地产的运营与并购，这也使我们看到，为什么在这次世茂与福晟的合作中会有东方资产出现在股东名单中，且持股比例高达 30% 的原因。资产管理公司或者投资公司资金背景雄厚，处置方式多样化，将在未来“大鱼吃大鱼”的过程中提供更多的弹药。

另外，像平安不动产这样的平台，已经成为房地产行业整合的重要推手。截至目前，中国平安已经成为碧桂园、融创中国、旭辉控股、华夏幸福以及中国金茂的股东，除此之外还和多家标杆房企合作成立房地产公司，展开多方面合作。

背靠平安集团，除了能拿到优质的资金外，还能在资本市场拿到低廉的资金，1月15日，据上海清算所的信息显示，平安不动产有限公司发行了2020年度第一期超短期融资券。消息显示，本期债券发行金额10亿元，票面利率2.95%，发行期限270天。

未来房地产行业的混战，又哪里能少得了平安不动产这样的平台呢？

（首发于秦朔朋友圈2020年1月23日）

未来3年，房地产会好吗？

1. 怎么给2019年地产做总结

2019年，很多人都反复在各种场合听到这样的一个论断：今年可能是未来十年中最好的一年。这种悲观的论调在一些行业很有市场，比如受中美贸易摩擦最明显的外贸等行业。所以要对2019年做一个评价受个体对市场“痛感”的不同总会很难，尤其是房地产行业。

因此，从个体的角度来评价一个行业，有时候总会力所不逮，能抓住一些共同的“痛感”尤为不易。比如12月31日，地产大咖丁祖昱举办了一场跨年演讲，回顾2019年地产行业时，他对楼市的总结是“五难”——投资难，融资更难；买房难，卖房更难；企业难，政府更难；交付难，维权更难；长租难，商办更难。简单来说，就是房企面临着可持续发展的问题，而消费者依然承受房价的压力，政府则在稳经济和稳房价之间进退失据。

难的背后，最典型的是中央和地方政策的微妙分野。

2019年的房地产行业政策有一个非常明显的特征，那就是“中央紧，地方松”。中央层面，从上半年的中央政治局会议、中央财经委会议，到下半年的中央经济工作会议，都再三重申“房住不炒”，不将房地产作为短期刺激经济的手段。

如果再将时间拉长，从观点指数整理的数据来看，从2016年“9·30”至今，房地产行业经历了3年多的严厉调控。时间之长、范围之广、程度之深，史无前例。

从效果看，严苛的调控确实为房地产的发展刹住了车。观点指数按照2019年历月累计值与2018年同期相比的差额估算，2019年全国商品房销售额或将达到16万亿元。

尽管在总量上2019年依然保持着增长，但增速明显下降，要知道，在2018年商品房销售额为15万亿元，2017年为13.4万亿元，2016年只有11.8万亿元。

地产调控带来的另一个影响在宏观经济上。2019年经济下行压力加大，3季度实际GDP增速进一步下跌至6.0%。从克强指数走势看，随着棚改货币化安置逐渐退出、一二线城市房地产市场恢复平稳，克强指数代表的经济走势持续下行。

“克强指数”（Li Keqiang Index）是英国著名政经杂志《经济学人》在2010年推出的用于评估中国GDP增长量的指标，该指数是三种经济指标：工业用电量新增、铁路货运量新增和银行中长期贷款新增的结合——房地产行业与之息息相关。从三大需求对GDP累计同比的拉动角度看，2019年，消费、投资对GDP的拉动相对2018年进一步下跌，中国经济下行压力加大。

再看地方城市，在“一城一策”的指导下，除部分热点城市继续加码限购外，更多的是不少二三线城市开始尝试放松限购，有的以“人才政策”的方式吸引落户，有的城市更是直接开闸，年内菏泽、开封、衡阳等地放开限购“一日游”，凸显了地方政府既要坚决执行稳房价的中央决定，又不得不倚靠房地产拉动经济增长的矛盾心理。

甚至全社会对房地产行业都充斥着复杂的心态。一方面痛恨房价的高增长，一方面又享受着房价增长带来的财富效应。

房地产不仅2019年很难被评价，在过去30多年房地产市场化的过程中，同样伴随着复杂的心态。

2. 怎么客观地看房地产

在丁祖昱这次的跨年演讲中，个人认为最精彩的部分是为房地产行业“正名”。

当然，首先要正视房地产炒作带来的弊端，“房价虚高正在毁了年轻人”并非虚妄。但客观地看待房地产行业的发展，更有利于我们抓住未来的趋势。

数据显示，在过去十年，房地产和建筑业创造了GDP的1/7，土地出让金贡献了1/5广义财政收入，房地产相关税收贡献了1/6狭义财政收入，提供5 000万个就业岗位；房地产推动了中国的城市化进程，从2010—2018年底，新增1.64亿城镇人口，中国城镇化率达到了59.58%，房地产行业是名副其实的中国经济压舱石和稳定剂。

此外，过去10年，随着房地产行业的快速发展，人均居住面积从2010年的31.6平方米增加到2019年底的39.8平方米，国民居住环境大大改善。更为重要的是，房地产行业的发展，创造了中国最大的财富效应，不管你怎么看，这种财富的存在，房子的增值，在过去10年加速了中国阶层的流动，让很多居民迈入小康、进入中产。

今天，很多人认为，房地产行业的过度发展，抽空了实体经济的“血液”。丁祖昱则认为，制造业具备的那些特征房地产同样具备，比如房地产行业同样有原料、生产线、配件供应链、总装厂、线下实体店、售后服务和质保期等制造业的属性，特别是房住不炒之后，房地产投资属性逐渐减弱，消费属性逐渐加强，房地产是制造业的特征会越来越明显。所以，“要扶持制造业，首先就应该扶持房地产业，因为房地产是制造业，而且房地产是中国最大的制造业”。

丁祖昱预测，未来10年中国还有约150万亿平方米的商品房入市，中国房地产行业发展的正面效应仍将持续。

3. 2020年，不会更差

当然，无论对于消费者还是房企来说，最受关注的还是2020年房地产行业的走向，特别是以下几个问题。

1）楼市会回暖吗

房地产行业与政策的变化息息相关，因此对经济环境的变化更加敏感。同策研究院认为，2020年货币环境更加宽松，中国“宽货币、紧信用”政策促经济企稳回暖，楼市融资环境受“紧信用”影响较大，因此楼市能否回暖与接下来货币政策密切关联。丁祖昱则认为，2020年央行将继续“放水”，不过很大概率不会流向楼市。

从目前情况来看，直接向房地产行业大水漫灌肯定不可能，但只要房企融资难度缓解就会是很大的利好。此外，个人信贷方面，很有可能迎来新的利好调整。

2）楼市调控怎么走

楼市调控政策走向是市场的温度计。其实从2019年下半年起，对全国楼市调控具有风向标意义的部分核心城市，如成都、广州、深圳、南京、天津、上海等，就出现风向标性的楼市调控定向宽松信号，比如2019年10月15日南京六合放松限购政策，有大专学历的外地人，提供南京市居住证和学历证明，即可在六合不动产登记中心开具购房证明；2019年11月11日，深圳取消普通商品住房标准价格上限，普通商品住房标准调整为宗地容积率1.0以上且房屋建筑面积144平方米以下，二手房交易增值税税费降低。这些核心城市在“一城一策”的指导下进行政策调整，在2020年将带领更多的城市探索符合本地的楼市政策。

同策研究院认为，从本轮楼市调控（从2016年10月开始计算）的周期来看，符合每7个月左右进行一次楼市调控政策的调整，最快2020年1季度、最慢2020年2季度核心城市调控政策将集中进行调整。如果经济下行压力加大，将大规模出现定向放松政策。

3）房企融资难会继续吗

2018 年下半年起，部分企业爆出资金危机，大如富力也不得不断臂求生。2019 年房企破产和违约不断，颐和地产、银亿股份、三盛宏业、福晟集团、协信控股等百强房企均传出清算重组，整个行业资金压力陡增，恒大、碧桂园等头部房企同样面临资金压力，频频降价促销、回笼资金。

鉴于 2019 年行业调整出现的问题，7 月 30 日召开的中共中央政治局会议提出“货币政策要松紧适度，保持流动性合理充裕”；12 月 12 日召开的中央经济工作会议提出“稳健的货币政策要灵活适度，保持流动性合理充裕，货币信贷、社会融资规模增长同经济发展相适应，降低社会融资成本”；12 月 23 日召开的全国住房和城乡建设工作会议提出“着力稳地价稳房价稳预期，保持房地产市场平稳健康发展”。

从中央的表态来看，2020 年一季度将迎来政策调整的窗口期，特别是“两会”之后，房企融资将在上半年迎来利好。

4. 房企“巨无霸”会出现吗

其实已经出现了。在 2019 年中国房地产销售金额 TOP100 中，碧桂园 7 715 亿元的销售额排在第一位，拉开榜眼一千多亿的身位，房地产市场在什么时候出现万亿巨无霸很值得期待。

巨无霸的成长，是市场集中度不断提高的最明显标志。市场集中度是我们一直在讨论的话题，从品牌房企销售金额占全国商品房总销金额的比例，以及不同梯队房企销售金额门槛角度，市场集中度仍在持续提升中。

据观点数据显示，2019 年房企前三甲合约销售超过 2 万亿元，如果以 2019 年全国商品房销售额预计为 16 万亿元计算，碧桂园、万科和恒大的市占率合计超过 12.50%。再将范围拉大的话，销售金额前 100 强的市占率合计超过 74%，其中 36 家千亿房企市占率逾 53%。

所以未来 3 年，房地产市场不仅存在“大鱼吃小鱼，快鱼吃慢鱼”，还会出现“大鱼吃大鱼”的现象，市场进入调整期，兼并重组会越来越多出现在百强房企之间。

丁祖昱认为 2020 年行业规模和企业规模双见顶。笔者则更相信行业规模见顶大概率出现，但企业规模仍将继续攀升，万亿巨无霸可能在未来 3 年内出现。

（首发于秦朔朋友圈 2020 年 1 月 7 日）

地产创新为何难？

1.“万村计划”触礁

最近有消息说，万科在深圳的“万村计划”遇到了“实际困难”。

所谓“万村计划”，是万科在深圳做的存量资产改造业务，是万科获取长租公寓房源的重要方式。在长租公寓最火爆的2017年，万科在深圳成立“深圳市万村发展有限公司”，通过承租后改造的方式对城中村进行精细化运营，以“城中村综合整治+引进物资营管+城市化商业运营”的模式开展工作。据公开数据，截至2019年3月，万科进入约60个城中村租下近2 000栋“农民房”，获取了10万间房间，这些租约期限通常为10～12年，万科通过改造之后，将它们重新推向市场。截至7月初，“万村”已开业400余栋，一万余间。

“万村计划”在2018年6月曾引发过一阵舆论热潮，当时一个名为《13万富士康劳工代表致万科、房东及监管部门书》在社交媒体上广为流传，有众多租户认为，由于万科的进驻，原来低廉的城中村房租猛涨，万科集团总裁祝九胜还曾就此回应称，近年一些资本、机构介入了租赁业务，但说长租公寓会推高租金，这是一个误会。

但租金风波显然只是这项工程“实际困难”的一个侧面，城中村综合整治的难度显然比建新房更加困难，旧村改造，涉及的利益相关方众多，租户只是其中的一环，其他如原住民、城市管理、消防安全等都需要协调。

郁亮在万科2018年南方区域媒体会上就曾回应此事称，万科确实低估了“万村计划”的困难性，确实比想象中复杂得多，目前还没有发现做公寓能赚钱的，万科还在摸索中，会小心谨慎。

中国建设报援引一位不愿具名的业内人士解释，“万村计划”的实际操作困难包括：业主谈判难，收房成本高；工期严重滞后，租金回流少，收益率走低，从而影响项目现金流；存量市场竞争激烈，工程建筑合法性、设计施工、审批备案、消防验收等流程致改造工程难以标准化等。

也正是基于此，前期万科激进的签约很快受阻。据悉，2018年11月起，万科就已经全面暂停签约新房源，到今年五六月份陆续有消息传出，万科正在与已签约城中村房东洽谈违约赔偿事宜，准备放弃部分已签约“农民房”房源。

对于传统房企来说，更熟悉的是“拿地—融资—建房—卖房”这样的周转模式，要做物业自持运营和跨界创新，仍是压力不小。“万村计划”虽说不上“折戟”，但这种触礁之后大规模的调整带来的品牌阵痛，远远大于其经济上的压力。

2.“灵魂三问”

一个有趣的点是，长租公寓的创新起于2014年，但高潮来临却始于2016年地产圈最火爆的“租售并举”概念，今天与长租公寓一起消失在媒体视野中的，就包括“租售并举”。

“万村计划”的停滞，只是这一轮房企寻求创新业务的一个小缩影。自去年长租公寓“事故”频发之后，整个公寓市场始终一片死寂。长租公寓、城市更新作为这一轮创新的标杆，恒大、万科、碧桂园、绿地、保利、绿城、万达等龙头企业都已布局，但雷声大雨点小，最后仍是成了众多“多元化板块”中不起眼的一环。

而且，很多运营商甚至都已经开始考虑切割这个“创新”业务了。

最近易居沃顿案例研究与教育基地分析了两个满租的长租公寓被公司切割的案例，一个是位于北京大钟寺地铁站附近的“朗诗寓”，有90多个40平方米左右的房间，单价在4 290～5 290元/月，在满租的情况下，朗诗绿色集团于5月14日宣布剥离长租公寓业务。另一个案例是远洋集团的长租公寓品牌“邦舍”也是在北京店面近乎满员的情况下，在7月宣布剥离该业务。

原因与郁亮所述类似，盈利难！

据介绍，从2016年开始布局长租公寓的朗诗，到2018年底的存量房间数已经超过4万间，在营门店数50余家，根据规划，朗诗寓曾计划在2019年底达到10万间的规模。但有两个问题，一是目前在营房量仅1.3万间，占存量房的32.5%；二是连年亏损，数据显示，2017年，公司长租公寓业务扣除税及非经常性项目之后合计亏损4 430.9万元，2018年亏损扩大至1.94亿元。

创新业务难做，可见一斑。

租房市场是刚需的一环，但并不一定适应房企。从表面上看，是房企缺乏精细运营的能力。众所周知，今天中国绝大多数房企看似体量规模吓人，但本质上，是房价不断上涨，市场的空前繁荣以及丰厚的土地红利造就了今天房地产企业的辉煌，而不是企业本身的能力。而长租公寓是个精细活儿，不仅要有钱，还要有耐心，在这个前提下，更要有够硬的专业。钱和耐心、专业缺一不可，没有钱，亏不起前期的市场培育期；而没有耐心，干脆都不愿意培育市场；当然，如果没有专业，越有钱有耐心，亏得就越大。

仔细分析今天长租公寓的运营困境，还有更深的原因，这是直指房企本身的“灵魂三问”：

◇ 赚惯了快钱之后，愿不愿意赚慢钱？

◇ 赚惯了大钱之后，愿不愿意赚小钱？

◇ 赚惯了容易钱之后，还愿不愿意赚辛苦钱？

一位 TOP10 房企营销副总裁分析，今天卖房子赚钱都是以万为单位的，转头来做公寓的运营，就得问问自己，还愿不愿意赚以十或者百为单位的钱呢？

说到底，创新业务很多都是被房企当作转型“备胎”的，在房企仍能赚快钱、大钱、容易钱的时候，有多少企业敢或者愿意坚持下去？

3. 地产思维

这几年，房企都在忙着创新业务，横跨商业地产、城市更新、长租公寓、联合办公、医养 / 健康、教育、智能家装、金融和文旅等十几个门类，作为地产界的龙头，万科几乎在各个领域都有布局。万科的考量是，布局的更大意义在于抢占先机，如果做成了，可以成为蛋糕中的一块，如果做不成，这点试错成本也付得起。

这对万科来说当然是一个最优的选择，但对于整个行业来说却并不是好事。

还是以长租公寓为例，租赁市场是一个号称万亿规模的市场，而且随着各地政策的跟进，前期吸引了众多资本跑马圈地。

据一位长租公寓从业人士介绍，万科的进入带着浓浓的“地产思维”，比如激进的财务测算，“万村计划”的推行，万科给出的财务模型是每年 5%～10% 的租金上涨，这在理论上是成立的，在新房销售上也是可以操作的，但实际上租金能否上涨影响因素众多，与当地经济增长水平、人均收入、政策等息息相关，很多时候涨租金并不容易。

另一个地产思维是追求大规模和快周转，比如万科在短短一年时间内，租下 2 000 栋民房，造成短时间内在租赁押金、改造装修上投入大量资金，而租赁市场租金回报周期长，完全无法与新房销售相比，赚的是小钱、慢钱，以至于无法形成良性投资循环。

万科等巨头的“地产思维”指导下，众多房企、社会资本趋之若鹜，而且都企图以规模而非运营取胜。租赁市场的“网红”自如虽然去年负面舆情不断，但还是宣称到 2018 年底管理公寓突破 100 万间。而规模之下，要追求利润的回报，问题就产生了，从网上的报道看，吐槽自如房间小、空气差的都还是小事，甚至有房间爬满白蚁、暗藏摄像头，刚装修两天就出租等恐怖剧情。

告别地产的黄金年代之后，房企战略全面调整已经是共识，抢占特色创新业务更多的是为今后有更大的挪腾空间，虽然今天有长租公寓、新能源汽车、联合办公等众多创新业务，但房企的创新一直质疑声不断。或许真要等到什么时候地产商也开始赚小钱、慢钱、辛苦钱了，才是他们躬下身来做创新业务的时候吧。

（首发于秦朔朋友圈 2019 年 7 月 16 日）

「Hayekist」

关键词:

国别研究

法国大罢工：“祖国，请照看我！”

法国又乱了。

这次上街的是靠财政供养的人群，包括：公职人员；巴黎大众运输公司、法国国家铁路公司等国有企业雇员；公立医院医务人员；中小学教师；巴黎歌剧院芭蕾舞演员等，甚至还有各级政府的议员和部分警察。

12 月 6 日，法国爆发 1995 年以来的最大规模的罢工活动，法国官方统计全法国有 80 多万人罢工，而罢工活动组织者更骄傲地宣称，有 150 万人参加罢工。

本次罢工的主题是抗议政府的养老金改革，因为法国总统马克龙正式提出《法国养老金制度改革纲领》，试图推动一场废除多规制、统一全国养老金制度的改革，而这恰恰触犯了本轮罢工者的实际利益。此前，这些财政供养者享受着更早退休、更高退休金的特殊福利，成为事实上的“特权阶层”。

1. 法国养老体制的积弊

法国现行的社会强制养老金制度（指强制性缴费的社会养老金制度，商业化的补充养老金制度不属讨论之列）参差多态，创发于法国独特的历史和传统。社会养老金分成四类：

◇ 覆盖私营工商业部门薪金雇员的“总体制”。

◇ 覆盖农业劳动者的“农业体制”。

◇ 覆盖农业领域以外个体从业者的“非薪金雇员非农业人员体制”。

◇ 覆盖法国国营铁路公司、巴黎独立运输公司、警察局和学校等公有部门薪金雇员的“特殊体制”。

这种安排把公民根据职业区分对待，分而治之，从事不同职业的公民享有的养老福利差异颇大，可谓积弊久矣。

（1）显失公平。“总体制”覆盖下的私营部门雇员按“月工资缴费上限”的 6.55% 缴纳养老费用；雇主则负担另外的 8.20% 以及“全部收入”的 1.60%，相当于每个雇员以“月工资缴费限额”的 16.35% 缴费。65 岁退休，每月领取的退休金大约在 1 260～1 410 欧元。相比之下，“特殊制度”覆盖之下的公有部门雇员不但缴费少，且在 60 岁就可退休（艰苦岗位的劳动者还可以得到优待，如火车司机可于 52 岁退休，公共电力和油气工人于 57 岁退休，而国家芭蕾舞演员可于 42 岁退休），每月领取退休金多在 2 375～3 705 欧元。

（2）高替代率下，财政赤字压力大。法国社会养老金对收入替代率高达 68%，英国和德国分别为 53% 和 46%，欧盟 28 国的平均水平大概在 58% 左右。2017 年，德国 67 岁退休的男性领到的养老金平均是每月 1 087 欧元，女性则只有 737 欧元，均大幅低于法国 1 260 欧元的最低水平。所以，德媒《西部日报》毫不留情地讽刺说：法国的养老金制度总体上是慷慨的，但问题是法国是否负担得起？

这种过于优厚的养老金待遇使得政府养老金支出负担沉重。法国政府支付的养老金在 GDP 的占比高达 13.9%，远高于 OECD 组织 7.5% 的平均水平，而财政更加健康的德国也仅为 10.1%。

为此，法国政府不得不征收更多的税，曾在 6 年间增收 51 种税，搞得民怨沸腾。尽管法国政府收入在 GDP 中的占比高达 53.2%，却仍不能满足法国政府开支的需要，2018 年法国的财政赤字为 GDP 的 2.5%，2019 年议会批准的财政预算赤字为 GDP 的 3.2%，已经超过了欧盟规定的 3% 的上限。而德国政府的收入在 GDP 中仅有 45%，还连续四年实现了财政盈余，2018 年的盈余更是高达 GDP 的 1.9%。

（3）不可持续。随着法国人口老龄化程度不断加深，这意味着未来的支付缺口会越来越大，因为法国的社会强制养老金是现收现付制，以国民收入再分配的形式募集，即直接从当前劳动者收入中提取养老金分摊费，然后即可用于支付目前退休劳动者的养老金，缺口部分由财政补足。

二战结束后的那几年，法国社会是 4 个在职劳动者缴纳的养老保险费用供养一个退休人员；然而截至现在，已经变成 1.7 个在职劳动者供养一个退休人员。

此前法国政府的一份研究报告认为，如果再不改革养老金制度，到 2030 年法国养老金将出现 700 亿欧元的缺口，到 2050 年时赤字会达到 1 000 亿欧元。

延续现有的体制，出路只有两个，要么是提高在职劳动者的缴费标准，要么是用财政来弥补缺口。前者势必会打击年轻人参加工作的热情，且会造成严重的代际不平衡。后者则空间有限，因为法国政府的债务率已经达到 GDP 的 121%（来源：Data.Oecd），远高于欧盟 60% 的警戒线，仍存有较高的主权债务风险。

2. 马克龙政府的解决方案

20 世纪 90 年代开始，历届法国政府都致力于对养老金制度进行改革，但事倍功半。这与法国的社会治理传统密切相关。

法国主张社会公正的左翼思想一直很有影响力，工会组织等利益集团利用这些思想作为武器，经常策动罢工与游行等活动反对和阻挠政府的改革计划。滑稽之处在于，特殊体制下的从业者打着“社会公正”的旗帜来获取特权利益，拥有譬如提前退休、养老金按照最后 6 个月收入水平计算等优待。而且，每一次对改革的对抗，都换取到政府同意加薪等额外利益。

相比之下，德国和英国的治理传统大不一样。在英国，政府始终提倡“只有每个个人才能决定自己的养老金待遇水平”的理念，所以社会强制性养老金只是维持公民的最低生活保障和收入。在德国，立场虽与英国略有差异，但也在“我们将削减国家职能”的理念下，适当下调养老金替代率水平，稳步实现“政府责任少一些，个人责任多一些”的目标。

从大面看，英德的治理传统更强调自由社会下的公民自治，与此对应的是个人“享有自由的同时要承担个人独立的责任”的康德规范。而法国的追求更加社会主义一些，人们在享受自由的同时，还指望着“祖国，请照看我”的福利。

可是国家只是一个抽象体，自身并不能创造财富来为这种“照看”提供资金和行动，最终只能以国民收入“再分配”的手段来达成照看的目的。一部分人因“照看”获益，那必有人因此受损。所以，福利国家从某种意义上说是一个伪命题。

现在法国的养老体制到了不得不改的地步。马克龙政府提出了《法国养老金制度改革纲领》，旨在“公正、简洁、明了”的框架下推动法国养老金制度的可持续改革。

“公正”是预备用一项通行于所有在职者的“一般性缴费与领取规则”取代现行的 42 种规则。无论是私营部门还是公共部门的雇员，也包括农民、自由职业者、自雇佣者都按同样的缴费期限缴费，统一按 62 岁退休（但会新设 64 岁为基准退休年龄，提前退休的，须扣养老金积分，延后退休或者返聘的就会拿到积分奖励）。也就是说，关于“公正”的改革就是要废止前财政供养的公共部门的“特权阶层”。这不，这帮人上街了，罢工加游行。

“简洁”的改革是发力于养老金的缴纳与领取计算规则上。此前有复杂的计算累积“点数”的规则，现在则统一为在职劳动者每缴纳 1 欧元都将获得相同的点数。无论是雇主还是雇员，无论处在工作黄金期还是在做兼职的学生时代。

“明了”则还是要周全对弱势群体的保护。新制度规定每一对父母从生第一胎开始，将多获得 5% 的点数，这些点数将自动计入母亲的点数账户。对于丧偶家庭，遗属将获得两人实际养老金之和的 70% 以维持正常水准的生活。新的养老金制度还承诺低收入退休人群的养老金不会低于最低工资水平（SMIC）的 85%，不同于现行的 81%。这一项新规对于农民、手工业者、小商人及兼职人员无疑是一个好消息。

实质上，所有的改革就是围绕着降低国家强制性养老制度的责任，如降低替代率水平以减轻政府的支出压力，增加缴费年限以应对预期寿命的提升等等。同时，增加“个人为个人负责”的激励机制，鼓励个人通过购买商业化的养老保险等措施为自己的养老做更充分的筹划。马克龙说得很直白：为了确保退休群体的基本生活，必须激励人们更多地去工作。从这一代人开始。

3. 社会治理传统的演进

这次法国的大罢工到底值不值得同情呢？谁都愿意少工作，多享受闲暇，而且退休的时候最好维持和工作时差不多一样的收入水平。但是，当你少工作，多领取养老金的时候，就意味着年轻人要负重前行。所谓的岁月静好，总有人在成为代价。我们的社会寻求更好的治理方案，目的就是找到更好的平衡，而非满足某些特定利益集团的特权或偏好。

“祖国，请照看我！”这一诉求的实质是通过政治影响力运用国家的强制力来进行财富再分配，给年轻的下一代加压。这样做既不民主，也不道德。而且，会严重地破坏市场经济的微观激励机制，造成退休者和供养者的双输。严重者，甚至把国家拖入委内瑞拉式的悲惨境遇。

这次法国百万人大罢工的组织者号召——战斗到圣诞节。可以预见，混乱有可能继续。让我们拭目以待，看看法兰西民族在遇到日益激化的社会难题时，如何进化，是否能寻找到新的治理传统。这需要政府与民众的充分对话和谅解，更需要政治家在其中充分发挥领导力，凝聚共识，指引未来。只是暴力活动绝不可取，必须遭到法治的严惩，否则，未来社群活动都会挟裹着暴力。

对于中国，这也是一个镜鉴的良机，我们需要更多的智慧和勇气。毕竟生育率的下降、人口老龄化等等趋势也发生在我们的国家，可以预见未来 10 年到 20 年间，社会基本养老保险的抚养比会从现在的 2.8（人社部数据）左右进一步降至 2 以下。此外，过去 30 年为中国经济崛起的数以亿计的农民工正在变老，而他们很多人还游离在社会基本养老保险之外。

◇ **参考资料：**

《价格、收入与公共政策》,《公共选择理论：经济学在政治方面的应用》

《为什么我也不是保守派：古典自由主义的典型看法》布坎南

《法国养老金制度改革：福利社会走到尽头？》许予朋

（首发于秦朔朋友圈 2019 年 12 月 13 日）

5030 俱乐部，意大利为何不再神奇？

今天的意大利，是欧盟圈子里的著名“猪队友”。但事实上，现在人口 6 043 万人，人均 GNI（国民总收入）达到 35 227 美元（2010 年不变价美元）的意大利，仍是全世界最富强的高收入国家之一，也是“5030 俱乐部”的核心成员国之一。

跻身“5030 俱乐部”一直是韩国向往的民族梦。韩国把世界上人口超过 5 000 万、人均 GNI 超过 3 万美元的国家设定为“5030 俱乐部”，此前俱乐部成员仅有美国、日本、德国、法国、英国、意大利，直至 2018 年韩国才成功晋升为第七国。根据韩国统计厅最新发布的数据，2018 年韩国人均 GDP 达到 31 370 美元，人均国民总收入（GNI）达到 31 349 美元。

倘若抚今追古，意大利的历史里更是隐着光芒万丈：古罗马创造了极其辉煌的古代文明。古罗马在公元前 9 世纪于意大利中部兴起，600 年后征服意大利全境，再继而征服四方，成为以地中海为中心，横跨欧、亚、非三大洲的大帝国。

古罗马缔造的由元老院、执政官和部族会议（Comitia Tributa）三权分立的共和政体，是现代西方政治文明的渊源基础。直到公元前 27 年屋大维成为事实上的皇帝，罗马才转入元首专制时代，史称罗马帝国。

罗马帝国经济发达、海外贸易兴盛、城市繁荣，且文化灿烂，李维、塔西佗、维吉尔、贺拉斯、奥维德等罗马历史学家、哲学家、法学家和诗人的余晖仍在影响着世界。

公元 4 世纪的时候，罗马城内共有贵族宅邸 1 797 座，中下阶层居住的公寓楼房

4.660 2 万栋、磨坊 254 所、谷仓 190 处，另有桥梁 8 座、大市场 8 个、广场 11 个、凯旋门 36 座、自来水泉 1 152 个、图书馆 28 家、赛马场 2 个、圆形竞技场 2 座、浴场 2 座及 856 间私营小浴室。当时的罗马城，人口就超过了 100 万，而中国是到了公元 7 世纪的盛唐时期，都城长安的人口规模才与之媲美。

1. 民粹主义和“二战”笑柄

12 世纪神圣罗马帝国发生衰落，意大利地区出现了众多小邦国。这些邦国依托地中海贸易，催发了新型的经济制度——资本主义，意大利地区出现了空前的经济繁荣，这又引发了 15 世纪的文艺复兴，“宇宙星辰，皆可为诗”，以人为本观念的再次觉醒及其伴随的创造力，照亮了黑暗、蒙昧的欧洲。

这时候意大利的原住民并没有什么兴趣恢复古罗马的光辉，甚至不情愿组成统一的国家。因为原住民喜欢邦国分立而自由的状态，更向往古希腊时期的文明。但社会精英们却有不同的看法，主张民族复兴。

1）复兴的执念

1532 年，尼可罗 · 马基亚维利出版《君主论》，试图对佛罗伦萨乃至整个意大利几百年间的“政治实验和激烈变革”进行理论性总结，并提出了实现意大利统一的方案——建立强有力的中央集权国家。

但意大利统一为民族国家的梦想迟至 1871 年才实现。这一年，撒丁王国正式统一意大利地区，建立现代意义的君主立宪制的民族国家。雄心勃勃的社会精英的下一个梦想就是恢复罗马的无上荣光——重新将地中海变成内湖，在欧亚非大陆上享有举足轻重的大国地位。

为实现这一梦想，精英阶层的一个努力就是参与到帝国主义殖民竞赛当中来。1894 年，意大利人侵埃塞俄比亚，结果却在两年后的阿杜瓦战役中惨败，战死 4 000 多人，还“羞耻”地定约赔款 1 000 万里拉，成了近代唯一被殖民地打败的欧洲国家。

“意大利带着极大的胃口，却是满嘴蛀牙地来到非洲”，德国“铁血宰相”俾斯麦早就对意大利与实力不符的野心做出了嘲讽。

2）民粹兴起

意大利在对外扩张中屡屡失败，强烈的民族主义情绪蔓延全国，越来越多的民众卷入到精英阶层的强国梦中，他们需要一个强力政府，能领导意大利如同期统一的德国一样雄起。当时主张更温和的政党都无法满足这一民粹诉求，鼓吹独裁和对外扩张的法西斯主义却趁机得了势。

1922 年墨索里尼 10 月指挥“意大利国家法西斯党”军事组织——“黑衫军”进军罗马，发动暴乱并夺取政权，出任内阁总理。随后，法西斯党积极推行国家干预政策，重点发展重工业，这种动员经济资源进行集中建设的做法与苏联体制一样在最初奏效，因此，意大利的国民经济得到了一定的发展。但是，随着时间的流逝，这种准指令经济的国家资本主义开始暴露出种种弊端，封闭的“自给自足式”经济政策让民间经济活力受到扼杀，意大利经济发展出现了严重的停滞。

1928 年，墨索里尼强行终止议会制度，建立法西斯独裁统治：对内取缔其他一切政党和群众团体；对外煽动民族沙文主义，推行军国主义侵略扩张政策。这一切，都是为了阻断国内一切反对的声音，包括对经济发展失败的检讨。

3）二战沦为笑柄

1926 至 1940 年间，意大利的总军费达到了英国的 80%，法国的 97%，但同期意大利的财政收入只有英国的 24% 和法国的 42%。这严重地恶化了意大利的经济形势。1939 年，欧洲战火燃起时，意大利国内储备的钢材只够用 14 天，煤炭则是 50 天，铁矿石为 180 天。

1940 年 6 月，墨索里尼向英、法等国宣战。但意大利军队在对法、对希腊、对英在非洲的各条战线上基本没有尺寸之功。墨索里尼看中的“软柿子”希腊，竟然轻松击败了入侵的意大利军队，直至希特勒指挥德军介入才被迫向轴心国投降。

意大利最终沦为第二次世界大战（二战）的笑柄，成就了“世界战争史上最狠猪队友”的名声。据美国老兵回忆：“意大利士兵打仗不行，但排着整齐的队列走向战俘营的样子绝对是世界一流。将军带头走在队伍的前列，犹如阅兵一般。”

这个笑柄背后何尝不是世界的幸事？当德意志民族精英和民众都向希特勒效忠，主动或被动地全力投入到残酷的战争中时，意大利的将军和士兵似乎有一种别样的独立意识，对法西斯军国主义缺少认同，不甘心沦为墨索里尼野心的陪葬品。大家都以保命为先，军官捆好行李准备回家，士兵拆下机枪准备投降。

所以，无论是民族沙文主义也好，还是民粹主义也罢，带给意大利的伤痕和耻辱要远远小于德国。

2. 二战后的经济增长奇迹

二战使得意大利的工业设备损毁严重，1/3 的国民财富毁于一旦，工业生产及国民收入降低了 50% 以上，数千万人失业。在 1943 年向盟军投降之后，意大利国民的很大一部分生活物资甚至需要盟军的配给。到 1946 年，联合国救济总署共向意大利提供了大约价值 4.5 亿美元的食物、燃料等其他必需品援助。

满目疮痍之余，发展成为迫切的需求。1946 年全民公投废止了君主立宪制后，政治外交倒向美国的意大利政府大搞经济建设，确立了自由市场和对外开放经济发展路线。

1）二战后开始复苏

1948 年至 1952 年的几年间，意大利因“马歇尔计划”从美国获得了 14.7 亿美元援助。若以所获得援助占本国国民收入的比重的口径看，意大利达到 5%，高于英国的 3%、法国的 4% 及联邦德国的 2.5%。

到了 1950 年，意大利的经济发展水平恢复到战前水平，农业部门也因为新的《农业改革法》而焕发了活力。当经济开始复苏，1950 年朝鲜战争的爆发又进一步刺激了意大利的出口。

2）1951 年至 1963 年的经济增长奇迹

1951 年至 1963 年，意大利迎来了战后经济的第一个黄金时期，从一个较为落后的农业国家一跃发展成欧洲主要工业国之一。

这一时期意大利的经济增速高于历史上的任何时期。1962 年，意大利工业总产值是一战以前的 7 倍，工业从业人员占全体就业人员的比例从 1951 年的 29.4% 上升到 37.4%。工业的进展，也带动了国民收入的增长，这一时期意大利国民纯收入以年均 5.8% 的速度增长。在欧洲的表现仅次于联邦德国，被冠以“经济奇迹”之称。

经济学家认为，意大利之所以创造这一经济奇迹的主要原因包括：

◇ 自由市场释出民间经济活力。小企业是本轮经济奇迹的主要贡献者，如 1958 年至 1963 年的 5 年间，中小企业的纺织品出口增长 151.4%、家具制品出口增长了 102.7%。

◇ 对外开放的自由贸易促进了出口部门生产效率的提高。1958 年以后，意大利出口额在西欧 14 个国家贸易总额中超过了 4.7%，5 年后进一步达到 7.3%。意大利进出口在国内生产总值中的比重由 1936 至 1940 年间的 15%，提高到 1963 年的 27.4%。

◇ 外援和财政的正向积累帮助政府大量投资了铁路、公路等基础设施，改善了营商环境。

◇ 意大利南北方之间相对较大的经济落差，来自该国南方的大量廉价劳动力进入北方地区，帮助意大利制造业获得国际竞争力。

3）经济增长常态与高质量发展

1960 至 1963 年，意大利 GDP 增速为 11.7%、8.2%、6.2%、5.6%，但到了 1964 年经济仅仅增长了 2.8%。尽管 1965 年 GDP 增速恢复至 3.3%，且在随后的数年间一路上行，但基本宣告经济进入了中低速增长的常态。

到了 1985 年，意大利的经济增长质量明显改善，主要体现在几方面：

◇ 菲亚特汽车公司、奥利维蒂集团、蒙特爱迪生公司等大企业在 20 世纪 80 年代中期参与到跨国公司的国际化浪潮当中去，并取得了阶段性的成功。

◇ 能源、电子、材料、空间和生物工艺等五项技术革命也在意大利开花结果，各种创新技术在意大利企业中涌现。

◇ 出口强劲增长，意大利机器设备和时尚产业在全球范围内都很有竞争力。其中，意大利产的机床具有技术先进、灵敏度高、容易革新等特点，尤其适用于中小企业。意大利制造的皮包和皮鞋畅销世界。

◇ 中小制造业企业非常有活力，为经济发展和居民收入增长做出了杰出的贡献。1991 年，意大利 35.5 万家制造企业中，大企业只有 627 家（雇员在 500 人以上的企业），占企业总数的 0.18%，中小企业占 99.82%。部分中小企业和手工业，秉承着贵族传承、工匠精神、精工细作的意大利传统，聚集在意大利东北部和中部地区，形成了服装、鞋帽、葡萄酒、食品、家具等多个高度分工的专业化生产基地。

然而，这一进程随着 90 年代政局不稳定而中断。

4）败相初养成

1993 年，意大利长期执政的天主教民主党（1945—1993 年，该党连续占据意大利总理职位达 42 年）因腐败丑闻解体，失去了内阁第一大党地位之后，意大利政局进入了动荡不堪的年代。从此，基本上没有任何政党能拥有议会的绝对多数席位，而不得不依赖政治联盟共同执政。也就是说，为了兼顾政治联盟内不同政党代表选民的不同利益，内阁在制定政策时毫无定力，难以做出符合国家长期利益的决定。

更糟糕的是，为了稳固选票，组成联合政府的各政党都在内阁内推行讨好选民的政治主张，使得财富再分配这种短视但能讨好选民的做法成为国家政策的第一倾向，最终开始破坏意大利的经济激励基础，逐步酿成经济发展停滞的苦果。

举个现在的例子来说，新的意大利政府提议进行养老金改革，竟然是允许意大利人提前退休。这与意大利政府债台高筑且不可持续的现实完全背离。但这恰恰可以讨好临近退休的选民。

1993 年，意大利的人均 GDP 为 31 243 美元（以世界银行公布的 2010 年不变美元价为口径），英法德的人均 GDP 则分别为 28 967 美元、32 869 美元和 33 583 美元，意大利与欧洲其他三大经济体之间的差距非常有限，意大利甚至还领先于英国。但到了 2017 年，意大利的人均 GDP 仍徘徊在 35 029 美元，英法德的水平却已经分别为 42 514 美元、42 567 美元和 46 747 美元，意大利已经严重落后于其他三大经济体。

3. 跌跌撞撞的 21 世纪

1）近 20 年停滞与 10 年 3 次衰退

以世界银行公布的 2010 年不变美元价为口径，2000 年意大利的人均 GDP 为 36 180 美元，到了 2018 年人均 GDP 反而下滑为 35 391 美元。虽然该国人口总数从 2000 年 5 694 万人增长至 2018 年 6 043 万人，但这也意味着过去 19 年间意大利的 GDP 总量增长非常有限。换句话说，意大利过去 20 年的经济发展基本停滞了。

2019 年初，意大利统计局的数据显示，2018 年最后一个季度，意大利 GDP 环比下降 0.2%，此前的 2018 年 7 月至 9 月，意大利产出下降 0.1%，GDP 连续第二个季度下降意味着意大利已陷入经济衰退。此前意大利还分别曾在 2008—2009 年和 2012—2014 年两次陷入经济衰退。此次技术性衰退意味着意大利在 10 年内出现了 3 次经济衰退。

目前，形势看不到任何好转的迹象，2019 年第二季度，意大利 GDP 环比增速为 0，而前值为 0.1%。随着全球经济增长放缓预期的泛滥，意大利的情势似乎变得更加糟糕。

2）被高福利支出拖垮的国家

意大利经济最突出的问题是畸形政治现状下，政府无序的高福利支出。高福利导致了几个严重的后果，我们来一一分析。

（1）高福利破坏微观激励机制。

① 高福利措施助长了某些人的惰性，使得社会失去发展斗志。很多意大利人主张“la vita bella”（美好的生活），不需要多有钱，就可以尽情地享受生活的乐趣。现在社会福利提供的各种补贴正好支持他们去享受所谓的“la vita bella”。

② 高福利造成了代际不平衡，增加了年轻人的负担从而降低了他们努力的动机。比如意大利丰厚的养老金制度下，虽然很多老年人认为，他们现在只是在提取他们过

去被迫向社会保障制度和医疗保险缴纳费用而形成的“储蓄”，但实际上，他们提取得太多了，特别是相对于未来几代人而言。这是因为，政治家已经投票同意给予老年人历史上最为慷慨的福利。例如，有研究测算表明，现在65岁以上的美国人平均将获得32.74万美元的净终身福利的同时，现在出生的美国人将承受42.06万美元的净终身损失，因为他们将不得不努力干活，支付美国老年人留下的账单。如果年轻人不满这种状况，就不会去工作。这就是意大利等高福利欧洲国家青年失业率非常高（据OECD.Data，2018年意大利的青年失业率高达32.2%）的原因之一（原因很多，比如另一个原因是缺少工作机会，且年轻人在职场中缺乏竞争力）。

◇ 高福利导致政府高债务水平，挤出私人投资，导致经济发展条件进一步恶化。2018年意大利政府的债务对GDP的占比已经高达157%，一方面，主权债务危机始终是个悬于头顶的威胁；另一方面，储蓄流向政府部门，挤出了私人投资，导致需要大量投资推动的制造业发展受限，这导致经济发展条件进一步恶化。

◇ 畸形的政治现状制约了政治改良道路。意大利现行的宪政体系与美国有很大的不同，采用议会民主制。总理是政府首脑，行使国家行政权力；总统是国家元首，在内阁遇到执政危机时主持大局。意大利参政的党派众多，但没有谁能在议会获得绝对多数的优势。所以，往往是不同政党根据政治理念的契合度结成联盟组建内阁来实现政治领导。但这种政治联盟非常脆弱，闹翻是常事，即政治僵局是常态，党争是制约政治改良的罪魁祸首。

2019年以来，联合执政的五星运动与联盟党就明争暗斗不休。到了8月份，联盟党党首萨尔维尼突然策动向来自执政盟友的五星运动党的意大利总理孔特发起的不信任动议，逼得孔特被迫辞职，最终导致了两个政党联盟的解体。

随后五星运动党与中左翼政党民主党等党派结盟，组成新一届联合政府，总理还是孔特。这样的政治斗争插曲在近20年的意大利政坛，完全是家常便饭。

这意味很难有政治领袖或政党能领导意大利走出讨好选民的高福利政策陷阱，制定稳定国家政策以应对国家的长期挑战。

◇ 政府治理水平低下放大了意大利的经济弱点。意大利人的民族特性之一就是处事散漫，比如缺乏守时的观念，这对意大利发展商业和经济非常不利。但为了讨好选民，意大利政府基本对此听之任之，甚至会助长这些不利商业发展的习俗。

比如，公务员体系也握有大量的选票，所以公务员的不守时和滥享闲暇的恶习也得到容忍，这使得意大利政府的行政效率非常低下。2017年，欧盟成员国行政效率排行中，意大利政府部门官僚主义现象严重，排名倒数第二（最后一名是希腊）。

4. 意大利的韧性与未来

1）社会的稳定性

伊拉克战争、叙利亚战争都给意大利带去了大量的难民和非法移民。近 12 年来，意大利境内的难民数量占欧元区难民总数的 10% 以上。2014 年来，超过 65 万难民和非法经济移民登陆或试图登陆意大利。难民成了破坏社会治安、引起人权争议、阻碍经济发展的问题来源。

可正如我们观察到的那样，尽管经济发展迟缓，社会治安恶化，但意大利并没有因此崩溃，既没有发生大的社会危机，也没有造成什么人道主义灾难。

这显然得益于意大利社会吸收风险和不稳定因素的能力。话说意大利的基尼系数仅为 0.354（2015 年世界银行数据），低于中国、俄罗斯和巴西。收入不平等系数为 0.328（2016 年 OECD 的数据），在经合组织成员国中处于中等水平，低于英国、西班牙等国。

2）疑欧情绪的增长

目前意大利政坛上，五星运动党占优势，反映了意大利社会疑欧情节的增长。从某种程度上讲，脱离欧盟或留在欧盟，都不会给意大利带来任何致命的后果。英国脱离欧盟的选择，本质就是对欧盟这种过于激进的国家间联盟实践的一种担心和怀疑。从历史的大潮来看，这种怀疑和担心并不会永久地决定一个民族的命运。

所以意大利未来高度不确定的政治走向，会削弱意大利短期发展的正面因素，但不会招致任何灾难性的结果。

3）民粹主义的威胁

目前看，把五星运动党的崛起视为民粹派在意大利崛起的看法是有失偏颇的。在专事欧洲民粹研究的政治学者伊戈纳兹（Piero Ignazi）看来，为了迎合这些来路完全不同的选民，五星运动党实际采用的是一种既“后意识形态”（post-ideological）又“多意识形态”（multi-ideological）的战略。一方面，它强调自己不按传统左右站队，不受建制束缚，超越传统意识形态；另一方面，由于它的政策大多缺乏可行性，它又需要把选民的关注点聚焦在意识层面而非实务层面。

所以，五星运动党对环境和福利的主张让人想起美国的伯尼 · 桑德斯，但它对移民、欧元、普京的态度则让人想起法国的玛琳 · 勒庞。五星运动党更像是一场互联网时代的直接民主实验，最终并不一定导向民粹。民粹主义往往倾向于民族的封闭自全，反对对外开放，但互联网上关心政治的人，却很少如此。目前，意大利很少有政党的主张是反对自由市场竞争和国际自由贸易的。

4）挑战

相比之下，意大利南北差异和发展不平衡才是大问题。如今，意大利的南北贫富差距已经非常扎眼了——南意的人均 GDP 只有北意的一半，而失业率是北意的一倍。

人口老龄化也是一个大问题。据世界银行数据，2018 年 65 岁以上的人口占比超过了 23%，这使得意大利面临着一系列的人口挑战，比如养老问题，等等。

同时，长期的经济停滞使得青年失业率居高不下，远高于欧洲另外三大经济体——英法德（意大利是欧洲第四大经济体）。长此以往，必会腐蚀青年一代，造成意大利青年在全球化竞争中处于劣势。目前看，解决这些问题的起点都在政治体制改革。意大利需要一场温和的宪政进化（很可惜，有为青年伦齐领导的修宪运动在 2016 年的公投中失败），改变现在党争容易造成政治僵局的不利状况。

5. 依然令人神往的国都

截至 2019 年 7 月，经联合国教科文组织审核被批准列入《世界遗产名录》的意大利世界遗产共有 55 项（包括自然遗产 5 项，文化遗产 50 项），含跨国项目 6 项（文化遗产 4 项、自然遗产 2 项），在数量上与中国并列第一。

意大利的足球和歌剧，和过去一样，依然魅力十足。

它依然令人神往，却不再神奇。

（首发于秦朔朋友圈 2019 年 9 月 18 日）

以色列的喜怒哀愁

以色列无疑是近代最具传奇性的国家之一。自 1948 年复国至今 71 载，2.5 万平方公里的国土上从未停止过枪炮声，但经济建设也搞得很硬，2018 年人均 GDP 40 799 美元，居于 OECD（Organisation for Economic Cooperation and Development，经济合作与发展组织）成员国的中等水平（OECD 以 2008 年不变美元价计）。

以色列的科学文化很灿烂，以诺贝尔奖为例，以色列以仅占全球总人口 0.116% 的 871.24 万人（其中犹太血统 637.7 万人，占比 73.2%，中国外交部数据），却拥有 12 位出生时或获奖时为以色列国籍的诺奖得主。

犹太血统获奖者则是另外一回事，据犹太人诺贝尔网站统计，从 1901 年开始至少有 193 位犹太裔（包括 1/2 和 3/4 血统）获得诺奖，占获奖总人数的 23%。当然，这很了不起，全世界犹太血统的人加一起才 1 500 万人，占全球人口 0.2% 略多。

在其他顶级国际科学奖项中，犹太人的成就非常“恐怖”，垄断了 38% 的美国国家科学奖、25% 的京都奖、27% 的菲尔兹奖、38% 的沃尔夫奖、27% 的图灵奖、37% 的香农奖、42% 的诺依曼奖。

在非科学领域，犹太人则拿走了 12% 的诺贝尔文学奖、1/3 的普利策奖、1/3 的奥斯卡奖。

真是一个令人尊敬且震惊的高智慧民族！

1. 首屈一指的教育水平

但令人意外的是，以色列青少年考试成绩不太行。由 OECD 统筹的学生能力国际学生评估项目（Programme for International Student Assessment, PISA）中，以色列青少年的成绩一直处于中下等。

PISA 将测评内容定义为“素养”（literacy），既不同于知识，又不同于心理学上的一般能力，测评关注学生如何运用知识技能应对现实的挑战，而不是考查学生对特定课程内容和各种复杂技巧的掌握程度。

最近的一次测评在 2015 年，以色列青少年在数学和科学仅排 41 名，阅读理解则排在 34 名。

有趣的是，在 PISA 同一测试中表现最好的国家（或地区）是新加坡，其次是中国香港，这两个地方人口总数与以色列相近，所以比较起来很有意味。

新加坡和中国香港青少年 PISA 的测评成绩遥遥领先于以色列，但在成年走向社会后的创造力却要逊色得多。以色列的科学与文化水平处于大幅领先这二者的地位，成就璀璨，就能说明问题。

以色列在遗传学、计算机科学、光学、工程学等技术领域的贡献都相当杰出，同时在农业、物理学和医学上的研发成果也相当惊艳。而且，以色列的文化艺术水平相当不俗，拥有众多世界级的作家、诗人、音乐家、画家和艺术家。

以色列人非凡的创造力吸引了全球资本。据2014年瑞士洛桑国际管理发展学院（International Institute for Management Development, IMD）全球竞争力报告指出，在以色列获得风险资本的容易程度全球排名第3位，以色列人均风险投资的总量超过大部分国家，是美国的2.5倍、欧洲的30倍、中国的80倍、印度的350倍，位居全球第一。

以色列常年维持着超过7 000家初创企业，起初只有2到5个员工，却能出其不意地孵化出很多具有全球影响力的伟大企业。

世界上最早出现的即时通信软件ICQ，1996年诞生于以色列的Mirabili公司，QQ和MSN不过是后来的学习者或模仿者。

再比如，英特尔以估值153亿美元收购的Mobileye，则是全球驾驶辅助系统最有竞争力的公司之一。

据统计，2005年到2014年，平均每年有约86家以色列公司被世界巨头收购；同时，纳斯达克的上市公司中，来自以色列的企业数量仅次于美国和中国，位居世界第三。这都充分说明以色列人的创造成果取得了广泛的成功。

这一切都源于人才，源于教育。所以，教育真是很玄妙的事情。

东亚文化圈在各种考试中无往不利，所以在PISA的测评中成绩轻松地碾压以色列人，但在现实中，东亚文化圈却苦于深陷创造力不足的现实泥潭，即拥有全球最多的人口，却无力领导世界科技与文化的进步潮流。相反，小国以色列却以独树一帜的教育模式造就了全球炙手可热的人才优势，创造出惊世骇俗的物质和精神文明。

1）教育投入处于中上水平

教育不是靠钱砸出来的。根据OECD统计数据，2016年以色列公共开支在教育上的投入占GDP的4.9%，仅仅处于OECD成员的中上水平，比第一位的哥斯达黎加的6.3%，少了约1.4个百分点。

顺便提一句，2016年以色列的军费开支为164.89亿美元，占GDP的4.65%。

私人部门（家庭）对教育的投入在OECD也处于中等偏上水平，2015年（OECD公布的最近一期数据）的教育开支占GDP的1.08%。

2）轻松的中小学生

以色列《义务教育法》规定：3～18岁的儿童和青少年都必须接受免费的义务教育

（义务教育的年限总共为 11 年，等同于国内高中毕业），父母可以在世俗学校和宗教学校之间为其子女做出选择。

以色列中小学生的学业非常轻松，学习环境开放且自由。幼儿园的小朋友，不是游戏就是玩耍，小学生没有太多功课，每天下午 1 点半就放学回家。中学生也是三四点放学，很少去补习班（考试成绩不太好）。所以，以色列的基础教育非常轻松，中小学生能快乐地在玩耍中成长。

仅就个人的浅见而言，以色列的教育并不注重知识的灌输和技能的培养，而是更关注孩子内在的成长。在这个过程中，家庭、学校和社会教育三位一体发挥作用：家庭是学生的充电器，父母为孩子注入活力、希望和梦想，成为孩子受教育的源动力。社会则教授孩子责任感，教导学生担起责任，学会考虑邻居、朋友等其他社会成员的感受，进而营造和谐生活的生存本能。学校则教给学生工具，帮助学生把头脑中的想法实现——让梦想照进现实。

以色列前教育部长夏伊 · 皮隆认为：为青年人提供科学知识的培训，不是为了让他们变成更好的科学家，而是为了让他们变成更好的人，赋予他们理性思考、逻辑思维的能力，教会他们辨别真理和习惯根据事实做决定。

所以夏伊 · 皮隆眼里的好老师需要具备以下五项素质：① 要爱学生，会倾听学生的感受；② 要给每个学生话语权，让他们可以开诚布公地发表看法；③ 坚信每个人都是天才，想方设法发现他们的闪光点并加以提升，如果老师眼里没有天才，只能说明他能力不足；④ 老师必须是一个“关联者”，知道如何连接创新和财富、过去和未来；⑤ 会讲故事，数学、化学、科学等所有学科都可以是一个生动的故事，前提是老师本人得会讲故事，能把枯燥的内容说得生动。

这很有启发性。青少年时期的教育更应该挖掘“人”发展动力的道源：生命的价值、人生的意义和自我目标、高尚的道德品质、优秀的心理承受能力、达观健康的生活态度、独立思考和批判性质疑的思维、自我解决问题的意识以及终身学习的习惯，等等难以言说的形而上的软东西，而非是知识或技能的硬东西。读书再好，也不能确保幸福过一生。同样，初中就会微积分，也不能确保成年更有创造力。

以色列的教育则是输在起点，赢在终点。教育启发和强化孩子的好奇心，养成独立思考和独立解决问题的习惯，成年后进入高等教育的爆发力却十足。故而，以色列的中学生基本没有在奥数等国际大赛中取得过耀眼的名次，但却在成年后拥有更强大的创造力，成为改变未来科技、艺术和文化的领导者。

3）宗教与传统是教育出色的根本原因

以色列的犹太宗教和文化传统是以色列教育成果出众的核心原因。

首先，犹太人疯狂热爱知识。这世上估计没有哪个民族如犹太人一样深刻地领会和信任“知识改变命运”的道理。经过2 000多年的大流散，犹太人在与命运的抗争中，深刻地体会到了知识的力量。因为犹太人在流亡国经常饱受歧视性待遇，如限制拥有土地等，所以犹太人往往只能更多地依赖知识和技能来维持生计和追求发展。

历史沉淀下来的犹太宗教经典就约定，学习和钻研是信仰的一部分，是犹太人身负的神圣使命。《塔木德》说：“富翁和学者谁更伟大？当然是学者，因为学者知道金钱的价值，而富翁却常常不知道知识的价值。”宗教和传统都使得犹太人对知识有疯狂的热爱和追求。

其次，保持好奇心，探索未知的世界，是犹太人精神世界的重要传统。犹太人鼓励质疑、争辩和独立思考，老师讲的可以反驳，上帝讲的也可以质疑。而且要敢于怀疑，敢于发问。孩子放学回来，犹太人的母亲不问你学了什么，更不问你考了几分，就问今天你提了问题吗？提了好问题吗？这种传统之下，孩子更容易培养出我们念念不忘的发散性思维，不以对错为教育的终局。

再次，犹太人传统重视知识转化为生产力。犹太人形容仅有知识而无实干才能的人为“背着很多书本的驴子”，实际上就是强调学以致用，反对死读书，主张活学活用，鼓励孩子将学到的知识转变成智慧、经验或者财富。前面提到社会对教师期待的一个重要素质就是“知道如何连接创新和财富、过去和未来”。

最后，犹太人拥有自由与开放的传统。这种传统在今天继续开花结果，比如今天的魏茨曼科学研究院仍秉持着简单的管理理念：“最好的科学研究院不是因为你拥有令人惊叹的实验室和世界上最好的显微镜，而是因为你能够组织好最顶尖的科学家，并让他们自由地工作。”所以，魏茨曼科学研究院请人的方式是单纯因为他这个人而请他，而不在乎他在做什么项目，预算也是直接资助科学家，而不是资助研究项目。关键不在于方向，而在于人。这些科学家可能不知道路的方向，但他们正在铺路，值得相信和跟随。

就这样，魏茨曼科学研究院给予工作人员充分的信任和自由，让他们去做他们热爱做的事情。可结果却意外地符合社会的一般功利标准，即这所研究院成为世界领先的科学研究中心之一，成就了无数的发明专利，一年的技术转让费收入高达350亿美元。

2. 沙漠里开出的农业之花

犹太人的命运从古到今，真的很悲催。即便以色列复国之后，却仍只能拥有一片贫瘠的土地。今天，以色列实际控制的土地约 2.5 万平方千米（超过 1947 年巴以分治协议中的面积），差不多有我国台湾的 2/3 大小。但南部的内盖夫沙漠就占了一半面积，整个国内只有 20% 的土地可以直接耕种，且极不适于农业生产。这些耕地所在地气候干旱，降水量偏少，域内又没有大江大河，所以严重缺乏淡水资源。

以色列人均淡水资源约有 270 立方米（一立方米相当于一吨），不足世界人均的 3%，而干热天气导致的高蒸发量还把可怜的降水大部分还给了上帝。

但就在这样的沙漠荆棘之地，以色列人却搞出了牛气冲天的现代农业，把沙漠改造成了绿洲，创造出种种奇迹。真可谓多难兴邦。

1）滴灌技术举世无双

20 世纪 60 年代，以色列建成了全世界最早的现代滴灌系统，能节水 35%～50%，水和肥料的利用率高达 90%。依赖这项技术的普及，使得以色列农业用水总量 30 年来一直稳定在每年 13 亿立方米左右，而与此同时，全国耕地面积从 16.5 亿平方米增加到 44 亿平方米，农业产出却翻了 5 倍。

以色列的滴管技术一直在进化和发展。以一个深埋地下的简单喷嘴为例，就富含大量的高科技。首先，喷嘴由电脑自动化控制，依据传感器传回的土壤数据，决定何时浇、浇多还是浇少，绝不浪费的同时又确保农作物生长的需要。其次，为防止作物的根系生长堵塞喷嘴，喷洞周围精确涂抹专门的药剂，抑制根系生产但又将这种抑制控制在周边一个极小范围内，这确保农作物的生长不受影响。再次，为防止不喷水时土壤自然陷落堵塞喷嘴，喷水系统中平行布置一个充气系统在灌溉完毕后即刻充气防堵。最后，以色列因缺水农业使用的基本上是回收水，为防止回收水中较多杂质堵塞喷嘴，事先需要在回流罐中使用环保的物理方法沉淀杂质，并在管线中安装过滤阀门。这里的每一个细节，都足以拉开与竞争对手的差距。

综合看，以色列的滴灌技术举世无双，在全球享有极强的竞争力。

2）温室技术强悍丰产

以色列温室技术全球领先。温室结构坚固能够抵御强风的袭击，且全面智能化控制，电脑自动控制水、肥，自动调温、调湿、调气、调光，如白天降温，晚上自动升温，且能量消耗非常少。同时，温室内农产品还能高质量丰产，如柑橘，通过水分、肥药和光照的调节，结果期长达 8 个月，可分多批采摘，还不影响下一年度的柑橘挂果，无大小年之分。另一个例证是温室每公顷西红柿的单季平均产量达 300 吨，是露天产量的 4 倍。

现在以色列每年出口大约5.5万吨水果，欧洲近一半的瓜果蔬菜市场被以色列出口的农产品所占据。

3）优质种子助力全球农业生产

以色列自然条件严酷，迫使研究机构和私人公司的科学家、技术人员不断改进种子的抗病性和作物的适应能力。以色列的西红柿、西瓜、黄瓜、棉花种子技术都是世界一流。比如以色列出产的棉花种子，每0.067公顷可产优质皮棉0.37吨，可制成0.12吨纤维，从而使得每个劳动力每年产值超过10万美元。

以色列成立了世界第一个专门储存野生谷类的植物资源库，拥有8万种不同遗传基因的种子。

4）高效养殖技术

尽管以色列是对动物最友爱的国家，但动物仍是他们摄取蛋白质的主要来源。因此，以色列在养殖技术上下功夫，走精细化路线以提高供给效率而减少对动物的非必要伤害。

以色列有一个全国奶牛计算机管理系统，所有奶牛场都实行计算机联网，每头奶牛从出生后的第1次免疫接种之日起，就获得了一个在全国唯一的注册登记号码，其注册信息也会及时输入到奶牛管理系统内，每头牛每班次的个体产量以及生产性能的表现，都通过计算机自动进行记录、汇总、统计和分析。

每头牛都配有记步器，通过记录牛的运动情况来了解牛的发情及健康状况，并接入计算机进行系统分析，所有这些信息资源都可以通过网络系统实现共享，这对奶业生产的监督、指导、评价和提高起到了不可估量的作用。

这种养殖技术，与以色列水资源匮乏和耕地匮乏有关系。类似的技术也应用于鸡鸭等白羽动物的养殖。水产养殖也是沿这一路线前进，以色列GFA公司提供了一种解决养鱼场地理和环境受限的方法——用1立方米的水养100公斤的鱼。这套技术使用生物过滤器以及专门培育的细菌来治理鱼类生长的水环境，没有浪费任何东西。这种系统可以用于在世界各地养殖咸水鱼，甚至是距海洋几千英里远的沙漠，也可以实现零排放。与此类似，以色列的水产养殖基本采用的都是低污染、高效低能耗的可循环方式。

5）沙漠的农业之花

正如开国总统魏茨曼所言："只要给我们一碗水，一颗种子，这个民族就能生存！"以色列农业变不可能为可能，不但养活了自己，还是全球重要的农产品净出口国。目前，务农人员占全国就业人口不足1%（世界银行数据），平均每1个务农人员能养活

90 个人，农业生产率在全球范围排行领先。

这里提一下，容易让人忽略的是，以色列农业的发展功臣之一竟是严苛的立法和执法。以色列在节水、防止水体污染、农药残留等方面制定了比中国严苛得多的法律，而且执法相当严格，这成为倒逼农业技术进步的重要动力，促进了以色列农业科技的腾飞。

3. 以色列的经济增长奇迹

据世界银行数据，以现价美元衡量，以色列 GDP 从 1960 年的 25.98 亿美元增长至 2017 年的 3 532.68 亿美元，57 年间增长了 135.98 倍，名义年复合增长率（Compounded Average Growth Rate, CAGR）超过 9%。同期，现价美元的人均 GDP 从 1960 年的 1 229 美元增长至 2017 年的 40 543 美元，57 年间增长了 32.99 倍，CAGR 率超过 6.32%。这样的成就，丝毫不逊色于东亚韩日的经济增长奇迹。

次贷危机之后，以色列经济复苏较快，最近几年维持着中低速的稳定增长，价格基本维持稳定。

1）低通胀下的中低增速增长

2013 年至今，以色列经济增速一直相对平稳，处于 3%～4% 的中低速区间，但在 OECD 成员国中名列前茅。据世界银行数据，2017 年以色列 GDP 增速为 3.33%。同期，以按消费者价格指数衡量的通货膨胀也处于低水平，2017 年仅为 0.24%。

2）劳动参与率处于历史高水平

2019 年一季度，以色列的劳动参与率为 69.3%，处于 1995 年以来的最好水平。同期的失业率为 4.1%，也基本处于 1996 年以来的最好水平。

2010 年以来，以色列的年平均工资维持着低速提高的趋势。据 OECD 数据，以 2017 年不变美元价衡量，以色列的年均工资从 2010 年的 31 017 美元增长至 2017 年的 35 067 美元。

3）宏观审慎性维持良好

据世界清算银行数据，以色列的宏观杠杆率在 2009 年四季度见顶于 203.3%，在过去 10 年杠杆率明显下降。截至 2018 年 6 月 30 日，宏观杠杆率降至 178.4%，其中政府杠杆率为 66.2%，家庭部门的杠杆率为 42.0%，非金融企业部门的杠杆率为 70.2%。

20 世纪 80 年代开始，以色列持续地进行经济自由化改革，通过大规模私有化来肯定自由市场的价值，奉行少管制、低税赋和低福利的自由市场政策。政府收入（general government revenue）在 GDP 中的占比从 1995 年的 46%，一路下行至 2017 年的 38.6%，这个比例在 OECD 成员国中处于较低的水平，说明以色列的整体税负较低。

2017 年政府赤字收窄至 GDP 的 0.95%，在 OECD 成员国中处于中等水平（2017 年财政盈余第一国家为挪威，盈余是 GDP 的 4.9%；财政赤字最严重的国家是美国，赤字是 GDP 的 4.1%），政府的总体债务负担不重，2018 年半年末债务占 GDP 的比例为 66.2%，在 OECD 国家中处于中等偏少的水平。别忘了，这是在政府军事行动不断、军费开支不低的情况下达成的，充分说明了以色列政府精打细算的高超管理水平。

当下的以色列银行系统处于近 10 年的最好水平，一方面不良资产占比降至 2017 年的 1.29%；另一方面银行监管资本充足率达到 14.69%（国家货币基金组织 2016 年数据），这说明银行有足够的资本来吸收意外风险造成的损失。

在国际收支方面，以色列相对比较健康，2018 年的经常账户保持着 3.1% 的盈余。而外商直接投资的流入非常强劲，2018 年四季度高达 119.32 亿美元。

4. 挑战

以色列当下的经济形势不错，这使其拥有足够的空间和弹性去面对国际经济形势的变化。但内外隐忧都很重，主要体现在外部的军事冲突与内部的社会分化上。拿社会分化来讲，以色列的贫困率高达 17.9%（OECD 公布的 2017 年数据），在有此数据记录的 OECD 国家中居第一位（第二位是美国，17.8%），而贫困主要发生在非犹太裔的族群当中，军事冲突是造成这种状况的重要原因。

关于以色列的若干随想。

1）民族和解阴霾下的心灵冲突

复国之后，以色列就一直处于高度矛盾的国际关系之中。以色列是唯一一个切实受到威胁的中东国家。这使得以色列面临越来越严重的道德和价值观冲突。

尽管以色列人高度尊重生命，无比珍视人的价值，但因为军事占领的需要，这种观念就要分裂，变为双重标准，即对自己的公民是一套，对冲突的对方又是另一套。

可叹的是，这种困境是双方的，不可能依赖其中的一方就可获得解决。到目前为止，中东人民——穆斯林、基督徒或犹太人等似乎根本没有找到一种和平共处的可能和办法。

因此，巴以冲突短期没有止息的希望。这意味着以色列似乎难以摆脱目前的恶性循环，军事占领是为了消除威胁，而威胁又不得不强化军事占领。

民族和解的前路上的浓重阴霾，已成为以色列人心头和生命的不可承受之重。越来越多的以色列人为新以色列的复兴感到不安，他们怀疑自己是否还属于一个犹太国家（犹太国家不应该是凶横好战的），甚至禁不住怀疑以色列的前途。

社会精英和普罗大众都开始留意除以色列之外的机会，尽管他们爱这个国家，但24小时四面受敌的威胁，心灵饱受道义的煎熬，越来越难以承受，离开也不失为一种选择。对此，从2013年开始，以色列人幸福指数连年下滑从侧面提供了一种印证。

2）军事冲突下的国家脆弱性

生物学认为，长期的应激反应会导致生物的“心身疾病”，一个国家亦然。以色列三面受敌，不断地遭到外部导弹、军队和武装的袭击，会造成国家的某种脆弱性。近来，以色列与叙利亚又在动武。

以色列是推崇言论自由的国家，对巴以冲突这个核心而持久的议题，以色列舆论一直不乏抨击政府占领政策的声音，不乏对巴勒斯坦人苦难的同情。

但最近几年，以色列温和力量逐步退潮而右翼力量呈现压倒性态势，过去的左右相对平衡的媒体格局明显变化。民族情绪更加强烈，判断更加偏激和强硬，但这却是一种脆弱化的表现。

因为对于现代社会而言，民族之间的冲突，和平是唯一的出路。难道还能以种族屠杀以求肉体消灭对方吗？拒绝和平就意味着拒绝理性的未来。

现在的情势，非以色列国民之福，也非全球人民之福。

3）滚滚向前的历史红尘

在滚滚的历史红尘中，只要保全生命，万事都可周全。犹太人流散2 000年之后，在被希特勒残忍地屠杀数百万之后，仍能复国，就是明证。希望双方民族的政治家们能以大智大勇，凝聚共识，大破大立，实现中东地区的永久和平。犹太人和阿拉伯人，值得拥有一个光明的未来。

（首发于秦朔朋友圈2019年6月5日）

金丝雀韩国真的脆弱吗？

说起韩国，国人往往被一种莫名的优越感和酸楚的感觉支配。

优越处则曰老大帝国，昔日作为朝鲜王朝的宗主国，清廷派往朝鲜年仅23岁的袁世凯就能定夺整个朝鲜的局势，混得风生水起而予取予求，何其痛快。这是国人容易站到汉武帝角度思考问题（谌旭彬语）的缘故吧。

酸楚处则是这个国土面积10万平方公里和总人口5 147万（这一规模类似我国浙江：面积10.2万平方公里［全国排名第25位］，人口5 400多万［排名第10位］）的蕞尔小国，居然在二战之后通过经济发展超越了中等收入国家陷阱，成为人均GDP 2.6万美元（2017年数据）的高等收入国家；而且，在经济、文化、体育等事业上光芒万丈，不仅有三星这类巨无霸的世界级企业（国内似乎只有华为能与之抗衡），在近5届奥运会上基本都在前十位，伦敦奥运会甚至闯入前五；更有若干如《来自星星的你》等影视剧一度霸屏中国银幕，惹哭了全国的多情男女，韩流韩风流行于全球（在国内更是火爆一时），哪里还有过去积贫积弱的样子。

今日的韩国不可小觑，已然傲立于世界民族之林。作为亚洲系列的第四篇，请跟笔者一道细细品来。

1. 韩国经济发展历程

1）二战后的重建与原始积累

二战前，韩国就是一个典型的农业国家（日本殖民时期，朝鲜半岛按南农北工的部署发展，因此战略工业基本在北朝鲜，南朝鲜则是靠农业立国）。战后，满目疮痍之下百废待兴，韩国处于缺衣少食的绝对贫穷之中。这时候美国人的友谊发挥了作用，在帮助韩国训练和武装军警之外，美国NSC8-1/2号两个文件分别批准1949年和1950年向韩国提供1.85亿美元和1.92亿美元的救济和援助资金，还配套了一个为期3年的技术与经济援助计划。

但随着朝鲜战争爆发，整个朝鲜半岛又堕入深重的灾难之中，泡菜坛子都基本碎干净了，彻底地混到一穷二白。之后，韩国在1953—1962年花了10年时间进行了经济重建，农业恢复稳定，继续发展，韩国才能有了内生性的原始积累用于发展现代工业。其中，外援的作用不容低估。据韩国银行统计，到1960年代末，韩国累计接受了29亿美元的西方国家援助，美国的粮食援助还让人们免于饥荒的死亡。

同期，韩国的教育事业得到发展，人口素质显著提高。1945年韩国人的识字率仅为22%，1961年上升到71%。

2）朴正熙时代的五年计划

军人朴正熙1961年5月16日发动政变推翻当时的民选张勉政府，通过规定总统终身制的《复活宪法》，总共执政 18 年，直至遇刺身亡。其间，朴正熙秉持“受政府指导的资本主义经济”理念制定了若干雄心勃勃的五年经济发展计划（1979 年，朴遇刺死于第四个五年计划的执行过程中）。

第一个和第二个五年计划的核心是在国内实施管制型市场经济，压制消费，重视储蓄和投资，利用工农业产品价格的剪刀差以及城乡二元结构调用税收优先建设城市，薅农业的羊毛来为工业积累资本以重点加强发展有比较竞争优势且略有规模的纺织、印刷等轻工业，再用这些初级产品出口赚取外汇。而积累的外汇主要用于购买资本品（机器设备、生产流水线）发展重化工业以图实现赶超。对外则实施贸易保护，阻止外国消费品的进入。

1968 年韩日邦交正常化给韩国带来了机遇（这是和平的国际化的第一个小甜头）。日本投资商的 FDI 不仅带来了工厂和技术（欢迎 FDI，但不欢迎进口），还为韩国本土培养了工程技术人才和市场经济人才（因为日韩文化易于沟通，韩国人更容易学习日本人经验）。1969 年，三星电子成立，起步的业务是进口索尼的零部件后组装家电。

这十年间，韩国的 GDP 从 1962 年的 262.13 亿美元增至 1972 年的 692.57 亿美元，增长了 2.64 倍，年复合增长率为 10.53%。人均 GDP 从 1962 年的 988.70 美元增至 1972 年的 2 067.05 美元，增长了 2.09 倍，年复合增长率为 7.65%（见图 1）。

尝到政府指导与资本主义结合的甜头之后，三五和四五计划时期，韩国政府建设的重点转向战略重工业：钢铁、造船、化工。计划讲究宏大叙事，目标高远。第三个五年计划进行得比较顺利，第四个五年计划却发生了挫折，GDP 增长在 1979 年大幅减速，从上年的 9.10% 降至当年的 6.99%，1980 年更是出现了 3.22% 的负增长。

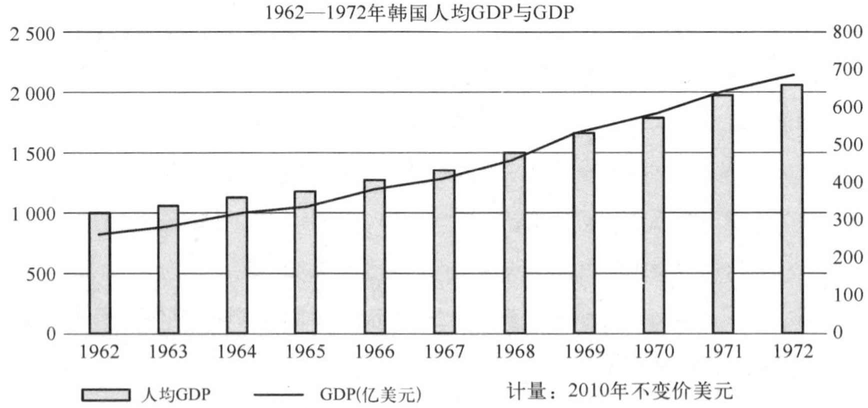

资料来源：世界银行

图 1

这次衰退的主因就是政府有形之手过于活跃，在政府的指导下，企业出现过度投资，尤其是很多国有企业在重工业领域进行了大量的投资，而这些投资后来被市场验证属于低效或无效投资，成为经济衰退的主因（部分原因是两伊战争引起石油危机带来的外部冲击）。

但这十年间，韩国经济成长的成就也不差。韩国的 GDP 从 1972 年的 692.57 亿美元增至 1982 年的 1 511.80 亿美元，增长了 2.18 倍，年复合增长率为 8.12%。人均 GDP 从 1972 年的 2 067.05 美元增至 1981 年的 3 904.12 美元，增长了 1.89 倍，年复合增长率为 6.56%（见图 2）。

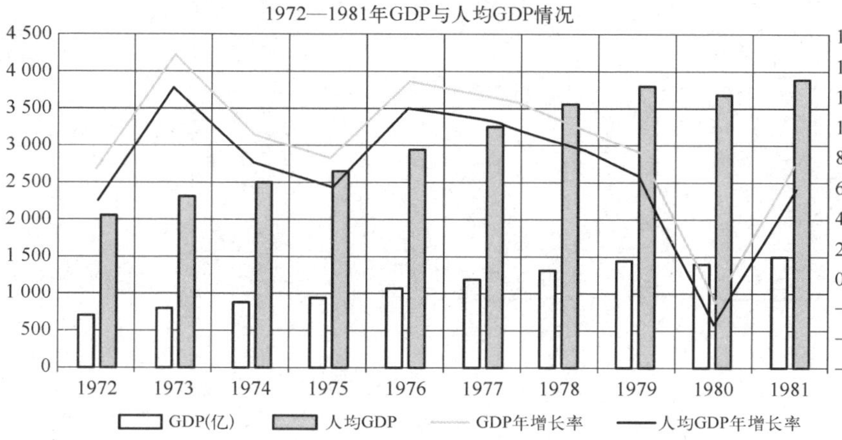

资料来源：世界银行

图 2

3）1982—1992 年的黄金 10 年

经历了 1980 年的负增长，韩国对经济政策进行了调整，跟随着美国里根和英国撒切尔经济自由化改革，主要是两大内容：

一方面是国退民进，国有企业退出竞争性产业领域。除了公益性领域，20 世纪 80 年代政府原则上不再新出资或投资新国有企业，即不增加新的国有股权。1987 年 4 月进一步推出国有企业民营化计划。另一方面是尝试在国有企业中建立现代企业制度，1984 年 3 月颁布《政府投资机关管理基本法》，给国有企业松绑，实行自主经营责任制。

1982 年税制改革，韩国政府降低了企业和个人所得税的名义税率，减轻了纳税人的税务负担，刺激了经济增长。横向比较，以税收对 GDP 的占比来看韩国的宏观税负水平在20世纪80年代中后期一直低于同为亚洲四小龙的新加坡，更低于高收入国家英国。德国战后轻徭薄赋的税收传统在西方高收入国家中是独树一帜的（韩国政府在经济起飞期少征税少负债少花钱还是值得赞美的）。

在这10年间，韩国的GDP从1982年的1 636.75亿美元增至1992年的4 251.89亿美元，增长了2.59倍，年复合增长率为10.01%。人均GDP从1982年的4 161.98美元增至1992年的9 719.06美元，增长了2.34倍，年复合增长率为8.85%。这个阶段与中国1998年至2008年的黄金增长十年情况非常类似（中国的GDP从1998年1.92万亿美元增长2.63倍至5.04万亿，年复合增速为10.10%），中国的经济增长奇迹与日本、韩国以及二战后迈入高收入国家群体的经济体相比也并不出奇（见图3）。

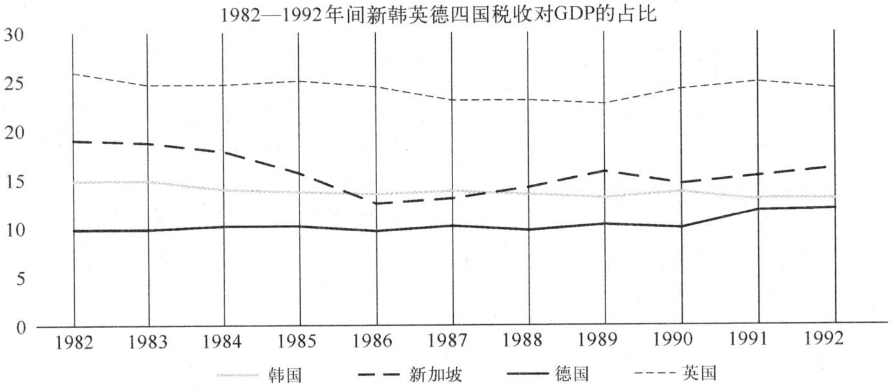

资料来源：世界银行

图3

4）1992年至亚洲金融危机时期

经历了长达10年的经济景气增长周期，韩国经济潜力得到了充分挖掘，实体的商业机会近乎穷尽。但在信心和欲望的刺激之下，韩国政府与民众仍对经济增长抱有极高的期望，所以政府应对经济增速下行的主要措施是实施宽松的货币政策来刺激增长。

宽松货币政策刺激成了主要的手段，这时候国际上的金融形势也特别有利于韩国的借贷：

一是日本经济陷入不景气，日本央行降低利率以刺激经济，韩国金融和工商企业能相对容易地借入便宜的日元；

二是因为1990—1994年间美国和欧洲经济不太景气，国际资本流向对曾保持高增长纪录的韩国有利。这阶段，韩国居民和企业部门（非金融企业）的债务快速攀升，以远高于GDP增速的速度增长。

对比自由市场的老师美国，可以发现在1991—1998年，尽管韩国的宏观总杠杆率低于美国，主要是因为韩国政府债务很少的缘故（韩国政府在经济起飞期不乱花钱是非常好的惯例），但韩国企业部门的杠杆率上升过快，远远高于美国的水平。这就导致了金融危机的降临。因为从债务的角度，国家债务的可持续性更强（相比个体企业，国家凭借主权更容易借新还旧），而企业的债务会直接增加财务的脆弱性，一旦无法按约定偿付本息，就会成为银行的不良资产，引发连锁的金融负面反应（见表1）。

表1　1991—2000年韩美杠杆率对比

年　份	1991	1992	1993	1994	1995	1996	1997	1998	1999	2000
韩国宏观杠杆率	130.90	135.10	139.50	143.30	144.10	153.20	169.70	171.50	157.90	151.60
美国宏观杠杆率	187.90	185.70	188.30	182.60	188.50	186.50	186.50	189.30	186.80	186.10
韩美差额	(57.00)	(50.60)	(48.80)	(39.30)	(44.40)	(33.30)	(16.80)	(17.80)	(28.90)	(34.50)
韩国政府部门杠杆率	7.10	6.90	6.50	5.80	5.10	4.70	5.80	8.30	9.50	9.70
美国政府部门杠杆率	65.70	67.50	70.40	64.30	68.20	65.50	64.20	62.40	55.20	51.30
韩美差额	(58.60)	(60.60)	(63.90)	(58.50)	(63.10)	(60.80)	(58.40)	(54.10)	(45.70)	(41.60)
韩国居民部门杠杆率	43.10	45.00	45.40	47.30	46.80	48.80	51.00	47.20	46.20	50.60
美国居民部门杠杆率	62.20	61.80	62.40	63.10	64.40	65.40	65.60	67.10	69.00	70.60
韩美差额	(19.10)	(16.80)	(17.00)	(15.80)	(17.60)	(16.60)	(14.60)	(19.90)	(22.80)	(20.00)
韩国企业部门杠杆率	80.00	82.30	86.10	88.80	90.40	97.00	109.50	111.30	98.60	89.30
美国企业部门杠杆率	59.90	56.40	55.50	55.10	55.90	55.60	56.80	59.90	62.60	64.20
韩美差额	(20.10)	(25.90)	(30.60)	(33.70)	(34.50)	(41.40)	(52.70)	(51.40)	(36.00)	(25.10)

资料来源：世界清算银行

所以，当韩国朝野陶醉于他国无法与之比拟的经济增长潜力的幻象之中时，金融危机已经迫近。事后世界清算银行的经济学家发现，信贷缺口为正就需要警惕“信贷相对繁荣”可能累积的系统性风险。回过头来看韩国在亚洲金融危机爆发之前，信贷的正缺口一直在增大，隐含了金融危机的信号。

有一个非常资深的经济学家，后来的诺贝尔奖获得者克鲁格曼则在事前就预见到了这种情况，他警告韩国依赖债务扩张带来的潜在风险，认为这种“投入驱动型增长”的模式难以持续，很容易受到副作用的反噬（即“危机的洗礼”）。克鲁格曼运用的分析工具是全要素增长率（Total Factor Productivity，TFP），他发现东亚国家的经济增长主要靠劳动力和资本（债务为资本融资）等要素的投入来实现高增长，但劳动生产率没有改善，当此前要素的投入难以为继就将直接面临危机的威胁。而资本的回报无法满足股东或债权人索要的必要报酬率就是触发这种投入模式中断的情形之一。

从世界大型企业联合会（Conference Board）发布的数据看，韩国 TFP 的增速出现多次负增长，所以也在克鲁格曼的预言之内。

如果同时满足信贷正缺口高于 10%，且 TFP 增速恶化的情形，那么就需要足够警惕了。虽然国内的经济基本面依然强劲，但却受到了这两个指标的同时预警（见图 4）。

1996 年亚洲金融危机爆发，韩国也是重灾区。

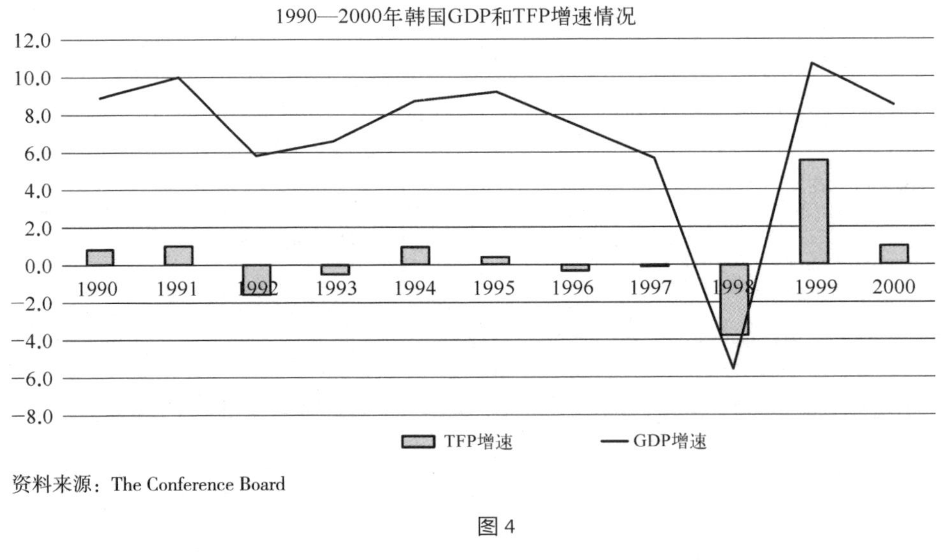

资料来源：The Conference Board

图 4

5）亚洲进入危机触发的经济自由化改革

1996 年 12 月 13 日，韩元对美元的汇率降至 1 737.60：1，对比 1996 年官方汇率 804：1，降幅超过 100%，当月韩国外汇储备仅剩 50 亿美元，不但无力维护汇率，而且无法满足对外支付的基本需要。1996 年韩国的贸易赤字高达 177.5 亿美元，每个月的进口高达 108.1 亿美元，其中当时韩国须从外国输入生活必需食粮，一年要花费 120 亿美元。可以说，没钱买粮食了，而且工商企业还要偿还大量的外债（据估计 1996 年 12 月当月企业部门的到期债务就超过 100 亿美元），如图 5 所示。

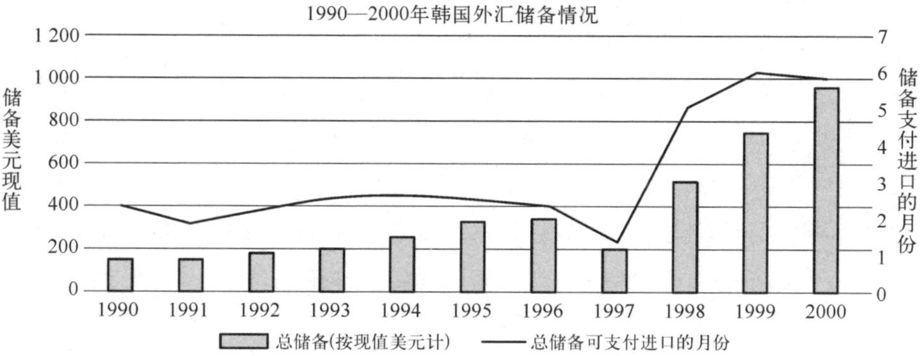

资料来源：世界银行

图 5

这时候的韩国真是窘迫。处于同样困境的俄罗斯宣布停止对外偿付外债，包括政府所欠的债务，这引发了一连串的金融危机，其中就包括长期资本公司的破产倒闭。对于战后重建在经济发展中逐步建立起强烈民族自尊心的韩国人而言，是难以接受的。为此，举国上下多方筹措美元还债，其中的一个壮举是，200 多万韩国人自发捐出总额高达 10 亿美元的黄金。关于韩国老妇人和新媳妇含泪向国家捐献黄金首饰的新闻报道广为流传。

10 亿美元的黄金只能反映民族气概，但不足以满足对外支付的要求。韩国被迫向 IMF 紧急申请援助贷款。而 IMF 提出的条件就是要求韩国进行彻底的结构性改革。改革从两个大方向着手：

一个方向是改革政府职能，其全能型政府向有限型政府转变，由管理型政府向治理型、服务型政府转变。在加强立法管制之外，加强金融和经济的自由化程度，使市场在资源配置中起决定性作用。

另一个方向是改造经济的微观系统，破除“裙带资本主义”和政府管制下衍生的“道德风险”。当时韩国的“裙带资本主义”主要体现为某些阶段“商界和政府通过合作使国民福利最大化”（克鲁格曼语），在经济发展的某个阶段这种合作可能有利于一国的经济发展，但随之也会造成监管不力和贪污盗窃等“道德风险”。比较典型的就是韩国的财阀企业不受财务纪律和预算的约束大规模举债（只想着债务扩张，借新还旧，没想过通过经营活动创造的自由现金流来偿还债务），本质上是不谨慎的微观行为绑架公共利益。当债务难以为继的时候，最终只能把金融系统拖垮了，然后等着政府动用纳税人的金钱来偿还。

韩国破旧立新的改革措施具体包括：

◇ 修订完善《证券交易法》《企业破产法》等，清理亏损严重的金融机构和僵尸型工商企业。

◇ 责令偿债能力发生不可逆恶化的财阀破产清算，前 30 家大财阀有半数因为金融危机被迫走上了破产、清算和合并重组的道路。以上这两个措施实际上废除了任何形式政府信用担保，让市场来决定企业的生死，完成了企业经营成败与政府的脱钩。

◇ 设立“金融监督委员会”，按现代金融监管框架对金融机构实施严厉监管。同时，政府不再干预金融机构的经营行为，取缔既往的指导信贷投放等窗口模式（1972 年 8 月，韩国政府颁布《关于经济安定与成长的紧急命令》，对企业进行救济，展期企业债务，并强制将此前个人借给企业的资金转为低息贷款或直接投资，避免信用风险暴露。政府背书在一定程度上鼓励企业加速负债，加剧了经济系统的脆弱性）。

◇ 修订完善《公司法》等法规以改善企业的治理水平，要求企业提高财务信息的透明度和可靠性、保护企业少数股东利益（以防止控股股东一股独大过度举债等破坏公司长期价值的行为）。

◇ 对外国投资者完全开放市场，包括此前开放步调迟缓的金融市场，外资在银行、保险等领域持有股权都不受任何限制。

◇ 经济制度进一步自由化，包括汇率自由浮动、市场准入法制化等。

◇ 采用法治化追究政府官员与财阀之间的舞弊行为，减少政府的不当干预和越权干预，从严治理“裙带资本主义”。直到今天，这个动作还在延续，前总统李明博和朴槿惠的受审就是韩国朝野对“裙带资本主义”毫不妥协的斗争。

这些措施没有一项不带来巨大的社会痛苦。其中企业破产带来的失业问题就给政府带来了严重的冲击，失业率从危机前1995年的2.05%，一路飙升至1998年的6.96%。24岁以下青年人的失业问题更加严重，1998年这个失业率达到创纪录的15.46%，大学生毕业找不到工作的比比皆是。

这时候政治家体现出了主心骨的作用，展现领导力以凝聚人心，抗拒恐慌。时任总统的金大中先生悍然发表“丢三保七”的言论：主张丢掉30%的工人的工作，保70%的工人就业，这种以市场导向的决定却赢得了民众的支持。他签署法令限制财阀、强制经营不善的金融和工商企业破产，压根就不畏惧既得利益阶层的仇视。

其中另一个代价是向金融系统注资，以政府财政资金、民间资本、外资等多种渠道累计向金融系统注入了155万亿韩元以帮助消化不良贷款的同时确保商业银行能达到巴萨尔协议要求的资本充足水平，1997年底韩国的信贷市场价值为899.9万亿韩元，相当于信贷总额的17.22%，也相当于当期GDP的530.3万亿韩元的29.2%。因为外资帮助处置不良使得外资在银行系统的股权占比从1997年不足1%增加至2004年的30%；政府的债务从1997年底的34.1万亿韩元激增至2001年底的69.2万亿韩元（这不是政府开支的全部代价，对金融系统不良资产处置产生的支付义务一直延续多年）。当然这些措施都是值得的，敏捷出清金融机构不良贷款，避免信用内生性紧缩的恶性轮回（这和伯克南在次贷危机中的处置方案是完全类似的）。

不破不立，破旧才可立新。韩国1999年起经济开始反弹，焕发出新活力。2001年底金融系统的不良贷款比例从危机爆发时的20%下降到了3%左右。1999年韩国GDP摆脱亚洲金融危机的负面影响恢复增长。

6）危机后时代

现如今，韩国已经成功跨过了中等收入国家陷阱，进入了高等收入国家行列（2018年世界银行设定收入划分阈值为人均GDP高于12 055美元）。别小看这个成就，高收入国家俱乐部的格局在19世纪形成，至今仍然是西方自由市场经济国家为主。二战后像韩国这样从低收入组别进入高收入组别的国家屈指可数。

危机后，韩国人均GDP从1998年谷底12 652.35美元增长2.06倍，达到2017年的26 152.03美元，年复合增长率为3.89%（见图6）。除了1998年GDP增速出现报复性反弹之后，韩国的经济增速下降至中低速水平，2008年之前尚围绕5%的中枢上下波动，2008年之后GDP增速基本降至3%以下（因为总人口正增长，所以人均GDP的增速一般都慢于GDP增速）。

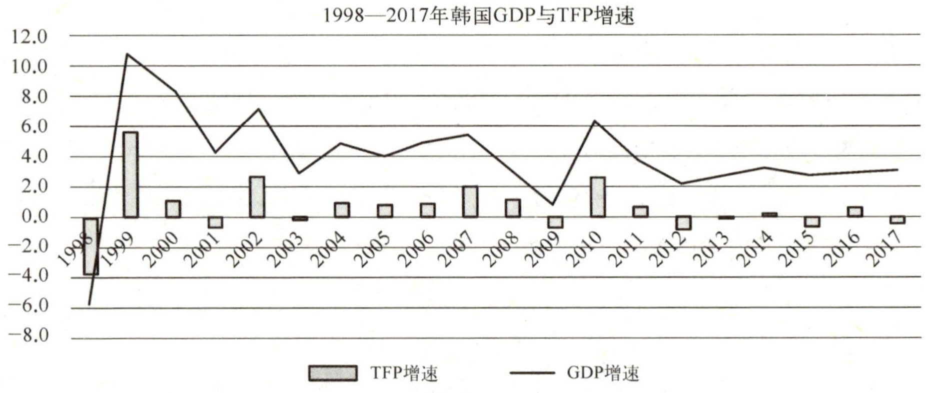

资料来源：The Conference Board

图 6

2018 年 5 月 8 日韩国银行（即韩国央行）发布了一份名为“增长潜力下降原因分析：以生产率为中心”的报告认为：韩国在经济危机之后比危机之前年平均生产率下降了 2%，与 OECD 的主要国家相比处于最低水平。而该报告给出的政策建议是，如果能以减少对市场干预为目标，通过政策性的努力还是可以改善和提高生产率的。同时，报告认为韩国知识产权保护等与开发研究有关的制度性的环境仍旧没有达到发达国家的水平，并强调“应为保护知识产权做出更多的努力”。

作为成功摆脱中等收入国家陷阱进入 OECD 的后进国家而言，韩国制度仍在强调自由市场化改革，强调知识产权保护，充分说明市场经济的建设和进化，任何国家的努力都永无止境。这对我们何尝不是一种启发？

7）韩国亚洲金融危机的启示

以史为鉴，值得深思：第一，依赖债务扩张的经济增长更容易是低效率的，可能会引发系统性金融危机。一旦危机发生，代价会非常高昂，韩国为亚洲金融危机付出的显性代价，光是救助金融机构就付出了 GDP 的近 30%。美国次贷危机的代价更是难以估量，其中最难估计的是反危机的货币政策带来的潜在后果。第二，遇见危机并不可怕，代价一旦明了，社会各阶层分摊即可，更可怕的是为了抑制危机付出的潜在代价。第三，所谓危机，即是危中有机的福祸转换论，背后需要切实的行动。唯有经历危机后，越发确信自由市场的力量，以市场化改革来实现进化，才有机会避开中等收入陷阱。

2. 韩国的社会挑战

1）养老问题的挑战

21 世纪以来，韩国遇到了诸多新挑战。主要的挑战来自老龄社会的威胁，2009 年韩国 65 岁以上人口占比首次超过 10%（达到 10.3%），预估 2018 年该数字将超过 14%，正式跨入“老龄社会”。

《朝鲜日报》称，2017 年韩国新生儿数首次低于 40 万。相比之下，死亡人数达到新高，约为 28 万人。2017 年 12 月还出现了单月人口负增长，人口零增长乃至负增长的威胁越来越大。

但从老年抚养比数据看，韩国的压力并不大。日本和德国的老年抚养比更高，但社会承受的压力较低，韩国却面临着很大挑战（见图 7），其核心原因在于 1982—1992 年的黄金十年增长期，韩国充分释放了人口红利，却对养老制度缺少安排，有些难以适应而已。

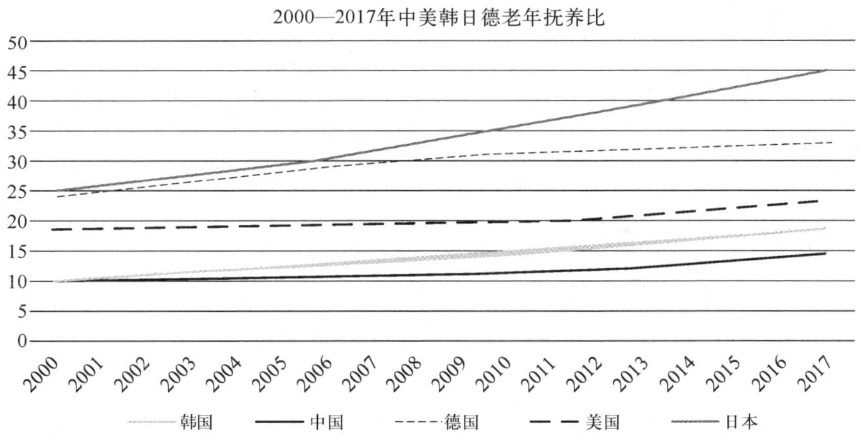

资料来源：世界银行

图 7

这种安排不是指由国家提供充分的养老保障，因为国家通过税收或收取养老保险以现收现付的方式提供公共养老保障，本质上是对财富进行代际转移再分配，这种再分配是在全球范围内中高等收入国家低出生率的新常态，变得越来越不可持续：① 后人增速减少，要薅羊毛也不容易；② 鼓励生育也未必合适，一是涉及公民的自由选择权，二是不可能用更多的人口来解决人口老去的问题（从既有的物质守恒定律看，地球承载生命肯定是有容量的，通过人口增长来抚养老去的人也未必可以持续，不可能把所有的问题都甩给更有智慧的后人）；③ 引入外来移民可以阶段性地解决全球人口结构性的不平衡，并削平国家间居民收入不平衡的鸿沟，但随之而来两个问题：一是移民的输入国，可能要损失高素质的人口，这原是本国经济发展的有利因素；二是移民输入国的适居人口总数是有限制的。

德国作为老龄化程度居欧洲第一的国家，从施罗德政府开始的选择主要是缩减公共养老保障的福利水平以激励个人对养老的整体安排。因而默多克政府在最近五年才能连续得以实现财政盈余。如果福利开支不断增加，对于德国这种抚养比不断攀升的国家而言，财政的支出可能会加速增加，带来巨大的压力。但德国政府之所以有财政盈余，总体还是拒绝向高福利低头的原因。说到底，自由的个人自立自决，非必要时，政府不能动用公共资金来提供福利。其实，日本在老龄社会中艰难恢复，也是得益于类似的选择（包括削减共同退休金、推迟退休年龄等）。否则，很容易陷入为了社会福利而增税，经济增长乏力，经济增长乏力而税收无法达到预算要求的恶性循环。

2）韩国的福利政策选择

目前，实行福利制度的一些国家社会福利支出过多而陷入了财政危机，有些国家不得不减少甚至取消福利的承诺。究其原因，主要是社会福利支出压制经济增长（高福利需要高税收，很容易破坏经济发展的激励机制），因此，韩国提出的目标是建立符合均衡福利国家特征加韩国社会特征的“韩国式福利经济模式”构想。

这是基于以下几点现实：① 韩国政府的福利支出还有提高的空间。2018 年 OECD 的 35 个成员国的社会福利支出占 GDP 中位数为 20.1%。而韩国以 11.1% 排倒数第三。所以尽管韩国从次贷危机之后不断增加福利开支，但仍处于 OECD 的较低水平，有适当提升的空间。另外，它的政府杠杆率处于 OECD 的较低水平。② 社会福利有提高的必要性，尤其是养老支出。从社会公平的角度讲，作为当下对福利最渴求的一代人恰是韩国经济腾飞期黄金十年做出贡献的那代人。当时政府压低工资和养老缴费，导致这些人的养老积累不足。

对于韩国来说，社会保障的基本国策基调仅限于保障基本生活，提供“救穷救急”的救济措施，而不是高福利的温床。这很值得肯定。但即便如此，据中国税务总局的研究估计，维持现有社保制度下，到 2060 年韩国的国民负担率（占 GDP 比例）将达到 40%，而 2016 年这个数字只有 26.5% 左右。这种税负让人感到非常不安。事实上，韩国的人口结构上的压力并不比中国高，中国更需要未雨绸缪。

3）南北统一的民族梦

长期以来，韩国政府一直保持着极低的债务水平（见图 8），其中一个目标就是旨在为南北统一提供财政空间。在韩国政府的设想中，南北韩统一时的北韩开发费用及福利费用，每年要消耗 GDP 的 5%～6%，需要筹措 20 年以上。这还是令人肃然起敬的。

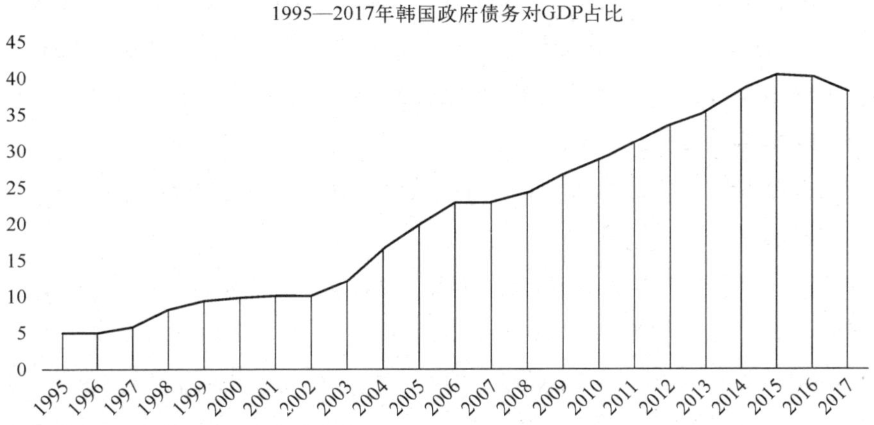

资料来源：世界清算银行

图 8

3. 结语

因为韩国的出口商品从石化产品到电子产品等种类覆盖了国民经济的各个部门，与中国、美国、日本等贸易大国联系密切，就好像旧时用于检测矿井空气质量的金丝雀，所以韩国的出口数据往往被称为世界经济的“金丝雀”，其出口的波动往往被视为检验全球贸易情况的风向标。

2019 年开年，“金丝雀”指数表现不佳，1 月份出口同比下降 5.8%，2 月份降幅扩大至 11.1%。这暗示着 2019 年将是全球经济更加动荡的一年。

但韩国本身并没有太多担心。这是一个政治开明稳定、法治日渐透明的国家，有记录的基尼系数在 2012 年是 0.316，社会具有高度的稳定性，即便经济增长受到挫折，但不会对国际社会带来什么负面冲击。

相反，我们需要从韩国这个蕞尔小国的镜子里，思考更多。

（首发于秦朔朋友圈 2019 年 3 月 22 日）

不靠儿女不靠房，养老到底靠什么？

虽然卸任摩根士丹利首席经济学家多年，斯蒂芬·罗奇仍然是华尔街最具影响力的学者之一，也是最理解中国的经济学家之一。亚洲金融危机之后，罗奇预言中国将崛起成为新领袖国家，这个观点在全球对亚洲信心崩溃或不足的时候，显得格外独立不群。

后来中国用黄金增长 20 年的事实验证了这个预言，为罗奇赢得了全球性声誉。其中起到关键作用的是罗奇预言运用的分析框架和逻辑具有深刻的洞察力，为世界开启了认识中国的通道。

近日，罗奇谈到中国的养老问题，他认为中国人养老不能靠儿女，也不靠房子。“从人口统计学的角度来看，如果中国再不完善新生人口和退休年龄政策，那么 20 年后中国可能会重蹈日本覆辙”，他提出的对策是“如果每个家庭比现在多生育孩子，那么还有可能扭转局势”，又或者“提高退休年龄，也有助于提高中国公民的生活质量，避免走上日本老路”。

20 年后，正是 70 后和 85 前的“中生代”进入养老期的时候。60 后及更长者不用过度担心养老的事情，因为社会传统和社会保障体系仍能提供适当的庇护。85 后还能指望等着人口结构向有利方向改变，等待生育率提高后抚养压力降低。最苦的就是中生代，首当其冲。哪怕天天为生存焦虑，为成长焦虑，中生代现在还得再多一份焦虑事儿，为养老从长计议。今天就来讨论一下 35 周岁至 50 周岁人群的养老问题。

对于“中生代”来说，养老实际是两个问题：

第一个问题是生活方式的选择问题。在中国的传统观念里，子女有赡养老人的义务，但这在未来变得不可持续。至少我目测自己的儿女在现代观念熏陶之下，珍视自我独立的生活，赡养绝不意味着一起居住并照看起居，这就无法免除自己“失能”后老无所依的风险，也不能指望老来儿女相伴不寂寞。所以，老了选择独立自住，还是去养老院，都要求自己构建并接纳与我们父母辈不同的生活方式。

在内心深处，我同样期待着独立的生活，时常小聚含饴弄孙可以，但“保姆式”地照顾孙儿辈，我是万万不肯的。老来一身轻，自由自在，殊为难得，理应分外珍惜，何苦再为儿为女操持孙子辈。

第二个问题是养老的融资问题。老了，只要还能睁开眼，照样离不开钱。生活开支需要钱，医疗保健需要钱，方方面面离不开钱，生活质量很大程度上依赖于钱的多寡。养老的资金来源还是要靠自己为主，免得靠人人跑，靠墙墙倒。

何况罗奇认为养老问题之所以会成为中国 20 年后的大挑战，就是静态看现有的社会保障和医疗保障体系很难支撑我们这些中生代的养老福利问题。

1. 老龄社会的威胁

根据联合国的人口划分标准，65 岁及以上的人口占总人口的比例超过 7% 是“老龄化社会”，超过 14% 为“老龄社会”，超过 20% 则为“超老龄社会”。据世界银行数据，2017 年我国 65 岁以上人口占比 10.64%（同期日本的数字是 27.5%），威胁已经在迫近。

而按中国传统统计口径，60 岁以上即为老年人。因为现行的法定退休年龄是指 1978 年 5 月 24 日第五届全国人民代表大会常务委员会第二次会议原则批准的男性 60 周岁，女性 55 周岁，因此以 60 岁来讨论中国的养老问题更符合实际。那么根据北京协和医学院、中国老年保健协会、社会科学文献出版社发布的《老年健康蓝皮书：中国老年健康研究报告（2018）》，到 2020 年，全国老年人口总量会超过 2.5 亿人，占总人口比重接近 20%。这宣告，我们将进入超老龄社会。

运用简单的算术，我们就能很容易地估算出 20 年后 65 岁以上人口的总人数和占比。根据第六次人口普查（2010 年）数据，当年 36 岁以上的总人数，扣除未来 20 年内自然死亡的人数，就可以得出 20 年后国内 65 岁以上人口总数。毛估估这个数字大概是 4.65 亿。

又根据中国人口信息研究中心对中国人口发展的预测，我国总人口在 2020 年将达到 14.25 亿人。预计到 2029 年将达到峰值，约为 14.42 亿，此后开始缓慢下降。那么假设 20 年后的 2039 年总人口数以 14 亿人计也基本合理，那时候 65 岁以上人口占总人口的比例为 33.2%。

这是一个令人感伤的前景。今年 45 岁的人在 20 年后达到 65 岁时，我们不可避免地成为一个重度的超老龄社会，而且挑战要比今天的日本更严峻。

对数字是否精确不要较真，即便误差有个大几千万，并不影响超老龄社会到来的最终判断。退一步假设未来 20 年死亡率突然提高，中老年人（今年 45 周岁以上的人口）死去的人口变多，到 2039 年 65 岁以上人口在 4 个亿以上也是基本确定的。无论是 4

亿对 14 亿，还是 4 亿对 16 亿，占比都稳稳超过 20%。

要改变这个趋势，唯一可行的办法就是做大人口基数。就是从今天起，中国人发奋生孩子，在 2038 年把总人口做大到 20 亿或 22.5 亿人以上。否则，中国都不可能逃脱超老龄社会的宿命。

2. 不靠房不靠儿女

养老不靠房，说的是融资问题，潜台词是卖房养老是很可能靠不上的。因为今天中生代们被时间轴固定住了，今天你还没老，房子值钱却还得住，赶不及在当下峰值价格变卖房产来获取资金。现在拥有的房产和账面价值带来的安全感，多少有点虚幻的意思。

想想看，20 年后，中国总人口大概率超不过现在的规模。还有悲观的看法，如联合国人口署《世界人口展望（2017 年修订版）》认为 2030 年后中国总人口会出现净减少（从下图展示的生育率下降的长期趋势看，这种悲观有一定的道理），即到了 2038 年，社会总人口没增加，但近 1/3 的人变老了，全社会的居住需求减弱衰退带有某种必然性，那时候房价能维持什么样的水平，真的难以预言。就如日本，房价跌了 20 年，人口结构老化难道不是背后推动的核心变量之一吗？

所以，尽情居住吧，老了之后，大概率还得住下去，靠卖房去养老院未必行得通。即便考虑运用“住房反向抵押养老保险”也未必行得通，尤其是对于非一二线城市的朋友而言。

养老不靠儿女，则意味着供养不靠儿女，照料不靠儿女。大家保持着财务、生活和人格的独立，各自生活、各自精彩。这应是现代文化进化的方向与趋势，不可阻挡。中生代们必须充分意识到这种变化，拥抱这种变化。我们已然不能以父辈的生活方式慢慢老去了。他们在我们年轻的时候，不放心我们，恨不能时刻把我们招揽在身边，日夜保护；当他们老的时候，我们不放心他们，也要请他们在身边日夜守护。

这种彼此簇拥，伴随相爱相杀的时代一去不复返。我们不是我们的父母，我们的孩子不是我们，一起都在变化。社会在进化，不由己念。

3. 社保就是救穷救急措施

至于社保养老，至多只能是养老方案的一部分。或大或小的一部分，依个人的情况而定。原因大致有三点：

第一，国内社会养老保险的现行机制决定了 20 年后养老金的支付存有大压力。我国的社会养老保险是社会统筹账户与个人账户相结合，统筹账户用于现在社会的养老给付，个人账户积累起来用于以后的养老。具体来说，社会统筹部分的养老金为现收现付，由现在的年轻人缴纳养老保险用于支付给现在的老年人养老；个人账户部分的养老金不断缴纳积累，用于年轻人退休以后的养老所需。而社会养老保险还没有全国打通，是分行政区划来“省级统筹”的。

过去十多年部分省份的个人账户也并入了统筹账户使用（因为统筹账户不够用，暂时借用了个人账户），就是说个人账户没有用于积累（《中国养老金发展报告 2016》中提出，2015 年城镇职工基本养老保险个人账户累计记账额达到 47 144 亿元，更新的数据很难查询）。空账不可怕，因为账上社保基金记为对个人的负债，是要偿付的，但支付起来，必定有各种各样的压力。

即便个人账户是实账并进行积累性的投资（另一部分省份的个人账户是实的），也别指望有多高的收益水平，因为根据《社会保险法》第十四条规定“个人账户不得提前支取，记账利率不得低于银行定期存款利率，免征利息税”。如果按定期利率计算，那么过去 20 年的经验告诉我们个人账户里的养老钱在不断贬值，因为定期利率一直大幅跑输通货膨胀率。全国社保理事会投资水平再高，与你我缴费的个人账户未必有多少关系。这个机制不改革，未来的保障只会变弱，不会变强。

第二，抚养比制约养老福利增加。因为统筹账户是现收现付制，20 年后每年收取的保费能否保障 20 年后需要领取社会养老金的人群，主要就看抚养比。缴费的人多，即便缴费少，也可以提供较多保障，但如果缴费的人少，那么即便缴费多，也可能提供的保障水平低。2016 年《中国社会保险发展年度报告》统计全国城镇职工养老保险抚养比为 2.75 : 1，但 20 年后，这个抚养比会进一步下降，肯定会降至 2 : 1 以下（根据人社部负责人 2015 年的预测，“我国职工养老保险的抚养比到了 2020 年为 2.94 : 1；到 2050 年这个数字将下降到 1.3 : 1”）。所以，从抚养比的角度看，社会养老金的来源在收缩，政府也难为无米之炊呀。

现在看得到的指望就是国有资产运营产生的收益或处置的收益划入全国社会保障基金，因为根据社科院发布《中国政府资产负债表 2017》，“2010 年至 2015 年，若计入社保基金缺口的参考值，政府净资产规模的波动区间为 40 万亿元至 50 万亿元，与 GDP 的比平均在 80% 以上。若不计入社保基金缺口的参考值，政府净资产的规模区间为 50 万亿元至 60 万亿元，与 GDP 的比平均在 100% 左右，即大致与 GDP 持平。这说明，中国政府的总资产完全可以覆盖总负债且还有较大空间”。如果政府把社保支付列为政府的义务，那么按社科院的口径看，抚养比下降后有政府净资产的运营收益或处置收益进行弥补，还是可以确保支付的。

但随之而来一个问题，无论是政府净资产也好，还是国有企业的资产也罢，都是全民所有的。如果划入全国社会保障基金，那么理论上我们的社会养老保障也要对应扩大到全社会，覆盖城乡，而非现在以城镇为主的模式，不能再用城乡二元结构伤害农民兄弟。家底虽厚，也架不住伸过来的那么多双手，政府使钱的地方多着呢。另外，覆盖面扩大了，城乡给付水平如何确定，如何区分对待有缴费记录的人和没缴费记录的人等等，都要考验政府的政治智慧和政治勇气。

总之，在抚养比不断下降的大趋势中，指望着社会养老金节节升高是不太可能的。过去 15 年社会养老金连续 15 年调升，跟两个大背景是分不开的，一是国内经济强劲增长，人均 GDP（以世界银行公布的 2010 年不变美元价衡量）从 2002 年的 2 065 美元增长至 2017 年的 7 329 美元，涨了 3.54 倍，社会积累了财富可以对老龄人的分配予以适度倾斜。二是因为中国人口红利释放，抚养比高，在职的年轻人抚养负担小。

第三，给付替代率限定了社会养老金在未来养老生活中的作用。替代率是指劳动者退休时的养老金领取水平与退休前工资收入水平之间的比率。它是衡量劳动者退休前后生活保障水平差异的基本指标之一。根据人力资源与社会保障部统计，目前我国城镇职工基本养老保险给付的替代率高达 66% 左右，远高于美国的平均水平。实际情况没那么乐观，2017 年上海市企业退休人员月均养老金约为 3 754 元，在全国属于高水平，而 2017 年上海市的社会平均工资为 7 132 元，由此估算替代率只有 52%。但上海市 2017 年人均消费支出为 3 316 元，这意味着每月的养老金仅够基本维持当月的消费支出，再考虑到老人的其他方面的需求，如医疗保健等支出，仅依靠社保是无法满足老年人的全面生活需求的。

结论是：即便社会养老金维持现行的给付替代率，我们的养老金也有缺口，必须自我筹划和安排。

从上面三个角度看，我们会得到一个公允的看法：特殊国情决定我们无法成为高福利国家，社会养老金只是个救穷救急的措施，并不能为老年人提供高水平生活质量保障。所以我们需要自力更生，未雨绸缪。

2018 年政府预备提高社保费用的征缴水平时（不是提高费率，只是要求按法定费率严格征缴），举国都是反对声音。政府从善如流，最新的消息是，从今年 5 月 1 日开始，社保费率将全面下调以为企业减负。

而20年后缴费人少了，要抚养的人多了，理论上必须大幅提高社保缴费水平才能保障给付能力和水平，但其中的阻力想必小不了，实在不宜寄望过多。另外，目前养老金给付出现的缺口，主要靠财政补贴，国家对城镇职工基本养老保险基金的财政补贴从1998年的24亿元上升到2017年的8 004亿元，增长了332.5倍，20年来各级财政补贴城镇职工基本养老保险高达4.1万亿元。预计2019年各级财政补贴规模将达到1万亿元以上。但财政靠税收或举债，但征税会引发前述一样的难题，2019年两会的主题词之一不就是减税降费吗？大家一方面期待政府轻徭薄赋，另一方面却期待高福利，这是相互矛盾而不现实的。

没有资金来源，政府就是有心也难作为。既然轻徭薄赋优先，那么相对应的，民众自然要增强自我料理的意识和能力。

4. 养老的隐形敌人

养老最大的敌人是通货膨胀，而这个敌人是隐形的，容易被忽视。但若我们储备的养老金保值的速度赶不上通胀的速度，那么我们的生活质量只能越来越低。

1987年至今过去30年，来看看我国的通胀记录，官方披露的年通胀复合增长率高达3.75%，用世界银行公布的数据计算年复合增长率则要更高些，达到5.19%，大概相当于1987年的1元钱等同于2017年4.57元钱的购买力，居民个体的感受因为房价等资产价格的飞升要更糟糕一些。这种通胀之下，早把20世纪八九十年的“息爷”们的财富清洗得干干净净，那时候指望着几十万元的存款过好一生的愿望被证明实在太天真了。

所以，对抗通货膨胀是一个国家最重要的宏观政策目标之一。不仅仅因为影响到宏观稳定性，更是切实关系到普通老百姓的生计。对于无法再获取跟经济发展挂钩的弹性工资性收入的老年人而言，通货膨胀会残忍地剥夺他们积累的财富，恶化他们的生活质量。

看到很多民间经济学家为政府建言，以通胀来提振经济的时候，我就会忍不住光火。因为我想到了父母和千千万万的老人家。这个规律也适用于20年后老去的我们。

5. 养老方案

体面养老要多少钱？这是个见仁见智的问题。

以上海的例子来做个测算，把上海人均月消费支出为 3 316 元作为基数，假设某人 20 年后 65 岁退休，85 岁去见马克思，要多少钱大致够用。若通货膨胀的水平按当下美联储 2% 的通胀目标来考虑的话，大致需要 144 万元的生活费开支。若按既往 30 年 5% 左右的通胀率记录的话，需要 350 万元。假设社保养老金的替代率在 40% 左右的话，剩下的数字就得考虑自己去筹集和预备了。此外，还得筹备应付医疗保健等特殊支出，即储备金。这类近乎刚性的支出，没有 100 万元做储备的话，真是很难令人安心。

大致毛估估，20 年后在上海退休，手头没有总额 200 万～350 万元的年金，要维持现在的生活水平会比较吃力，就更别指望享受社会发展和科技进步带来的新利益了。

所以，要确保生活质量不严重倒退和恶化，必须现在就开始行动，制定一份属于自己的养老方案。幸运的是，对于中生代而言，还有约平均 20 年的时间退休，奋斗还有余地。有两条路可以走：一条路是继续奋斗，祝福自己职业生涯继续前进，升职加薪以积累更多的财富，同时祝福国运亨通，低通胀少危机。另一条路是制定合理的金融方案以预备未来。

关于金融方案，愚很乐意提供一个自己的模版供大家参考。如有能力，配偶和自己的一份重疾商业保险是必需的，因为保险范围内的重疾将导致家庭发生重度开支，唯有通过保险的抱团取暖才能既对抗疾病又不严重损害家庭的支付能力。保额自然是丰俭由人了。剩下的钱，千万别储蓄（黄金的意义是差不多的），因为存款固然安全，但绝对跑不赢通货膨胀，这意味着我们输在了起点，得讲资产配置，股债结合，有余力再搞点另类投资。

对于我这个二愣子，有种近乎强迫症的做法，就是一定要把金融资产的相当一部分（50% 以上）合规合法地配置为以美元计价的标普指数基金。

6. 结语

一不小心就老了。所以，你得准备好！

唯有自力更生，才能幸福终老。

献给 35～50 周岁的中生代。

（首发于秦朔朋友圈 2019 年 3 月 27 日）

「陈言」

关键词：

日本研究；日企研究

尴尬的孙正义

从未见日本最著名的投资家——孙正义，有过怯懦的时候。

2019 年 11 月 6 日，软银集团股东大会需要总裁对 4—9 月的年度中间决算作出说明。舞台中央是一块写着大大的“赤字”、红色箭头直线下滑的背板。孙正义穿着一套深色西服，裤子有些过长，弯了几道弯把黑色皮鞋的大部分都罩住了。

“捉襟见肘。”孙正义的开场白先用了这个词，脸上是少见的极为尴尬的微笑。

1981 年，24 岁的孙正义站在一个装啤酒的塑料框上，对着两名招募来的公司职员发表公司成立的演说时，声音极为响亮，让人觉得这个世界就是为他准备的。

尽管第二天，两名员工中的一人就不辞而别了，但孙正义的脸上从未有过尴尬的微笑。

他相信自己一定成功。

现在，孙正义在联合办公空间 WeWork 投资上的失败，让这位在日本有“投资之神”称呼的大佬，名声受到了相当的损毁。

他必须拿出新的宏伟构想，向世人证明自己依旧顽强，能再度成功。

很快，11 月 14 日传出孙正义麾下的日本雅虎将与韩系企业“连我”（Line）合并，构筑 GAFA（谷歌、苹果、脸书、亚马逊）及 BAT（百度、阿里巴巴、腾讯）之外，来自日本的 IT 平台。

可以想象得出，彼时彼刻，他脸上的微笑依旧充满了尴尬。

日本勉强出个“雅虎连我平台”，估计日本政府在经济政策上的限制、民间（企业）的各种阻挠依旧会不少。从生态上看，这个平台也是孤掌难鸣。这点在日本没有比孙正义看得更清楚的人。

11 月 6 日，孙正义在东京的股东大会上对 9 月中间预算作出说明。

1. 在 WeWork 上折戟沉舟

坊间传说孙正义投资神机妙算，但实际上他最成功的两个投资，一个是雅虎，再一个无非就是阿里巴巴。

美国资本市场吞下了他数百亿元的投资，未让他赚什么钱，如今看起来亏得更多一些。他也只能退守日本，等待时机。

孙正义站在啤酒箱上慷慨激昂发表演说的故事，投资阿里巴巴 2 000 万美元，换回 1 400 亿美元的美丽传说，这里就不重复了。

有了雅虎及阿里巴巴的成功，让孙正义开始觊觎美国市场。毕竟他是在美国获得第一桶金，对美国有着特殊的感情，但美国并未回报这位热爱美国的投资家。

2013 年，孙正义花 1.8 万亿日元（约 200 亿美元），并购了美国手机企业斯普林特公司（Sprint Corporation），其后美国政治家、企业没有少给他穿小鞋，让斯普林特连年赤字，最后他不得不放弃了对该企业的经营权。

2016 年，孙正义十分看好优步（Uber），投出巨资，但优步上市后估值倒挂，同样让他损失不小。

至于他对 WeWork 的投资，更是让人质疑其投资能力和眼光。

如果只看 WeWork 在联合办公空间上的投资理念的话，大部分人会对该公司联合创始人亚当 · 诺依曼持肯定的评价：主营业务是租赁写字楼进行重新装修，再将其分开转租给其他公司或个人。这样做能够将企业本身背负的包袱做得很轻，而获益则会很大。

但诺依曼的野心则不在这点，他一心想把公司做成“世界上第一个实体社交网络，改变世界”的企业，这个很虚，但很给人以想象的空间。

美国媒体曝光了诺依曼在飞机上吸食大麻，这是个非常严重的问题，但孙正义却不能因此而停止对 WeWork 的供血。诺依曼在公司任人唯亲，个人与公司之间存在可疑的关联交易，这个问题就更大了，对此孙正义不会不注意。

更大的危机在于，GAFA、BAT 之外是否还有 IT 平台上的新机会？ WeWork 是否具有创新的性质？

其实，在互联网行业发展过程中，GAFA、BAT 基本上依赖线上渠道建立自身的商业模式，继续创新就需要将线上与线下结合，而 WeWork 更多的是靠线下的运营来维持，成本并不会因规模扩大而显著减少，线下的部分和 IT 平台之前的企业并没有太大的区别，“世界上第一个实体社交网络”听起来很有创意，但实际上是走过去的老路，旧酒囊需要不断装进新酒。

于是人们看到诺依曼拼命花钱。

国内有篇文章这样说：

“在 2017—2018 年间，WeWork 大力拓展海外市场，总计进入了 12 个新国家。从 2017 年开始，WeWork 还相继开展了 Service Store、Rise by me、WeGrow、Powered by We 等 8 项新业务—几乎每三个月就推出一项。与此同时，员工总数也在飞速增长，2016 年 WeWork 仅有 1 000 名员工，但到 2019 年 6 月份，其雇员总数已经超过 1 万 2 000 名。”（2019 年 11 月 3 日，界面新闻）

吸食大麻能给人带来非常多的幻觉。诺依曼在谈及公司新业务 WeWork Family 时说，“世界上有 1.5 亿孤儿，我们想解决这个问题，并给他们一个新的家。”而且，WeWork 还准备去解决难民危机等问题。

而这些对孙正义来说，则是得到了这样一个非常直接的结果：2019 年初，WeWork 保有 470 亿美元的估值，让世界无人能接手这家企业；现在估值跌到 80 亿美元以后，因为缩水太快，同样无人肯接手这家企业。

孙正义的投资神话在这里破灭了。

孙正义也只能拿一个尴尬透了的微笑，承认自己一败涂地。

2. 模仿 GAFA 及 BAT 回日本做 IT 平台

日本长期位居世界经济规模第二，是电脑、相关软件的重要开发及使用国家，但在世界经济中 IT 平台企业开始具有超强的造富能力时，日本几乎无一家企业尝试建造一个世界级的平台，拱手将平台建设工作交给了美国，接着冷眼看中国的平台拔地而起。

日本舆论连续二十余年唱衰中国，按说中国 IT 企业的平台早已灰飞烟灭，却没有想到，现在的对策只能是尽可能在日本国内筑起一道道高墙，防范中国企业在美国之后，去日本攻城略地了。

2018 年日本出台世界最强“排除”华为等中国企业的禁令，其后从未像美国那样有过动摇，为在日本搭建 IT 平台准备了一点空间。

现在，孙正义回来了。在美国反复惨重败北后，他决定在日本背水一战。简单地将他保有的日本雅虎，与韩国企业“连我”纠合在一起后，一个草台还是能搭建起来的。

和中国、美国不一样，现在日本人主要使用的网络也依旧是雅虎，使用的移动端，这些年被“连我”浸润，渐渐地多了起来。

孙正义掌控着 Z 持股公司（ZHD），这家公司的下面有软银公司（SB）。他的设想是，和连我的母公司 NAVER 成立一家合资企业，在这家企业下面加入 Z 持股、NAVER、软银及连我，组成一个硕大的 IT 平台。

相关的洽谈早在 2019 年夏天就已经开始，换句话说，Z 持股–软银、NAVER–“连我”，这四家企业实现业务提携，组建新的 IT 平台。

孙正义的祖籍在韩国，和韩国政治经济界的交往相当多，其中就有 NAVER 创建人李海珍。从人脉上看，组建平台的阻力并不大，至少不会像在美国那样接二连三地遭遇滑铁卢。

现在在日本使用雅虎（网络）的人数为每月 5 000 万人，使用连我（移动端）的有 8 000 万人，两者互补，建立平台后，用户只能多，不会少。平台建成后，最大的可能性，是像孙正义熟悉的阿里巴巴那样做电商，在电商方面很快会超过日本国内的强敌——“日本乐天”（中文为了区别韩国乐天，日本乐天通常会被翻译成“乐酷天”），前景应该不错。

问题在于，过去 20 年，日本国内眼看着 IT 平台日出东方，竟然无一家企业去模仿。一个很大的原因在于政府对 IT 的限制，这种限制在今天一点都没有减少，而且他们甚至已经开始设想对 GAFA、BAT 的干涉了。

GAFA 太强大，日本政府不敢通过找瑕疵、惩罚性罚款来对待，但招呼中国的 BAT 去交代所有业务内容，日本政府是做了的。限制 IT 企业的发展、禁锢数据经济的普及，日本政府并未网开一面。此时孙正义突发异想，联合韩国企业做 IT 平台，时间上只看了在 WeWork 上失败的节点，而没有看政府的脸色，不顾及日本现有企业妒忌的心情，宏观条件上很不合适。

更大的问题在于，孙正义设想的平台能多大程度区别于 GAFA、BAT？就算新平台能在日本站住脚，但想推广到世界各地这个姑且不论，想推广到韩国都不容易。日本与韩国的对立只有增强的态势，不见一点缓和的样子。日本媒体对韩国的愤恨史无前例。不论是新平台的业务内容还是日韩关系，这些都是孙正义难以克服的困难。

如果说孙正义在 WeWork 沉舟折戟后，其投资神运已经枯竭，这让人觉得有些言过其实，但 GAFA、BAT 之后已经再无大平台，这也许是真的。

（首发于秦朔朋友圈 2019 年 11 月 19 日）

暂停与内省：日本企业家的哲学书单和理念

哲学（philosophy），说起来离企业家挺远的，但实际上只要是一个对知识（sophy）有兴趣、爱好（philo）的人，就能亲近哲学。

哲学是爱好学识，追求真理的一种方式。真理并不是只有一个，通过多种方式最后在自己生活的时代，掌握了某种真理，获得比其他人更快地实现真理的途径，这在企业经营上显现出来的是与众不同、超脱凡俗的商业模式。企业家本身需要用理论武装自己，而哲学正是这种理论武装的基础。所以，走在日本的书店里，尤其是身处经济学、商学的书堆中的时候，有一点和中国不同的是，非常多的哲学方面的书，混迹在经济、经营的书中。

哲学在这里并非象牙之塔，古今中外，其理论繁多，探索真理的途径很不一样。从书架上随意抽出一本，看看目录，有些书让人感觉在用一种接近宗教的方式谈企业经营哲学。这种近乎宗教的企业经营哲学方面的书籍，被翻译成中文后，在中国的机场书店中卖得相当好。能经常坐飞机的人中，企业家是一个重要人群。

当我们的哲学不太能解释现状时，日本的那些带着宗教色彩的书籍，自然就占据了书店的一角。在日本书店里看企业经营及哲学方面的书籍时，感觉那里的哲学比我们书店里的哲学要宽泛很多，宗教色彩的企业经营哲学并不是主流。

越是商业模式发达的地方，那里的哲学思想越会百花齐放、百家争鸣。很多时候看到日本企业与企业高效经营、获取高额利润、拓展新兴市场无缘，但另一方面这里的长寿企业比比皆是，和欧洲、美国等工业发达先进国家比要多出很多。欧美那些高速发展的企业在走过一定的历史阶段后，逐步淡出了市场，最后人们看到的是这些漫步前进的日本企业在依旧前行，保持着稳定增值，具有长久的生命力。

这背后的哲学又是什么呢?

1. 日本企业家常读的哲学书籍

到了东京，少不了去拜会日本商会——“日本商工会议所”的朋友。这里为数百万会员企业提供商务信息、研究报告。笔者比较关注的是，在过去上百年的历史中，这里为会员企业一直提供着一本书——《论语与算盘》。

《论语与算盘》的作者为日本商业之父涩泽荣一（1840 年 3 月 16 日—1931 年 11 月 11 日），1916 年出版。商会的朋友介绍说，此书到目前为止至少发行了上千万册，它将日本商业智慧与处世哲学集为一体，是日本企业家必读书目之一（中文译本中，有武汉出版社出版的《论语与算盘》）。

在日本工业革命开始了一定时期后，急需一种哲学思想或企业理念来解释、分析、归纳日本的商业特点。

刚刚从封建社会脱身而出的日本，欧洲哲学、经济学著作被大量翻译成日文，介绍到了日本，但也还是不能让普通日本人理解。影响日本上千年的中国哲学思想，这个时候需要与日本的商业实践结合起来。

一生创建了数百家企业，拥有“日本企业之父”“日本金融之王”“日本近代经济的领路人”“日本资本主义之父”“日本近代实业界之父”等桂冠的涩泽荣一，承担了这个任务。他主张将《论语》作为经商和立身处世的准绳。

有如此经久不衰的畅销书《论语与算盘》，中国哲学方面的著作在日本书店中自然成了必备书籍。诸子百家中的《论语》《老子》《庄子》《韩非子》《孙子》等，我们的较大书店里不一定能备齐，但日本稍微大一些的书店，基本能够全都找到。

《论语与算盘》一书能畅销百年，背后更有大量的日本思想家、宗教学者、哲学家的努力。远一些的有空海（774—835 年，日本佛教的创始人，著作有《十住心论》《三教指归》等）、山本常朝（1659—1719 年，武士美学的实践者，著作有《叶隐》《愚见集》等）和二宫尊德（1787—1856 年，勤奋与节约的模范）；近代有铃木大拙（1870—1966 年，向世界传播禅思想的学者，主要著作有《禅的思想》《日本式的灵性》等）、西田几多郎（1870—1945 年，哲学家，主要著作有《善之研究》《从动者到见者》等）。

当然，西洋哲学，尤其是现代美国哲学对日本的影响自然不小。古代希腊哲学中的苏格拉底、柏拉图就不说了，中世纪到近代的如笛卡尔、洛克、大卫 · 休谟等，近代哲学家中，亚当 · 史密斯、康德、叔本华、马克思、弗洛伊德等原著、研究方面的著作在日本汗牛充栋。

进入 20 世纪以后的哲学开始细分，书店里分析哲学、科学哲学、现象学、实存主义、法兰克福学派、结构语言学、后结构主义、后现代等，各种书籍五花八门。对于 20 世纪以后的欧美哲学，尤其是 21 世纪的哲学，中国介绍的不多，实际上各种哲学大家频出，畅销书的出版更是汗牛充栋，只是笔者阅读的少之又少。

日本企业家常读的哲学著作有：

◇《国家》(上下，柏拉图)；

◇《形而上学》(上下，亚里士多德)；

◇《方法序说》(笛卡尔)；

◇《纯粹理性批判》(上中下，康德)；

◇《查拉图斯特拉如是说》(尼采)；

◇《规训与惩罚：监狱的诞生》(福柯)等。

日本人写作的哲学书籍，比较畅销的有：

◇《哲学思考训练》(伊势田哲治)；

◇《国语讲座》(佐藤优)；

◇《为成人而出版的国语讲座》(野矢茂树)；

◇《编制伦理学》(户田山和久)等。

2. 日本的主流哲学：暂停与内省

在追求真理的过程中，语言是必不可缺的。观察日本对哲学的研究，《国语讲座》之类的书籍，让人觉得是要人们去学习语文，或者重新学习语文。也只有具备充分的语言能力，才能理解哲学要义，并通过语言来阐述自己的哲学概念。

企业家首先该是具有哲学思想的宣传鼓动家，不断地鼓舞员工一同向自己追求的目标前进。

日本企业家还特别重视语言背后的“论理”、哲学史知识及数学能力。日文中的“论理”更接近于中文的演绎；数学是自然科学中使用“论理”最多的方法。“论理”与数学之间由哲学串联起来。

一家企业或者一个组织，说服他人，鼓励士气需要有充足的语言能力。说话的时候内容要有根据，语言本身明晰准确；互动中问答时，提问内容要切中要害，回答则需要对提问内容作出严密回复。语言中存在大量的虚词、接续词。不论是企业家还是普通记者，在他们的言谈或者文章中，出现较多的虚词或者接续词的话，通常那样的演讲或者文章算不上好。笔者在日本学新闻学，老记者来言传身教时，所说的第一句话大都是“一定要删去文章中的虚词、接续词。”有了较多的虚词、接续词，让文章变得非常的苍白；一次演说中过多地使用了这样的词汇，结果自然可以想象。

那么什么是哲学？中国学者给出的定义是“关于世界观和方法论的理论体系”，日本的表述更为简单，认为是“对知识的爱好与追求”。日本的定义来自英文哲学一词的词根，理解起来比较容易。

对知识的爱好与追求的不同，让日本现在的哲学百花缭乱，企业家谈哲学更是五花八门。哲学本身在企业家那里逐步成为解释自己在做什么，这样做的意义所在的学问。

日本企业家的哲学，已经不是“向前，向前，勇猛进击”的学问，更像是“暂停，重新寻找方向”的一些内省。这种暂停或者是内省，看上去保守、有时甚至落后，但也有一点，日本企业不会因为突飞猛进而犯下大的错误。过犹不及，企业在走过几年或者十几年、几十年后最终倒产的例子，和其他国家做个比较的话，日本相对要少很多。

日本企业在走过泡沫经济阶段后，这种暂停、内省要远比加速、外部拓展要多出许多。在奋勇向前的时代，哲学几乎只是哲学家的象牙塔，但经济进入收缩时期，泡沫经济崩溃后需要总结过去时，哲学也显得特别重要。对哲学的态度让日本企业家与日本周边国家的企业家浑然不同。

3. 日本及欧美企业家的哲学背景

在过去几十年中，笔者算是接触了一些日本企业家。和这些企业家的交谈中，感觉具有哲学体系的企业家，能超越涩泽荣一，深入观察人生、企业及社会，作出理论性著述的不多。大部分企业家更喜欢将自己的心得集结成“语录”，在自己企业内部作为教育员工的教材使用。也有出大部头著作的企业家，但翻阅后，总觉得有些近于宗教，没有多少阅读的意愿。

日本企业家中，能够经常看到报道的是软银的创建者孙正义。在秦朔朋友圈笔者已经写过，尤其是日本政府在排除中国企业华为的时候，孙正义的软银更是充当了急先锋，和华为一刀两断，让人们对这位企业家有了不同于往常的看法。

从日本媒体对孙的报道看，他是个“吹牛”大家。比如在 2010 年召开的软银股东大会上，孙正义宣称今后 30 年，软银的年平均增长率为 17%，将从当年的 2.7 万亿日元的股价，在 30 年后将提升到 200 万亿日元。没有人知道这 17% 的增速、最终 200 万亿日元的股价如何实现。往好里分析，该是孙正义为企业树立了一个宏大的目标——30 年内需要最终实现的目标。也许是孙正义敏锐地感受到了信息技术的变化，这种变化带来了商业手法的改变，新模式的出现让企业获得超出平均利润很多的超额利润。谁最先掌握了这个商业模式，谁就最有可能获得机遇，取得商业上的成功。

笔者在秦朔朋友圈还写过一位在日本赫赫有名，同时现在已经臭名昭著的大企业家戈恩。这里不对戈恩在日产的功罪做评论，分析戈恩在日产扭亏为盈过程中，其哲学概念的话，可以做如下的归纳。

1999 年日产亏损 6 844 亿日元，处于倒产的边缘。戈恩对日产进行改革后，2000 年日产奇迹般地获得了 3 311 亿日元的有史以来最高效益。对于戈恩的改革，人们归纳为三点：

◇ 降低零部件价格，将让供应商作出巨大的牺牲；

◇ 日产实际上降低了零部件价格；

◇ 结果确实让供应商作出了牺牲。

戈恩则作出了这样的反驳：零部件及材料价格的下调，最终能够带来供应商效益的提升。具体地说，产品价格的下调在于企业将无效的业务清除了出去。提升竞争能力后，当然能够提升效率。戈恩将人们归纳的 3 点中的供应商作出牺牲的前提论破后，后 2 点也就不用再去多做说明了。戈恩简单明快的哲学方式，一时让日本舆论倍感新鲜。

日本企业家中，伊藤忠商事总裁冈藤正广是个很有特色的人物。在日本唱衰中国最为盛行的时候，2015 年该公司与泰国正大集团分别向中信投资 5 000 亿日元，让日本商界感到震惊。伊藤忠的股票在冈藤决定向中国投资后开始下滑。但现在日本媒体也只能承认他们的对中国的判断出现了严重的失误，伊藤忠后来在中国取得了巨大的成功，是他们在最佳时间进行了对华投资。

对于企业价值与股价的关系，冈藤认为“不一定看重股价”，有时为提升股价而做出的举动，反而阻碍了企业的成长。有这样的经营哲学，让冈藤与看舆论风向进行企业经营的人完全区别了开来。

学哲学对普通人有什么好处？

《华尔街日报》在 2014 年 12 月 17 日公布这样一组数字：按工资水准看，从大学毕业到进入中层，大学理科中学习数学的人其工资提升率为 103.5%，中层年薪的中央数值为 92 400 美元。哲学并列第一，工资提升率为 103.5%，但年薪为 81 200 美元。其他行业，比如学新闻的人，提升率为 87.4%，年薪 66 700 美元。学哲学的人在美国享受的待遇非常高。

美国对进入工商管理学（MBA）课程学习的人有个评价体系。总分为 620 分，其中对物理学的学生评分最高，将近 610 分，其后是数学和工学，第四名为哲学，总分为 590 分。再往下是经济学、计算机、化学等。统计学排在 31 位，总分只给了 480 分。

最近著名投资家索罗斯强烈支持特朗普政权对华为的封堵。索罗斯毕业于伦敦大学经济系，曾经师从当代西方最有影响的哲学家之一的卡尔·波普（1902—1994），获得了哲学博士的学位。美国的另一位投资家比尔·米勒（Bill Miller），2018年向其母校霍普金斯大学捐赠了8 000万美元，原因是“哲学的学习让自己获得了分析问题及摆正心态的能力”。

把目光转向欧洲。法国总统马克龙就读的巴黎第10大学，哲学、政治学及经济学是其在大学中的主攻课程。

日本及欧美企业家、政治家重视哲学是因为这门学问给了他们两件武器：应用及思考能力。2 500年来圣贤留下的智慧集中留存在哲学中，具有哲学知识的企业家，在商务活动中有着比其他人更为敏捷的发现及解决问题的能力。

哲学也该是中国企业家必修的课程。

（首发于秦朔朋友圈2019年9月19日）

精致、碎片化的平成，也许是个大家隐去的时代

日本的平成时代就要过去。

笔者是在平成刚刚开始的时候去东京留学的，恰巧在平成过了一半的时候回到北京。现在这个时代就要在今年5月1日发生转换了。

1989年是个“大年”。对日本及中国企业的经营有着非常大影响的松下幸之助（1894年11月27日—1989年4月27日）在1989年驾鹤西行后没有多久，日本演艺圈里红极一时的女歌手美空云雀（1937年5月29日—1989年6月24日）也悄然离去。在电视上看着个头不高的竹下登，那么坚定地下决断导入消费税，感觉无论是政治家、企业家还是演艺圈的名人，那种坚强的意志和显赫的声名，空前绝后。

在学校里无论是读丸山真男（1914年3月22日—1996年8月15日）的政治学方面的书，还是和同学们讨论大冢久雄（1907年5月3日—1996年7月9日）对西方经济学的论述，甚至在自认为对马克思主义经济学的认识要超过日本人很多的时候，讨论

起《资本论》，感觉他们的研究要比我们更贴近社会现实。读日本的马克思主义经济学讲座派的论著时，那种兴奋让人觉得来东京真是来对了。

三十年后的现在，兜里的硬币比三十年前多了很多，走在日本的书店里，买书绝对没有过去那种囊中羞涩的感觉，却很难挑到一本读起来畅快淋漓的著作。

到了这个岁数，偶尔也能直接拜访日本企业家，去大臣的办公室坐坐，到大学里见见那些岁数要比自己小不少的教授们。日本人的专业精神依旧让人敬慕，但三十年前的那种对松下老先生、竹下首相的崇敬，似乎一点点地少了起来。

平成时代，日本曾经有过的要在世界独树一帜，独立建设一套系统的概念、行动已经逐步消失，精密、细致导致整个社会更加碎片化。等平成时代就要结束的时候，人们看到能够对世界发挥影响的日本企业家少之又少，学者有充分自由的研究条件，而发表的论文不仅数量变少，而且让世界注目的程度也在减弱。也许社会的碎片化，开始让日本在各个方面难以出现——大家、大师。

平成时代，有十多位获得诺贝尔奖的专家学者，但其中极少几人的研究成果来自1989年以后，那些获奖的人基本上是在昭和时代从事相关研究，在平成时代拿到成果。

精致、碎片化的平成能否在未来十几年、几十年里像昭和那样给日本留下丰厚的遗产？目前回答这个问题时间尚早，但总感觉是，平成这个时代，日本难出大家、大师。其实整个世界大家也在变少。

1. 精密细致的管理体制带来学术及企业的碎片化

二三十年前整天在一起高谈“空”论的朋友，如今除了笔者的名片依旧没有什么前缀外，大部分人不是上市公司的董事，也是大学的博士生导师了。约一次酒已经很不容易，不提前半个月、一个月的就很不礼貌。见面的时候，说到下一个日程时，人家手机上的日程安排不能说按秒计算，也基本上可以说是按十分钟计算的。

“忙！”大学里的教授说。

以为是在忙着看各种论文，写论文，或者指导学生写论文，但再一问是在忙开会。这些年日本为了拿更多的预算用于军事及医疗方面，相当于我们教育部的“文部科学省”每年减少1%的教育经费，日本学者自嘲地说，（日本）政府大致要用100年时间让教育经费归零。教授们为了保有目前的研究费，必须花更多的时间去填写各种调查表、申请表，参加数不清的会议。平成初期还在延续的大学自由渐渐地被人遗忘，现在大学教授也多少有了一些文部省官员手下奴隶的感觉了。

“论文也在写。但和美国学者独树一帜的研究风格不同，我们的论文更重视田野调查，重视对调查结果的客观分析。”三十年前一同做研究，现在在大学里任教授的同学说。

笔者的专业是经济学，读经济学的论文不会感到过分吃力。把同学或者学弟、学妹们的论文读了一遍，依然能够感觉出其做学问的严谨，调查的扎实，结论的公允，但也就是这些了。日本战后经济的迅速复苏、高速增长、泡沫的生成与崩溃、经济的长期失落等，媒体所关心的这些大问题，似乎不是他们研究的具体内容；在经济政策上给出对策建议，更是同学或者学弟、学妹们极为鄙视的。每篇论文都是精工细作的手工艺品，其精致无懈可击，但论大局，理论创新，以笔者的水平一直未能寻找出来些许。

曾经的丸山真男、大冢久雄去了哪里？日本在医学、物理学、化学及文学等方面有拿诺贝尔奖的人，但看经济学的话，只感觉这三十年出的人才太少，甚至从宏观角度分析日本政治、经济的专业书籍都少得可怜。

“忙！”过去去企业调查时认识的熟人，如今早已经是总裁、董事了，他们也这样说。

来北京去雄安看看如何？也许到了那里看到的是空空如也的大地，但几年之后，说不定又是一个深圳、浦东在这里拔地而起了。但他们几乎每天都有必须参加的会议，这些身居企业高位的人，已经没有多少时间外出去看一个未来也许能有很大变化的地方了。

日本企业的经营愈发细腻了起来。小到陪客户外出吃饭的预算，大到企业的人事变动、重要经营决策的制定，事无巨细，一定要事先安排，需要获得公司的同意。有些职位的人更要每天在数不清的报表上盖章。日本曾经有过“丰田管理方式”，有松下的“自来水哲学”，但这三十年还有日本冠名的新的经营理念吗？当然，丰田管理方式、自来水哲学在不断变化，但 IT 技术革新开始后，和这种新趋势紧密相关的企业经营模式应该有，但笔者未从日本企业那里找到比较贴切的说法。

松下幸之助之后，目前还有稻盛和夫在中国声名鹊起，但更多的日本企业家，如今已经与中国企业久违了。至于在日本出个创新性 IT 企业，不说超过 GAFA（谷歌 · 苹果 · 脸书 · 亚马逊），在现有的日本经营体制上做一些革新都要难于上青天了。

2. 走过一年一相的碎片化政治之后

日本是个有富士山的国家。富士山要高出周边的群山很多，山头冠雪，高度、状态完全不是周边的山群敢比拟的。

日本政治也一样，民众特别希望出一个富士山一样的政治家，永远保持着威严、壮美。但在过去的三十年中，让日本那些关心政治的人给做过首相的人排个名次，他们中间大多数人能说出小泉纯一郎的名字，之后就是现任首相安倍晋三了。民主党上台彻底让政权的更替变为竹篮打水，自民党完全不负责任地一年推出一位首相，让民众体验到了政治的碎片化。出一位富士山级的政治家，该是日本民众诸多愿望中比较靠前的一个。

现在日本终于出了个安倍晋三。看今天的安倍首相，感觉愈发像群山中的富士山，身边没有一人能超越他。2月28日，《朝日新闻》报道说，自民党总务会长已经开始准备第四次参加党首选举，让总裁任期从“二期六年”改为“三期九年”后，向“四期十二年”迈进。即便不谈安倍做十二年首相，安倍也依旧能够成为日本做首相时间最长的人。

笔者接触过的日本政治家，大都有读书的习惯，尤其肯读政治、经济理论方面的书。没有直接问过安倍首相的读书情况，从媒体披露的消息看，他更喜欢读偏右的文学性的书籍。可能是日本媒体故意这样报道安倍的读书内容，但从安倍回答记者提问的情况看，真的未见他谈过经济或者政治方面的理论。他的语言通俗易懂，哪怕小学生听起来也能基本全部听懂。集中谈一些小事，对身边的朋友小恩小惠（如森友、加计），让人对安倍的为人处世看得一清二楚。

国家领导人的大气，往往在于身边有深通理论的官员，他们具有高学历、长久的行政经验。谋臣也非常的重要。听日本媒体谈安倍身边的智囊大多和名校无缘时，一方面觉得确实连东京大学也已经没有丸山、大冢那样的教授了；另一方面也觉得即便是有对经济及政治造诣深的教授，安倍也不会看得上。

安倍经济学的效果不佳，首相秘书一个“个人想法”就足以改变国家统计方式，让数据做得好看起来。行政的决定过程需要后来人去检验，现在前边还没有做完，后面已经开始销毁相关文书，连碎片化的东西都不肯留下来。

日本政治超级稳定，但笔者身边的日本朋友却不断地问，超级长期的政权是否能让日本政治走出碎片化？安倍经济学现在在日本已经几乎无人提及，安倍外交坚持的紧密追随美国、改善与俄国的关系、孤立朝鲜半岛、拉开与中国的距离是否有点成果呢？一个建立在碎片化基础上的对外策略，能得到的东西屈指可数。

如果从学术、企业经营及政治看，平成时代尽管有日本的精致，但精致的细小带来了碎片化现象，碎片化更加让日本走向精致。5月1日以后开始的日本，也许会走过这种精致或者碎片化时代，变得粗犷、系统化起来。一个新的时代该让人对日本更加期待。

（首发于秦朔朋友圈 2019 年 3 月 13 日）

平成时代（1989—2019），日本“成熟的阶级社会”

目前世界上唯一还在使用年号的国家日本（称为“元号”）已经宣布，今年 5 月 1 日明仁天皇将会退位，他在位的年号“平成”即将结束，皇太子德仁即位为新天皇，将使用新年号。我就是在 1989 年平成元年到日本留学的，可以说见证了整个平成时代。

在日本多年，养成了一些习惯，比如吃方便面。最近从上海回北京的高铁上，方便面的香味一波又一波地传过来。不论售货小姐姐如何高声叫卖盒饭，我觉得都比不上方便面好吃。

平成元年我到日本留学时，号称是学新闻学，下课后便去各个大报社的编辑部。让我最为新奇的是，到了晚上，日本记者开始赶稿子时，冲一碗方便面，三下五除二地吞下去后，走在稿纸上的铅笔，开始发出阵阵摩擦声。看着记者在稿子上反复修改，之后大样从印刷机里吐了出来。接着便是编辑的呵斥，记者低头道歉，改写，然后是各部门的部长再度看稿，越到快午夜 12 点的时候，编辑部也越发忙了起来。稿纸上、大样中，总能看到不小心滴落在上面的方便面面汤。

快速行进的高铁、快速运转的日本编辑部，方便面的香气一模一样。那香气中带着某种速度，人们享受这种香气，享受速度。转眼 1989 年已经过去了 30 周年了，日本的平成三十五年将在 2019 年 4 月 30 日结束，从 5 月 1 日开始导入新的年号。

平成像行进的高铁一样就要走到车站的尽头。回望这整整 30 年，就像日本编辑部完全没有了稿子、铅笔和方便面一样，这个国家发生了很大的变化。但另一方面，在日本新干线上、报纸杂志的编辑部中，人们的衣着打扮似乎基本没有变。

经济从高速发展走向平衡后，某种程度上也意味着经济增长模式的成熟，这种成熟与其他后起之秀比起来，同时是一种停滞或者是失落。说失落是因为社会上有太多的人从“1亿日本人共同进入中产社会”（“一亿总中流”）中脱落了下来。今天的日本更在向阶级社会，而不是阶层社会转变。这里的国民基本不愁吃穿，但阶级分化愈发严重，对于这种阶级的分化，人们几乎没有任何对策。因为平成元年到平成三十一年，日本要建设的就是这种“成熟的阶级社会”。

1. 从“年功序列”向“成功序列”转变

学习新闻学，让人更加关心日本的时事政治。

1989年，从报道上看，1月7日昭和天皇驾崩，8日明仁亲王继承皇位，改年号为“平成”。4月日本第一次引进消费税，开始每次购物要缴纳3%的消费税了（2019年10月改为10%）。6月，朝日新闻揭露了利库路特公司用未公开的股票贿赂政治家、媒体大佬的丑闻，以后好几年时间大家仍在谈这件事，这件政治与金钱紧密结合、让日本国民十分反感的政治上的大事。

到了1989年的7月，警察逮捕了宫崎勤。宫崎连续在东京、埼玉等地诱骗幼女，然后将其先杀后奸。

国际上乱云飞渡。11月电视报道了柏林墙被两边的人推倒一事，12月罗马尼亚总统齐奥塞斯库被枪毙。

尽管日本有利库路特事件，有宫崎勤不断诱杀没有判断能力的小女孩，但日本社会让人感觉充满了发展机遇。1989年9月，索尼将哥伦比亚公司收入麾下。年底，东京证券交易所的日经股价指数飙升到了38 915点。“不久就要进入4万点大关。”耳边不断有人这么说，而且所有人都相信，1990年只要股市一开盘，迅速提升1 085点，步入4万该没有什么问题（实际上在第二年10月，日经指数下跌到了2万点以下）。

现在回望平成年代，才知道原来在昭和年代（1925—1989），日本人在精神上处于积极进（攻）取的时期，不论是1945年前的对外侵略战争，还是战后在经济上获取高速发展，日本国民一直在求“进”，这种“进”在军事上落得惨败，但在经济上则获得了巨大的成功。同时，这个社会的主要特点是企业“终身雇用”，维持这种一辈子在一家企业里工作的组织形态便是“年功序列”（按在企业工作时间的长短决定个人的工资与待遇）。

平成时期在精神上已经完全丧失了昭和的“攻取”内涵，开始注重削减成本，虽然勉强维持着年功序列，但眼看着也难以为继了。到了接近尾声的平成三十年、三十一年，日本社会多少开始有点以攻为守了。守让日本“失落”得太多，日本渐渐开始注重创业，“年功序列”的头一个文字被挪走，改成了“成功序列”，成者王侯，卖老不足以在企业内生存下去。

当然在年功序列的时代，日本出了索尼、日立、三菱等大企业，目前正在转变中的成功序列，还没有让日本出现谷歌、脸书、阿里巴巴、腾讯这样的企业。但回望平成，至少能让人感觉社会的维持模式发生着巨变。平成该是日本的转型期，只是这个转型期用了 31 年，确实有些太长了。

2.“成熟”“成功”意味着“贫富悬殊”的再度张扬

日本社会上很少有一夜暴富的情况，民众也不相信能通过某个软件一攫千金，在日本这类成功人士少之又少。

相当多的日本人在演艺、IT 方面想努力获得成功。这个相对简单一些，但日本市场有限，艺人一次花销数百万日元（数十万人民币），或者逃税漏税，媒体曝光一次，足矣让其断送大半个前途。和日本周边国家不同，走演艺或者 IT 的路子不易。

在大多数人只知道兢兢业业干活的时候，略有一点企业家精神的人，获得成功在日本并不是很难。和平成刚刚开始时的年功序列不一样，这些年已经开始有不少人出来创业，他们获取了一定的成功。

不过这在日本的社会学家或者媒体看来，是再度出现了日本社会的阶级分化。2018 年，日本最流行的一本书便是早稻田大学教授桥本健二写的《新·日本的阶级社会》。在平成开元的前两个月，《朝日新闻》1988 年 11 月 19 日发表过一篇社论——《格差社会（社会的贫富悬殊）如何是好？》人们往往以为格差是平成年代才出现的，其实在平成改元之前，日本社会早已经为此做好了充分的铺垫。从 1988 年的社论内容看，那时日本国民已经开始认识到了贫富悬殊的固化，而且非常多的人认为贫富悬殊在扩大。同时在那个时候，大多数日本人认为可以容忍因个人选择及个人努力情况而造成的贫富悬殊。

整个平成期，开始是泡沫经济出现崩溃，之后是大学生找不到工作，再以后发生了“越干越穷”的现象。这个时候，成功开始意味着获得大量资产，社会出现贫富悬殊的情况，社会已经不是简单地分几个阶层的问题，而是开始出现了阶级，而想超越一个阶级则非常困难。如果把昭和时代的年功序列当成某个标准的话，平成时代是年功序列发生转变的时期，虽然维持着年功序列，但已经是强弩之末。日本国民在平成期总是感觉无奈或者无力，扭曲的年功序列看上去是多余的，但导入新体制会发生更大的贫富悬殊现象。日本该如何突破？政治家、企业家、学者及媒体均未能给出一条出路。

3. 自然而然形成“成熟的阶级社会”

还是回到1989年。昭和结束，平成开启之时，柏林墙倒塌，罗马尼亚发生政变，国际社会出现了天翻地覆的变化。在平成即将结束，5月1日日本再度改元的时候，我们看到美国特朗普总统宣布退出数家国际组织，走上“美国优先”之路。日本也没有闲着。2018年安倍晋三首相正式宣布终结对华政府开发援助项目。

至于日本终结对华援助，一个比较大的原因是，在经济规模上，中国已经差不多是日本的3倍，日本在中国开始改革开放的41年里，其中31年处于平成时期，他们几乎没有想到中国会在经济规模上超越日本，便是几个胆大的评论家谈到有一天中国会超越日本时，也大多把时间放在了几十年及上百年之后。日本经济全盛期，人们想的是如何超越美国，不可能去思考中国有朝一日会超越日本。便是到了现在，在感觉上日本依然认为中国的超越是一时的，似乎也还有再度超越中国的机会。

不管历史是否能给日本一次再度超越中国的机会，单只看日本的话，现在的日本社会处于成熟阶段。日本人的幸福感很高，大多数人想做自己喜欢的事，也确实在做自己喜欢的工作。但是不是能够获得足够的报酬，或者说能否过上稳定的生活，对此则基本上持否定态度。

此外，日本人开始变得愈发有文化自信了。比如《朝日新闻》报道说，在2001年、2007年及2013年，三次对福冈县的1 600～1 700名高中生做的调查表明，高中生阶段的日本人已经对自己的文化有了特别强的自信，而且越来越自信。比如谈到“是否认为日本的文化及传统比其他国家更加优越”这个问题时，作出肯定回答的比率，分别为29%、38%和55%。

经济上的格差与对本民族文化的自信，是日本成熟的阶级社会的主要特点。回望平成期的31年时间，日本似乎已经完成了经济发展模式的转型，从年功序列向成功序列做了转变。对于成功没有太多的羡慕，也没有深刻的嫉妒；文化上的自信让这个国家显得成熟，大多数人可能心中有某种不安，但这种不安还不足以造成社会的动乱。

日本“成熟的阶级社会”今后将一步步地走下去，将会走很长、很远。

（首发于秦朔朋友圈2019年1月29日）

「其他」

关键词：

新鲜；新知；新解读

我在英国体会疫情

1月中旬，我带着一个小箱子，里面放着些简单的换洗衣服，从上海飞回英国。我们要做“胡润百富”的全球春晚系列，1月16日在伦敦举行“英中杰出贡献奖”活动，21日在巴黎举行“法中杰出贡献奖”活动。两场都办成了，但因为新冠病毒疫情，原计划的悉尼、墨尔本、洛杉矶、东京、新加坡等地的活动都取消了。

我从巴黎回到英国自己的家中，那是一个离牛津很近的小村子，周围有五六十户人家。但没有想到，这一待就是两三个月，而且现在还不知何时能回到上海，也许一个月，也许三个月，也许更长。

1.

我在上海已经超过20年了，最早在会计师事务所工作，后来自己创业。我的三个孩子，现在分别是16岁、14岁、11岁，也都在上海读书。我妻子是英国人，在上海当医生。

孩子们在1月24日那个周五放假，他们提前了两天，1月22日和妈妈一起飞到英国。我们原计划停留8天就回上海，我的工作很忙，孩子们很快也要开学。可是1月底，正是疫情在中国非常严重的时候，所以我们决定暂时不回去。当时在英国只确诊了2名感染病例，即使到2月底，虽然感染者增加到20人，但基本都是到国外旅行期间被感染的，真正在境内感染的只有1例。

英国政府是有警惕的，3月3日首次发布了防疫措施，禁止举行人员密集大型活动，鼓励在家办公等等。这时疫情发展得比较快，到3月中旬确诊病例已有1 000多人，女王也离开了白金汉宫，到伦敦外的温莎城堡躲避。这时我们家开了一个会，到底是留在英国，还是回中国？这时中国的情况已经好转了。我妻子的姐姐（下称“姐姐”）也是医生，在伦敦一家很好的医院的ICU工作，我们决定在英国的关键时刻要留下来。妻子说她可以申请当志愿者。姐姐则把她的两个小孩和两条狗送到我们家，这样她可以安心在ICU工作，不用担心万一感染影响到孩子。

我们留在英国还有一个原因，就是我和妻子的家人很多都在英国，如果谁有问题，我们可以帮忙。此外，我们也了解到上海的学校要5月才开学，孩子回去也无法上学。

姐姐在ICU首次应对感染者后的第三天，就出现了感染症状，她和先生也暂时不住一起了。姐姐一个人在家隔离。妻子考虑要不要过去照顾她，她说不要，她不算特别严重，主要是要休息，周围邻居可以给她一些吃的。她休息了十天，基本恢复了，还是有点累，但可以去工作了，ICU也需要她，虽然做不了医生的工作，但可以做一些行政支持的工作。姐姐恢复了，我和妻子都很开心。

我妹妹的女儿，在伦敦宣布严格“封锁”（3月23日）后的第五天，咳嗽，发烧，被感染了，她18岁，在家里住了三天就好了。我的两个好友，一个被感染后住在家里，经过两周恢复了正常，也没有什么后遗症。另一个从伦敦飞印尼，印尼再飞香港时拉肚子，到香港后就住院了，他40多岁，现在也恢复了。为什么姐姐要和她丈夫分开住，因为他60岁了，年龄偏大，抵抗力没有那么好。

值得一提的是，我们周围的人一旦有症状，都主动和亲戚朋友隔离。我已经两个多星期没见过姐姐以及我妹妹的女儿了。

2.

目前我们家的成员，有两个大人，五个孩子，两只狗。

当我意识到不可能很快回上海后，我做了三件事，一是在家里装了宽带，因为过去只是暑假回来几个星期休假，没有装宽带；二是把妻子的奶奶留给她的老钢琴重新调音；三是买了六只母鸡，这是我打了十几个电话才找到一户人家买的，目的是等它们下蛋。

我们旁边的邻居是养羊的，羊妈妈生了很多小羊，可是生下两周，它突然死了，邻居养不过来，我们就接手了四只小羊，每天早中晚给它们喂三次饭，喂热的奶。我让孩子们喂，培养孩子的责任心。六周之后，我们会把小羊还给邻居。

我妻子和姐姐18岁的女儿都申请当了志愿者，但妻子20年没在英国工作了，目前还没有给她上岗的机会。但她做好了准备，如果医护人员缺乏，她随时去上岗。姐姐的女儿当志愿者，任务是给周围的老人打电话，记录他们的基本生活需要和面临的问题。

我们的生活比较简单，不能出门，都在家里。我们的花园比较大。前一段下雨多，旁边的小河水满了，我们下午会坐船，或在乡间走路，锻炼身体。

每天早上我都会看有没有鸡蛋，前天，终于第一次有鸡蛋了，有四个，今天有五个。我还做了一些预测疫情变化的模型，每两天更新一次，并且和女儿讨论。

两周前我和太太有点喉咙疼，我们也有些紧张，但三四天后发现没事。在疫情下整个国家的人都很敏感和恐慌，有时就会夸大一点点不舒服的感受。

我自己也做了一些志愿工作，一周到超市去一次，买些生活必需品，给一些老人送去，特别是吃的东西。

孩子们都在上网课。虽然效果不如在学校面对面，但这是全世界第一次，基础教育必须在线。

生活简单，在院子里、屋子里还是挺开心，但外面，看到英国股市、德国股市、印度股市都跌了25%，美国跌了20%，和经济相关的信息都不好，我最担心的就是经济何时能恢复。我们做了很多榜单和研究，是为了推动企业家精神，这也是我工作的意义。

3.

对于英国政府在疫情中的表现，我觉得英国人还是比较认可的。

第一是英国人相信科学家。比如首相和政府首席科学家帕特里克、政府首席医学顾问克里斯·威蒂一起开新闻发布会，接受提问，凡是和科学相关的话题都是科学家回答的。克里斯·威蒂本人的专业就是传染病学。大家对他们有信心。

但我自己在3月22日那个周末是非常担心的，因为根据我的模型和计算，如果不严格封锁，疫情蔓延得会很厉害。学校在那个周五已经关掉，我想政府很快会全面封锁，但拖了一天。这一天我很着急，打电话给当地一家广播电台反映，问为什么还不封锁？主持人说，你要听科学家的，他们专门研究病毒，别的你不用听。

但那个周末天气特别好，虽然政府说过尽量不要出门，但当时的态度比较委婉，所以很多人还是出去旅游了，我心里特别紧张。我觉得问题不是政府不封锁，而是封锁的执行力不够。

第二是英国人对政府采取的措施表示认可。比如你要让英国人待在家里，封锁，有些人立即就没有收入了。所以财政部部长公布了“薪资补贴”计划，为所有受疫情影响而无法工作的数百万人（不包括被解雇者），补贴其工资的80%，补贴上限为每人每月2 500英镑。这样他们就会安心在家里，不用担心还不了账单。这种做法我事先是没想到的。我觉得很好。英国有很多小企业，有的是“一个人的企业”，这样补贴他们就没有生活压力了。

我们全家7个人，每天晚上5点一起看电视新闻，几乎每天都有大新闻和政府采取的手段。查尔斯王子检测呈阳性，他72岁了，我们都为他担心。特别是首相约翰逊、卫生部大臣汉考克、政府首席医学顾问克里斯·威蒂都感染了，卫生部大臣隔离7天好了，卫生部副大臣纳丁·多丽丝在更早的时候也感染了。我们的首相和我都是伊顿公学毕业的，他比我早六年入学。他现在已经进入了 ICU，我们特别不希望他出事情。

英国脱欧，在特雷莎 · 梅的时候弄了三年多，也没有结果。当时我是不赞成脱欧的。但看到约翰逊能够带领英国人脱欧，有一个确定的结果，而不是一直悬着，这对国家有好处。他一直在为国家工作，工作态度是好的，没有照顾好自己，英国人看在眼里，对他是有感情的。

4.

再说一下群体免疫的问题。

首席科学家帕特里克提出，假如大部分人口都对新冠产生抗体，那么这种病毒未来就很难蔓延，大约 60% 的英国人需要感染新冠病毒，以使社会对未来的疫情具有群体免疫。他是在考虑到没有疫苗的情况下该怎么办时，提出了这样一种方式。

但我一开始就觉得不可行。因为什么都不做，人民不可能接受。

英国一年死于流感的人数，大概在 6 000 到 1.5 万人之间，基本都是七八十岁的老人。我的判断是，如果这一次的死亡人数在 1 万～1.5 万，英国人会认为是正常的数字。但如果更多，比如 3 万～5 万，那肯定不正常了。

从我自己的测算看，目前的死亡人数还在正常范围。姐姐说，医院基本可控。她们医院的床位原来只有 20 张，现在已经扩充到 100 张。

英国用了十天左右建设了一个方舱医院，在伦敦东部，叫南丁格尔医院，由 ExCel 会展中心改建而成。目前可以提供 500 张配备呼吸机等设备的床位，如果需要可以扩张到数千张床位。他们的行动还是比较快的。

所以从医院看，目前没有特别严重的、无法承受的问题。

我自己的一个体会是，疫情发生后，各个国家的人民都更加爱国了。 因为这是发生在自己国家内部的灾难，大家都希望能够处理好，能够解决。我们全家在上周六晚上 8 点看女王发表电视讲话，全体英国家庭都在看。

她说："1940 年，在我妹妹帮助下我做了第一次广播演讲。作为广大儿童的一员，我们在温莎向其他因为战乱而被迫离开家园的儿童发表讲话。今天，如往事重现，我们当中的很多人，也感受到了亲人离去的痛苦。但是现在，我们跟那时一样，知道我们现在要做的一切，都是正确的选择。"她鼓舞民众团结一心，"自律而坚定"地战胜新冠疫情。女王说，虽然自我隔离时常让人觉得很艰难，但是一切有或是没有信仰的人，都发现，这是一个放慢手头的事情，而进行自我审视的好时机。

英国女王伊丽莎白二世在讲话中说，“全英国人民为医疗员工和关键岗位的工作人员鼓掌的那一刻，将会当成我们的国家精神被铭记。而小朋友们画的这些彩虹，也将代表着我们国家精神的一切。”

这次电视讲话，也是女王在登基后第 5 次在圣诞节以外时间的讲话。前 4 次分别是 1991 年第一次海湾战争期间、1997 年戴安娜去世、2002 年女王母亲去世以及 2012 年女王登基 60 周年。

我问德国的朋友他们那里的情况，他们说政府做的是可以的。问瑞典的朋友，也说政府是可以的。 英国 2016 年脱欧，人民之间意见不统一，非常头疼。脱欧都过去了，现在的疫情是针对每个人而来的，所以人民之间开始互相帮助。政府也尽量努力。问题肯定也存在，比如缺少呼吸机了，但总体上英国人对政府是满意的。

5.

我们在上海和印度有两个办公室，印度现在是在家办公的状态，上海复工了，这两个月我们发了好几个报告，比如《2020 胡润企业家战“疫”特别报告》，“中国百强大健康民企榜”，我们希望鼓励人们不要放弃，要继续保持企业家精神。我们调研了 480 位企业家，三成企业家表示家人关系更加和谐了。英国也有类似情况，企业家过去太忙，很少在家里，现在和家人在一起的时间大大增多了。

从 2016—2020 年，我们做的全球富豪榜（10 亿美元财富以上），中国的数量一直超过美国。

4 月 6 日，我们发布了《疫情两个月后全球企业家财富变化特别报告》。

过去 2 个月，全球百强企业家的财富减少了 12.6%，相当于 2.6 万亿人民币，或者相当于每人每天损失 4 亿多人民币。他们中间只有 9% 的人财富增加，86% 的人财富减少，5% 的人财富保持不变。所以疫情是对所有国家的打击。

有意思的是，全球百强企业家财富增加的这 9 个人，都在中国。有两个是猪肉生产商，新希望的刘永好和牧原的秦英林夫妻。全球对医疗设备的需求激增，迈瑞的徐航财富增加了 26%。此外还有海天味业的庞康、刘强东、王卫、雷军、吴亚军、孙飘扬夫妇。

而按照财富的增速来看，过去两个月，来自视频会议平台 Zoom 的 50 岁袁征的财富增长了 77%。以公务员考试培训起家的中公教育的李永新和他的母亲鲁忠芳，财富增长了 20%，达到 820 亿人民币，主要受到优于预期的财务业绩和在新冠病毒暴发期间的网络营销的推动。中公教育如此成功，说明报考公务员这个市场很有吸引力。

我现在最担心的是全球封锁下的经济怎么办，想不到什么办法。肯定能恢复的。但何时恢复？两个月，半年，两年？

同时，我也很想念上海。孩子们也很想念上海的学校。

胡润 / 文（《胡润百富》创刊人，首发于秦朔朋友圈 2020 年 4 月 8 日）

感谢文学，感受那些覆盖着大地和时代的力量

序言

茅盾文学奖（以下简称茅奖）设立于 1982 年，几乎与改革开放同龄，每一届的年份都不确定，数目也不确定。2019 年将是第十届茅盾文学奖出炉的年份，但很多读者对茅奖的记忆还停留在《平凡的世界》的年代。

路遥的这部 104 万字的巨著是 1986 年 12 月出版的，直到今天仍在人们的心灵中回荡。它是 1991 年的茅盾文学奖得主。

“在这个世界上，不是所有合理的和美好的都能按照自己的愿望存在和实现”，“每个人都有一个觉醒期，但觉醒的早晚决定个人的命运”，“人处在一种默默奋斗的状态，精神就会从琐碎生活中得到升华”。在20世纪80年代，路遥的话，激励着很多年轻人向往美好，不怕困难和挫折，坚韧不拔地奋斗。

每个时代的读者都需要充满力量、体验和洞察力的文学作品。在这第十届茅盾文学奖出炉之年，让我们从众多和《平凡的世界》一样优秀的作品中，感知大地，感知时间，感知生命。

本文将从作品内容本身的视角，感受茅奖作品给予一个普通的中国文学爱好者带来的阅读体验，相信大家都会有所共鸣。

加上第三届两篇荣誉奖的作品，之前的九届茅盾文学奖一共为读者呈现了43篇优秀作品。不论环境有何改变，每一部作品都是作者在当时最严肃的思想表达，无限还原了时代的背景和人物的思考，这对于笔者还有新时期的读者们来说是最好的代入工具。

本文整理了所有获奖作品，形成了一些基本概况，力求让读者一眼了解茅奖作品全貌。表1是所有获奖名单及题材类型，表2为茅奖作品内容覆盖区域示意图；图1是作品表述的纪事时间表。

表1　历届获奖名单及题材类型

时　间	作　品	作　者	主　题
第一届(1982)	李自成（第二卷）	姚雪垠	明末清初的农民革命
	芙蓉镇	古　华	“文革”中的湘西农村
	东方	魏　巍	抗美援朝
	将军吟	莫应丰	“文革”中的军人干部
	冬天里的春天	李国文	老党员四十年的斗争与反思
	许茂家的女儿们	周克芹	“文革”中的四川农村
第二届(1985)	钟鼓楼	刘心武	改革初期的北京市民生活
	沉重的翅膀	张　洁	机关改革
	黄河东流去	李　凖	黄泛区人民的十年斗争
第三届(1988)	平凡的世界	路　遥	改革初期的农村青年生活变迁
	少年天子	凌　力	顺治皇帝
	第二个太阳	刘白羽	解放战争渡江南下
	穆斯林的葬礼	霍　达	穆斯林兼玉器家族的六十年

（续表）

时　间	作　品	作　者	主　题
第三届(1988)	都市风流	孙　力　余小惠	八十年代的城市改革
	金瓯缺（荣誉奖）	徐兴业	南北宋之交的义军
	浴血罗霄（荣誉奖）	肖　克	抗日时期的红军
第四届(1994)	白鹿原	陈忠实	渭河平原近百年的农村变迁
	白门柳	刘斯奋	明末清初的知识分子士族
	骚动之秋	刘玉民	改革初期的农民改革家
	战争和人	王　火	抗战中的爱国人士
第五届(2000)	尘埃落定	阿　来	藏族土司的兴衰
	长恨歌	王安忆	一个上海女人四十年的感情故事
	抉择	张　平	当代社会的反腐
	茶人三部曲（一、二）	王旭烽	杭州茶叶世家的兴衰沉浮
第六届(2005)	张居正	熊召政	张居正的政治人生
	无字	张　洁	四代女性的情感
	历史的天空	徐贵祥	从抗日到拨乱反正四十年的军人
	英雄时代	柳建伟	红色子弟九十年代的人生选择
	东藏记	宗　璞	抗战时期西南联大的师生生活
第七届(2008)	暗算	麦　家	建国初期的谍战
	秦腔	贾平凹	陕南农村的社会生活
	额尔古纳河右岸	迟子建	鄂温克族的抗争与爱情
	湖光山色	周大新	乡村剧变背景下的惊悸和固守
第八届(2011)	你在高原	张　炜	一批五十年代出生的人的经历
	天行者	刘醒龙	九十年代的乡村民办教师
	推拿	毕飞宇	盲人的爱情生活
	蛙	莫　言	基层的计划生育工作
	一句顶一万句	刘震云	平民的精神存在方式以及孤独感
第九届(2015)	江南三部曲	格　非	一个世纪以来中国社会内在精神的衍变轨迹
	这边风景	王　蒙	六十年代初的伊犁生活
	平原三部曲（生命册）	李佩甫	中原农村的精神生态
	繁花	金宇澄	三个年代下的上海市民生活
	黄雀记	苏　童	青少年的罪与罚

资料来源：作者整理

表 2　茅奖作品内容覆盖区域

区　域	作　品　代　表
北京	《钟鼓楼》《沉重的翅膀》《少年天子》《穆斯林的葬礼》《张居正》《英雄时代》
大中原	《一句顶一万句》《黄河东流去》《生命册》《秦腔》《平凡的世界》《白鹿原》《李自成》
东部沿海	《蛙》《骚动之秋》《你在高原》《推拿》《白门柳》《冬天里的春天》《长恨歌》《繁花》《茶人三部曲》《江南三部曲》《金瓯缺》《历史的天空》《将军吟》
两湖区域	《湖光山色》《第二个太阳》《战争和人》《芙蓉镇》《浴血罗霄》《天行者》
川藏新疆云南	《许茂和他的女儿们》《东藏记》《尘埃落定》《这边风景》
东北	《额尔古纳河右岸》

资料来源：作者整理。部分无现实对照区域的没有录入，部分作品区域跨度较大的选了主要区域。

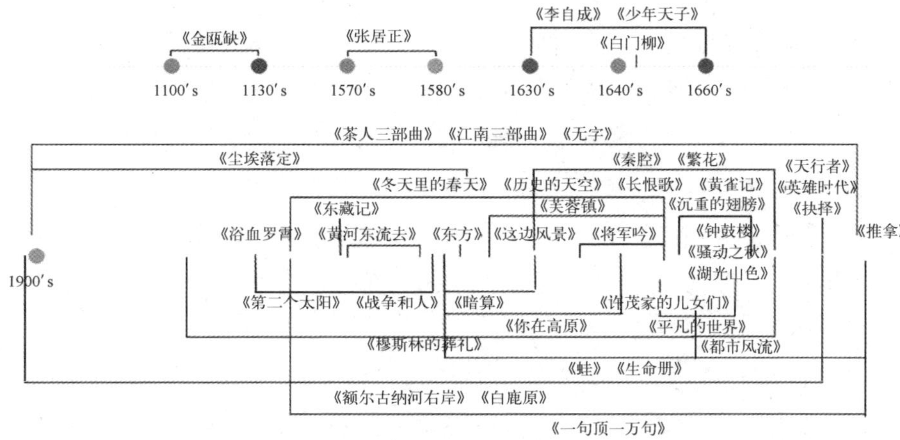

来源：作者整理。

图 1　茅奖作品内容纪事图

茅奖作品是带了时间轴的清明上河图，展现着广袤华夏土地的风土人情

茅奖作品的一大特点是记录风土人情，传递民俗文化，而且通过人物与故事留下了极强的画面感。芙蓉镇上的湘西秋雨，鄂豫皖的湖光山色，伊犁的西域异俗，杭州城的书语茶香，文字间的娓娓叙说一下拉近了距离，犹如亲至。

纵观茅奖作品内容的覆盖区域，既有对于北京东城钟鼓楼一个点的描写，也有像《战争和人》一样对于抗战期间半个中国的全景画卷。按表 2 所示，整个茅奖作品内容覆盖了超过 60% 的国土区域，即使描写朝鲜战场的《东方》也花了笔墨刻画了合作社前的国内农村形势。另外，还有一些作品虽然没有具化的现实区域，但却给读者留下了很深的印象，包括《暗算》里的701所在地，《抉择》里反腐的阵地海洲，《天行者》里乡村教师坚守的界岭等。在区域性的作品中，描写北京、中原以及东部沿海地区的尤其密集。

北京

古老的北京城迎来最多的目光，《张居正》里皇极门外登闻鼓的肃穆静谧，正月十九燕九节的引龙盼雨，首辅们与天子百姓有着同样的家法人情。熊召政的这部作品同时也拿下了首届姚雪垠长篇历史小说奖。

而姚老师是首届茅奖作品《李自成》的作者，这部作品整整写了42个年头，330多万字。虽然1982年就已经获奖，但1999年才算基本完成五卷。写作时期横跨了“十七年”“文化大革命”“新时期”及之后共4个历史阶段，恰好也是社会政治、文化发生重大变革、转型之期。作品较为细致地展现了当时河南、陕西等地的战乱生活以及部分明末的北京视角。尤其是整个北京的描写都是阴郁的，在农民军和清兵的双重压力下，乾清宫的东暖阁也是寒意料峭，静街的北京城冷风吹过房檐，铁马丁冬。

相比而言，《少年天子》里的北京城更有温度，乞巧节、圣寿节、梨园戏场、西山古寺等都成了这个清朝皇帝的抒情之所。一个入夜的南城中，棋盘街、大栅栏、廊房头、肉市、鲜鱼口、打磨厂、樱桃斜街、玉皇庙、西珠市、东草厂、韩家潭、石头胡同等地方，“华灯照天，夜夜元宵”。

《穆斯林的葬礼》从1920年开始，走过了牛街的礼拜寺、前门外的玉器店、未名湖畔的梁祝和夕阳中的博雅塔，回民的风俗和玉文化融入了北京城和韩家60年的风雨。起文一段四合院的描写就叫人无法释手。“穿过大门的门洞，迎门便是一道影壁，瓦顶、砖基，四周装饰着砖雕，中心一面粉墙，无字无画，像一片清澈的月光。影壁的底部，一丛盘根错节的古藤，虬龙般屈结而上，攀着几茎竹竿，缠绕着繁茂的枝干，绿叶如盖，葳蕤可连接地面，每逢春夏，紫花怒放，垂下万串珠宝。”

《钟鼓楼》里的四合院已经不再象征着家族的财产和势力。在1982年北京的钟鼓楼周边还是有外交官、话剧演员、厨师、小知识分子、理发师、营业员、修鞋匠等共居的时代。钟鼓楼很多城市都有，但楼下却有着不同的故事。一个北京普通市民当时的婚礼家宴酒席有几轮，从中午吃到晚上，冷盘有9份；新人的双人床要带弹簧软垫的，大立柜要三开的，沙发一定得葛丝沙发布全包的，写字台得“两头沉”，五斗橱得带靠背镜的，就是脸盆架也得是带高挑毛巾架和双皂筐的。

中原

这里指更广义的中原地区，包含了原来的河南、陕西、山西、山东和河北部分，甚至也辐射到江西、苏北、安徽以及两湖等地区。作为中华文明的发源地，社会历史的巨幅变迁给了作者们充分的素材，也指引着读者去挖掘更多的宝藏。

从《李自成》里，我们过潼关、进商洛山、驻勋阳、破洛阳、开封、入主紫禁城后兵败山海关、武昌、汉口等直至闯王离世，辗转数千里。虽是农民起义家的视角，也能看到无力的崇祯、更具活力的清廷和乱世亡国之相。书中出现了很多李家寨张家寨等民团势力，或结寨自保或逼反成了起义军，真正全国已无独善之地。

黄河儿女在华夏文化的发展中星光熠熠，也基本不会缺席重大的历史演变。但在《一句顶一万句》中，没有突出大事件的背景下，作者带着我们在出延津和回延津中走过了大半个世纪，堪称中国版的百年孤独。不管是20世纪30年代的河南延津，还是回到现代的山西沁原和陕西咸阳，都难以摆脱在局促和混乱交往中的精神空白，找一个说得上话的人不容易。也会有黄河流域中原农民为了生存，常常迫不得已闯关东，走西口。《黄河东流去》中有变化多端的黄河景色，成群结队的流民大迁徙，洛阳郊区和西安城下纷乱的难民营。天灾人祸中的黄泛区人们为了生存走出潼关，形成了传说中“第五十七个民族——挑担族”，历经生死，最后又回到了家乡。

李佩甫从呼家堡走到无梁村，终于通过《生命册》捧回了茅奖。书中“丢”是一个背负着土地行走的中原娃，在他上升轨迹的时候会感受到磕绊，到了迷茫和关键期的时候，又是这片土地挽救了他。很多农村的孩子都会有类似的路径，但不是每一个都能找回原来的路，也会有作者最后的自我感触是“也许，我真的回不来了”。

有个读者曾经留言说“看完《生命册》以后，更加怀念家乡的牛毛细雨，怀念家乡夜半的狗吠声，怀念藏在平原夜色里的咳嗽声或是问候语，怀念蛐蛐的叫声，怀念冬日里失落在黄土路上的老牛蹄印，怀念静静的场院和一个一个的谷草垛，怀念钉在黄泥墙上的木橛儿，怀念那种简易的、有着四条木腿儿的小凳，怀念门搭的声音，甚至于怀念家乡那种有风的日子。”

对乡土情结留念至深的还有《秦腔》，陕南的一个小村镇，不再是大伙心中模糊的秦人形象，在一段段陕西和内蒙方言中照样清新隽永。文章里高亢深沉、激扬悲凉的秦腔贯穿始终，给人一种如歌如泣、忧伤无奈的感觉。秦腔艺术的忠实热爱者如白雪只能为丧事而歌，明面上是对这个传统艺术形式的告别，实际上是作者对农耕文化丢失的焦虑。秦腔烈如酒，五味杂陈，不可一饮而尽。从这个意义上说，《生命册》和《秦腔》

讲了一个故事。这部作品的后记也是亮点，清风街和棣花街合二为一，至今还流传着秦王鼓乐和李自成的闯王拳法。

《白鹿原》用超出 50 年的时间拉扯出一个巨幅的渭河平原，陈忠实与这块土地的关系，就如同贾平凹和棣花街、莫言和高密、鲁迅和鲁镇。书中很多民俗描写非常细腻生动，包括旧房改造、婚丧嫁娶、求神祭祖，等等。但是民俗的传承碰上时代的剧变让读者有种无法言语的撕裂感，“大年初一未明，白嘉轩刚刚祭了祖宗，黑娃和他的三十六个弟兄就聚在祠堂外，手提铁锤，砸了祠堂。之后，在大年初一又砸死了碗客。”

《平凡的世界》的原型也在陕西，黄土地的沟壑纵横、“信天游”的热情悠扬、双水村打枣的欢乐，都烘托出浓郁的陕北风情。看看主人公孙少平的衣食住行吧：

◇ 衣，出场老土粗布的学生装，没有鞋带的黄胶鞋，缩到半腿的裤子，到了冬天就尽显破烂单薄；

◇ 食，平常黑面馍加剩菜汤兑开水，其实很多农民家里还在吃糠团；

◇ 住：少安少平两兄弟拼命烧砖挖矿，为了给老父亲箍三口体面的窑洞；

◇ 行：每天上学 20 里路来回。

就这样的生活，很多读者并没有替他感到可怜，甚至愿意去成为孙少平，因为他有着黄土地上人们一样的踏实和韧性，永远满怀希望。

再往南，河南与湖北的交界，有一个亚洲最大的人工水库——丹江口水库。《湖光山色》的故事就发生在这里。和《秦腔》《生命册》类似，《湖光山色》又是一个坚守与发展的主题，市场经济下新型农民的选择。所不同的是，这个作品以中国的五行串起故事的脉络，又将本地的楚国传说穿插其中。每次书中楚王的演出，就会让人想起张艺谋导演的印象系列。另一个和水域相关的作品是李国文的《冬天里的春天》，湖上的迷雾都有让人看不清的真相。

如果以茅奖作品对于地区的影响来说，《芙蓉镇》一定名列前茅，无论是作品本身，还是姜文和刘晓庆的电影作品演绎，都给了湘西一个满意的答卷。整个作品有 1/4 的篇幅在介绍风情民俗，读完作品，一股冲动就在心底，时不时地浮起提醒着读者，湘西在等你。伤痕文学的优秀作品有很多，但《芙蓉镇》一定是里面最有情调和风俗味的，读者的画面更多定格在了青石半街、米豆腐、凉粉树、扫街人和那场婚礼。

江南

江南好，风景旧曾谙。与中原地带不一样，沿海区域的聚焦农村的作品不多，城乡地域的差异在日趋消融中。在这里，更多的是大时代背景下，大家族小家庭的沉浮与人性的光芒。

其中有五部作品比较有代表性，分别是两部三部曲：《江南三部曲》和《茶人三部曲》；两部沪上作品：《繁花》和《长恨歌》，还有部《白门柳》虽然主线在南京，但几个人物基本都在南通、苏州、嘉兴等区域活动，也可以算这个范畴。

好像茅奖对三部曲独有青睐，加上李佩甫、王火和麦家的作品，一共有五部相关的三部曲获奖了。《江南三部曲》又是一本《百年孤独》式的巨作，和《白门柳》倒可以对照着看。都是知识分子的追梦之旅，有的梦断在路上，有的梦回到起点。格非笔下的桃花源、花家舍，乍看理想正浓，现实中千疮百孔；刘斯奋笔下的才子们也风流不在，各自龌龊。只有江南的风景还算宜人，“地里的棉花已经长得很高了，黑油油地一直延伸到河边，风儿一吹，就露出叶子下的棉铃。田里没有一个人。天井的屋檐下，几只燕子喳喳地叫着。墙上的青苔又厚又浓，像一块绿毡子，亮晶晶的。太阳光暖烘烘的，阴凉的南风吹到脸上，舒畅无比。她在那儿坐了半天，东看西看，想着一些不着边际的事。”

读者喜欢将《茶人三部曲》和《白鹿原》去对比，都是家族间数代人的恩怨情仇随着历史的进程不断演变。其实这个作品也和《秦腔》一样，技艺的传承涌动着内在精神的力量。“内清明，外直方，吾与尔偕藏”，也是茶人的精神。

除开命运沉浮的主线以外，《茶人三部曲》对于两方面的描写也是充实迷人的。① 杭州城。从杭家、茶园、西湖到寺庙，作者对于杭州城的描写不遗余力，这是一个可以媲美《芙蓉镇》的城市名片作品。② 茶文化。这是一部关于茶尤其是绿茶的准教科书，千年的历史沉淀抽丝剥茧，茶人和茶事细细诉说。更难能可贵的是，文中不仅只做了杭州绿茶的宣传，对于其他的近十种茶也是尽心推介，真正做到了开卷是天堂，闭眼知茶香。

《繁花》和《长恨歌》的写作手法和主旨都相差很大。《繁花》是话本艺术，不需要太多的渲染，独特的上海方言对话和极简的旁白串起了两个年代的缠绵，书中对于弄堂群居生活的人物情态细节也把握到了极致。它和《一句顶一万句》一样，注重于读者主动去抓取情感的那一刻，类似于话剧的表达，实际上也都被搬上了话剧舞台。《长恨歌》则通过一个传奇女子，穿梭于弄堂、公寓和郊外之间，从时间和空间上刻画着上海的故事。两者又有共通性，细碎、极致且不留余地的海派标签，让读者虽不曾亲历，也能在脑海中色彩斑斓。“一说起平安里，眼前就会出现那种曲折深长、藏污纳垢的浓汤。它们有时是可走穿，来到另一条马路上；还有时他们会和邻弄相通，连成一片……这样的平安里，别人看是一片迷乱，而它们自己却是清醒的，各自守着各自的心，过着挣扎的岁月。”

还有几部作品，也带有明显地域特征，给读者留下了深刻的印象。这其中有描写藏区土司的《尘埃落定》，描写鄂温克人的《额尔古纳河右岸》，描写 20 世纪 60 年代中苏交恶时期伊犁生活的《这边风景》，描写动乱时期四川农民的《许茂和他的女儿们》，描写朝鲜战场的《东方》，等等。

茅奖作品用自己的视角，忠实地记录着特定的历史时期

相比区域性的分散，茅奖作品呈现的时间段相对较为集中。从表 3 可以看出，43 部作品中，只有《金瓯缺》《张居正》《白门柳》《李自成》和《少年天子》五部属于 20 世纪以前。其中横跨百年的作品有四部，即《茶人三部曲》《江南三部曲》《额尔古纳河右岸》和《白鹿原》，而且基本都是在 20 世纪时间段。50 年左右的有《尘埃落定》《穆斯林葬礼》《一句顶一万句》《生命册》和《蛙》。时间跨度最短的还是《钟鼓楼》，讲了 1982 年 12 月 12 日早上 5 点到下午 5 点发生的故事。

更加密集的作品内容体现在“十七年”时期（1949—1966，和“十七年文学”强调作品发表年份不一样，这里指的是作品内容表现的时期），“文革”时期（1966—1978，含两年的徘徊时期）和新生活时期（党的十一届三中全会以后）。他们不同于其他作品大开大合、沧海桑田一般的曲折婉转，反而不断在困境中挣扎牵扯直至流出黑血，伤口上的反思直击灵魂。读者往往会在作品时代和当代的差异性中感悟生活的意义。

王朝更替

每一次少数民族入主中华的时候都会呈现最为激烈的冲突。《金瓯缺》讲述了金、辽、宋并存时期的战争及至北宋朝灭亡的故事，《李自成》和《白门柳》则发生在清朝入主中原时。这样的年代既会出现马扩、黄宗羲一样的气概千里的民族英雄；也有南明这样偏安朝廷里的内耗倾轧，也留下了洪承畴、钱益谦这样的历史争议人物。

《张居正》之后，明朝也“积重难返”（这个词汇也来自万历年代），五年后就到了传说中大明乃至封建王朝的分界岭 1453 年。张首辅终其一世战战兢兢，也未能拉回大明颓势，死后落得被抄家、子弟发配的下场。但熟读本书后，会发现他的很多思想和政治主张即使在今世都有借鉴意义，其中“星星之火，遂成燎原”也点亮了 20 世纪伟人

们的决心。

与传统帝王类主题作品的厚重沉稳相比,《少年天子》是一个例外。作品越过开篇部分的沉闷,一开始还是正片历史剧的感觉,逐步走向高亢激扬。顺治作为入关的第一位皇帝,也是汉文化的痴迷者,在满汉融合上不遗余力,清朝也由顺治帝起逐步稳固了统治,给康乾盛世留下了基础。然而,作品在如此的大背景下,虚化了很多历史事件的实际影响,更多围绕着福临的性格刻画与演变成长。他和乌云珠的情感倾诉在文中如此突出,能让读者在众多清朝题材中对政治生涯并不算顺利的顺治朝也念念不忘。

十七年时期和“文化大革命”时期

茅奖中更多的作品内容同时反映了这两个时期,而在这两个时期的作品也先后形成了“十七年文学”“伤痕文学”和“反思文学”等。它们有:《芙蓉镇》《东方》《将军吟》《冬天里的春天》《许茂和他的女儿们》《穆斯林的葬礼》《白鹿原》《长恨歌》《茶人三部曲》《无字》《历史的天空》《暗算》《秦腔》《额尔古纳河右岸》《你在高原》《蛙》《一句顶一万句》《江南三部曲》《这边风景》《生命册》和《繁花》。一共 21 部,占据了整个茅奖作品的一半。

十七年期间,中国经历了新中国建立的喜悦与自豪,抗美援朝的“立国之战”,三年自然灾害、整风运动、“大跃进”、文艺八条、中苏关系逐渐恶化、中印边界冲突、原子弹研制成功等一系列重大历史事件。很多这个时期的作品被认为更加偏重于意识形态而缺少了文学性,但就如文章一开始所说,每个时期的作品不仅有写作手法上的时代烙印,也有作者创作背景和心路历程在作品中的映射,如此反而更能体会当时人们的所行所想。

《东方》和《这边风景》是描述这个时期比较有代表性的作品。《东方》是讲述抗美援朝时期一个英雄团在朝鲜战场的英勇作战以及其家属们在国内农村的生活故事。书中既有彭德怀元帅的视角,也有小兵郭祥的英雄成长故事。这是少有的正面描写朝鲜战场的作品,也展现了一部分建国后农村形势的复杂环境。《这边风景》是一个极具时间和区域性特点的小说,伊犁的民族风情、中苏交恶下的边民生活和汉维两族的理解融合在书中表达细腻。虽然到第九届才获奖,但作品初稿的完成时间在 1978 年左右,和《东方》差不多。书中还穿插着王蒙对于那个时期生活方式和思想活动的跨时代点评,集作者年轻时期的新疆生活的回忆和几十年以后的再思考。

“文化大革命”十年,对国家以及很多经历者来说是个沉重的回忆,而在很多新生活时期及以后出生的人眼里更多的是神秘和不理解。哪怕是五六十年代出生的人，对那个时代也只是比较区域化的认知。反映这个时期的作品，不是为了重揭伤疤，是为了以更多纬度的视角给后来者去参考，去反思。克制、隐忍、保持希望是主旋律，时代的疯狂与迷失不能完全抹灭人性的光芒。《芙蓉镇》《许茂和他的女儿们》和《将军吟》都是其中的代表性作品。

很多像许茂和老谷一样的人物，在建国初期充满生活热情，到了“文化大革命”期间又被迫小心翼翼，藏起温情去应付生活。

《芙蓉镇》中的男女主角分别是那个年代的小知识分子和个体小商户，都属于被专政的对象，战战兢兢的生活并不能抵御社会恶潮带来的敌意。虽然故事里的结局留给了读者希望和温暖，但透过小说可以想象那时一部分人的生存状态可能比故事里的更糟。

《将军吟》无疑是为数不多的那个年代的军旅题材的优秀作品，《历史的天空》对于这个十年里的描写也很细腻。虽然军人群体在“文化大革命”中也不能幸免于难，而且由于“服从命令”的天职会更加考验党性与人性。在战争时期抛头颅洒热血，将自身所有献给祖国的忠诚将士们，在“文化大革命”期间的屈辱、反抗与折磨真的是让人心痛。《将军吟》的结尾才是刚刚“文化大革命”开始的第三年，虽然彭其踏上了北京的旅程，即使我们后来者知道一切都将过去，也为他们未来数年的状态担忧。

《许茂和他的女儿们》作为《红岩》复刊后的代表性作品，故事背景偏“文化大革命”后期（1975 年）的农村。整部表达的一个中心思想是：“生活不是一潭死水，春风在人们心中荡漾，人们从来没有丧失过希望。”这篇可以和前期的《这边风景》《芙蓉镇》、后面的《生命册》《湖光山色》等农村题材的作品联系起来看那几年的一个改变，它们没有像《白鹿原》一样的家族兴衰的历史感，可以更多地在普通的家庭中寻找时代的痕迹。茅奖的作品有个通性，读者一般在作品之间有阅读间隙期，不然难以很快进入下一部作品。“文化大革命”时期的作品尤为突出，每一部作品结束，读者会选择留下更多时间去调整自己的阅读状态。

新生活时期

如果说前一个时期还在聚焦于政治局面对社会各界的影响，新生活时期则开始尝试百花齐放。代表性作品有：《平凡的世界》《沉重的翅膀》《都市风流》《英雄时代》《骚动之秋》《钟鼓楼》《黄雀记》《湖光山色》《天行者》和《抉择》等。不再有小心翼翼的克制内敛，每部作品都是精准且细致的表达，人物的情感和作者的观点都清晰可循。

改革开放是其中的主旋律，农村与城市、国企与机关、教育与医疗不同主题一一展开，或是一个点展现一条线，如《天行者》对农村民办教师群体的关注，或是一条线展现一个面，如《平凡的世界》中通过孙少平和孙少安兄弟的成长奋斗故事来体现农村与城市生活的反差。

改革开放最直接的载体是国家机关与城市。《都市风流》和《钟鼓楼》分别用一座城市和一个社区，将城市里的不同阶层在新时期所面临的阵痛和对生活的期盼糅合在了一起，每个人都在适应并寻求着突破。《沉重的翅膀》和《抉择》则分别选择了重点机关和大型纺织国企，他们都承担着国家的重要职能，在改革这个大车轮启动时，破除各种障碍，艰难前行。《英雄时代》则聚焦红色家庭的子女们在改革中面临的信仰危机和价值取舍。

农村在改革开放中虽然滞后，但它后续所传递的力量才能真正体现改革的成果。《骚动之秋》两代农民带头人在新时代来临时不同的迎接状态产生的碰撞；《生命册》和《秦腔》虽然时间跨度更大，但这个时期发生的故事也同样在展现这个主题；《湖光山色》中农民旷开田和《繁花》中上海“不响”的“X 总”们都一样，一时的风光还是没有给他们找回属于自己的时代定位，错位后的迷失往往家庭事业都会倒车；《蛙》和《天行者》的主角都是那个年代特有的群体，后来的人们很难理解为什么一个民办转公办的教师名额对一个农村的教师家庭有那么的重要，也不能理解为啥那个时候的赤脚医生都能够给农民上门提供全科医生的诊疗服务。

在还没有架空类的茅奖作品的情况下，所有故事都是基于一定的历史背景。比如，描述抗战时期的三部作品《东藏记》《战争和人》以及《浴血罗霄》，描写解放战争时期的《第二个太阳》，描写解放初期谍战的《暗算》，描写抗美援朝时期的《东方》，描写“50 后”成长历程的《你在高原》，等等。

读懂了一部作品，就读懂了一个时代。

茅奖作品通过关注不同的群体，来讲述相似的社会关系

茅奖不属于任何一个群体，但她的作品却在代表着不同群体的发声。他们既有民族英雄、国之重臣、知识分子，也有普通的农民、工人和最基层的干部；既有高高在上的皇帝、土司，也有亡国之臣民。多少人物已经变成了这个群体在读者中的形象，多少时代的画面随着他们的故事在读者心中重现。群体的棱角是鲜明的，时代的烙印也无法改变，但每个故事里面却驻扎着相近的灵魂。每一次读完一篇，思绪起伏，沉浸在作品

里。良久后抬起头来会发现，忠孝悌忍善等中国传统的基本认知深深地穿插在整个茅奖作品的社会关系中。中国的社会关系随着时代发展也在不断演变，君臣、父子、兄弟、夫妇和朋友组成的“五伦”也在进化，辛亥以后君臣关系属于历史，但国家与国民、管理者与百姓的关系还在延续。

打开《穆斯林的葬礼》，梁冰玉停留在博雅门前，迟迟不愿进入。此时她身上的属性并没有回、汉之分，她只是作为一位母亲、妹妹和爱人，再回到她少年时的家。她的女儿新月至死也没能挣脱“礼”的束缚，最后相见的侄子天星也在母亲“门当户对”的安排下，接受了现状的生活。这是一本关于回族文化的经典著作，但从本质上还是一个关于情和礼的故事。

《茶人三部曲》既是中国传统茶文化的综述，又是杭州城百年历史的记录者。杭家看似脆弱飘摇，但在一代又一代或宽厚、或偏执的茶人手中顽强地传承了下来。兄弟之间可以分分合合，有人为了理想走了，但也有人坚持选择留下，比如杭嘉平与杭嘉和。茶人通常温和，但当他们被触动底线时也会走上抗争之路，会像赵寄客保护孔庙怒撞石经，像杭嘉和为救人自断手指，甚至像杭天醉这样与世无争的也会怒摔兔毫盏。“谁谓荼苦，其甘如荠”，这部作品就是在这样的茶香中，讲述“内清明，外方直”的人生态度。

《白门柳》和《东藏记》都处在历史的至暗时刻，知识分子群体各自做着艰难的选择。前者构建了由新君旧臣、复社师生和烈性红颜形成的末代文人群画像：善于钻营的钱谦益，理想主义的黄宗羲，薄情寡义的冒辟疆，没有一个堪当救国之臣；后者的主角孟樾参考的原型是作者的父亲冯友兰先生。每每有西南联大相关的作品，就会想起清华学子的呐喊“华北之大，已经安放不下一张平静的书桌”。这批山河破碎下的文人在彩云之巅拨开云雾，坚定信心，重拾生活勇气。用同一个时代的作家去描述不同时代的群体做这样的对比难免有些不公，但历史从来只认结果。愤慨因赤子爱国心，士气是文人高洁气，每一个时代的知识分子都不愿带着“怯懦”的标签，在越黑暗的时刻做出选择才是人性的光辉。

同属知识分子群体的也包括老师和医生。一个教人，一个救人，这两个职业在哪个时代都受到尊重与重视，而农村中的民办教师和乡村医生恰恰是其中年代间转换的过渡性群体。《天行者》在一个再也平凡不过的界岭小学，以张英才为代表的一群普通农村教育工作者，代表当时 400 万的民办教师群体发出了声音。他们在最艰苦的教育前线，在自己一贫如洗的情况下，以一己之身全力支持着国家义务教育在农村的普及。这是一部让亲历者深深触动的作品，也是刘醒龙诚恳的表达，他从《凤凰琴》到《天行者》，唤起了社会对于民办教师的关心与关注，到 2000 年民办教师问题基本得到解决。

莫言的《蛙》则更加写实且大胆，书中的姑姑作为最基层的医务工作者，她承担着国家基本医疗服务和计划生育政策的执行者的双重身份。但在村民眼中，她既是送子娘娘，又是杀人妖婆。高密东北乡不是个例，它和界岭小学中的民办教师一样，是全国数百万计生工作者的典型工作区域。到 2013 年试点放开单独的二胎政策，计划生育这项基本国策已经走过了整整 35 年，也是跟随着改革开放一起，深深地影响了几代人。

民族化的作品除了表现回族生活的《穆斯林的葬礼》之外，还有表现鄂温克族的《额尔古纳河右岸》、藏族的《尘埃落定》和维族的《这边风景》，当然算上满族，《少年天子》也算在列。除了民俗文化和异域风景的描写，大部分作品还是注重于故事情节的发展和人物关系的构建。

很多时候，作者的籍贯和故乡，与他的文学题材以及内容有着很强的关联性。就像汪曾祺的作品和苏北高邮，沈从文的作品和湘西，以及迟子建的作品和黑龙江漠河，阿来的作品和康巴藏区。《额尔古纳河右岸》与《尘埃落定》都是第一人称作品，都在力争还原两族人民历史的生存样态。一个从真善美出发，寻找真情永在；一个从不断自我提问与批判中，见证历史。

聚焦家族群体的作品通常都具有较长的时间跨度，这些家族在历史长河中基本难以留下痕迹，但在具体的年代和具体的区域，他们就是这段历史的忠实记录者，读者能够通过他们从拉伸的视角去理解人物以及人物所处的时代。比如《白鹿原》的白鹿两家、《秦腔》的夏家、《茶人三部曲》的杭家、《你在高原》的宁曲两家、《无字》的吴为四代人、《江南三部曲》中的谭家，等等。这些家族其实汇聚了那个年代很多小家庭的故事，都会讲到家族守成与叛逆、爱情的忠贞与欺骗，再穿插到历史事件中，家族的成员也成了时代的主角。读完他们，总是会在一阵沉默后继续生活。

军旅题材类的作品也是茅奖的常客。除开《金瓯缺》和《李自成》这两部历史小说以外，还有《东方》《将军吟》《冬天里的春天》《第二个太阳》《浴血罗霄》《暗算》和《历史的天空》。内容包含了抗日战争、解放战争、抗美援朝、新中国谍战，以及后来与“四人帮”的斗争，军人的热血与忠诚在作品中显露无遗，他们即使面临再多的困难和委屈，也不会忘记自己的职责和誓言。其中《浴血罗霄》还是时任司令员萧克将军在战争途中完成的作品，胡耀邦亲自为作品写诗。另外一部作品《战争和人》，作者王火经历了运动中文稿全毁后，二次成书。虽然书名有战争两字，但却不是军旅题材，书中主人翁童霜威以一个国民党政府官员的视角，去经历十四年抗战的曲折过程。

仔细聆听，每一部作品都有作者的内心呼喊，《黄雀记》关注青少年的罪与罚，《推拿》关注盲人生活与爱情，《英雄时代》关注红二代的历练与成长。作者们用尽全力去触碰去理解角色群体，寻找作品的精神支撑。然而他们的目光也并没有完全停留在这个群体自身，就像毕飞宇说的一样，《推拿》并非止步于盲人群体的尊严差异，在灵魂层面，人人都是盲人，我们不愿意接受本性中的黑暗，从而将一切不美好归咎于外界。在《一句顶一万句》中，主要角色看起来是在年代里、在有限地域中的某个农民形象。但读者们在读完以后，会发现刘震云在讲我们每一个人，在讲每个人自己的那份孤独。这类作品的力量并不存在于作品情节和人物本身给读者留下的印象；它们会在读者心中种下心芽，也许一辈子不会长出花果，也许会在某些关键时刻能够潜意识里影响读者。在刘心武的《钟鼓楼》里，时间和地点都非常局限，但作者却在用这部作品去呈现“在流逝的时间里，已经和即将产生历史感的人们”。

附言：

每一位作家在创作的时候是虔诚且毫无保留的，几乎所有茅奖作品的诞生都有过剧烈阵痛的经历。唯一一位两届茅盾文学奖得主张洁曾经表示，为了《无字》的完成，她死了也值了，结果花了整整 12 年；《东方》的作者魏巍两度亲临朝鲜战场，从 1955 年到最终 1978 年出版，花了 23 年；莫应丰身为当年“文化大革命”期间专案组成员，为了《将军吟》的面市，一边唱着国际歌一边创作；路遥在创作《平凡的世界》时，“整个地进入狂热状态。身体几乎不存在；生命似乎就是一种纯粹的精神形式，日常生活变为机器人性质”；徐兴业从 1937 年开始筹划《金瓯缺》到 1981 年才正式出版，他也将其看作第三个孩子；阿来未成名之前，《尘埃落定》遭遇十几个出版社的退稿；王旭烽从车间女工成为作家，为了《茶人三部曲》整整写了 10 年，这本小说之外还完成了一部 20 万字的茶学专著；《东藏记》也是 2000 年才算完成，7 年创作期宗璞也病体缠身；王蒙的《这边风景》从 1978 年手稿完成却遭遇遗失，最后 2013 年才寻回并修订出版。正如全文开篇说的一样，每一部作品都是作者们在创作时代最严肃和最具诚意的表达，但他们不是教科书或者成功学教材，如果读者带着某种目的去想寻求力量或答案，往往很难如愿。如果平时有较为平和的阅读心态和习惯，反而茅奖作品给予的回报会超出预期。

茅盾文学奖作为目前国内公认代表性的长篇文学类奖项，已经在今年走到了第十届。有人说读懂了茅盾文学奖作品，就读懂了一方山水，一个时代，一个华夏。在阅读更趋功利化的今天，希望有更多优秀的、多元化的作品走向茅奖，为普通的读者们提供一个了解中国文学、了解中华文化的机会，也希望通过类似茅奖这样的平台，让更多的读者尤其是青少年读者能够在历史面前不再彷徨从众，在对待传统文化上面不再冷淡盲目，在祖国的山川河流面前不再茫然无感。

另外，自古文无第一，武无第二。每个人的阅读都有不同的理解，一定要问哪部作品最好，答案一定是“下一篇”。

科林 / 文（某投资公司主管，首发于秦朔朋友圈 2019 年 6 月 14 日）

香港人工时冠绝全球，来看看对冲基金经理的一天

最近，关于 996 的话题引起了广泛的讨论。有人认为 996 是成功的必要路径，也有人认为应该平衡生活与工作。

很显然，从不同的角度来讨论这个话题，自然会得出不同的结论。站在个人奋斗的角度，为自己的事业辛苦工作，哪怕是 996，也不会觉得辛苦，因为它是成功的路径之一；但是站在老板的角度，要求员工去 996，还要求员工把这种生活当作成功的必由路径，可能会令员工觉得心塞。

不少朋友在微信里问，香港地区职场是否也有 996 一说？老板是不是也会要求员工 996？

这个问题一言难尽。

首先，根据港媒披露，香港自 1988 年迄今的历次国际调查中，基本次次均是工时冠绝全球。但在这里，996 似乎并不是一个热门话题，媒体很少像近期内地媒体这样热烈讨论这个话题。

香港人很现实，由于港府没有提供基本的养老福利，因此整个香港社会，从基层蓝领到金领，都是抱着“手停口停”的危机感在做事，这其中也包括一批中环对冲基金经

理，一样忙个不停。

接下来，我将会介绍一下，自己所认识的香港对冲基金经理群体，平时的生活工作是什么样的一种状态。需要说明的是，笔者和不少对冲基金经理交流过，甚至一起长期共事过，但毕竟个人的经历和认识有限，并不能代表行业的普遍情况，因此本文也只能就这个群体的内容作个片面的介绍。

对冲基金经理过得并不轻松

对于内地的读者来说，对冲基金还是一种非常难以接触的品种，因此很多人可能会觉得对冲基金有一定的神秘感。

过往笔者经常被问到的是，对冲基金经理到底过着什么样的生活？他们平时几点上班，几点下班？每天做的工作都有哪些？在他们投资过程中，需要跟哪些机构或是人物打交道？他们需要参加社交活动吗？更经常出现在哪些场合？他们又是从哪里获得所需要的投资信息的？

在不少内地朋友的印象里，对冲基金经理是电影《华尔街金融大鳄》里的形象：西装革履、口叼雪茄，坐在大落地窗前指挥操盘，抑或是像美剧《Billions》的男主那样，精于谋略、擅长收集各种内幕信息为己所用。

只能说，美国电影里的对冲基金经理形象和香港的现实还是有挺大差距的。

在香港，对冲基金其实颇类似于内地的私募基金。不同的是，内地的私募基金能采用的做空手段比较少，能参与的市场也以A股为主，因此更侧重于选股和事件性的投资。

而海外的对冲基金，通常会采用更灵活多变的手段，用长短仓配合来实施投资策略，如果是宏观对冲基金，还会涉及不同的市场组合策略。这就需要有更多的投资工具和不同的策略安排。

具体采用哪些工具，采用哪些组合策略，这需要基金经理平时勤于思考，并且要有强大的信息收集和分析能力。基本上，笔者所接触的这些经理人，非交易时段里很少聊休闲的话题，大部分时候，他们都在问问题，或是在试图解决问题。

可能正是这种心态，大部分对冲基金经理平时工作都很忙，甚至连走路都带风。

和电影里类似的是，很多香港的对冲基金经理说话极少像国企老板那样拐弯抹角，基本上三句话不到就会让你客套话放一边，直接表明来意，因为这些人大部分在管理自己的钱，交易时段的时间，每分每秒真的都很“值钱”。在面对公司管理层的时候，也不会像卖方研究员那样先说一通好话做铺垫，而是直接抛出很有针对性的问题——哪怕这些问题非常刺耳。

有一次，和新加坡某对冲基金的主管一起参加一家大型石油公司的业绩发布会，他听了台上国企老板的长篇大论后，实在按捺不住，直接打断对方的发言，抛出一连串尖锐的问题：老板们，你们手下到底有没有研究过每个钻井平台的建造成本和运营成本？按你们测算的这个油田的产油量和你们自己对油价的估计，你们要投入建设的这些平台有可能根本就不能回本，你知道吗？……

在这方面，内地和香港的对冲基金经理相比问问题显得更文雅一些。

至于着装，香港市场似乎并没有定论。笔者接触的对冲基金经理大多着装是比较随意的，他们更多的精力在于观察市场动向和提出针对性的问题。

记得有一家基金公司甚至在招聘广告中写道："本公司讲究人文关怀，便装上班"，或是"无须应酬，只需关注交易"。

一个外资的宏观对冲基金交易员跟我说，他去公司面试时，看到招聘启事上写的是工作平时着装是便服，于是就穿着大短裤和拖鞋去面试了，然后发现面试官也是穿着大短裤。

"这班人穿着随意，但问的问题很刁钻，全部都是技术性的问题，不问你简历上的内容也不会问某个公司的基本面。"他说道。他和面试官讨论了几个比较技术性的算法问题，然后就直接被录用了。

和老外风格不同，大中华地区的对冲基金经理平时还是以西装为主，但如果去内地看公司，则通常都换上便服和旅游鞋。

至于应酬，从笔者身边的对冲基金经理来看，大多人工作时间一般都安排得很满，通常工作时间都要超过 8 个小时，除了看盘的时间，只有极少量的应酬——多数是应市场部同事要求而去。

笔者在香港 10 多年里，基本上每次和对冲基金经理朋友吃饭，都是以快餐为主，而且基本上是吃午餐。

典型的一天

基本上对冲基金经理都很忙碌，对他们来说，可能 996 只是普遍状态，甚至比这个更糟。

睿智华海的对冲基金经理张承良博士曾这样介绍自己的生活：

"若不出差调研或少数情况下，需早去公司开会或见客户，多数一般情况下，我一天 24 小时，除了晚上睡觉 7 小时左右和早中晚三餐合计大约 2 小时之外，粗略地说，每天大约会有 14～15 个小时用于工作或与工作有关，上下班交通时间约 1.5 小时大体上也可以计入工作时间，因为用手机上网很方便，我上下班路途上也基本是浏览新闻和搜索有关公司或有关行业的新闻报道。"

张承良所管理的基金在 2009 年获得彭博全球对冲基金排名第二、亚太区第一。不过，这些成就似乎并没有改变他的生活状态。在与笔者的交流中，他曾这样介绍自己的典型的一天：

> 每天大约 7 点左右起床。从起床到股市开市前（7:00—9:30），这是阅读当天信息的重要时段。
>
> 接着是第二阶段，即开市至 12:00 左右，这是重要的交易时段。
>
> 每天 12:00—1:00 是公司免费午餐的时间，大家可以利用这一小时的时间放松一下，但如果碰上业绩发布会，则常常需要外出就餐或是与上市公司主管进行午餐会。
>
> 下午开盘后，主要工作是交易和看盘；有时也会利用这段时间开个公司会议，或是处理一些行政事务，如作为证监会持牌主管所要处理的文件等。
>
> 收市后，他通常会继续留在办公室一段时间，由于他的交易覆盖了英国、美国、印度、新加坡、韩国以及我国台湾地区等的股市及期货市场产品，因此他需要关注其他外围市场的变化，以便有选择性地做一些全球性的投资。同时他也要深入研究某些海内外公司的资料。
>
> 这种研究工作一般会一直持续到深夜 10 点左右，他表示，这时候香港交通也是最不繁忙的时候，他从办公室回家会最省时间。
>
> 到家后，在睡觉前，他还要看 1 小时左右的电视新闻节目，同时关注彭博咨询系统上其他市场的表现，必要时有选择性地做一些全球性的投资。如果碰上盘面较波动，甚至需要交易到凌晨到 1 点再休息。如果当天没有重大新闻或是市场波动，他会在 12 点左右睡觉。

在笔者所认识的对冲基金经理群体中，张博士的作息时间并不算特别另类的。其他多个对冲基金经理均是类似的作息时间。有全球宏观对冲基金经理甚至需要工作到凌晨，直至接近美股收市才睡觉，然后第二天基本上要 9 点前到办公室开早会，听取研究员的汇报（香港卖方机构的早会通常是在 8:00—8:45）。如果碰上美联储议息或是英国"脱欧"等重大事件，这些基金经理基本上需要通宵作战，以便安排全球主要市场的投资策略。

从上面时间安排，大家可以看出，尽管也有一些应酬，但海外对冲基金经理平时和外部的接触大多限于投资活动，纯社交性质的交流不算太多。

不少人可能会想，对冲基金经理们是不是会经常交换一些内幕信息。实际上，这种情况在香港较少见。大部分笔者接触过的对冲基金经理对自己的分析判断都信心十足，而且并不认为香港市场会有太隐私的"内幕"幸运地落到他们头上，因此并不会觉得从业界同行那儿套到的信息有什么特别的意义。

有时他们即使跟同行交流，也不是想靠同行的建议买什么股票，而纯粹是一种头脑风暴，希望得到一些启发。比如对同一事件听取不同的意见或是想法，因为这会提供研究某公司或是事件观察的不同视角，对现有的交易会产生一定的启发。

比如在 2018 年，有一个美资对冲基金经理一路看好中美贸易谈判，仓位偏重，但在 9 月遭遇了重大挫折后，在一次头脑风暴中，听取了某香港对冲基金经理的分析，迅速将仓位做了调整，最后在一个季度内迅速扭转了全年的颓势，全年以正回报收官（在笔者过去 10 多年的港股生涯中，这种情况并不多见。通常对冲基金经理都是对自己比较有自信的人，一旦形成了某种观点，很难在短时间内做出改变）。

从笔者身边的这些对冲基金经理作息时间来看，这并不是一个轻松的职业，996 大多数时候也只是一种奢望。

记得印象特别深刻的是一位很勤奋的基金经理，连带着家人去欧洲旅游，都要带着一部笔记本电脑。小孩在海滩上尽情玩耍，他则打开电脑盯盘，指挥公司的交易员和研究员工作。几年后，这个基金经理财富迅速增长，买下了一家香港上市公司，转入另一职业轨道。

需要特别说明的是，香港人的这种工作风格并没有得到包括这些基金经理在内的全社会的认同——这一点似乎跟内地媒体就这个话题所展现出来的观点有些不同，从微信朋友圈可以看出，不少内地朋友认为那些呼吁要重视 996 生活状态的程序员不够"耐劳"。

在香港，究竟该不该 996，这样的话题很难激起浪花，因为全社会都不认同这种工作方式。

虽然香港社会普遍接受加班文化，香港人勤奋精神也是世界有名的——港媒不时都有“过劳死”的报道，几乎每年都有一两起此类事件——但香港企业家非常重视自己的言论对公司形象的影响，不会轻易公开发表不利于劳工团体的言论，以免让自己成为劳工事件的主角，更避免令自己成为别人眼中“苛刻的资本家”。

现实中，大部分香港雇主对加班员工都会提供不同程度的补贴或是补假，这一方面是道德要求，另一方面也是香港劳工处不断加强执法力度的结果。

在香港，社会舆论是一面倒呼吁要让员工有充分的休息时间，也并不主张个人因为事业而忽略了家庭生活，“过劳死”对家庭的危害更甚。

马云和刘强东两位互联网超级富豪关于996的谈话之所以引发外界如此激烈的讨论，恰恰在于他们的表态，容易被解读为希望员工自觉采用996的工作模式为公司工作，这特别容易招致反感。毕竟，个人用996为自己打拼完全没问题，但要求他人用996来实现老板眼中的所谓成功，就容易让人想到资本家的苛刻。

香港媒体并不认同超长工时，也不认同为了工作断六亲的扭曲工作文化，尽管那可能会导向成功。《信报》评论马云的讲话，认为有些“凉薄”，就好比当初香港劳福局局长向香港广大市民说，人类已能活到120岁，所以60岁只是中年，仍然有工作能力，一群长者应该继续努力在社会上工作一样。

在香港，几乎没有人觉得996是正常的应有的工作模式，“手停口停”更多是逼迫港人努力工作的一种压力，而不是他们觉得要实现自我成功的“动力”。

即便上文介绍的对冲基金经理，忙碌状态超过996，也大多都不认为这是一种可以接受的成功生活方式。

张承良博士近期交流的时候就表示，工作太忙并不是成功的重要因素，家人才是最重要的，并多次表达，之前生活状态产生了许多遗憾。

那位转型去做了上市公司主席的对冲基金经理，也是希望自己转做上市主席后，可以换一种活法。

还有经常需要通宵操作美股的宏观对冲基金经理说，自己的同龄人已经全部退休，有人去开咖啡店，还有人去离岛买了房子做民宿，天天钓鱼乐得清闲。

他财富上早已可以退休，之所以没有退休，纯粹是因为兴趣，喜欢和市场一起运动，和年轻的交易员在一起，会感觉自己依旧年轻，而不是为了赚钱。

舒时／文（香港投资圈从业者，首发于秦朔朋友圈2019年4月23日）

古人斗诗，那才是中国诗词大会！

1.

第四季《中国诗词大会》在过年期间播出，导师、赛制、选手和舞美四个方面均有升级。赛制花样百出："飞花令""诗词接龙""绝地反击""横扫千军"……尽管增加了不少亮点，本质上无非还是考选手"背力"的外功，这与古人"斗诗"的内功相比，真还显得有些云泥之别。我也凑回热闹，与诸君分享二三，看看古人"为什么如此热衷于斗诗"和"如何斗诗"的！

古人斗诗，相与唱和，宴饮行令，实乃以诗言情言志，或教化人伦，或经世致用。何以尤爱如斯？

一为有情。"不知人之有情，非历几千百年日月之精华、山川之秀气、鬼神之契合、奇花异草、瑞鸟祥云、祯符有兆，方能生出这痴男痴女。"

二为有雅。"当此韶华满眼、春色无边，苟不一觞一咏，不教花月笑我侪俗物哉？"

三为有趣。"开琼筵以坐花，飞羽觞而醉月，不有佳作，何申雅怀，如诗不成，罚依金谷酒数。"

四为有才。"才子弸中彪外，茹古涵今；才女花能解语，玉可生香。天下才一石，看雌雄独得几斗？"

2.

谈斗诗之前，先说说什么是文明。可以说，文明的诞生是一件惊天地、泣鬼神的大事，文明从文字开始。仓颉创造文字，为什么天雨粟、鬼夜哭？因为文字是文明的肇端，它标志着一个民族的心灵冲破了空间的桎梏和时间的蒙昧，开始逐渐摆脱了自然力和超自然力对人类的控制，到了孔子宣告"周监于二代，郁郁乎文哉，吾从周"，文明取代了宗教，开始领导和治理中国，文明自此"以言行化物，故曰文明。"

"郁郁乎文哉"的文明到唐代抵达极盛，人文的光亮照亮黑暗，在宇宙间飞翔，化成天下。文明是一双灵魂的翅膀，冲破限制；是一团精神的光焰，照亮黑暗。"礼乐百年承燕翼，诗书千载荷龙光。"中华这只飞燕的轻灵，靠的是礼乐百年的化育；中华这条巨龙的辉煌，靠的是诗书千年的承载。

自甲骨文始，卜辞、楚辞、汉赋、唐诗、宋词，元曲、明清小说，汇集成一条无限宽广且从不间断的文脉河流，数千年来，滋养着这片神州大地，斗诗的传统也随之绵延了两千多年。

春秋时期，流行“当筵歌诗”“投壶赋诗”。一开始，诗和歌是分开的，尧帝当年任命夔为其乐官时，说“诗言志，歌永言”，可见尧帝对诗与歌已颇有研究。当年齐侯、卫侯和郑伯到晋国贺新君即位，席间便投壶赋诗助兴，《春秋左传》因此成了中国记载斗诗的最早古籍。

魏晋时期，开始推崇“金谷酒数”“曲水流觞”，开启了“诗词大会”的集体创作模式，西晋擅长诗文的大富豪石崇，在豪华的金谷园常与文人诗客当筵赋诗，赛得之为“金谷诗”，斗诗规则为“金谷酒数”。石崇在金谷诗集中亲自撰序称“……遂各赋诗，以叙中怀，或不能者，罚酒三斗。”东晋时最著名的“诗词大会”是永和九年的兰亭雅集，王羲之一行 41 人以“曲水流觞”的方式斗诗，王羲之为诗集书写序文，此乃书文并茂的旷世不朽之作《兰亭集序》是也。

唐盛世之时，出现了“飞花令”“拈字流觞”，斗酒诗百篇，全民参与，风靡一时，如痴如醉，难怪白居易会说：“闲征雅令穷经史，醉听清吟胜管弦。”阎立本在《十八学士图》中，生动描绘出这种高朋满座、宴饮雅会、行令吟诗、抚琴泼墨的场景。白居易生前亲办过两场“尚齿会”，均以斗诗为主题。有宋一代，文至高峰，当时人尤青睐“唱酬”，推崇“以词言情”。宋人饮酒必填词，填词必饮酒，正可谓晏殊词云“一曲新词酒一杯”。北宋也有一场极著名的“诗词大会”叫“西园雅集”，当朝驸马王诜邀请顶级大咖苏轼、苏辙、黄庭坚、米芾、秦观、李公麟、圆通大师等谈诗论道，风雅盖世。

3.

现在，我们来看看古人是怎么斗诗的？我从中选出 6 种方法，就让我们跟着古人一起嗨一把吧。

古人斗诗法之一：“是令用三句古语，首句用《诗经》，次句用曲牌名，末用古诗一句作收。诗中要有‘花字’，凡数到‘花’字何人，即交令于何人，然后饮酒起令。”众美人俱道：“妙极！”

一人先说道：“载骤骎骎，醉花阴，出门俱是看花人。”

另一人接道：“我有嘉宾，醉太平，数点梅花天地心。”

又一人接道：“公侯干城，得胜令，醉闻花气睡闻莺。”

又一人接道："三五在东，一点红，桃花依旧笑春风。"

又一人接道："今夕何夕，三学士，一日看遍长安花。"

余下的人，一个随一个接道：

"言念君子，望江南，和梅看雪花。"

"载笑载言，上小楼，醉折花枝当酒筹。"

"未见君子，懒画眉，断楼烟雨梅花瘦。"

"如此邂逅，何傍妆台，且向百花头上开。"

"灼灼其华，琐窗寒，深巷明朝卖杏花。"

"桃之夭夭，忆多娇，惜花春起早。"

"女子善怀，并头莲，野馆浓花发。"

"东方未明，恨更长，踏雪归去马蹄香。"

"不我遐弃，倘秀才，耶溪风露藕花开。"

"君子好逑，好姊姊，梨花瘦尽东风懒。"

"有女怀春，锁金帐，少年惜花会花意。"……

古人斗诗法之二：出题限韵，如赋美人七咏，都要摹写美人情态，共有"美人足""美人眉""美人腰""美人眼""美人口""美人醉""美人梦"七个诗阄。每人各拈一阄为题。

一人取得"美人眉"，即吟道："香阁新妆远黛明，画成京兆笔痕轻。入宫莫认人生妒，到底君王总有情。"

一人拈得"美人醉"，亦吟道："宴遍兰陵十里香，桃花晕颊兴偏长。不胜姣态扶栏立，曲唱梁州别有狂。"

又一人信手拈了"美人腰"，吟道："洛妃约素最宜人，态度纤如柳摆春。料得乐天歌舞处，小蛮相对有精神。"

余下的人，分别拈到"美人眼""美人足""美人梦"和"美人口"，于是相继吟道：

"秋水盈眸顾盼频，相思几度泪痕真。嫣然别有撩人处，醉后朦胧睡后神。"（美人眼）

"香尘浅印软红兜，生就莲花双玉钩。纤小自怜行步怯，秋千架上更风流。"（美人足）

"月明纸帐映梅花，一枕香魂蛱蝶赊。鹦鹉也如侬意懒，不惊人醒静无哗。"（美人梦）

"邻家少妇斗新妆，粉晕红腮语吐芳。一种甜香谁领略，殷勤只合付檀郎。"（美人口）

古人斗诗法之三：除夕无事，带几支顶毫，几锭香墨，乘着金吾不禁夜，彼此贺岁，别开生面写几副对联——春联中须嵌进每一个人的名字。是夜，在场佳人有爱卿、丽春、湘云、雅仙、素芝、素卿、月素、绮云、宝琴等才女才子，相互斗彩，各赠楹联，恁般欢悦。

其联如下：

“爱此可人人可爱，卿须怜我我怜卿。”（爱卿）

“枝头鸟语花资丽，石上螺含黛色春。”（丽春）

“湘馆题诗春满座，云蓝写韵月三更。”（湘云）

“室雅须人雅，诗仙亦酒仙。”（雅仙）

“画到娇红宜后素，诗能颖秀讶餐芝。”（素芝）

“镜里自应谙素貌，樽前我亦识卿心。”（素卿）

“窗虚月如邃，人淡素妆宜。”（月素）

“绮阁峭寒梅似雪，云窗春暖柳如烟。”（绮云）

“宝蕴诗书珠蕴色，琴边调笑酒边嗔。”（宝琴）

古人斗诗法之四：品评美人，要求须照各人性情态度，用《红楼梦》人名，借美分题，并写诗赞美其丽颜美质。

其赞如下：

黛玉品朱月素——赞曰：“多愁多病，倾国倾城；以玉为骨，以花为情。”

宝玉品金挹香——赞曰：“痴别有痴，情独钟情风流公子，艳福书生。”

元春品褚爱芳——赞曰：“才逾苏小，貌并王嫱；韵中生韵，香外生香。”

探春品王香云——赞曰：“舞态翩跹，憨情蹴鞠；远黛含颦，春山半蹙。”

宝琴品林婉卿——赞曰：“好花含萼，明珠出胎；娇如红杏，淡拟寒梅。”

熙凤品张飞鸿——赞曰：“香气沁骨，宝光袭人；其秀在貌，其媚在神。”

袭人品张幼卿——赞曰：“初日芙蕖，晓风杨柳；玉骨冰肌，锦心绣口。”

可卿品谢惠琼——赞曰：“卓荦潇洒，蕴藉风流；春花两颊，秋水双眸。”

妙玉品朱丽春——赞曰：“品拟飞仙，情殊流俗；明月前身，可人如玉。”

宝钗品吕桂卿——赞曰：“春风玉树，秋水冰壶；神清意远，态丰音腴。”

惜春品朱丽仙——赞曰：“骨柔肌腻，肤洁神清；身轻如燕，语细如莺。”

……

古人斗诗法之五：以某物为题，相互联句。如以“雪”为题，限四支韵，相互接连诗句。这种斗诗法有难度系数，一人一句，越往后联，难度系数越高。

——六出丰年兆，

——豪情泛酒卮。

——吟盐谁共匹，

——咏絮恰逢时。

——玉戏天公巧，

——银装世界奇。

——霏霏如屑玉，

——濯濯似凝指。

——诗客扬鞭过，

——渔翁把钓羁。

——孤山螺黛壮，

——远到马蹄迟。

——鸿爪今留迹，

——虹腰此费疑。

——蓝关添旧思，

——玉宇谱新诗。

——傍榭侵梅蕊，

——当窗压竹枝。

古人斗诗法之六：飞花令，有许多种玩法，其中较难者约定所答诗中出现某个字，即某令，每人吟一句诗词必带此字，其难处在于此字须次第推移。比如出现一个“花”字，斗诗如下：

第一个人吟道：“花落知多少”。

第二个人便吟道：“五花马，千金裘”。

第三个人则吟道：“感时花溅泪”。

第四个人再吟道：“月照林花皆似霰”。

古人的斗诗之法，千姿百态，花样迭出，精彩纷呈，今列表二三，窥一斑而见全豹，以飨诸君。总的说来，今人的诗词大会，重在“述而不作”，而古人的诗词大会，重在“作而不述”。当有一天我们亦学习一下古人“不有佳作，何伸雅怀”，在斗诗擂台上激情飞扬、灵感大发、作而不述的时候，那一定就是中国文脉魂兮归来的时候，一定就是中华文化发扬光大的时候。

马林 / 文（文化学者，策划人，首发于秦朔朋友圈 2019 年 3 月 6 日）

优秀投资人是怎么思考投资的？

秦朔注：

新年伊始在思考如何为圈友们创造更多价值。偶然看到高毅资产首席研究官卓利伟的一个观点，他说："每一个人最稀缺的资产是时间，我们要把有限的生命用来向最优秀的企业与团队学习。把太多的时间花在垃圾堆里翻东西，只会使自己的口味越来越 low，吃惯了地沟油的人只会觉得地沟油挺香。而更重要的是如果你失去了向最优秀的人、向未来不断学习的机会，这个成本是非常大的，这个成本既是机会成本，更是时间成本。"我从事新闻工作很快要 30 年，有机会接触了不少领域里的优秀人士。我想，可以通过我的筛选和编辑，把这些优秀人士的观点，也包括一些好书，介绍给大家。

秦圈是一个"用希望连接生命与生命"的平台，是连接器，唯有不断引入各种鲜活的、优秀的内容，秦圈才能生生不息。今天我向大家介绍高毅资产董事长邱国鹭以及高毅资产的一些观点。这些观点主要来自《投资中最简单的事》《投资中不简单的事》和《高毅资产 2019 围炉座谈》。

1. 投资中最简单的事

投资本身是一件很复杂的事，但是，是否可以化繁为简、直接追问投资的本质是什么？有没有一些简单可行的法则和工具能够直接地触及投资的本质？

在我从业余炒股者成长为职业投资人的过程中，通过个人的实践深深地体会到，对于大多数人而言，只有价值投资才是真正可学、可用、可掌握的，因此这也是我贯穿职业生涯一直坚持的投资方式。比如，我把选股的要素简化为估值、品质和时机，并且淡化时机的必要性（不是因为不重要，而是因为难把握），于是选股的复杂问题就变成了寻找"便宜的好公司"的相对简单的问题。然后，针对不同的行业特性，利用波特五力[①]、

① 波特五力指同行业内现有竞争者的竞争能力、潜在竞争者进入的能力、替代品的替代能力、供应商的讨价还价能力、购买者的讨价还价能力，由哈佛商学院教授波特提出。

杜邦分析、估值分析等简单工具，去弄清这个行业里决定竞争胜负的关键因素是什么、什么样的公司算“好公司”、什么样的价格是“便宜”。例如，对于餐饮业，回头客多、翻台率高、坪效高的就是“好公司”，对于连锁零售业，同店增长高、开店速度快、应收账款低的就是“好公司”，对于制造业，规模大、成本低、存货少的就是“好公司”。

另外，我会努力奉行一些简单的原则，例如：

第一，便宜才是硬道理。

第二，定价权是核心竞争力。有核心竞争力的公司有两个标准：一是公司做的事情自己可以不断复制，比如麦当劳和星巴克，几十年来可以不断地跨区域开新店，在全世界成功复制；二是公司所做的事情别人不可能复制，具备独占资源、品牌美誉度、专利、技术、寡头垄断地位、牌照准入限制等特征，最终体现为企业的定价权。

第三，胜而后求战，不要战而后求胜。大家总担心胜负已分的时候投资会太晚，但回头看，十年前早就是龙头的公司，十年后还是行业龙头，十年来，他们的涨幅惊人，各行各业都如此。我一直在讲要数月亮，不要数星星，数星星太累了，而且长期回报不会好，因为太难了。

第四，人弃我取，逆向投资。不论是巴菲特、索罗斯，还是邓普顿、卡尔·伊坎，投资上的集大成者大多数都具有超强的逆向思维能力。A 股的情绪波动容易走极端，任何的概念和主题，无论真假，只要够新够炫，都能在短期内炒翻天，但爆炒之后不可避免的是暴跌，因此对于像我这般手脚不快的人来说，“人多的地方不去”更是至理名言。

2. 简单理念的不简单坚守

上一本书《投资中最简单的事》收集的文章很多写于 2013 年之前，当时正处于一个一些中小市值公司漫天讲故事的大环境。回头看 4 年过去了，资本市场发生了较大的变化，那些当初被投资者追捧的、讲述各种令人眼花缭乱“概念”的公司，大多没有兑现当初的“承诺”，反而是一些当时不受市场待见、生意模式简单、踏踏实实做事的企业，这几年在市场的巨幅波动中股价屡创新高，这也再次印证了价值投资才是时间的朋友。

中国有 100 多家公募基金管理人、20 000 多家私募基金管理人，很多机构经常迫于短期的业绩压力而改变对长期价值的坚守。许多基金公司的投研支出只占公司收入中的很小比例，就像患者前往公立医院看病花费了两三百元，只有十几元是医生的出诊收费，从长远看，这种模式无法为客户创造价值。我们希望打造一种图书馆式的文化，在喧闹的资本市场中摆放一张安静的书桌，让真正愿意做投资的人能够深入细致地研究和思考，真正弄清行业和公司的本质。我们不贪多，始终强调战略取舍，兼顾广度的同时更看重深度，一开始就抱有“宁打一口井，不挖十个坑”的研究心态，精挑细选研究标的。尽管A股和港股市场共有5 500多只股票，但是进入我们视野的只有100只左右，因为唯有比别人更聚焦，才有可能比市场站得更高、看得更远、研究得更深。做投资如同庖丁解牛，追求以无厚入有间，能够以无厚入有间是因为顺应了事物的客观规律，而我们想找寻的，正是优质公司的成长路径和行业的内在发展规律。

3. 从2018年学到些什么？

2018年是压力最大的，因为就像降落的过程，飞机飞行，突然引擎没油了要迫降，是难度最大、挑战最大、也是风险最大的时候。但2019年已经落在地上了，大不了继续滑行。当预期降下来，股价跌下来，估值水平调下来，盈利也降下来后，从投资的角度看2019年会更方便、更安全，因为降落的过程过去了。

无论市场是什么样，最重要的是我们必须沿着正确的方向走。虽然2018年是非常困难的一年，但很多公司还是有非常好的表现，无论是A股、港股的消费品公司，还是美国的云、SaaS公司，都有不错的回报。我们要坚持自己认为正确的东西，只要它是长期有空间的、持续高速增长的、生意模式非常好的。

我们也经常感受到企业中正能量的冲击。当企业家感受到贸易摩擦和经济下行的压力，社会上也有民营企业要离场的争议，但许多企业以冷静而乐观的态度应对。比如我们在对一些龙头企业的研究和观察中，感到的是欣欣向荣，积极地竞争，满满的正能量，不同于投资界的普遍悲观，想着“天都要塌了”。这种自下而上的动力非常激励我们。优秀企业是市场的根基和未来回报的基础。如果未来经济下行压力会持续，就只能靠最优秀的公司、最优秀的企业家在不利的环境中创造回报。组合的重心要集中到高质量公司上。

中国的股市跟GDP增速、流动性关系不那么直接，而跟剩余流动性有一定关系，即货币供应量的增长与名义GDP增长的差异。去年的剩余流动性比较差，从2017年1月—2018年6月经历了18个月的去杠杆，目前我们的货币增速是过去20年来最低点，这种情况下股市有调整也很正常，调整之后影响到人们的心态也很正常。

人们很容易把短期趋势长期化，又把长期问题短期化。我读过很多历史书，中国当前的经济环境，不管在中国历史上，还是在世界历史上，都还是不错的。我属于“坚定不移的傻瓜”，大的体系、大的环境，不管宏观、中观还是微观，基本上没有什么越不过去的坎，过程中有可能会掉进坑里，但能爬得出来。要相信中华民族的韧性和相信中国经济的韧性，我们的韧性远超韩国、印度、日本等国，在这一点上我还是有信心的。

2019 年剩余流动性会比大家想象的都好，中国剩余流动性跟股市的相关性很明显，钱多了，总要找个地方去。最近债券有明显上涨，如果公司“皮糙肉厚”，又有稳定的现金流，肯定比那些低评级债好多了，低评级债收益率七八个百分点，而有些龙头公司的分红率有五六个百分点，每年利润增长百分之十几，七八倍市盈率，为什么不能买？

关于公司“皮糙肉厚”，“肉厚”说明它是个好生意，挣钱不辛苦。好生意很简单，ROE、净利润比较高，经济好的时候公司很好，经济坏的时候波动性相对较小，所以“肉厚”比较好理解。更难理解的是“皮糙”，老子的一句话是“金玉满堂，莫之能守”，如果都是黄金和珠宝在庭院中，肯定要高宅大院，“皮糙”的特点就是护城河必须很深、很宽，最好每年还能加深加宽。如何判断公司有没有先发优势？要么有网络效应，要么有规模效应，要么转化成本很高，要么有独到专利、独占资源或独有牌照，有这些条件才称为“皮糙”。“皮糙肉厚”的公司中国真的非常少。

4. 2019 年的展望

（1）整体考量 2019 年，贸易摩擦的周期会比较长，我国经济潜在增速还会放缓一些。这个过程中竞争力最强的公司会跑出来，所以整体来说还是要找比较确定、有竞争力、能跑得出来的公司。

（2）我比较不在乎增长速度，更在乎行业格局。像空调行业，2005 年之前都是 30%、40% 年增速，2005 年之后只有 10% 的增速，但行业龙头企业的日子却变得更好过，原来增速很快的时候大家反而拼得你死我活。如果说增速快，过去两年增速最快的是共享单车，从零到几千万辆，最后结果怎样？有门槛的低增长远好过没门槛的高增长，增长快有什么用，大家都挣不到钱。百舸争流、万马奔腾，没有意义，不要去数星星，而要数月亮，在增速降下来的行业格局稳定之后，既有龙头的先发优势是很明显的，而且日子好过。你不要看有些行业淘汰掉 40%、50% 玩家，只减少了 10%、20% 产能，这 10%、20% 原来就是扰乱市场秩序、破坏定价权的。现在一些行业的边际定价权开始出来了。

（3）过去，增长是社会的主线，资本市场对盈利的增长、对 EPS 的增长更关注，而忽视盈利的质量。新形势下，增长不再是必然，生意的模式和盈利的质量更重要。挑战的环境里能真正实现有质量的盈利和增长的公司，是我们的偏好。

（4）做投资要坚守哪些不变的东西？无非是长期以来强调的：一是价值，无论是现在的价值，还是未来创造价值的能力；二是质量，公司和生意的质量，现金流的质量；三是竞争格局和未来长期空间，渗透率、市占率的提高；四是有吸引力的估值。

说到底，中国经济是在增长的，股市虽然涨涨跌跌，有一部分上市公司还是不错的，买好公司长期看会有不错的回报。政府手上有很多牌，经济一旦出现下滑的迹象，政策就会开始放松。很多人都只看到中国的负债率，也应该看资产端，中国政府拥有土地和国企，资产端还是有较多资源的。

大家还有点担心地方债，我认为也是可控的。中央如果想救，肯定救得了，目前只是想打破一下刚兑，但都在风险可控制的范围内。去杠杆是手段，防风险才是目的，不可能为了防风险，弄出更大的风险，虽然也有这种可能性，但政府是很谨慎的，不要低估执政者的智慧。很多问题看起来很大，但都有解决的余地。

对于股市不必太悲观。很多上市公司的估值，基本上是反映了对中国经济特别悲观的一种预期，比如金融股。港股中很多金融股估值已非常低，一些金融股的市净率已经低于 0.5，比 2008 年美国金融股的估值还要低。为什么“便宜是硬道理”？因为便宜反映了一种非常悲观的预期，未来超预期的概率就很大。从有些金融股的估值看，似乎中国经济一塌糊涂，银行的坏账要到 10% 以上。实际上，我们关注到银行的坏账过去 8 个季度已经持续改善，未来可能会有一些小恶化，但没有市场担忧的那么严重。

邱国鹭 / 文（高毅资产董事长，首发于秦朔朋友圈 2019 年 2 月 9 日）

达沃斯，究竟是一个怎样的名利场？

每年 1 月下旬，全球各界的顶级人士、决策者们都在蠢蠢欲动，他们收拾行李，几乎在同一时间奔赴同一个地方——白雪皑皑的瑞士，参加一年一度的世界经济论坛（World Economic Forum）。论坛每年都在瑞士达沃斯（Davos）举行，所以大家习惯称它为达沃斯论坛。

听听一个初来乍到的亿万富翁是怎么抱怨他那间价格堪比五星级酒店套房的达沃斯酒店房间的："又破又小，就跟口棺材一样！唯一的区别就是顶上多了一个灯泡。"

如果想住得舒服一些，可以预定瑞士特色的小木屋，但价格不菲。据说，达沃斯会议周的定价高达 14 万美元，而且还不一定能订到。为了能有一个稳定的居所，比尔 · 盖茨一口气支付了 10 年的租金。

精明的瑞士人当然看到了达沃斯期间巨大的商机，很多人都把自己在这里的房子出租给来开会的各路土豪，然后躺着收钱。

一个瑞士投资人这么多年只把自己在达沃斯的滑雪小屋租给俄罗斯政府代表团，是因为"随便开多少钱，俄罗斯人都照单全收"。

青年旅社也坐地涨价，一个床铺的价格都赶上五星级酒店的房间价格。看来，真是哪里的雪乡都"宰客"。当然，在达沃斯这个六线城市，也不是没有奢华的酒店，但这些仅仅预留给各个国家的元首及家属都不够用，其他人就别想了。要知道，能够住在达沃斯镇上已经是相当幸运，更多的人只能住到邻近的村子，他们得耗费大量时间在往返路途上。

这些只是达沃斯这个全球顶级名利场的开胃小菜，接下来才是正式的环节。

1.

世界经济论坛的会场周围，竖起了高高的护网，墙头随处可见荷枪实弹的狙击手，超过 5 000 人的精锐部队奉命确保会场安全。要知道，每年参加达沃斯论坛的 2 500 位成员，几乎囊括了全球最重要经济体的元首、政府要员，各个国家央行行长，跨国公司 500 强 CEO，富可敌国的亿万富翁们，这些人足够对全球经济、金融、政治产生决定性影响。

重兵把守的会场区域，没有达沃斯官方的胸牌是根本进不去的。

因为达沃斯会场容量有限，所以除了国家元首能够带少量的保镖随行、能够开车进会场之外，其他任何人一律没有特权，不能带保镖、随行人员（除非花费几万美元给他们买一张门票），还得乖乖在会场外排队。即便是在全世界任何一个地方享受各种优待的特权阶层，也不例外。

所以在排队的时候，你可能会发现比尔 · 盖茨就在你的前面等待安检；IMF 优雅的法国女总裁拉加德则排在你后面；美国前财长萨默斯和诺奖经济学家罗伯特席勒正在队伍里抱怨着达沃斯让人痛不欲生的天气……

进入会场，你的眼睛就更看不过来了，满眼都是你平时生活中难得一见的大佬。即便是来过很多次的人，都会忍不住感叹：从我身边走过的每一个人都是大佬啊！

那么这时候你该干什么？

傻傻站在那里？还是默默从大佬身边走过去呢？

当然是冲上去搭讪，要联系方式呀！如有可能，想办法多聊一下，以便加深印象，甚至可以达成更进一步的合作！简而言之，以最快的速度、最高的效率，尽可能地广泛社交，多刷存在感。

虽然达沃斯的官方口号是，来到这里要讨论“那些影响全球的重大问题，为世界寻找更好的发展”，但是你花了这么多钱、耗费时间，真是打算来这里认认真真听大佬们发言吗？如果是这样，你直接在家看视频直播就好了，省钱又不费力。

而且你认为这么多大佬忍受这么多不便、花这么多钱、吃这么多苦就是为了来讨论并解决人类重大问题的吗？那就是真傻真天真了。

克劳斯·施瓦布（Klaus Schwab）1971 年在达沃斯创办欧洲管理论坛（世界经济论坛前身）。他最初的目的是希望探讨欧洲企业存在的管理问题。但是在举办论坛的过程中，正好赶上了全球化的大时代。在这个过程中，国家的影响力在不断下降，而跨国企业、全球性金融机构的力量则得到了大大地提升，由此越来越多的商业领袖、金融家们在国际事务中扮演着重要角色，他们在某种程度上话语权和影响力甚至不亚于一个国家的元首。

全球经济、金融、政治纷繁复杂，但最核心的逻辑是人！说到底是人在治理，尤其是那些手握权力的关键人物在引导方向和进程。这些位高权重的大人物们虽然可以呼风唤雨，但是他们也是人，跟我们这些普通人一样，需要建立相互信任的小圈子，获取资源、交换资源，从而保持优势；同时，他们也有脆弱和感性的一面，渴望抱团、寻求强有力的支持，彼此达成共识。

世界经济论坛，恰恰给了这些上层人士一个绝佳的平台，来建立互相信任的私人关系，更高效地交换社会资源。

2.

全球知名的金融家乔治·索罗斯大概是世界上最擅长建立私人关系、并由此获得巨大回报的人之一。

索罗斯是达沃斯的常客，过去 20 多年，他几乎从未缺席过。索罗斯在达沃斯期间的日程永远被塞得满满当当的，他要不停地跟全球的政府首脑、央行行长、亿万富翁进行私人会晤，不断地在全球构筑强大的人脉网络；同时他还要参加论坛重要环节的讨论、接受全球知名媒体的采访，把他的思想传递给全球数亿读者，以获取更大的影响力。

今年已经 89 岁的索罗斯到现在还这么拼命，是因为他深刻地明白一个道理：绝对不能仅仅当一个普通的亿万富翁。

每年公布的全球富豪榜上，有成百上千的 CEO、创始人，能够上榜都是顶级再顶级的富豪。但是我们真正能记住的有几个呢？仅仅是一条华尔街上，有钱人都不计其数。如果你只是众多有钱人当中的一个，在上层社会根本没有任何优势可言。保持领先的办法，除了赚钱，还需要不断地进行社会资源交换，这样才能带来更多的财富和资源。

索罗斯很早就在金融市场崭露头角，成为一位非常卓越的投资人。但是在全球范围内，比他有钱的人数不胜数。因此，仅仅依靠在投资市场上的成功，完全不足以让自己脱颖而出；而且单纯靠金融投资，也赚不到大钱。

那么索罗斯怎么做呢？他认为，与其辛辛苦苦地预测市场，不如借助政治资源来影响和引导市场走势，还可以利用政治制造危机，然后火中取栗。

索罗斯从 20 世纪 80 年代开始，便想尽各种办法结交政治领袖，获取他们的信任、建立私人关系。包括撒切尔夫人、老布什总统、戈尔巴乔夫等，索罗斯游走于东西方市场，处心积虑积累资源。正是他对欧洲各国高层的充分而深入的了解，才能够从德国央行行长接受媒体采访当中的一句话——“欧洲货币体系不稳定的问题只能通过部分国家货币的贬值来解决”，读出德国不会在英镑大幅贬值的时候出手相救的关键信息。

就在其他人还在犹豫这是否是德国人的烟雾弹，毕竟英镑一旦失守、德国马克也会受到冲击，唇亡齿寒的道理还是浅显易懂的。但是基于对欧洲各国政府高层的足够了解，索罗斯清楚地判断：这句暗示已经足够了，德国佬已经下定决心抛弃英国。于是，他才会胸有成竹地赌下 100 亿美元的资金，以一人之力跟一个国家的金融体系相抗衡。

此外，在做空英镑的同时，索罗斯还在东欧游荡。他打着推动“开放社会”的旗号，用他巨额的财富支持了许多欧洲国家的革命活动，包括捷克斯洛伐克、克罗地亚、南斯拉夫。索罗斯为这些国家的政治反对派提供了巨额资金，与这些领导人建立紧密的私人关系，在推动这些国家政权变化的过程中赚取了巨额财富。

索罗斯的过人之处还在于他把自己成功地塑造成了一个金融家和哲学家。达沃斯又恰恰非常欢迎这样的社交核心人物，两者的结合，为索罗斯打造了一个横跨全球的精英圈，并不断地潜移默化，影响和推动世界的政治和商业的变化，并由此为自己牟利。

可以说，索罗斯真是生动地演绎了达沃斯这个名利场的成功公式：

Money + Information + Social Capital=Infinite Opportunities

即：金钱 + 信息 + 社交资本 = 源源不断的成功机会。

3.

达沃斯最厉害的地方，在于它的圈子文化。正是打造了只有全球顶级人士才能进入的圈子，才使得达沃斯成为独一无二的平台。

在达沃斯，最高规格的圈子叫 IGWEL，是世界经济领袖非正式会议（Informal Gathering of World Economic Leaders）的英文缩写，参加者都是各国首脑、央行行长、部长这样的级别，所有环节都是闭门进行。在达沃斯这样的非官方、非正式场合见面，全球的领导者们能够更加容易地敞开心扉、增加了解，才能更好地在全球经济、金融等问题上建立信任、达成共识。

在世界的任何一个地方，你都很难找到一个像达沃斯这样的平台，能够汇聚如此之多的决策者和意见领袖们。当然，IGWEL 这个圈子可不是人人都能去的，那么参加达沃斯的绝大部分人怎么办呢？他们也有各自的圈子。

每年华尔街巨头 JPMorgan 都要在达沃斯豪掷千金，举办一场奢华的晚宴，来招待自己的那些参加达沃斯的客户，以及宴请社会各界名流，星光熠熠的程度足以让这场晚宴成为达沃斯最让人期待的环节。

在宴会厅的大门口，以 JPMorgan CEO 杰米 · 戴蒙为首的全球大老板们一水站齐，迎接各种来宾。据说杰米 · 戴蒙一晚上要握手数百次，期间还要见缝插针跟人合影打招呼，招待客人。作为 JPMorgan 的“掮客”，英国前首相布莱尔在这里也是相当活跃。他收了 JPMorgan 的咨询费，其中一个工作就是帮助 JPMorgan 与全球政坛人士建立联系，所以布莱尔招揽来了不少他的政坛老相熟们，他也像半个主人一样热情招待。

进入宴会厅，人潮汹涌之中，你会发现很多电视报纸上的熟面孔，比如身边站着第一次参加达沃斯的以色列国防部长在这个场面还略显紧张，他跟卢森堡的首相交流达沃斯经验，而一旁的金融大鳄斯蒂芬 · 施瓦茨曼正在跟俄罗斯军火商觥筹交错。

当然，如果你足够细心，还可能在不被人注意的角落发现像桥水基金创始人达里奥这样的大佬。虽然他有社交恐惧症，但是也没有办法阻挡其加入圈子的决心和动力。

以上只是 JPMorgan 借助达沃斯打造的小圈子其中的一部分。很多人，甚至包括政要、亿万富翁、社会名流，都以收到 JPMorgan 的达沃斯晚宴邀请为荣。

不过，属于 JPMorgan 的风头已经被阿里巴巴的创始人马云盖过。近几年，马云在达沃斯举办的饭局真可谓是名流荟萃。这也从一个侧面反映了马云在全球政治和商业世界巨大的影响力和强大的人脉构筑能力。这既是实力的体现，也是个人魅力的表现。

看到这里，你可能会问，达沃斯这个高高在上的名利场，跟我有什么关系？我除了看到一些名人八卦之外，还能有什么收获呢？

当然有！在《超级中心：金融精英及其人脉网络如何统治我们的世界》（*SUPERHUBS: How the Financial Elite and their Networks Rule Our World*）这本书里，作者 Sandra Navidi 讲述了全球精英的很多轶事。上面的不少内容，都源自她的精彩描述。

更重要的是，Sandra Navidi 提供了一个令人吃惊的全新视角，不仅让我们看到这些超级人脉资源打造者是如何建立起庞大而让人生畏的资源网络，以及通过这个网络潜移默化地影响和引导我们的生活。

最重要的是，她在书里为我们揭示了一个关键信息：人是社会发展的最底层、最核心的逻辑。不论我们是身处高位的全球精英，还是普通人，这些建立资源、打造人脉网络的理念都值得学习和借鉴。在社会的任何阶层，本质上都是人的交往。

作为一个普通人，我从 Sandra Navidi 的这本书里，从索罗斯这样在全球构建人脉资源的高手身上，学到了几个很关键的东西：

（1）Our Innermost Need is to Connect with Other People（我们最内在的需求，是与他人联系）。

这就是为什么在今天这样一个科技如此发达的时代，拥有先进的通信技术、精准的大数据算法，但是全球大佬们仍然不远万里、耗费时间、精力和金钱来达沃斯这个穷乡僻壤开几天会，见到很多认识或者不认识的人的深层次原因。

也就说，无论技术如何发展，人与人之间的沟通交流，尤其是面对面的交流是不会被替代的。社会阶层越高，就越依靠和信赖传统古老的交流方式。

如果你能成为一个社交场合当中积极主动的连接者，你就具备建立资源的主动权。

（2）Friends with Benefits=Network Capitals（成为能够带来利益的朋友 = 人脉资本）。

这就是说，只有资源能够互换、能够给其他人带来利益的人，才具有很高的人脉资源和社交价值。如何把自己变成一个可以给对方带来利益的朋友，这才是保持友谊和自身价值的好办法。

(3) Superhubs Network=Net Worth（超级中心的资源网络 = 资产净值）。

光有钱或者有权，或者实力超强，在今天的社会并不能通吃一切。即便是像索罗斯这样的华尔街大鳄，也要不断地拓展自己的资源网络，不断把自己塑造成为哲学家、思想者，以此来交换更多的社会资源。所以，我们应该不要再固守金钱或权力这样单一的价值观，而是不断地在更多方面拓展自己。

这些资源、能力和网络，同样是我们非常重要的财富。

(4) It's Not Only the Elite that has Superhub（不是只有上流社会才有超级中心）。

在任何地方、任何阶层都会有善于构筑人脉资源、将自己利益最大化的人，而这些人往往是资源最多、机会最多、成功概率也最大的人。希望你我都可以成为自己所在圈子里的人脉高手，能够获取到最好的资源，打造我们自己的“达沃斯”。

戈小羊 / 文（资深媒体策划编辑，首发于秦朔朋友圈 2019 年 1 月 18 日）

靠什么在金融圈生存？

经历过香港地区 1987 年股灾，躲过 1997 年亚洲金融危机，在 2008 年的金融海啸中赚得盆满钵满……老金（化名）每次谈起往事都历历在目。他称自己是香港第一代对冲基金经理，并且常常自嘲“这行已经没有人比我更老”。

他现在管理着一个综合金融服务公司，同时管着几只全球宏观策略基金。但他的名字和公司从不出现在媒体上，尽管他也喜欢表达自己的观点，但更多只是限于圈内交流。

老金刚刚到香港时担任的是美国某做市商的债券交易员。那个年代，大行的交易员少得可怜，比交易员更少的是中环的写字楼和高级住宅，因此公司安排他们住在中环某个刚刚盖好不久的高档酒店，吃住工作都在酒店里。

该酒店当年以高档法国菜和广东菜著称，直到今天，普通香港人也觉得这家酒店的饭菜贵得要命，但老金当年却把这家酒店当食堂，各种菜肴吃到腻。再后来，在“SARS”爆发那一年，张国荣从这个酒店跳了下来，这家酒店便突然不再以高档菜肴而出名了。

到现在，老金还时不时会想起早年在宽大的酒店房间里“三班倒”工作的情形。饭菜是直接送到房间的，下了班就在办公室里直接洗澡——现在他给员工安排的工作场所也非常宽大，同样有洗澡间，还安排了专门的厨子做可口的饭菜。一是香港的午餐时间餐馆常常人满为患，二是香港的饭店基本上菜肴样式味道都是类同的，老金希望自己的员工可以换换花样。

香港早年的债券交易并不频繁，老金当时的最主要交易对手是金管局的任志刚。“那时他（任志刚）还是满头黑发，替政府下单交易，而我们代表的是市场上几个主要债券做市商之一。”老金回忆说，“我是眼睁睁地看着他职位越坐越高，头发越来越白。”

就像任志刚一样，那个年代的许多交易对手已经离场。迄今仍然活跃在香港市场第一线的，已经屈指可数。大部分人都被市场淘汰了，没被淘汰的，有的提前退休享福去了，有的已经转行不干这行。

为什么自己能在竞争激烈的香港金融市场存活下来？老金思考了很久，给出一个答案：诚信。

1. 讲诚信化险为夷

“香港金融圈很小，你的诚信就是你成功的敲门砖。”这是他在跟中环的一班年轻人吃饭吹水时经常提到的一句话。

老金初进香港市场是在 20 世纪 70 年代，那时候香港本土的金融设施还处于初级阶段，很多券商甚至没有像样的交易员团队——港交所也是过了近 30 年后才成立。当时恒指的期货合约还没有使用电脑撮合交易，大家主要还是靠打手势下单。

众所周知，靠打手势做交易很容易出错，交易员经常需要事后对账，这时候就颇为考验人性。在这行业，即便是打错了手势，该认栽的也得要认栽。当然，可以跟交易对手去解释或是讨价还价，但是“your word is your bond”（信守诺言）是做人的最基本准则。

老金专门准备了一个 error book（记错本），该认错的交易就得认错。但是有一点，万一把手势打错，导致账面亏损时，他会在第二天马上平仓，绝不让错误有任何机会扩大。即便打错手势有可能让他赚钱，他也会在第二天毫不犹豫平仓，因为这个持仓并非他最初所设的目标。他觉得这是对自己的铁的纪律，也是对自己保持诚信的做法。

诚信不仅是做交易的基础，也是获得银行支持的重要手段。

老金做交易员赚到第一桶金后，很快成立了自己的公司，涉足做市商业务。在开始业务不久，他便碰到一件麻烦事。

当时他的一个客户看好某只股票，以该股为抵押品，向老金大量融资，再持续在市场上吸纳这只股份。然而天有不测风云，某日，由于出现了严重的利空消息，该股股价暴跌，客户损失惨重。

第二天一早，股价继续下行，客户账户资产值直接击穿补仓线。老金一面忙着催客户赶紧补足按金，另一方面赶紧筹备资金，准备应对银行的催款。

这里有个背景介绍一下，当时香港结算公司尚未成立，因此汇丰银行承担了结算所的功能。而老金借给客户的资金，也是从汇丰拆借而来。当客户资产缩水并击穿补仓线时，一方面是客户需要向老金补足保证金，另一方面是老金的公司作为券商，其自身也需要向汇丰补足保证金。

对于老金来说，向银行补足了保证金之后，如果客户资金不能及时到账，老金将面临自有资金亏损的风险。特别是如果客户的股票继续下行，老金的风险会更大。但是为了保护自己的信用，老金认为自己应该先补足汇丰这边的保证金。

在收到汇丰的催缴保证金通知后，其实他有两个时间点可以补钱，一是上午11点半之前；二是下午收盘之前——当年还款还不像今天这么方便，有网络银行可以随时转账，那时候必须跑去银行办理，因此也有人以此为借口，推迟向银行补足款项。

而老金收到通知后，亲自带着银行本票，在上午11点之前便赶到了汇丰的办公室，办理补足保证金手续。

欠款还钱，看似天经地义。但直至今天，仍然有不少机构在欠款的时候喜欢拖拖拉拉，各种理由延迟补款。因此老金积极补款的做法很令汇丰欣赏。

负责此事的汇丰主管是个苏格兰人，认定老金是个讲信用的人。当场批复允许老金暂时不用补足保证金，相当于又给老金增加了部分融资款。老金离开的时候，这个苏格兰主管拍拍他的肩膀说："以后类似的情况，你不用再亲自过来了，直接打我的直线电话就行。不过，这个优惠只是针对你个人，你们公司其他人打电话无效。"

从此之后，老金跟这个苏格兰主管结成了很好的朋友。不过老金表示，这种优惠，他后来再也没有用过。

由于讲信用，加上汇丰高管在行内的推荐，老金在香港市场纵横几十年，其公司总能获得外资银行的充分授信支持，除了各种优惠利率，还能获得优先的投资机会。

2. 投资对象的诚信也很重要

在自己的投资方面，老金也以上市公司的诚信为首要标准。用学术一些的语言来说，即投资那些具备良好“公司管治”的上市对象。

汇丰和长实（长江实业集团），都曾经是他的重仓爱股，也为他赚到大把财富。他之所以买这两家公司的股票，就是因为他觉得这两家公司的公司管治都不错。

“汇丰没有绝对控股的大股东，但是管理层全部是富有经验的行业精英。而且说话算话。公司每年四次派息，把利润和股东共享，对于基金经理来说，这只股票的股息率是相当高的，这样的公司很少见，”老金说，“只要你是投资港股的基金经理，几乎没有不买汇丰的”。

汇丰在和投资者的互动中，体现出高度的透明度，这一点也令老金相当欣赏。在金融海啸之后，汇丰面临美国司法部的重重调查，股价严重受压。但是汇丰在年报以及每次投资者见面会上，都会把相关的诉讼进展做清清楚楚的介绍。

“被美国司法部调查的公司很多，对于基金经理来说，我们其实并不担心这些公司被美国罚款，我们担心的只是它们隐瞒自己被罚的金额，或是拨备不足。汇丰不同，实际上它每次披露中报和年报，都有披露诉讼进展，也披露了拨备情况，我们发现这些拨备金额是完全足以覆盖诉讼可能产生的损失。”老金说，“这是好事，也有利于股价充分消化这些潜在的不利消息。”

除了诉讼问题，汇丰管理层对于公司是否会融资，以及打算斥资多少进行回购等等，都有相当明确的策略，而且基本上说到做到。

和汇丰一样，长实也是过往几十年以来老金的底仓股之一。

他比较推崇李嘉诚的人品。老金说，自己曾经跟着长实做过几次交易，都赚到了钱。

他打趣说，长实的房子在香港口碑“麻麻地”（即一般般），为了赚钱真的是想尽了各种方法，住起来感觉不怎么舒服。但是并不妨碍它都卖得挺好，这说明什么？你应该买长实的股票，能赚钱，但是买它的房子却不一定好住。

“老李跟现在不少内地企业家很不一样，他答应过你的，一定会做到，用广东人的话来说，就是‘把牙当金用’，以前老派的中国商人做事不是靠合约的，是靠信用的，老李很讲信用。”老金说。

另一个重要的例子是李嘉诚高薪聘请了霍建宁。霍建宁是香港最著名的超级“打工皇帝”，也是香港税务局薪俸税的纳税大户之一。据港媒披露，在2006—2007年，他的收入是1.3亿港元，是当年香港薪酬收入最高的人，有媒体统计，霍建宁自1994—2014年的收入达25.4亿港元。其打工皇帝的记录一直保持了19年，直到2017年才被腾讯总裁刘炽平（以2.37亿人民币年薪，相当于2.96亿港元）打破。事实上，霍建宁

2017 年年薪连分红高达 2.1 亿港元，仍然大幅抛弃一众行家。

老金认为，作为家族企业创办人，李嘉诚能用香港最高薪酬标准聘请高级经理，显示出他对公司股东的负责任心态。

“你再看看中资企业和中国内地的民营企业，有哪一家老板有这样的胸怀？”老金说，“这也是为什么长实能频频受基金经理捧场，而那些民企频频被做空。”

“他的团队当然不止霍建宁，在全世界都有精干的人为他收集情报，做客观的分析决策。正是这些在全球高薪聘请的专业经理人，协助长实制订了非常好的策略，你看他每次的策略性转身，在时点上都相当具有前瞻性。”老金说。

不少海外投资者认为，国企比民企更有诚信。但老金并不这么看，他觉得应该从企业当家人的人品来判断，而非看国企还是民企。他举例说，自己就非常不喜欢当年华润的当家人宋林。

作为资本市场的老手，老金见过大量的上市公司负责人，可谓阅人无数。对于宋林的作风他表示非常不认可，觉得很官僚，对投资者没有说什么实质的有用的信息。

“有一次，投资者见面会后，宋林主动伸出手来想跟我握手，我借口自己的手刚吃完东西不干净，躲过去了。”老金说。“结果没想到，几年后这人真的就出事了。”

除了宋林，他也提及另一位某国企地产公司的老总。

“名字我就不说了，但是你猜猜这人跟我握手的时候是什么感觉？他在往回缩手。我第一次跟人握手发现有人缩手的。用广东的说法，跟你握手时又缩回去，这人是很不可靠的，关键的时候他会跑掉的。”老金说，“你又想做生意，又要往回缩，没有人是这样做大事的。”

这家企业本想来香港上市的，后来就放弃了，只是买了一个壳做更名。再往后，发生了一系列的事件，老金认为，这与管理层的性格有很大关系。

“投资到最后还是看人”，他总结说。

3. 为何香港没有年轻基金经理

老金也承认，要看出一个人的人品和诚信，需要长期的观察。这也是为什么香港的基金经理没有年轻人的原因。

香港金融业对年轻人很残酷。

“没有 5～10 年以上研究员的经验，公司根本不会把钱交给你管理。而且到管钱的时候，也是先给几百万，再逐级增加。一旦出现亏损，卷铺盖走人是大概率事件。”老金说。

“现在跟着我的客户，最短的也有 8 年的历史了，目前还没有撤资的。”他自豪地说。

他守住客户的方法当然是有业绩成分，但更重要的则是凭行业诚信：每次基金业绩大涨，他就派发高额分红，把钱分给投资人。早年跟着他的投资人，获得的分红金额已经超过了本金。

“其实这也是对自己的一种保护，管理更多的资产的确可以赚更多管理费，但是越大的盘子，越难以管理，对你的业绩记录反而是一种拖累。”老金分析说。

曾经有一年，市场实在沉闷，他找不到投资方向，干脆把基金规模大幅缩减，把钱大部分都退给投资人，然后自己去海外旅游了几年才回港。

他认为，相比之下，今天中国 A 股市场上的基金经理要幸运得多。他去内地考察，发现很多同行相当年轻。很多大学生毕业后，只不过做了两三年研究员，对行业的理解还没有经历一轮周期，便可以管理上千万，甚至过亿的资产，这在老金看来根本不可思议。

“在香港业内，如果你没有经历过股市周期，没有输过钱又爬起来，很难获得投资人的认可。”他说。

对于 A 股涌现大量年轻的基金经理，他认为是件好事，说明中国经济发展壮大了，资产管理行业也越来越受到追捧。值得提醒的是，希望这些掌握巨额资产的年轻人要保持理性，时刻想到这是客户的资金，搭载的是个人的长期信用。

舒时 / 文（港漂，香港资深资产管理行业从业者，首发于秦朔朋友圈 2018 年 10 月 19 日）

用经济学来解释足球，原来这么大开眼界

知名足球评论员西蒙 · 库珀（Simon Kuper）和著名体育经济专家史蒂芬 · 西曼斯基（Stefan Szymanski）两人在 2010 年世界杯之前出版了《足球经济学：为什么英格兰总输球、为什么德国巴西总赢球，以及为什么美国、日本、澳大利亚、土耳其甚至伊

朗会成为足球这项全球最流行运动的强国》(*Soccernomics: Why England Loses, Why Germany and Brazil Win, and Why the US, Japan, Australia, Turkey—and Even Iraq—Are Destined to Become the Kings of the World's Most Popular Sport*),从经济学(再加上一点统计学、社会学、心理学)的专业角度,对足球这项全世界影响最广泛的运动进行了另类的剖析和解读,让人大开眼界。更厉害的是,他们讨论的落脚点又不仅仅局限于足球本身,还引发大家对很多更深层次问题的思考。

这本书一问世就成为现象级的畅销书,包括足球界大佬、体育界人士,甚至是CEO 们和很多政府高层都拿来学习。两位作者乘胜追击,每逢有重大足球赛事的年份都会出一本,迭代一些新的信息和内容,当然今年也不例外,2018 俄罗斯版已经出版,可以在亚马逊英文网站购买。当然 2010 年第一版已经翻译成中文在中国出版了,非常推荐大家买来读一读。

下面来感受一下这本书的脑洞。

1. 踢足球也要懂大数据

现代足球跟很多行业一样,保守传统又经验主义至上,对科学研究、数据分析抱有深深的怀疑和成见,更不用说通过数据提升自己的决策能力了。

曾经执教过国际米兰和曼城的教练曼奇尼也算是足坛知名教练了,即便是这位在一流俱乐部执教过的人,对大数据发现的问题仍然嗤之以鼻。当时曼城的数据部门在研究了超过 400 个曼城球员踢出的角球之后,发现最容易得分的线路是"内弧线球,贴近球门立柱"。研究人员把他们的发现汇报给曼奇尼。

跟世界上绝大部分的足球教练一样,曼奇尼也是足球运动员出身,他礼貌地听完数据部门的汇报之后,表示:"我当了那么多年运动员,踢了那么多场球,当然知道是外弧线球更有效啊,这个还用你们来指点我吗?"

曼奇尼所谓的外弧线球有效,是因为外弧线能够踢出漂亮的球,每个进球都会让人记忆深刻,而内弧线则是平平常常,并没有给曼奇尼留下深刻的印象。而事实证明,曼奇尼的经验主义对球场的洞察远不如大数据来得有效。2011 年,曼城持续遭遇角球不进的困扰,助理教练找到数据部门一聊,才发现大数据早就反映了这个问题。于是他们采取策略进行调整,在接下来的一个赛季,曼城角球得分率跃居英超所有球队之首。

相比起曼奇尼对大数据不屑一顾,阿森纳传奇主教练温格则是一个大数据的爱好者。温格也曾经是足球运动员,但他并没有放弃学业,踢球之余获得了经济学学位。可以说，经济学专业的学术训练和思考能力，在很大程度上帮助温格脱颖而出。

温格对于足球的理解，就像是巴菲特对股票市场一样，他从来都是那个能洞悉事物本质的人。每年足球俱乐部花钱最多的是在转会市场，就像在股票市场上一样，人人都想高价卖掉手里掉价的球员，低价买进实力超群或者很有潜力的球员。但事实上，就跟买股票一样，很多的转会都会是亏钱的买卖。温格却是一个例外，他就是转会市场上的交易大师。

在温格看来，俱乐部喜欢买现成的大牌球员，因为这些人的过往战绩很辉煌，展现出了实力和水平。但事实上，这些人不仅是最贵的，而且往往已经过了自己的巅峰状态。而且温格通过一系列数据统计发现一个更惊人的现象：这些球员一旦过了巅峰状态，衰弱的速度要比大家想象中快得多。比如博格坎普刚过 30 岁，在外界看来还是当打之年，但是温格从大数据中看到他 70 分钟之后速度明显下降、跑动也不到位，于是策略性地减少他的上场时间。通过各种各样的数据，温格能够及时掌握球员的一举一动，并且能够准确地判断他是不是已经过了最好的状态，那么在还没有暴露在世人面前的时候，赶紧卖个高价脱手当然是上上策。事实也证明，这些在外人看来还处于巅峰期的球员被温格卖掉之后，没有任何上佳表现。

关于数据多么具有洞察力，再举一个大名鼎鼎的米兰实验室的例子。米兰实验室是由 AC 米兰俱乐部特别设立的高科技研究中心，2002 年 3 月正式投人使用，目的是为运动员的心理和身体状况进行最优化的管理。实验室的专家通过大数据发现，通过分析一个运动员的弹跳情况，就能大概率上预测他是不是很快会受伤，这给了过去光靠直觉来决策的主教练很大的参考价值。

实验室除了通过大数据发现问题之外，更重要的是解决问题，比如如何延缓运动员的衰弱情况，如何让运动员的巅峰期保持时间更长。在这件事情上，他们取得了很大的成功。让我们回顾一下 2007 年一口气拿下欧洲冠军杯、欧洲超级杯和世俱杯冠军的 AC 米兰。那一年的 AC 米兰绝对不在巅峰状态：首先是年龄结构老龄化严重，看看队长马尔蒂尼 38 岁、因扎吉 33 岁，平均年龄远远大于对手；第二是缺兵少将，没有足够的替补球员。但就是在这样艰苦的条件下，他们连续击败拜仁、曼联和利物浦夺得欧洲杯。毫不夸张地说，这个奖杯绝对是要奖励米兰实验室和它的大数据团队。

所以 C 罗能够以 33 岁的高龄，保持着 23 岁的巅峰状态，在世界杯赛场上完成“帽子戏法”，不仅仅是因为他强大的自律和刻苦的训练，更重要的是他背后的更加强大的团队在给他科学的支持和引导，否则很容易就练“废”了。

数字具有强大的洞察力，能够让我们先人一步地看到问题和趋势，这才是制胜的关键。

2. 真正决定足球胜负的关键，在赛场之外

不过问题也随之而来，越来越多的足球俱乐部看到了数据的重要性，纷纷砸重金建立自己的数据团队来减少运动员的伤痛、去预测谁最可能成为下一个足球巨星。所以光靠收集足球行业的数据已经远远不能满足获得比赛胜利的要求，来自球场外的数据真正成为主宰赛场的关键。

如果你站不到这个高度，或者看不到这个趋势，那么你的下场很有可能就是英格兰国家队的结局。

英格兰被中国球迷戏称为“欧洲的中国队”，在好大喜功、关键时刻掉链子、球员技术粗糙、屡屡被弱小对手血洗等，与远在亚洲的中国男足非常相似。但真的是英格兰国脚水平太臭吗？换一个最厉害的教练、找一批优秀的球员就可以提升英格兰的战斗力吗？西蒙 · 库珀和史蒂芬 · 西曼斯基发挥了足球专业人士和资深经济学家两者的特长，对这个问题进行了深刻地研究，最后得出的结论是：英格兰之所以踢这么差，根本原因不在赛场上！

数据显示，英格兰的水平并没有想象中那么差劲，它的胜率基本能排进世界的前10～15 名，这个实力进世界杯是绰绰有余了，那为什么屡战屡败呢？通过大数据很容易找到两个直接原因：第一是英格兰球员体力太差，一场球还没踢完就已经筋疲力尽；第二是英格兰客场战绩太差，球员不擅长在海外作战。

如果你看到这两条原因就以为发现了真理，然后要对症下药就大错特错了。因为这两条原因只是表象，更深层的原因你还没有看到。

更深层的原因竟然跟“脱欧”有关系。两者的核心问题一样，都是英国人傲慢、自大、保守和封闭的心态。直到今天，很多英国人仍然坚信自己的国家是世界最重要的经济体，以“日不落帝国”的心态自居，瞧不起欧洲大陆上的其他邻居，觉得欧盟其他国家都是累赘，自己对欧盟的贡献简直就是太大了！

这在足球场上也是一样。英国人从来都觉得自己是世界一流强队，对德国、法国、西班牙从骨子里是统统都瞧不上的。所以很少听说英国球员，尤其是顶尖球员去英国以外的地方踢球。更可怕的数字是，英国的很多国家队队员都是到了 20 多岁，开始踢欧洲冠军杯或者代表英格兰国家队出征，才开始踢国际比赛。而其他足球强国，不论是欧

洲大陆的德国、法国、意大利、西班牙，还是巴西、阿根廷，他们的球员从职业生涯开始就习惯了在世界各地踢球。

就像是一家没有任何国际化人才、没有任何国际背景的公司，认为自己可以在世界市场上取得好成绩，这不是痴人说梦吗？

所以，英格兰总是输球的第一个重要原因是在海外踢球的英国球员，尤其是顶尖的英国球员太少了。要让更多年轻人去海外闯荡，而不是在英超的安乐窝里享福。

第二个原因还是跟封闭、保守有关系。不过这并不是针对其他国家，而是英国内部自身严重的阶层观念。研究显示，即便是英国有超过 6 成的国民具备高等教育学历的今天，英国的足球运动员和教练员们普遍没有受过高等教育。

这会导致两个很严重的后果：

◇ 第一，他们学习新知识的能力会大打折扣，他们甚至会排斥新的技术和思维。有俱乐部工作人员表示，每当他们想组织这些球员来学习，都会遭到强烈的反抗，培训的效果也并不尽如人意。

◇ 第二，他们排斥中产阶层高学历球员的加入，于是劣币驱逐良币，剩下的都是出身工人家庭的球员。这能够解释为什么整个英国国民的教育水平在过去半个世纪普遍提升，而足球运动员竟然原地踏步。

相比之下，德国球员的受教育程度则是稳步提高。球队 24 个人有超过一半拥有高等教育学历，球员大多来自社会中产阶层家庭。当英国错过了与西欧地区的广泛交流的时候，德国、法国、西班牙等国却在频繁地交流、碰撞，于是，西欧地区已经成为世界上足球实力最强大的地区了。

以西班牙为例，它并不是传统的足球强国。20 世纪 70 年代闭关锁国导致它的足球水平很差，但是随着不断融入欧洲大家庭，它在与欧洲各国之间的学习交流中迅速成长起来，甚至一度称霸世界足坛。在西班牙不断融入的同时，英国却在不断地自我封闭和边缘化。

在西欧这片非常拥挤的土地上，汇聚了全球足球水平最高的球队，他们互相交流学习，共同成长。即便是曾经的足球五冠王巴西队，在 2014 年世界杯上也无法跟他们相抗衡，1∶7，在自己的主场惨败给德国队就是最好的注脚。

所以，可以预见的是，“脱欧”之后，英格兰足球队的水平还会进一步下滑。与之同步的，还有经济、文化等诸多方面，都将面临走向式微，甚至是衰弱。与此相反，以德国、法国为首的西欧国家却会越来越强，我们都知道强大的经济和文化自信是来源于不断的竞争、不断的自我突破，而封闭、保守只能走向落后挨打的道路。

3. 中国想要成为足球强国，先把人均 GDP 提高到 1.5 万美元

按说讨论世界杯的话题，其实是轮不到中国什么事情，谁让我们的国足水平那么差呢！

但是作为中国球迷，还是会贱兮兮地幻想一下中国男足成为世界足坛劲旅的场景。但是，看了《足球经济学》这本书的时候，我竟然释然了。

西蒙 · 库珀和史蒂芬 · 西曼斯基通过研究历史数据、各国经济、体育发展情况等，总结出一个足球强国，也可以说是运动强国的规律：1.5 万美元定律。也就是说，一个国家想要在体育赛场上成为真正的强国，人均 GDP 需要达到 1.5 万美元。

我查了一下中国的人均 GDP，IMF 给出的 2017 年数据是 8 643 美元，世界排名 70 位左右，其实跟中国男足在国际足联的排行榜上差不多。所以，我们也不要太过苛责中国国足了，他们的实力的确是尽力了，真实地展现了我们的人均经济水平。

但是你可能会有疑问：不对啊，世界上那么多天才球员不都是从贫民窟里成长起来的吗？马拉多纳、罗纳尔多、齐达内、C 罗、内马尔等，这简直就是豪华阵容啊。穷人的孩子会更加勤奋、努力，他们会有强烈的“饥饿”感。事实上真的是这样吗？我们来看看数据，而不是仅凭直觉就下结论。

在整合了各个国家在全球最大的综合体育赛事和单项体育赛事截止到 2017 年所有能够获取的数据之后，西蒙 · 库珀和史蒂芬 · 西曼斯基得出了一个结论：体育强国的人均排名和各国的人均 GDP 排名惊人相似，社会财富（包括人口素质、受教育程度、社会民主程度、国民幸福程度等）在推动体育进步、竞技场获胜至关重要。

这其实很容易理解。因为要在体育赛事中获胜，你需要一个良好的社会土壤去培育大众对体育的兴趣，你需要有一个高效、成功的体制和一大批专业人士去发现和培养运动员。这不仅需要金钱，还需要一个有效的社会体系。这些都是经济落后地区所欠缺的。不论是 C 罗还是内马尔，他们的确是在贫民窟里被发现的，但是他们在很小的时候就被送去体育发达的国家接受一流的训练和培养，这才是他们成为全球巨星的关键。

富足的社会和高效的体系对于推动体育的发展有多么重要，可以看看冰岛的故事。

2016 年欧洲杯，全世界已经见识了这个全国人口只有 33 万的北欧小国的厉害，他们成功力克英格兰进入欧洲杯 1/4 决赛，创造了历史。2018 年俄罗斯世界杯，他们再次杀入决赛阶段，第一场便 1 比 1 逼平阿根廷。

33 万人是一个什么概念？这个人数还不到“亚洲最大社区”——北京天通苑长期居住人口数量的一半。

更让人哭笑不得的是，冰岛这些参赛球员并不是全职的足球运动员，每个人都有足球以外的工作。赛场上把梅西点球扑出来的冰岛门将主职是一名广告片导演，可口可乐冰岛地区的宣传片就是这位大哥拍摄的。在接受采访的时候，他表示，自己是跟老板请假出来踢世界杯的。

冰岛人的足球实力可真不是从天而降的。虽然冰岛天寒地冻，但是人们参与体育的热情绝对是无法比拟的。政府也想尽各种办法，鼓励全民参加各种体育。很多数据都可以证明这一点：过去 20 年多，冰岛政府在全国兴建了各种体育设施，平均每 200 多人就有一个足球场；全民都拥有很高的竞技水平，平均 400 人就有一个是持有欧足联认可的教练证书；孩子们只需要支付很少的费用，就可以跟着有专业背景的教练学习和训练。冰岛是世界上人均体育水平最高的国家，小区里看到一个遛狗带娃的妈妈，没准就是曾经的滑雪世界冠军。所以，这些人就是用之不竭、又物美价廉的启蒙教练。

还有一个故事可以反映体育在冰岛人心中的地位。2008 年北京奥运会上，冰岛冰球队在四分之一决赛遭遇西班牙，“整个比赛期间，冰岛的股市竟然因此没有交易量，全国人民都去看球了，难以想象吧”，冰岛社会学家 Halldorsson 表示。很难想象，中国股市会因为国足的比赛而没有交易量。就算是不炒股，我们还要发朋友圈呢，总之不会如此全身心投入。

虽然如此投入忘我，但是对于冰岛人来说，体育更像是一种生活方式，而不是生存技巧。所以他们能够以专业运动员的态度刻苦训练，但同时他们还有其他安身立命的办法。

从冰岛的例子可以看出，体育是衡量一个社会整体财富能力、社会素养、组织管理能力、社会效率高低的标准，是社会综合能力的体现。这就是为什么，你在经济不发达、社会组织不高效的地区，即便是花费跟冰岛一样的财力、物力，也很难取得冰岛这样的体育成绩。

当然，如果体育成绩衡量起来比较复杂，那么可以看看这些体育成绩优异国家的国民平均身高。身材越高，大众的体育竞技水平越发达。即便是足球这样靠奔跑的运动，身高也是一大优势。2006 年足球世界杯统计各国球员的身高，各个强队已经很少有身高低于 1.76 米（5 尺 8 英寸）的队员了。而中国男性的平均身高是 167.1 厘米。所以我们今后不能说 13 亿人里怎么挑不出 11 个会踢球的，而是身高在 1.76 米以上的男性里，怎么挑不出11个会踢球的呢?

所以，这就能解释为什么中国男足无药可救？是因为没下对药。当然，国足的确需要努力提高自身的水平和能力，但是光靠这个还远远不够。振兴国足的良药是中国人均GDP达到1.5万美元，以及中国男性平均身高达到1.76米。

任重而道远，真心希望中国队的成长时间不会太久。

戈小羊/文（资深媒体策划编辑，首发于秦朔朋友圈2018年6月19日）